홍길동전 · 임장군전 · 정을선전 · 이대봉전

Honggildongjeon · Limjanggunjeon
Jeongeulseonjeon · Leedaebongjeon

Commentary by
Lee, Yoon-suk
Kim, Kyung-sook

이 저서는 2002년도 한국학술진흥재단의 지원에 의하여 연구되었음.
(KRF-2002-071-AM3014)

연세국학총서 **34**

세책 고소설 17

홍길동전 · 임장군전
정을선전 · 이대봉전

이윤석 · 김경숙 교주

景仁文化社

· 이윤석

연세대학교 국어국문학과 문학박사
현재 연세대학교 국어국문학과 교수
저서 『임경업전 연구』, 『홍길동전 연구』, 『세책 고소설 연구』 등
논문 「경판 <설인귀전> 형성에 대하여」 외 다수

· 김경숙

연세대학교 국어국문학과(문학박사)
현재 목원대학교 국어교육과 겸임교수
저서 『남정팔난기』
논문 「동양문고본 <남정팔난기> 연구」 외 다수

연세국학총서 34

세책 고소설 17

홍길동전 · 임장군전 · 정을선전 · 이대봉전 값 24,000원

초판 인쇄 : 2007년 2월 13일
초판 발행 : 2007년 2월 23일

교주자 : 이윤석 · 김경숙
발행인 : 한 정 희
발행처 : 경인문화사
편 집 : 김 소 라

주 소 : 서울시 마포구 마포동 324-3
전 화 : 02-718-4831~2, 팩 스 : 02-703-9711
이메일 : kyunginp@chol.com
홈페이지 : 한국학서적.kr | http://kyunginp.co.kr
등록번호 : 제10-18호(1973.11.8)

ISBN : 978-89-499-0466-5 93810
* 파본 및 훼손된 책은 교환해 드립니다.

머리말

소설이라는 장르에 대한 규정을 어떻게 하는가에 따라 그 발생에 대해서는 여러 가지 견해가 있을 수 있다. 그러나 이 책에서 우리가 주석을 붙여서 현대어로 옮긴 한글 고소설은, 조선후기에 이르러 도시의 발달과 함께 이야기를 즐길 수 있는 시간과 경제적 여유를 갖게 된 사람들의 요구에 의해 생겨난 것이다. 조선 후기에 한글로 된 이야기를 읽고 즐긴 사람들은 중국소설을 원문 그대로 읽을 수 있던 사람들과는 다른 계층의 사람들이었다. 한문소설의 독자는 중국에서 들여온 소설을 직접 구입하거나 빌려서 읽었겠지만, 한글소설의 독자는 대부분 세책집을 통해서 소설을 읽었던 것으로 보인다. 특히 한 편의 작품이 수십 책에서 백 책이 넘는 한글 장편소설이나 번역소설은 대부분 세책집을 통해서 읽었을 것이다.

소설 연구에 있어서 소설이 갖고 있는 상업적인 측면은 무시할 수 없는 중요한 요소이다. 고소설도 마찬가지여서, 고소설이 하나의 상품이 되기 시작한 것이 어느 때부터인가를 잘 살펴보아야 할 것이다. 상업적 성격을 갖고 있는, 세책본(貰册本), 방각본(坊刻本), 활판본(活版本)을 서로 연관지어 연구해야할 필요성이 여기 있다. 이렇게 세책본, 방각본, 활판본 등 명백한 상업적 성격을 갖고 있는 소설에 대해서는 순문예적인 접근뿐만 아니라 이들의 상업적 성격이 무엇인가에 대한 연구가 필요하다.

머리말

2002년 8월부터 2년간 조선후기 세책본 소설을 수집하고 이를 정리하는 작업을 한국학술진흥재단의 재정 지원으로 해왔다. 이번에 이 작업의 결과로 『홍길동전』, 『임장군전』, 『정을선전』, 『이대봉전』을 한 책으로 묶어서 펴낸다. 네 작품 모두 조선후기에 매우 인기 있었던 작품이므로 이제까지 많은 연구가 된 작품들이다. 이들 작품에 관심을 갖고 있는 연구자들에게 작은 도움이라도 되기를 기대한다.

원문의 입력은 이윤석이 했고, 1차 역주 작업은 김경숙이 했다. 이후의 몇 차례 교정은 이윤석이 했고, 최종 교정 과정에서 전상욱 박사가 『정을선전』과 『이대봉전』을 검토를 해주었다. 열심히 한다고 했으나 끝내 찾아내지 못하고 미상으로 처리한 곳이 있고, 또 오류를 최대한 줄인다고 했으나 잘못된 데가 있을 것이다. 독자들의 질정을 바란다.

원고를 읽고 교정을 해준 전상욱 박사께 감사드리고, 연구비 지원을 해준 한국학술진흥재단과 출판을 맡아준 경인문화사에도 아울러 감사드린다.

2007년 2월

이윤석

일러두기

1. 교주의 대본은 4종 모두 일본 동양문고에 소장되어 있는 세책본이다.
2. 교주하여 현대어로 옮긴 것을 먼저 싣고, 원문은 뒤에 붙였다.
3. 현대어로 옮긴 것은 최대한 고어의 맛을 살리려고 했다.
4. 원문이 훼손되어 해독이 불가능한 곳은 '□'로 표시했다. 원문이 훼손된 곳을 현대어로 옮길 때, 다른 이본을 참고하여 옮길 수 있는 곳은 옮기고, 추정이 불가능한 곳은 '□'로 표시했다.
5. 주석은 해당 어휘나 어구에 각주를 달았다. 같은 어휘와 어구가 반복될 경우, 처음 나오는 곳에 1회만 하는 것을 원칙으로 했다. 그러나 주석한 곳과 다시 나온 말의 위치가 멀 경우, 또는 문맥상 오해의 소지가 있는 경우에는 또 주석을 붙였다.
6. 원문의 장수를 표시하기 위해, 현대어 교주에는 각 장의 첫 글자 위에 점을 찍고 장수를 표시했고, 원문은 장수 표시 밑에 띄어쓰기 없이 실었다.

차 례

홍길동전

홍길동전 해제

1.

「홍길동전」은 고소설 연구 초기에는, "허균이 지은 최초의 한글소설"이라고 알려졌던 작품이다. 현재도 중등학교 교과과정에서 "허균이 지은 한글소설"로 가르치고 있으나, 고소설 연구자들 사이에서는 작자에 대해서 여러 가지 논란이 있는 작품이다. 이렇게 작자에 대해서 논란이 있으나, 조선을 시대적 배경으로 당대의 사회문제인 서얼의 문제를 다룬 작품이라는 점에서 「홍길동전」은 조선의 고소설 가운데 특이한 내용인 것은 분명하다.

이 책에서 역주의 대본으로 사용한 것은 현재 동양문고에 소장된 3권 3책 본이다. 1권 31장, 2권 31장, 3권 33장이고, 매면 11행, 매행 평균 14자 정도이며, "셰신튝십일월ᄉᆞ직동셔"라는 간기가 있다. 신축년은 1901년이고, 현재 서울 종로구 사직동에 있던 세책집에서 빌려주던 것이다.

2.

「홍길동전」은 현재 약 30여 종의 이본이 알려져 있는데, 이들 이본을 내용상으로 분류하면, 경판계열, 완판계열 그리고 이 둘에 속하지 않는 나머지 한 계열의 셋으로 나눌 수 있다. 동양문고본은 경판계열에 속하지만, 경판계열의 다른 이본과 달리 율도국 부분의 군담대목이 확대되어 있다.

「홍길동전」의 줄거리는 잘 알려져 있으므로 여기서 새삼스럽게 소개할 필요는 없을 것이다. 다만 동양문고본의 내용상 특징이 어떤 것인가 하는 점을 보기 위해, 경판본 가운데 가장 내용이 완비되어 있는 경판 30장본과 간략하게 내용을 비교해 보기로 한다.

동양문고본 1권의 마지막은 포도대장이 길동을 잡으러 갔다가 길동에게 혼이 나는 대목인데, 여기까지는 경판 30장본과 내용과 자구가 거의 일치한다. 동양문고본 2권의 중반까지는 이렇게 두 본이 비슷하나, 2권의 중반부터는 조금씩 달라지는데, 여기부터는 동양문고본이 경판 30장본에 비해 몇 자씩 글자가 빠진 곳도 있고 어떤 부분은 내용이 빠진 곳도 있다. 동양문고본에는 길동이 조선왕을 찾아가 쌀을 빌릴 때, 조선왕이 길동에게 눈을 떠보라고 얘기하는 대목이라든가, 길동이 쌀을 실어가면서 조선왕에게 사례하는 대목이 없다. 이렇게 동양문고본의 2권 중반부터는 경판 30장본에 비해 내용과 자구가 빠진 대목이 군데군데 있지만 이야기 진행은 같다. 그러나 율도국 대목이 시작되는 동양문고본의 2권의 끝부터는 경판 30장본과 상당히 달라진다.

동양문고본을 경판 30장본과 비교했을 때 가장 큰 특징은 율도국과의 전쟁 내용이 매우 길다는 것이다. 율도국과의 전쟁은 2권의 제30장부터 3권의 제27장까지로, 전체의 약 30%가 율도국 정벌 내용으로 되어 있다. 경판 30장본이 약 6%, 완판 36장본이 약 10% 정도임을 감안한다면, 동양문고본의 율도국 정벌 내용은 매우 긴 것이다. 율도국을 정벌한 이후의 내용은 3권의 제28장부터 마지막까지의 6장에 모두 집어넣었으므로 경판 30장본에 비해 상당히 축약되어 있다.

3.

「홍길동전」에 대해서 그동안 학계에서는 간간히 작자와 창작시기에 대한 의문이 제기되어 왔으나, 작자가 허균이라는 설에 별다른 이의를 제기하지 않고 있는 것이 우리 학계의 현실이다. 그리고 작품의 주제에 대해서도 다양한 각도에서 논의되었으나 작자를 허균으로 보았기 때문에 자연히 허균 개인이나 허균이 살았던 시대와의 관계 속에서 주제를 논해 왔다. 그러나 「홍길동전」의 작자가 과연 허균인가? 그리고 「홍길동전」의 작자가 허균이라면 그가 지은 원본은 어느 본인가? 또 지금 우리가 연구의 대상으로 삼고 있는 「홍길동전」이 허균이 지었다는 「홍길동전」과 과연 같은 것인가? 등등의 문제에 대해서 좀더 진지하게 접근할 필요가 있다. 왜냐하면 허균이 「홍길동전」의 작자라는 견해에는 숱한 의문점이 있으면서도 이 문제는 외면하고 작품분석을 해왔기 때문이다.

앞으로 「홍길동전」의 작자와 창작시기 문제는 좀더 정직하게 접근해야 할 것이다. 택당문집에 있는, "허균은 또 홍길동전을 지어 수호와 비겼다(筠又作洪吉同傳以擬水滸)"는 그 한 구절에 얽매이는 어리석음을 더 이상 범하지 말아야 한다. 「홍길동전」의 작자 문제를 허균과 관련하여 논의하려면, 허균이 지은 「洪吉同傳」이 발견되든가 아니면 허균이 작자라는 내용이 들어 있는 한두 가지 이본이라도 발견되어야 한다. 「홍길동전」의 작자는 당대의 봉건윤리를 철저히 부정하면서도 작자가 부정하는 당대사회를 대신할 새로운 사회의 구체적 모습은 전혀 그려내지 못하는 그런 인물이다. 문학이 시대의 반영이라고 할 때 「홍길동전」은 조선왕조가 해체되는 19세기 중반에 와서야 가능한 소설이라고 보는 것이 합리적일 것이다.

「홍길동전」의 주제 문제는, 물론 작자 문제와 맞물려 있는 것이기는 하나, 조선후기 시대상황과 잘 연결지어서 생각해야한다. 예를 들면, 율도국 대목을 해외진출로 해석한다든가, 홍길동이 서자로 태어난 것을 적서타파와 연결시켜 설명하는 것 등이야말로 너무나도 단선적인 해석일 뿐만 아니라 조선후기의 시대상을 도외시한 발상이다. 「홍길동전」의 내용은 당대의 지배윤리를 통렬히 비판하는 데 있으므로 주제문제도 이러한 비판이 일어나게 된 배경에 초점이 맞춰져야 할 것이다.

대부분 문학사와 소설사에서 「홍길동전」을 16세기 말이나 17세기 초에 창작된 한글소설이라고 하고 있다. 이렇게 기술하기 위해서는 「홍길동전」이 창작되어 읽힐 수 있는 여러 가지 조건에 대한 면밀한 검토가 반드시 있어야만 하는데, 이러한 기초연구도 없이 택당문집의 기사 하나로 이렇게 얘기하고 있다. 그리고 「홍길동전」이 기준점이 되어 고소설을 적당히 각 시대별로 나열하고 있는 것이 현재 실정이다. 대부분의 문학사나 소설사에는 임진왜란과 병자호란 이후에 군담소설이 유행하여 「조웅전」, 「유충열전」, 「소대성전」, 「임진록」, 「박씨전」, 「임경업전」 등의 소설이 쏟아져 나온 것으로 기술되어 있다. 그리고 이러한 소설이 나올 수 있는 배경으로 「홍길동전」의 창작을 들고 있다. 그런데 위의 소설들이 과연 17세기에 유행했던가 하는 것에 대해서는 아무런 증거도 없다. 실증적으로 전혀 증명되지 않은 것이다. 그러나 이와 같은 문학사와 소설사의 기술에 대해 이제까지 별다른 비판이나 반론이 없었기 때문에 중등학교 교과서나 한국역사에서도 이런 기술이 그대로 쓰이고 있다. 봉건타파를 주장하는 한글소설이 이미 16세기에 나왔다는 것에만 매달려 실증적인 여러 자료를 외면한다면 자칫 역사를 왜곡할 가능성마저 있다.

최초의 한글소설이라는 통설 때문에 그동안 「홍길동전」에 대한 평가나 연구가 학문적으로 이루어지기보다는 감정적으로 이루어진 경향이 있다. 앞으로 「홍길동전」 연구는 실증적인 연구를 바탕으로 좀더 냉철하게 이루어져야 할 것이다. 앞에서 얘기한 문제를 해결하기 위해서는 「홍길동전」 여러 이본에 대한 면밀한 분석이 필요하다. 동양문고본 「홍길동전」은 세책으로 빌려주던 책이다. 세책의 기본적인 속성은 상업성이므로, 동양문고본은 가능하면 독자들의 기호에 맞게 만든 이본이다. 동양문고본을 다른 이본과 비교하여 잘 분석하여 본다면, 당대 독자가 좋아하는 내용이 무엇이었나 하는 점을 알아낼 수 있을 것이다.

홍길동전 권지일

화설(話說).[1] 조선국(朝鮮國) 세종조(世宗朝) 시절에 한 재상(宰相)이 있 1
으니, 성(姓)은 홍(洪)이요 명(名)은 모(某)라. 대대(代代) 명문거족(名門巨族)[2]으로 소년등과(少年登科)[3]하여 벼슬이 이조판서(吏曹判書)에 이르매 물망(物望)[4]이 조야(朝野)[5]에 으뜸이요, 충효겸비(忠孝兼備)하기로 이름이 일국(一國)에 진동하더라. 일찍 두 아들을 두었으니, 장자는 인형이니 정실(正室)[6]의 유씨 소생이요, 차자는 길동이니 시비(侍婢)[7] 춘섬의 소생이라.

선시(先時)에 공(公)이 길동을 낳을 때에 일몽(一夢)을 얻으니, 문득 뇌정벽력(雷霆霹靂)[8]이 진동하며 청룡이 수염을 거사리고[9] 공을 향하다가 달려들거늘, 놀라 깨달으니 일장춘몽(一場春夢)[10]이라. 공이 심중(心中)에 대희(大喜)하여 생각하되, '내 이제 용몽(龍夢)을 얻었으니 반드시 귀

1) 화설(話說): 고소설에서 이야기의 첫머리 또는 말머리를 돌릴 때 쓰던 말.
2) 명문거족(名門巨族): 이름나고 크게 번창한 집안.
3) 소년등과(少年登科): 나이가 어려서 과거에 급제함.
4) 물망(物望): 여러 사람이 인정하거나 우러러보는 명망(名望).
5) 조야(朝野): 조정과 민간.
6) 정실(正室): 육례(六禮)를 갖추어 맞아들인 아내.
7) 시비(侍婢): 곁에서 시중드는 여자 종.
8) 뇌정벽력(雷霆霹靂): 천둥과 벼락.
9) 거사리고: 거꾸로 세우고.
10) 일장춘몽(一場春): 원문은 '일장춘'으로 되어 있으나 일장춘몽의 잘못임.

한 자식을 낳으리라.' 하고 즉시 내당(內堂)으로 들어가니, 부인 유씨 일어 맞거늘, 공이 흔연(欣然)히 그 옥수(玉手)를 이끌어 정히 친압(親狎)[11] 하고자 하거늘, 부인이 정색(正色) 왈,

2 "상공(相公)이 체위(體位) 존중하시거늘 연소경박자(年少輕薄子)[12]의 비루(鄙陋)함을 행코자 하시니, 첩은 마땅히 봉행(奉行)[13]치 아니하리로소이다."

하고 언파(言罷)[14]에 손을 떨치고 가거늘, 공이 가장 무류하여[15] 분기(憤氣)를 참지 못하고 바로 외당(外堂)으로 나가며 부인의 지식 없음을 차탄불이(嗟歎不已)[16]하더니, 마침 춘섬이 차를 올리거늘 고요함을 인하여 춘섬을 이끌고 협실(夾室)[17]로 드러가 정히 친압하더니, 이때 춘섬의 나이 십팔이라. 한 번 몸을 허한 후로 문외(門外)에 나지 아니하고 타인을 취할 뜻이 없으니, 공이 더욱 기특히 여겨, 인(因)하여 잉첩(媵妾)[18]을 삼으니, 과연 그 달부터 태기 있어 십삭(十朔)[19]만에 일개 옥동(玉童)을 생(生)하니, 기골(氣骨)이 비범하여 짐짓[20] 영웅호걸(英雄豪傑)의 기상이라. 공이 일변(一邊) 기꺼하나 부인에게 낳지 못함을 한탄(恨歎)하더라.

길동이 점점 자라 팔 세 되매 총명이 과인(過人)[21]하여 하나를 들으면 백을 통하니, 공이 날로 더욱 사랑하나, 근본 천생(賤生)[22]이라. 길동이

---

11) 친압(親狎): 남자가 여자와 억지로 관계를 맺으려함.

12) 연소경박자(年少輕薄子): 언행이 방정맞고 가벼운 젊은 사람.

13) 봉행(奉行): 웃어른이 시키는 일을 삼가 거행함.

14) 언파(言罷): 말을 끝냄.

15) 무류하여: 창피해서 볼 낯이 없어서.

16) 차탄불이(嗟歎不已): 탄식하고 한탄하기를 그치지 않음.

17) 협실(夾室): 큰 방 옆에 붙은 곁방.

18) 잉첩(媵妾): 여자가 시집갈 때 여종을 데리고 가서 남편의 첩으로 삼는 것. 여기서는 첩을 가리킴.

19) 십삭(十朔): 열 달.

20) 짐짓: 과연. 진실로.

21) 과인(過人): 사람들보다 뛰어남.

매양 호부호형(呼父呼兄)[23]을 하면 문득 꾸짖어 못하게 하니, 길동이 십 3
세 넘도록 감히 부형(父兄)을 부르지 못하고, 또한 비복(婢僕)[24] 등에게 천대받음을 각골통한(刻骨痛恨)[25]하여 심사를 정치 못하더니, 추구월(秋九月) 망간(望間)[26]을 당하여, 월색(月色)[27]은 조요(照耀)[28]하고 청풍(淸風)은 소슬(蕭瑟)[29]하여 사람의 심사를 돕는지라.

이때 길동이 서당에 있어 글을 읽다가 문득 서책을 밀치고 탄식 왈,

"대장부가 세상에 나매 공맹(孔孟)[30]을 본받지 못하면, 차라리 병법(兵法)을 외워 대장인수(大將印綬)[31]를 요하(腰下)[32]에 비껴 차고 동정서벌(東征西伐)[33]하여 국가에 대공(大功)을 세우고 이름을 만대(萬代)에 빛냄이 장부의 쾌사(快事)라. 나는 어찌하여 일신(一身)이 적막하고, 부형이 있으되 호부호형을 못하니 심장이 터질지라. 어찌 통한(痛恨)치 않으리오?"

하고 말을 마치며 뜰에 내려 검술(劍術)을 공부하더니, 마침 공이 월색을 구경하다가 길동이 배회(徘徊)함을 보고 즉시 불러 문왈(問曰),

"네 무삼 흥(興)이 있어 야심(夜深)토록 잠을 자지 아니하난다?"

길동이 공경 대왈(對曰), 4

"소인(小人)[34]이 마침 월색을 사랑하여 이에 이르렀거니와, 대체 하

22) 천생(賤生): 천한 몸에서 태어남.
23) 호부호형(呼父呼兄): 아버지를 아버지라고 부르고 형을 형이라 부름.
24) 비복(婢僕): 계집종과 사내종.
25) 각골통한(刻骨痛恨): 뼈에 사무치도록 마음속 깊이 맺힌 원한.
26) 망간(望間): 음력 보름께.
27) 월색(月色): 원문은 '일색'이나 월색의 잘못임.
28) 조요(照耀): 밝게 비치어 빛남.
29) 소슬(蕭瑟): 으스스하고 쓸쓸함.
30) 공맹(孔孟): 공자(孔子)와 맹자(孟子). 유학(儒學)을 말함.
31) 대장인수(大將印綬): 대장이 차던 신표(信標)를 매단 끈.
32) 요하(腰下): 허리춤.
33) 동정서벌(東征西伐): 여러 나라를 이리저리 정벌함.

늘이 만물을 내시매 오직 사람이 귀하오나, 소인에게 이르러서는 귀한 것이 없사오니 어찌 사람이라 칭하오리잇가?"

공이 그 말을 짐작하나 짐짓[35] 꾸짖어 왈,

"네 무삼 말인고?"

길동이 재배(再拜)하고 고왈(告曰),

"소인이 평생 서러운 바는, 대감 정기(精氣)[36]로 당당하온 남자가 되어 났으매 부생모육지은(父生母育之恩)[37]이 깊삽거늘, 그 부친을 부친이라 못하옵고 그 형을 형이라 못하오니, 소인 같은 인생을 어찌 사람이라 하오리잇가?"

하고 눈물을 흘려 단삼(單衫)[38]을 적시거늘, 공이 청파(聽罷)[39]에 비록 측은히 여기나, 만일 그 뜻을 위로하면 마음이 방자(放恣)[40]할까 저어하여[41] 크게 꾸짖어 왈,

"재상가(宰相家) 첩의 소생이 비단 너뿐이 아니어든 네 어찌 방자무례함이 이 같으뇨? 차후(此後)에 만일 다시 이런 말이 있으면 안전(眼前)에 용납지 못하리라."

하니, 길동이 감히 일언(一言)을 고(告)치 못하고 다만 복지유체(伏地流涕)[42]뿐이러라. 공이 명하여 '물너가라.' 하거늘 길동이 침소로 돌아와 슬퍼함을 마지아니하더라.

길동이 본디 재기과인(才氣過人)[43]하고 도량(度量)[44]이 활달(豁達)[45]한

34) 소인(小人): 신분이 낮고 천한 사람이 존귀한 사람 앞에서 자신을 일컫는 말.

35) 짐짓: 일부러. 고의로.

36) 정기(精氣): 만물에 갖추어져 있는 순수한 기운.

37) 부생모육지은(父生母育之恩): 어버이가 낳아서 길러준 은혜.

38) 단삼(單衫): 홑적삼.

39) 청파(聽罷): 듣기를 다함.

40) 방자(放恣): 꺼리거나 삼가는 태도가 보이지 않고 교만함.

41) 저어하여: 두려워하여.

42) 복지유체(伏地流涕): 땅에 엎드려 눈물을 흘림.

43) 재기과인(才氣過人): 재주와 기질이 남보다 뛰어남.

지라. 마음을 진정치 못하여 밤이면 잠을 이루지 못하더니, 일일(一日)은 길동이 어미 침소에 나아가 읍(泣)하며[46] 고왈,

"소자가 모친으로 더불어 전생(前生) 연분이 중하여 금세(今世)에 모자가 되오니 은혜 망극(罔極)하온지라. 그러하나 소자의 팔자가 기박(奇薄)하여 천한 몸이 되었사오니 품은 한이 깊사온지라. 장부가 세상에 처함에 남의 천대를 받음이 불가하온지라. 소자 자연 기운을 억제치 못하여 이제 모친 슬하를 떠나려 하오니, 복망(伏望)[47] 모친은 소자를 염려치 마르시고 귀체(貴體)를 보중하소서."

하거늘, 그 어미 청파에 대경실색(大驚失色)[48] 왈,

"재상가 천생(賤生)이 비단 너뿐 아니라. 어찌 협착(狹窄)[49]한 마음을 발(發)하여 어미의 간장을 사르나뇨?"[50]

길동이 대왈(對曰),

"옛날 장충의 아들 길산[51]은 천생이로되, 십삼 세에 그 어미와 이별 6
하고 운봉산에 들어가 도를 닦아 아름다운 이름을 후세에 유전(遺傳)하였사오니, 이제 소자가 그를 효칙(效則)[52]하여 세상을 벗어나려 하옵나니, 모친은 안심하사 후일을 기다리소서. 또한 근간(近間) 곡산모(谷山母)의 행색을 보오니 상공의 총(寵)[53]을 잃을까 하여 우리 모자를 원수같이 아는지라. 큰 화를 입을까 하옵나니 모친은 소자가 나아감을

---

44) 도량(度量): 사람의 뜻과 헤아림.
45) 활달(豁達): 도량이 넓고 큼.
46) 읍(泣)하며: 울면서.
47) 복망(伏望): 엎드려 바람.
48) 대경실색(大驚失色): 크게 놀라서 얼굴빛이 변함.
49) 협착(狹窄): 몹시 좁음.
50) 간장을 사르다: 애를 태우다.
51) 길산: 장길산은 숙종조 때 황해도 일대에서 산적노릇을 했는데 끝내 잡히지 않았다. 그에 대한 사항을 자세히 알 수는 없다.
52) 효칙(效則): 본받아 법으로 삼음.
53) 총(寵): 총애(寵愛). 남달리 귀여워하고 사랑함.

염려치 마르소서."

하니, 그 어미 또한 슬퍼하더라.

원래 곡산모는 본디 곡산 기생으로 상공의 총첩(寵妾)이 되었으니 이름은 초란이라. 가장 교만 방자하여 제 심중에 불합(不合)하면 상공께 참소(讒訴)[54]하니, 이러하므로 폐단이 무수하온 중에, 저는 아들이 없고 춘섬은 길동을 낳았으매 상공이 매양 귀히 여기심을 심중에 매양 앙앙(怏怏)[55]하여 길동의 모자를 없이함을 도모하더니, 일일은 흉계를 생각하고
7 무녀(巫女)를 청하여 일러 왈,

"나의 일신을 평안케 함은 이 곧 길동을 없이하기에 있는지라. 만일 나의 소원을 이뤄주면 그 은혜를 후히 갚으리라."

하니, 무녀가 듣기를 다하고 대희하여 왈,

"지금 홍인문(興仁門)[56] 밖에 한 일등(一等) 관상(觀相[57])하는 사람이 있으니, 상을 뵈면 전후길흉(前後吉凶)을 한 번에 판단하나니, 이 사람을 청하여 소원을 자시 이르시면, 자연 상공께 천거(薦擧)[58]하여 전후 사적(事跡)을 본 듯이 고하오면, 상공이 필연 대혹(大惑)하사 그 아해(兒孩)를 없이코자 하시리니, 그때를 타[59] 여차여차(如此如此) 하오면 어찌 묘계 아니리잇가?"

초란이 대희하여 먼저 은자(銀子)[60] 오십 냥을 주며 상자(相者)[61]를 청하여 오라 하니, 무녀가 하직하고 가니라.

이튿날 공이 내당에 들어와 부인으로 더불어 길동의 비범함을 일컬으

---

54) 참소(讒訴): 남을 헐뜯어서 없는 죄를 있는 듯이 꾸며 고해바치는 일.

55) 앙앙(怏怏): 불평과 불만의 뜻을 가짐.

56) 홍인문(興仁門): 홍인지문(興仁之門). 서울의 동대문.

57) 관상(觀相): 사람의 얼굴 등을 보고 그 사람의 재수나 운명을 판단하는 일.

58) 천거(薦擧): 인재를 어떤 자리에 쓰도록 추천함.

59) 타: 원문에 없으나 문맥상 넣었음.

60) 은자(銀子): 은(銀)으로 된 돈.

61) 상자(相者): 관상을 보는 사람.

며 다만 천생임을 한탄하고 정히 말씀하더니, 문득 한 여자가 들어와 당하(堂下)[62]에서 문안하거늘, 공이 괴히 여겨 문왈(問曰),

"그대는 어떠한 여자관대 무삼 일로 왔나뇨?"

그 여자가 공수(拱手)[63] 대왈(對曰), 8

"소인은 과연 관상하옵기를 일삼더니, 마침 상공 택상(宅上)[64]에 이르렀나이다."

공이 이 말을 듣고 길동의 내사(來事)를 알고자 하여 즉시 불러 그 상자를 뵈니, 상녀(相女)가 이윽히 보다가 놀라며 왈,

"이 공자(公子)의 상을 보오니 천고의 영웅이요, 일대의 호걸이로되, 다만 지체[65]가 부족하오니 다른 염려는 없을까 하나이다."

하고 또한 말을 내고자 하다가 주저하거늘, 공과 부인이 가장 괴이히 여겨 문왈,

"무삼 말을 하려 하다가 주저하니 바른대로 이르라."

상녀가 마지못하여 좌우를 물리치고 왈,

"공자의 상을 보온즉 흉중(胸中)에 조화가 무궁하고 미간(眉間)[66]에 산천정기(山川精氣)가 영롱하오니 짐짓 왕후(王侯)의 기상이라. 공자가 또한 장성하오면 장차 멸문지화(滅門之禍)[67]를 당하오리니 상공은 살피소서."

공이 청파(聽罷)에 경아(驚訝)[68]하여 묵묵반향(默默半晌)[69]에 마음을 정하고 왈,

---

62) 당하(堂下): 대청의 아래.
63) 공수(拱手): 공경의 뜻을 나타내기 위하여 오른 손 위에 왼 손을 포개어 잡음.
64) 택상(宅上): 상대편 집을 높여서 부르는 말.
65) 지체: 대대로 이어져 내려오는 사회적 신분이나 지위.
66) 미간(眉間): 두 눈썹 사이.
67) 멸문지화(滅門之禍): 집안이 망하는 화.
68) 경아(驚訝): 뜻밖의 말을 듣거나 일을 당하여서 놀라며 의심함.
69) 묵묵반향(默默半晌): 한동안 말이 없음.

"사람의 팔자는 도망키 어렵거니와 너는 이런 말을 누설치 말라."

9 당부하고 약간 은자를 주어 보내니라.

이후로 공이 길동을 산정(山亭)[70]에 머물게 하고 일동정(一動靜)[71]을 엄숙하게 살피니, 길동이 이를 당하매 더욱 설움을 이기지 못하여 분기복발(憤氣復發)[72]하나 하릴없어 육도삼략(六韜三略)[73]과 천문지리(天文地理)를 공부하더니, 공이 또한 이 일을 알고 크게 근심하여 왈,

"이 놈이 본디 재주가 있으매, 만일 범람(汎濫)[74]한 의사(意思)를 두면 상녀의 말과 같으리니 이를 장차 어찌하리오?"

하더라.

이 때 초란이 무녀와 상자를 교통(交通)하여 공의 마음을 놀랍게 하고, 길동을 없이코자 하여 천금을 버려 자객을 구하니, 이름은 특재라. 전후사(前後事)를 자시 이르고 초란이 공께 고왈,

"일전(日前)에 상녀의 아는 일이 귀신같으매, 길동의 일을 어찌 처치코자 하시나니잇고? 첩도 놀랍고 두려워하옵나니, 일찍 저를 없이 할만 같지 못하리로소이다."

공이 이 말을 듣고 눈썹을 찡그려 왈,

"이 일은 나의 장중(掌中)에 있으니 너는 번거히 굴지 말라."

10 하고 물리치나, 심사가 자연 산란하여 밤이면 잠을 이루지 못하고 인하여 병이 되었는지라.

부인과 좌랑(佐郎)[75] 인형이 크게 근심하여 아무리 할 줄 모르더니, 초

---

70) 산정(山亭): 산 속에 지은 정자.

71) 일동정(一動靜): 움직임 하나하나.

72) 분기복발(憤氣復發): 가라앉았던 분한 마음이 다시 일어남.

73) 육도삼략(六韜三略): 「육도(六韜)」는 주(周)나라 강태공(姜太公)이 지었다는 병서(兵書)로 문도(文韜), 무도(武韜) 용도(龍韜), 호도(虎韜), 표도(豹韜), 견도(犬韜)의 여섯 권으로 되어있음. 「삼략(三略)」은 진(秦)나라의 황석공(黃石公)이 지었다는 병서(兵書)임.

74) 범람(汎濫): 지나침. 과분함.

75) 좌랑(佐郎): 육조(六曹)의 당하관(堂下官)으로 정육품(正六品)의 벼슬.

란이 곁에 모셔 있다가 고(告)하여 왈,

"상공의 환후(患候)[76]가 위중(危重)하심은 도시 길동을 두신 탓이라. 천(賤)하온 소견에는 길동을 죽여 없이하면 상공의 병환도 쾌차(快差)하실 뿐 아니라 또한 문호(門戶)를 보존하오리니, 어찌 이를 생각지 아니하시고 이처럼 지완(遲緩)[77]하시나니잇고?"

부인 왈,

"아무리 그러하나 천륜(天倫)이 지중(至重)하니 어찌 차마 행하리오."

초란이 대왈,

"소녀가 듣자오니 특재라 하옵는 자객이 있어 사람 죽이기를 낭중취물(囊中取物)[78]같이 한다 하오니, 천금을 주고 밤들기를 기다려 들어가 해(害)하오면, 상공이 아르실지라도 또한 하릴없으리이다. 부인은 생각하옵소서."

부인과 좌랑이 눈물을 흘리며 왈

"이는 차마 사람이 못할 바로되, 첫째는 나라를 위함이요, 둘째는
상공을 위함이요, 셋째는 문호를 보존코자 함이라. 너의 계교대로 행 11
하라."

하거늘, 초란이 대희하여 다시 특재를 불러 이 말을 자시 이르고, '오늘 밤에 급히 해하라.' 하니, 특재 응낙고 그 날 밤들기를 기다려 길동을 해하려 하더라.

차시(此時) 길동이 매양 그 원통한 일을 생각하매 시각을 머물지 못할 일이로되, 상공의 엄명이 지중하므로 하릴없어 밤이면 잠을 이루지 못하더니, 차야(此夜)를 당하여 촉(燭)을 밝히고 주역(周易)[79]을 잠심(潛心)[80]

---

76) 환후(患候): 웃어른을 높이어 그의 병(病)을 이르는 말.

77) 지완(遲緩): 더디고 느즈러짐.

78) 낭중취물(囊中取物): 주머니 속에 있는 물건을 꺼내듯이 일을 하기가 아주 쉬움을 일컫는 말.

79) 주역(周易): 음양의 원리로 천지만물의 변화하는 현상을 설명하고 해석한 유교의 경전. 삼경(三經)의 하나.

하다가, 문득 들으니 까마귀 세 번 울고 가거늘, 길동이 괴히 여겨 혼자 말로 이르되,

"이 짐승은 본디 밤을 꺼리거늘 이제 울고 가니 심히 불길한 징조로다."

하고 잠깐 팔괘(八卦)[81]를 벌여 보더니, 길동이 대경(大驚)하여 서안(書案)을 물리치고 이에 둔갑법(遁甲法)[82]을 행하여 그 동정을 살피더니, 사경(四更)[83]은 하여 한 사람이 비수(匕首)를 들고 완완(緩緩)히[84] 행하여 방문을 열고 들어오는지라. 길동이 급히 몸을 감추고 진언(眞言)[85]을 염
12 (念)하니, 홀연 일진(一陣) 음풍(陰風)[86]이 일어나며 집은 간 데 없고, 첩첩산중(疊疊山中)에 풍경이 거룩한지라. 특재 대경하여 길동의 조화가 신기묘산(神奇妙算)[87]함을 알고 가졌던 비수를 감추고 피코자 하더니, 문득 길이 끊어지고 층암절벽(層巖絶壁)이 가리왔으니 진퇴유곡(進退維谷)[88]이라. 사면으로 방황하되 종시(終是) 벗어나지 못하더니, 홀연 청아한 저[89] 소리 나거늘, 정신을 가다듬어 살펴보니 일위소동(一位小童)[90]이 나귀를 타고 오며 저를 불다가 특재를 보고 대매(大罵)[91] 왈,

---

80) 잠심(潛心): 한 가지 일에 몰두하여 정신을 쏟음.

81) 팔괘(八卦): 복희씨(伏羲氏)가 나라를 다스릴 때 이 여덟 괘를 만들어 가지고 나라의 길흉화복을 점쳤다고 함.

82) 둔갑법(遁甲法): 자기의 몸을 마음대로 감추거나 다른 것으로 변하게 하는 술법.

83) 사경(四更): 오전 1시에서 3시 사이.

84) 완완(緩緩)히: 천천히.

85) 진언(眞言): 음양이나 복서, 점술에 능통한 술객이 귀신을 부르며, 그 귀신을 부리려고 할 때에 외우는 주문을 가리킴.

86) 일진(一陣) 음풍(陰風): 한 바탕 음산한 바람.

87) 신기묘산(神奇妙算): 기이하고 묘한 계책.

88) 진퇴유곡(進退維谷): 나아가도 골짜기요, 물러나도 골짜기다란 뜻으로, 앞으로 나아갈 수도 없고, 뒤로 물러설 수도 없음을 가리키는 말.

89) 저: 피리.

90) 일위소동(一位小童): 한 어린아이.

"네 무삼 일로 나를 죽이려 하난다? 무죄한 사람을 죽이면 어찌 천액(天厄)[92]이 없으리오?"

하고 또 진언을 염하더니, 홀연 일진음풍(一陣陰風)[93]이 일어나며 검은 구름이 일어나고 큰 비 붓듯이 오며 사석(沙石)이 날리거늘, 특재 정신을 진정하여 살펴보니 이 곧 길동이라. 특재 비로소 길동의 재주를 신기히 여겨 주저하다가 또한 생각하되, '제가 어찌 나를 대적(對敵)하리오.' 하고, 달려들며 대호(大呼) 왈,

"너는 죽어도 나를 원(怨)치 말라."

하고 이르되,

"초란이 무녀와 상자로 더불어 상공과 의논하고 너를 죽이려 함이 13
니, 어찌 나를 원망하리오?"

하고 칼을 들고 달려들거늘, 길동이 분기를 참지 못하여 요술로 특재의 칼을 앗아 들고 꾸짖어 왈,

"네 재물만 탐하여 무죄한 사람을 죽이기를 좋이 여기니, 너 같은 무도한 놈을 죽여 후환을 없이 하리라."

하고, 한 번 칼을 들어 치니 특재의 머리 방중에 떨어지는지라. 길동이 분기를 이기지 못하여 이 밤에 바로 상녀를 잡아 특재의 방에 들이치고 꾸짖어 왈,

"네가 나로 더불어 무삼 원수가 있관대 초란과 한 가지로 나를 죽이려 하나뇨?"

하고 베니, 어찌 가련치 아니하리오.

이 때 길동이 양인(兩人)을 죽이고 홀연 건상(乾象)[94]을 살펴보니, 은하수는 서(西)흐로 기울어지고 월색은 희미하여 자연 사람의 수회(愁懷)[95]

---

91) 대매(大罵): 크게 꾸짖음.
92) 천액(天厄): 하늘이 내리는 재앙.
93) 일진음풍(一陣陰風): 한바탕 부는 음산한 바람.
94) 건상(乾象): 일월성신(日月星辰)이 돌아가는 이치. 천체(天體)의 현상.
95) 수회(愁懷): 근심에 잠긴 마음.

를 또한 돕는지라. 분기를 참지 못하여 다만 초란을 죽이고자 하다가, 상
공이 사랑하심을 깨닫고 칼을 던지며 망명도생(亡命圖生)[96]함을 생각하
14 고, 바로 상공 침소에 나아가 하직을 고(告)코자 하더니, 이때 공이 창외
(窓外)에 인적이 있음을 괴이히 여겨 창을 밀치고 보니, 이 곧 길동이라.
공이 문왈,

"밤이 이미 깊었거늘 네 어찌 자지 아니하고 어이 방황하난다?"

길동이 복지(伏地) 대왈,

"소인이 일찍 부생모육지은(父生母育之恩)을 만분지일이나 갚을까 하였더니, 가내(家內)에 불의지변(不意之變)[97]이 있어 상공께 참소하고 소인을 죽이려 하오매, 겨우 목숨을 보전하였사오나 상공을 모실 길이 없어 오늘날 상공께 하직을 고하나이다."

하거늘, 공이 대경(大驚) 왈,

"네 무삼 변고(變故)가 있관대 어린 아해가 집을 버리고 어디로 가려 하난다?"

길동이 대왈,

"날이 밝으면 자연 아르시려니와, 소인의 신세는 뜬구름과 같사오니 상공의 버린 자식이 어찌 참소(讒訴)를 두리리잇고?"

하고 쌍루종횡(雙淚縱橫)[98]하여 말을 이루지 못하거늘, 공이 그 형상을 보고 측은지심(惻隱之心)이 없지 못하여 개유(開諭)[99]하여 왈,

15 "내 너를 위하여 품은 한을 짐작하나니, 금일(今日)로부터 호부호형
을 허(許)하노라."

길동이 재배(再拜) 왈,

"소자의 일편지한(一片之恨)을 또한 풀어 주시니 소자가 지금 죽사

---

96) 망명도생(亡命圖生): 죽게 된 목숨을 구하여 멀리 도망하여 살 길을 꾀함.
97) 불의지변(不意之變): 생각하지도 못한 변고.
98) 쌍루종횡(雙淚縱橫): 두 줄기 눈물이 마구 흐름.
99) 개유(開諭)하여: 좋은 말로 알아듣도록 타일러.

와도 여한(餘恨)이 없사옵는지라. 복망(伏望) 야야(爺爺)[100]는 만수무강(萬壽無疆)[101]하옵소서."

하고 재배하거늘, 공이 붙들지 못하고 다만 무사함을 당부하더라.

길동이 또한 어미 침소에 나아가 이별을 고하여 왈,

"소자가 지금으로 슬하를 떠나오매 다시 모실 날 있사오리니, 복망 모친은 그 사이 귀체를 보중하옵소서."

춘랑이 이 말을 듣고 무삼 변고가 있음을 짐작하나, 아자(兒子)의 하직함을 보고 집수(執手) 통곡 왈,

"네 어이하여 또한 어디로 향코자 하난다? 한 집에 있어도 처소(處所)가 초원(稍遠)[102]하여 매양 연연(戀戀)[103]하더니 이제 너를 정처 없이 보내고 어찌 있으리오. 너는 쉬 돌아와 모자가 상봉함을 바라노라."

길동이 재배 하직하고 문을 나매, 운산(雲山)은 첩첩(疊疊)한데[104] 정처 없이 행하니, 어찌 가련치 아니하리오.

차설(且說).[105] 초란이 특재의 소식이 없음을 십분 의아(疑訝)하여 사기 16
(事機)[106]를 탐지하더니, 길동은 간 데 없고 특재의 주검과 계집의 주검이 방중에 있다 하거늘, 초란이 혼비백산(魂飛魄散)[107]하여 어찌 할 줄을 모르다가 급히 부인께 고한대, 부인이 또한 대경실색(大驚失色)하여 좌랑을 불러 이 일을 이르며 상공께 고하니, 공이 대경실색 왈,

"길동이 밤에 슬피 와 고하매 괴이히 여겼더니, 과연 이 일이 있도다."

---

100) 야야(爺爺): 아버님.

101) 만수무강(萬壽無疆): 오래오래 병 없이 사는 것.

102) 초원(稍遠): 거리가 멂.

103) 연연(戀戀): 잊지 못하고 항상 그리워함.

104) 운산(雲山)은 첩첩(疊疊)한데: 구름 낀 높고 아득한 산이 겹겹이 가리고 막히었는데.

105) 차설(且說): 소설에서 화제를 돌릴 때 쓰는 말.

106) 사기(事機): 일이 되어가는 기미.

107) 혼비백산(魂飛魄散): 뜻밖의 일을 당하여 정신 없이 당황함.

좌랑이 감히 은휘(隱諱)[108]치 못하여 초란의 실사(實事)를 고한대, 공이 더욱 분노하여 일변 초란을 잡아 내치고 가만히 그 신체[109]를 없이 하며, 노복(奴僕)을 불러 이런 말을 내지 말라 당부하더라.

각설(却說).[110] 길동이 부모를 이별하고 문을 나매 일신이 표박(漂
迫)[111]하여 정처없이 촌촌(寸寸)히[112] 행하더니, 문득 한 곳에 다다르니
산천이 수려(秀麗)하고 경개(景槪)가 절승(絶勝)한지라. 인가(人家)를 찾아
점점 들어가니, 큰 바위 밑에 석문(石門)이 닫혔거늘, 가만히 그 문을 열
17 고 들어가니, 평원광야(平原廣野)에 수백호(數百戶) 인가가 즐비하고 여
러 사람들이 모여 잔치하며 즐기니, 이 곳은 도적의 굴혈(窟穴)[113]이라.
문득 길동을 보고 그 위인(爲人)이 녹록(碌碌)[114]지 않음을 보고 물어 왈,

"그대는 어떠한 사람이완대 어찌하여 이 곳에 찾아 들어 왔나뇨?"

하며,

"이 곳은 다만 영웅호걸(英雄豪傑)이 많이 모였으되 아직 괴수(魁首)[115]를 정치 못하였으니, 그대는 마땅히 무삼 품은 재주가 있거든 소임(所任)을 이르며, 만일 참예(參預)코자 하거든 저 돌을 들어서 시험하여 보라."

길동이 이 말을 듣고 심내(心內)에 다행하여 재배(再拜)하여 왈,

"나는 다른 사람이 아니오라 본디 경성 홍판서의 천첩(賤妾)의 소생 길동이러니, 가중(家中)의 천대를 받지 않으려 하여 사해팔방(四海八方)으로 정처 없이 다니더니, 우연히 이 곳에 들어와 모든 호걸(豪傑)

---

108) 은휘(隱諱): 꺼리어 감추거나 숨김.
109) 신체: 시신(屍身).
110) 각설(却說): 소설에서 화제를 돌릴 때 하는 말.
111) 표박(漂迫): 정처없이 떠돌아다님.
112) 촌촌(寸寸)히: 한 치 한 치.
113) 굴혈(窟穴): 도둑 등의 무리가 활동의 본거지로 삼고 있는 소굴.
114) 녹록(碌碌)하다: 만만하고 호락호락하다.
115) 괴수(魁首): 못된 짓을 하는 무리의 우두머리.

의 동류(同類)됨을 이르시니 불승감사(不勝感謝)[116]하거니와, 대장부 어찌 저만 돌을 들기를 근심하리오?"

하고, 그 돌을 들고 수삼십 보를 행하다가 던지니, 그 돌 무게는 천근(千 18
斤)이 넘는지라. 모든 도적들이 다 크게 칭찬하여 왈,

"과연 장사로다. 우리는 수천 여명이로되 이 돌을 들 자가 일인(一人)도 없더니, 오늘날 하늘이 도우사 장군을 주심이로다."

하고, 길동을 이끌어 상좌(上座)에 올려 앉히고 술을 내와 차례로 권하며, 일변 백마(白馬)를 잡아 맹세하고[117] 언약을 굳게 하니, 중인(衆人)이 일시에 응낙하고 종일토록 즐기다가 파(罷)하니, 이후로 길동이 제인(諸人)으로 더불어 무예를 연습하여 수월을 익히더니, 자연 군법(軍法)이 정제(整齊)한지라.

일일(一日)은 제인(諸人)이 이르되,

"우리 등이 벌써부터 합천(陜川) 해인사(海印寺)를 치고 그 재물을 탈취(奪取)코자 하오나, 지략(智略)이 부족하고 용력(勇力)이 없사와 거조(擧措)[118]를 발(發)치 못하옵더니, 이제 장군을 만났으니 어찌 해인사 취하기를 근심하리잇고? 이제 장군의 의향이 어떠하시니잇고?"

길동이 소왈(笑曰),

"그러하면 내가 장차 발(發)하리니, 그대 등은 내 지휘대로 하라." 19

하고, 길동이 이에 청포옥대(青袍玉帶)[119]에 나귀를 타고 또한 종자(從者) 수인(數人)을 데리고 나아가며 왈,

"내 먼저 그 절에 가서 동정을 살피고 오리라."

하며 완연히 나아가니, 선연(鮮然)한[120] 재상가(宰相家) 자제러라.

---

116) 불승감사(不勝感謝): 고마움을 이기지 못함.

117) 백마를 잡아 맹세하고: 옛날에는 중대한 맹세를 하고자 할 때 흰말을 잡아서 그 피를 입술에 바르고 했음.

118) 거조(擧措): 어떤 일을 꾸미거나 처리하기 위한 조치.

119) 청포옥대(青袍玉帶): 옛날 선비가 입던 푸른 웃옷과 옥으로 만든 허리띠.

120) 선연(鮮然)한: 뚜렷한. 확실한.

길동이 그 절에 가 동정을 보고, 먼저 수승(首僧)[121]을 불러 이르되,

"나는 경성 홍판서댁 자제라. 이 절에 와서 글공부를 하려 하거니와, 명일에 백미(白米) 이십 석(石)을 보낼 것이니 음식을 정(淨)히 차려주면 너희들과 한가지로 먹으리라."

하고, 사중(寺中)을 두루 살피며 동구(洞口)[122]에 나아오며 제승(諸僧)으로 더불어 후일을 기약하고 행하여 동구에 나아오니, 제승이 나아와 전송하고 모두 즐겨하더라. 길동이 돌아와 백미 이십 석을 수운(輸運)[123]하여 보내고, 중인(衆人)을 불러 왈,

20 "내가 아무 날은 그 절에 가서 이리이리 하리니, 그대 등은 내 뒤를 좇아와 이리이리 하라."

하고, 그 날을 기다려 종자 수십인 데리고 해인사에 이르니, 제승이 나와 맞아 들어가니, 노승(老僧)을 불러 문왈,

"내가 보낸 쌀로 음식이 부족지 아니하더뇨?"

노승이 대왈,

"어찌 부족하리잇고. 너무 황감(惶感)하도소이다."

길동이 이에 상좌(上座)에 앉고 제승을 일제히 청하여 각기 상을 받게 하고, 먼저 술을 내와 마시며 차례로 권하니, 모든 중들이 황감함을 마지 아니하더라. 길동이 이에 상을 받고 먹더니 문득 모래 하나를 가만히 입에 넣고 깨무니, 그 소리가 가장 큰지라. 제승들이 듣고 놀라 사죄(謝罪)하거늘, 길동이 거짓 대로(大怒)하여 꾸짖어 왈,

"너희 등이 어찌 음식을 이다지 부정히 하였나뇨? 반드시 나를 능멸(凌蔑)히 알고 이리 함이라."

하고 종자를 분부하여 제승을 한 줄로 결박하여 앉히니, 사중(寺中)이 황
21 급하여 아무리 할 줄을 모르는지라. 이윽고 대적(大賊) 수백 여명이 일시

---

121) 수승(首僧): 중의 우두머리.
122) 동구(洞口): 동네 어귀.
123) 수운(輸運): 여객이나 화물을 실어 나르는 일.

에 달려들어 모든 재물을 탈취하여 제 것 가져가듯 하니, 제승이 이를 보고 다만 입으로 소리만 할 뿐이러라.

이때 불목한[124]이 마침 나아갔다가 이에 들어와 이런 경상(景狀)을 보고 즉시 도로 나아가 관가(官家)에 가 고하니, 합천 원(員)[125]이 문기언(聞其言)하고 관군을 조발(調發)하여 그 도적을 잡으라 하니, 관군이 청령(聽令)하고 즉시 수백 여명이 일시에 도적의 뒤를 쫓을새, 문득 보니 한 늙은 중이 송낙[126]을 쓰고 장삼(長衫)[127]을 입고 높은 뫼에 올라앉아 외쳐 왈,

"도적이 북녘 소로(小路)로 갔으니 빨리 쫓아가 잡으소서."

하거늘, 관군이 그 절 중인가 하여 풍우(風雨)같이 북편 소로로 찾아 나아가다가, 날이 점점 저물거늘, 잡지 못하고 돌아가니라.

길동이 제적(諸賊)을 남편 대로(大路)로 보내고 제 홀로 중의 복색을
하고 관군을 속여 무사히 굴혈로 돌아오니, 모든 도적이 모든 재물을 벌 22
써 수탐(搜探)[128]하여 왔는지라. 길동이 옴을 보고 제적이 일시에 나와 맞으며 분분(紛紛)히 사례(謝禮) 왈,

"장군의 묘계는 이루 난측(難測)이로소이다."

길동이 소왈(笑曰),

"대장부가 이만 재주가 없으면 어찌 중인의 괴수(魁首)가 되리오?"

하더라.

이후로 길동이 조선 팔도로 다니며 각도(各道), 각읍(各邑) 수령(守令)[129]이며 혹 불의(不義)로 재물을 취하면 탈취하고, 나라에 속한 재물은 하나도 침범치 아니하며, 혹 지빈무의(至貧無依)[130]한 자 있으면 구제

---

124) 불목한: 불목하니. 절에서 불 때고 밥 짓는 것 같은 잡일을 하는 사람.

125) 원(員): 한 고을을 다스리는 우두머리인 부윤(府尹), 목사(牧使), 부사(府使), 군수(郡守), 현감(縣監), 현령(縣令) 등을 두루 일컫던 말.

126) 송낙: 중이 쓰는 모자.

127) 장삼(長衫): 길이가 길고 품과 소매를 넓게 지은 중의 웃옷.

128) 수탐(搜探): 찾아내어 가져옴.

129) 수령(守令): 각 고을을 맡아 다스리던 지방관들을 통틀어 이르는 말.

하고, 백성을 추호도 범(犯)치 아니하니, 이러므로 제적의 마음이 그 의취(意趣)[131]있음을 항복하더라.

일일은 길동이 제인(諸人)을 모으고 의논하여 가로대,

"이제 함경감사(咸鏡監司) 탐관오리(貪官汚吏)로 준민지고택(浚民之膏澤)[132]하여 백성이 견디지 못하는지라. 우리 등이 이제를 당하여 그저 두지 못하리니 그대 등은 나의 지휘대로 하라."

하고, 하나씩 흘러 들어가 아무 날 밤으로 기약을 정하고, 남문 밖에 불
23 을 지르니, 감사(監司)가 대경실색(大驚失色)하여 그 불을 구하라 한대, 모든 관속(官屬)이며 백성들이 일시에 달려들어 그 불을 구할새, 이 때 길동의 수백 적당(賊黨)이 일시에 성중(城中)으로 달려들어 일변(一邊) 창고를 열고 전곡(錢穀)[133]을 취하고, 일변 군기(軍器)를 수탐하여 가지고 북문으로 달아나니, 성중이 요란하여 물 끓듯 하는지라. 감사가 불의지변(不意之變)을 당하여 어찌할 줄 모르더니, 날이 이미 밝은 후에 살펴보니 창고의 군기와 전곡이 하나도 없이 일공(一空)[134]이 되었는지라. 감사가 대경실색하여 그 도적 잡기를 힘쓰더니, 홀연 북문에 방(榜)[135]을 붙였으되,

아무 날 밤에 전곡 도적하여 간 자는 활빈당(活貧黨) 행수(行首)[136] 홍길동이라.

---

130) 지빈무의(至貧無依): 지극히 가난하고 의지할 곳이 없음. 원문은 'ᄌᆞ빈무'임.
131) 의취(意趣): 의지와 하고자 하는 방향.
132) 준민지고택(浚民之膏澤): 백성의 기름을 짜냄. 백성의 재물을 마구 긁어냄.
133) 전곡(錢穀): 돈과 곡식.
134) 일공(一空): 모두 비었음.
135) 방(榜): 관청에서 어떠한 사항을 백성에게 널리 알리려고 글을 써서 사람이 많이 지나다니는 곳과 성문에 붙이는 것으로 일종의 벽보.
136) 행수(行首): 여러 사람 가운데서 우두머리.

하였거늘, 감사가 발군(發軍)하여 그 도적을 잡으라 하더라.

차설(且說). 길동이 모든 도적으로 더불어 전곡과 군기를 많이 도적하
였으되, 행여 길에서 잡힐까 염려하여 둔갑법(遁甲法)[137]과 축지법(縮地 24
法)[138]을 행하여 처소로 돌아오니라. 이때 날이 이미 새고자 하였더라.

일일은 길동이 제인을 모으고 의논하여 왈,

"이제 우리 합천 해인사를 치고 또 함경감영을 쳐 전곡과 재물이며 군기 등속(等屬)을 탈취하였사오니, 이 소문이 파다하여 소요(騷擾)하려니와, 나의 성명을 써서 감영에 붙이고 왔으니, 오래지 아니하여 우리 등이 잡히기 쉬우리니, 그대 등은 나의 재주를 보라."

하고, 즉시 초인(草人)[139] 일곱을 만들어 진언(眞言)을 염(念)하고 혼백(魂
魄)을 붙이고 있더니, 이윽고 일곱 길동이 일시에 팔을 뽐내며 크게 소리
하여 왈, 한 곳에 모두 앉아 난만(爛漫)히[140] 수작하니 어느 것이 정(正)
길동인지 진가(眞假)를 아지 못할러라. 하나씩 팔도에 흩어지되 각기 사
람 수백 명씩 거느리고 행하여 가니, 그 중에도 정 길동이 어느 곳으로
간 바를 아지 못할러라. 합하여 여덟 길동이 팔도에 하나씩 다니며 호풍 25
환우(呼風喚雨)[141]하는 술법을 행하며 조화가 무궁하니, 각도 각읍 창고
의 곡식과 재물을 일야간(一夜間)에 종적이 없이 가져가며, 서울로 올리
는 봉물(封物)[142]을 의심 없이 탈취하니, 팔도 각 읍이 이 경상(景狀)을
당하매 어찌 소동치 아니하리오? 백성들이 밤이면 능히 잠을 이루지 못
하고 또한 도로에 행인(行人)이 끊어지니, 이러므로 팔도 각 읍이 요란한
지라. 팔도 감사가 이 일로 인하여 경사(京師)에 장계(狀啓)[143]하니 대강

137) 둔갑법(遁甲法): 자기 몸을 감추거나 다른 것으로 변하게 하는 술법.
138) 축지법(縮地法): 거리를 줄여서 빨리 가는 술법.
139) 초인(草人): 짚이나 풀로 사람의 모양과 같이 만든 인형.
140) 난만(爛漫)히: 스스럼없고 혼잡스럽게.
141) 호풍환우(呼風喚雨): 바람과 비를 부름.
142) 봉물(封物): 지방에서 서울의 벼슬아치에게 선물로 보내던 물건.
143) 장계(狀啓): 감사나, 왕명으로 지방에 파견된 벼슬아치가 서면으로 올리던

하였으되,

난데없는 홍길동이란 대적(大賊)이 와서 능히 호풍환우를 짓고 들어와
각 읍의 재물을 탈취하여 인심이 소동하오며, 각 읍에서 봉송(封送)하는
물건을 올라오지 못하게 하여 작란(作亂)이 무수하니, 그 도적을 잡지 못
26 하오면 장차 어느 지경에 이를는지 아지 못하오리니, 복망 성상(聖上)은
좌우포청(左右捕廳)[144]으로 하교(下敎)[145]하사 그 도적을 잡게 하옵소서.

하였더라.

상(上)이 보시기를 다 하시고 대경하사 좌우포장(左右捕將)[146]을 명하여 잡으라 하실새, 연(連)하여 팔도에서 장계를 올리는지라. 상이 연하여 떼어 보시니, 도적의 이름이 다 홍길동이라 하였고, 전곡(錢穀) 잃은 날짜를 보시니 한날한시에 잃었는지라. 상이 견필(見畢)[147]에 대경하여 가라사대,

"이 도적의 용맹과 술법은 옛날 치우(蚩尤)[148]라도 당치 못하리로다."

하시고,

"아무리 신기한 놈인들 어찌 한 놈이 또한 팔도에 있어 한날한시에

보고.

144) 좌우포청(左右捕廳): 조선 한양에서 일체의 치안행정을 맡은 관청을 포도청(捕盜廳)이라 했는데, 좌포도청과 우포도청 두 관아를 두었으므로 둘을 함께 가리킬 때 좌우포청이라함.

145) 하교(下敎): 전교(傳敎). 임금이 내리는 명령.

146) 좌우포장(左右捕將): 좌우포도대장의 줄인 말.

147) 견필(見畢): 보기를 마침.

148) 치우(蚩尤): 동방의 아홉 오랑캐에 속하는 족속으로, 지금의 중국의 하북성 일대에서 매우 강성하던 나라의 임금이었음. 치우는 재주가 많고 용력이 장하며, 칼, 쇠뇌 등 여러 가지의 병기를 만들고, 이웃나라와 싸우기를 좋아하여 서쪽으로 중국에 가장 위협을 주게 되어 중국은 늘 두려워하게 되었다. 중국 사람들은 그를 가리켜 구리 머리에 쇠 이마이고, 입으로 연기와 안개를 내뿜는다고 하며 무섭게 여겼음.

도적하리오? 이는 심상한 도적이 아니라. 잡기 어려운 도적이니 좌우 포장이 이제 발군(發軍)하여 그 도적을 잡으라."

하시니, 이때 우포장 이흡이 출반(出班) 주왈(奏曰),

"신이 비록 재주 없사오나 그 도적을 잡아오리니 전하는 근심 마르 27
소서. 이제 좌우포장이 어찌 병출(幷出)[149]하리잇고?"

상이 옳게 여기사 급히 발군하라 하시니, 이흡이 발군할새 각각 흩어져 아무 날 문경(聞慶)[150]으로 모도임을 약속하고, 이흡이 약간 포졸 수삼 인을 데리고 변복(變服)하고 다니더니, 일일은 날이 저물어서 주점을 찾아 쉬더니, 문득 일위소년(一位少年)이 나귀를 타고 들어와 이흡을 보고 예(禮)하거늘, 포장이 답례한대, 그 소년이 문득 한숨지며 왈,

"보천지하(普天之下)가 막비왕토(莫非王土)요, 솔토지민(率土之民)이 막비왕신(莫非王臣)이라.'[151] 하니, 소생이 비록 향곡(鄕曲)[152]에 있으나 국가를 위하여 근심이로소이다."

포장(捕將)이 거짓 놀라며 왈,

"이 어찌 이름이뇨?"

소년 왈,

"이제 홍길동이라 하는 도적이 팔도로 다니면서 작란이 무수하매 인심(人心)이 소동하오되, 이 놈을 잡지 못하니 어찌 분한(憤恨)[153]치 아니하리오?"

포장이 이 말을 듣고 왈,

"그대 기골(氣骨)이 장대하고 언어가 충직하니 나와 같이 한가지로 28

149) 병출(幷出): 함께 나아감.

150) 문경(聞慶): 지명. 경상북도 문경을 가리킴.

151) 보천지하(普天之下)가 막비왕토(莫非王土)요 솔토지민(率土之民)이 막비왕신(莫非王臣)이라: 널리 하늘 아래가 왕의 땅이 아님이 없고, 거느리는 땅의 백성이 왕의 신하가 아님이 없음.

152) 향곡(鄕曲): 시골.

153) 분한(憤恨): 분하고 한스러움.

그 도적을 잡음이 어떠하뇨?"

소년이 답왈,

"소생이 벌써부터 잡고자 하나 용력(勇力)이 있는 사람을 얻지 못하여 그 도적을 잡지 못하고 지금까지 살려 두었더니, 이제 그대를 만났으니 다만 어찌 만행(萬幸)[154]이 아니리오마는, 그대의 재주를 아지 못하니 그윽한 곳을 찾아가 재주를 시험하자."

하고 한가지로 행하여 가더니, 한 곳에 다다르니 높은 바위 있거늘, 그 위에 올라앉으며 이르되,

"그대 힘을 다하여 두 발로 나를 차라."

하고 바위 끝으로 나아가 앉거늘, 포장이 생각하되, '제 아무리 용력이 있은들 내가 한 번 차면 어찌 아니 떨어지리오.' 하고 평생 힘을 다하여 두 발로 매우 차니, 그 소년이 문득 돌아앉으며 왈,

"그대 짐짓 장사로다. 내가 여러 사람을 시험하였으되 나를 요동케
29 할 자가 없더니, 이제 그대에게 차임에 오장(五臟)이 울리는 듯하도다. 그대 나를 따라오면 길동을 잡으리라."

하고 첩첩한 산곡(山谷) 사이로 들어가거늘, 포장이 문득 생각하되, '나도 힘을 자랑할 만하더니 오늘날 저 소년의 힘을 보니 어찌 놀랍지 아니하리오. 그러나 내 이 곳까지 쫓아 들어 왔으니 설마 저 소년 혼자라도 길동을 잡기를 근심치 아니하리로다.' 하고, 점점 따라 들어가더니, 그 소년이 문득 돌쳐서며[155] 포장더러 왈,

"이 곳이 길동의 굴혈이라. 내 먼저 들어가 탐지하여 올 것이니, 그대는 이제 여기 있어 기다리면 다녀오리라."

하고 가거늘, 포장이 마음에 의심하나 또한 당부하되, '그대는 빨리 행하여 더디지 말고 속히 길동을 잡아옴'을 당부하고 앉아 기다리더라.

이윽고 홀연 산곡(山谷) 중으로 좇아 수십 건졸(健卒)[156]이 요란하게

---

154) 만행(萬幸): 아주 다행스러움.

155) 돌쳐서며: 돌아서며.

소리를 지르고 천병만마(千兵萬馬)가 끌려오는 듯이 몰아 내려오는지라. 30
포장이 앉아 기다리다가 요란한 소리를 듣고 대경실색(大驚失色)하여 피코자 하더니, 점점 가까이 내려와 불문곡직(不問曲直)[157]하고 달려들어 포장을 결박하며 크게 꾸짖어 왈,

"네 포도대장 이흡이 아닌다? 우리 등이 지부왕(地府王)[158] 명령을 받자와 이 곳까지 들어왔노라."

하고, 철삭(鐵索)[159]으로 여러 군졸 등이 목을 옭아 풍우같이 몰아가는지라. 포장이 부지불각(不知不覺)의 변을 만남에 혼불부체(魂不附體)[160]하여 아무런 줄을 모르고 한 곳에 다다르며, 또한 꿇려 앉히거늘, 포장이 겨우 정신을 진정하여 잠깐 치밀어 보니, 궁궐이 장대한데 무수한 황건역사(黃巾力士)[161]가 좌우에 벌여 섰고 나졸 등이 시립(侍立)[162]하여 겹겹이 둘렀는데, 일위군왕(一位君王)이 좌탑(座榻) 상(上)에 단정히 앉아 여성(厲聲)[163]하여 꾸짖어 이르되,

"네 요마필부(幺麽匹夫)[164]로서 어찌 활빈당 행수 홍장군을 잡으려
하난다? 이러므로 너를 잡아 풍도(酆都)[165]섬에 가두오리라." 31

하니, 포장이 황겁(惶怯)하여 잠깐 정신을 차려 배복(拜伏)[166] 주왈(奏曰),

"소인은 본래 인간의 한미(寒微)[167]한 사람이라. 불의금자(不意今

---

156) 건졸(健卒): 건장한 병졸.
157) 불문곡직(不問曲直): 옳고 그름을 묻지 아니함.
158) 지부왕(地府王): 저승의 왕인 염라대왕.
159) 철삭(鐵索): 쇠사슬.
160) 혼불부체(魂不附體): 매우 놀라 정신이 나감.
161) 황건역사(黃巾力士): 힘이 센 신장(神將)의 하나.
162) 시립(侍立): 모시고 서 있음.
163) 여성(厲聲): 노하여 크게 소리를 지름.
164) 요마필부(幺麽匹夫): 요마(幺麽)는 작다는 뜻이고 필부(匹夫)는 그저 평범한 사람이란 뜻으로 변변치 아니한 작은 놈을 뜻함.
165) 풍도(酆都): 염라대왕이 사는 지옥.
166) 배복(拜伏): 공경하는 마음으로 절하여 엎드림.

者)[168]에 아무 죄상(罪狀)도 없이 잡혀왔으니 넓으신 덕택을 드리오사 살려 보내옵시기를 바라나이다."

하고 심히 애걸하는지라.

문득 전상(殿上)에서 웃음소리 나며 다시 꾸짖어 이르되,

"이 사람아, 네 포도대장이 아닌다? 네 나를 자시 보라."

하더라.

차청(且聽) 하회(下回)하라.[169]

세(歲) 신축(辛丑) 십일월일(十一月日) 사직동(社稷洞) 서(書)

167) 한미(寒微): 가난하고 지체가 낮아 보잘 것 없음.

168) 불의금자(不意今者): 뜻하지 않게 지금.

169) 차청(且聽) 하회(下回)하라: 다음 회를 잘 들어보라는 뜻의 장회소설 한 회 마지막에 붙는 상투적 문구.

홍길동전 권지이

화설(話說). 길동이 이르되, 1

"나는 곧 활빈 행수(行首) 홍길동이라. 그대 나를 잡으려 하매 내가 짐짓[1] 그대의 용력과 뜻을 알고자 하여, 작일(昨日)에 내가 청포소년(青袍少年)[2]으로 그대를 인도하여 이 곳까지 와 나의 재주와 위엄을 뵈게 하고 허다(許多) 위풍을 알게 함이라."

언파(言罷)에 좌우신장(左右神將)과 나졸(邏卒)[3]을 명하여 맨 것을 끄르고 붙들어 당상(堂上)에 앉히고, 시아(侍兒)를 명하여 술을 내와 권하며 이르되,

"그대는 부질없이 다니지 말며 헛수고를 또한 행치 말고 이제 빨리 돌아가되, 그대 나를 보았다 하면 반드시 그대에게 죄책(罪責)이 있을 것이니 부디 이런 말을 일호(一毫)도 내지 말라. 이 일이 그대를 위하여 잠시간(暫時間)이라도 정당히 말하는 것이니 입 밖에 내지 말라."

하고, 또 다시 술을 내와 친히 부어 권하며 좌우를 명하여 포도대장(捕盜大將)을 내어보내라 하니, 이포장이 마음에 생각하되, 도시 내가 꿈인지
생신지 알 수 없으며, 어찌하여 이리 왔으며, 또한 길동의 조화를 신기히 2
여겨 이미 가고자 하더니, 문득 사지(四肢)를 요동(搖動)치 못하니, 또한

1) 짐짓: 일부러. 고의로.
2) 청포소년(青袍少年): 푸른 도포를 입은 소년.
3) 나졸(邏卒): 관할 구역의 순찰과 죄인을 잡아들이는 일을 맡아 하던 하급 병졸.

괴이히 여겨 겨우 정신을 진정하여 살펴본 즉 가죽부대 속에 들었거늘, 간신히 운동하여 나와 보니 가죽부대 셋이 나무 끝에 달렸거늘, 차례로 내어보니 처음에 떠날 때 데리고 왔던 하인 등이라. 서로 대하여 이르되,

"우리 아시에[4] 떠날 제 문경(聞慶)으로 모이자 하였더니 어찌하여 이 곳에 이처럼 왔는고?"

하고 각각 살펴보니, 다른 곳이 아니라 장안(長安)[5] 성중(城中) 북악(北岳)이라. 사인(四人)이 어이없어 이에 장안을 굽어보며 하인더러 일러 왈,

"너는 어찌하여 이 곳에 왔나뇨? 또 너는 어찌하여 한가지로 이 곳에 이르렀나뇨? 우리 다 각각 상약(相約)[6]하여 문경으로 문경으로[7] 모였난고?"

하며 서로 이상히 여기니, 삼인이 고왈,

"소인 등은 주점에서 유숙(留宿)[8]하옵더니, 홀연 풍운에 싸이어 이
3 리 왔사오니 무삼 연고로 어찌하여 여기까지 왔는 줄을 아지 못함이로소이다."

포장 왈,

"이 일이 가장 허무하고 맹랑한 일이니, 그대는 남에게 전설(傳說)[9]하지 말라. 이제로 다시 생각하니 길동의 재주가 불측(不測)하니, 어찌 인력으로 잡을 수단이 있으리오? 우리 등이 이제 그저 돌아가면 단정(斷定)코 죄를 면치 못하오리니 그렁저렁 수월(數月)을 두류(逗遛)[10]하다가 돌아가자."

---

4) 아시에: 애초에.

5) 장안(長安): 한 나라의 수도(首都). 중국 당(唐)나라 수도가 장안이었으므로 서울을 장안이라고 함.

6) 상약(相約): 서로 약속함.

7) 문경으로: 이 대목은 "모이자 하였더니 어찌 이곳에"라는 말이 들어가야 할 곳이나, 필사자의 잘못으로 '문경으로'가 두 번 들어갔음.

8) 유숙(留宿): 남의 집에 머묾.

9) 전설(傳說): 전하여 말함.

10) 두류(逗遛): 객지에서 일정기간 머물러 묵음.

하고 북악(北岳)에서 한가지로 내려가더라.

차시(此時) 상(上)이 팔도에 행관(行關)[11]하여 길동을 잡아들이라 하신
대, 길동의 변화가 불측무궁(不測無窮)하여 기탄(忌憚)없이[12] 장안 대로
상(大路上)으로 혹 초헌(軺軒)[13]도 타고, 혹 말도 타고, 혹 나귀도 타며,
각각 복색(服色)[14]을 변하여 임의로 왕래하며, 혹 각도 각읍에 노문(路
文)[15]도 놓고, 혹 쌍교(雙轎)[16]도 타고 왕래하며, 혹 수의어사(繡衣御使)[17]
의 모양도 하여 각읍(各邑) 수령(守令)과 각도(各道) 방백(方伯)[18]이며 탐
관오리(貪官汚吏)[19] 하는 자와 불효강상죄인(不孝綱常罪人)[20]이며 불의
를 행하는 자와 억매(抑賣)홍정[21]하는 자를 염문(廉問)[22]하여 문득 선참
후계(先斬後啓)[23]하되, 가어사(假御使)[24] 홍길동의 계문(啓聞)[25]이라 하였 4
으니, 차시 상이 더욱 대로(大怒)하사 가라사대,

"이 놈이 각도 · 각읍에 다니며 무수히 장난하되 아무도 잡을 자가

---

11) 행관(行關): 공문을 보냄.

12) 기탄(忌憚)없이: 거리낌 없이.

13) 초헌(軺軒): 종이품(從二品) 이상의 관원(官員)이 타던 외바퀴가 달린 수레.

14) 복색(服色): 신분이나 직업에 따라서 다르게 맞추어서 차려 입던 옷의 꾸밈새와 빛깔.

15) 노문(路文): 높은 벼슬아치나 귀한 사람이 외방으로 갈 때 지나는 길옆의 관청이나 개인에게 지나가거나 찾아간다는 것을 알리는 글.

16) 쌍교(雙轎): 말 두 필을 매어서 탈 수 있게 만든 가마로 귀한 사람이 사용함.

17) 수의어사(繡衣御使): 암행어사.

18) 방백(方伯): 관찰사.

19) 탐관오리(貪官汚吏): 탐욕이 많고 행실이 깨끗하지 못한 벼슬아치.

20) 불효강상죄인(不孝綱常罪人): 불효와 같은 삼강(三綱)과 오륜(五倫)을 어긴 사람.

21) 억매(抑賣)홍정: 부당한 값으로 억지로 물건을 팔려는 홍정.

22) 염문(廉問): 사정이나 형편 따위를 몰래 물어봄.

23) 선참후계(先斬後啓): 군율을 어긴 사람을 먼저 처형한 다음 임금에게 아뢰던 일.

24) 가어사(假御使): 가짜 어사.

25) 계문(啓聞): 신하가 임금에게 어떤 사실을 보고하려고 장계(狀啓)를 올리는 것.

없으니 이를 장차 어찌하리요."

하시고 즉시 삼공육경(三公六卿)[26]을 모아 의논하실새, 연하여 각도 · 각읍에서 눈 날리듯 장계하였으되, 모두 홍길동의 작란하는 장계라. 상이 놀라시고 대로하사 차례로 보시며 크게 근심하사 좌우를 보시며 가라사대,

"이를 어찌하여야 판단하며 어찌하여야 좋을꼬?"

하시며 좌우를 돌아보사 가라사대,

"이 놈이 아마도 사람은 아니요 귀신의 작폐(作弊)니, 조신(朝臣) 문무(文武) 중에 뉘 그 근본을 짐작하여 알리오?"

반부(班部)[27] 중으로 일 인이 나아와 출반(出班) 주왈(奏曰),

"홍길동이란 사람을 알고자 하실진대 전임 이조판서 홍모의 서자요, 병조좌랑(兵曹佐郞)[28] 홍인형의 서제(庶弟)[29]오니, 이제 그 부자를 나래(拿來)[30]하여 정히 친문(親問)[31]하시면 전후사(前後事)를 자연 아르
5 시리이다."

상이 들으시고 대로하사 가라사대,

"차사(此事)가 이러할진대 어찌 이제야 주(奏)하나뇨?"

하시고, 즉시 명을 내리사 홍모는 우선 금부(禁府)[32]로 나수(拏囚)[33]하게 하고, 먼저 홍인형을 잡아들여 친국(親鞫)[34]하실새, 천위(天威) 진노(震怒)

---

26) 삼공육경(三公六卿): 삼공(三公)은 영의정, 좌의정, 우의정의 삼정승이고, 육경은 이조(吏曹), 호조(戶曹), 예조(禮曹), 병조(兵曹), 형조(刑曹), 공조(工曹) 등 육조의 판서를 가리킴.

27) 반부(班部): 늘어선 문무반열(文武班列).

28) 병조좌랑(兵曹佐郞): 병조(兵曹)의 일을 맡은 육품에 해당하는 벼슬.

29) 서제(庶弟): 서자(庶子) 동생.

30) 나래(拿來): 죄인을 잡아 옴.

31) 친문(親問): 임금이 몸소 물어봄.

32) 금부(禁府): 의금부(義禁府)의 줄인 말로 왕명을 받들어 죄인을 추국(推鞫)하는 일을 맡아보던 기관.

33) 나수(拏囚): 잡아 가둠.

34) 친국(親鞫): 임금이 중죄인을 몸소 신문하던 일.

하사 서안을 치시며 가라사대,

"홍길동이란 도적놈이 너의 서제라 하니, 어찌하여 금단(禁斷)치 못하고 그저 버려 두었다가 이처럼 국가의 대변이 되게 하였나뇨? 네가 이제라도 나아가 잡아들이지 아니하면 너희 부자를 충효간(忠孝間) 돌아보지 아니하고 극형(極刑)하여 죽일 것이니, 또한 빨리 주선(周旋)하여 조선의 대환(大患)을 없이케 하라."

하시니, 인형이 황공하여 복지돈수(伏地頓首)[35] 주왈,

"신(臣)이 천한 아이[36] 있사와 일찍 사람을 살해하옵고 망명도주(亡
命逃走)[37]하온 지 장차 수십 년이 지내었사오니 이제 그 존망을 아옵
지 못하오며, 신의 늙은 아비 이 일로 인하여 심병(心病)이 심중(深重)
하와 명재조석(命在朝夕)[38]이옵고, 또한 길동이 놈이 무도불측(無道不 6
測)[39]하옴으로 이렇듯 국가의 환(患)이 되옵고 성상께 근심을 더욱 끼
치오니, 복원(伏願) 전하(殿下)는 넓으신 덕과 하해지택(河海之澤)[40]을
드리오사 이제 신의 아비를 사(赦)하시고 집에 돌아가 조병(調病)[41]케
하시면, 신이 죽기로써 길동을 잡아드려 신의 부자의 죄를 속(贖)할까
하나이다."

상이 문주파(聞奏罷)[42]에 천심(天心)이 감동하사 가라사대, 이제 우선 홍모를 사(赦)하시고, 인형으로 경상감사(慶尙監司)를 제수(除授)[43]하시며 가라사대,

---

35) 복지돈수(伏地頓首): 땅에 엎드려 머리를 조아림.
36) 아이: 아우.
37) 망명도주(亡命逃走): 죽을 죄를 지은 사람이 몰래 멀리 달아남.
38) 명재조석(命在朝夕): 목숨이 위급함.
39) 무도불측(無道不測): 말이나 행동이 도리에 어긋나기 이를 데 없음.
40) 하해지택(河海之澤): 강과 바다와 같이 넓고 큰 은택.
41) 조병(調病): 몸을 보살펴 병을 다스림.
42) 문주파(聞奏罷): 아뢰는 말을 듣기를 마침.
43) 제수(除授): 임금이 신하에게 벼슬을 내리는 것.

"이제 경이 감사(監司)의 기구(機構)[44]가 없으면 다만 길동을 잡지 못할 것이매 장차 일 년을 정한(定限)하여 주나니, 즉시 대후(待候)[45]하여 내려가 아무쪼록 수히 잡아 올리라."

하신대, 인형이 고두백배(叩頭百拜)[46] 사은(謝恩)하고 주왈,

"금일부터 신의 부자의 명(命)은 전하의 덕택이오며, 또한 우중(又重)[47] 영백(嶺伯)[48]까지 사급(賜給)[49]하시니, 간뇌도지(肝腦塗地)[50]하와도 국은(國恩)을 갚을 바를 아지 못하리로소이다."

인하여 숙배(肅拜)[51] 하직한 후에 즉일 발행할새, 여러 날 만에 감영
7 (監營)에 들어가 도임(到任)하고 바로 각읍과 면면촌촌(面面村村)[52]이 방
목(榜目)을 써 붙이되, 이는 길동을 안유(安諭)[53]하여 달래는 글이라. 그
서(書)에 갈왔으되,

사람이 세상에 나매 본(本)이 오륜(五倫)이 으뜸이요, 오륜이 있으매 효제충신(孝悌忠信)[54]과 인의예지(仁義禮智)가 분명하거늘, 이 조목을 아지 못하면 금수(禽獸)와 다름이 없사옴이라. 고(故)로 이제 군부(君父)의 명을 거역하고 불충불효(不忠不孝)가 되오면 어찌 세상에 있어 용납하리오? 슬프다, 우리 아우 길동은 민첩영매(敏捷英邁)[55]하여 다른 사람과 달라 뛰어

---

44) 기구(機構): 여기서는 벼슬이라는 의미.

45) 대후(待候): 웃어른의 명령을 기다림.

46) 고두백배(叩頭百拜): 머리를 땅에 닿도록 숙여 백 번 절함.

47) 우중(又重): 더욱이. 게다가.

48) 영백(嶺伯): 영남의 방백(方伯)이란 뜻으로 경상도 관찰사를 이르는 말.

49) 사급(賜給): 왕이 벼슬을 내려줌.

50) 간뇌도지(肝腦塗地): 간과 뇌수(腦髓)가 땅에 널려있다는 뜻으로 나라를 위하여 목숨을 돌보지 않음을 가리킴.

51) 숙배(肅拜): 서울을 떠나 임지(任地)로 가는 관원(官員)이 임금에게 작별을 아뢰던 일.

52) 면면촌촌(面面村村): 방방곡곡(坊坊曲曲).

53) 안유(安諭): 안심하도록 위로하고 타이름.

54) 효제충신(孝悌忠信): 효도, 우애, 충성, 신의를 아울러 이르는 말.

나게 짐작할 것이요, 이런 일은 응당 알 것이니, 네 이제로 몸소 형을 찾아
와 사로잡히게 하라. 우리 부친이 너로 말미암아 병입골수(病入骨髓)[56]하
시고, 성상이 크게 근심하시니, 차사(此事)로 볼진대 네 죄악이 심중(深重)
하고 관영(貫盈)[57]한지라. 이러하므로 네 형된 사람으로 하여금 특별히 영 8
남도백(嶺南道伯)을 제수하시고, 즉시 너를 잡아 바치라 하여 계시니, 이를
장차 어찌 하리오? 차사(此事)를 생각하며 모진 목숨이 아직까지 부지하였
으나, 만약 너를 잡지 못할 양(樣)이면 우리 집안 누대(累代) 청덕(淸德)이
일조에 멸망지환(滅亡之患)을 당할지라. 어찌 가련코 슬프지 아니하리오?
너의 형 되는 인생이 죽는 것은 오히려 아깝지 아니하거니와 노친(老親)의
모양 되는 일은 어찌 망극하고 원억(冤抑[58])지 아니하리오. 바라나니 아우
길동은 이 일을 재삼(再三) 생각하여 자현(自現)[59] 곧 하면, 너의 죄는 또한
덜릴 것이요, 겸하여 일문(一門)을 보전(保全)하리니, 너는 천 번 생각하고
만 번 생각하여 자현하기를 바라노라.

하였더라.

감사가 방을 다 각각 붙이되, 각도 · 각읍에 전령(傳令)하여 공사(公事)
를 전폐(全廢)하고 길동이 자현하기를 기다리더니, 일일은 한 소년이 나
귀를 타고 하인 수십 여인을 거느리고 원문(院門)[60] 밖에 와 뵈옴을 청한 9
다 하거늘, 감사가 이 말을 듣고 들어오라 하니, 그 소년이 당상에 올라
재배하거늘, 감사가 눈을 들어 자시 보니 주야로 기다리던 길동이라. 대
경 대희하여 즉시 좌우를 물리치고 그 손을 잡아 반기며 넘쳐 눈물을 흘
려 슬픔을 이기지 못하여 왈,

"길동아, 네 한 번 문을 나매 주야로 사생존망(死生存亡)을 몰라 이

---

55) 민첩영매(敏捷英邁): 빠르고 재주와 지혜가 뛰어남.
56) 병입골수(病入骨髓): 병이 골수에 사무침.
57) 관영(貫盈): 가득함.
58) 원억(冤抑): 원통하게 누명을 써서 마음이 맺히고 억울함.
59) 자현(自現): 스스로 나타남.
60) 원문(院門): 관아(官衙)의 문.

는[61] 곳을 아지 못하매 부친께옵서 병입골수하와 계시니, 이런 답답한 일이 어디 있으리오. 너는 또한 국가의 큰 근심이 되게 하니, 무삼 일로 마음을 불충불효를 행하며, 또한 도적이 되었난고. 이러하므로 성상이 진노하사 우형(愚兄)[62]으로 하여금 이제 너를 잡아 바치라 하여 계시니, 이는 오히려 피치 못할 죄상이라. 너는 일찍이 경사(京師)에 나아가 천명(天命)을 순수(順受)함이 옳으니라."

하며 더욱 눈물을 흘려 옷깃을 적시는지라. 길동이 머리를 숙이고 고왈,

"생(生)이 부형의 위태함을 구코자 하옴이니, 본디 부형이며 대감께옵서 당초에 길동을 위하여 부친을 부친이라 하고 형을 형이라 하였던들 어찌 이 지경에 이르리잇가? 왕사(往事)는 이에 일러 쓸 데 없거니와, 이제 소제(小弟)를 결박하여 바로 경사로 압송(押送)[63]하여 올려보내소서."

한대, 감사가 이 말을 듣고 일변 슬퍼하며 일변 장계를 써, 길동을 항쇄족쇄(項鎖足鎖)[64]하여 들것에 싣고 건장한 장교 십여 명을 택출하여 길동을 압령(押領)[65]하게 하고, 주야배도(晝夜倍道)[66]하여 경사로 올라올새, 각읍 백성들이 홍길동이 잡히어 경사로 올린다는 말을 듣고 길이 메어 구경하는 자가 불가승수(不可勝數)[67]러라.

차시 상이 길동의 잡힘을 들으시고 이에 만조백관(滿朝百官)을 모으시고 친히 국문(鞫問)[68]하실새, 팔도에서 하나씩 잡아 여덟 길동을 일시에

61) 이는: 이르는. 가는.
62) 우형(愚兄): 형이 자신을 낮추어 이르는 말.
63) 압송(押送): 죄인이나 피의자를 어떤 곳에서 다른 곳으로 호송함.
64) 항쇄족쇄(項鎖足鎖): 중죄인을 잡아 가둘 때 목에 씌우던 큰 칼을 항쇄라 하고 발에 채우던 쇠사슬을 족쇄라고 했음.
65) 압령(押領): 죄인을 데리고 옴.
66) 주야배도(晝夜倍道): 밤낮으로 쉬지 않고 길을 가서 이틀에 갈 길을 하루에 감.
67) 불가승수(不可勝數): 하도 수가 많아서 셀 수가 없음.
68) 국문(鞫問): 임금이 중대한 죄인을 국청(鞫廳)에서 신문하던 일.

올리거늘, 저희끼리 진가(眞假)를 서로 아지 못할러라. 저마다 다투어 이 11
르되,

"네가 정(正) 길동이요, 나는 아니라."

하며 서로 싸움을 마지아니니, 어느 것이 정 길동인지 분간치 못할러라.

상이 일변 놀라시고 일변 괴이히 여기사 즉시 홍모를 명하여 가라사대,

"지자(知子)는 막여부(莫如父)라[69] 하였으니, 저 여덟 길동이 중에 어느 것이 경의 아들인지 찾아내라."

한대, 홍공이 돈수청죄(頓首請罪)[70] 왈,

"신의 천생(賤生) 길동이는 좌편 다리에 붉은 점이 있사오니 이로 좇아 알리로소이다."

하고 이에 나아가 여덟 길동을 꾸짖어 왈,

"네 이렇듯 천고(千古)에 없는 죄상(罪狀)을 범하였으니, 네 이제 죽기를 아끼지 말라."

하고 피를 토하며 엎드려 혼절(昏絶)하거늘, 여덟 길동이 이 경상을 보고 눈물을 흘리며 낭중(囊中)[71]으로 좇아 환약(丸藥) 일 개씩 내어 여덟 길동이 각각 공의 입에 넣으니, 반향(半晌)[72] 후에 정신을 차리는지라. 길동 등이 일시에 상께 주왈,

"신의 아비 국은(國恩)을 입사오니 신이 어찌 감히 이렇듯 불측한 12
행사(行事)를 성심(誠心)이나 하오리까마는, 부친을 부친이라 못하옵고 또한 그 형을 형이라 못하오니 평생의 한이 맺혔삽기로, 집을 버리고 적당의 괴수(魁首)되어 팔도에 왕래하오며 탐관오리(貪官汚吏)와 불의행사(不義行事)[73]하는 자를 선참후계(先斬後啓)하였사오니, 성상이 죄를 사(赦)하시고 병조판서(兵曹判書)를 제수(除授)하옵소서. 소신의 원

---

69) 지자(知子)는 막여부(莫如父)라: 자식을 아는 것은 아버지만한 사람이 없다.
70) 돈수청죄(頓首請罪): 머리를 조아리고 죄를 지어서 벌 받을 것을 청함.
71) 낭중(囊中): 주머니 속.
72) 반향(半晌): 반나절. 한나절의 반. 한나절은 하루의 반.
73) 불의행사(不義行事): 옳지 못한 일을 함.

한을 풀어 주옵시면, 신이 즉시 조선지경(朝鮮之境)을 떠나 성상의 심우(心憂)와 부형의 근심을 끼치지 아니코 즉일로 떠나리로소이다."

언주파(言奏罷)에 여덟 길동이 일시(一時)에 체읍(涕泣)하더니, 공이 길동의 다리를 상고(詳考)[74]하니, 여덟 길동이 일시에 다리 내밀어 뵈며 서로 진가를 다투거늘, 공이 망지소조(罔知所措)[75]하더니, 이윽고 길동이 진언을 염(念)함에 문득 초인(草人) 일곱이 순풍이미(順風而靡)[76] 하거늘, 공이 길동을 꾸짖어 왈,

"네 이제 죽기를 원(怨)치 말라."

하고 잡아 결박하니, 길동이 문득 상(上)과 공(公)을 향하여 무수히 배례
13 (拜禮)하고 운무(雲霧)를 멍에하여[77] 이에 공중에 오르며 간 데 없거늘,
상이 대경하시고 문무백관(文武百官)이 또한 놀라더라.

경상감사(慶尙監司)가 길동이 도망함을 듣고 근심하더니, 일일은 길동이 또 자현(自現)하거늘, 감사가 왈,

"잡혀가기를 자원하니 기특하도다."

하고, 즉시 철삭(鐵索)[78]으로 결박하여 건장한 장교 수십명을 택출(擇出)하여 길동을 압령(押領)하여 풍우(風雨)같이 몰아 경사(京師)로 올라오되, 길동이 일호(一毫)도 안색을 변치 아니하고 올라오되, 여러 날 만에 경성(京城)에 다다르니, 길동이 또한 몸을 흔들매 철삭이 끊어지고 함거(轞車)[79]가 깨어져 구르며, 공중으로 오르며, 표연(飄然)히[80] 운무에 묻혀가니, 장교와 제군 등이 어이없어 잃을 따름이라. 하릴없어 이 연유를 경사

---

74) 상고(詳考): 자세히 살펴봄.

75) 망지소조(罔知所措): 너무 당황하거나 급하여 갈팡질팡 어찌할 줄을 모름.

76) 순풍이미(順風而靡): 바람을 따라서 쓰러짐.

77) 운무(雲霧)를 멍에하여: 운무를 타고. 멍에는 수레나 쟁기를 끌기 위하여 마소의 목에 얹는 구부러진 막대.

78) 철삭(鐵索): 쇠줄.

79) 함거(轞車): 죄인을 실어 나르던 수레.

80) 표연(飄然)히: 바람에 나부끼는 듯이 가볍게.

에 상달(上達)하온대, 상이 들으시고 또한 근심하시니, 제신(諸臣) 중에서 일 인이 출반(出班) 주왈,

"길동이 소원이 병조판서를 한 번 지내면 조선을 떠나오리라 하오니, 한 번 제 원하는 바를 풀어주면 제 스스로 사은(謝恩)하오리니, 이 때를 타 잡으면 좋을까 하나이다." 14

상이 옳게 여기사 즉시 홍길동으로 하여금 병조판서를 제수하시고, 이 연유로 사대문(四大門)에 방을 붙이고 길동을 명초(命招[81])하시니, 이 때 길동이 이 소식을 듣고 즉시 몸에 사모관대(紗帽冠帶[82])를 입고 높은 초헌(軺軒)을 타고 사은하러 들어간다 하니, 병조(兵曹) 소속이 나와 맞아 호위하여 들어갈새, 만조백관이 의논하되,

"길동이 오늘날 사은숙배(謝恩肅拜)하고 나오거든 도부수(刀斧手[83])를 매복하였다가 쳐 죽이라."

하고 약속을 정하였더니, 길동이 이에 궐내에 들어가 숙배하고 주왈,

"신의 죄악이 심중하거늘 도리어 천은을 입사와 평생 한을 푸옵고 돌아가오니, 영결(永訣) 전하 하옵나니, 복망(伏望) 성상은 만수무강하옵소서."

하고 몸을 공중에 소소아[84] 구름에 싸여 가거늘, 상이 탄왈,

"길동의 재주는 이루 고금에 희한하도다. 제가 이제 조선을 떠났으니 다시는 작폐(作弊)할 길이 없으리라."

하시고 팔도에 길동이 잡는 전령을 도로 다 거두시니라. 15

각설(却說). 길동이 돌아가 제적(諸賊)에게 분부하되,

"내가 다녀올 곳이 있으니 너희 등은 일인(一人)도 아무 데라도 출입을 말고 내가 돌아오기를 기다리라."

---

81) 명초(命招): 명하여 부름.

82) 사모관대(紗帽冠帶): 옛날 관원이 머리에 쓰던 검은 비단으로 만든 모자와 입던 옷.

83) 도부수(刀斧手): 큰 칼과 큰 도끼를 쓰는 군사.

84) 소소아: 솟구쳐.

하고, 즉시 길을 떠나 대국(大國)[85] 남경(南京)에 들어가 구경하며, 또한 제도라 하는 섬이 있거늘, 그 곳에 들어가 두루 다니며 산천도 구경하며 인심도 살피더니, 또 오봉산이란 곳에 이른 즉 제일강산이요, 방회(方廻)[86] 칠백 리라.

길동이 내심에 혜오되 '내가 이미 조선국을 하직하였으니, 이 곳에 들어와 은거(隱居)하였다가 대사를 도모함만 같지 못하다.' 하고 도로 표연히 본곳[87]에 돌아와 제인더러 일러 왈,

"아무 날 양천강(陽川江)[88]에 가서 배를 많이 지어[89] 모월(某月) 모일(某日)에 경성 한강에 대령하라. 내 임금에게 주달(奏達)[90]하고 정조(正租)[91] 일천 석(石)을 구득(求得)하여 올 것이니 기약을 어기지 말라."

하더라.

16 차설(且說). 홍공이 길동의 작난이 없으므로 병세 점점 쾌차하니 홍문에 큰 근심이 없고, 상이 또한 근심이 없이 지내시더니, 이 때는 추구월(秋九月) 망간(望間)이라. 상이 월색을 띠어[92] 후원을 배회하실새, 문득 일진청풍(一陣淸風)[93]이 일어나며 옥저[94] 소리 청아한 가운데 일위소년(一位少年)이 공중으로 좇아 내려와 복지(伏地)하거늘, 상이 경문(驚問) 왈,

"선동(仙童)[95]이 어찌 인간에 강굴(降屈)[96]하며 무삼 일을 이르고자

---

85) 대국(大國): 중국.
86) 방회(方廻): 사방의 둘레.
87) 본곳: 본래 있던 곳. 활빈당이 거처하던 곳.
88) 양천강(陽川江): 지금의 서울시 양천구 지역을 흐르는 한강.
89) 지어: 만들어.
90) 주달(奏達): 임금에게 아룀.
91) 정조(正租): 벼.
92) 월색을 띠어: 달빛을 받으며.
93) 일진청풍(一陣淸風): 한바탕 부는 맑은 바람.
94) 옥저: 옥피리.
95) 선동(仙童): 선경에 산다는 아이 신선.
96) 강굴(降屈): 지위가 높은 사람이 낮은 자리로 내려옴.

하나뇨?"

하니, 소년이 주왈,

"신은 전임 병조판서 홍길동이로소이다."

상이 가라사대,

"네 어찌 심야(深夜)에 왔느냐?"

길동이 대왈(對曰),

"신이 마음을 정치 못하와 무뢰지당(無賴之黨)[97]으로 더불어 관부(官府)에 작폐하고 조정을 요란하게 하옴은 신의 이름을 전하가 아르시게 하옴이러니, 국은이 망극하와 신의 소원을 풀어주옵시니 충성을 다하여 국은을 만분지일이라도 갚사옴이 신자(臣子)의 떳떳하온 일이
옵건마는, 그렇지 못하옵고 도리어 전하를 하직하옵고 조선을 영영 떠 17
나 한없는 길을 가오니, 정조 일천 석을 한강으로 수운(輸運)하여 주옵시면 이제 수천 인명이 보존하겠사오니, 성상의 넓으신 덕택을 바라옵나이다."

상이 즉시 허락하시니, 길동이 은혜를 사례하고 도로 공중으로 소소아 표연히 가거늘, 상이 그 신기함을 못내 연연(戀戀)히 일컬으시더라. 이미 날이 밝음에 즉시 선혜당상(宣惠堂上)[98]에게 전지(傳旨)[99]하사 정조 일천 석을 수운(輸運)하여 서강(西江)[100]변으로 내어 보내라 하시니, 아무런 줄을 모르고 정조 일천 석을 거행(擧行)하여 서강으로 수운하였더니, 문득 여러 사람들이 큰 배를 대이고 다 싣고 가니라.

각설(却說). 길동이 정조 일천 석을 얻어 싣고 삼천 명 적당(賊黨)을 거느려 조선을 하직하고 즉시 떠나 여러 날만에 남경땅 제도섬에 들어가
수천 여 호 집을 지으며 농업을 힘쓰고, 혹 재주를 배워 군법(軍法)을 연 18

97) 무뢰지당(無賴之黨): 일정한 일이 없이 이리저리 몰려다니는 무리.

98) 선혜당상(宣惠堂上): 조선조 때 대동미(大同米), 포(布), 전(錢) 등의 출납을 맡아보던 선혜청의 책임자.

99) 전지(傳旨): 상벌에 관한 임금의 뜻을 담당 관아나 관리에게 전함.

100) 서강(西江): 지금의 마포구 쪽 한강을 말함.

습하니, 가산이 점점 요부(饒富)[101]한지라. 일일은 길동이 제인 등을 불러 일러 왈,

"내 망당산에 들어가 살촉에 바를 약을 얻어 올 것이니, 여등(汝等)은 그 사이 액구[102]를 잘 지키라."

하고 즉일 발선(發船)하여 망당산으로 향할새, 수일 만에 남경땅에 이르러는, 이 곳에 만석(萬石)꾼 부자가 있으니 성명은 백룡(白龍)이라. 일찍 한 딸을 두었으되 인물과 재질이 비상하고 시서(詩書)[103]를 능통하니, 그 부모 극히 사랑하여 영웅호걸(英雄豪傑)을 구하여 사위를 삼고자 하더니, 일일은 풍운이 대작하고 천지 아득하더니 백룡의 딸이 간데없는지라. 백룡의 부부가 슬퍼하여 천금을 흩어 사면으로 찾으되 그 종적을 알 바 없는지라. 거리로 다니며 왈,

"아무라도 내 딸을 찾아주면 만금(萬金)을 줄 뿐만 아니라 마땅히 사위를 삼으리라."

19 하거늘, 길동이 지나가다가 이 말을 듣고 심중(心中)에 측은하나 하릴없어 망당산에 이르러 약을 캐며 들어가더니, 날이 이미 저문지라. 정히 주저하더니, 문득 사람의 소리 나며 등촉이 조요(照耀)[104]하거늘, 그곳을 찾아 가니 무삼 괴물이 무수히 당(黨)을 지어 있거늘, 가만히 여어본[105] 즉 비록 사람의 형용 같으나 필경 짐승의 무리라.

원래 이 짐승은 울동이란 짐승이니, 여러 해 산중에 있어 변화가 무궁한지라. 길동이 생각하되, '이 같은 것은 본 바 처음이라. 저 것을 잡아 세상 사람을 구경시키리라.' 하고 몸을 감추어 활로 쏘니 그 중 으뜸인 놈이 맞은지라. 소리를 지르거늘, 보니 그 짐승이 맞았는지라. 길동이 큰 나무에 의지하여 밤을 지내고 두루 더듬어 약을 캐더니, 문득 괴물 수삼

101) 요부(饒富): 살림이 넉넉함.
102) 액구: 애구(隘口). 험하고 좁은 목.
103) 시서(詩書): 시경(詩經)과 서경(書經).
104) 조요(照耀): 밝게 비치어 빛남.
105) 여어보다: 엿보다.

십 명이 길동을 보고 놀라 문왈(問曰),

"이 곳에 아무라도 올라오지 못하거늘, 그대는 무삼 일로 이 곳에 이르렀나뇨?"

길동이 답왈,

"나는 조선 사람으로서 의술을 아옵더니, 이 곳에 선약(仙藥)[106]이 20
있다는 말을 듣고 찾아 들어왔노라."

한대, 그것이 듣고 대희(大喜)하여 왈,

"이부인(二婦人)[107]을 우리 대왕이 새로 정하고 작야(昨夜)에 잔치하여 즐기더니, 불행하여 천살[108]을 맞아 불분사생(不分死生)하온지라. 그대 선약을 써 우리 대왕을 살려내시면 은혜를 갚사오리니, 한가지로 처소에 돌아가 상처를 보심이 어떠하시뇨?"

길동이 생각하되, '이 놈이 내 살에 상한 놈이로다.' 하고, 한가지로 들어가 보니, 화각(畵閣)[109]이 장대한 가운데 흉악한 요괴 좌탑(座榻) 상(上)에 누웠다가 길동이 이름을 보고 몸을 겨우 기동(起動)하며 왈,

"복(僕)[110]이 우연히 무삼 살을 맞아 죽기에 이르렀더니, 오늘날 그대를 만남에 이는 하늘이 명의(名醫)를 지시하심이로다. 바라건대 재주를 아끼지 말라."

하거늘, 길동이 사사(謝辭)[111]하고 속여 이르되,

"이 상처가 대단치 아니하니, 먼저 내치(內治)할 약을 쓰고 외치(外 21
治)할 약을 바르면 쾌차하오리니 생각하여 하소서."

그 요괴 곧이듣고 대희하는지라. 길동이 그 중 독한 약을 내어주며 일러 왈,

---

106) 선약(仙藥): 효험이 아주 뛰어난 약.
107) 이부인(二婦人): 두 번째 부인.
108) 천살: 하늘에서 날아온 화살.
109) 화각(畵閣): 채색한 집. 단청한 집.
110) 복(僕): 자신을 남에게 낮추어 이르는 말.
111) 사사(謝辭): 고마움을 나타내는 말.

"이 약을 이제로 급히 갈아 쓰라."

하니, 모든 요괴들이 기뻐하여 즉시 온수에 먹이니, 식경(食頃)[112]은 하여 그 요괴 배를 두드리고 눈을 실룩거리며 소리를 지르더니 두어 번 뛰놀다가 죽는지라. 모든 요괴 등이 이 경상(景狀)을 보고 칼을 들고 왈,

"너 같은 흉적(凶賊)을 죽여 우리 대왕의 원수를 갚으리라."

하고 일시에 달려드니, 길동이 홀로 당치 못하여 공중으로 솟으며 활로 무수히 쏘니, 모든 요괴가 아무리 조화가 있은들 어찌 길동의 신기한 술법을 당하리오. 한바탕 싸움에 모든 요괴를 다 죽이고 도로 그 집에 들어가니, 한 돌문 속에 두 여자 있어 서로 죽으려 하거늘, 길동이 보고 또한 계집 요괸가 하여 마저 죽이려 하니, 그 계집이 애걸하거늘, 길동이 칼을
22 들고 들어가니, 그 계집이 울며 왈,

"첩 등은 요괴 아니요, 인간 사람으로서 이 곳에 잡혀와 우금(于今)[113] 벗어나지 못하옵더니, 천행으로 장군이 들어와 허다 요괴를 다 죽이고 첩 등의 잔명(殘命)을 구하여 고향에 돌아가게 하옵시니, 은혜 백골(白骨)이 진토(塵土)가 되어도 다 갚지 못하리로소이다."

하거늘, 길동이 생각하되 행여 백룡의 딸인가 하여 문득 보니 짐짓 화용월태(花容月態)[114] 경국지색(傾國之色)[115]이라. 인하여 거주성명(居住姓名)을 물으니, 하나는 백룡의 딸이요, 하나는 조철의 딸이라.

길동이 내심에 희한히 여겨 그 여자를 인도하여 이에 낙천현에 이르러 백룡을 찾아보고 전후수말(前後首末)을 일일이 이르고 그 여자를 뵈니, 백룡 부부가 그 여아를 보고 여취여광(如醉如狂)[116]하여 서로 붙들고 울

112) 식경(食頃): 밥 한 끼 먹을 동안의 시간.

113) 우금(于今): 지금까지. 이제까지.

114) 화용월태(花容月態): 꽃 같은 얼굴과 달과 같은 자태란 뜻으로 미인(美人)의 모습을 형용하여 이르는 말.

115) 경국지색(傾國之色): 임금이 혹하여 국정을 게을리 함으로써 나라를 위태롭게 만들 정도의 썩 뛰어난 미인.

116) 여취여광(如醉如狂): 취한 듯 미친 듯함.

며, 또한 철[117]도 그 여자를 만나보니 조금[118] 더 하더라. 백룡과 조철이
서로 의논하고 대연(大宴)을 배설(排設)하며 홍생(洪生)을 맞아 사위를 삼 23
으니, 길동이 나이 이십이 넘도록 원앙(鴛鴦)의 재미[119]를 모르다가 일조
(一朝)에 양처(兩妻)를 취하니, 그 견권지정(繾綣之情)[120]이 여산약해(如
山若海)[121]러라. 날이 오래매 처소(處所)를 생각하고 두 집 가산을 치행
(治行)[122]하여 제도로 가니, 모든 사람이 반기더라.

이때는 추칠월(秋七月) 망간(望間)이라. 일일은 길동이 천기(天氣)를 살펴보니 흉용(洶湧)[123]한지라. 마음이 처량하여 눈물을 흘리거늘, 백소저 물어 왈,

"무삼 일로 하여 저리 슬퍼하시나잇가?"

길동이 탄식(歎息)하여 왈,

"천지간에 용납지 못할 불효를 행하였으니 만사무석지죄인(萬死無惜之罪人)[124]이라. 내 본디 조선국 홍승상의 천첩(賤妾) 소생이라. 대장부의 지기(志氣)를 또한 펼 길이 없어 이 곳에 와 의지하였으나, 매양 부모의 안부를 모르매 주야 영모(永慕)하는 회포를 펴보니, 아까 건상(乾象)[125]을 본즉 부친께서 병환이 위중하사 세상을 버리실지라. 이제 내 몸이 만 리 밖에 있어 미처 행치 못하고 다만 득달치 못하기로 슬

---

117) 철: 조철을 이름.

118) 조금: 다른 본에는, "죽었던 아들 보는 것보다"라고 되어 있음.

119) 원앙(鴛鴦)의 재미: 부부의 즐거움.

120) 견권지정(繾綣之情): 마음에 깊이 서리어 잊혀지지 않는 정이란 뜻으로 부부의 정을 가리킴.

121) 여산약해(如山若海): 산처럼 높고 바다처럼 깊고 넓음.

122) 치행(治行): 행장(行裝)을 차린다는 뜻이나, 여기서는 가산을 처분한다는 의미로 썼음.

123) 흉용(洶湧): 기운이 어수선하고 사나움.

124) 만사무석지죄인(萬死無惜之罪人): 만 번 죽는다 하여도 아까울 것이 없을 정도로 지은 죄가 무거워 용서할 수 없는 사람.

125) 건상(乾象): 천체(天體)의 현상. 일월성신(日月星辰)이 돌아가는 이치.

24 퍼하노라."

하고, 이튿날 원봉산에 나아가 일장대지(一場大地)[126]를 얻고 역군(役軍)[127]을 시켜 산역(山役)[128]을 시작하매 석물(石物) 범절(凡節)이 모두 국릉(國陵)[129] 일체(一體)라. 여러 날 만에 필역(畢役)[130]하고 제인을 불러 큰 배 한 척을 준비하되 조선국 서강 강변으로 등대(等待)하고 있으라. 이에 삭발위승(削髮爲僧)[131]하여 적은 배 한 척을 타고 순풍으로 좇아 돛을 달고 종자(從者) 수십인을 거느려 조선국으로 향하여 나아가니라.

각설(却說). 홍상서가 길동이 멀리 간 후로부터 제액(諸厄)[132] 근심이 잠깐 없이 지내매, 광음(光陰)이 훌훌(欻欻)하여[133] 저근덧[134] 사이에 연만(年晩)[135] 팔순(八旬)이 되었는지라. 수한(壽限)[136]이 마치매 홀연 득병(得病)하여 날로 점점 위중하니, 부인과 인형이 주야로 시측(侍側)[137]하여 병소(病所)를 떠나지 못하고 정성을 극진히 하더니, 판서가 부인과 인형을 불러 왈,

"이제 내 나이 팔십이라 죽으나 무한(無恨)이로되, 다만 한하는 바는
25 길동의 사생을 아지 못하기로 유한(有恨)이 되었기에 눈을 감지 못할
지라. 제가 만일 생존하였거든 적서(嫡庶)를 가리지 말고 그 원(怨)을 풀어 형우제공(兄友弟恭)[138]과 부자유친(父子有親)이 온전하기를 다만

---

126) 일장대지(一場大地): 크게 길한 산소의 한 자리.
127) 역군(役軍): 일꾼. 공사판에서 삯을 받고 일하는 사람.
128) 산역(山役): 무덤을 만듦. 무덤을 만드는 작업.
129) 국능(國陵): 임금이나 왕후의 무덤.
130) 필역(畢役): 일을 끝냄.
131) 삭발위승(削髮爲僧): 머리를 깎고 중이 됨.
132) 제액(諸厄): 모든 모질고 사나운 운수.
133) 훌훌(欻欻)하여: 거침없이 잘 지나가서.
134) 저근덧: 잠깐.
135) 연만(年晩): 나이가 많음. 연로(年老).
136) 수한(壽限): 타고난 수명의 한도.
137) 시측(侍側): 곁에 있으면서 웃어른을 모심.

바라나니, 내 말을 잊지 말고 부디 명심하라."

하고 인하여 말을 마치며 명(命)이 진(盡)하니, 일가(一家)가 망극하여 곡성이 그치지 아니하고, 초종범절(初終凡節)[139]을 극진히 차릴새, 차시(此時) 밖에 하인이 들어와 고(告)하되,

"문 밖에 어떠한 중이 와 상공(相公)과 한가지로 영위(靈位)[140]에 조문(弔問)하렸노라 하고 통하더이다."

하거늘, 모두 들어오라 하니, 그 중이 들어와 복지(伏地)하여 방성대곡(放聲大哭)하기를 오래도록 하다가 여막(廬幕)[141]에 나아가 인형을 보고 통곡하여 왈,

"형장(兄丈)이 어찌 소제(小弟)를 몰라보시나니잇가?"

하니, 상인(喪人)이 그제야 자시 보니 과연 길동이어늘, 반가움을 참고 또한 붙들고 울며 왈,

"네 그 사이 어디 가 있더뇨? 부친이 생시에 매양 너를 생각하여 잊지 못하시고 임종(臨終)에 유언(遺言)이 간절하시니, 어찌 인자(人子)의
차마 할 바리오?" 26

하며 손을 이끌고 내당(內堂)에 들어가 부인께 뵙고 또한 춘랑을 불러 서로 보게 하니, 모자가 붙들고 울다가 길동을 보고 왈,

"네 어찌하여 중이 되었나뇨?"

길동이 대왈,

"소자가 조선지경을 떠나 삭발위승하옵고 지술(地術)[142]을 배워 생계를 삼고 명(命)을 부지(扶持)하였사옵더니, 그 사이 부친이 기세(棄世)하심을 짐작하고 불원만리(不遠萬里)하와 주야로 헤지 아니하고 이

---

138) 형우제공(兄友弟恭): 형은 동생에게 우애 있게 하고 아우는 형에게 공손함.

139) 초종범절(初終凡節): 초상을 치르는 것에 대한 모든 절차.

140) 영위(靈位): 혼백(魂魄), 신주(神主), 지방(紙榜) 따위의 신위(神位)를 통틀어 일컫는 말.

141) 여막(廬幕): 무덤 가까이에 지어 상제(喪制)가 거처하도록 하는 초막(草幕).

142) 지술(地術): 묏자리나 집터의 길흉을 알아내는 술법.

제 왔나이다."

부인과 춘랑이 눈물을 거두고 왈,

"네 또한 지술(地術)을 배워 가졌으면, 네 재주 천하에 진동할지라. 부공(父公)[143]을 위하여 좋은 산지를 얻어 부자지도(父子之道)를 극진히 하고, 또한 우리 너를 바라고 믿는 바를 저버리지 아니케 하여 좋은 길지(吉地)를 얻어 장사지내기를 바라노라."

길동이 대왈,

"소자가 과연 산소 쓸 자리를 얻어놓고 왔사오나, 길이 멀기가 천리 밖이라. 생각을 하온즉 행상(行喪)[144]하기가 어렵사와 이로 근심이로소이다."

27 부인과 인형이 이 말을 듣고 일변(一邊) 허황(虛荒)히 여기고, 일변 그 효성이 지극함을 겸하여 아는 고로 반갑게 여겨 물어 왈,

"현제(賢弟)[145] 이제 길지(吉地) 곧 얻었을 양(樣)이면 어찌 원근(遠近)을 헤아리리오?"

하거늘, 길동이 대왈,

"그러하오면 형장의 말씀대로 행상(行喪)하올 제구(諸具)를 지체 말고 명일로 발행하실 기구(器具)를 차리옵소서. 소제가 벌써 안장(安葬)하올 택일까지 하여 산역(山役)을 시작하였사오니, 형장은 근심치 마르소서."

하고 제 모친 데려감을 청하니, 부인과 좌랑이 마지못하여 허락하니, 길동과 춘랑이 기꺼하더라.

차시(此時) 길동이 행상을 거느려 발행할새, 형제 뒤를 따라 제 모친과 한가지로 모시고 서강 강변에 이르니, 길동이 지휘하였던 선척(船隻)이 벌써 등대(等待)하였는지라. 일시에 배를 타고 행선(行船)하여 나아가니,

143) 부공(父公): 아버지.
144) 행상(行喪): 상여가 나감.
145) 현제(賢弟): 아우뻘 되는 사람이나 남의 아우를 높여 부르는 말.

망망대해(茫茫大海)에 순풍을 만나 돛을 달고 물곬[146]을 찾아 행하니, 그 배 빠르기가 살 같은지라. 한 곳에 이르매 인형이 길동더러 왈,

"이 일이 어찌하여 이렇게 만경창파(萬頃蒼波) 대해(大海)를 건너고, 28
향하는 바를 아지 못하니 무삼 연고이뇨? 자세히 일러 우형(愚兄)[147]의 마음을 시원케 하라."

길동이 대왈,

"형장은 염려마옵소서."

하고, 그제야 전후 사단(事端)[148]을 여차여차한 일이며 이 곳에 길지 정한 바를 고하고, 군을 풀어 행상을 나리워 호위하여 산상으로 뫼시게 하고, 형제 뒤를 따라 산상으로 점점 나아가니, 봉만(峰巒)[149]이 빼어나며 산세(山勢) 기이하여 거룩하니 아마도 방장(方丈) · 봉래산(蓬萊山)[150]이 이 곳인가 의심하더라.

행하여 한 곳에 다다르니, 인민이 산역을 부지런히 하니, 인물이 다 장대하며 범인이 아닌 듯한지라. 바로 산지(山地)[151]를 가리키거늘, 인형이 자시 보니 산맥(山脈)[152]은 심히 아름답고 또한 산 범절이 정히 국릉일체(國陵一體)[153]라. 일분(一分) 차착(差錯)[154]이 없거늘, 인형이 대경하여 길동더러 물어 왈,

"이 일이 어찌하여 범람(氾濫)하게 역사(役事)를 하였으며, 또한 능
소(陵所)나 다름이 없거늘, 심히 울울(鬱鬱)[155]하여 놀랍기 측량(測量) 29

---

146) 물곬: 물이 빠져 나가는 길.
147) 우형(愚兄): 아우뻘 되는 사람에게 자기를 겸손하게 일컫는 말.
148) 사단(事端): 일의 실마리. 사건의 실마리.
149) 봉만(峰巒): 산꼭대기의 뾰족한 봉우리.
150) 방장(方丈) · 봉래(蓬萊山): 방장산과 봉래산. 방장산과 봉래산은 영주산(瀛州山)과 더불어 전설상의 삼신산(三神山)임.
151) 산지(山地): 묏자리.
152) 산맥(山脈): 무덤과 연결되는 산의 줄기.
153) 국릉일체(國陵一體): 국릉과 그 규모나 모든 것이 같음.
154) 차착(差錯): 순서가 틀리고 앞뒤가 서로 맞지 않음.

없노라."

길동 대왈,

"형장은 조금도 놀라지 마소서."

하고, 쇠[156]를 띄워 시각(時刻)을 기다려 하관(下棺)하온 후에 승(僧)의 복색을 고쳐 최복(衰服)[157]을 입고 새로이 애통하니, 산천초목(山川草木)이 슬퍼하는 듯한지라. 장례를 마친 후 한가지로 길동의 처소에 돌아오니, 백소저와 조소저가 당중(堂中)에 이르러 존고(尊姑)[158]를 맞아 예(禮)하고, 또한 숙숙(叔叔)[159]을 맞아 예를 마치니, 좌랑(佐郞)이며 춘랑이 반가움을 측량치 못할러라. 이러구러 여러 날이 되매 길동이 그 형더러 일러 왈,

"친산(親山)[160]을 이 곳에 뫼셔 향화(香火)[161]를 극진히 지내려니와 대대로 장상(將相)이 그치지 아니할 것이니, 형장은 이제 바삐 돌아가 부인의 기다리심을 없게 하소서."

하거늘, 인형이 이 말을 듣고 또한 그렇게 여겨 인하여 하직할새, 벌써 행중범절(行中凡節)[162]을 준비하였더라. 행한 지 여러 날 만에 본국에 득
30 달하여 모부인을 뵈옵고 전후사연을 낱낱이 고하며 대지를 얻어 안장한 연유를 여쭈오니, 부인이 또한 신기히 여기더라.

각설(却說). 길동이 부친 산소를 제 땅에 뫼시고 조석제전(朝夕祭奠)[163]을 지성으로 지내더니, 제인이 탄복지 아닐 이 없더라. 광음이 여류하여 삼상(三喪)을 다 지내고 또한 다시 무예를 연습하며 농업을 힘쓰니 수년

---

155) 울울(鬱鬱): 가슴이 답답함.

156) 쇠: 지남철. 쇠를 띄우다란 방향을 잡다 정도의 뜻.

157) 최복(衰服): 상복(喪服).

158) 존고(尊姑): 시어머니를 높여 부르는 말.

159) 숙숙(叔叔): 시아주버니.

160) 친산(親山): 부모의 산소.

161) 향화(香火): 제사(祭祀).

162) 행중범절(行中凡節): 길을 떠나는데 필요한 모든 절차.

163) 조석제전(朝夕祭奠): 아침저녁으로 올리는 제사.

지내(數年之內)에 병정양족(兵精粮足)[164]하여 뉘 알 이 없더라.

차설(且說). 이때 율도국 왕이 무도(無道)하여 정사를 닦지 아니하고 주색에 침닉(沈溺)하여 백성이 도탄(塗炭)에 들었는지라.[165] 일일은 길동이 제인더러 일러 왈,

"우리 이제 병정양족하매 무도한 율도를 침이 어떠하뇨?"

제인이 일시에 응성(應聲)하여 율도왕 치기를 자원하거늘, 길동이 이에 허만달과 굴돌통으로 선봉(先鋒)을 삼고, 장길로 참모사(參謀師)를 삼고, 길동이 스스로 중군(中軍)[166]이 되어 각각 군사 오백 명을 거느려 먼저 선봉(先鋒) 허만달 · 굴돌통을 보내어, 31

"율도에 들어가면 자연 좋은 계교가 있으리라. 먼저 그 허실(虛實)을 탐지하고 외응내협(外應內協)[167]하면 반드시 율도왕을 근심치 아니하여도 성사하리라."

하거늘, 제장(諸將)이 청령(聽令)하고, 먼저 허만달 · 굴돌통이 각읍으로 두루 돌아 민심을 살펴보고 십일 주(州)를 다 구경하며 왕도(王都)에 이르니, 이 곳은 제일명승지지(第一名勝之地)라. 의관문물(衣冠文物)[168]이 번화하고 영웅호걸들이 무리지어 왕래하며, 창기(娼妓) 풍악(風樂)이 곳곳이 번화하더라.

차시(此時) 율도왕이 주색에 침닉(沈溺)하여 정사를 돌아보지 아니하고 후원에 잔치를 배설하여 일일연락(日日連樂)하니, 간신이 승간(乘間)하여[169] 일어나고, 조정이 어지러워 백성이 서로 살해하니, 지식 있는 사람은 깊은 산중에 들어가 은거하여 난을 피하는지라. 굴돌통이 허만달로

---

164) 병정양족(兵精粮足): 병사가 강하고 먹을 양식이 풍족함.

165) 도탄(塗炭)에 들다: 진흙 구덩이에 빠지고 숯불에 탄다는 의미로, 생활이 몹시 곤궁하거나 고통스러운 지경에 이르게 된 것을 말함.

166) 중군(中軍): 전군(全軍)의 한가운데에 있던 부대.

167) 외응내협(外應內協): 외부 사람과 몰래 통하고 내부 사람과 협력함.

168) 의관문물(衣冠文物): 한 나라의 문화와 문물.

169) 승간(乘間)하여: 사이를 틈타서.

더불어 두루 돌아 민심과 국정을 살피고 돌아올새, 한 주현(州縣)에 다다르니 관문(官門) 앞에 두 소년이 엎드려 슬피 애통하더라.

하회(下回) 분석(分釋)하라.[170]

세(歲) 신축(辛丑) 십일월일(十一月日) 사직동(社稷洞) 서(書)

170) 하회(下回) 분석(分釋)하라: 다음 회를 잘 보라는 뜻으로 장회소설 한 회의 마지막에 상투적으로 붙는 문구.

홍길동전 권지삼 종(終)

화설(話說). 허만달 · 굴돌통 양인이 각읍에 두루 돌아 민심도 살피고 1
십일주(十一州)를 다 구경하고 왕도(王都)에 이르니, 이 곳은 제일 명승지
라. 의관문물(衣冠文物)이 번화하고 영웅호걸들이 무리지어 왕래하고, 창
기 풍악이 곳곳이 번화하더라.

차시(此時) 율도왕이 주색에 침닉(沈溺)하여 정사를 돌아보지 아니하
고, 후원에 잔치를 배설하여 일일연락(日日宴樂)하니, 간신이 승간(乘
間)하여 일어나고 조정이 어지러워 백성을 살해하니, 지식 있는 사람
은 깊은 산중에 들어가 은거하여 난을 피하는지라. 굴돌통이 허만달로
더불어 두루 돌아 민심과 국정을 살피고 돌아올새, 한 주현(州縣)에 다
다르니, 관문(官門) 앞에 두 소년이 엎드려 슬피 통곡하며 관리를 잡고
애걸하며 몸을 부딪치며 부모를 살려지라 하거늘, 관리(官吏)들이 숫두
얼러[1] 왈,

"원님이 어려우니 어찌 대신함을 바라리오? 일찍이 재물을 바쳐 살 2
기를 구하라."

하니, 두 소년이 슬피 통곡하거늘, 만달이 나아가 소년에게 통곡하는 연
고를 물으니, 양인(兩人)이 대왈,

"우리는 이 곳 사람으로 가친(家親)이 옥에 갇혔으매 몸으로 대신하고
부친을 구하려 하나, 원님이 회뢰(賄賂[2])를 바치면 죄를 사(赦)하리라 하

1) 숫두얼러: 수군거려. 웅성웅성하여.

오니, 어디 가 은자(銀子)를 얻으리오? 이러하므로 통곡하나이다."

만달이 들음에 가장 측은히 여겨 즉시 은자를 주니, 관리가 받아 가지고 즉시 가거늘, 그 소년이 붙들고 사례(謝禮)하여 가로되,

"죽어가는 사람을 살리시니 은혜 백골난망(白骨難忘)[3]이라. 존성대명(尊姓大名)[4]을 듣고자 하나이다."

만달 왈,

"구태여 우리 성명은 알아 무엇하리오? 약소한 재물을 주고 과한 사례를 받으리오? 일찍이 바치고 부모를 살리라."

하고 총총히 돌아가 주점에서 쉬더니, 문득 여남은 사람이 급히 들어오
3 니, 이는 저희 군사라. 만달 등이 급히 데리고 수풀 속에 들어와 돌통더
러 왈,

"이제 홍장군의 명이 국정을 살피고 기약을 어기오지 말라 하였으니 오래지 않아 대군(大軍)이 이를지라. 급히 돌아가 대군을 영접하러 왔나이다."

하거늘, 굴돌통 · 허만달이 날랜 군사 오십명을 뽑아 귀에 대어 가로되,

"여등(汝等)은 태흥현 성중(城中)에 들어가 사처(四處)에 숨었다가 이리이리 하라. 대군이 이르는 날 성을 취하리라."

약속을 정하여 보내고, 이날 밤에 높은 대(臺)에 올라 멀리 바라보니, 차시는 시월(十月) 망간(望間)이라. 금풍(金風)[5]은 소슬하여 찬 기운이 사람을 침노하고, 소상강(瀟湘江)[6] 떼기러기는 맑은 소리로 북(北)을 향하여 날아가고, 월색(月色)은 동령(東嶺)에 비치어 해수(海水)가 백깁[7]을 펼

---

2) 회뢰(賄賂): 뇌물을 주거나 받는 행위. 또는 그 뇌물.

3) 백골난망(白骨難忘): 죽어 백골이 된다 하여도 은혜를 잊을 수 없음.

4) 존성대명(尊姓大名): 지위가 높은 사람의 성명을 높여 이르는 말.

5) 금풍(金風): 가을바람.

6) 소상강(瀟湘江): 중국에 있는 동정호(洞庭湖)에 합류하여 들어가는 소수(瀟水)와 상수(湘水)를 함께 일컬음. 경치가 좋기로 유명함.

7) 백깁: 흰 비단.

친 듯한데, 서북(西北)으로 바라보니 홀연 화광(火光)이 연천(連天)하며 점점 가까이 오거늘, 만달이 대경(大驚) 대희(大喜) 왈,

"이제 대군이 이르니 우리 영접하여 태흥현을 취하리라."

하고, 급히 내려와 선중(船中)에 머물던 군사를 육지에 내리고, 수백군을 4
지휘하여 대군을 영접하게 하고, 삼백 정병(精兵)을 거느려 불 놓을 기계(器械)를 가지고 나아갈새, 굴돌통은 수십인을 데리고 높은 산에 올라 불을 들어 형세를 돕더라.

길동의 대군이 호호탕탕(浩浩蕩蕩)[8]이 행하여 율도국 지경에 이르니, 먼저 왔던 장수 나아가 영접할새, 전장군(前將軍) 장길이 먼저 육지에 내려 풍우같이 나아오니, 만달이 합병(合兵)하여 성하(城下)에 이른대, 연염(煙焰)[9]이 창천(漲天)[10]하고 화세(火勢) 급한지라. 문득 성문을 크게 열고 대군을 맞아들이거늘, 허만달 · 장길 등이 대군을 몰아 일시에 물밀 듯 들어가니 성중이 대란(大亂)하는지라. 장길 왈,

"홍장군이 전령(傳令)하되, '추호(秋毫)를 불범(不犯)하라.' 하니, 이제 백성이 불의지변(不意之變)을 당하여 수미(首尾)를 모르는지라. 일변으로 사문(四門)에 방을 붙여 백성을 안무(按撫)하라."

하고, 관사(官舍)에 들어가 백성을 잡아내니, 김순이 크게 놀라 아무리 할
줄 아지 못하거늘, 만달 왈, 5

"이는 착한 사람이니 죽이지 말라."

한대, 김순을 길동에게 뵈니, 길동이 그 맨 것을 끄르고 위로하여 놀란 것을 진정한 후 데리고 성에 들어가 백성을 안무하고 잔치를 배설하여 즐길새, 수일을 머물러 쉬고 김순으로 참모사(參謀師)를 삼고 군사를 세 떼에 나눠 물밀 듯 나아가니, 지나는 바에 대적할 이 없고 각읍 주현이 바람을 좇아 항복하는지라. 선봉장 허만달 · 굴돌통이 선척(船隻) 수천을

---

8) 호호탕탕(浩浩蕩蕩): 아주 넓어서 끝이 없음.

9) 연염(煙焰): 연기와 불꽃.

10) 창천(漲天): 하늘에 가득하여 넘침.

거느려 나아가더니, 앞에 두 소년이 포의옥대(布衣玉帶)[11]로 나아오다가
군사를 보고 피하여 달아나거늘, 군사 따라가 잡아오니, 이 다른 사람이
아니라 전일 노중(路中)에서 구하던 최도기 형제어늘, 만달이 대희하여
길동을 뵌대, 길동이 기꺼 선봉(先鋒) 참군(參軍)[12]을 삼아 나아갈 새, 대
군이 여수성에 이르니, 산천이 험악하고 성이 높으며 해자(垓字)[13]가 깊
고 자사(刺史)가 성을 지키었으니 성명은 문주적이라. 수하(手下)에 정병
6 (精兵) 수만이 있고 장수 삼십 원(員)이요, 겸하여 만부부당지용(萬夫不當
之勇)[14]이 있는지라. 문득 체탐[15]이 보(報)하되,

"난데없는 도적이 일어나 반월(半月) 못하여 삼십여성(三十餘城)을 항복받고 지금 성하에 이르렀다."

하거늘, 자사 대경하여 즉시 군사를 일으켜 사문을 굳이 지키고 제장(諸將)을 모와 의논 왈,

"이제 이름 없는 도적이 일어나 아국지경(我國之境)을 범하여 삼일 내에 삼십여성을 항복받고 지금 성하(城下)에 이르렀으니, 무삼 묘책으로 도적을 파(破)할꼬?"

제장 왈,

"도적의 근본과 허실을 아지 못하고 성에 나가 대적하다가 패하면, 우리 예기(銳氣) 최찰(摧擦)[16]할 뿐이오니, 다만 성을 굳이 지키고 밖으로 구병(救兵)을 기다려 합병하여 치면 가히 한 북에 파하리라."

주적 왈,

"이제 도적이 성하에 이르렀거늘 나가 싸우지 아니하고 성을 지키다가 양식이 진(盡)하면 군중(軍中)이 어지러니 어찌 앉아 곤(困)함을

---

11) 포의옥대(布衣玉帶): 베로 지은 옷에 옥으로 장식한 띠.

12) 참군(參軍): 무관직의 명칭.

13) 해자(垓字): 외부에서 침입하지 못하도록 성 주위에 둘러 판 못.

14) 만부부당지용(萬夫不當之勇): 수많은 장정으로도 능히 당해 낼 수 없는 용기.

15) 체탐: 염탐꾼.

16) 최찰(摧擦): 기운이나 기세가 꺾임.

받으리오? 여등(汝等)은 겁하거든[17] 물러가라."

하고, 정병 오천을 거느려 성문을 대개(大開)하고 나는 듯이 나아오거늘, 7
길동이 성 십 리에 영채(營寨)[18]를 세우고 두 선봉으로 치라하더니, 자사가 군을 거느려 나옴을 보고 대희하여 피갑상마(被甲上馬)[19]하여 문기(門旗) 아래 나서니, 자사가 또한 진세(陣勢)를 이루고 피갑상마하여 진전(陣前)의 나서니, 양인(兩人)이 상대하매, 길동이 황금투구에 보신갑(保身甲)[20]을 입고 천리부운총(千里浮雲驄)[21]을 타고 손에 보검을 들었으니, 위풍이 늠름하고 제장이 옹위(擁衛)하였더라. 자사는 자금(紫金)투구[22]에 홍금갑(紅錦甲)을 입고 자추마(紫騅馬)[23]를 타고 손에 장창(長槍)을 들었으니, 위풍이 늠름하고 풍채 빼어났더라. 채를 들어 길동을 가리켜 왈,

"무명(無名) 소적(小敵)이 감히 국가를 침범하여 삼십여 성을 앗고 나의 성하에 이른다? 일찍 항복하여 죽기를 면하라. 불연즉(不然則) 너희 성명을 보전치 못하고 편갑(片甲)[24]도 남기지 아니하리라."

길동이 대로 왈,

"황구소아(黃口小兒)[25]가 맹호를 모르고 감히 큰 말을 하난다? 이제
너희 국왕이 정사가 불명(不明)하여 주색에 침닉(沈溺)하고 충량(忠 8
良)[26]을 살해하며 백성을 도탄(塗炭)하니,[27] 내 이제 천명을 받자와 무

17) 겁하거든: 겁이 나거든.
18) 영채(營寨): 병사(兵舍). 진(陣)을 둘러싼 울타리.
19) 피갑상마(被甲上馬): 갑옷을 입고 말을 탐.
20) 보신갑(保身甲): 몸을 보호하는 갑옷.
21) 천리부운총(千里浮雲驄): 천리마(千里馬).
22) 자금(紫金)투구: 검붉은 색의 투구.
23) 자추마(紫騅馬): 검붉은 빛의 좋은 말.
24) 편갑(片甲): 한 명의 군사.
25) 황구소아(黃口小兒): 어린 아이. 미숙한 사람.
26) 충량(忠良): 충성과 신의가 있는 신하.
27) 도탄(塗炭)하니: 도탄에 빠뜨리니. 도탄은 진흙구덩이에 빠지고 숯불에 탄다는 의미로 곤궁한 처지를 말함.

도혼군(無道昏君)[28]의 유죄자(有罪者)를 치나니, 일찍이 항복하여 무죄한 생령(生靈)[29]을 구하라."

자사가 대로(大怒)하여 좌우를 돌아보아 왈,

"뉘 능히 이 도적을 잡을꼬?"

말이 맟지 못하여 등 뒤로 좇아 한 장수가 응성출마(應聲出馬)[30]하니 이는 손응모라. 창을 두루며 대호(大呼) 왈,

"뉘 나를 대적(對敵)할다?"

하고 진전(陣前)에서 왕래치빙(往來馳騁)[31]하거늘, 굴돌통 · 허만달이 좌우로 내달아 응모를 취하여 수십 합을 싸우되, 불분승부(不分勝負)[32]러니, 응모가 기운이 진하여 정심(正心)[33]이 어지럽거늘, 자사가 대로하여 장창을 빗기고 말을 달려 짓쳐 나아가 응모를 구하고 바로 길동을 취하거늘, 길동이 맞아 싸워 오십 합에 이르러 길동이 문득 패하여 본진을 바라고 서(西)흐로 행하거늘, 만달 등 모든 장수 일시에 군사를 거느려 급히 달아나니, 자사가 군사를 지휘하여 급히 짓쳐 십여 리를 따라 일진을
9 대살하고 돌아가더라. 만달 왈,

"장군이 패함은 어찌된 일이니잇고?"

길동이 웃어 왈,

"이는 계교라. 만일 저로 더불어 싸우면 힘만 허비할 따름이요, 성을 파(破)치 못하리니, 이제 저희 이김을 인하여 오늘 밤에 우리 진을 겁칙[34]하리니, 모로미 계교 위에 계교를 써 성을 파하리라."

제장이 그 신기한 지략을 탄복하더라.

---

28) 무도혼군(無道昏君): 도리에 어긋나며 사리에 어둡고 어리석은 임금.
29) 생령(生靈): 생명.
30) 응성출마(應聲出馬): 상대방의 소리에 응해 말을 타고 나감.
31) 왕래치빙(往來馳騁): 말을 타고 분주하게 왔다갔다함.
32) 불분승부(不分勝負): 승부를 정하지 못함.
33) 정심(正心): 혼란하지 않고 바로 잡은 마음.
34) 겁칙: 힘으로 억눌러 강제로 빼앗음.

이에 길동이 굴돌통 · 허만달 · 장길 등 삼장(三將)을 불러 분부 왈,

"그대 등은 철기(鐵騎)[35] 삼천을 거느려 성 우편에 나아가 산 뒤에 매복하였다가 도적이 지나거든 길을 막고 마주 치라."

삼장이 청령(聽令)하고 군을 거느려 가니라. 또 최도기 · 최도성 · 김순을 불러 왈,

"그대 등은 본현군(本縣軍) 일천을 거느려 성중 군사 맨다리하고 성 좌편으로 나아가 수풀이 무성한 곳에 매복하였다가, 자사 나간 후에 성하에 나아가 여차여차 하면 성문을 열어 들이리니, 대군을 영접하여 성을 취하라."

또 정찬 · 정기 · 정수 삼장(三將)을 불러 왈,

"너희는 일만 정병을 거느려 성 우편 소로(小路)에 매복하였다가, 성문을 열고 나오거든 김순 등을 집응(執應)하여 성을 취하되 추호도 백성을 살해하지 말라."

제장이 각각 청령하고 군을 거느려 물러가거늘, 또 허만대 · 허만충을 불러 왈,

"너희는 일천군을 거느려 영채(營寨) 밖에 매복하였다가 적병이 이르거든 불을 들어 형세를 삼고 내달아 엄살(掩殺)[36]하라."

하고, 이에 전령(傳令)하여 넓은 들에 거짓 영채를 세우고 날랜 군사 사백여 명으로 하여금 쟁, 북을 울려 도적을 기다리고, 기여(其餘)[37] 제장은 길동이 거느리고 서문 성하로 나아가 매복하더라.

자사가 일진을 이기고 돌아오니 제장이 하례(賀禮) 왈,

"장군의 용력은 당할 자가 없을까 하나이다."

자사가 왈,

"이번 싸움에 도적의 장수를 잡을러니, 제 스스로 겁하여 달아났으

35) 철기(鐵騎): 철갑을 입은 무장한 기병.

36) 엄살(掩殺): 별안간 습격하여 죽임.

37) 기여(其餘): 그 나머지.

니 멀리 아니 갔을지라. 오늘 밤에 따라 불의에 겁칙하면 한 북에 도적을 가히 파하리라."

하고, 일만 정병을 거느려 초경(初更)[38]에 밥 먹고 이경(二更)[39]에 행군할
11 새, 손응모로 성을 지키우고 행하여 가더니, 멀리 바라보니 수리 허(許)에 영채를 곳곳이 이루고 쟁, 북을 어지러이 울리거늘, 자사가 일군을 지휘하여 일시에 고함하고 짓쳐 들어가니, 문득 사람은 하나도 없고 헛 기치(旗幟)[40]만 꽂았거늘, 바야흐로 계교를 행한 줄 알고 급히 퇴군(退軍)하더니, 일성포향(一聲砲響)[41]에 채(寨) 밖으로서 불이 일어나며 일표군(一驃軍)[42]이 살출(殺出)[43]하니 위수대장(爲首大將)[44]은 허만대 · 허만충이라. 크게 엄살하니, 자사가 싸울 마음이 없어 제장에게 뒤를 막으라 하고 일군을 휘동(麾動)[45]하여 나아가더니, 문득 일성포향에 산상으로서 일군이 내달아 길을 막고 대호 왈,

"문주적은 닫지 말라. 허만달 · 굴돌통 · 장길이 이에서 기다린 지 오래더니라."

하거늘, 자사가 분력(奮力)[46]하여 싸워 길을 앗아 달아날새, 김순이 성하에 숨었더니, 자사가 나옴을 보고 일군(一軍)을 인하여 성하에 나아가 외쳐 왈,

"문장군이 적병에 싸이었으니 급히 나와 구하라."

12 하거늘, 성 지킨 군사가 보니 저희 군사와 같은지라. 의심치 아니코 손응

---

38) 초경(初更): 저녁 7시에서 9시 사이.
39) 이경(二更): 밤 9시에서 11시 사이.
40) 기치(旗幟): 군중(軍中)에서 쓰던 온갖 기.
41) 일성포향(一聲砲響): 대포를 놓을 때 크게 울리는 소리.
42) 일표군(一驃軍): 빠른 말을 탄 한 무리의 군사.
43) 살출(殺出): 힘차게 돌출하여 나아감.
44) 위수대장(爲首大將): 군대의 우두머리.
45) 휘동(麾動): 지휘하여 움직임.
46) 분력(奮力): 힘을 뽐내어 떨쳐 일으킴.

모가 일군을 거느려 급히 나아오거늘, 최도기 손이 이는 곳에 응모의 머리 마하(馬下)에 떨어지니 군사가 사산분주(四散奔走)[47]하는지라. 정찬 등이 문이 열림을 보고 급히 일만 정병을 거느려 물밀 듯 들어가니 성중이 대란(大亂)하거늘, 일변(一邊)으로 백성을 안무(按撫)하고 성상에 기치를 벌여 위엄을 삼더라.

차시 자사가 싼 데를 헤치고 일군을 거느려 달아날새, 오장(五將)이 합병(合兵)하여 일진(一陣)을 대살(大殺)하니 주검이 뫼같고 피 흘러 내가 되었더라. 자사가 겨우 수백 기(騎)를 거느려 성하에 이르니, 이 도적이 벌써 성을 취하여 성상(城上)에 기치를 꽂았거늘, 자사가 하릴없어 철봉산성으로 가리라 하고 오백 기를 거느리고 달아나더니, 문득 일성포향에 일원대장이 가는 길을 막고 대호 왈,

"자사 문주적은 닫지 말라. 활빈당 행수 의병장 홍길동이 기다린 지 오래다."

하거늘, 자사가 죽기 싸워 겨우 난을 벗어나 철봉산성으로 달아나다. 13

길동이 대대(大隊) 인마를 거느려 성에 들어가 대연을 배설하여 삼군을 호상(犒賞)[48]하고 제장으로 더불어 의논 왈,

"이제 칠십여 성을 항복받았으나 앞에 철봉산성이 있으니 그 곳을 취하면 왕도(王都)는 여반장(如反掌)[49]이라. 무삼 묘책으로 이 성을 취할꼬?"

김순이 대왈,

"철봉산성이 산천이 험악하여 쉬이 파(破)키 어렵고, 태수(太守) 김현충은 문무가 겸전한 장수라. 신출귀몰(神出鬼沒)한 재주가 있거늘, 또 문주적이 그 곳으로 달아났으니 준비함이 있을지라. 장군이 먼저 격서(檄書)를 보내고 대군을 삼로(三路)로 나누어 나아가면 가히 한 북

---

47) 사산분주(四散奔走): 사방으로 흩어져 달아남.

48) 호상(犒賞): 군사들에게 음식을 차려 먹이고 상을 주어 위로함.

49) 여반장(如反掌): 손바닥 뒤집기처럼 쉬움.

에 파하리니다."

길동이 옳이 여겨 먼저 격서를 보내고 대군을 삼로로 나눠 나아가다.

각설(却說). 철봉태수 김현충이 정히 공사(公事)를 다스리더니, 홀연 성중이 요란하며 군사가 급히 들어와 보하되,

14 "난데없는 도적이 일어나 한 달이 못하여 네 주현(州縣)을 파하고 칠십여 성을 항복받아 나아오니, 그 세(勢) 대따림[50] 같고 태산맹호(泰山猛虎) 같아 자사가 싸우다가 패하여 이르렀다."

하거늘, 태수 대경하여 자사를 맞아 들어가 대연을 배설하여 삼군을 호상하고 제장으로 더불어 의논 왈,

"이제 칠십여 성을 적에게 앗기고, 이제 장군이 적으로 더불어 싸웠으니 도적의 허실을 알지라. 무삼 묘책으로 도적을 파하리오?"

"이 도적은 타국 도적이라. 적장의 성명은 홍길동이요, 만부부당지용(萬夫不當之勇)이 있으며 겸하여 신출귀몰한 재주가 있으니 가히 경적(輕敵)지 못하리라. 성을 굳이 지키고 사람으로 하여금 왕도(王都)에 보장(報狀)[51]하여 밖으로 구원병졸이 오거든 합병하여 치면 가히 도적을 잡으리이다."

태수가 왈,

"장군의 말이 옳다."

하고, 일변 율도왕에게 고급(告急)[52]한 후 성중 백성으로 성을 지키고 군사를 일으켜 요해처(要害處)[53]를 수엄(守嚴)[54]하며, 일변으로 군용(軍

15 容)[55]을 정제하여 대적코자 하더라.

차시 길동이 네 주현(州縣)을 항복받고 칠십여 성을 얻으매 위풍과 인

---

50) 세(勢) 대따림: 파죽지세(破竹之勢).

51) 보장(報狀): 어떤 사실을 상부 관아에 보고함.

52) 고급(告急): 급함을 알림.

53) 요해처(要害處): 지세(地勢)가 아군에게는 유리하고 적군에게는 불리한 곳.

54) 수엄(守嚴): 엄하게 지킴.

55) 군용(軍容): 군대의 질서나 규율.

덕이 사방에 진동하는지라. 자못 의기양양(意氣揚揚)하여 철봉성하에 이르러 보니, 성상에 기치 삼열(森列)[56]하여 성을 군이 지키고 준비함이 있거늘, 길동이 성하에 진세를 이루고 격서를 보내니, 하였으되,

> 활빈당 행수(行首) 의병장(義兵將) 홍길동은 일봉서(一封書)를 태수에게 부치나니, 내 천명을 받자와 의병을 일으켜 행하는 바에 각읍 군현이 망풍귀순(望風歸順)[57]하여 항복하거늘, 너는 망령되이 나의 군사를 항거코자 하니 어찌 어리지[58] 아니하리오? 성을 파하는 날 네 성명을 보전치 못하리니, 너는 모로미 일찍 항복하여 생령(生靈)을 구하고 천명을 순수(順受)하면 군(君)을 봉(封)하고 열후(列侯)[59]를 삼아 부귀를 한가지로 하리라.

하였더라.

태수가 제장으로 더불어 도적 칠 일을 의논하더니, 소졸(小卒)이 보하되,

"홍길동의 격서가 이르렀다." 16

하거늘, 태수가 받아 떼어 보고 대로하여 격서를 찢어 땅에 던지고 왈,

"무명 소적이 어찌 감히 나를 수욕(授辱)[60]하리오?"

하고 칼을 들고 일떠서며 꾸짖어 왈,

"내 당당히 이 도적을 죽여 분(憤)을 설(雪)하리라."

하니, 좌우가 간왈(諫曰),

"장군은 도적을 경(輕)히 여기지 마르소서. 이제 문장군도 오히려 패하였으니, 어찌 일시 분을 참지 못하여 나가 싸우다가 도적의 간계(奸

---

56) 삼열(森列): 촘촘하게 늘어서 있음.

57) 망풍귀순(望風歸順): 높은 덕망을 듣고 우러러 사모하여 따름.

58) 어리지: 어리석지.

59) 열후(列侯): 봉건시대 일정한 영토를 가지고 그 영내의 백성을 다스리던 사람. 제후(諸侯).

60) 수욕(授辱): 남에게 모욕을 줌.

計)에 빠지면 성을 보전치 못할지라. 이제 구원을 기다려 치면 도적을 한 북에 파(破)하리이다."

하더라.

이튿날 평명(平明)[61]에 하령(下令) 왈,

"나는 본대 하향(遐鄉)[62] 조그만 선비로서 천은을 입사와 나로 하여금 이 곳 태수를 하였으니, 몸이 맞도록 국은을 만분지일이나 갚고자 하나니, 제군(諸軍)은 한가지로 힘을 다하여 도적을 파할진대 나라에 주(奏)하고 높은 벼슬을 얻어 부귀를 누리게 하리라. 만일 영을 어기는 자가 있으면 군법을 행하리니 삼가고 삼갈지어다."

17 제인이 일시에 팔을 뽐내어 한 번 싸우기를 원하거늘, 태수가 군심(軍心)이 이 같음을 짐작하고 짐짓[63] 돋우어 가로대,

"여등(汝等)이 싸우다가 만일 불행함이 있으면 어찌 원통치 아니하리오. 이제 노약(老弱)과 환과고독지인(鰥寡孤獨之人)[64]을 뽑아 돌려보내리라."

하고 전령 왈,

"여등(汝等)은 각각 돌아가 부모를 반기며, 처자를 반기며, 전지(戰地)에 임(臨)치 말라."

하니, 삼군이 태수의 덕택을 탄복하여 각골감은(刻骨感恩)[65]하거늘, 태수 문주적으로 성을 지키우고, 정병 수만을 거느려 성 밖에 진치고, 이튿날 양군(兩軍)이 대진(對陣)하고 접전할새, 태수가 갑(甲)을 입고 말에 올라 장창을 들고 문기(門旗) 아래 서서 대호(大呼) 왈,

---

61) 평명(平明): 아침에 해가 돋아 밝아올 무렵.

62) 하향(遐鄉): 먼 시골.

63) 짐짓: 과연. 진실로.

64) 환과고독지인(鰥寡孤獨之人): 늙어서 아내 없는 사람, 젊어서 남편 없는 사람, 어려서 어버이 없는 사람, 늙어서 자식 없는 사람 등 외롭고 의지할 곳이 없는 사람을 가리킴.

65) 각골감은(刻骨感恩): 은혜를 뼈 속에 새겨 잊지 않음.

"적장은 빨리 나와 내 칼을 받으라."

하거늘, 길동이 제장을 거느려 문기(門旗) 아래 나오니, 황금봉시(黃金鳳翅)투구[66]에 용린보신갑(龍鱗保身甲)[67] 입고 총이말을 타고 보검(寶劍)을 들었으니, 위풍이 늠름하더라. 태수가 채를 들어 길동을 가리켜 왈,

"무명 소적이 개미 같은 무리를 거느려 감히 아국지경(我國之境)을 18
침범하나뇨? 일찍이 항복하여 죽기를 면하라. 불연즉 편갑(片甲)도 돌
려보내지 아니하리라."

길동이 대로(大怒) 질왈(叱曰),[68]

"너희 국왕이 정사를 다스리지 아니하고 주색에 침닉(沈溺)하여 충량을 살해하고 백성을 도탄(塗炭)하니, 이는 망국(亡國)할 때라. 내 천명을 받자와 의병을 일으켜 진발(進發)[69]하매, 지나는 바에 망풍귀순(望風歸順)하여 칠십여 성을 항복 받고 이에 이르렀거늘, 감히 큰 말을 하난다? 모로미 일찍 귀순하여 죽기를 면하라."

태수가 대로하여 정창출마(挺槍出馬)[70]하여 달려들거늘, 길동이 대로하여 좌우를 돌아보아 왈,

"뉘 능히 도적을 잡을꼬?"

언미필(言未畢)에 한 장수 대호 왈,

"닭 잡는데 어찌 소 잡는 연장을 쓰리오?"

하거늘, 모두 보니 이는 선봉장 굴돌통이라. 이에 말을 뛰어 진전(陣前)에 나와 크게 꾸짖어 왈,

"네 천시(天時)를 모르고 망령되이 우리 병(兵)을 항거코자 하는다? 우리 대장군은 응천순인(應天順人)[71]하여 소과군현(所過郡縣)[72]이 망

---

66) 황금봉시(黃金鳳翅)투구: 봉의 날개모양을 장식한 황금빛 투구.

67) 용린보신갑(龍鱗保身甲): 용의 비늘 모양으로 미늘을 달아 만든 갑옷. 미늘은 갑옷에 입힌 비늘 모양의 가죽 조각이나 쇳조각.

68) 질왈(叱曰): 꾸짖어서 말함.

69) 진발(進發): 싸움터를 향하여 떠남.

70) 정창출마(挺槍出馬): 창을 겨누고 말을 타고 나감.

19 풍귀순하는지라. 네 모로미[73] 천명을 순수(順受)하여 쾌히 나와 항복하여 죽기를 면하라."

하니, 태수 분기충천(憤氣衝天)하여 맞아 싸워 이십여 합에 불분승부(不分勝負)러니, 태수가 정신을 가다듬어 크게 소리를 지르고 창을 들어 굴돌통의 말 가슴을 찔러 엎지러치니, 이때 길동이 선봉의 위급함을 보고 즉시 진언(眞言)을 염(念)하여 육정육갑(六丁六甲)[74]으로 돌통을 구하여 오라 하니, 신장(神將)이 청령하고 풍운을 멍에하여[75] 나아가 구하여왔거늘, 길동이 돌통을 불러 놀람을 위로하고 제장을 모아 상의 왈,

"태수의 용맹은 우리 군중에 당할 이 없으리니, 졸연(猝然)[76]히 파(破)키 어려운지라. 이제 계교로써 사로잡으리라."

하고, 즉시 오원대장(五員大將)을 뽑아 귀에 대고 이리이리하라 하니, 오장(五將)이 청령하고 이튿날 굴돌통이 출마(出馬) 대호(大呼) 왈,

"무지(無知) 필부(匹夫)는 빨리 나와 내 칼을 받아라."

태수가 대로하여 돌통으로 더불어 교전 수십합에 돌통이 거짓 패하여
20 달아나거늘 태수가 급히 따라 산곡에 이르러는 문득 일성포향(一聲砲響)
에 복병(伏兵)이 살출(殺出)하거늘, 태수 놀라 돌아보니 일원대장이 황금 투구 쓰고 황의(黃衣) · 황건(黃巾)에 사륜거(四輪車)를 타고 황의군(黃衣軍)을 몰아 내닫거늘, 태수가 더욱 황겁(惶怯)[77]하여 동(東)을 바라고 닫더니, 또 일원대장이 청의(靑衣) · 청건(靑巾)에 청룡(靑龍)을 타고 청의군(靑衣軍) 거느려 동(東)을 막거늘, 태수가 능히 나아가지 못하고 남(南)으

---

71) 응천순인(應天順人): 하늘과 백성의 뜻에 순종함.

72) 소과군현(所過郡縣): 지나는 바의 군(郡)과 현(縣).

73) 모로미: 모름지기.

74) 육정육갑(六丁六甲): 둔갑술을 할 때 부르는 신장(神將)의 이름.

75) 풍운(風雲)을 멍에하여: 풍운을 타고. 멍에는 수레나 쟁기를 끌기 위하여 마소의 목에 얹는 구부러진 막대.

76) 졸연(猝然): 쉽게. 갑작스럽게.

77) 황겁(惶怯): 겁이 나서 얼떨떨함.

로 닫더니, 또 일원 대장이 홍포(紅袍) · 홍건(紅巾)을 입고 주작(朱雀)[78]을 타고 홍의군(紅衣軍) 거느려 길을 막거늘, 태수가 대적지 못하여 서(西)흐로 달아나니, 또 일원 대장이 백건(白巾) · 백포(白袍)를 입고 백호(白虎)를 타고 백의군(白衣軍)을 거느려 서(西)를 막거늘, 태수가 정신을 정치 못하여 북(北)을 바라고 닫더니, 또 일원대장이 흑건(黑巾) · 흑포(黑袍)를 입고 현무(玄武)[79]를 타고 흑의군(黑衣軍) 거느려 길을 막으니, 태수가 아무리 할 줄을 몰라 망지소조(罔知所措)[80] 할 즈음에 홀연 한 선관(仙官)이 공중에서 내려와 대호 왈,

"너 조그마한 필부가 한갓 용(勇)만 믿고 감히 의병을 항거코자 하 21
니 어찌 요대(饒貸)[81]하리오."

언필(言畢)에 산상에서 신장이 내려와 태수를 결박하여 말게 내리치니, 길동이 이에 군사로 하여금 잡아 돌아오니라.

차시 문주적이 태수가 패함을 보고 일군을 인하여 성문을 크게 열고 불의(不意)에 내달아 영채를 엄살하거늘, 만달 등 중장(衆將)이 함께 내달아 교봉(交鋒) 십여 합에 불분승부(不分勝負)러니, 김용철이 철퇴를 들어 주적을 쳐 죽이고 여군(餘軍)을 항복받으니, 길동의 대군이 물밀 듯 성에 들어가 백성을 안무하고 관사에 좌정하매 태수를 계하(階下)에 꿇리고 여성(厲聲) 대매(大罵)[82] 왈,

"네 이제도 항(降)치 아니할다?"

태수가 눈을 부릅뜨고 크게 꾸짖어 왈,

"내가 일시 간계에 속아 네게 사로잡혔으나 어찌 살기를 도모하여

---

78) 주작(朱雀): 사신(四神)의 하나. 남쪽 방위를 지키는 신령을 상징하는 짐승인데 붉은 봉황으로 형상화하였음.

79) 현무(玄武): 사신(四神)의 하나. 북쪽 방위의 수(水)기운을 맡은 태음신(太陰神)을 상징한 짐승인데 거북과 뱀이 합쳐진 형상임.

80) 망지소조(罔知所措): 너무 당황하거나 급하여 갈팡질팡 어찌할 바를 모름.

81) 요대(饒貸): 너그러이 용서함.

82) 여성(厲聲) 대매(大罵): 노하여 목소리를 높여 크게 꾸짖음.

도적에게 굴하리오? 빨리 죽여 나의 충성을 온전케 하라."

하고 소리를 벽력같이 지르거늘, 길동이 앙천(仰天) 탄왈(歎曰),

22 "이는 짐짓 충신이라. 내 어찌 해(害)하리오?"

하고, 좌우를 물리치고 친히 내려와 맨 것을 끌러 좌(座)를 주고 칭찬 왈,

"장군은 짐짓 고자(古者)[83] 충신으로 다름이 없도다."

드디어 주찬(酒饌)을 내와 관대(款待)하며 놀란 것을 위로하니, 태수가 길동의 의기를 보고 그제야 사례(謝禮) 왈,

"장군이 패군지장(敗軍之將)을 이렇듯 관대하시니 어찌 항복지 아니 하리오."

길동이 대희하여 설연관대(設宴款待)[84]할새, 태수로 더불어 즐기고 인하여 태수를 머물러 성을 지키우고, 이튿날 대군을 휘동(麾動)하여 왕도에 이르니, 이곳은 산천이 험악하고 성곽이 견고하여 족히 만리장성(萬里長城)에 비길러라. 길동이 대군을 정제하여 성 삼십 리에 물러 하채(下寨)[85]하고, 율도국 왕에게 격서를 전하니 왈,

활빈당 행수 의병장 홍길동은 삼가 글월을 율도왕에게 부치나니, 천하는 한 사람의 천하가 아니라. 자고로 성탕(成湯)[86]은 성인이시되 걸(桀)[87]
23 을 치시고, 무왕(武王)[88]은 성군이시되 주(紂)[89]를 치신지라. 이러므로 내 의병을 일으켜 삼군을 영솔(領率)하여 대강(大江)을 건너매 향하는 바에 능히 대적할 이 없는지라. 벌써 칠십여 성을 항복받으니, 군위(軍威) 대진(大振)하고 인덕(仁德)이 해내(海內)에 진동하는지라. 율도국왕은 일찍 천명을

83) 고자(古者): 옛날.

84) 설연관대(設宴款待): 잔치를 베풀어 정성껏 대접함.

85) 하채(下寨): 군대가 일정한 장소를 정하여 주둔함.

86) 성탕(成湯): 중국 은나라를 세운 탕왕(湯王). 하(夏)나라의 걸왕(桀王)을 내쫓고 천자 자리에 올랐으며 제도(制度), 전례(典禮)를 잘 정돈했다고 함.

87) 걸(桀): 중국 하(夏)나라의 왕. 폭군의 대표자로 일컬어짐.

88) 무왕(武王): 중국 주(周)나라의 초대왕. 기원전 11세기경 사람으로 은조(殷朝)를 타도하고 주왕조(周王朝)를 창건하였음.

89) 주(紂): 은(殷)나라의 왕. 폭군의 대표자로 일컬어짐.

> 순수(順受)하여 항복하고 생령(生靈)을 구하면 전가(傳家)를 보전하고 열후(列侯)를 봉하여 부귀를 한가지로 하려니와, 불연즉(不然則) 나라가 망하고 성이 파(破)하는 날은 옥석(玉石)이 구분(俱焚)[90]하리라. 후에 뉘우치나 및지 못하리니 왕은 숙찰지(熟察之)[91]하라.

하였더라.

수성장(守城將)이 격서를 거두어 왕께 드린대, 왕이 보기를 맟고 대로하여 문무제신(文武諸臣)을 모아 의논 왈,

"무명 소적이 어찌 감히 이렇듯 하리오. 뉘 능히 이 도적을 잡아 과인의 근심을 덜리오."

제신이 주왈,

"이제 적세(敵勢) 호대(浩大)[92]하여 칠십여 성을 항복받고 성하(城下)에 이르렀으니, 패함이 조석에 있을지라. 대왕은 급히 군사를 조발(調發)[93]하사 성을 지키고 맹장(猛將)을 택출하여 도적을 방비하옵소서."

왕이 청파(聽罷)에 대로 왈,

"적이 성하에 임하였거늘 어찌 앉아서 물러감을 기다리리오? 나라 24
가 망하면 내몸이 돌아갈 데 없고 죽어 묻힐 땅이 없을지라. 내 적으로 더불어 사생을 결(決)하리라."

즉시 경국지병(傾國之兵)[94]을 조발하여 왕이 친정(親征)[95]할새, 모골대로 선봉을 삼고 김일대로 후응사(後應師)를 삼고, 왕이 스스로 중군(中軍)이 되어 제신(諸臣)을 거느려 나아갈새, 먼저 사람으로 하여금 적세를 탐정(探偵)하라 하니, 돌아와 보(報)하되,

---

90) 옥석(玉石)을 구분(俱焚): 옥과 돌을 구별하지 않고 함께 태워버린다는 뜻으로 모두 재앙을 받는다는 말.

91) 숙찰지(熟察之): 자세히 살펴봄.

92) 호대(浩大): 기세나 은혜 따위가 매우 세차고 큼.

93) 조발(調發): 군사를 불러서 모음.

94) 경국지병(傾國之兵): 온 나라의 군대.

95) 친정(親征): 임금이 몸소 군사를 거느리고 정벌함.

"적병이 벌써 흑제성을 파하고 병(兵)을 나누어 삼로(三路)로 나아 온다."

하거늘, 왕이 삼군을 호령하여 삼경(三更)[96] 통고[97]에 성을 떠나 행하여 양관(兩關)에 이르러 하채하니, 길동의 군사가 벌써 양관 사십 리에 하채하고 제장(諸將)을 불러 분부하되,

"명일 오시(午時)에 율도왕을 가히 사로잡으리니 시각을 어기오지 말라. 위령자(違令者)[98]는 참(斬)하리라."

하고, 선봉 골돌통 · 허만달을 불러 왈,

"여등(汝等)은 일천 군을 거느려 양관 남편(南便) 소로(小路)로 가 매복하였다가 여차여차 하라."

25 하고, 좌장군 이의경과 전장군 장길을 불러 왈,

"그대는 삼천군을 거느려 산곡 좌편에 매복하였다가 여차여차 하라."

하고 후군장 정창 · 정기 · 정수를 불러 왈,

"너희 등은 일만 정병을 거느려 양관 우편 소로에 매복하였다가 여차여차 하라."

하니, 제장이 각각 청령하고 인군(引軍)하여 가거늘, 이튿날 길동이 일진군을 거느려 진문(陣門)을 대개(大開)하고 출마 대호 왈,

"무도한 율도왕은 들어라. 그대 주색에 침닉(沈溺)하여 간언(諫言)[99]을 쓰지 아니하고 무죄한 백성을 살해하니 이는 걸주(桀紂)의 치(治)라. 천의(天意) 어찌 무심하시리오? 이러므로 내 의병을 일으켜 이에 이르렀으니 빨리 나와 항복하여 만성인민(滿城人民)[100]을 구하라."

왕이 대로하여 토산마(兎產馬)[101]를 타고 쌍검(雙劍)을 들어 길동과 싸

---

96) 삼경(三更): 밤 11시에서 새벽 1시까지.

97) 통고: 미상.

98) 위령자(違令者): 명령을 어기는 사람.

99) 간언(諫言): 웃어른이나 임금에게 옳지 못하거나 잘못된 일을 고치도록 하는 말.

100) 만성인민(滿城人民): 성안의 모든 백성.

우더니, 미급(未及) 삼 합에 길동이 거짓 패하여 달아나거늘, 율도왕이 따
르더니 선봉장(先鋒將) 굴돌통이 좌편 수풀 가운데로서 좇아 내닫거늘,
모골대 산곡을 보고 달아나거늘, 율도왕이 꾸짖고 급히 따라 양관을 나 26
와 산곡으로 들어가거늘, 율국 제장이 크게 외쳐 왈,

"대왕은 따르지 마소서. 그곳이 산세 험악하니 반드시 간계가 있는가 하나이다."

왕이 분노 왈,

"내 어찌 저를 두리리오?"

하고, 말을 채쳐 따라 점점 깊은 데를 들어가니 길이 좁고 산천이 험악하거늘, 정히 주저하더니, 문득 일성포향(一聲砲響)에 사면 복병(伏兵)이 내달아 크게 엄살(掩殺)하는지라. 왕이 대경하여 급히 퇴군하더니, 또 일지군(一枝軍)이 내달아 길을 막으니 위수대장(爲首大將)은 홍길동이라. 손에 장창(長槍)을 들고 총이마(驄耳馬)를 타고 대호 왈,

"율도왕은 닫지 말라."

하거늘, 왕이 길동을 봄에 분기대발(憤氣大發)[102]하여 맞아 싸워 사십여 합에 불분승부더니, 돌통이 군을 돌이켜 철통같이 싸고 치니, 금고(金鼓)[103] 함성이 천지진동(天地震動)하더라. 왕이 정히 시살(廝殺)[104]하더니, 또 보하되,

"적병이 본진(本陣)에 불을 놓고 충살(衝殺)[105]하나이다."

왕이 듣고 싸울 마음이 없어 말을 돌이켜 달아나더니, 전면에 일진광 27
풍(一陣狂風)이 일어나며 화광이 충천하거늘, 왕이 앙탄(仰歎) 왈,

"내 남을 경히 여겨 이런 화를 만났으니 누를 한하리오?"

언파에 칼을 들어 자문(自刎)[106]하니, 그 아들 창이 부왕의 시신을 붙

---

101) 토산마(兎産馬): 적토마(赤兎馬)와 같은 명마를 가리킴.
102) 분기대발(憤氣大發): 분한 기운이나 생각이 크게 일어남.
103) 금고(金鼓): 군대에서 지휘하는 신호로 쓰던 징과 북.
104) 시살(廝殺): 전투에서 마구 침.
105) 충살(衝殺): 들이치거나 찔러 죽임.

들고 통곡하다가 자결하니라.

이때 왕의 군사가 일시에 항복하거늘, 길동이 군을 거두어 본진에 돌아와 왕의 부자를 왕례(王禮)로 장(葬)하고, 이날 제장을 거느려 풍악을 갖추고 도성에 들어가 백성을 안무하고, 대연을 배설하여 군사를 호궤(犒饋)[107]하고 제장을 각각 벼슬을 하일새, 굴돌통으로 순무대장(巡撫大將) 안찰사(按察使)를 하이어 각읍을 순행하이게 하고, 허만달로 상장(上將)을 하이고, 허만대로 거기장군(車騎將軍)을 하이고, 김현충으로 원융사(元戎師)를 하이고, 기여(其餘) 제장(諸將)은 각각 차례로 공로를 보아 수령(守令), 방백(方伯)을 하이고, 군졸도 상사(賞賜)를 후(厚)이하여, 창름(倉廩)[108]을 열어 백성에게 나누어 주니 백성이 감열(感悅)[109]하여 산호
28 만세(山呼萬歲)[110]를 하고 은혜를 감축하더라.

십일월 갑자일(甲子日)에 길동이 즉위하니, 만조백관(滿朝百官)이 만세를 부르고 즐기는 소리 일국에 진동하더라. 왕이 제장을 각각 봉작(封爵)[111]을 더하고, 부친 승상공(丞相公)을 추증(追贈)[112]하여 현덕왕이라 하고, 백룡으로 부원군(府院君)[113]을 봉하고, 모친으로 태왕비(太王妃)[114]를 봉하고, 백씨로 왕비를 봉하고, 조씨로 충렬좌부인(忠烈左婦人)을 봉하고, 정씨[115]로 숙렬우부인(淑烈右婦人)을 봉하고, 각각 궁을 수축(修築)

106) 자문(自刎): 스스로 목을 찔러 죽음.
107) 호궤(犒饋): 군사들에게 음식을 베풀어 위로함.
108) 창름(倉廩): 곳집. 곳간으로 쓰는 집. 창고.
109) 감열(感悅): 감격하고 기뻐함.
110) 산호만세(山呼萬歲): 나라의 큰 의식에서 황제나 임금의 축수(祝壽)를 표하기 위해 신하들이 두 손을 치켜들고 만세(萬歲) 또는 천세(千歲)를 일제히 부르던 일.
111) 봉작(封爵): 제후로 봉하고 관작을 줌.
112) 추증(追贈): 종이품 이상의 벼슬아치의 죽은 부 · 조부 · 증조부에게 관위(官位)를 내림.
113) 부원군(府院君): 왕비의 친아버지나 정1품 공신에게 주던 작호(爵號).
114) 태왕비(太王妃): 자리를 물려주고 생존한 왕의 부인을 높여 부르는 말.
115) 정씨: 이야기의 전개에서 정씨 부인은 나오지 않았으나 길동의 아들을 거

하여 거하게 하고, 부친 산소를 선릉이라 하고, 승상부인으로 현덕태왕후를 봉하고, 신료(臣僚)[116]를 보내어 실가(悉家)[117]를 호행(護行)하여 와 궁중에 안돈(安頓)하니라.

왕이 즉위함으로부터 덕을 닦으며 정사를 어질게 하니, 십 년이 못하여 국태민안(國泰民安)[118]하고 산무도적(山無盜賊)하며 도불습유(道不拾遺)[119]하여 격양가(擊壤歌)[120]를 부르니 태평세계러라. 일일은 왕이 조회(朝會)[121]를 받을새 제신을 대하여 왈,

"과인이 한 회포가 있으니, 경등(卿等)은 들으라. 내 이제 왕위에 즉(卽)하나 선릉은 조선지경(朝鮮之卿)[122]이요, 의외에 병조판서를 지내
고 정조(精粗) 일천 석을 사급하시매 국은을 입사왔으니 어찌 천은을 29
잊으리오? 제신(諸臣) 중 지용지사(智勇之士)를 가리어 사(使)[123]를 삼아 표주(表奏)[124]하고 선릉에 헌작(獻爵)[125]코자 하나니, 경등은 뜻이 어떠하뇨?"

제신이 주왈(奏曰),

론하는 데는 정씨가 길동의 차자(次子)인 창을 낳은 것으로 나옴.

116) 신료(臣僚): 여러 신하.

117) 실가(悉家): 집안 전체.

118) 국태민안(國泰民安): 나라가 태평하고 국민이 살기 편안함.

119) 도불습유(道不拾遺): 나라가 잘 다스려지고 풍속이 아름다워서 길에 떨어진 물건도 주워가지 아니함.

120) 격양가(擊壤歌): 풍년이 들어서 농부가 태평한 세월을 즐기는 노래를 이르는 말.

121) 조회(朝會): 벼슬아치들이 아침 일찍이 정전(正殿)이나 편전(便殿)에서 임금에게 문안드리고 정사(政事)를 아뢰던 일.

122) 선릉은 조선지경(朝鮮之卿): 아버지는 조선의 고관(高官). 선릉은 길동의 아버지 무덤이나, 여기서는 길동이 자신의 아버지를 가리키는 말로 썼음.

123) 사(使): 임금이나 국가의 명령을 받고 외국에 사절로 가는 신하인 사신(使臣)을 가리킴.

124) 표주(表奏): 임금에게 신하가 글을 올려 아룀.

125) 헌작(獻爵): 제사 때 술잔을 올림.

"하교가 마땅하시니 한림학사(翰林學士) 정희로 사신(使臣)을 정하사이다."

왕이 즉시 정희를 인견(引見)[126] 왈,

"과인(寡人)이 경으로 조선 사신을 정하나니, 조선에 나아가 태황후와 형공(兄公)을 모셔 오면 공을 중히 갚으리라."

정희 주왈,

"신이 명심하여 모셔오리이다."

왕이 대희하여 이튿날 일봉표(一封表)와 금주보패(金珠寶貝)와 서간을 만들어 모후(母后)와 형공께 각각 부치더라.

정희 즉시 하직하고 배를 타 행한 지 삼삭(三朔)만에 조선국 서강(西江)에 배를 대고 경성에 들어가 표를 올리니, 차시 상이 길동을 보내시고 그 재주의 신기함을 칭찬하사 세월이 여류하여 여러 해 되었더니, 일일(一日)은 문득 근시(近侍) 주왈,

"율도국이 표문을 올렸나이다."

상이 놀라사 받아 어람(御覽)[127]하시니,

전임(前任) 병조판서(兵曹判書) 율도왕 홍길동은 돈수백배(頓首百拜)[128]하옵고 일장(一張) 표문을 받들어 왕상 탑하(榻下)[129]에 올리옵나니, 신은 본래 미천한 몸으로 왕작(王爵)을 누리오니 이는 전하의 홍복(洪福)[130]을 힘입사옴이라. 왕사(往事)를 생각하오면 황송전율(惶悚戰慄)[131]하온지라. 복원 성상은 신의 무상한 죄를 사하시고 만세로 안강(安康)하옵소서.

---

126) 인견(引見): 지위가 높은 사람이 아랫사람을 불러 만나봄.

127) 어람(御覽): 임금이 봄.

128) 돈수백배(頓首百拜): 머리를 땅에 닿도록 조아려 백번 절함.

129) 탑하(榻下): 임금의 자리 아래.

130) 홍복(洪福): 큰 행복.

131) 황송전율(惶悚戰慄): 분에 넘치고 고맙고 미안하여 몸을 벌벌 떰.

하였더라. 상이 남필(覽畢)[132]에 대경(大驚) 대찬(大讚)하시고 즉시 홍상서를 패초(牌招)[133]하사 율도왕의 표문을 뵈시고 칭찬하사 위유(慰諭)[134] 하시니, 상서가 주왈,

"성상(聖上)의 홍복(洪福)을 입사와 신이 율도국에 나아가 위유하고자 하나이다."

상이 의윤(依允)[135]하사 율국 위유사(慰諭使)를 하이시니, 상서가 하직숙배(肅拜)하고 집에 돌아와 태부인을 모시고 경성을 떠나 서강에 이르러 배에 올라 순풍을 좇아 돛을 달고 수삭(數朔)만에 율도국에 이르니, 왕이 중사(中使)[136]를 보내어 영접하고 멀리 나와 맞아 들어갈새, 그 장한 위의(威儀)[137] 비할 데 없더라. 성에 들어가 바로 궐중(闕中)에 가니 백씨 등이 절하여 뵌대, 태부인(太夫人)이 애휼(愛恤)하고 문왈,

"상공의 산소를 어디 뫼셨나뇨?"

왕 왈,

"일봉산[138] 하에 모셨나이다."

부인 왈, 31

"한 번 다녀오리라."

왕이 태모(太母)를 뫼셔 선릉에 이르니, 부인이 능소에 올라 일성통곡(一聲痛哭)에 기절하니, 왕과 상서가 급히 구하여 궁중에 돌아와 인하여 졸하니 시년(時年)이 팔십이러라. 왕과 상서가 붕천지통(崩天之痛)[139]을 당하니, 어찌 슬프지 아니하리요. 좌우가 구하여 인사를 차리매 장일(葬

---

132) 남필(覽畢): 보기를 다 함.
133) 패초(牌招): 임금이 승지를 시켜 신하를 부르던 일.
134) 위유(慰諭): 위로하고 타이름.
135) 의윤(依允): 임금께 말씀을 올려 임금이 그를 허락함.
136) 중사(中使): 궁중에서 왕의 명령을 전하던 내시.
137) 위의(威儀): 위엄이 있고 엄숙한 태도나 차림새.
138) 일봉산: 앞에서는 원봉산으로 나옴.
139) 붕천지통(崩天之痛): 하늘이 무너지는 슬픔이라는 뜻으로, 아버지가 돌아가신 슬픔을 이르는 말. 여기서는 태부인의 돌아가신 슬픔을 일컬음.

日)을 택하여 선릉에 합장하고 새로이 애통함을 마지아니터라.

차시 홍상서가 사군지심(事君之心)이 간절하여 조선으로 행할새, 선릉에 통곡 하직하고 궁중 상하를 이별함에, 배를 타고 무사히 득달하여 예궐복명(詣闕復命)[140]하니라. 차시 율도국왕이 형공을 이별하고 궁중에 돌아와 세월을 보내더니, 왕모(王母)가 연(年)이 칠십에 이르러 우연히 촉상(觸傷)[141]하여 졸하니, 일국(一國)이 발상거애(發喪擧哀)[142]하고 능호(陵號)를 현능이라 하다. 삼년 종제(終制)[143]를 무사히 지내고 일일연락(日日宴樂)하더라.

왕이 일찍 삼자를 두었으니, 장자(長子)의 명은 현이니 왕비 백씨의
소생이요, 차자(次子)의 명은 창이니 정씨의 소생이요, 삼자(三子)의 명
32 은 석이니 조씨의 소생이라. 장자 현으로 세자를 봉하였더라.

왕이 등극한 지 수십 년에 나이 육십을 당함에 적송자(赤松子)[144]의 자취를 찾고자 하여, 일일은 문무(文武)를 모아 전위(傳位)[145]하고 양자(兩子)를 각각 땅을 베어 군(君)을 봉하고 풍류를 갖추어 즐길새, 왕이 노래 불러 왈,

> 세상을 생각하니 인생이 초로(草露)[146]같고 백 년이 유수(流水)로다.
> 부귀빈천(富貴貧賤)이 시유여(是有如)니 반생갱여하(半生更如何)오.[147]

---

140) 예궐복명(詣闕復命): 신하가 대궐에 들어가 명령받은 일을 처리한 것과 그 결과를 보고함.

141) 촉상(觸傷): 감기에 걸림.

142) 발상거애(發喪擧哀): 상사(喪事)가 났을 때 초혼(招魂)을 하고 나서 상제가 머리를 풀고 슬피 울어 초상난 것을 알림.

143) 종제(終制): 탈상(脫喪). 어버이의 삼년상을 마침.

144) 적송자(赤松子): 중국 고대 신선의 이름. 신농(神農) 때 비를 다스리다가 후에 곤륜산(崑崙山)에 들어가 선인(仙人)이 됨.

145) 전위(傳位): 왕위를 후계자에게 전하여 줌.

146) 초로(草露): 풀에 맺힌 이슬.

147) 부귀빈천(富貴貧賤)이 시유여(是有如)니 반생갱여하(半生更如何)오: 빈부와

안기생(安期生)[148] 적송자는 내 벗인가 하노라.

왕이 가파(歌罷)에 추연강개(惆然慷慨)[149]하며 막불유체(莫不流涕)[150]러라.

원래 도성 삼십 리 허(許)[151]에 한 명산이 있으니, 호왈(號曰), '영산'이라. 경개 절승(絶勝)하고 신선이 내려와 노는 곳이라. 왕이 그곳에 한 정자를 이루고 백씨로 더불어 그 곳에 처하여 선도(仙道)를 닦으니, 일월정기(日月精氣)를 마시고 화식(火食)을 먹지 아니하니 정신이 청한(淸閑)한지라. 일일은 오색구름이 정자에 어리고 뇌정벽력(雷霆霹靂)이 천지진동
하거늘, 신왕(新王)이 대경하여 제신(諸臣)을 거느려 영산에 올라가 보니 33
물색(物色)은 의구하되 부왕과 모비(母妃)는 없는지라. 놀라 찾되 마침내 종적이 없는지라. 하릴없어 돌아와 허능(虛陵)에 허장(虛葬)[152]하니라.

왕의 자손이 대대로 왕작을 누리매 기이한 사적을 민멸(泯滅)[153]키 아까울새 대강 기록하노라.

세(歲) 신축(辛丑) 십일월일(十一月日) 사직동(社稷洞) 서(書)

귀천이 이와 같으니 반생이 다시 무엇이리오.

148) 안기생(安期生): 중국 진(秦)나라 때의 사람. 장수하여 천세옹(千歲翁)이라 일컬음. 진시황이 동유(東遊)하였을 때 그와 사흘 밤낮을 이야기하고 수십 년 후 나를 봉래산에서 찾으라는 말을 하고 떠났음. 뒷날 시황은 그를 찾으러 사람을 보냈으나 찾지 못하였음.

149) 추연강개(惆然慷慨): 처량하고 구슬퍼서 마음이 몹시 움직임.

150) 막불유체(莫不流涕): 눈물을 아니 흘릴 수 없음.

151) 삼십 리 허(許)에: 삼십 리쯤 되는 곳에.

152) 허장(虛葬): 죽은 이의 시체를 찾지 못해서 그가 입던 의복, 유물 따위로 시체를 대신해 장사를 지냄.

153) 민멸(泯滅): 형적이 아주 없어짐.

임장군전

임장군전 해제

1.

「임장군전」은 실존 인물 임경업(林慶業, 1594~1646)을 주인공으로 한 작품이다. 「임경업전」이라는 표제도 있으나, 「임장군전」이 일반적이다. 이 작품은 경판 방각본으로 여러 차례 간행되었고, 많은 필사본이 남아 있으며, 활판본으로도 여러 출판사에서 나왔다. 우리가 교주한 책은 현재 일본 동양문고에 소장되어 있는 세책본으로, 2권 2책이다. 1권 30장, 2권 37장이며, 매 면 11행, 매 행 평균 12자 정도이다. 1권과 2권에 모두 "세경자정월일향슈동셔"라는 간기가 있어서 이 동양문고본은 1900년 1월에 서울 향수동(정확하게 어디인지 아직까지 확인되지 않았음)에서 필사해서 빌려주던 것임을 알 수 있다.

2.

「임장군전」의 주인공 임경업이 살았던 시대는, 국제적으로는 명(明)과 청(淸)이 바뀌는 시기였고, 국내적으로는 광해군 정권이 무너지고 인조가 들어서서 새로운 정권을 세운 때였다. 새로운 정권은 명분을 내세우는 외교정책을 펴나갔고, 안정되지 않은 정권은 치열한 당쟁의 소용돌이에 본격적으로 휩싸이기 시작했다.

조선의 외교정책은 청나라와 마찰을 일으켜 두 차례의 청나라 침입을 받게 된다. 조선은 두 번째 청나라의 침입을 막아내지 못하고 임금이 항복한다. 이때까지 임경업은 특별히 주목받는 인물이 아니었다. 임경업이 주목을 받게 되는 계기는 다음의 두 가지 사건이다. 하나는, 청이 명을 칠 때 조선에 군대를 요구하여 조선에서는 임경업을 장군으로 삼아 청나라를 도왔는데, 임경업은 이 싸움에서 번번이 명나라를 도왔다는 것이고, 또 하나는, 이런 일을 문초하려고 청나라에서 임경업을 불렀는데 임경업이 잡혀가던 도중에 명나라로 도망한 사건이다. 이 사건 이후 임경업은 명나라로 망명했는데, 명이 망하게 되자 명나라 장수가 그를 잡아 청나라에 넘겨 임경업은 청나라 감옥에 갇히게 되었다. 천하를 통일한 청나라는 임경업을 조선으로 돌려보냈다. 돌아오자 바로 심기원(沈器遠)의 역모에 연루되어 국문을 받았는데, 임경업은 자신의 결백함을 주장했다. 그러나 모진 고문으로 국문을 받던 사흘째 되는 날 죽게 되었고, 그의 신원(伸寃)은 50년이 지난 후에야 이루어졌다.

임경업의 일생을 보면 대체로 시도한 일이 실패로 끝난 인물임을 알 수 있다. 그러면서도 그는 많은 사람들의 입에 오르내리는 인물이 되었다. 이렇게 된 가장 큰 이유는 조선 전체가 오랑캐(청)에게 패배한 충격이 컸기 때문이다. 당시 조선은 국제적인 힘의 균형은 생각하지 않고 청나라에 대해서는 무조건적인 적대감을 갖고 있었던 것으로 보인다. 이런 분위기에서 명나라로 망명하여 청나라를 치려고 했던 임경업이야말로 조선 사람들이 기대를 걸어볼 만한 인물이었다. 그런 임경업이 귀국하자마자 바로 역적의 누명을 쓰고 죽었으니, 당시 사람들의 아쉬움은 컸을 것이다.

만약 임경업이 죽지 않았더라면 중국에서 청나라를 물리치고 명나라를 다시 일으켜 세웠을 것이고, 조선도 청나라의 원수를 갚아 병자호란의 치욕을 씻을 수 있었을 것이라고 많은 사람들이 생각했던 것 같다. 「임장군전」의 내용이 임경업의 실제 전기와는 달리 허구적인 임경업의 활약으로 가득 차 있는 것이 이런 가능성을 뒷받침하는 것이다.

3.

최근 「임장군전」 연구에서 중요한 사실이 밝혀진 것이 있으므로 여기에 대해 간단히 언급하기로 한다. 현재 연세대학교 도서관에 소장된 판각본 『임경업전』 가운데 '歲庚子孟冬京畿開板'의 간기가 있는 책이 있다. 이 책의 간행시기에 대해서는 1840년, 1780년 등의 설이 있었는데, 이 경자년은 1780년이라는 것이 확인되었다(일본 讀賣新聞 2002년 2월 5일자에 일본 큐슈대학의 松原孝俊 교수가 소개한 「임경업전」). 간행시기 문제는 이렇게 해결되었으나, 간기의 '京畿開板'을 어떻게 해석할 것인가 하는 점이 남아 있다. 만약 이 책이 상업적으로 출간된 방각본이라면 '京畿'는 물론 출판한 출판사의 명칭이 되지만, 그렇지 않고 관판(官版)이라면 '京畿'는 경기감영을 가리킬 가능성이 크다. 연대본 「임경업전」이 방각본이라면 1780년에 한글소설 방각본이 출판되었다는 사실을 구체적인 자료를 통해 확인하게 되는 것이고, 만약 이 책이 관청에서 발행된 것이라면 「임경업전」 연구의 새로운 방향을 모색하지 않으면 안 되는 계기가 될 것이다.

4.

「임장군전」의 이본을 내용상 세 계열 정도로 나눌 수 있으나, 각 계열 사이에 주제가 달라질 정도의 차이가 있는 것은 아니다. 여기서 「임장군전」의 줄거리를 따로 제시하지는 않고, 가장 많이 알려진 경판 27장본과 동양문고본의 다른 점을 간단히 언급하기로 한다.

동양문고본의 내용을 경판 27장본과 비교했을 때 다른 점을 들면, 경판 27장본에서 문맥이 잘 닿지 않는 부분이 이 동양문고본에는 자연스럽게 논리적으로 서술된 곳이 많다. 그리고 가장 큰 특징은 마지막 부분의 임경업의 후손에 관한 내용이 경판 27장본과 조금 다르게 되어 있다는 점이다. 경판 27장본을 비롯한 대부분의 이본에는, 임경업의 후손이 나라에서 주는 벼슬을 받지 않고 농사를 지으며 세상을 잊고 살았다고 했다. 그러나 동양문고본에서는 경업의 두 동생과 경업의 셋째 아들은 벼슬을 받지 않고 산림간에 들어가 농업을 힘쓰나, 경업의 두 아들은 입조하여 높은 벼슬을 했고, 그 두 아들의 자손은 모두 출장입상하여 공명이 떠나지 않았다고 했다. 이렇게 두 아들이 부귀를 누린 것으로 만든 이유는, 아마도 고소설의 일반적 결말을 동양문고본이 충실히 따랐기 때문으로 보인다.

한편 한글본이나 한글본을 번역한 한문본 이본 이외에 임경업을 주인공으로 하면서 조역으로 김경문(金敬文)이라는 인물을 등장시켜 만든 한문소설이 있다. 연세대 소장본의 표제는 「林將軍篇」이고, 북한에서는 「림경업전」이라는 제목으로 번역해서 출간했다. 이 작품도 기본적으로 임경업의 실제 사적에 한글소설에 나오는 허구적인 내용을 집어넣어 작품을 구성한 것이다.

박지원의 「열하일기」를 통해 당시 서울의 거리에서 「임경업전」을 읽어주던 사람이 있었다는 것을 알 수 있고, 또 서울 종로 거리의 담배가게에서 소설을 읽어주던 사람을 담배 써는 칼로 죽인 살인사건이 「임경업전」과 관련이 있다는 사실이 밝혀지기도 했다. 이런 여러 자료를 통해 「임장군전」은 매우 인기 있는 작품이었고, 또 작품 속에 들어 있는 상당한 양의 허구가 조선후기 소설 독자들에게는 사실로 받아들여졌었음을 추정할 수 있다.

임장군전 권지일

화설(話說).[1] 대명(大明) 숭정(崇禎)[2] 말에 조선국 충청도 충주(忠州) 단 1
월(丹月) 땅에 한 사람이 있으니, 성(姓)은 임(林)이요, 이름은 경업(慶業)이라. 어려서부터 학업을 힘쓰더니, 종족(宗族)[3] 향당(鄕黨)[4]에 칭찬치 아닐 이 없더라. 경업의 위인(爲人)이 관후(寬厚)[5]하여 사람을 사랑하고 매양 이르되,

"남자가 세상에 나매 마땅히 입신양명(立身揚名)하여 임군을 섬겨 이름을 죽백(竹帛)에 드리올지니[6] 어찌 속절없이 초목과 같이 썩으리오?"

하더라.

이러구러[7] 십여 세 되매 밤이면 병서(兵書)를 읽고, 낮이면 무예(武藝)를 익혀 말달리기를 일삼더니, 무오년(戊午年)에 이르러 나이 십팔 세라. 과거(科擧) 기별을 듣고, 경사(京師)에 올라와 무과(武科) 장원(壯元)[8]하여

---

1) 화설(話說): 고소설에서 이야기를 시작할 때 쓰는 말.
2) 숭정(崇禎): 중국 명(明)나라의 마지막 황제 의종(毅宗)의 연호(1628~1644). 명나라가 망한 뒤에도 조선은 청나라 연호를 쓰는 것을 꺼려 이 연호를 사용하였음.
3) 종족(宗族): 성(姓)과 본(本)이 같은 친척.
4) 향당(鄕黨): 자기가 태어났거나 사는 시골 마을.
5) 관후(寬厚): 마음이 너그럽고 후덕함.
6) 이름을 죽백(竹帛)에 드리울지니: 이름을 역사에 남길지니. 죽백(竹帛)은 역사를 기록한 책을 이르는 말.
7) 이러구러: 이럭저럭 시간이 흘러.
8) 장원(壯元): 과거에서, 갑과에 첫째로 급제함.

즉시 전옥(典獄)[9] 주부(主簿)[10] 출륙(出六)[11]하니, 어사(御賜)[12]하신 계화
(桂花) 청삼(靑衫)에 안마(鞍馬)[13] 추종(騶從)[14]을 거느려 대로(大路) 상(上)
으로 향하니, 도로 관광자(觀光者)가 임장원(林壯元)의 위풍을 칭찬치 아
2 닐 이 없더라. 삼일유가(三日遊街)[15]를 마친 후에 조정(朝廷)에 말미[16]를
얻어 고향으로 돌아가 모친께 뵈오니, 부인이 옛일을 추감(追感)[17]하여
일희일비(一喜一悲)하여 여러 친척을 모아 즐긴 후에, 모친께 하직하고
직소(職所)[18]에 나갔더니, 삼년 만에 백마강(白馬江)[19] 만호(萬戶)[20]를 하
여 임소(任所)에 도임(到任)한 후로 백성을 사랑하여 농업을 권하며 무예
를 가르치니, 이로부터 백마강 선치(善治)하는 소문이 조정에 미쳤더라.

차시(此時) 우의정(右議政) 원두표(元斗杓)[21]가 탑전(榻前)[22]에 주왈(奏曰),

"신이 듣자온즉 천마산성(天摩山城)[23]은 방어(防禦) 중지(重地)라. 성

---

9) 전옥(典獄): 죄를 지은 사람을 가두던 옥.

10) 주부(主簿): 각 아문의 문서와 부적(符籍)을 주관하던 종육품 벼슬.

11) 출륙(出六): 직접 6품 벼슬을 받음.

12) 어사(御賜): 임금이 아랫사람에게 돈이나 물건을 내리는 일.

13) 안마(鞍馬): 안장을 얹은 말.

14) 추종(騶從): 윗사람을 따라다니는 종.

15) 삼일유가(三日遊街): 과거 급제자가 광대를 데리고 풍악을 울리면서 사흘 동안 시가행진을 벌이고 시험관, 선배 급제자, 친척 등을 찾아보던 일.

16) 말미: 휴가. 일정한 직업이나 일 따위에 매인 사람이 다른 일로 말미암아 얻는 겨를.

17) 추감(追感): 추억하고 느낌.

18) 직소(職所): 직무를 집행하는 곳.

19) 백마강(白馬江): 충청남도 부여군 북부를 흐르는 강.

20) 만호(萬戶): 각 도(道)의 여러 진(鎭)에 배치한 종사품의 무관 벼슬.

21) 원두표(元斗杓): 조선 인조 때의 무신(1593~1664). 자는 자건(子建). 호는 탄수(灘叟) 탄옹(灘翁). 인조반정 때 공을 세워 평원군(平原君)이 되었으며, 병자호란 때는 왕을 남한산성으로 호종하여 어영대장이 되었고, 서인(西人)들의 파가 갈릴 때에는 원당(原黨)을 이끌고 그 영수가 되었음.

22) 탑전(榻前): 왕의 자리 앞.

첩(城堞)[24]이 퇴락(頹落)하여 형용이 없다 하오니 재주 있는 사람을 보내어 수보(修補)[25]함이 마땅할까 하나이다."

상이 가로사대,

"그런 사람을 경이 천거(薦擧)하라."

하시니, 우의정이 다시 대주(對奏) 왈,

"백마강 만호 임경업이 족히 그 소임을 당할까 하나이다."

상(上)이 즉시 경업으로 천마산성 중군(中軍)[26]을 제수(除授)[27]하시니,
경업이 옥지(玉旨)[28]를 받잡고 진졸(鎭卒)[29]을 호궤(犒饋)[30]할새, 모든 토 3
졸(土卒)[31]이 각각 주찬(酒饌)을 갖추어 드리는지라. 경업이 친히 잔을 잡
고 왈,

"내 너희에게 은혜 끼친 일이 없거늘, 너희 등이 이같이 나를 위로하니 내 한 잔 술로 정(情)을 표(表)하노라."

하고 잔을 들어 권하니, 모든 진졸이 잔을 받고 사례(謝禮) 왈,

"소졸(小卒)[32] 등이 부모 같으신 장군을 일조(一朝)에 원별(遠別)을 당하오니, 적자(赤子)[33]가 자모(慈母) 잃음과 같도소이다."

하고 멀리 나와 하직하더라.

---

23) 천마산성(天摩山城): 평안북도 삭주군과 의주군 사이에 있는 천마산을 중심으로 쌓은 산성.

24) 성첩(城堞): 적을 감시하거나 공격하기 위해 성 위에 낮게 쌓은 담.

25) 수보(修補): 허름한 데를 고치고 덜 갖춘 곳을 기움.

26) 중군(中軍): 각 군영(軍營)에서 대장이나 절도사, 통제사 등의 밑에서 군대를 통할하던 장수.

27) 제수(除授): 천거에 의하지 않고 임금이 직접 벼슬을 내리던 일.

28) 옥지(玉旨): 임금의 명령.

29) 진졸(鎭卒): 각 진영(鎭營)에 속한 병졸.

30) 호궤(犒饋): 군사들에게 음식을 주어 위로함.

31) 토졸(土卒): 일정한 지역에 붙박이로 사는 사람으로 조직된 그 지방의 군사. 토병(土兵).

32) 소졸(小卒): 힘없고 하찮은 졸병.

33) 적자(赤子): 갓난아이.

경업이 경성에 올라와 이조판서를 본대 판서 왈,

"그대의 아름다운 말이 조정에 들리이매 내 우상(右相)과 의논하여 탑전(榻前)에 아뢴 바라."

하거늘, 경업이 일어 배사(拜謝)[34] 왈,

"소인 같은 용재(庸才)[35]를 나라에 천거(薦擧)하와 높은 벼슬을 하이시니 황감무지(惶感無地)[36]하여이다."

하고, 인하여 입궐(入闕) 사은(謝恩) 후에 우의정(右議政)께 뵈온대, 우상(右相) 왈,

4 "들은즉 그대 재주가 만호에 오래 둠이 아까운 고로 조정에 천거한 바이니, 바삐 내려가 성역(城役)[37]을 사속(斯速)히[38] 성공하라."

하거늘, 경업이 배사 왈,

"소인 같은 인사(人事)로 중임(重任)을 능히 감당치 못할까 하나이다."

하고, 인하여 하직하고 천마산성에 도임한 후 성첩(城堞)을 돌아보니 졸연(猝然)히[39] 수축(修築)하기가 어려운지라. 즉시 장계(狀啓)[40]하여 장전군을 발(發)하여 성역(城役)함을 청한대, 상이 즉시 병조(兵曹)에 하교(下敎)하사 건장한 군사를 택출(擇出)하여 보내시니라.

이때 경업이 역군(役軍)과 백성을 거느려 성역할새, 소를 잡으며, 술을 빚어 매일 호궤(犒饋)하며 친히 잔을 권하여 왈,

"내 나라의 명(命)을 받아 역사(役事)를 시작하니, 너희는 힘을 다하여 부지런히 하라."

---

34) 배사(拜謝): 존경하는 웃어른에게 공경히 받들어 사례함.
35) 용재(庸才): 평범하고 졸렬한 재주.
36) 황감무지(惶感無地): 위엄이나 지위 따위에 눌리어 두려워서 몸 둘 데가 없음.
37) 성역(城役): 성을 쌓거나 고치는 일.
38) 사속(斯速)히: 아주 빠르게.
39) 졸연(猝然)히: 갑작스럽게.
40) 장계(狀啓): 왕명을 받고 지방에 나가 있는 신하가 자기 관하(管下)의 중요한 일을 왕에게 보고하던 일.

하고 백마를 잡아 피를 마셔 맹세하고, 다시 잔을 잡아 왈,

"나는 여등(汝等)의 힘을 빌어 나라 은혜를 갚고자 하노라."

하고 친히 노고를 극진히 염려하니, 모든 군졸이 불승감격(不勝感激)하여 5
제 일 같이 작심(作心)하는지라.

일일은 중군(中軍)이 친히 돌을 통에 담아 지고 군사 중에 섞여 올새, 역군(役軍) 등이 쉬거늘, 중군이 또한 쉬더니, 한 역군이 이르되,

"우리 그만 쉬고 어서 가자. 중군이 알세라."

하거늘, 중군이 소왈(笑曰),

"임중군(林中軍)도 쉬니 관계하랴?"

한대, 역군 등이 그 소리를 듣고 놀라 돌아보며 가로되,

"더욱 감격하니, 어서 가자. 바삐 가자."

하거늘, 중군이 그 말을 듣고 쉬어가자 한즉, 역군 등이 일어나 가더라.

차후(此後)로 이렇듯 진심(盡心)하매 불일성사(不日成事)[41]하여 일년만에 필역(畢役)하되 한 곳도 허수[42]함이 없는지라. 경업이 대희하여 군사를 친히 호궤(犒饋)하고 은(銀)을 내어 후히 상급(賞給)하며 이르되,

"여등(汝等)의 힘을 입어 나라 일을 무사히 필역하니 못내 기뻐하노라."

하니, 역군 등이 배사(拜謝) 왈, 6

"소인 등이 부모 같은 장군님의 덕택으로 중역(重役)에 일 명도 상(傷)함이 없고, 또한 상급(賞給)이 후하시니, 돌아가오나 그 은덕(恩德)을 오매불망(寤寐不忘)[43] 하리로소이다."

하더라. 중군이 즉시 필역 장계(狀啓)를 올린대, 상이 장계를 보시고 기특히 여기사 가자(加資)[44]를 돋우시고 그 재주를 못내 칭찬하시더라.

---

41) 불일성사(不日成事): 얼마 걸리지 않고 일을 이룸.

42) 허수: 짜임새나 단정함이 없이 느슨함.

43) 오매불망(寤寐不忘): 자나깨나 잊지 못함.

44) 가자(加資): 관원들의 임기가 찼거나 근무 성적이 좋은 경우 올려주던 품계.

차시(此時)는 갑자(甲子)년 팔월이라. 남경동지사(南京冬至使[45])를 보내실새 수로(水路)가 험하매 상이 근심하사 조신(朝臣) 중에서 택용(擇用)하사 시백(時白)[46]으로 상사(上使)[47]를 정하시고, '군관(軍官)을 무예 잘하는 사람을 빠라.'[48] 하시니, 이시백이 임경업을 계청(啓請)[49]한대, 임중군이 상사(上使)의 전령(傳令)을 듣고 즉시 상경(上京)하여 상사를 보니, 상사가 반겨 왈,

"나라가 나로 상사를 하이시고 군관을 택용하라 하시매, 그대를 계
7 청하였으니, 그대의 뜻이 어떠하뇨?"

경업이 대왈(對曰),

"소인 같은 용(庸)한[50] 것을 계청하시니, 감축무지(感祝無地)[51]하여이다."

하고 인하여 떠날새, 부모처자(父母妻子)를 이별하매 슬픔을 머금고 승선(乘船) 발행하여 남경(南京)에 무사히 득달(得達)하니, 이때는 갑자년 추구월(秋九月)이라.

호국(胡國)[52]이 강남(江南)[53]에 조공(朝貢)[54]하더니, 가달[55]이 강성하

---

45) 남경동지사(南京冬至使): 조선 시대에, 해마다 동짓달에 중국으로 보내던 사신.

46) 시백(時白): 이시백(李時白)을 가리킴. 조선 시대의 문신(1581~1660). 자는 돈시(敦時). 호는 조암(釣巖). 인조반정 때에 공을 세워 연양부원군(延陽府院君)에 봉해졌고, 병자호란 때에 병조판서로 남한산성을 지켰으며, 효종 1년(1650)에 우의정이 되고 이어 영의정에 올랐음.

47) 상사(上使): 동지상사(冬至上使). 동지사의 우두머리.

48) 빠라: 뽑으라.

49) 계청(啓請): 임금에게 아뢰어 청하던 일.

50) 용(庸)한: 어리석고 둔한.

51) 감축무지(感祝無地): 충심으로 감사하는 마음에 어찌 할 바를 모름.

52) 호국(胡國): 여기서는 청(淸)나라를 세운 만주족(滿洲族)을 말함.

53) 강남(江南): 중국을 이르는 말.

54) 조공(朝貢): 종속국이 종주국에 때를 맞추어 예물을 바치던 일. 또는 그 예물.

55) 가달: 여기서는 중국 변방의 부족, 또는 그 부족의 우두머리를 가리키는 말

여 호국을 자주 침범하매, 호왕(胡王)이 강남에 사신을 보내어 구원병을 청하니, 황제가 호국에 보낼 장수를 가릴새, 접반사(接伴使)[56] 황자명(皇子明)이 경업의 위풍이 비상함을 주달(奏達)하매, 황제가 들으시고 즉시 경업을 명초(命招)[57]하사 왈,

"이제 조정이 경의 재주를 천거하매 경으로 구원장(救援將)을 삼아 호국에 보내어 가달을 치려하나니, 경은 한 번 호국에 나아가 가달을 파(破)하여 이름을 삼국에 빛냄이 어떠하뇨?"

경업이 복지(伏地) 주왈(奏曰),

"소신(小臣)이 본디 모략(謀略)이 없아오니 중임을 어찌 당하오며, 8
신이 타국 사람이오니 장졸이 신의 호령을 좇지 아니하오면 대사(大事)를 그릇하여 천명(天命)을 욕되게 할까 염려하나이다."

상이 차신 바 상방참마검(上方斬馬劍)[58]을 끌러 주시며 왈,

"제장(諸將) 중에 군령을 어기는 자가 있거든 선참후계(先斬後啓)[59] 하라."

하시고 경업을 배(拜)하여[60] 도총병마대원수(都總兵馬大元帥)를 삼으시고, 조선 사신(使臣)을 상사(賞賜)하시니라.

이때 경업의 나이 이십오 세러라. 사은(謝恩) 퇴조(退朝)하여 교장(敎場)[61]에 나와 제장(諸將) · 군마(軍馬)를 연습할새, 경업이 융복(戎服)[62]을 정제(整齊)히 하고 장대(將臺)[63]에 높이 앉아 손에 상방검(上方劍)을 들고

로 썼음.

56) 접반사(接伴使): 외국 사신을 접대하던 임시직 벼슬아치.

57) 명초(命招): 임금의 명으로 신하를 부름.

58) 상방참마검(上方斬馬劍): 중국 전한(前漢) 때의 명검의 이름으로, 한칼에 말을 베어 쓰러뜨릴 수 있을 만큼 예리한 칼을 이르는 말.

59) 선참후계(先斬後啓): 군율을 어긴 자를 먼저 처형한 뒤에 임금에게 아뢰던 일.

60) 배(拜)하여: 조정에서 벼슬을 주어 임명하여.

61) 교장(敎場): 군사 교육 또는 군사 훈련을 위한 교육 시설을 갖추어 놓은 곳.

62) 융복(戎服): 철릭과 주립(朱笠)으로 된 옛 군복.

63) 장대(將臺): 장수가 올라서서 명령하던 대.

하령(下令) 왈,

"군중은 사정(私情)이 없나니, 군법을 어기는 자는 참(斬)하리니, 마음을 게을리 가지지 말라."

제장이 청령(聽令)하매 군중이 엄숙하더라.

9 경업이 택일 출사(出師)할새 천자에게 하직하온대, 상이 술을 부어 위유(慰諭)[64]하시니, 경업이 황은(皇恩)을 감축하고 사은하고 퇴(退)하여 상사를 보니, 상사가 떠남을 심히 슬퍼하거늘, 경업이 안색을 화(和)히 하여 왈,

"화복(禍福)이 수(數)에 있고 인명(人命)이 재천(在天)하니, 조선과 대국이 다르오나 보천지하(普天之下)가 막비왕토(莫非王土)요, 솔토지민(率土之民)이 막비왕신(莫非王臣)이니라.[65] 어찌 죽기를 사양하리잇고?"

하고 하직하니, 상사가 결연하여 입공반사(立功班師)[66]함을 천만당부하더라.

만조백관(滿朝百官)이 성 밖에 나와 전별(餞別)[67]할새 경업이 상사와 백관을 이별하고 행군하여 호국에 이르러 먼저 통하니, 호왕이 구원병이 옴을 듣고 성 밖 십 리에 나와 영접하여 친히 잔을 들어 관대(款待)하고 호국 대사마대장군(大司馬大將軍) 도원수(都元帥)를 하이니, 경업이 벼슬

10 을 받으매, 양국(兩國) 인수(印綬)[68]를 두 줄로 차고 황금보신갑(黃金保身甲)에 봉투구를 쓰고 청룡도(靑龍刀)를 빗겨 들고 천리대완마(千里大宛馬)[69]를 타고 대군을 거느려 섬곡에 다다라 진세(陣勢)를 베풀고 가달의

---

64) 위유(慰諭): 위로하고 달램.

65) 보천지하(普天之下)가 막비왕토(莫非王土)요, 솔토지민(率土之民)이 막비왕신(莫非王臣)이니라: 넓은 하늘 아래가 왕의 땅이 아님이 없고, 다스리는 땅에 사는 백성이면 임금의 신하가 아닌 자가 없다.

66) 입공반사(立功班師): 공을 세우고 군사를 이끌고 돌아옴.

67) 전별(餞別): 잔치를 베풀어 작별함.

68) 인수(印綬): 인끈. 병권(兵權)을 가진 무관이 발병부(發兵符) 주머니를 매어 차던, 길고 넓적한 녹비 끈.

69) 천리대완마(千里大宛馬): 서역(西域) 대완국(大宛國)에서 나는 좋은 말.

진을 바라보니, 철갑(鐵甲) 입은 장사가 무수하고 빛난 기치(旗幟)와 날랜 창검이 햇빛을 가렸으니, 그 형세가 가장 웅위(雄威)하되 다만 항오(行伍)[70]가 착란(錯亂)[71]하거늘, 경업이 대희(大喜)하여 제장을 불러 각각 계교를 가르쳐 군사를 모아 여러 액구[72]를 지키오고 경업이 진전에 나와 요무양위(耀武揚威)[73]하여 싸움을 돋우니, 가달이 진문을 크게 열고 일시에 내달아 꾸짖어 왈,

“너희 전일(前日)에 여러 번 패하여 갔거늘, 너는 하인(何人)이완대 감히 접전코자 하는다? 부질없이 무죄한 군사를 죽이지 말고 빨리 항
복하여 잔명(殘命)을 보전하라.” 11

하거늘, 경업이 응성(應聲) 대매(大罵)[74] 왈,

“나는 조선국 장수 임경업이러니 대국에 사신으로 왔다가 청병대장(請兵大將)으로 왔거니와, 너희는 무지한 말로 경적(輕敵)지 말고 승부를 결(決)하라.”

하니, 가달이 대로(大怒) 왈,

“너에서 십 배나 나은 명장도 죽고 항복하였거든, 너 무명소장(無名小將)이 감히 큰 말을 하는다?”

하고 모든 오랑캐 일시에 달려들거늘, 경업이 맞아 싸워 수합(數合)이 못하여 선봉장 둘을 베히고 진을 깨쳐 들어가며 좌우 치빙(馳騁)[75]하니, 가달의 장수가 선봉(先鋒)의 죽음을 보고 일시에 내달아 장창을 들어 경업을 에워싸고 치니, 경업이 혹전혹주(或戰或走)하여 도적을 유인하여 산곡 중으로 들어가니, 도적이 승승(乘勝)하여 정히 따르더니, 문득 일성포향(一聲砲響)[76]에 사면 복병이 내달아 시살(厮殺)[77]하니, 적군이 패하여 주

70) 항오(行伍): 군대를 편성한 대오.
71) 착란(錯亂): 어지럽고 어수선함.
72) 액구: 애구(隘口). 험하고 좁은 목.
73) 요무양위(耀武揚威): 무용(武勇)을 빛내고 위세를 떨침.
74) 응성(應聲) 대매(大罵): 소리에 응하여 크게 꾸짖으며.
75) 치빙(馳騁): 말을 타고 달림.

12 검이 뫼 같은지라. 죽채 여러 장수를 죽이고 황망히 에운 데를 헤쳐 죽도록 싸우며 달아나거늘, 경업이 따르며 대매 왈,

"개 같은 도적은 닫지 말라. 어찌 두 번 북치기를 기다리리오?"

하고, 말을 채쳐 따르며 칼을 들어 한 번 두르매[78] 죽채의 머리 마하(馬下)에 나려지고 남은 군사가 다 항복하니, 경업이 군사를 지휘하여 군기(軍器) 마필(馬匹)을 거두어 돌아오니라.

차설(且說). 가달이 죽채의 죽음을 보고 감히 싸울 마음이 없어 패잔군을 거느려 달아나거늘, 경업이 대군을 몰아 따르니,[79] 가달이 대적지 못하여 사로잡힌지라. 경업이 장대(將臺)에 높이 앉고 '가달을 원문 밖에 내어 참(斬)하라.' 하니, 가달이 혼비백산(魂飛魄散)하여 살기를 빌거늘, 경업이 꾸짖어 왈,

"네 어찌 감히 무고히 기병(起兵)하여 인국(鄰國)을 침노하나뇨?"

가달이 꿇어 고(告)왈,

13 "장군은 소장의 잔명을 살리시면 다시 두 마음을 두지 아니리이다."

하거늘, 경업이 분부하여 맨 것을 끄르고 경계 왈,

"인명을 아껴 용서하나니 차후 이심(異心)을 다시 먹지 말라."

하니, 가달이 머리 조아 사례하고 쥐 숨듯 환귀본국(還歸本國)하니, 호국 장졸이 임장군의 관후한 덕을 못내 칭송하더라.

경업이 인하여 회국(回國)하여 남경으로 갈새, 호왕이 수십 리 밖에 나와 전송할새 손을 들어 사례(謝禮) 왈,

"장군의 위덕(威德)으로 가달을 쳐 파(破)하고 아국(我國)을 진정하여 주시니 하해 같은 은혜를 만분지일이나 어찌 갚으리잇가?"

하고, 금은(金銀) 채단(綵緞)[80] 수십 수레를 주며 왈,

---

76) 일성포향(一聲砲響): 한 번의 대포소리.

77) 시살(廝殺): 싸움터에서 마구 침.

78) 두르매: 휘두르매.

79) 따르니: 원문에는 없으나 문맥상 넣었음.

80) 채단(綵緞): 온갖 종류의 비단을 통틀어 이르는 말.

"이것이 약소하나 지극한 정을 표함이니 장군은 물리치지 말라."
하거늘, 경업이 사양치 않고 받아 모든 장졸을 나누어 주며 왈,

"너희 힘을 입어 대공(大功)을 세워 양국에 공 빛내었으니, 어찌 내 14
힘으로 승전(勝戰)함이리오? 이 소소지물(小小之勿)[81]을 너희를 주나니
부모처자를 봉양하라."

하니, 장졸이 가로되,

"아등(我等)이 군명(君命)을 받자와 타국에 들어와 이 땅의 귀신이 아니되옵기는 장군의 위덕이어늘, 도리어 상급을 받자오니 감축하여이다."

하고, 백배(百拜)[82] 칭사(稱謝)하더라.

이때 천자(天子)가 경업을 호국(胡國)에 보내시고 주야 염려하사 소식을 기다리시더니, 경업의 승첩(勝捷) 계문(啓聞)[83]을 보시고 대희하사 왈,

"조선에 이런 명장(名將)이 있을 줄 어찌 뜻하였으리오?"

하시더라.

경업이 돌아와 봉명(奉命)한대, 천자(天子)가 반기사 상빈례(上賓禮)[84]로 대접하시고 가로되,

"경이 만리타국에 들어왔거늘, 위태한 호지(胡地)에 보내고 염려가
무궁하더니 이제 승첩하고 돌아오니, 어찌 기쁨을 측량(測量)하리오?" 15

하시고 설연(設宴) 관대(款待)하시니, 경업이 황은(皇恩)을 숙사(肅謝)하고 퇴조하여 상사를 본대, 상사가 연망(連忙)[85]히 경업의 손을 잡고 왈,

"그대로 타국에 와 쉬이 돌아감을 바라더니, 의외에 만리타국(萬里他國)에 보내고 염려가 간절하더니, 하늘이 도우사 성공하여 이름이 삼국에 진동하니, 기쁘고 다행함을 어찌 다 기록하리오?"

하며 하례(賀禮)하더라.

---

81) 소소지물(小小之勿): 자질구레하고 보잘것 없는 물건.
82) 백배(百拜): 여러 번 절함.
83) 계문(啓聞): 신하가 글로 임금에게 아뢰던 일.
84) 상빈례(上賓禮): 지위가 높은 손님을 모시는 예의.
85) 연망(連忙): 서둘러 바쁨.

세월이 여류(如流)하여 기사(己巳)년 사월이 되매 상사가 귀국(歸國)할 뜻이 □□□ 황상(皇上)께 돌아감을 주달(奏達)한대, 천자가 인견(引見)[86] 하사 왈,

"경 등이 짐의 나라에 들어와 대공을 세워 이름을 타국에 빛내니 어찌 기특지 아니리오?"

하고 친히 옥배(玉杯)[87]를 잡아 주시며 왈,

"경의 나라와 비록 다르나 뜻은 한가지라. 어찌 결연(缺然)[88]치 않으리오?"

하신대, 경업이 황감(惶感)하여 잔을 받잡고 부복(俯伏)[89] 주왈(奏曰),

16 "소신이 미천한 재질로 중국에 들어와 천은(天恩)을 입사오니 황공무지(惶恐無地)[90]로소이다."

천자가 그 충의를 기특히 여기시더라. 사신이 황제께 하직하고 나와 황자명을 보고 이별을 고하니, 자명이 주찬(酒饌)을 갖추어 사신을 접대하고, 경업의 손을 잡고 떠나는 정회(情懷) 연연(戀戀)하여 슬퍼하며 후일 다시 봄을 기약하고 멀리 나와 전송(餞送)하더라.

상사가 환국할새 먼저 장계를 올리니라. 경업이 호국에 구원장(救援將)이 되어 천조(天朝)에 벼슬을 하여 도원수(都元帥)가 되어, 서번 가달을 쳐 승첩하고 나오는 연유를 계달(啓達)하였거늘, 상이 보시고 왈,

"천고에 드믄 일이라."

하시고, 못내 기특히 여기시고 만조백관(滿朝百官)이 경업의 재주를 칭찬하더라. 상사가 경성에 이르매 만조백관이 나와 맞아 반기며 장안 사서
17 인민(士庶人民)[91]이 경업의 일을 서로 전하여 칭찬치 아닐 이 없더라. 상

86) 인견(引見): 신분이 높은 사람이 아랫사람을 불러 만나보는 일.
87) 옥배(玉杯): 옥으로 만든 술잔.
88) 결연(缺然): 좀 모자라서 서운하다.
89) 부복(俯伏): 고개를 숙이고 엎드림.
90) 황공무지(惶恐無地): 위엄이나 지위 따위에 눌리어 두려워서 몸 둘 데가 없음.
91) 사서인민(士庶人民): 모든 백성.

사가 궐내(闕內)에 들어가 봉명하온대, 상이 반기사 왈,

"만 리 원로(遠路)에 무사 회환(回還)하니 다행하기 측량없고, 경으로 인하여 경업을 타국 전장(戰場)에 보내어 조선 위풍(威風)을 빛내니, 경의 공적이 적지 않다."

하시고,

"경업을 초천(超遷[92])하라."

하시니라.

차시(此時)는 신미년(辛未年) 춘삼월이라. 영의정(領議政) 김자점(金自點)[93]이 흉계(凶計)를 품어 찬역(簒逆)[94]할 뜻이 오래되, 경업의 지용(智勇)을 두려 감히 반심(叛心)을 발뵈지 못하더니,[95] 이때 호왕이 가달을 쳐 항복받고 삼만 병마를 거느려 압록강에 와 조선 형세를 살펴보거늘, 의주부윤(義州府尹)[96]이 대경(大驚)하여 장계(狀啓)한대, 상이 놀라사 문무백관(文武百官)을 모으시고 가로사대,

"이제 호병(胡兵)이 아국을 엿본다 하니 장차 어찌 하리오?"

제신(諸臣)이 아뢰되,

"임경업의 이름이 호국에 진동하였사오니, 이 사람을 보내어 도적을
막음이 마땅할까 하나이다." 18

상이 의윤(依允)[97]하시고 즉시 경업으로 의주부윤(義州府尹) 겸(兼) 방어사(防禦使)를 하이시고, 김자점으로 도원수(都元帥)를 하이시니, 경업

92) 초천(超遷): 등급을 뛰어넘어서 관직이 올라감.

93) 김자점(金自點): 조선 중기의 문신(1588~1651). 자는 성지(成之). 호는 낙서(洛西). 인조반정 때에 공을 세워 벼슬이 영의정에 이르렀음. 효종이 즉위한 후 파직당하자, 이에 앙심을 품고 조선이 북벌(北伐)을 계획하고 있음을 청나라에 밀고하여 역모죄로 처형되었음.

94) 찬역(簒逆): 임금의 자리를 빼앗으려고 반역함.

95) 발뵈지 못하더니: 조금도 드러내 보이지 못하더니.

96) 의주부윤(義州府尹): 종이품 문관의 외관직으로 지방관아인 의주부의 우두머리.

97) 의윤(依允): 신하가 아뢰는 청을 임금이 허락함.

이 사은숙배(謝恩肅拜)하고 도임하니라.

차시(此時) 호국 장졸이 경업이 의주부윤으로 내려옴을 듣고 혼비백산(魂飛魄散)하여 군을 거두어 달아나더라.

경업이 도임한 후로 군정(軍情)을 살피고 사졸을 연습하더니, 호장(胡將)이 달아나다가 가만히 도로 와 엿보거늘, 경업이 대로하여 토병(土兵)을 호령하여 일진(一陣)을 엄살(掩殺)하고 호병 십여 인을 잡아들여 대질(大叱) 왈,

"내 연전(年前)에 너에게 가 가달을 쳐 파(破)하고 호국 사직(社稷)을 보전하였으니 그 은덕을 마땅히 만세불망(萬世不忘)[98]할 것이어늘, 도리어 천조(天朝)를 배반하고 아국을 침범코자 하니, 너희 같은 도적을
19 죽여 분을 씻을 것이로되 십분 용서하여 살려 보내나니, 빨리 돌아가 본토를 지키고 다시 외람(猥濫)[99]한 의사를 내지 말라. 만일 다시 두 마음을 먹으면 편갑(片甲)[100]도 남기지 아니하고 호국을 소멸하리라."

하고 되놈을 내치니, 호병 등이 목숨을 얻어 돌아가 호장을 보고 수말을 이르니, 호장(胡將)이 대로 왈,

"임경업이 공교(工巧)한 말로 아국을 능욕(凌辱)하여 군심(軍心)을 의혹케 하니, 맹세코 경업을 죽여 오늘날 한을 씻으리라."

하고, 장청군 칠천을 거느려 압록강에 이르러 진세를 이루고 외쳐 왈,

"조선국 의주부윤 임경업은 어찌 간사한 말로 군심을 요동케 하나뇨? 너희 재주 있거든 나의 철퇴를 대적하고, 재주 없거든 일찍이 항복하여 죽기를 면하라."

하거늘, 경업이 대로하여 급히 배를 타고 물을 건너 말에 올라 청룡검(青
20 龍劍)을 비껴 들고 호진에 달려들어 무인지경(無人之境) 같이 좌충우돌(左衝右突)하니 적장의 머리 추풍낙엽(秋風落葉) 같더라. 호병이 대패하

---

98) 만세불망(萬世不忘): 영원히 은덕을 잊지 아니함.

99) 외람(猥濫): 하는 행동이나 생각이 분수에 지나침.

100) 편갑(片甲): 한 명의 군사.

여 급히 달아날새 서로 짓밟아 물에 빠져 죽는 자가 불가승수(不可勝數)[101]더라.

경업이 필마단창(匹馬單槍)[102]으로 적진을 파(破)하고 본진에 돌아와 승전고를 울리며 군사를 호궤(犒饋)할새, 군졸이 하례하며 즐기는 소리가 진동하더라. 명일 평명(平明)[103]에 강변에 가 바라보니 적군의 주검이 뫼 같고 피 흘러 내가 되었는지라.

차시 패군(敗軍)이 돌아가 호왕을 보고 연유를 고(告)하니, 호왕이 대로하여 다시 기병(起兵)하여 원수 갚음을 의논하더라. 경업이 관중(關中)에 들어와 승전 연유를 장계(狀啓)하고 잔치를 열어 크게 즐기더라.

차시 상이 임경업의 패문(牌文)[104]을 보시고 크게 기뻐하시는 중 후일
을 염려하시되, 조신(朝臣) 등은 안연부동(晏然不動)[105]하여 국사를 근심 21
할 이 없으니 가장 한심하더라.

이때 호장이 경업에게 패한 후로 분기를 참지 못하여 다시 제장(諸將)을 모아 의논 왈,

"예서 의주(義州)가 길이 얼마나 하뇨?"

좌우가 대왈(對曰),

"열하루 길이오니, 한 편은 갈수풀이옵고 압록강을 격(隔)하였사오니, 월강(越江)하여 마군(馬軍)으로 대적한즉 수만 군이 둔취(屯聚)[106] 할 곳이 없고 패한즉 한갓 죽을 따름이니, 기이한 계교를 내어 경업을 먼저 파(破)한 후에 군사를 나옴이 옳을까 하나이다."

호왕이 옳이 여겨 용골대로 선봉(先鋒)을 삼고 왈,

---

101) 불가승수(不可勝數): 너무 많아서 셀 수가 없음.

102) 필마단창(匹馬單槍): 한 필의 말과 한 자루의 창이란 뜻으로, 혼자 간단한 무장을 하고 한 필의 말을 탄 차림.

103) 평명(平明): 해가 뜨는 시각.

104) 패문(牌文): 장계로 올린 보고서.

105) 안연부동(晏然不動): 태평하여 조금도 움직이지 않음.

106) 둔취(屯聚): 여러 사람이 한곳에 모여 있음.

"너는 수만 군을 거느려 가만히 황하수(黃河水)를 건너 동해로 돌아
주야배도(晝夜倍道)[107]하여 가면 조선이 미처 기병(起兵)치 못할 것이
22 요, 의주서 알지 못하리니, 바로 왕도(王都)를 엄습(掩襲)하면 어찌 항
복받기를 근심하리오?"

용골대 청령(聽令)하고 군마를 조발(調發)[108]할새 호왕에게 하직한대, 호왕 왈,

"그대 이번에 가매 반드시 조선을 항복받아 나의 위엄을 빛내고 대공을 세워 쉬이 반사(班師)[109]함을 바라노라."

용골대 청령하고 승선(乘船) 발행하니라.

경업이 호병을 파한 후에 군사를 조련(調練)하며 군기(軍器)[110]를 수보
(修補)하고 성첩(城堞)을 수축(修築)하여 후일을 방비하되, 조정에서는 호
병을 파(破)한 후에 의기양양하여 태평가를 부르고 예비함이 없더니, 국운
이 불행하여 천만의외(千萬意外)에 불우지변(不虞之變)[111]을 당한지라. 철
갑(鐵甲) 입은 군사가 동대문으로 물밀 듯이 들어와 백성을 살해하고 성
중을 노략하니, 도성 인민이 물끓듯하여 곡성이 진동하며, 부자, 형제, 부
23 부, 노소가 서로 실산(失散)하여 살기를 도모하니 그 형상이 참혹하더라.

이런 망극한 때를 당하여 조정에 막을 사람이 없고, 종사(宗社)의 위태함이 조석에 있으니, 상이 망극하사 시위조신(侍衛朝臣)[112] 육칠 인을 데리시고 남한산성으로 피란하실새, 급히 동가(動駕)[113]하사 강변에 이르되 배를 타시매, 백성 등이 뱃전을 잡고 통곡하며 물에 빠져 죽는 자가 무수하니, 그 형상을 차마 보지 못할러라. 왕대비(王大妃)와 세자(世子)

---

107) 주야배도(晝夜倍道): 밤낮으로 쉬지 않고 가서 이틀에 갈 길을 하루에 감.
108) 조발(調發): 불러서 모음.
109) 반사(班師): 군사를 이끌고 돌아옴.
110) 군기(軍器): 군대에서 사용하는 모든 물건.
111) 불우지변(不虞之變): 뜻밖에 일어난 변고.
112) 시위조신(侍衛朝臣): 임금을 모시어 호위하는 조정의 신하.
113) 동가(動駕): 임금이 탄 수레가 대궐 밖으로 나감.

삼형제(三兄弟)는 강화(江華)[114]로 가시고, 남은 백성은 호적에게 어육(魚
肉)[115]이 되고, 도원수 김자점은 이런 난세를 당하되 한 계교를 베풀지
못하고 한낱 밥줌치[116]로 있으니, 용골대 승승(乘勝)하여 백성의 집을 헐
어 떼를 모아[117] 강화로 들어가되, 강화유수(江華留守) 김경징(金慶徵)[118]
은 좋은 군기를 넣어두고 술만 먹고 누웠으니, 호적이 무인지경(無人之
境) 같이 들어와 왕대비와 세자 · 대군을 잡아다가 송파(松坡)벌[119]에 유 24
진(留陣)[120]하고 세자 · 대군을 구류(句留)[121]하고 외쳐 왈,

"쉬이 항복지 아니하면 왕대비와 세자 · 대군이 무사치 못하리라."

하는 소리 천지 진동하더라.

이때 상이 남한산성에 파천(播遷)[122]하사 외로운 성에 겹겹이 싸이사 용루(龍淚)가 비오듯 하시되, 김자점은 도적을 물리칠 계교가 없어 태연부동(泰然不動)[123]하더니 도적의 북소리에 놀라 진(陣)을 잃고 군사를 무수히 죽이고 산성 밖에 결진(結陣)하니, 군량은 탕진(蕩盡)하고 사세(事勢) 위급한데 도적은 외쳐 왈,

"종시(終始) 항복지 아니하면, 우리는 예서 여름을 지내고 과동(過冬)하여 항복받고 가려니와 너희는 무엇을 먹고 살려하는다? 쉬이 나와 항복하라."

---

114) 강화(江華): 강화도(江華島).

115) 어육(魚肉): 짓밟고 으깨어 아주 결딴낸 상태를 가리킴.

116) 밥줌치: 밥주머니.

117) 떼를 모아: 뗏목을 만들어.

118) 강화유수(江華留守) 김경징(金慶徵): 병자호란 때 강도검찰사(江島檢察使)로 부임하였으나 매일 술만 마시는 무사안일에 빠졌음. 후에 수비 실책의 책임으로 사형 당했음.

119) 송파(松坡)벌: 현재 서울시 송파구.

120) 유진(留陣): 군사들을 머물러 있게 함.

121) 구류(句留): 죄인을 일정한 곳에 가두어 있게 함.

122) 파천(播遷): 임금이 도성을 떠나 다른 곳으로 피란하던 일.

123) 태연부동(泰然不動): 마땅히 머뭇거리거나 두려워할 상황에서 태도나 기색이 아무렇지도 않은 듯이 예사로워서 움직이지 않음.

외치는 소리 진동하거늘, 상이 들으시고 앙천통곡(仰天痛哭) 왈,

"안에는 양장(良將)이 없고 밖에는 강적(强敵)이 있으니 외로운 산성
25 을 어찌 보전하며, 또한 양식이 진(盡)하였으니 이는 하늘이 과인을 망
케 하심이라."

하시고 대신(大臣)으로 더불어 항복할 일을 의논하시니, 제신이 주왈(奏曰),

"왕대비와 세자 · 대군이 호진(胡陣)에 계시니 국가의 이런 망극한 일이 어디 있사오리잇고? 빨리 항복하사 왕대비와 세자 · 대군을 구하시고 종사(宗社)를 보전하심이 마땅할까 하나이다."

일인(一人)이 주왈(奏曰),

"옛말에 일렀으되, '영위계구(寧爲鷄口)언정 물위우후(勿爲牛後)라'[124] 하였으니, 어찌 적에게 무릎을 꿇어 욕을 당하리잇가? 죽기를 무릅써 성을 지키오면 임경업이 소식을 듣고 마땅히 올라와 호적을 파(破)하고 적장을 항복받으면 욕을 면하시리이다."

상 왈,

"길이 막혀 소식을 통할 길이 없으니 경업이 어찌 알리오? 목전(目
26 前) 사세 여차하니, 아무리 생각하여도 항복할 밖 다른 계교가 없으니
경등은 다른 말 말라."

하시고 앙천통곡(仰天痛哭)하시니, 산천초목(山川草木)이 다 슬퍼하더라.

병자(丙子) 십일월 이십 일에 상이 항서(降書)를 닦아 보내시니, 그 망극함이 어찌 측량(測量)하리오? 용골대 송파강에 결진(結陣)하고 승전고를 울리며 교기양양(驕氣揚揚)[125]하여 스스로 승전비(勝戰碑)를 세워 비양(飛揚)[126]하며 왕대비와 중궁(中宮)[127]을 보내고, 세자 · 대군을 잡아 북

---

124) 영위계구(寧爲鷄口)언정 물위우후(勿爲牛後)라: 차라리 닭의 머리가 될지언정 소의 꼬리라 되지 말라는 속담.

125) 교기양양(驕氣揚揚): 남을 업신여기고 잘난 체 하는 태도를 겉으로 당당히 나타냄.

126) 비양(飛揚): 잘난 체하고 거드럭거림.

경으로 가려 하더라.

상이 경성에 돌아오사 각도에 강화(講和)[128]한 옥지(玉旨)를 내리시니라.

이때 임경업이 의주에 있어 이런 변란을 전혀 모르고 호국의 동병(動
兵)함을 살피며 군사만 연습하더니, 천만몽매(千萬夢寐) 밖에[129] 옥지를
받자와 본즉 용골대 황해도를 지나 함경도로 들어올새 봉화(烽火) 지킨 27
군사를 죽이고 임의로 봉화를 들어 나오매, 도성이 불의지변(不意之變)을
당하였는지라. 경업이 통곡 왈,

"내 충성을 다하여 나라 은혜를 갚고자 하더니, 어찌 이런 망극한 일이 있을 줄 알았으리오?"

하고 군사를 정제(整齊)하여 호병이 오기를 기다리더니, 호장이 조선 국왕의 항서와 세자 · 대군을 볼모[130]로 잡아들여갈새, 세자 · 대군이 내전(內殿)에 들어가 하직한대, 중전(中殿)이 세자 · 대군의 손을 잡으시고 눈물을 흘려 서로 떠나지 못하시니, 상이 '대군을 나오라.' 하사 용루를 흘려 왈,

"과인의 박덕(薄德)함을 하늘이 뮈이 여기사 이 지경에 이르게 하시니, 누를 원망하리오? 너희는 만리타국에서 몸을 보호하여 잘 가 있으라."

하며 손을 잡아 놓지 못하시며 슬퍼하시니, 대군이 감루(感淚) 오열(嗚 28
咽) 왈,

"전하가 슬퍼하심이 무익함이로소이다. 신 등이 또한 무죄히 들어가오니 현마[131] 어찌하오리잇고? 바라건대 전하는 무익한 염(念)을 마옵

127) 중궁(中宮): 왕비를 높여 이르는 말.

128) 강화(講和): 싸우던 두 편이 싸움을 그치고 평화로운 상태가 됨.

129) 천만몽매(千萬夢寐) 밖에: 천만 꿈밖에. 뜻밖에.

130) 볼모: 나라 사이에 조약 이행을 담보로 상대국에 억류하여 두던 왕자나 그 밖의 유력한 사람.

131) 현마: 설마.

시고 부디 만수무강하옵소서."

한대, 상이 슬퍼하심을 마지아니하시고 학사 이연을 부르사 가로사대,

"경의 충성을 아나니, 세자 · 대군과 한가지로 보호하여 잘 다녀오라."

하시니, 세자 · 대군은 천안(天顔)[132]을 하직하시고 나오시매 그 망극하심이 비할 데 없는지라. 한 걸음에 두 세 번씩 엎어지시며 눈물이 진(盡)하여 피 되니, 그 경상을 차마 보지 못할러라.

내전(內殿)에 들어가시매 대비(大妃)와 중전이 대성통곡하사 가로사대,

"너를 하루만 보지 못하여도 삼추(三秋) 같더니 이제 만리타국에 보내고 그리워 어찌하며 하일(何日) 하시(何時)에 생환고국(生還故國)[133]하여 모자(母子)로 즐기리오?"

29 하시고 통곡하시니, 모자 일시에 비읍(悲泣)하더라. 대군이 주왈(奏曰),

"명천(明天)이 무심치 아니시니, 쉬이 돌아와 뫼시리니 복원(伏願) 낭랑(娘娘)[134]은 만수무강하시고 불초(不肖)[135] 등을 생각지 마르소서."

인하여 하직하고 궐문을 나서매, 일월(日月)이 무광(無光)하여 슬픔을 돕더라.

용골대 세자 · 대군을 앞세우고 모화관(慕華館)[136]으로 좇아 임진강(臨津江)을 건너니, 강수(江水)가 느끼는 듯하고, 개성부(開城府) 청석곡에 이르니 산세 험준한지라. 봉산(鳳山) 동선령(洞仙嶺)[137]에 다다르니 수목이 총잡(叢雜)[138]한대, 영상(嶺上)에 동선관을 세워 관액(關額)[139]을 삼아

---

132) 천안(天顔): 임금의 얼굴.

133) 생환고국(生還故國): 살아서 고국으로 돌아옴.

134) 낭랑(娘娘): 왕비나 귀족의 아내를 높여 이르는 말.

135) 불초(不肖): 어버이의 덕망이나 유업을 이어받지 못한 못나고 어리석은 사람.

136) 모화관(慕華館): 중국 사신을 영접하던 곳. 현재의 독립문 자리 근처.

137) 동선령(洞仙嶺): 황해도 봉산에 있는 고개 이름.

138) 총잡(叢雜): 나무가 무더기로 자라서 빽빽함.

139) 관액(關額): 관문의 현판.

있고, 황주(黃州)[140] 월파루(月波樓)를 지나 평양(平壤)에 이르니, 이곳은 해동(海東) 제일강산이라. 일면(一面)에 대동강(大同江)이 띠 두른 듯하고 이십 리 장림(長林)에 춘색(春色)이 가려(佳麗)한대 부벽루(浮碧樓) 연광정(練光亭)[141]은 강수에 임(臨)하였으니, 촉처감창(觸處感愴)[142]이라. 대 30
군이 타국으로 향하는 심사(心思)가 가장 슬프더라.

이때는 정축(丁丑) 삼월(三月)이라. 열읍(列邑)을 지나 의주지경(義州之境)에 이르니, 차시 경업이 밤이면 잠을 이루지 못하고, 낮이면 높은 데 올라 호적(胡賊)이 오기를 기다리더니, 일일(一日)은 바라보니 호병이 승전고를 울리며 세자 · 대군을 앞세우고 의기양양하여 의주로 향하여 오거늘, 경업이 분기대발(憤氣大發)[143]하여 절치부심(切齒腐心)[144]하며 소리하여 왈,

"이 도적을 편갑(片甲)도 돌려보내지 아니리라."

하고, 말에 올라 큰 칼을 들고 나가며 중군(中軍)에 분부하여 '군사를 거느려 뒤를 따르라.' 하더니, 호장(胡將)이 군사를 정제하여 나오거늘, 경업이 노기충천(怒氣衝天)하여 맞아 내달아 칼을 드는 곳에 호병(胡兵)의 머리를 풀 베히듯 하며, 군중을 짓쳐 들어가 좌충우돌하여 호병 버히기를 무인지경(無人之境) 같이 하니, 호병이 황겁(惶怯)하여 목숨을 도모하여 달아나고, 남은 군사는 아무리 할 줄 몰라 죽는 자가 무수하더라.

차청(且聽) 하회(下回)하라.[145]

세(歲) 경자(庚子) 정월일(正月日) 향수동 서(書)

---

140) 황주(黃州): 황해도 황주군 가운데에 있는 읍.
141) 부벽루(浮碧樓) 연광정(練光亭): 평양의 대동강(大同江) 가에 있는 누각.
142) 촉처감창(觸處感愴): 가서 닿는 곳마다 가슴에 사무쳐 슬픔.
143) 분기대발(憤氣大發): 분한 기운을 크게 일으킴.
144) 절치부심(切齒腐心): 몹시 분하여 이를 갈며 애를 씀.
145) 차청(且聽) 하회(下回)하라: 다음 회를 또 잘 들어보라는 뜻으로 장회소설 한 회의 마지막에 붙는 상투적 구절.

임장군전 권지이 종(終)

1 각설(却說). 호왕이 낙담상혼(落膽喪魂)[1]하여 십 리를 물러 진을 치고 패잔군을 모아 의논 왈,

"경업의 용맹을 장차 어찌하리오?"

하여 근심하다가 문득 생각하되, '경업은 충신이라. 이제 조선왕의 항서를 내어 뵈면 반드시 귀순하리라.' 하고 진문(陣門)에 나와 외쳐 왈,

"임장군은 조선왕의 전지(傳旨)[2]를 받아보라."

하거늘, 경업이 의아하여 꾸짖어 왈,

"너희 어찌 감히 나를 속이려 하는다?"

하고 꾸짖으니, 용골대 군사로 하여금 문서를 전하니, 경업이 항서를 받아보고 앙천탄식(仰天歎息)하는지라. 호장 왈,

"너희 국왕이 항복하고 세자 · 대군을 볼모로 잡아가거늘, 네 어찌 감히 왕명을 항거하여 역신(逆臣)이 되고자 하난다?"

하고 만단개유(萬端改諭)[3]하니, 경업이 이미 전교(傳敎)[4]를 보고 하릴없
2 어 칼을 집에 꽂고 후진(後陣)에 들어가 세자와 대군을 뵈옵고 실성통곡(失聲痛哭)하니, 대군이 경업의 손을 잡고 유체(流涕) 왈,

"국운(國運)이 불행하여 이 지경에 이르렀거니와, 바라건대 장군은

---

1) 낙담상혼(落膽喪魂): 몹시 놀라거나 마음이 상해서 넋을 잃음.
2) 전지(傳旨): 승정원의 담당 승지를 통하여 전달되는 왕명서.
3) 만단개유(萬端改諭): 여러 가지로 타이름.
4) 전교(傳敎): 임금의 명령. 하교(下敎).

진심(盡心)하여 우리 등을 구하여 다시 부왕(父王)을 뵈옵게 하라."

경업 왈,

"신이 이 기미(幾微)[5]를 알았으면 몸이 전장(戰場)에 죽사온들 이런 분하온 일을 당하오리잇고? 신의 몸이 만 번 죽사와도 아깝지 아니하오니, 복원(伏願) 전하(殿下)는 슬픔을 관억(寬抑)[6]하시고 행차하시면, 신이 진충갈력(盡忠竭力)[7]하여 호국을 멸하고 돌아오시게 하오리이다."

대군 왈,

"우리 삼인의 목숨이 장군에게 달렸으니, 병자년(丙子年) 원수를 갚고 오늘 말을 잊지 말라."

경업 왈,

"신이 재주가 없사오나 명대로 하오리이다."

하고 즉시 하직할새, 임경업이 용골대더러 왈,

"내 감히 군명(君命)을 항거치 못하여 너를 살려 보내거니와 세자
와 대군이 쉬이 돌아오시게 하되, 만일 무삼 일이 있으면 너를 무찌 3
르리라."

하고 분기를 이기지 못하더라.

용골대 본국에 돌아가 조선왕을 항복받던 일과 세자와 대군을 볼모로 잡은 말과 의주서 임경업에게 패한 연유를 고하니, 호왕이 대로 왈,

"제 어찌 대국 군사를 살해하리오?"

하여 경업을 죽이고자 하더라.

호왕이 제국(諸國)을 항복받으매, 남경을 통일코자 하여 먼저 피섬[8]을 치려할새, 경업을 죽이고자 하여 조선에 청병(請兵)하는 글월을 보내니, 그 글에 하였으되,

---

5) 기미(幾微): 낌새. 어떤 일이 일어날 기운.

6) 관억(寬抑): 격한 감정이나 분노를 너그럽게 억제함.

7) 진충갈력(盡忠竭力): 충성을 다하고 있는 힘을 다 바침.

8) 피섬: 평안북도 철산군에 딸린 섬. 가도(椵島), 피도(皮島)라고도 한다.

이제 먼저 피섬을 치고 남경을 통합코자 하나 남경군사가 용맹한지라.
임경업의 재주가 기특하고 지용이 겸전(兼全)하다 하니, 경업으로 대장을
4 삼고 날랜 군사 삼천과 철기(鐵騎)[9]를 빌리면 대국군사와 통합하여 피섬
을 치고자 하나니, 빨리 거행하라.

하였거늘, 상이 패문(牌文)[10]을 보시고 탄식 왈,

"병화(兵禍)를 갓 지내고 이렇듯 보채임을 보니 백성이 어찌 안존(安存)하리오?"

하고 가장 근심하시니, 김자점이 주왈,

"사세 여차하니 시행치 아니치 못하리이다."

상이 하릴없으사 즉시 철기 삼천을 별택(別擇)하시고 의주부윤 임경업으로 대장을 삼아 호국에 보낼새, 경업을 인견(引見)하사 왈,

"경은 북경(北京)에 들어가 세사(世事)를 보아 잘 주선(周旋)[11]하여 세자와 대군을 구하라."

하시니, 경업이 복지수명(伏地受命)하고 북경으로 향하니, 자점이 심중에 혜오되, '경업이 이 번 가매 다시 돌아오지 못하리라.' 하고 마음에 못내 기꺼하며 기탄(忌憚)[12]할 바가 없어 백사를 총찰(總察)[13]하니, 조정이 아연실망(啞然失望)[14]하고 크게 기탄하더라.

5 차시 경업이 분을 참고 군마를 거느려 호진(胡陣)에 이르니, 호왕 왈,

"장군으로 더불어 합병하여 피섬을 치고 인하여 남경을 항복받고자 하므로 특별히 장군을 청한 바이니, 장군은 모름지기 사양치 말고 진심(盡心)하라."

---

9) 철기(鐵騎): 철갑을 입은 기병.
10) 패문(牌文): 공문서의 한 가지. 하부 관청에 내려 보내던 공문서.
11) 주선(周旋): 일이 잘되도록 여러 가지 방법으로 힘씀.
12) 기탄(忌憚): 어렵게 여겨 꺼림.
13) 총찰(總察): 모든 일을 맡아 총괄하여 살핌.
14) 아연실망(啞然失望): 몹시 놀라 말이 안나올 정도로 실망함.

하고,

"군사를 발(發)하여 빨리 행병(行兵)하라."

하니, 경업이 하릴없어 영군(領軍)[15]하여 나아오니, 성문 지킨 장수는 황자명이러라. 경업이 전일(前日)을 생각하매 진퇴유곡(進退維谷)이라. 재삼 생각하다가 한 계교를 생각하고 즉시 격서를 만들어 피섬에 전하니, 하였으되,

> 조선국 임경업은 글월을 닦아 황노야(黃老爺)[16] 휘하(麾下)에 올리나니,
> 향자(向者)[17] 이별 후 소식이 적조(積阻)[18]하매 주야 사모함이 측량(測量)
> 없사오며, 소장(小將)은 국운이 불행하여 뜻밖에 호환(胡患)을 만나 사세
> 위급하니 아직 항복하여 후일을 기다리더니, 이제 호왕이 피섬을 치고 삼 6
> 국을 침범코자 하여 소장을 우리 국왕께 청병하였기로 마지못하여 이곳에
> 왔사오나 사세 난처하와 먼저 통하니, 복망(伏望) 노야는 아직 굴(屈)하여
> 거짓 항복하고, 추후(追後)[19] 소장과 합력하여 호국을 쳐 멸하여 원수를
> 갚고자 하나니, 노야는 익히 생각하소서.

하였더라. 황자명이 격서를 보고 일변 기꺼하며, 또 일변 놀라 즉시 답서(答書)를 닦아 보내니 하였으되,

> 천만 뜻밖에 친필(親筆)을 보고 못내 기쁘며, 기별한 말은 그대로 하려니와 어느 때 만나 대사를 의논하리오? 그러나 그대는 삼가고 비밀히 주선하여 성공함을 바라노라.

---

15) 영군(領軍): 군사를 통할하여 거느림.
16) 황노야(黃老爺): 황자명을 가리킴. '노야(老爺)'는 성이나 직함 뒤에 쓰여 남을 높여 이르는 말.
17) 향자(向者): 지난번.
18) 적조(積阻): 연락이 끊겨 오랫동안 소식이 막힘.
19) 추후(追後): 일이 얼마 지난 뒤.

하였더라.

경업이 자명의 답서를 보고 탄식불이(歎息不已)하고 명일(明日)에 행군
하여 금고(金鼓)[20]를 울리며 말에 올라 좌수(左手)에 청룡검(靑龍劍)을 잡
7 고 우수(右手)에 죽절강편(竹節鋼鞭)[21]을 들고 내달아 대매(大罵) 왈,

"여등(汝等)이 조선국 대장 임경업을 모르는다? 너희 어찌 나와 승부를 다투고자 하는다? 일찍 항복하여 죽기를 면하라."

하니, 대명(大明) 장졸이 경업의 이름을 아는지라. 스스로 낙담상혼(落膽喪魂)하여 한 번도 싸우지 아니하고 성문을 열어 항복하거늘, 경업이 성내에 들어가 황자명을 보고 크게 반기며 서로 말하고 돌아왔더니, 차야(此夜)에 경업이 자명의 진에 이르러 서로 술 먹고 병자년(丙子年) 원수를 말하며 왈,

"우리 양국이 서로 동심 합력 호국을 쳐 원수를 갚으리라."

하여, 서로 밀밀(密密)[22]히 언약하고 본진에 돌아와 피섬을 항복받은 문서를 호장을 주어 보내고, 군사를 거느려 바로 조선에 나와 입궐(入闕) 복명(復命)[23]하고 피섬 항복 받던 사연을 아뢴대, 상이 칭찬하시고 호위대장(扈衛大將)[24]을 겸찰(兼察)[25]하시다.

8 이때에 호장이 돌아가 호왕께 피섬 항복받던 문서를 드리고 왈,

"경업이 처음은 한가지로 남경을 치자 하더니, 진전(陣前)을 임(臨)하여 아국 군사를 무수히 죽이고, 도리어 제가 선봉(先鋒)이 되어 성하에 이르러 한 번 호령에 피섬 지킨 장수와 황자명이 싸우지 아니하고 항복한 후에 성에 들어가 말하고 나와 바로 조선으로 가는 일이 고이

---

20) 금고(金鼓): 군중(軍中)에서 호령하는 데 사용하던 징과 북.

21) 죽절강편(竹節鋼鞭): 강철로 대나무 마디처럼 만든 무기.

22) 밀밀(密密): 아주 자세하고 빈틈없음.

23) 복명(復命): 명령을 받아 일을 처리한 사람이 그 결과를 보고함.

24) 호위대장(扈衛大將): 궁궐을 지키는 일을 맡아보던 군영(軍營)인 호위청(扈衛廳)에 속한 정일품 벼슬.

25) 겸찰(兼察): 현임 대장이 임시로 다른 직무를 맡아보던 일.

하고, 황자명의 용맹으로 한 번도 싸우지 아니하니 그 일이 가장 수상하더이다."

하거늘, 호왕이 또한 의심하여 출전 갔던 장수를 불러 물으니, 답 왈,

"경업이 출전하나 용맹을 그리 쓰지 아니하니 무삼 흉계 있더이다."

한대, 호왕이 대로하여 급히 사자(使者)를 조선에 보내어 왈,

"경업이 피섬을 쳐 항복 받음이 분명치 아니하고, 또한 명(命)을 받
지 아니하고 스스로 돌아갔으니, 그 죄 적지 아니하매 급히 잡아 보 9
내라."

하였거늘, 상이 들으시고 대경하사 조정을 모아 의논하사 왈,

"경업은 과인의 수족(手足)이라. 이제 만리타국에 잡아 보내매 차마 못할 바요, 사자를 그저 보내면 후환이 되리니, 경등은 무삼 묘책이 있나뇨?"

자점이 곁에 있다가 생각하되, '경업을 두면 후환이 되리니 이때를 타 없이하리라.' 하고, 이에 출반주(出班奏)[26] 왈(曰),

"이제 경업이 비록 피섬을 항복받고 왔사오나, 명(命)을 기다리지 아니하고 스스로 왔사오니, 호왕의 노함이 그르지 아닌지라. 경업을 보내어 명을 순(順)함이 옳을까 하나이다."

상이 들으시고 마지못하여 경업을 패초(牌招)[27]하여 위로 왈,

"경의 충성은 일국(一國)이 아는 바이라. 타국에 가 수고하고 왔거
늘, 또 호국 사신이 와 데려가려 하니, 과인의 마음이 결연(缺然)[28]하 10
나 마지못하여 보내나니 부디 좋게 다녀오라."

하신대, 경업이 생각하되, '내 이제 가면 필경 죽을 것이니, 병자년 원수를 누가 갚으리오.' 하며 집에 돌아와 모친께 뵈옵고 사연을 고하니, 부인이 대경 왈,

26) 출반주(出班奏): 여러 신하 가운데 혼자 줄에서 나가 아룀.
27) 패초(牌招): 임금이 승지를 시켜 신하를 부름.
28) 결연(缺然): 모자라 서운하다.

"네 입신(立身)함을 즐기더니, 오늘날 이 지경을 당하니 어찌 망극지 아니리오?"

경업이 위로하고 재배(再拜) 하직하고 부인과 다섯 아들과 여아를 불러 이르되,

"나는 몸을 국가에 허(許)하여 부모를 봉양치 못하다가 이제 타국에 들어가매 사생을 모를지라. 모친께 봉양을 나 있을 때와 같이 하라."

하고 통곡 이별 후 궐내에 들어가 하직 숙배(肅拜)하되, 상이 탄왈(歎曰),

"경이 타국에 가매 이는 하늘이 나를 망케 하심이니 장차 어찌하리오?"

경업이 주왈(奏曰),

11 "폐하는 너무 염려치 마르소서. 신이 아무쪼록 호국을 멸하고 세자와 대군을 모셔올까 주야 원(願)이옵더니, 이제 도리어 잡혀가오니 내두사(來頭事)[29]를 예탁(豫度)[30]지 못하오매 가장 망극하도소이다."

하고 궐문에 나오니, 이때는 무인년(戊寅年) 이월(二月)이라.

경업이 사신과 한가지로 발행하여 여러 날 만에 압록강에 다다라 탄식 왈,

"남자가 세상에 처하매 어찌 남의 손에 죽으리오?"

하고 단검(短劍)을 품고 도망하여, 낮이면 산중에 숨고 밤이면 행(行)하여 충청도(忠淸道) 속리산(俗離山)[31]에 이르니 층암절벽에 한 암자가 있으되, 속객(俗客)이 없고 중 서넛이 있어 경업을 보고 괴이히 여기거늘, 경업이 왈,

"나는 난시를 당하여 부모처자를 잃고 마음을 둘 데 없어 중이 되고자 하나니, 원컨대 머리를 깎고 중이 되기를 원한다."

---

29) 내두사(來頭事): 앞으로 다가올 일.

30) 예탁(豫度): 예측(豫測).

31) 속리산(俗離山): 충청북도 보은군 내속리면과 경상북도 상주시 화북면 사이에 있는 산.

하니, 그 중에 독부라 하는 중이 삭발하여 주거늘, 경업이 중이 되어 낮 12
이면 산중에 들고 밤이면 절에 있어 종적을 감추니, 독부가 그 연고를 묻거늘, 경업 왈,

"노승은 묻지 말라. 세월이 지나면 자연 앎이 있으리라."

하더라.

이때 호국 사신 경업을 잃고 찾고자 하나 어찌 종적을 알리오. 하릴없이 돌아가 호왕에게 사연을 고하니, 호왕 분노하여 꾸짖어 물리치고 죽이지 못함을 한하더라.

차시(此時) 경업이 암자에서 있어 울울(鬱鬱)이 세월을 지내나 남경을 들어가 보수(報讎)[32]할 뜻이 급한지라. 한 계교를 생각하고, 산에 올라가 스스로 나무를 베어 배를 만들어 타고 바로 경성(京城)으로 올라와 용산(龍山) · 삼개[33] 주인[34]들을 사귀어 이르되,

"소승(小僧)은 충청도 보은(報恩)[35] 속리산 중으로 시주를 걷으러 나
왔삽더니, 연안(延安)[36] · 백천(白川)[37] 땅에 시주하여 얻은 쌀이 오백 13
여 석이오라, 큰 배 한 척과 격군(格軍)[38] 수십 명을 얻어주시면 쌀을 반만 주리이다."

하니, 주인이 무던히[39] 여겨 허락하거늘, 경업이 바삐 배를 저어 절에 돌아와 독부를 달래어 행장(行裝)[40]을 수습하여 지우고 경강(京江)[41] 주인

---

32) 보수(報讎): 앙갚음.
33) 삼개: 서울 마포(麻浦)의 옛 이름.
34) 주인: 경주인(京主人)을 말하는 것이나, 여기서는 장사하는 사람의 일반적인 명칭으로 썼음.
35) 보은(報恩): 충청북도에 있는 읍.
36) 연안(延安): 황해도 연백군(延白郡)에 있음.
37) 백천(白川): 황해도 연안(延安) 북동쪽에 있는 고을.
38) 격군(格軍): 조선 시대에, 사공(沙工)의 일을 돕던 수부(水夫).
39) 무던히: 그리 나쁘지 않아 마음에 들 만하다.
40) 행장(行裝): 여행할 때 쓰는 물건과 차림.
41) 경강(京江): 서울 지역의 한강. 이곳에 전국의 물자가 모였음.

집에 오니, 선척(船隻)과 격군(格軍)은 다 준비했는지라.

경업이 택일(擇日) 행선할새 황해도를 지나 평안도로 행하니 격군 등이 의심하여 왈,

"대사가 우리를 속여 어디로 가려하나뇨?"

경업이 그제야 짐을 풀고 갑주(甲冑)[42]를 내어 입고 칼을 들고 선두(船頭)에 나서며 대호(大呼) 왈(曰),

"나는 조선국 대장 임경업이라. 남경(南京)에 일이 있어 가나니 아무 말도 말고 바삐 행선하라."

하니, 격군 등이 불열(不悅)하여 응답지 아니하거늘, 경업이 달래어 왈,

14 "남경으로 감은 세자와 대군을 모시러 감이니, 여등(汝等)이 만일 순종치 않으면 이는 역적이라. 이 칼로 다 죽이리라."

격군 등이 청파(聽罷)에 황망(遑忙)히 응낙(應諾) 왈,

"장군의 영(令)을 어찌 좇지 아니리오마는 소인 등이 부모와 처자를 모르게 왔사오니 사정이 절박하여이다."

경업이 대로 왈,

"조선 인민이 되어 국사를 위하매 어찌 부모 처자를 돌아보리오? 만일 다시 위령자(違令者)가 있으면 참(斬)하리라."

하고 바삐 행선하여 남경으로 행할새, 여러 날 만에 남경지경에 이르러 큰 섬에 다다라 배를 다히니, 섬 지킨 관원은 황자명이라. 수하(手下) 관졸이 '도적이라.' 하고, 경업 등을 잡아 가두고 황자명에게 보(報)하니, 자명이 바삐 잡아올려 보니 이 문득 경업이라. 크게 기특히 여겨 즉시 청하여 서로 반기고 찾아온 사연을 천자께 주문(奏聞)[43]한대, 천자가 경업을 부르사 왈,

"경을 이별한 후 잊을 날이 없더니, 이제 보매 반가움이 어찌 다 칭량(稱量)하리오?"

---

42) 갑주(甲冑): 갑옷과 투구를 아울러 이르는 말.

43) 주문(奏聞): 주달(奏達). 임금께 아룀.

하고,

"그 사이에 세사가 변하여 호국에게 패한 일과 조선이 또 패하다 하니 어찌 불행치 아니리오?"

하시고 들어온 사연을 물으시니, 경업이 주왈,

"나라히 불행함은 다 소신의 불충이로소이다."

하고 인하여 전후수말(前後首末)을 아뢴대, 황제 왈,

"그대의 충성은 만고에 드물다."

하시고, '황자명과 의논하여 호국을 멸하여 양국(兩國) 원수를 갚으라.' 하시고 안무사(按撫使)[44]를 배(拜)하시니,[45] 경업이 사은(謝恩)하고 황자명과 의논하여 호국을 치려하더라.

차시 호국이 점점 강성하여 남경을 침노하거늘, 천자가 황자명으로 치라 하신대 자명이 경업과 의논 왈,

"이 땅은 요지(要地)니 아무쪼록 쳐 이 땅을 잃지 아니하리라."

하고 행군하니라.

경업이 데려온 독부가 근본이 악종(惡種)이라. 호왕이 경업을 잡지 못 16
하여 한(恨)한단 말을 듣고 피섬에서 흥리(興利)[46]하는 오랑캐를 사귀어 이르되,

"우리 장군 임경업이 남경에 들어와 북경을 쳐 병자년 원수를 갚으려 하나니, 너희 경업을 잡으려 하거든 나를 천금(千金)을 주면 잡아주리라."

하니, 호인이 급히 들어가 호왕께 고한대, 호왕이 대경하여 천금을 주며 왈,

"성사 후 천금을 더 주리라."

하니, 그 놈이 받아가지고 돌아와 독부를 주고 호왕의 말을 전하니, 독부

---

44) 안무사(按撫使): 전쟁이나 반란 직후 민심을 수습하기 위하여 파견하던 특사.

45) 배(拜)하시니: 조정에서 벼슬을 주어 임명하시니.

46) 흥리(興利): 식리(殖利). 장사.

가 천금을 받고 한 군사를 사귀어 금을 주고 자명의 편지를 위조하여 '임장군에게 드리라.' 하니, 군사놈이 봉서를 받아 임경업에게 드리니, 경업이 떼어 보니 하였으되,

도적의 형세가 급하여 살을 맞고 패하였으니 구하라.

17 하였거늘, 경업이 의혹하여 점복(占卜)한즉 자명이 무사하고 승전할 때어
늘, 군사를 잡아들여 엄문하니 그 놈이 아픔을 견디지 못하여 독부에게
미루거늘, 경업이 즉시 독부를 잡아들여 엄문하니 독부가 실상을 고하거
늘, 대로하여 내어 버히려 하다가 관후(寬厚)한 마음에 차마 죽이지 못하
여 놓았더니, 독부가 그 은덕을 모르고 또 다시 흉계를 내어 황자명의 구
병(救兵) 청하는 글을 만들어 군사로 하여금 임장군에게 드리니, 경업이
받아보니 자명의 친필과 일호(一毫) 다름이 없는지라. 의심치 아니하고
제장(諸將)을 명하여 채(寨)를 지키오고 독부와 한가지로 행하려 하니, 경
업의 액(厄)이 □□□는지라. 어찌 화(禍)를 면(免)하리오? 독부를 심복으
로 믿어 한가지로 행선하여 만경창파(萬頃蒼波)로 내려갈새, 독부가 가만
18 히 호인에게 연통(連通)하니라. 경업이 배를 재촉하여 가다가 바라보니
선척이 무수히 내려오거늘, 경업이 의심하여 문왈,

"오는 배 무삼 배뇨?"

독부가 왈,

"상고선(商賈船)[47]인가 하나이다."

하고, 행선(行船)하다가 날이 저물매 여울에 배를 매고 밤을 지내더니, 반야(半夜)에 문득 함성이 대진(大震)하거늘, 경업이 놀라 일어나 보니 사면으로 무수한 배 에워싸고 대호 왈,

"장군을 기다린 지 오랜지라. 바삐 항복하여 죽기를 면하라."

하거늘, 경업이 대로하여 독부를 찾으니 이미 간 데 없는지라. 불승분노

47) 상고선(商賈船): 장사할 물건을 싣고 다니는 배.

(不勝憤怒)하여 용력(勇力)을 다하여 대적하고자 하나 망망대해에 다만
단검(短劍)으로 무수한 호병을 어찌 대적하리오? 전선(戰船)에 뛰어 올라
호장을 무수히 죽이되 고장난명(孤掌難鳴)[48]이라. 아무리 용맹한들 어찌
천수(天數)를 도망하리오? 호인에게 잡힌 바가 되매, 호병이 배를 재촉하
여 북경에 다다르니, 호왕이 대희하여 경업을 잡아들여 꾸짖으니 경업이 19
조금도 겁함이 없어 대질(大叱) 왈,

"무지한 오랑캐놈아! 내 비록 잡혀 왔으나 너를 초개(草芥)[49] 같이 보나니 조롱치 말고 빨리 죽이라."

호왕이 대로 왈,

"네 청병(請兵)으로 왔을 때 내 군사를 많이 해하였기로 문죄(問罪)코자 하여 잡아왔거늘, 네 도망함은 무삼 뜻이뇨?"

경업이 대질 왈,

"내 나라를 위하여 원수를 갚고자 하거늘 어찌 너를 도우며, 너 무
지한 오랑캐 우리 임군을 겁박(劫迫)[50]하고 세자와 대군을 잡아가니,
그 분함을 어찌 참으리오? 네 장졸을 다 죽이려 하였더니 왕명을 인하
여 용서하였거늘, 무삼 문죄할 일이 있어 잡으려 하였나뇨? 내 불명(不
明)하여 간인(奸人)을 심복으로 부리다가 그 꾀에 빠져 잡혀 왔으나,
어찌 오랑캐에게 굴하리오? 속히 죽여 나의 충의를 나타내라?" 20

호왕이 대로 왈,

"네 명이 내게 달렸거늘 어찌 종시(終是) 굴(屈)치 아니하나뇨? 네 항복하면 왕을 봉하리라."

경업 왈,

"내 어찌 목숨을 위하여 네게 항복하리오?"

호왕이 대로하여 무사를 명하여 '내어 버히라.' 하니, 경업이 대질 왈,

---

48) 고장난명(孤掌難鳴): 혼자의 힘만으로 어떤 일을 이루기 어려움.

49) 초개(草芥): 지푸라기라는 뜻으로, 쓸모없고 하찮은 것을 이르는 말.

50) 겁박(劫迫): 으르고 협박함.

"내 명은 하늘에 있거니와 네 머리는 십보지내(十步之內)에 있느니라."

하고 조금도 구겁(懼怯)[51]하는 기색이 없으니, 호왕이 경업의 강직함을 탄복하여 맨 것을 끄르고 손을 이끌어 앉히고 왈,

"장군이 내게는 역신(逆臣)이요 조선에는 충신이라. 내 어찌 충절을 해하리오? 장군의 원(願)대로 하리라."

하고 즉시 '세자와 대군을 놓아 보내라.' 하니라.

이때 세자와 대군이 별궁(別宮)에 계셔 임장군을 주야 기다리시더니, 문득 문졸(門卒)이 보(報)하되,

21 "임장군이 천자께 청하여 세자와 대군을 놓아준다."

하거늘, 세자 · 대군이 반기사 문 밖에 나와 기다리더니, 문득 경업이 울며 절한대, 세자 · 대군이 경업의 손을 잡고 들어가 호왕을 보니, 호왕 왈,

"임경업이 불고사생(不顧死生)하고 경등을 구하며 돌아가려 하기로 경업의 충심을 감동하여 보내나니, 경등이 각기 원하는 바를 말하면 원대로 시행하여 주리라."

하니, 세자는 금(金)을 구(求)하고, 대군은 조선에서 잡혀온 인물을 구하여 돌아가기를 원하니, 호왕이 각각 원대로 허하고 대군을 기특히 여기더라.

경업이 세자와 대군을 모셔 십 리 밖에 나와 하직하니, 세자와 대군 왈,

"장군의 대덕(大德)으로 고국에 돌아가거니와 장군을 두고 가매 어찌 슬프지 아니리오? 바라건대 장군은 쉬이 돌아오라."

하신대, 경업이 대왈,

22 "전하(殿下)는 지체치 마르시고 바삐 가시면 신도 불구(不久)에 돌아갈 것이니 염려 마르소서."

세자와 대군이 경업을 이별하고 발행하여 백두산(白頭山)에 이르러 조

---

51) 구겁(懼怯): 두려워하고 겁을 냄.

선을 바라보고 낙루(落淚) 차탄(嗟歎) 왈,

"임장군이 아니런들 우리 어찌 고국에 돌아오리오? 슬프다! 임장군은 우리를 돌아보내되 장군은 돌아오지 못하니 어찌 가련치 아니하리오? 명천이 도우사 쉬이 돌아오게 하소서."

하더라.

각설(却說). 황자명이 진을 지키고 싸워 승부를 결(決)치 못하더니 경업이 호병에게 잡혀갔다는 말을 듣고 대경 왈,

"어찌 하늘이 대명(大明)을 이다지 망케 하시는고?"

하며 탄식함을 마지아니하더라.

이때 호왕이 경업을 두고 미색(美色)과 풍악을 주어 마음을 즐겁게 하고 상빈례(上賓禮)로 대접하되, 조금도 마음을 변치 아니하고 호왕더러 왈,

"내 이리 된 것이 독보의 흉계니 독보를 죽여야 내 마음이 시원하 23
리라."

하니, 호왕이 또한 불측(不測)[52]히 여겨 '독보를 잡으라.' 하더라.

차설(且說)[53]. 세자와 대군의 환국(還國)하는 선성(先聲)[54]이 경성에 이르니 상이 대희하사 도승지(都承旨)[55]를 보내사 '사연을 먼저 계달(啓達)[56]하라.' 하시다.

세자 · 대군이 임진강(臨津江)을 건널새 사관(史官), 도승지(都承旨) 맞아 반기며 현알(見謁)한 후 전교(傳敎)를 전(傳)하여 가로되,

"환국하는 사연과 무엇을 가져오는고 자세히 계달하라 하시더이다."

세자 · 대군이 승지를 보시고 슬퍼하시며 가로사대, 임경업이 잡혀가

---

52) 불측(不測): 행동과 생각이 괘씸한 생각이 듦.

53) 차설(且說): 고소설에서 이제까지 다루던 내용을 그만두고 화제를 다른 쪽으로 돌릴 때 상투적으로 쓰는 말.

54) 선성(先聲): 미리 보내는 기별.

55) 도승지(都承旨): 조선 시대에 둔, 승정원의 으뜸 벼슬. 왕명을 전달하거나 신하들이 왕에게 올리는 글을 상달하는 일을 맡아 하였음.

56) 계달(啓達): 신하가 글로 임금에게 아뢰던 일.

다가 도망하여 황자명으로 더불어 북경을 항복받고자 하던 사연과 임장
군의 덕으로 놓여 온 곡절을 말하고, 세자와 대군의 구청(求請)하온 일을
낱낱이 말하니, 승지 그대로 계달한대, 상이 보시고 기뻐하시며 경업을
24 못내 칭찬하시고, 세자의 구청한 바를 들으시고 불평(不平)이 여기시더
라. 세자와 대군이 도성 가까이 이르러 입성(入城)할새 만조백관(滿朝百
官)과 장안 인민이 나와 맞아 반기며 칭송치 아닐 이 없더라.

세자 · 대군이 궐내에 들어가 대전(大殿)[57]께 뵈온대 상이 반기사 왈,

"너는 무사히 돌아왔거니와 경업은 언제나 오리오?"

하시고 가로사대,

"세자는 무삼 탐욕으로 금은을 구하여 온다?"

하시고 벼루돌로 쳐 내치시고 둘째 대군으로 세자를 봉하시니라.

이때 호왕에게 한 딸이 있으니 호왈(呼曰), '숙모공주'라. 천하절색이
니, 호왕이 부마(駙馬)[58]를 극택(極擇)[59]하더니, 경업의 인물을 유의하여
공주더러 이르니, 공주가 상(相)[60] 보기를 잘 하는지라. 경업의 상을 보려
하고 내전(內殿)[61]으로 청하거늘, 경업이 부마에 빠질까 저어하여 목화
25 (木靴)에 솜을 넣어 키를 세 치를 돋우고 들어가더니, 공주가 보고 왈,

"걸음은 사자(獅子) 모양이요, 나가는 모양은 범의 형용이니 짐짓[62] 영웅이로다. 다만 상격(相格)[63]에 키가 세 치가 더하니 애닯나이다."

하거늘, 호왕의 마음에 서운하나 그와 방불(彷彿)한 자가 없난지라. 이에 장군더러 왈,

"그대 부마되어 부귀를 누림이 어떠하뇨?"

---

57) 대전(大殿): 임금을 높여 부르는 말.

58) 부마(駙馬): 임금의 사위.

59) 극택(極擇): 매우 정밀하게 잘 골라 뽑음.

60) 상(相): 관상에서 얼굴이나 체격의 됨됨이.

61) 내전(內殿): 왕비가 거처하던 궁전.

62) 짐짓: 과연.

63) 상격(相格): 관상에서 얼굴의 생김새를 이르는 말.

경업이 사례(謝禮) 왈,

"어찌 이런 말씀을 하시나뇨? 지극 황송하오며 하물며 조강지처(糟糠之妻)[64]가 있사오니, 명을 받들지 못하리로소이다."

호왕(胡王)이 청파(聽罷)에 애연(愛戀)하나 그 강직함을 꺼려 굳이 청치 못하더라.

수일 후 경업이 돌아감을 청한대 호왕이 유예(猶豫)[65] 미결(未決)하거늘, 제신(諸臣)이 주왈,

"절개 높고 충의(忠義) 중(重)한 사람을 두어 무익하오니, 무사히 돌아보내면 자연히 감동하여 길이 반(叛)치 아니하리이다."

호왕이 종기언(從其言)하여 설연(設宴) 관대(款待)[66]하고 예물을 갖추
어 의주까지 호송하니라. 26

이때 김자점의 위세가 조정에 진동한지라. 경업의 돌아오는 패문(牌文)이 왔거늘, 자점이 생각하되, '경업이 돌아오면 나의 계교를 이루지 못하리라.' 하고 상께 주왈,

"경업은 반신(叛臣)이라. 황명(皇命)을 거역하고 도망하여 남경에 들어가 우리 조선을 치고자 하다가, 하늘이 무심치 아니하사 북경에 잡힌 바가 되어 제 계교를 이루지 못하매 하릴없어 세자 · 대군을 청하여 보내고 뒤좇아오니 이런 대역을 어찌 그저 두리잇고?"

상이 대경 왈,

"무삼 연고로 만고충신(萬古忠臣)을 해하려 하난다?"

하시고 자점을 꾸짖어 물리치시고 참언(讒言)[67]을 신청(信聽)[68]치 아니시

---

64) 조강지처(糟糠之妻): 지게미와 쌀겨로 끼니를 이을 때의 아내라는 뜻으로, 몹시 가난하고 천할 때에 고생을 함께 겪어 온 아내를 이르는 말.

65) 유예(猶豫): 망설여 일을 결행하지 아니함.

66) 설연(設宴) 관대(款待): 잔치를 베풀어 정성껏 대접함.

67) 참언(讒言): 거짓으로 꾸며서 남을 헐뜯어 윗사람에게 고하여 바침. 또는 그런 말.

68) 신청(信聽): 믿고 곧이들음.

니, 자점이 나와 동류(同流)와 의논 왈, 경업이 의주까지 오거든 거짓 전교를 전하고 역적으로 잡으려 모계(謀計)하더라.

27 이때 경업이 데려갔던 격군과 호국 사신을 데리고 의주에 이르러는, 홀연 사자가 이르러 '임경업을 나래하라.' 하시는 상명(上命)을 전하고 길을 재촉하거늘, 경업이 의괴(疑怪)하나 상명을 위월(違越)[69]치 못하여 잡혀 갈새, 백성 등이 울며 왈,

"우리 장군이 만리타국에서 이제야 돌아오시거늘 무삼 연고로 잡혀 가는고?"

하거늘, 경업 왈,

"모든 백성은 나의 형상을 보고 조금도 놀라지 말라. 나는 무죄(無罪)히 잡혀가노라."

하니, 남녀노소 없이 아무 연고인 줄 모르고 슬퍼하더라.

차설(且說). 김자점이 경업을 모함하여 주달(奏達)하다가 상이 참언을 신청치 아니시고 물리치심을 앙앙(怏怏)[70]하여 제 동당(同黨)으로 더불어 거짓 나래(拿來)[71]하는 명을 전하고 경업을 해하려 함이러라.

차시(此時) 경업이 사자를 따라 샛별령[72]에 이르러 전일(前日)을 생각하고 격군을 불러 왈,

"여등이 부모처자를 이별하고 만리타국에 갔다가 무사히 회환(回還)하매 너희 은혜를 만분지일이나 갚고자 하더니, 시운(時運)이 불행하여 내 죽게 되매 다시 보기 어려우니 여등은 각각 돌아가 좋게 있으라."

하거늘, 격군 등이 울며 왈,

"아무 연고인 줄 모르거니와 장군의 충의 하늘에 사뭇쳤으니 현마
28 위태한 지경에 이르리잇고? □□ 신백(申白)[73]하여 무사하리니 과히

69) 위월(違越): 법률, 명령, 약속 따위를 지키지 않고 어김.
70) 앙앙(怏怏): 매우 마음에 차지 아니하거나 야속함.
71) 나래(拿來): 죄인을 잡아 옴.
72) 샛별령: 효성령(曉星嶺). 평안도 가산(嘉山)에 있는 고개.
73) 신백(申白): 사실을 자세히 아룀.

슬퍼마옵소서."

하며 차마 떠나지 못하더라. 경업이 삼각산(三角山)[74]을 바라보고 탄왈(歎曰),

"대장부가 세상에 처하여 평생지기(平生之氣)[75]를 이루지 못하고 애매히 죽게 되니, 누가 신원(伸寃)[76]하여 주리오?"

하고 통곡하니, 산천초목이 다 슬퍼하더라.

경업이 오는 선문(先文)[77]이 나라에 들리니 상이 기꺼하사 승지를 명(命)하사 위로 왈,

"경(卿)이 무사히 돌아오매 즉시 보고자 하되, 원로(遠路)에 구치(驅馳)[78]하였으리니 금일(今日)은 쉬고 명일(明日) 입시(入侍)[79]하라."

하시니, 승지가 자점을 두려 전교를 전치 못하매, 자점이 심복을 보내어 거짓 조서(詔書)[80]를 전하고 옥에 가두니, 경업이 옥에 갇혀서 생각하되, '세자와 대군이 내 일을 모르고 구(救)치 아니시는고?' 하여, 주야 번민하
여 목이 말라 물을 찾은대, 옥졸이 자점의 부촉(咐囑)[81]을 들었는 고로 29
물도 주지 아니하니, 경업이 더욱 한하여 정히 탄식하더니, 전옥관원(典獄官員)은 강명(剛明)[82]한지라. 경업의 애매함을 불쌍히 여겨 경업더러 일러 왈,

"장군을 역적으로 잡음이 다 자점의 모계니, 그대는 잘 주선하여 누

---

74) 삼각산(三角山): 북한산의 다른 이름. 백운대, 인수봉, 만경대의 세 봉우리가 있어 이렇게 부름.

75) 평생지기(平生之氣): 일생동안 품은 기개.

76) 신원(伸寃): 가슴에 맺힌 원한을 풀어 버림.

77) 선문(先文): 중앙의 벼슬아치가 지방에 출장할 때, 그곳에 도착 날짜를 미리 알리던 공문.

78) 구치(驅馳): 말이나 수레를 타고 달림.

79) 입시(入侍): 대궐에 들어가 임금님을 뵘.

80) 조서(詔書): 임금의 명령을 일반에게 알릴 목적으로 적은 문서.

81) 부촉(咐囑): 부탁하여 맡김.

82) 강명(剛明): 성질이 곧고 두뇌가 명석함.

명을 벗게 하라."

경업이 그제야 분명 자점의 흉계인 줄 알고 불승통분(不勝痛憤)하여 바로 몸을 날려 옥문(獄門)을 깨치고 나와 바로 궐내에 들어와 주상(主上)께 뵈옵고 면관(免冠)[83] 청죄(請罪)한대, 상이 경업을 보시고 반겨 친히 붙들어 가로사대,

"경이 만리타국에 갔다가 이제 돌아오매 반가움이 측량없거늘, 무삼 일로 청죄(請罪)하나뇨?"

경업이 돈수사죄(頓首謝罪) 왈,

"신이 무인년(戊寅年)에 북경에 잡혀 가옵다가 중간에 도망한 죄는
30 만사무석(萬死無惜)이오나, 대명(大明)과 동심(同心)하여 호왕을 버혀 병자년(丙子年) 원수를 갚고 세자 · 대군을 모셔오고자 하였삽더니, 간인에게 속아 북경에 잡혀 갔삽다가 천행(天幸)으로 살아 돌아오옵더니, 의주서부터 잡혀 □□□ 올라오매 아무 연고인 줄 알지 못하옵더니, 오늘날을 당하와 천안(天顔)[84]을 뵈오니 이제 죽사와도 사무여한(死無餘恨)이로이다."

상이 들으시고 대경하사 조신(朝臣)더러 왈,

"경업을 무삼 죄로 잡아온고?"

하시고 자점을 패초(牌招)하사 실사를 물으시니, 자점이 기망(欺罔)치 못하여 주왈(奏曰),

"경업이 역적이옵기로 잡아 가두고 계달(啓達)코자 하였나이다."

경업이 대로하여 고성(高聲) 대매(大罵) 왈,

"이 몹쓸 역적아! 들으라. 벼슬이 높고 국록(國祿)이 족하거늘 무엇
31 이 부족하여 찬역(簒逆)[85]할 마음을 두어 나를 해코자하나뇨?"

자점이 듣고 무언(無言)이어늘, 상이 진노(震怒)하사 왈,

83) 면관(免冠): 용서를 빌기 위하여 쓰고 있던 관이나 갓을 벗음.

84) 천안(天顔): 임금의 얼굴.

85) 찬역(簒逆): 임금의 자리를 빼앗으려고 반역함.

"경업은 삼국의 유명한 장수요, 또한 만고충신이어늘, 네 무삼 일로 죽이려 하나뇨?"

하시고, '자점을 금부(禁府)[86]에 가두라.' 하시고, '경업을 나가 쉬라.' 하시니, 경업이 사은하고 퇴궐(退闕)할새, 자점이 궐문(闕門) 밖에 나와 심복 용사 수십 명을 매복하였다가, 경업이 나옴을 보고 불시에 달려들어 무수 난타(亂打)하니, 경업이 아무리 용맹한들 손에 촌철(寸鐵)이 없는지라. 여러 번 맞아 중상(重傷)하매 자점이 용사를 분부하여 경업을 몰아 전옥(典獄)에 가두고 자점은 금부로 가니라. 좌의정(左義政) 원두표(元斗杓)와 우의정(右議政)의 이시백(李時白)은 이런 변이 있을 줄 알고 참예(參預)[87]치 아니함으로 전연히[88] 모르더라.

이때 대군이 시자(侍者)더러 문왈(問曰),

"임장군이 입성(入城)하였으나 지금 어디 있나뇨?"

시자가 대왈,

"소신 등은 모르나이다."

대군이 의심을 내어 바삐 입궐하여 임경업의 거처를 묻자온대, 상이 수말을 이르시니 대군이 주왈,

"자점이 이런 만고 충신을 해하려 하오니 이는 역적이라. 엄치(嚴治) 32
하소서."

하고, 명일을 기다려 친히 경업을 가보려 하시더니라.

차시, 경업이 자점에게 매를 많이 받으매, 천명(天命)이 진(盡)하게 되매 분기대발(憤氣大發)하여 신음하다가 불승개탄(不勝慨歎)[89]하다 졸(卒)하니, 시년(時年) 사십팔 세요, 기축(己丑) 구월 이십육일이라.

전옥관원(典獄官員)이 이 사연을 조정에 보하려 하니, 자점 왈,

---

86) 금부(禁府): 임금의 명령을 받들어 중죄인을 신문하는 일을 맡아 하던 관아(官衙)인 의금부(義禁府).

87) 참예(參預): 참여(參與).

88) 전연히: 전혀.

89) 불승개탄(不勝慨歎): 분하거나 못마땅하게 여겨 한탄하여 마지아니함.

"□□□하야 자결한 줄로 아뢰라."

하니, 옥관원이 어기지 못하여 이대로 주달(奏達)하니, 세자 · 대군이 대경하사 경업의 영구(靈柩)[90]에 행행(行幸)[91]하고자 하니, 조정이 간(諫)하매 가지 못하시고 슬퍼 크게 통곡하시더라.

"임장군이여! 어찌하여 나를 못보고 속절없이 죽으니, 이 어찌 슬프지 아니리오?"

하시고, 상이 또한 그 충절을 어여삐[92] 여기사 비단과 금은을 후히 주사 '군후례(君侯禮)로 장사하라.' 하시고, 대군이 또한 비단 의복과 금은(金銀)을 내어 '염습(殮襲)[93]에 쓰라.' 하시고, 서로 보지 못한 정회로 글을 지어 '관에 넣으라.' 하시다.

각설(却說). 임장군의 나아오는 선성(先聲)이 고향에 이르니, 가내(家內)와 친척이 크게 즐기고 모든 친척과 아들 삼형제들이 바삐 경성에 이르니 벌써 졸(卒)하였는지라. 일행이 신체(身體)[94]를 붙들고 천지를 부르짖어 통곡하니, 행인도 낙루치 아닐 이 없더라. 상이 승지를 보내어 위문하시고, 대군이 친히 나아가 조문(弔問)하시며, 예관(禮官)을 보내며 '삼년 제사를 받들라.' 하시고, 일변 경업을 모해한 김자점이를 안치(安置)[95]하시고 그 당류(黨類)를 잡아 정배(定配)[96]하시다.

자점이 반심(叛心)을 품은 지 오래다가 절도(絶島)[97]에 안치하매 더욱 앙앙(怏怏)하여 불측지심(不測之心)[98]이 나타나거늘, 우의정 이시백이 자

90) 영구(靈柩): 시체를 담은 관.

91) 행행(行幸): 대궐 밖으로 거동함.

92) 어여삐: 불쌍히.

93) 염습(殮襲): 죽은 사람의 몸을 씻긴 뒤에 옷을 입히고 염포로 묶는 일.

94) 신체(身體): 갓 죽은 송장.

95) 안치(安置): 먼 곳에 보내 다른 곳으로 옮기지 못하게 주거를 제한하던 형벌.

96) 정배(定配): 죄인을 지방이나 섬으로 보내 정해진 기간 동안 그 지역 내에서 감시를 받으며 생활하게 하던 형벌.

97) 절도(絶島): 육지에서 아주 멀리 떨어져 있는 외딴섬.

98) 불측지심(不測之心): 괘씸하고 엉큼한 마음.

점의 소위(所爲)[99]를 상달(上達)하되, 상이 대경하사 금부도사(禁府事)[100] 34
를 보내사 엄형(嚴刑) 국문(鞠問)[101]하신 후에 옥에 가두었더니, 이날 밤
에 일몽(一夢)을 얻으시니, 경업이 나아와 주왈,

"흉적 자점이 소신을 박살(搏殺)[102]하고 반심(叛心)을 품어 거의 일이 되오니 바삐 잡아 국문하옵소서."

하고 울며 가거늘, 상이 놀라 깨달으시니, 오히려 경업이 앞에 있는 듯한 지라. 상이 슬픔을 이기지 못하시더니, 날이 밝으매 자점을 올려 엄형 국문하시니, 자점이 복초(服招)[103]하여 전후 역심을 품은 일과 경업을 모해한 일을 개개(個個)이 승복하거늘, 상이 대로(大怒)하사 자점의 삼족(三族)[104]을 다 내어 '저자[105] 거리에서 쳐 죽이라.' 하시고, '그 동류를 다 문죄(問罪)하라.' 하시며, 경업의 자식들을 불러 하교(下教)[106] 왈,

"여부(汝父)가 자결한 줄로 알았더니, 여부가 꿈에 와 이르기를 '자점의 모해를 입어 죽었다.' 하기로 내어 주나니, 너희 □□ 원수를 갚으라."

하시니, 그 자식들이 백배 사은하고 나와 대성통곡(大聲痛哭) 왈, 35

"이놈, 자점아! 너와 무삼 불공대천지수(不共戴天之讎)[107]로 만리타국에 겨우 잔명을 겨우 보전하여 세자 · 대군을 모셔 와 국사에 진충갈력(盡忠竭力)[108]하거늘, 네 이렇듯 참소(讒訴)하여 모함하난다?"

---

99) 소위(所爲): 한 바의 행위.
100) 금부도사(禁府都事): 의금부에 속하여 임금의 특명에 따라 중한 죄인을 신문(訊問)하는 일을 맡아보던 종오품 벼슬.
101) 국문(鞠問): 국청(鞠廳)에서 형장(刑杖)을 가하여 중죄인(重罪人)을 신문하던 일.
102) 박살(搏殺): 쳐서 죽임.
103) 복초(服招): 문초를 받고 순순히 죄상을 털어놓음.
104) 삼족(三族): 부모, 형제, 처자를 가리킴.
105) 저자: 시장.
106) 하교(下教): 임금이 명령을 내림.
107) 불공대천지수(不共戴天之讎): 한 하늘 아래 함께 살 수 없는 원수.

하고, 장군의 영위(靈位)[109]를 배설(排設)하고, 비수(匕首)[110]를 들어 자점의 배를 갈라 오장(五臟)을 끊고 간(肝)을 내어 축문(祝文)[111]을 지어 임공(林公) 영위(靈位)에 고(告)하고, 다시 칼을 들어 흉격(胸膈)[112]을 점점이 깎아 맛보며 뼈를 즛마아[113] 꾸짖더라.

이날 밤에 상이 전전(輾轉)[114] 불편하시더니 비몽사몽간(非夢似夢間)에 임장군이 홍포(紅袍) 관대(冠帶)[115]에 학(鶴)을 타고 드러와 상께 사배(四拜) 왈,

"신이 원수를 갚지 못할까 하였삽더니, 오늘날 전하의 대덕(大德)으로[116] 역적을 소멸하시니, 신이 비로소 눈을 감을지라. 복망 전하는 만
36 수무강하소서."

하고, 통곡하며 나가거늘, 상이 깨달으사 탄식 왈,

"과인이 불명(不明)하여 주석지신(柱石之臣)[117]을 죽였으니 어찌 통한치 아니하리오?"

하시고, 임경업의 집을 정문(旌門)[118]하사 달내[119]에 서원(書院)을 세워 임경업의 화상(畫像)을 걸어 혈식천추(血食千秋)[120]하게 하고, 그 동생을 불러 벼슬을 주시니, 굳이 사양하고 받지 않는지라. 병조(兵曹)에 하교하

---

108) 진충갈력(盡忠竭力): 충성을 다하고 힘을 다함.
109) 영위(靈位): 상가(喪家)에서 모시는 혼백이나 가주(假主)의 신위.
110) 비수(匕首): 날이 예리하고 짧은 칼.
111) 축문(祝文): 제사 때에 읽어 신명(神明)께 고하는 글.
112) 흉격(胸膈): 심장과 비장 사이의 가슴 부분.
113) 즛마아: 짓빻아.
114) 전전(輾轉): 누워서 이리저리 몸을 뒤척임.
115) 홍포(紅袍) 관대(冠帶): 홍포와 관대 모두 벼슬아치가 입던 공복(公服).
116) 원문은 이 대목이 중복되었음.
117) 주석지신(柱石之臣): 나라에 중요한 구실을 하는 신하.
118) 정문(旌門): 충신, 효자, 열녀들을 표창하기 위하여 그 집 앞에 세우던 붉은 문.
119) 달내: 달천(達川). 충청북도 충주시를 흐르는 강 이름.
120) 혈식천추(血食千秋): 나라에서 지내는 제사가 오래도록 끊이지 아니함.

사 '경업의 자손을 대대(代代)로 조용(調用)[121]하라.' 하시고, 어필(御筆)로 □□□□□□□ 그 자손을 중작(重爵)을 주시니라.

차시(此時) 경업의 처 이씨 장군의 죽음을 듣고 통곡 왈,

"장군이 천고에 명장이 되시니, 내 어찌 열녀가 아니되리오?"

하고 자결하니, 상이 들으시고 아름다이 여기사, '달내서원[達川書院]에
열녀비를 세우라.' 하시니, 경업의 두 동생과 셋째 아들은 공명을 □□
하고 산중에 들어가 송림간(松林間)에 있어 농업(農業)을 힘쓰고, 양자(兩
子)는 입조(立朝)[122]하여 벼슬이 국□에 이르고 슬하에 자손이 선선(詵 37
詵)[123]하여 다 출장입상(出將入相)하여 계계승승(繼繼承承)하여 대대(代
代)로 공명이 떠나지 않더라.

세(歲) 경자(庚子) 정월일(正月日) 향수동 서(書)

---

121) 조용(調用): 벼슬아치로 등용함.

122) 입조(立朝): 벼슬에 오름.

123) 선선(詵詵): 자손이 많고 번창함.

정을선전

정을선전 해제

1.

「정을선전」은 많은 필사본이 남아있고, 또 활판본으로도 여러 번 출판되었던 인기 있는 작품이다. 이 책에서 우리가 교주한 대본은 현재 일본의 동양문고에 소장되어 있는 책이다. 전체 3권 3책으로 1권 31장, 2권 31장, 3권 30장이고, 매면 11행, 매행 13~15자로 되어 있다. 3권 모두 '셰을ᄉ삼월일향목동셔'라는 간기(刊記)가 있어서, 이 책이 을사년(1905) 3월에 현재 서울시 중구 을지로 입구쯤에 있던 세책집에서 빌려주던 세책이었음을 알 수 있다. 「정을선전」 연구에서 이 동양문고본은 아직까지 본격적으로 거론되지 않았다. 여기서는 동양문고본의 줄거리를 요약하고 「정을선전」의 특징을 간단히 서술하기로 한다.

2.

동양문고본 「정을선전」의 줄거리는 다음과 같다.

중국 송나라 인종황제 시절에 좌승상 정시랑이 오랫동안 자식이 없다가 아들 을선을 낳았다. 정승상의 친구인 우승상 유한성도 오랫동안 자식이 없다가 딸 춘연을 낳는다. 그러나 딸을 낳은 최씨부인은 생남하지 못함을 한하여 해산한지 3일 만에 세상을 뜨고 만다. 유승상은 수년 후 노씨를 후실로 들였는데, 노씨는 춘연을 심히 박대한다.

유승상은 소인의 참소를 입어 낙향하여 지내던 중 회갑을 맞이하여 정승상을 초대한다. 정승상은 아들 을선을 데리고 유승상을 찾아 며칠을 머물게 되었는데 을선은 우연히 후원에서 그네 뛰는 춘연을 보고 사랑에 빠진다. 집에 돌아온 을선이 상사병이 들어 거의 죽게 되자, 유승상의 딸 때문이란 것을 안 부친이 매파를 보내어 청혼하여 두 사람의 혼인을 정한다.

그때 천자가 태평과를 배설하니 정을선이 과거에 장원하여 태학사 겸 어사태우 이부시랑에 봉해진다. 천자가 사랑하는 조왕이 을선에게 청혼하나 을선은 춘연과 정혼한 사실을 고하고 이를 거부한다. 한편 춘연의 계모 노씨는 춘연을 죽일 음모를 꾀하나 춘연은 유모의 도움으로 죽음을 면하고 혼례일을 기다린다. 그러나 혼례를 치른 첫날밤에 계모 노씨의 음모에 속아 을선은 춘연에게 정부가 있다고 의심하고 노하여 돌아가고, 춘연은 자신의 억울함을 적삼에 혈서로 쓰고 자결한다.

계모 노씨는 천지신명의 노여움으로 벌을 받아 죽고 노씨의 자녀 역시 죽는다. 그 후로 춘연의 곡성을 들은 자는 모두 죽게 되니 한 마을의 백성이 거의 죽게 되었고, 이로 인해 유승상도 병들어 기세했다. 춘연의 원혼은 밤마다 유모 부부의 집에서 있다가 닭이 울면 처소로 돌아간다. 여기까지가 1권이다.

집으로 돌아온 정을선이 그간의 일을 천자에게 고하니, 천자는 을선을 조왕의 딸과 혼인시키고 정을선을 좌승상, 부인을 정렬부인에 봉한다. 이때 익주자사가 장계를 올려 익주의 피폐해짐과 춘연의 일을 고하니 을선이 순무도어사를 자청하여 유승상 부중에 이르게 된다. 을선은 춘연의 유모를 만나 춘연이 혈서로 쓴 적삼을 보고 비로소 자신의 잘못을 깨닫게 된다. 이 이야기를 들은 천자는 춘연을 충렬부인에 봉한다. 춘연의 원혼을 만나게 된 을선은 춘연을 다시 살리기 위해 금성산 옥륜동을 찾아가 금성진인에게서 약을 구해온다. 다시 살아난 춘연은 시모와 조씨를 극진히 대하나 조씨는 춘연을 원비로 삼은 것을 원망하고 춘연을 해할 생각을 한다.

조씨는 유씨(춘연)에게 쏠리는 정을선의 사랑을 시기하던 중 유씨가 잉태하자 해칠 마음이 더해간다. 그때 서융이 침략하여 조정에서는 정을선을 대원수로 삼아 출전시킨다. 조씨는 이 기회를 틈타 유씨를 해할 음모를 꾀하고, 시어머니는 조씨의 음모를 알아차리지 못하고 유씨를 음녀로 몰아 내옥에 가둔다. 이에 유씨가 자결하려 하자 시비 금섬의 만류로 목숨을 보전한다. 이상이 2권의 내용이다.

집으로 돌아온 금섬은 유씨를 구하기 위해 유씨의 서간을 자신의 오라버니에게 주어 정을선의 진중에 보내고, 시비 월매에게 내옥의 열쇠를 훔쳐오게 한 후 유씨를 내보내고 유씨의 옷을 입고 대신 죽는다. 금섬이 대신 죽은 것을 알게 된 시어머니는 월매를 문초하나 월매는 발설치 않고 옥에 갇힌다. 월매의 인도로 지함 속에 숨어있던 유씨는 해산했으나 여러 날 주림으로 죽을 고비에 이른다.

금섬의 오라버니에게서 서간을 받은 을선이 홀로 말을 달려와서 조씨에게 형벌을 당하던 월매를 구하고, 지함 속에 있던 유씨를 구한다. 그리고 조씨의 모함을 낱낱이 밝혀내고 천자에게 이런 사정을 고하니 천자는 조씨에게 자결하라는 명을 내린다. 이에 집으로 돌아온 을선은 조씨에게 사약을 내리고, 조씨의 간계에 동참한 시비를 죽인다.

그 후 월매는 유씨의 권유로 을선의 총첩이 된다. 정을선과 유씨는 무궁한 영화를 누리다가 한날 한시에 죽음을 맞이하고, 자손 역시 대대로 부귀 복록을 이었다.

3.

「정을선전」은 후기 가정소설에 속하는 작품이라고 보는 견해가 일반적이다. 지금까지는 대체로 전반부는 계모형 가정소설, 후반부는 쟁총형 가정소설의 면모를 보인다고 얘기해왔다. 그리고 작품 전체에서 다른 가정소설과는 달리 남녀 주인공인 을선과 춘연의 애정 성취를 위한 적극적 자세가 두드러진다고 보았다. 기존의 연구에서는 이러한 「정을선전」의 특징을, 중세적 질서나 규범이 약화되거나 와해되어 가는 과정에서 개인적인 가치를 추구하는 당대 사회의 이념이 소설에 반영된 것으로 보았다. 이런 점은, 중세적 세계와 질서를 하나의 큰 규범으로 하는 군담소설에서도 후기의 작품으로 갈수록 개인적 가치인 애정성취가 더욱 중시되는 방향으로 가고 있다는 것과도 상통하는 점이다. 소설사의 전개에서, 군담소설과 가정소설 다음에 애정소설이 자리한다는 것은 애정소설이 중세 이념의 쇠퇴라는 사실과 관련지어 볼 수 있게 한다.

이와 같은 고소설 해석은, 고소설이 통속문예물이라는 점에 초점을 맞춘 것이 아니라 추상적으로 설정한 사회의식에 고소설의 사적 전개를 꿰어맞춘 것이라고 하겠다. 「정을선전」의 해석에 있어서도, 먼저 이 작품이 나온 구체적 시기를 어느 정도 한정할 필요가 있고, 다음으로 전반부와 후반부의 각기 다른 유형의 이야기가 붙어 있는 점을 잘 살펴보는 것이 좋을 것이다. 시기를 추정하는 데 있어서, 방각본 이본이 보이지 않는 점을 참고할 수 있을 것이고, 몇 가지 이야기를 적당히 연결하는 고소설의 창작방식에 관심을 가질 필요가 있다. 「정을선전」은 순전히 오락물이다. 이러한 오락물의 유통은 전적으로 상업적 출판과 관련되는 것이므로, 「정을선전」의 창작과 유통은 고소설의 상업적 유통의 중심에 누가 있었나 하는 점과 연관이 있을 것이다.

정을선전 권지일

화설(話說).[1] 대송(大宋) 인종황제(仁宗皇帝)[2] 시절에 황성(皇城) 동문 1
(東門) 밖에 일위(一位) 명환(名宦)[3]이 있으니 성은 정이요, 명은 치공[4]이
라. 사람되옴이 옥인군자(玉人君子)요, 문필(文筆)이 일세(一世)에 유명하
더라. 일찍이 용문(龍門)[5]에 올라 차차 벼슬이 높아 좌승상(左丞相)의 위
망(位望)[6]이 융융(融融)[7]하여 조야(朝野)가 흠앙(欽仰)[8]하더라. 사중(舍中)
에 부인 경씨로 더불어 동주(同住)[9] 수십 년에 금슬종고지락(琴瑟鐘鼓之
樂)[10]이 흡연(洽然)[11]하나 슬하에 농장지경(弄璋之慶)[12]이 없으니, 공과

---

1) 화설(話說): 고소설에서 이야기의 첫머리 또는 말머리를 돌릴 때 쓰던 말.
2) 인종황제(仁宗皇帝): 1022~1063년까지 재위한 중국 송(宋)나라 황제.
3) 명환(名宦): 명성이 높은 벼슬아치.
4) 치공: 원문에는 '시랑'으로 되어 있으나, 권1 제17장 및 서울대본 등을 참조하여 '치공'으로 고침.
5) 용문(龍門): 중국 황하(黃河) 상류의 급류를 이루는 곳으로, 고기가 이 곳을 오르면 용이 된다는 고사에서 입신출세에 연결되는 어려운 관문이나 시험을 이름.
6) 위망(位望): 지위와 명망.
7) 융융(融融): 길고 화평함.
8) 흠앙(欽仰): 공경하여 우러러 사모함.
9) 동주(同住): 함께 삶.
10) 금슬종고지락(鐘鼓之樂): 금(琴)과 슬(瑟), 종과 북을 치며 즐긴다는 뜻으로 부부 사이의 화목한 정을 이르는 말.
11) 흡연(洽然): 매우 흡족함.
12) 농장지경(弄璋之慶): 아들을 낳은 즐거움. 아들을 낳으면 규옥(圭玉)으로 만

부인이 매양 근심하더니, 삼십이 넘은 후 부인이 잉태하여 일자(一子)를 생(生)하니 위인(爲人)이 비범하니, 승상이 극히 귀중하여 이름을 을선이라 하고, 자(字)를 봉룡이라 하다.

승상이 한낱 절친한 붕우(朋友)가 있으니 성은 유요, 명은 한성이니,
명망이 조야(朝野)에 가득하고 부귀 일세에 으뜸이라. 벼슬이 우승상(右
丞相)에 이르니 그 부인 최씨 현숙하여 승상 섬기기를 극진 공경하고 일
가(一家)를 화우(和友)하니, 그 부인의 성행(性行)[13]을 뉘 아니 칭찬하리
2 오? 유문에 입승(入承)[14]한 지 수십에 홀연 태기 있으니, 승상과 일문(一
門)이 생남(生男)하기를 바라더니, 십삭(十朔)이 차매 일개(一個) 옥녀(玉
女)를 생하니, 승상이 기뻐 친히 향수(香水)에 아해(兒孩)를 씻겨 눕히매,
부인이 그제야 비로소 인사(人事)를 차려 여아를 생한 줄 알고 가로대,

"우리 자식이 없음을 한하더니, 늦게야 생산하매 남자가 아니요 여아를 낳으니 후사(後嗣)[15]를 뉘게 전하리오?"

하고, 식음을 전폐하고 탄식하기를 마지않으니, 승상이 위로 왈,

"우리 무자(無子)하다가 늦게야 딸이라도 낳으매 귀함이 칭량(稱量)[16]없고 이후(以後)에 남자를 낳을 것이니, 부인은 근심치 마소서."

하고 만단개유(萬端開諭)[17]하되, 종시(終是) 듣지 아니하고 이로 병이 되어 일지 못하고 삼 일 만에 세상을 버리니, 승상이 크게 슬퍼하여 길지(吉地)를 택하여 안장(安葬)하고, 시비(侍婢) 춘단으로 유모를 정하여 '유아(乳兒)를 보호하라.' 하니, 아해 이름은 춘연이라 하다. 춘연 소저가 점점 자라매, 승상이 부인을 생각하고 소저의 비범함을 사랑하여 장중보옥

든 구슬의 덕을 본받으라는 뜻으로 구슬을 장난감으로 주었다는 데서 유래함.

13) 성행(性行): 성품과 행실.

14) 입승(入承): 여성으로서 결혼하여 남편의 가문에 들게 됨.

15) 후사(後嗣): 대를 잇는 자식.

16) 칭량(稱量): 사정이나 형편 따위를 헤아림.

17) 만단개유(萬端開諭): 여러 가지로 타이름.

(掌中寶玉)[18]같이 기르더라. 3

세월이 여류(如流)하여 수년이 지나매, 승상이 홀로 있지 못하여 노씨를 후실(後室)로 취하니, 노씨의 위인(爲人)이 심히 불인(不仁)하여 승상 섬김을 예로 못하고, 일가친척과 노복을 박대(薄待) 태심(太甚)하며 외친내소(外親內疏)[19]하니, 겸하여 전실(前室) 딸 춘연 소저의 신세야 일러 무엇하리오? 승상의 보는 데는 사랑하는 체하나 없으면 치기를 노예같이 하니, 춘연 소저 슬픔을 이기지 못하여 매양 그 모친의 기일(忌日)[20]을 당하면 땅을 두드리고 하늘을 우러러 통곡하니 산천초목(山川草木)이 다 슬퍼하는 듯하더라. 승상은 춘연이 이같이 슬퍼함을 모르니, 장부의 대체(大體)로움[21]이 이 같은지라.

세월이 여류하여 소저의 춘광(春光)이 삼오(三五)[22]에 이르매 효성과 덕행이 족히 고인을 따를지라. 승상과 계모 노씨를 지성으로 섬기니, 승
상의 사랑함이 비할 데 없어 일시도 슬하를 떠나지 못하게 하니, 노씨 이 4
를 보매 더욱 시기하여 가만히 꾸짖고 시비로 죽이기를 꾀하더라.

차시(此時)에 조정에서 유승상의 명망(名望)을 시오(猜惡)하여[23] 소인이 천자(天子)께 참소(譏訴)[24]하니, 상(上)이 노하사 유공의 관직을 삭탈(削奪)하여 전리(田里)에 내치시니, 승상이 가연히[25] 용전(龍殿)[26]에 하직하고 향리(鄕里)로 돌아와 천위(天威)[27]를 못내 황공하여 죄를 기다리고,

---

18) 장중보옥(掌中寶玉): 손안에 있는 보배로운 구슬이란 뜻으로, 귀하고 보배롭게 여기는 존재.
19) 외친내소(外親內疏): 겉으로는 친한 체하면서 속으로는 멀리함.
20) 기일(忌日): 해마다 돌아오는 제삿날.
21) 대체(大體)로움: 큰 틀만을 생각함.
22) 삼오(三五): 열다섯 살
23) 시오(猜惡)하여: 시기하고 미워하여.
24) 참소(譏訴): 남을 헐뜯어서 죄가 있는 것처럼 꾸며 윗사람에게 고하여 바침.
25) 가연히: 미상.
26) 용전(龍殿): 임금이 있는 궁전.
27) 천위(天威): 제왕의 위엄.

춘연 소저를 무애(撫愛)하여 세월을 보내더니, 여러 해 지나매 승상의 회갑일(回甲日)을 당하였는지라. 황성에 기별하여 정승상을 청하니, 승상이 수삭(數朔) 말미[28]를 천자께 청하고, 아자(兒子) 을선을 데리고 여러 날 만에 익주(益州)에 득달하여 유승상 부중(府中)에 이르니, 유승상이 나와 맞아 그 손을 잡고 누년(累年) 그리던 회포를 일컫고 권권(眷眷)[29]하는 정을 이기지 못하며 을선을 불러 앞에 앉히고 은근히 사랑하여 왈,

"현계(賢契)[30] 나이 몇이나 되었나뇨?"

을선이 대왈(對曰),

"십오 세로소이다."

승상이 한숨짓고 왈,

"나의 여아와 동갑이로다."

하고 길이 탄식하기를 마지않으니, 정승상이 문왈(問曰),

"형은 아들이 없나니잇가?"

유승상이 답왈,

"후실에게 아들을 두었으나 아직 미거(未擧)[31]하여이다."

하고 불러 뵈니, 정승상이 보고 내념(內念)에 그 어질지 못함을 애달파하더라.

차시(此時)는 춘삼월(春三月) 망간(望間)[32]이라. 백화가 정히 만발한지라. 을선이 춘흥을 띠어 완경(玩景)코자 후원 화계(花階)[33]에 들어가니, 기이한 화초(花草)가 만발하여 향기가 코를 거스리거늘, 춘흥을 띠어 종

---

28) 말미: 일정한 직업이나 일 따위에 매인 사람이 다른 일로 말미암아 얻는 겨를.

29) 권권(眷眷): 항상 마음에 두고 연모하는 모양.

30) 현계(賢契): 어른이 자질(子侄)에 대하여, 또는 선생이 제자에 대하여 사용했던 애칭.

31) 미거(未擧): 철이 없고 사리에 어두움.

32) 망간(望間): 음력 보름.

33) 화계(花階): 꽃을 심기 위하여 흙을 한층 높게 하여 꾸며 놓은 꽃밭.

일토록 글을 지어 읊으며 두루 배회하더니, 문득 한 곳을 바라보니 담 안
에 늘어진 버들가지 흔들리거늘 자시 보니, 옥 같은 일위규수(一位閨秀) 6
가 녹의홍상(綠衣紅裳)으로 녹음 간에 추천(鞦韆)[34]을 희롱하거늘, 정생
이 몸을 수음(樹陰) 중에 감추고 자시 보니, 구름 같은 귀밑[35]에 아미(蛾眉)[36]를 다스리고, 섬섬옥수(纖纖玉手)[37]로 추천을 희롱하는 모양이 월궁항아(月宮姮娥)[38]가 요지(瑤池)[39]에 놀고 낙포선녀(洛浦仙女)[40]가 옥경(玉京)[41]에 오름 같은지라. 정공자가 한 번 바라보매 정신이 황홀하고 혼백(魂魄)이 비월(飛越)하여 나중을 보려하고 섰더니, 이윽하여 추천을 다하고 시비를 데리고 무삼 말을 자약(自若)히[42] 하거늘, 생이 족용(足容)을 가만히 하여 담 가까이 가 들으니, 한 시비가 이르되,

"밖에 오신 정공자는 천하에 보지 못하던 일색(一色)이라."

하니, 또 한 시비 가로대,

"우리 황성에 있을 제 고문대가(高門大家)[43]의 부귀 공자(公子)며 소
저(小姐)를 많이 보았으되, 우리 소저 같은 색덕(色德)을 보지 못하였더
니, 이제 정공자를 보니 우리 소저에게 조금도 지지 아닐러라." 7

소저가 정색(正色) 책왈(責曰),

---

34) 추천(鞦韆): 그네.

35) 귀밑: 귀밑머리를 가리킴.

36) 아미(蛾眉): 가늘고 길게 굽어진 아름다운 미인의 눈썹.

37) 섬섬옥수(纖纖玉手): 가냘프고 고운 여자의 손을 이르는 말.

38) 월궁항아(月宮姮娥): 달에 있는 궁에 산다는 아름다운 선녀.

39) 요지(瑤池): 중국(中國) 곤륜산(崑崙山)에 있다는 못. 신선(神仙)이 살았다고 하며, 주(周)나라 목왕(穆王)이 서왕모(西王母)를 만났다는 이야기로 유명함.

40) 낙포선녀(洛浦仙女): 낙포의 선녀인 복비(宓妃)를 말함. 낙포는 중국 낙수(洛水) 가의 땅 이름이며, 복비는 복희씨의 딸로 낙수에 빠져 죽은 뒤 낙수의 귀신이 되었다고 함.

41) 옥경(玉京): 하늘 위에 옥황상제가 산다고 하는 가상적인 공간.

42) 자약(自若)히: 보통 때처럼 침착하게.

43) 고문대가(高門大家): 부귀하고 지체가 높으며 대대로 부귀를 누리는 이름난 집안.

"너희 어찌 내 앞에서 외인의 말을 난잡하게 하난다?"

하고 양시비(兩侍婢)를 데리고 정자로 들어가니 형적이 없는지라.

정생이 차경(此境)을 보매 정신이 호탕하여 인하여 양류(楊柳) 아래 앉아 글을 지어 읊으니 하였으되,

> 하늘이 만물(萬物)을 내시매 다 각각(各各) 쌍이 있도다.
> 추칠월(秋七月) 녹음간(綠陰間)에 부안(鳧鴈)[44]은 쌍쌍이 왕래(往來)하니,
> 나 정을선이 마음을 정(定)치 못하리로다.

하였더라. 생이 무엇을 잃은 듯하여 좌우를 고면(顧眄)[45]하며 발광(發狂)을 할 즈음에 일락서산(日落西山)하고 월출동령(月出東嶺)하는지라. 하릴없어 이에 아연(啞然)[46]히 들어가 홀로 등촉을 대하여 앉아 아까 추천하던 미인을 생각하니 어찌 잠을 이루리오? 괴로이 밝기를 기다려 또 후원에 들어가 바라보니, 어제 보던 미인이 형용이 없어 추천 줄이 움직이지
8 아니하는지라. 바람이 불어 나뭇가지가 흔들리면 행여 추천하는가 어허보고,[47] 녹음 속에 새소리 나면 그 소저의 음성인가 하여 날이 저무도록 기다리되 형적이 없는지라. 하릴없어 돌아와 수색(愁色)이 만안(滿顔)하니 승상이 아자를 보고 문왈,

"너는 어디 갔다가 이제야 온다?"

을선이 대왈,

"후원의 화초를 구경하러 갔삽다가 시흥(詩興)을 띠어 글을 지어 읊다가 어두움을 모르고 이제야 오니이다."

---

44) 부안(鳧鴈): 기러기.
45) 고면(顧眄): 잊을 수가 없어 돌아 봄.
46) 아연(啞然): 어이가 없어서 말을 못하는 모양.
47) 어허보고: 엿보고.

승상이 그렇게 여기나 가장 괴히 여기더라.

이날 밤에 혼자 누워 원중(園中) 미인을 생각고 혼자 말로 이르되, '작일(昨日) 보던 유소저는 귀신이 아니면 천상선녀가 하강하였는지라. 금세에 아무리 고운 사람이 있은들 어찌 그대도록 고우리오.' 이렇듯 사상(思想)[48]하매 그 아리따운 태도가 눈에 암암(暗暗)[49]하고 그 옥성(玉聲)이 귀에 쟁쟁(錚錚)하여 촌장(寸腸)을 녹이는 듯 전전반측(輾轉反側)[50]하더니, 날이 밝거늘 정신을 가다듬어 소세(梳洗)를 일찍 하고 부친과 유공께 뵈온대, 정공이 문왈(問曰),

"네 어디를 앓는다? 어찌 얼굴이 수척하였나뇨?" 9

을선이 대왈(對曰),

"여러 날 바람도 쏘이고 객지에서 집을 생각하오니 자연 그러하여이다."

유공이 가로대,

"어린아이 집을 떠난 지 오래니, 자연 집도 생각하고 모친을 보고자 하여 수심하난도다."

승상이 이날로부터 아자를 데리고 있어 문밖을 나지 못하게 하며 길을 차려 떠나려 하니, 을선이 내념(內念)에 생각하되, '이 곳에서 황성(皇城)이 천여 리라. 한 번 가면 형영(形影)이 묘연(杳然)하리니 그 미인의 그림자도 얻어보지 못할지라. 어찌하면 좋을꼬.' 하여 이렇듯 사상(思想)하더니, 이러구러[51] 유공의 수연(壽宴)[52]을 지내고 육칠 일 후에 떠날새, 을선이 하릴없어 유공께 하직하고 길에 올라 여러 날 만에 황성에 이르니, 그 모친이 문에 나와 승상과 을선을 맞아 들어오며 원로(遠路)에 평안히 다녀오심을 치하하고, 을선의 손을 잡아 그 사이 그리던 회포를 펼새, 을선

48) 사상(思想): 그리워하며 생각함.

49) 암암(暗暗): 기억에 남은 것이 눈앞에 어른거림.

50) 전전반측(輾轉反側): 누워서 몸을 이리저리 뒤척이며 잠을 이루지 못함.

51) 이러구러: 이럭저럭 시간이 지나는 모양.

52) 수연(壽宴): 장수(長壽)를 축하하는 잔치로 보통 환갑잔치를 이름.

10 의 얼굴에 병색이 있거늘, 부인이 대경(大驚) 문왈,

"네 얼굴이 어찌 저대도록 수척하였나뇨?"

을선이 대왈,

"소자가 여러 날 행역(行役)[53]에 자연 구치(驅馳)[54]하여 그러하여이다."

하고, 침소에 돌아와 금침(衾枕)[55]에 눕고 일지 못하여 병세 날로 위중하니, 승상과 부인이 황황망극(遑遑罔極)[56]하여 의약으로 구병(救病)하며 하늘께 축수(祝手)하여 왈,

"하느님이 을선을 내시거든 길이 백 세를 살게 내시거나, 어찌 이팔(二八)이 못 되어 죽기에 이르렀으니 무삼 일이니잇고? 을선의 대신으로 우리를 죽게 하소서."

하며 빌기를 마지않으니, 승상이 을선의 침소에 나아가 병세를 자세히 살피매, 필연 사람으로 말미암아 난 병증(病症)이라. 은근히 물어 가로대,

"부자지간(父子之間)에 무삼 말을 은휘(隱諱)[57]하리오? 너의 병세를 보니 필연 곡절이 있음이라. 조금도 은휘치 말고 자세히 이르라."

11 하고 재삼 물으니, 을선이 마지못하여 고(告)하되, 소자가 과연 익주(益州)에 갔을 때에 유승상 후원에 가 꽃을 구경하옵다가 그 집 낭자의 추천하는 양을 보고, 불초(不肖)[58]하온 마음에 자연 방탕하여 글 지어 읊은 말과, 밤이면 심신이 산란하여 잠을 이루지 못하던 말과, 그 이튿날에 다시 후원에 가 보기를 구하되 종일토록 소저의 모양을 볼 길이 없사오매,

---

53) 행력(行役): 여행함.
54) 구치(驅馳): 힘껏 일함.
55) 금침(衾枕): 잠자리.
56) 황황망극(遑遑罔極): 어쩔 줄을 모르고 급하게 허둥거림.
57) 은휘(隱諱): 꺼리어 숨김.
58) 불초(不肖): 못나고 어리석음.

자연 오매불망(寤寐不忘)[59]하여 인하여 침병(寢病)[60]한 사연을 자시 아뢰고 죄를 청하니, 공이 청파(聽罷)에 꾸짖어 왈,

"네 그러하면 일찍 나더러 이르지 아니하고 병이 깊어 부모의 근심
이 되게 하나뇨? 그때에 유공이 너를 보고 극히 사랑하매, 내 구혼코자
하되, 유공 정실(正室) 부인이 비록 현철(賢哲)[61]하나 딸을 낳은 지 삼
일 만에 기세(棄世)하였으니, 소저가 어찌 그 모친의 숙덕(淑德)을 효칙
(效則)하였으며, 유공 후실의 딸이 비록 자색(姿色)이 있다 하나 그 모
친 노씨를 닮아 어질지 못하다 하고, 그 동생이 다 불초(不肖)하매 내 12
의려(疑慮)[62]하여 구혼치 아냤더니, 이제 네 병이 저렇듯 하니 그 집과
혼인하기 무엇이 어려우리오? 너는 조금도 염려 말고 심사(心思)를 풀
어 근심을 놓으라. 그 집 낭자가 전후실(前後室)에 하나씩이니, 어느
소저가 추천하였는지 네 자세히 아느냐?"

을선이 대왈,

"소자가 지식이 천박하오나 조중봉황(鳥中鳳凰)[63]과 수중기린(獸中麒麟)[64]을 몰라 보리잇가? 그 소저의 용안(容顏)이 절세(絶世)하고 외모에 덕기(德氣) 은은하며 나이 이팔이 되어 뵈니, 아마도 유승상의 정실(正室)의 딸인가 싶으더이다."

공이 즉시 유승상에게 구혼하는 편지를 보낼새, 매파(媒婆)[65]를 불러 분부하되,

"네 유승상 부중(府中)에 가 글월을 드리고 그 댁 소저를 자시 보고

---

59) 오매불망(寤寐不忘): 자나 깨나 잊지 못함.

60) 침병(寢病): 병으로 앓아누움.

61) 현철(賢哲): 어질고 사리에 밝음.

62) 의려(疑慮): 의심하고 염려함.

63) 조중봉황(鳥中鳳凰): 새 중에 가장 뛰어난 봉황이란 말로 훌륭한 인물을 가리킴.

64) 수중기린(獸中麒麟): 짐승 중에 가장 뛰어난 기린이란 말로 훌륭한 인물을 가리킴.

65) 매파(媒婆): 혼인을 중매하는 노파.

정혼(定婚)하라."

매파가 청령(聽令)하고 길을 떠날새, 을선이 매파를 불러 왈,

13 "그 댁의 소저가 둘이니 그 중에 외모(外貌)가 절세하고 나이 삼오
는 되어 뵈는 소저가 나의 사상(思想)하는 바니, 부디 차혼(此婚)이 성
전(成全)하게 하면 후일에 공을 중(重)히 갚으리라."

천만 부탁하니, 매파가 하직하고 즉시 행장(行裝)을 차려 여러 날 만에
익주에 득달하여 유승상 집에 들어가 글월을 올리고 온 연유를 고한대,
승상이 글월을 보고 대희하여 허혼(許婚)하고 매파를 '내당으로 들어가
라.' 하거늘, 매파가 승명(承命)하고 안으로 들어가니, 차시(此時) 노씨 전
일 정공자의 아름다운 말을 들었는지라. 사위 삼기를 바라던 차에 매파
의 온 말을 듣고 즉시 저의 딸을 단장(丹粧)을 다스려 보게 하온대, 매파
가 부인께 뵈옵고 소저를 보니, 얼굴은 비록 고우나 숙덕(淑德)이 없는지
라. 차(次) 소저인 줄 알고 이에 최부인 소생 소저 봄을 청하니, 노씨 마
지못하여 춘연 소저를 불러 보게 하니, 매파가 눈을 들어 보매, 그 소저
14 단장도 아니하고 의복이 누추하고 다만 유모 일인(一人)이 뫼셔 나오니,
형산백옥(荊山白玉)이 진토(塵土)에 묻힌 듯, 가을 달이 흑운(黑雲)에 쌓
였는 듯, 정정요요(貞靜夭夭)[66]한 태도가 황홀 찬란하여 폐월수화지태(蔽
月羞花之態)[67]와 침어낙안지용(沈魚落雁之容)[68]이 있으며 외모에 덕기
(德氣) 나타나니, 현숙하되 잠깐 초년(初年)에 기구한 운액(運厄)이 있을
지라. 매파가 일견(一見)에 크게 기꺼하나 다만 초년 팔자가 순(順)치 못
함을 미흡하여, 이에 부인께 하직하고 외당에 나와 승상께 뵙고 최부인
의 낳으신 바 장소저로 정혼하고 이에 하직하니, 승상이 대희하여 상사

---

66) 정정요요(貞靜夭夭): 아름답고 행실이 바르고 성질이 조용함.

67) 폐월수화지태(蔽月羞花之態): 달을 가리고 꽃을 부끄럽게 할 정도로 매우 아름다운 여자의 자태.

68) 침어낙안지용(沈魚落雁之容): 미인을 보고 물고기는 부끄러워 물 속으로 들어가고 기러기는 부끄러워서 땅에 떨어진다는 뜻으로 미인의 용모를 형용하는 말.

(賞賜)를 후히 하고 사주(四柱)[69]를 재촉하여 보냄을 당부하더라.

매파 여러 날 만에 황성(皇城)에 득달하여 승상께 뵈옵고 최부인 소생지녀(所生之女)로 정혼하고 온 말씀을 자세히 고하며, 노씨 처음에 저의 소생(所生)으로 먼저 보이던 말씀을 아뢰니, 승상이 신부의 현숙함을 듣고 불승대희(不勝大喜)하여 이에 을선더러 정혼한 수말(首末)을 이르고, '차후는 마음을 놓아 병을 조리(調理)하라.' 하니, 을선이 황공감은(惶恐感恩)하여 백배사례(百拜謝禮)하고 이날부터 희기(喜氣) 만안(滿顔)하여 십여 일 만에 완인(完人)[70]이 되니, 승상이 더욱 기뻐 사주를 적어 택일하여 보내니 십여 일이 격하였더라.

차시(此時) 나라가 태평하고 시절이 연풍(年豐)하니, 천자가 태평과(太平科)[71]를 배설하여 인재를 뽑으실새, 을선이 과거 기별을 듣고 이에 글공부를 주야 힘써 아무쪼록 계화(桂花)를 꺾어[72] 입신(立身)하기를 축수하더니, 과일(科日)이 다다르매 천하 선비 구름 모이듯 할새, 정을선이 이에 과구(科具)[73]를 차려 가지고 궐내(闕內)에 들어가 만인총중(萬人叢中)에 섞여, 글제를 보고 시지(試紙)를 펼치고 용연(龍硯)[74]에 먹을 갈아 황모필(黃毛筆)[75]에 흠씩 묻혀 일필휘지(一筆揮之)[76]하여 일천(一天)[77]에 바치니, 차시 천자가 친히 시관(試官)이 되사 문무제신(文武諸臣)으로 글을 꼬느실새,[78] 여러 장(張)을 보시되 용심(龍心)[79]에 합당한 글이 없어

---

69) 사주(四柱): 사람이 태어난 연월일시(年月日時)의 네 간지(干支).

70) 완인(完人): 병이 완전히 나은 사람.

71) 태평과(太平科): 나라에 축하할 만한 일이 있을 때 보는 과거.

72) 계화(桂花)를 꺾어: 장원급제(壯元及第)하여.

73) 과구(科具): 과거 보는 데 필요한 도구.

74) 용연(龍硯): 용을 아로새긴 벼루.

75) 황모필(黃毛筆): 족제비의 꼬리털로 맨 붓.

76) 일필휘지(一筆揮之): 글씨를 단숨에 죽 내리 씀.

77) 일천(一天): 과거를 보거나 여럿이 모여 한시(漢詩) 따위를 지을 때에 첫째로 글을 지어 바치던 일

78) 꼬느실새: 잘되고 잘못된 것을 따져서 평가하실새.

인재 없음을 탄식하시더니, 최후에 한 장 글을 보시니 문필(文筆)이 만고
16 의 문장이라. 성심(聖心)이 대열(大悅)하사 자시 보시니 용사비등(龍蛇飛騰)[80]하고 귀귀주옥(句句珠玉)[81]이라. 이에 장원(壯元)을 제수(除授)[82]하시고 피봉(皮封)[83]을 떼어 보시니, '좌승상 정치공의 자(子) 을선'이라 하였거늘, 천자가 즉시 정승상을 명초(命招)[84]하시고 을선을 부르시니, 차시 정공이 아자(兒子)를 장중(場中)에 보내고 방문(榜文)을 기다리더니, 마침 황문(黃門)[85]이 이르러 천자가 패초(牌招)하시는 조서(詔書)를 드리거늘, 승상이 놀라 즉시 북향사배(北向四拜)[86]하고 조서를 받자온 후 궐중(闕中)에 들어가 복지(伏地)하온대, 상이 인견(引見)하사 승상의 손을 잡으시고 왈,

"짐이 경(卿)을 못 본 지 누일(累日)[87]이라. 매일 사모하더니 금일 경을 보니 더욱 반갑도다."

승상이 복지 주왈,

"신(臣)이 천안(天顔)[88]을 뵌 지 오래되, 천한 나이 많사와 죄중(罪中)에 있삽더니, 황명(皇命)이 이렇듯 하오니 더욱 황공무지(惶恐無地)로소이다."

천자가 위로하사 왈,

"경의 아들이 몇이뇨?"

---

79) 용심(龍心): 임금의 마음을 이르는 말.

80) 용사비등(龍蛇飛騰): 용이 살아 움직이는 것같이 아주 활기 있는 필력을 이르는 말.

81) 귀귀주옥(句句珠玉): 글귀마다 주옥과 같이 아름다움.

82) 제수(除授): 천거에 의하지 않고 임금이 직접 벼슬을 내리던 일.

83) 피봉(皮封): 겉봉.

84) 명초(命招): 임금의 명으로 신하를 부름.

85) 황문(黃門): 내시(內侍).

86) 북향사배(北向四拜): 임금이 계신 북쪽을 향해 네 번 절함.

87) 서울대본에는 '수월'로 되어 있음.

88) 천안(天顔): 임금의 얼굴.

승상이 복지 주왈,

"신의 나이 오십에 용렬(庸劣)[89]한 자식 하나를 두었나이다."

천자가 칭찬하시고 시지를 내어 주시며 왈,

"이 글이 경의 아들의 글이냐?" 17

승상이 사배(四拜) 주왈(奏曰),

"미거(未擧)[90]한 자식을 잘 가르치지 못하였삽더니, 폐하의 칭찬하심을 듣자오니 도리어 황감(惶感)하여이다."

상이 을선을 부르사 진퇴(進退)[91]하시고 가까이 인견(引見)하시니, 을선이 황은(皇恩)을 감축하온대, 상이 칭찬하사 왈,

"범의 새끼 개 되지 않는단 말이 경을 두고 이른 말이로다."

하시고, 을선의 글을 다시 보시니 충효가 나타나고, 얼굴에 일월정기(日月精氣)를 띠었으니 짐짓[92] 국가의 주석지신(柱石之臣)[93]이 될지라.

천심(天心)이 대열하사 이에 정치공으로 초왕(楚王)을 봉(封)하시고, 을선으로 태학사(太學士)[94]를 하이사 어사태우(御史大夫) 이부시랑(吏部侍郎)을 겸하여 제수하시고, 어주(御酒)를 사급(賜給)하시며, 청홍쌍개(青紅雙蓋)[95]와 어전풍류(御前風流)[96]와 천금준마(千金駿馬)를 주시고 총애하심이 극(極)하시니, 초왕과 시랑이 천은을 숙사(肅謝)[97]하고 궐문 밖에 나

---

89) 용렬(庸劣): 사람이 변변하지 못하고 졸렬함.

90) 미거(未擧): 분별이 없고 사리가 없음.

91) 진퇴(進退): 과거 급제하고 처음으로 임금에게 인사를 드리는 것을 받음.

92) 짐짓: 과연, 진실로.

93) 주석지신(柱石之臣): 나라에 중요한 구실을 하는 신하.

94) 태학사(太學士): 홍문관의 으뜸 벼슬.

95) 청홍쌍개(青紅雙蓋): 청색과 홍색으로 된 화려하게 장식한 두 개의 의장용 일산(日傘).

96) 어전풍류(御前風流): 임금의 앞에서 베푸는 풍류를 이르던 말.

97) 숙사(肅謝): 숙배(肅拜)와 사은(謝恩)을 함께 이르는 말. 새 벼슬에 임명되어 처음으로 출근할 때 먼저 대궐에 들어가서 임금에게 숙배하고 사은함으로써 인사하는 일.

오니, 이부(吏部) 하리(下吏)[98]와 한림원(翰林院)[99] 소졸(小卒)이 위의(威儀)를 갖추어 대령하였더라.

장원(壯元)이 청춘소년으로 머리에 사화(賜花)[100]를 꽂고, 우수(右手)에
18 옥홀(玉笏)[101]을 쥐고, 좌수(左手)에 백우선(白羽扇)[102]을 들었으며, 청홍
쌍개(青紅雙蓋)는 반공(半空)에 솟았고, 어악(御樂)이 훤천(暄天)[103]하는
곳에 초왕이 뒤에 따르니, 만조천관(滿朝千官)이 뉘 아니 칭찬하며 장안
인민이 길에 메어 구경하더라.

차시(此時) 경부인이 아자를 장중(場中)에 들여보내고 반일이 못하여 승상을 또 패초(牌招)하시니 어쩐 곡절을 몰라 의려(疑慮)하더니, 문득 문전(門前)이 요란하며 승상이 아자를 거느려 도문(到門)하니, 거룩한 위의와 번화한 풍악소리 곡구(谷口)[104]에 진동하더라. 이윽고 장원이 사당(祠堂)에 현알(見謁)[105]하고 중당(中堂)에 오르니, 부인이 아자의 손을 잡고 기쁨이 가득하여 천은을 감축하더라.

차시 천자가 하조(下詔)하사 초왕의 부인 경씨로 충렬부인(忠烈夫人)을 봉하시고 시랑의 가자(加資)[106]를 돋우시다.

이러므로 혼기 점점 가까우니 유 · 정 양가(兩家)에서 혼구(婚具)를 성비(盛備)할새, 차시 유승상이 정을선의 등과(登科)함을 듣고 기쁨을 이기

---

98) 하리(下吏): 관아에 속하여 말단 행정 실무에 종사하던 사람.

99) 한림원(翰林院): 중국 당나라 중기 이후에 주로 조서(詔書)를 기초하는 일을 맡아보던 관아.

100) 사화(賜花): 어사화(御賜花). 문무과에 급제한 사람에게 임금이 하사하던 종이꽃.

101) 옥홀(玉笏): 옥으로 만든 홀(笏). 벼슬아치가 임금을 만날 때에 손에 쥐던 물건. 조복(朝服), 제복(祭服), 공복(公服) 따위에 사용했음.

102) 백우선(白羽扇): 새의 흰 깃으로 만든 부채.

103) 훤천(暄天): 소리가 매우 커서 천공(天空)에 울려 퍼짐.

104) 곡구(谷口): 마을 입구.

105) 현알(見謁): 지체가 높고 귀한 사람을 찾아가 뵘.

106) 가자(加資): 관원의 품계를 올려 주던 일.

지 못하여 편지를 가지고 내당(內堂)에 들어가 노씨에게 '정승상의 아들 19
이 장원급제하여 벼슬이 벌써 시랑에 이르렀으니 아니 장한 일잇가?' 노
씨 거짓 기꺼하는 체하나 내심에 춘연 해할 흉계를 생각하더라. 소저가
유모의 전언(傳言)으로 좇아 정생의 과거하단 말을 듣고 기쁨을 이기지
못하는 중 모친을 생각하고 슬퍼하더라.

차시 황상이 사랑하시는 조왕이 일녀(一女)를 두고 구혼하더니 을선을 보고 청혼한대, 시랑이 허락치 아니커늘, 조왕이 대로하여 이 연유를 천자께 주한대, 상이 초왕 부자를 명초하시니, 승상 부자가 황망히 들어가 복지한대, 상 왈,

"짐의 조카 조왕이 아들이 없고 다만 일녀가 있어 경의 아들과 짝하염직하고, 또 짐이 사랑하더니, 금일 들은즉 경의 아들이 퇴혼(退婚)하고 거절한다 하니 짐이 사혼(賜婚)[107]코자 하노라."

초왕이 복지 주왈,

"과연 그러하여이다."

상 왈,

"짐이 조군주(郡主)[108]와 을선을 사랑하여 친히 권하는 것이니 사양치 말고 허혼하라."

초왕이 주왈, 20

"일이 그렇지 아니하오니 을선을 불러 하문(下問)하옵소서."

상이 옳이 여기사 즉시 시랑을 불러 불허(不許)한 사연을 물으시니, 을선이 주왈,

"소신(小臣)은 미천하옵고 조왕은 지존하오니 불가하옵고, 신이 모년월일시(某年月日時) 아비를 따라 전승상(前丞相) 유한경의 집에 가 잔치 참예(參預)를 하옵더니, 풍경을 탐하여 그 집 내 화원(花園)에서 추천하는 규수를 보옵고 마음이 자연 방탕하와 인하여 성병(成病)하여

107) 사혼(賜婚): 임금이 혼사를 맡아 주관함.
108) 군주(郡主): 왕세자의 정실(正室)에서 태어난 딸. 공주.

죽기에 이르매, 하릴없어 매파를 보내어 정혼(定婚) 납채(納采)[109]하였사오니, 부부는 오륜(五倫)에 뚜렷하오니 납채한 혼인을 물리치고 부귀를 탐하여 타처에 성례(成禮)[110]하옴은 국법에 손상하온 바이니, 원(願) 폐하는 신민(臣民)의 지원(至冤)[111]이 없게 하소서."

상이 침음양구(沈吟良久)[112] 왈,

"경의 사정이 그러하고 혼인은 또한 인륜대사(人倫大事)라. 어찌 위
21 력으로 하리오? 또 유녀가 자모를 잃었다 하니 그 경상이 가련한지라.
어찌 남의 천연(天緣)을 어기리오? 네 원(願)대로 하라."

하시며, 이에 특별히 유한경의 죄를 사(赦)하사 본직(本職)을 주시고 사관(史官)을 보내어 부르시니, 초왕 부자가 천은을 숙사(肅謝)하고 퇴조(退朝)하니, 조왕이 천위를 빌어 을선을 사위 삼으려 하였더니, 상의(上意) 굳으사 사혼지(賜婚紙)를 도로 거두시니, 하릴없어 애달픔을 이기지 못하더라.

길일이 가까우매 위의를 갖추어 길을 떠나니, 혼인을 성전(成全)[113]한가? 차하(次下)를 볼지어다.

이적에 유승상 부인 노씨 춘연 소저 해할 꾀를 생각하고 일일(一日)은 독약을 죽에 타 소저를 주어 먹으라 하니, 소저가 마침 속이 불평(不平)한지라. 이에 받아 유모를 들리고 침소에 돌아와 먹으려 할새, 하늘이 살피심이 소소(昭昭)[114]한지라. 홀연 난데없는 바람이 일어나 티끌이 죽에 날려들거늘, 소저가 티끌을 건져 문 밖에 버리니 푸른 불이 일어나는지
22 라. 대경하여 이에 유모를 불러 연유를 말하니, 유모가 대경하여 이에 개를 불러 먹이니 그 개 즉시 죽거늘, 소저와 유모가 더욱 놀라 차후는 주

109) 납채(納采): 신랑 집에서 신부 집에 혼인을 구하는 의례.
110) 성례(成禮): 혼인의 예식을 치름.
111) 지원(至冤): 지극히 원통함.
112) 침음양구(沈吟良久): 한참동안 깊이 생각함.
113) 성전(成全): 온전히 이루어짐.
114) 소소(昭昭): 밝고 밝음.

는 음식을 먹지 아니하고 유모의 집에서 밥을 지어 수건에 싸다가 겨우 연명(延命)만 하더라. 노씨 마음에 혜오되,[115] '약을 먹여도 죽지 아니하니, 가장 이상하도다.' 하고 다시 해할 계교를 생각하더니, 세월이 여류하여 길일이 다다르매, 정시랑이 위의를 갖추어 여러 날을 행하여 유부(府)에 이르니, 시랑의 풍채 전일도곤[116] 배승(倍勝)하여 몸에 운무사관대(雲霧紗冠帶)[117]를 입고 허리에 금사각대(金沙角帶)[118]를 띠었으니, 천상(天上) 신선이 하강한 듯하더라.

차시 천조 사관이 이르렀는지라. 승상이 천은을 숙사(肅謝)하고 사
문[119]을 보니 전과(前過)를 사(赦)하여 관작을 회복한 성지(聖旨)[120]라. 유
승상이 북향사은(北向謝恩)하고 사관을 관대하여 보낸 후 유승상이 초왕 23
부자를 맞아 기간(其間) 사모하던 회포를 펼새, 눈을 들어 정시랑을 보니,
옥모(玉貌) 풍채 전(前)에서 배승(倍勝)한지라. 기쁨을 이기지 못하고 좌
상제빈(座上諸賓)[121]이 일시에 승상을 향하여 쾌서(快胥)[122] 얻음을 치하
하니, 유공이 희불자승(喜不自勝)[123]하여 치하를 사양치 아니하더라.

이튿날 예를 갖추어 전안(奠雁)[124]할새, 근처 방백(方伯)[125] 수령(守令)[126]이며 시비 하리(下吏) 쌍으로 무리지어 신부를 인도하여 이르매,

---

115) 혜오되: 생각하되.

116) 도곤: 보다.

117) 운무사관대(雲霧紗冠帶): 운무(雲霧)의 무늬가 있는 사모관대(紗帽冠帶)를 뜻함. 사모(紗帽)와 관대(冠帶)를 아울러 이르는 말. 본디 벼슬아치의 복장이었으나, 지금은 전통 혼례에서 착용함.

118) 금사각대(金沙角帶): 금칠을 한 각띠.

119) 사문: 미상. '사문(赦文)'일 듯.

120) 성지(聖旨): 임금의 뜻.

121) 좌상제빈(座上諸賓): 모여있는 모든 손님.

122) 쾌서(快胥): 마음에 드는 좋은 사위.

123) 희불자승(喜不自勝): 어찌할 바를 모를 만큼 매우 기쁨.

124) 전안(奠雁): 혼례 때 신랑이 기러기를 가지고 신부 집에 가서 상 위에 놓고 절함.

125) 방백(方伯): 각 도의 으뜸 벼슬.

신랑(新郞)이 교배석(交拜席)에 나아가 눈을 들어 신부를 잠깐 보니 머리에 화관을 쓰고 몸에 채의(彩衣)를 입고 무수한 시녀 옹위하였으니 그 절묘한 거동이 전에 추천하던 모양과 배승(倍勝)하더라. 그러하나 신부 수색(愁色)이 만안(滿顔)하고 유모 눈물 흔적이 있거늘 심중에 괴이하나 누를 향하여 물으리오? 이에 교배하기를 마치고 동방(洞房)에 나아가니 좌우에 옥촉(玉燭)과 운무병(雲霧屛)이 황홀한지라. 괴로이 소저를 기다리
24 더니 이윽고 소저가 유모로 촉을 잡히고 들어오거늘 시랑이 팔을 들어 맞아 좌(座)를 정하매 인하여 촉을 물리고 원앙금리(鴛鴦衾裏)에 나아갔더니, 문득 창외(窓外)에 수상한 인적이 있거늘 마음에 놀라 급히 일어 앉아 들으니 어떤 놈이 말하되,

"네 비록 시랑 벼슬을 하였으나 남의 계집을 품고 누었으니 죽기를 아끼지 아니하는다?"

하거늘, 창틈으로 여허보니 신장이 구 척(尺)이오 삼 척 장검(長劍)을 빗기고 섰거늘, 이를 보매 심신이 떨리어 칼을 뽑아 그 놈을 죽이고자 하여 문을 열고 보니, 문득 간 데 없거늘, 분을 참지 못하여 탄식하고 생각하되, '오늘 교배석(交拜席)에서 보니 수색(愁色)이 만안(滿顔)하기로 괴이히 여겼더니, 원래 이런 일이 있도다.' 하고, 분을 이기지 못하여 칼을 들어 소저를 죽여 분을 풀고자 하다가 다시 생각하되, '나의 옥 같은 마음
25 으로 어찌 저 더러운 계집을 침노하리오.' 하고 옷을 입고 급히 일어나니, 소저가 경황(驚惶)[127] 중에 옥성(玉聲)을 열어 가로대,

"군자는 잠깐 앉아 첩의 말을 들으소서."

하거늘, 시랑이 들은 체 아니하고 나와 부친께 수말(首末)을 고하고 바삐 가기를 청한대, 초왕이 대경하여 바삐 승상을 청하여 지금 발행하여 상경(上京)함을 이르고 하리를 불러 '행장을 차리라.' 하니, 유승상이 계(階)에 내려 허물을 청하여 왈,

126) 수령(守令): 각 고을을 맡아 다스리던 지방관들을 통틀어 이르는 말.
127) 경황(驚惶): 놀라고 두려워 허둥지둥함.

"어찐 연고로 이 밤에 상경코자 하시나뇨?"

정공 부자가 일언(一言)을 부답(不答)하고 발행하니라.

원래 이 간부(姦夫)로 칭하는 자는 노녀의 사촌 오라비 노태니, 노씨
전일에 독약을 시험하되 무사함을 애달아 주사야탁(晝思夜度)[128]하여 소
저 죽이기를 꾀하더니, 문득 길일이 다다르매 일계(一計)를 생각하고 이
에 심복으로 노태를 불러 가만히 차사(此事)를 이르고, 금은을 많이 주어
행사하라 하매, 노태 금은을 욕심내어 삼척장검(三尺長劍)을 집고 월광
(月光)을 띠어 소저 침소에 이르러 동정을 살피고 입에 담지 못할 말로 26
유소저를 갱참(坑塹)[129]에 넣으니, 가련하다, 유소저 백옥 같은 몸에 누명
을 실으니 원정(冤情)을 뉘게 말하리오? 불승분원(不勝忿怨)[130]하여 칼을
빼어 죽으려 하다가 다시 생각하니, '이렇듯 죽으면 내 일신이 옥 같음을
뉘 알리오.' 하고, 이에 속적삼을 벗어 손가락을 깨물어 피를 내어 혈서
를 쓰니 눈물이 변하여 피 되더라.

유승상이 초왕을 보내고 급히 안으로 들어와 실상을 알고자 하나 노씨는 모르는 체하고 먼저 문왈(問曰),

"신랑이 무삼 연고로 심야에 급히 가니잇가?"

승상이 가로대,

"내 곡절을 물으매 제 노기충천(怒氣衝天)하여 일언을 부답하니, 어찌 곡절을 알리오? 자시 알고자 하노라."

노씨 승상의 귀에 대어 왈,

"첩이 잠결에 듣자오니, 신랑이 방문 밖에서 어떤 남자와 소리 지르며 여차여차 하니, 아무커나[131] 춘연더러 물으소서."

승상이 즉시 소저 침소에 가니, 소저가 이불을 덮고 일지 아니하거늘,

---

128) 주사야탁(晝思夜度): 밤낮으로 깊이 생각하고 헤아림.

129) 갱참(坑塹): 깊고 길게 파 놓은 구덩이.

130) 불승분원(不勝忿怨): 분하고 원망함을 이기지 못함.

131) 아무커나: 어쨌거나.

27 시비를 불러 이불을 벗기고 꾸짖어 왈,

"네 아비 들어오되 기동(起動)[132]함이 없으니 이 무삼 도리며, 정랑(郞)이 무삼 일로 밤중에 졸연(猝然)히[133] 돌아가니, 이 무삼 일인지 너는 자세히 알지니 실진무은(悉陳無隱)[134]하라."

소저가 겨우 고왈(告曰),

"야야(爺爺)[135]가 불초한 자식을 두었다가 집을 망케 하오니, 소녀의 불효가 만사무석(萬死無惜)[136]이로소이다."

하고 함구무언(緘口無言)하니, 승상이 다시 이르되,

"너는 어찌 일언(一言)을 아니하나뇨?"

하고 재삼 무르되, 종시(終是) 일언을 답(答)지 아니하고 눈물이 여우(如雨)하니, 승상이 생각하되, '전일(前日)에 지극한 성효(誠孝)로 오늘날 불효를 끼치니 무삼 곡절이 있도다.' 하고, 일어 외당(外堂)으로 나오니라.

차시 유모가 소저를 붙들고 통곡하니, 소저가 눈물을 머금고 왈,

"유모는 나의 원통하게 죽음을 불쌍히 여겨 후일에 변백(辨白)[137]함을 바라노라."

하고 혈서를 쓴 적삼을 주니, 유모가 소저가 죽을까 겁하여 만언(萬言)으로 위로하니, 소저가 다시 일언을 아니코 반일(半日)을 애곡(哀哭)하다가

28 명(命)이 끊어지니, 유모가 적삼을 안고 통곡하며 외당에 나와 소저의 명이 진(盡)함을 고하니, 승상이 대경하여 이르되,

"병들지 아니한 사람이 반일이 못하여 세상을 버리니 이상하도다."

하고 일장을 통곡하고 유모로 인도하라 하고 소저의 빈소(殯所)[138]에 이

---

132) 기동(起動): 몸을 일으켜 움직임.

133) 졸연(猝然)히: 갑작스럽게.

134) 실진무은(悉陳無隱): 숨김없이 모두 이야기함.

135) 야야(爺爺): 아버지.

136) 만사무석(萬死無惜): 만 번 죽어도 아까울 것이 없음.

137) 변백(辨白): 변명(辨明).

138) 빈소(殯所): 상여가 나갈 때까지 관을 놓아두는 방.

르니, 비풍(悲風)이 소슬(蕭瑟)[139]하여 능히 들어갈 수 없더라.

차후(此後)는 사람이 소저의 빈소 근처에 이른즉 연하여 죽으니, 승상이 능히 염습(殮襲)[140]치 못하고 종일 호곡하다가 유모의 드린 바 혈서를 쓴 적삼을 내어 보니 대개 유모에게 한 글이라. 그 글에 하였으되,

> 춘연은 삼가 글을 유모에게 부치노라. 내가 세상에 난 지 삼 일 만에 모
> 친을 이별하니 어찌 살기를 바라리오마는, 유모의 은혜를 입어 잔명(殘命)
> 을 보전하여 십오 세에 이르러 정가(家)에 정혼하매, 나의 팔자가 가지
> 록[141] 무상(無常)하여 귀신의 작희(作戲)[142]를 만나 청춘에 원혼(冤魂)이
> 되니 한하여 부질없도다. 천만의외(千萬意外)에 동방화촉(洞房華燭)[143] 깊
> 은 밤에 어떤 사람이 큰 칼을 들고 여차여차 하매 정랑이 어찌 의심치 않 29
> 으리오? 나를 죽이려 하다가 멈추고 나아가니, 내가 무삼 면목으로 부친과
> 유모를 보며 세상에 있을 마음이 있으리오? 슬프다! 외로운 혼백이 무주공
> 산(無主空山)[144]에 임자 없는 귀신이 되리로다. 죽은 내 몸을 점점이 풀 위
> 에 얹어 오작(烏鵲)[145]의 밥이 되면 이것이 내 원(願)이요, 금의(錦衣)로 안
> 장(安葬)하면 혼백이라도 한을 풀지 못하리로다. 유모의 은혜를 만분지일
> 도 갚지 못하고 누명을 쓰고 죽으니 원한이 철천(徹天)[146]하도다. 지하에
> 돌아가 모친 혼령을 뵈오면 나의 애매한 악명을 고할까 하노라.

하였더라. 승상이 남파(覽罷)에 방성대곡(放聲大哭) 왈,

"이 계교 내기는 분명 가내지사(家內之事)사로다. 내 어찌하면 명백

---

139) 소슬(蕭瑟)하여: 쓸쓸하여.
140) 염습(殮襲): 죽은 사람의 몸을 씻긴 뒤에 옷을 입히고 염포로 묶는 일.
141) 가지록: 갈수록.
142) 작희(作戲): 방해를 놓음.
143) 동방화촉(洞房華燭): 혼례를 치르고 나서 첫날밤에 신방(新房)에 켜는 환한 촛불.
144) 무주공산(無主空山): 인가(人家)도 인기척도 전혀 없는 쓸쓸한 산.
145) 오작(烏鵲): 까막까치.
146) 철천(徹天): 두고두고 잊을 수 없어 하늘에 사무침.

히 알리오?"

하며 일변(一邊) 노씨의 시비를 엄형(嚴刑) 추문(推問[147])하니, 시비 등이
황황망극(遑遑罔極)하여 아무리 할 줄을 모르더라. 승상이 제비(諸婢)의
30 복초(服招)[148] 아님을 노하여 엄형 추문하더니, 홀연 공중으로서 외쳐 왈,

"부친은 애매한 시비를 엄형치 마르소서. 소녀의 애매한 누명을 자연 알리이다."

하더니, 홀연 방안에 앉았던 노씨 문 밖에 나와 엎어지며 안개 자욱하고 무삼 소리 나더니 노씨 피를 무수히 토하고 죽는지라. 모두 이르되,

"불측(不測)한 행실을 하다가 이렇듯 죽으니, 신명(神明)[149]이 무심치 아니타."

하고,

"불쌍한 소저는 이팔청춘에 몹쓸 악명을 쓰고 죽으니 철천(徹天)한 원한을 뉘라서 설(雪)하리오?"

노태는 그 경상을 보고 스스로 결항(結項)[150]하고, 노씨 자녀는 그날부터 말도 못하고 인사를 버렸더라.

일변 소저를 염빙(殮聘)[151]하려 하여 방문을 연즉 사나운 기운이 일어
나 사람에게 쏘이며 연(連)하여 죽는지라. 감히 다시 가까이 가도 못하더
니, 홀연 소저의 곡성(哭聲)이 철천(徹天)하여 근처 사람들이 그 곡성을
들은즉 연하여 죽는지라. 일촌(一村) 인민(人民)이 거의 죽게 되었으니,
31 승상이 어찌 홀로 살리오? 인하여 병들어 기세하니, 유모 부처가 통곡하
며 선산에 안장하니라.

이후로 마을 사람이 점점 패하여 흩어지니, 일촌이 비었으되, 오직 유모 부처는 나가려 하면 소저의 혼이 나가지 못하게 하고, 밤마다 울며 유

---

147) 추문(推問): 사실을 자세히 캐물음.

148) 복초(服招): 문초를 받고 순순히 죄상을 털어놓음.

149) 신명(神明): 천지(天地)의 신령.

150) 결항(結項): 목숨을 끊기 위하여 목을 매어 닮.

151) 염빙(殮聘): 죽은 사람의 몸을 씻긴 뒤에 옷을 입히고 염포로 묶는 일.

모의 집에 와 있다가 닭이 울면 침소로 돌아가더라.

차하(且下)를 분해(分解)하라.[152]

세(歲) 을사(乙巳) 삼월일(三月日) 향목동 서(書)

152) 차하(且下)를 분해(分解)하라: 또 다음을 잘 보라는 내용으로 장회소설 한 회 마지막에 붙는 상투적 구절.

정을선전 권지이

1 각설(却說). 유소저의 원혼(冤魂)이 밤이면 유모의 집에 와 놀다가 날이 밝으면 침소로 가더라.

차시(此時) 초왕이 을선을 데리고 여러 날 만에 황성(皇城)에 득달하여 용전(龍殿)[1]에 조회(朝會)한대, 상(上)이 가라사대,

"어찌하여 이리 속히 오뇨?"

시랑이 전후사연을 주달(奏達)하니, 상이 대경하사 '유승상 부녀를 잡아 오라.' 하시니, 금오랑(金吾郎)[2]이 주야배도(晝夜倍道)[3]하여 내려가니, 유승상 부녀 다 죽고 일문(一門) 공허(空虛)하였는지라. 이대로 계달(啓達)[4]하니 상이 그 죽음을 연측(憐惻)[5]하시고 이에 하교(下敎)하사 '조왕의 딸과 의혼(議婚)[6]하라.' 하시니, 초왕이 기꺼 즉시 택일 성례(成禮)하고 천정(天庭)[7]에 들어가 사은하니, 천자가 기끄사 조왕의 딸로 정렬부인을 봉하시고 을선으로 좌승상을 하이시니, 을선이 천은을 숙사(肅謝)하고 집에 돌아와 부모께 뵈온대, 왕이 승상을 애중함이 극하더라.

2 초왕이 홀연 득병하여 백약이 무효하니, 필경 일지 못할 줄 알고 승상

---

1) 용전(龍殿): 어전(御殿).
2) 금오랑(金吾郎): 벼슬아치의 감찰 및 규탄을 맡아보던 벼슬.
3) 주야배도(晝夜倍道): 밤낮으로 쉬지 않고 감.
4) 계달(啓達): 신하가 글로 임금에게 아뢰던 일.
5) 연측(憐惻): 가련하고 측은히 여김.
6) 의혼(議婚): 혼사를 의논함.
7) 천정(天庭): 임금이 계시는 궁궐.

의 손을 잡고 왈,

"나 죽은 후라도 슬퍼 말고 충성을 다하여 나라를 섬기라."

하고 부인을 돌아보아 왈,

"내 돌아간 후 가사(家事)를 총찰(總察)[8]하여 나 있을 때와 같이 하라."

하고 의복을 개착(改着)[9]하여 상(牀)에 누워 졸(卒)하니, 시년(時年)이 육십구 세라. 일가(一家)가 망극하여 왕비와 승상이 자주 기절하고, 상하노복(上下奴僕)이 일시에 통곡하니, 곡성이 진동하더라.

승상이 비로소 인사(人事)를 수습하여 왕비를 위로하고 노복을 거느려
택일하여 선산(先山)에 안장하고 세월을 보내더니, 천자가 초왕의 죽음을
슬퍼하사 제문(祭文) 지어 치제(致祭)[10]하시고 승상을 위로하실새, 세월
이 여류하여 삼 년을 마치매, 승상 궐하(闕下)에 나아가 복지(伏地)하온
대, 상이 승상의 손을 잡으시고, 삼 년이 덧없이 지냄을 새로이 슬퍼하시
며 승상의 관작(官爵)을 복직(復職)하시며 황금을 많이 사급(賜給)하시니,
승상이 고사불수(固辭不受)[11]하온대, 상이 불윤(不允)[12]하시고 파조(罷 3
朝)[13]하시니, 승상이 천은을 숙사(肅謝)하고 부중(府中)에 돌아와 왕비께
뵈온대, 왕비 또한 애중함을 마지않으시더라.

홀연 익주자사가 장계(狀啓)[14]하였으되,

> 익주 일도(一道)에 흉년이 자심(滋甚)하고 또 괴이한 변이 있어 유승상

---

8) 총찰(總察): 모든 일을 맡아 총괄하여 살핌.
9) 개착(改着): 옷을 갈아입음.
10) 치제(致祭): 임금이 제물과 제문을 보내어 죽은 신하를 제사 지내던 일.
11) 고사불수(固辭不受): 굳이 사양하여 받지 않음.
12) 불윤(不允): 임금이 신하의 청을 허락하지 않는 일.
13) 파조(罷朝): 조회를 파함.
14) 장계(狀啓): 왕명을 받고 지방에 나가 있는 신하가 자기 관하(管下)의 중요한 일을 왕에게 보고하던 문서.

의 여아가 청춘에 요사(夭死)하매, 그 원혼이 흩어지지 아니하여 그 곡성을 사람이 들으면 곧 죽으며, 겸하여 백성이 화(化)하여 도적이 되오니, 원(願) 폐하는 어진 신하를 보내어 안무(按撫)하심을 바라나이다.

하였더라. 상이 장계를 보시고 근심하사 만조백관(滿朝百官)을 모으시고 익주 진무(鎭撫)[15]함을 의논하시니, 좌승상 정을선이 출반(出班)[16] 주왈(奏曰),

"신수무재(臣雖無才)[17]하오나 익주를 진무하리이다."

상이 대희하사 을선으로 순무도어사(巡撫都御使)를 제수하시고, 인검(印劍)[18]과 절월(節鉞)[19]을 주사 왈,

"익주를 쉬이 진무하고 돌아와 짐의 바람을 잊지 말라."

하시니, 어사가 하직하고 부중(府中)에 돌아와 왕비와 정렬부인께 하직하
4 고 역졸(驛卒)을 거느려 여러 날 만에 익주에 득달하여 옛일을 생각하고 유승상 부중에 이르니, 인적이 그치고 그리 장려(壯麗)하던 누각(樓閣)이 빈터만 남았고 다만 일간초옥(一間草屋)[20]이 수풀 속에 있을 뿐이요, 다른 인가(人家)가 없으니 물을 곳이 없는지라. 두루 방황하더니 수풀 속에 사람의 자취 있거늘 배회하여 사람을 기다리더니, 인적이 다시 없어지고 일색(日色)이 서산에 지는지라. 갈 바를 몰라 주저하더니, 멀리 바라보니 산곡간(山谷間)에 연기 나거늘, 인하여 찾아 가니 다만 일간초옥(一間草屋)이라. 주인을 찾으니 한 노고(老姑)[21]가 나와 문왈(問曰),

---

15) 진무(鎭撫): 백성들을 어루만지고 진정시킴.

16) 출반(出班): 여러 신하 가운데 특별히 혼자 나아가 임금에게 아뢲.

17) 신수무재(臣雖無才): 신이 비록 재주가 없으나.

18) 인검(印劍): 임금이 병마(兵馬)를 통솔하는 장수에게 주던 검으로 명령을 어기는 자는 보고하지 않고 죽일 수 있는 권한을 나타냄.

19) 절월(節鉞): 지방에 부임하는 지위가 높은 벼슬아치에게 임금이 내어 주던 것으로, 절은 수기(手旗)와 같이 만들고 월은 도끼와 같이 만든 것으로, 군령을 어긴 자에 대한 생살권(生殺權)을 상징하였음.

20) 일간초옥(一間草屋): 한 칸밖에 안 되는 작은 초가집.

"귀객(貴客)이 어디 계시관대 누구를 찾아 이 심산(深山)에서 방황하시나이까?"

어사가 답왈,

"유승상 집을 찾아 가더니 길을 그릇 들어 이에 왔으니, 하룻밤 자고 가기를 청하노라."

할미 답왈,

"유(留)하시기는 어렵지 아니하되, 양식이 없으니 어찌 하리잇고?"

하고 죽을 드리거늘, 어사가 하저(下箸)[22]하고, 노고와 같이 앉아 이슥히 담화하더니, 문득 철천(徹天)한 곡성이 나며 점점 가까이 오니, 그 할미 일어나며 울거늘, 어사가 괴히 여겨 보니, 홀연 공중으로 한 여자가 울며 내려와 할미를 책하여 왈,

"어미를 보려 왔더니 어찌 잡인을 드리뇨? 외인이 있으니 들어가지 못하노라."

하고 애연(哀然)히 울며 돌아가니, 그 노옹의 부처가 또 울며 들어오거늘, 어사가 괴히 여겨 문왈,

"어떤 사람이완대 깊은 밤에 울고 다니나뇨?"

주인 노고가 울기를 그치고 답왈,

"노고의 딸이로소이다."

어사가 왈,

"주인의 딸이면 무삼 일로 울고 다니나뇨?"

노고가 답왈,

"상공이 이렇듯 물으시니 대강 고하리이다. 우리 상전(上典)[23]은 유승상이시니, 승상 노야(老爺)[24]가 황성에서 벼슬하시더니, 천자께 득죄

---

21) 노고(老姑): 노파(老婆).
22) 하저(下箸): 젓가락을 댄다는 뜻으로 음식을 먹음을 이르는 말.
23) 상전(上典): 종에 상대하여 그 주인을 이르던 말.
24) 노야(老爺): 성이나 직함 뒤에 쓰여 남을 높여 이르는 말.

하고 이곳에 오신 후에 정실부인(正室夫人) 최씨 다만 일녀를 낳으시
고 삼 일 만에 기세하시니, 노야가 후실(後室) 노씨를 얻으시매, 노씨
가 불인(不仁)하여 소저를 죽이려 하여 죽에 약을 주니, 천지신명(天地
神明)이 도우사 홀연 바람이 일어나 죽에 티끌이 들매, 인하여 먹지 아
니코 개를 주니 그 개가 먹고 즉시 죽거늘, 그 후는 놀라 밥을 제 집에
6 서 수건에 싸다가 연명(延命)하였으며, 길례(吉禮)날 밤에 노씨가 제 사
촌 노태를 금을 주고 달래어 칼을 가지고 와 작란(作亂)하니, 정시랑이
그 거동을 보고 의심하여 밤에 돌아갔으며, 소저가 분원(忿怨)하여 자
처(自處)[25]하매, 염습(殮襲)코자 하나 사나운 기운이 사람을 침노하니
인하여 빈소에 가까이 가지 못하였더니, 그 후에 소저의 원혼이 공중
에서 울매, 동리 사람들이 그 곡성을 들은 자면 병들어 죽으니 견디지
못하여 집을 떠나 타처로 거접(居接)[26]하되, 우리는 관계치 아니키로
이곳에 있사온즉 소저가 밤마다 울고 오나이다."

하고 인하여 혈서 쓴 적삼을 내어 놓으니, 어사가 바라보매 놀라고 몸이
떨려 방성대곡(放聲大哭)하다가 이윽고 진정하여 주인더러 왈,

"내 과연 정시랑이니, 사세여차(事勢如此)한즉 어찌하리오? 내 불명
하여 여자의 원(冤)을 끼치니 후일 반드시 앙화(殃禍)를 받으리로다."

유모 부처가 이 말을 듣고 반가움을 이기지 못하여 붙들고 방성대
곡 왈,

"시랑 노야가 어찌 이곳에 오시니잇고?"

7 어사가 또한 낙루(落淚) 왈, 내 과연 모년월일(某年月日)에 나의 부친을
모시고 유승상 집에 내려왔을 제 후원에서 화초를 구경하다가 추천하는
소저를 보고 올라와 병이 되어 사경(死境)에 이르렀으니, 부친이 곤뇌(困
惱)하사 유승상에게 통하였더니, 승상이 허혼하기로 살아난 말이며, 천자
가 사혼(賜婚)하시되 듣지 아니하고 성례(成禮)하러 내려와 신혼 초일(初

---

25) 자처(自處): 의분을 참지 못하거나 지조를 지키기 위해 스스로 목숨을 끊음.
26) 거접(居接): 잠시 몸을 의탁하여 거주함.

日)에 흉한 놈이 칼을 들고 여차여차하매 그 밤으로 올라가던 말을 다하고, 조왕의 사위 된 말과 옛일을 생각하고 찾아온 말을 세세히 일러 통곡하니, 주객이 슬퍼함을 마지않더라. 어사가 왈,

"사세여차하니 어찌하면 소저를 보리오?"

유모가 왈,

"우리 소저가 별세하신 지 오래되, 내가 가면 백골이 된 소저가 역력히 반기시나, 타인은 그 집 근처에도 못 가되, 시랑 노야가 가시면 소저의 영혼이 또한 반기실 듯하니 내일 식전(食前)에 가사이다."

하고, 그날 밤을 겨우 지내고 익일(翌日)에 유모를 따라 한가지로 소저의 8
빈소(殯所)에 이르러는 유모가 먼저 들어가 이르되,

"소저야, 정시랑 상공이 오셨나이다."

소저가 대왈,

"어미는 어찌 저런 말을 하나뇨? 시랑이 나를 버렸거든 다시 오기 만무하니라."

유모가 다시 이르되,

"내 어찌 소저에게 허언(虛言)을 하리잇고? 지금 밖에 오신 상공이 곧 정시랑이시니 들어오시라 하리잇가?"

소저가 이르되,

"정시랑이신지 분명히 옳으냐?"

유모 왈,

"어찌 거짓말을 하리잇고?"

하고 나와 이대로 고한대, 어사가 친히 문 밖에서 소리하여 왈,

"생이 곧 정을선이니 나의 불명혼암(不明昏暗)함으로 부인이 누명을 쓰고 저렇듯 원혼(冤魂)이 되었으니, 그 외 다른 말씀을 어찌 다 칭량(稱量)하오리잇고. 을선이 곧 황명을 받자와 이곳에 와서 부인의 애매함을 깨닫사오니, 백골이나 보고 이곳에서 한가지로 죽어 부인의 각골
지원(刻骨之冤)[27]을 위로코자 하나니, 부인의 명백한 혼령은 용렬(庸 9

劣)한 을선의 죄를 사(赦)하시면 잠깐 뵈옵고 위로함을 바라나이다."
언필(言畢)에 방성대곡하니, 소저가 유모를 불러 전어(傳語) 왈,

"정시랑이 이곳에 오시기 만무하니 어디서 과객(過客)이 와서 원억(冤抑)히[28] 죽은 몸을 이렇듯 조르나뇨? 부질없이 조르지 말고 빨리 가라."

하는 소리가 애연(哀然)하여 원근에 사무치는지라. 유모가 백단개유(百端開諭)[29]하되, 듣지 않으니, 시랑이 유모를 대하여 왈,

"내가 이렇듯 말하되 소저 듣지 아니하니 내 위격(違格)[30]으로 들어가 보리라."

유모가 말려 왈,

"그러하면 좋지 아님이 있을지라. 깊이 생각하소서."

어사가 생각하되, '이는 철천지원(徹天之冤)[31]이니 범연히 보지 못하리라.' 하고, 창황(蒼黃)[32] 중 생각고 즉시 익주자사에게 관자(關子)[33]하되,

익주 순무어사(巡撫御史) 정을선은 자사에게 깊이 할 말이 있으니, 불일내(不日內)[34]로 유승상 부중(府中) 녹림원상(綠林苑上)으로 대령하라.

하니, 익주자사가 관자를 보고 황황(遑遑)히 예(禮)를 갖추어 녹림원상(綠林苑上)으로 오니, 어사(御史)가 녹음(綠陰) 중에 앉아 민간정사(民間政事)를 묻고 왈,

---

27) 각골지원(刻骨之冤): 뼈 속에 사무친 원통함.
28) 원억(冤抑): 원통한 누명을 써서 억울하게.
29) 백단개유(百端開諭): 여러 번 사리를 알아듣도록 잘 타이름.
30) 위격(違格): 격식이나 도리에 어긋남.
31) 철천지원(徹天之冤): 하늘에 사무치는 원통함.
32) 창황(蒼黃): 미처 어찌할 사이 없이 매우 급작스러움.
33) 관자(關子): 동등한 관부(官府) 상호 간 또는 상급 관부에서 하급 관부로 보내던 공문서.
34) 불일내(不日內): 며칠 걸리지 아니하는 동안.

"내 전일에 유승상에게 여차여차한 일이 있더니 마침 이리 지나다가 유모를 만나 기간(其間) 사연을 자시 들으니, 그 소저가 별세한 지 삼 년이로되 이리이리하오니 어찌 가련치 않으리오? 이러므로 그 원혼을 위로코자 하니 자사는 나를 위하여 해혹(解惑)케 하라."

자사가 청파(聽罷)에 소저 빈소에 나아가 꾸러 고왈,

"이는 곧 정상공일시 분명하고 나는 이 고을 자사옵더니, 정어사의 분부를 들어 아뢰옵나니 존위(尊威)하신 신령은 살피소서."

소저가 유모를 불러 전어 왈,

"아무리 유명(幽明)[35]이 다르나 남녀(男女) 분명하거늘 어찌 외인(外人)을 상접(相接)하리오? 아무리 분명한 정시랑이라 하되 내 어찌 곧이 들으리오?"

어사가 하릴없어 이 연유를 천자께 주(奏)한대, 상이 들으시고 자닝 11
히[36] 여기사 원혼을 추증(追贈)[37]하여 충렬부인을 봉하시고 직첩(職牒)[38]과 교지(敎旨)[39]를 내리시니, 언관(言官)[40]이 주야배도하여 내려와 소저 빈소 방문 앞에서 교지를 자세히 읽으니, 하였으되,

> 아무리 유명(幽明)이 달라 아비를 모르고 임군을 모르리오? 교지를 나리와 너의 원혼을 깨닫게 하노라. 정을선의 상소(上疏)를 보니 너의 참혹한 말을 어찌 다 칭량하리오? 너를 위하여 조서(詔書)를 내리나니 짐의 뜻을 저버리지 말라. 만일 조서를 거역한즉 역명(逆命)을 면치 못하리라.

---

35) 유명(幽明): 저승과 이승을 아울러 이르는 말.
36) 자닝히: 애처롭고 불쌍하여 차마 보기 어렵게.
37) 추증(追贈): 벼슬을 올려 줌.
38) 직첩(職牒): 조정에서 내리는 벼슬아치의 임명장.
39) 교지(敎旨): 임금이 벼슬아치에게 주던 임명, 해임 따위의 인사에 관한 명령.
40) 언관(言官): 임금의 잘못을 간(諫)하고 백관(百官)의 비행을 규탄하던 벼슬아치.

하였더라. 소저가 듣기를 다하매 그제야 유모를 불러 왈,

"천은이 망극하사 아녀자의 혼백을 위로하시고 또 가부(家夫)[41]가 적실(的實)한 줄을 밝히시니 황은이 태산 같도다."

인하여 시랑을 청하여 들어오라 하거늘, 어사가 유모를 따라 들어가 보
12 니, 좌우 창호(窓戶)가 겹겹이 닫혔거늘, 어사가 좌우로 살피나 티끌이 자
욱하여 인귀(人鬼)를 분변치 못할지라. 마음에 비창(悲愴)하여 이불을 들
고 보니 비록 살은 썩지 아녔으나 시신이 뼈만 남은지라. 어사가 울며 왈,

"낭자야, 나를 보면 능히 알소냐?"

그 소저가 공중으로서 대답하되,

"첩의 용납치 못할 죄를 사(赦)하시고 천 리 원정(遠程)[42]에 오시니 아무리 백골인들 어찌 감격치 않으리오? 첩이 박명한 죄인으로 상공의 하해(河海) 같은 인덕(仁德)을 입사와 외람하온 직첩을 받자오니, 어찌 감은(感恩)치 않으리잇가?"

어사가 왈,

"어찌하면 낭자가 다시 살아날꼬?"

소저가 답왈,

"첩을 살리려 하시거든 금성산 옥륜동을 찾아가 금성진인(金星眞人)을 보고 약을 구하여 오시면 첩이 회생하려니와 상공이 어찌 가 구하여 오심을 바라리잇고?"

어사가 기꺼 즉시 유모를 분부하여 '행장(行裝)을 차리라.' 하여, 유모
13 부처를 데리고 길에 올라 여러 날 만에 옥륜동에 이르러 기구(崎嶇)한 산
천을 넘어 도관(道觀)[43]을 찾으되, 운무(雲霧)가 자욱하여 능히 찾을 길이
없는지라. 마음에 초조하여 두루 찾더니, 한 곳에 이르니 일좌(一座)[44] 묘

---

41) 가부(家夫): 남에게 자기 남편을 이르는 말.

42) 원정(遠程): 먼 길.

43) 도관(道觀): 도사가 수도하는 곳.

44) 일좌(一座): 한 자리. 좌(座)는 집이나 묘 터 따위를 세는 단위.

당(廟堂)이 있거늘, 들어가 보니 인적이 없어 티끌이 자옥하거늘, 두루 찾다가 하릴없어 도로 나오더니, 묘당 앞 큰 나무 아래 한 구슬 같은 것이 놓였으니, 빛이 찬란하고 향취가 옹비(擁鼻)[45]하거늘, 이상이 여겨 집어 몸에 감추고 이에 묘당을 떠나 유모 부처를 데리고 산과 고개를 넘어 두루 찾으니, 들어갈수록 첩첩(疊疊)한 산중이요 능히 사람을 볼 길이 없는지라. 하릴없어 이에 산에서 내려와 촌점(村店)을 찾아 밤을 지내고, 익주로 돌아와 소저 빈소로 들어가니, 소저가 반겨 왈,

“상공이 약을 구하여 오시니잇가?”

어사가 답왈,

“슬프다. 약도 못 얻어오고 다만 행력(行力)[46]만 허비하니이다.”

소저가 왈,

“상공의 몸에 기이한 광채가 비치니, 무엇을 길에서 얻지 아니하시 14
니잇가?”

어사가 왈,

“이상한 구슬이 있기로 가져오니이다.”

소저가 왈,

“그것이 회생하는 구슬이니 첩이 살 때로소이다.”

하고 다시 말을 않으니, 어사가 그 구슬을 소저의 옆에 놓고 소저와 동와(同臥)하여 자다가 놀라 깨니 동방이 밝았는지라.

일어나 보니 구슬 놓였던 곳에 살이 연지빛같이 내살았거늘,[47] 그제야 신기히 여겨 유모를 불러 뵈고, 구슬을 소저의 몸에 구을리니, 불과 하룻밤 사이에 살이 윤택하여 붉은 빛이 완연(宛然)하고 옛 얼굴이 새로운지라. 반김을 이기지 못하여 익주자사에게 약을 구하여, 일변 약물로 몸을 씻기고 약을 먹이니, 자연 환생(還生)하여 인사를 차리는지라. 어사가 희

---

45) 옹비(擁鼻): 코를 둘러 쌈.

46) 행력(行力): 길을 갈 때 드는 노자나 힘.

47) 내살았거늘: 살아났거늘.

불자승(喜不自勝)[48]하여 가까이 나아가니, 소저가 죽었던 일을 전연히 잊어버리고 어사를 대하매 도리어 부끄리어 유모를 붙들고 통곡 왈,

"이것이 꿈이냐? 생시냐? 부친이 어디 계시뇨?"

하고 슬피 통곡하니, 어사가 소저의 옥수(玉手)를 잡아 위로하고 살펴보니, 요조(窈窕)한 색덕(色德)[49]이 절묘하여 짐짓 경국지색(傾國之色)[50]이라.

생이 대희하여 관사(官舍)에 기별하여 교자(轎子)[51]를 갖추어 소저를 황성으로 치송(治送)[52]할새, 소저가 유모를 데리고 승상 산소에 나아가 슬피 통곡하니, 일월(日月)이 무광(無光)하고 초목금수(草木禽獸)가 위하여 슬퍼하더라. 침실에 돌아와 유모 부처를 데리고 황성으로 올라올새, 소저는 금덩[53]을 타고 유부(乳父)는 대완마(大宛馬)[54]를 탔으며 각읍(各邑) 시녀가 녹의홍상(綠衣紅裳)으로 쌍쌍이 옹위(擁衛)[55]하여 올라가니 소과군현(所過郡縣)[56]의 인민들이 다투어 구경하며 서로 이르되,

"이런 일은 천고에 없다."

하더라. 어사가 왈,

"나는 익주 일도를 진무하기로 지금 올라가지 못하나니, 서찰을 가지고 올라가라."

하니라.

소저가 여러 날 만에 황성에 득달하여 왕비께 뵈고 전후수말(前後首

---

48) 희불자승(喜不自勝): 어찌할 바를 모를 만큼 매우 기쁨.
49) 색덕(色德): 여자의 고운 얼굴과 아름다운 덕행.
50) 경국지색(傾國之色): 임금이 혹하여 나라가 기울어져도 모를 정도의 미인이라는 뜻으로 뛰어나게 아름다운 미인을 이르는 말.
51) 교자(轎子): 가마.
52) 치송(治送): 짐을 챙겨서 길을 떠나보냄.
53) 금덩: 황금으로 호화롭게 장식한 가마.
54) 대완마(大宛馬): 서역에 있는 대완국(大宛國)에서 생산된 명마.
55) 옹위(擁衛): 주위를 둘러 쌈.
56) 소과군현(所過郡縣): 지나가는 곳의 군과 현.

末)을 고한대, 왕비 소저의 손을 잡고 낙루 왈,

"그대의 기상을 보니 천고의 숙녀어늘, 초년 팔자가 기험하여 원통한 누명을 실어 여러 해를 일월을 보지 못하였으니 세상을 칭량(稱量) 16
치 못하리로다."

유씨 고왈,

"소첩(小妾)의 팔자가 무상(無常)하옴이니 누를 한하리잇고? 황상의 넓으신 은혜와 어사의 하해지덕(河海之德)으로 세상에 다시 회생하여 밝은 일월을 보오니, 황은이 백골난망(白骨難忘)이로소이다."

언파(言罷)에 척연(戚然)[57] 수루(垂淚)[58]하더라.

차시 천자가 들으시고 예관(禮官)을 보내사 충렬부인께 치하하시니 왕비와 충렬부인이 못내 천은을 칭송하며, 충렬부인이 왕비를 지성으로 섬기고, 정렬부인을 예로써 대접하며 노복을 은의(恩誼)로 구휼(救恤)하니, 왕비가 지극히 사랑하며 노복 등이 은혜를 칭송하더라.

일일(一日)은 왕비 충렬부인과 정렬부인을 불러 가로대,

"정렬 현부(賢婦)는 충렬의 버금이니 차례를 분명히 하라."

유씨 고왈,

"그렇지 아니하나이다. 정렬부인은 정문(門)에 먼저 들어와 존고(尊
姑)[59]를 섬겼삽고, 첩은 나중에 입문(入門)하였사오니, 원비(元妃)[60]되 17
옴이 불가하나이다."

왕비 왈,

"현부(賢婦)를 먼저 정빈(定嬪)한 바이니 황상께 주(奏)하여 선후를 정하리라."

하고, 인하여 연유를 천자께 주달(奏達)한대, 상이 하교(下敎)하사 '충렬

---

57) 척연(慽然): 근심스럽고 슬픔.
58) 수루(垂淚): 눈물을 흘림.
59) 존고(尊姑): 시어머니를 높여 이르는 말.
60) 원비(元妃): 임금의 정실부인을 이르는 말. 여기서는 정을선의 정실부인을 가리킴.

부인으로 원비(元妃)를 정하라.' 하시니, 유씨 다시 사양치 못하고 원비 소임을 감당하여 구고(舅姑)[61]를 지효로 섬기니, 왕비와 가중(家中)이 다 기꺼하되, 정렬부인이 심중에 애달파 황상을 원망하고 왕비를 미워하여 가만히 충렬부인 해하기를 꾀하더라.

차시 어사가 익주 일도를 순무(巡撫)하여 백성을 인의(仁義)로 다스리고, 선자(善者)를 이직(移職)하고 불선자(不善者)를 파직(罷職)하며 탐관자(貪官者)를 중률(重律)을 써 선참후계(先斬後啓)[62]하니, 불과 수년지내에 천하가 태평하더라. 서천(西川) 사십일주(四十一州)를 순무하기를 마치매, 황성으로 올라와 탑전(榻前)에 봉명(奉命)[63]한대, 상이 어사의 손을 잡으시고 못내 기꺼하시고 또 유씨를 살려 돌아온 일을 치하하시니, 어사가 복지 주왈,

18 "이러하옵기는 다 황상의 넓으신 덕택이오니, 신이 만 번 죽사와도 천은을 다 갚지 못하리로소이다."

천자가 위로하시고 벼슬을 돋우어 금자광록대부(金紫光祿大夫) 우승상(右丞相)을 하이시고 상사(賞賜)를 많이 하시니, 승상이 천은을 숙사(肅謝)하고 퇴조하여 돌아와 부왕과 모비께 뵈온대, 왕비 반기며 눈물을 드리워 유씨 상환함을 못내 칭찬하고 신기히 여기더라. 양부인(兩夫人)이 차례로 들어와 예를 마치매, 승상이 또한 유씨를 돌아보아 원정(遠程)에 무사히 득달함을 치하하고 누수(淚水) 옥안(玉顔)에 이음차니,[64] 부인이 염슬(斂膝)[65] 왈,

"첩이 무사히 올라오기는 승상의 덕이요, 즐거움을 어찌 이루 칭량(稱量)하리잇고?"

하더라.

---

61) 구고(舅姑): 시부모.

62) 선참후계(先斬後啓): 군율을 어긴 자를 먼저 처형한 뒤에 임금에게 아뢰던 일.

63) 봉명(奉命): 임금이나 윗사람의 명령을 받듦.

64) 이음차니: 줄줄이 이어지니.

65) 염슬(斂膝): 무릎을 모아 몸을 단정히 함.

이날 밤에 승상이 유씨 침소에 들어가니, 유씨 맞아 좌정(座定) 후에 염임(斂衽)[66] 고왈(告曰),

"상공은 너무 첩을 생각치 마르시고 조부인을 친근히 하옵소서."

승상이 답왈,

"내 어찌 조씨를 박대하리오? 부인은 여차(如此) 염려를 말라."

하고 부인의 옥수를 잡고 침석(寢席)에 나아가니, 부인이 옛일을 생각하 19
고 비희(悲喜) 교집(交集)[67]하여 탄식하거늘, 승상이 위로 왈,

"고진감래(苦盡甘來)는 우리를 두고 이름이라. 어찌 오늘날 이렇듯 만남을 뜻하였으리오?"

하며 언사(言辭)가 자약(自若)[68]하니, 유모 기꺼 사례하여 가로대,

"양위(兩位) 저렇듯이 즐기시니 노신(老身)의 한이 다시 없도소이다."

승상이 소왈,

"유모의 정성으로 부인이 회생하였으니, 노고(老姑)의 덕은 산이 낮고 바다가 얕은지라. 어찌 생전에 다 갚으리오?"

하며 즐기더니, 이미 야심(夜深)하매 촉을 장외(帳外)로 물리니, 유모가 제 방으로 돌아와 지아비 충복더러 왈,

"우리 이제 죽어도 한이 없도다. 승상이 우리 소저를 사랑하심이 지극하시니 어찌 즐겁지 않으리오?"

충복이 듣고 탄식 왈,

"상공이 충렬부인 사랑하심이 도리어 즐겁지 아니하도다. 후일에 반드시 좋지 아니한 일 있으리라."

할미 문왈,

"그 어인 말인고?"

답왈,

---

66) 염임(斂衽): 삼가 옷깃을 여밈.

67) 교집(交集): 이런저런 생각이 뒤얽히어 서림.

68) 자약(自若): 보통 때처럼 침착함.

"정렬부인은 조왕의 딸이니 국족(國族)[69]으로 세력이 중(重)한 부인
20 이요, 위인(爲人)이 양선(良善)치 못하니, 승상이 충렬부인을 편벽히 사
랑하시면 정렬부인이 시기할 것이니, 일후에 보면 알려니와 무삼 연고
가 있을까 하노라."

유모가 청파(聽罷)에 그러이 여겨 또한 염려하더라.

차시 승상이 유부인의 침실에서 자고 익일(翌日) 야(夜)에 조부인의 침소에 들어가니, 조부인 왈,

"첩의 곳에 어찌 들어오시니잇가? 유씨의 침소로 가소서."

승상이 웃으며 내렴(內念)에 그 현숙치 못함을 미온(未穩)[70]히 여기더라.

차시 국태민안(國泰民安)[71]하고 사방이 무사하여 백성이 격양가(擊壤歌)[72]로 일을 삼으니, 이러므로 승상이 수유(受由)[73]를 얻어 양부인(兩夫人)을 데리고 날마다 풍악을 주(奏)하며 연락(宴樂)하는지라. 만조백관(滿朝百官)이 놀기를 다투어 날마다 승상부에 모여 가무(歌舞)로 연락하니, 장안 백성들이 이르되,

"정승상의 유복한 팔자는 짐짓 곽분양(郭汾陽)[74]을 부러워 않으리라."

하더라. 차시 유부인이 잉태한 지 이미 칠삭(七朔)이라. 조부인이 날로 시
21 기하여 매양 유부인을 해할 마음을 두나 승상이 가내(家內)를 명찰(明察)

---

69) 국족(國族): 임금의 혈족.

70) 미온(未穩): 평온하지 않음.

71) 국태민안(國泰民安): 나라가 태평하고 백성이 편안함.

72) 격양가(擊壤歌): 풍년이 들어 농부가 태평한 세월을 즐기는 노래. 중국의 요임금 때에, 태평한 생활을 즐거워하여 불렀다고 함.

73) 수유(受由): 일정한 직업이나 일 따위에 매인 사람이 다른 일로 말미암아 얻는 겨를.

74) 곽분양(郭汾陽): 곽자의(郭子儀). 중국 당나라 때의 무장(武將)으로 안사(安史)의 난을 평정했음. 분양왕(汾陽王)에 봉해졌으며 당나라 최대의 공신으로서 영광을 누렸음.

하매 능히 행계(行計)[75]치 못하고 애달파함을 이기지 못하더라.

나라가 태평하여 정히 일이 없더니, 문득 서방(西方) 절도사(節度使)의 급한 표문(表文)이 올라오니, 상이 보시매 다른 사의(事意)[76] 아니라.

> 서융(西戎)이 반(叛)하여 서방(西方) 삼십여 성을 쳐 항복받고 승승장구(乘勝長驅)하여 물밀 듯 황성을 향하되 능히 막을 길이 없사오니, 원(願) 폐하는 명장(名將)을 택하사 조석(朝夕)의 급함을 방비하소서.

하였더라. 상이 보시고 대경하사 만조백관을 모으시고 의논하실새, 좌승상(左丞上) 정을선이 출반(出班) 주왈(奏曰),

"서융이 강포(强暴)함을 믿고 외람히 대국을 침범하오니, 신이 비록 재주 없사오나 일지병(一枝兵)을 빌리시면 한 번 북쳐 서융을 사로잡아 폐하의 근심을 덜리이다."

상이 대희하사 왈,

"경의 충성과 지략을 짐이 아는 바라. 무삼 근심이 있으리오? 부디 경적(輕敵)치 말고 서융을 쳐 항복받아 대국 위엄을 빛내고 경의 이름 22
을 사해(四海)에 진동케 하라."

하시고, 십만 대병과 맹장(猛將) 천여원(千餘員)을 주시고, 천자가 어필(御筆)로 대장수기(大將帥旗)에 친히 쓰시되, '대송(大宋) 좌승상(左丞相) 병마도총독(兵馬都摠督) 대사마대장군(大司馬大將軍) 평서대원수(平西大元帥) 정을선'이라 하였으니, 을선의 엄숙함이 맹호 같더라.

즉일 발행할새 동(冬) 십일 월 십일 일 갑자(甲子)에 행군령(行軍令)을 놓고, 잠깐 집에 돌아와 모비께 고하되,

"국은이 망극하와 벼슬이 대사마대장군 대원수에 이르렀사오니, 몸이 맞도록 국은을 만분지일이나 갚을까 하옵나니, 모친은 소자의 출전

---

75) 행계(行計): 일을 꾸며 실행함.

76) 사의(事意): 일의 내용.

함을 염려치 마르시고 기체(氣體)[77] 안강(安康)[78]하옵소서."

인하여 하직하니, 왕비가 눈물을 흘려 왈,

"인신(人臣)이 되어 난세(亂世)에 대병을 거느려 국은을 갚으매 신자(臣子)의 떳떳한 일이요, 또 '국가를 돌아보는 자는 집을 유련(留戀)[79]치 아니한다.' 하니 급히 가 도적을 평정하고 대공을 세워, 이름이 사
23 해에 진동하고 얼굴을 인각(麟閣)[80]에 그림이 남아의 사업이니, 노모를 유련치 말고 쉬이 성공 반사(班師)[81]함을 바라노라."

하니, 원수가 이에 모전(母前)에 함루(含淚) 하직하고 물러나와 유부인을 향하여 왈,

"그대 등은 모비를 지성으로 받들어 복(僕)의 돌아옴을 기다리라."

하고, 또 조부인에게 왈,

"유씨는 고단(孤單)한 사람이니 부디 불쌍히 여기며, 이미 태기(胎氣) 있은 지 칠삭(七朔)이니, 만일 생남하거든 좋이 보호하소서."

하고 또 유부인을 향하여 왈,

"아무쪼록 가중(家中)이 화평하고 무사함을 바라노라."

두 부인이 대왈,

"가중사(家中事)는 염려치 마르시고 대공을 이뤄 쉬이 돌아오심을 바라나이다."

하며 보니, 유부인은 근심하는 빛이 있고 조부인은 기꺼하는 빛이 있거늘, 괴히 여겨 조부인에게 왈,

---

77) 기체(氣體): 몸과 마음의 형편.

78) 안강(安康): 편안하고 건강함.

79) 유련(留戀): 차마 떠나지 못하고 그리워함.

80) 인각(麟閣): 기린각(麒麟閣). 나라에 공을 세운 인물들의 얼굴을 그려 모신 전각. 기린각은 중국 한(漢)나라의 무제(武帝)가 장안(長安)에 세운 전각으로 선제(宣帝) 때 곽광(霍光) 등 공신 11명의 화상(畵像)을 그려 각상(閣上)에 걸어 놓았음.

81) 반사(班師): 군사를 이끌고 돌아옴.

"가부(家夫)를 만리 원지(遠地)에 이별하니 응당 수색(愁色)이 있을 것이어늘, 부인은 어찌 희색(喜色)이 있나뇨?"

조부인 왈,

"이 어찐 말씀이시니잇고? 상공이 대원수 직임(職任)을 당하시니 신 24
자의 당연한 직분이요, 둘째는 십만 대병을 거느려 만이(蠻夷)[82]를 정
벌하시니 대장부의 쾌사(快事)요, 셋째는 무지한 도적을 한 번 북 쳐
파(破)하매 위엄이 천하에 진동하고 및 대공을 세우고 승전고(勝戰鼓)
를 울려 반사하매, 위로 천자가 예대(禮待)하시고 아래로 만조(滿朝) 공
경(公卿)[83]이 흠앙(欽仰)[84]하며, 영명(榮名)이 천추(千秋)[85]에 전하고 얼
굴이 기린각(麒麟閣)에 오르리니, 상공이 영화를 띠어 환가(還家)하시
매 위로 존고(尊姑)의 환희하심과 아래로 첩 등의 평생이 영화로움을
자부(自負)하여 웃음을 머금어 반가이 맞으리니, 이를 생각하매 자연
화기(和氣) 동(動)함이니이다."

언파(言罷)에 음성이 옥(玉)을 마아는 듯하고[86] 얼굴이 순화(純化)하여, 장부의 회포를 눅이는지라.[87]

승상이 다시 할 말이 없어 모친께 하직하고 두 부인을 이별한 후 교장
(敎場)에 나와 삼군을 조련(調練)하여 행군할새, 천자가 난가(鸞駕)[88]를
동(動)하사 문외에 나와 원수를 전송(餞送)[89]하시니, 원수가 용전(龍前)에
하직한대, 상이 어주(御酒)를 권하시고 손을 잡으사 왈, 25

---

82) 만이(蠻夷): 중국 변방의 오랑캐.

83) 공경(公卿): 삼공(三公)과 구경(九卿)을 아울러 이르는 말. 삼공(三公)은 중국에서 최고의 관직에 있으면서 천자를 보좌하던 세 가지 벼슬이고 구경(九卿)은 삼정승에 다음 가는 아홉 고관직을 가리킴.

84) 흠앙(欽仰): 공경하여 우러러 사모함.

85) 천추(千秋): 오래고 긴 세월.

86) 마아는 듯하고: 부서지는 듯하고.

87) 눅이는지라: 굳거나 뻣뻣하던 것이 무르거나 부드러워지게 되는지라.

88) 난가(鸞駕): 임금이 거동할 때 타고 다니던 가마.

89) 전송(餞送): 서운하여 잔치를 베풀고 작별하여 보냄.

"경은 충성을 다하여 흉적을 파하고 대공을 세워 짐의 근심을 덜라." 하시고 환궁하시다. 원수가 이에 방포(放砲)[90] 삼성(三聲)에 행군함을 재촉하니, 기치(旗幟)[91] 검극(劍戟)[92]이 백 리에 벌였더라.

차시(此時) 정렬부인이 충렬부인을 해코자 하여 한 계교를 생각하고 시비 금연을 불러 귀에 대고 왈,

"너를 수족 같이 믿나니, 나의 가르치는 대로 행하라."

금연이 대왈,

"부인이 분부하심을 소비(小婢) 어찌 진심(盡心)치 않으리잇가?"

부인 왈,

"승상이 유부인을 각별(恪別) 사랑하는 중 겸하여 유씨 잉태(孕胎) 만삭(滿朔)하였고, 나는 상공의 조강(糟糠)[93]이나 대접함이 소홀하고 생산(生産)의 길이 망연하니, 유녀가 만일 생남하면 그 총애 백 배나 더할 것이요, 나의 전정(前程)은 아주 볼 것이 없으리니, 이를 생각하면 통분하미 각골(刻骨)[94]한지라. 여차여차하여 미리 소제(掃除)[95]하면
26 나의 평생이 영화로우리니, 네 만일 성사하면 천금으로 상을 주고 일생을 편케 하리라."

금연이 응낙하고 물러 나오니라.

차시 조부인이 유부인을 청하여 왈,

"오늘 일기 화창하오니 후원에 나아가 춘경을 완상(玩賞)하여 울울한 마음을 위로코자 하오니, 부인의 존의(尊意)[96] 어떠하시니잇고?"

---

90) 방포(放砲): 군중(軍中)의 호령으로 포나 총을 쏘는 일.
91) 기치(旗幟): 군대에서 쓰던 깃발.
92) 검극(劍戟): 칼과 창을 아울러 이르는 말.
93) 조강(糟糠): 조강지처(糟糠之妻). 지게미와 쌀겨로 끼니를 이을 때의 아내라는 뜻으로, 몹시 가난하고 천할 때에 고생을 함께 겪어 온 아내를 이르는 말.
94) 각골(刻骨): 고마움이나 원한 따위가 잊을 수 없을 만큼 마음속에 깊이 새겨짐.
95) 소제(掃除): 없애버림.
96) 존의(尊意): 남의 뜻이나 의견을 높여 이르는 말.

유부인이 좋음을 답하고 후원에 이르니, 조부인이 마침 신기(身氣) 불평하시므로 도로 내려가셨다 하거늘, 유부인이 그 꾀를 모르고 즉시 내려가 보니, 조부인이 금구(衾具)[97]를 높이 덮고 누웠거늘, 유부인이 곁에 나아가 문왈,

"부인은 어디를 그리 불평하시뇨?"

조부인이 더욱 앓는 소리를 엄엄(奄奄)히[98] 하여 인사(人事)를 모르는 체하거늘, 유씨 일변 놀라고 민망하여 급히 왕비께 고하고 일변 약을 달여 권하니, 차시 밤이 깊었고 인적이 고요하더라. 조씨 약을 마신 후 목안의 소리로 가로대,

"나의 병이 나은 듯하니 부인은 침소로 가 편히 쉬소서. 첩의 병은 날이 오래면 자연 나으리이다." 27

유부인 왈,

"부인의 병이 저렇듯 위중하시니 어찌 가 자리잇고?"

하고 가지 아니하니, 조부인이 재삼 권하여 왈,

"아까 약을 먹은 후 지금은 나은 듯하오니 염려 마르시고 돌아가소서."

하거늘, 유부인이 마지못하여 침소로 돌아와 누웠더니, 차시 금연이 유부인이 돌아오기 전에 남복을 입고 유부인의 침소에 들어가 침병(枕屛)[99] 뒤에 숨었는지라. 조부인이 왕비의 사촌 오라비 성복록을 청하여 금은을 많이 주고 계교를 가르쳐, '이리이리 하라.' 하니, 성복록은 욕심이 많은 자라. 밤이 깊은 후에 왕비 침소에 들어가 왕비께 고하되,

"정렬부인의 병이 중하매 소제(小弟) 저의 의약을 다스리며 보오니, 충렬부인이 구병(救病)하는 체하옵더니 밤이 깊지 못하여 몸이 곤뇌(困惱)타 하옵고 시비를 물리치고 가오매, 가장 괴이하옵기로 뒤를 따

---

97) 금구(衾具): 이부자리.

98) 엄엄(奄奄)히: 숨이 곧 끊어지려는 듯이 매우 신음하여.

99) 침병(枕屛): 잠자리의 머리맡에 치는 병풍.

28 라 살피온즉, 모양과 의표(儀表)[100]가 이러이러한 남자가 한가지로 침
소로 들어가옵더니 등촉을 물리치고 희락지성(喜樂之聲)이 낭자(狼藉)
하오니 이런 변이 어디 있으리잇고?"

왕비 이르되,

"충렬부인은 이러할 리 만무하니 네 잘못 보았도다."

하고 꾸짖으니, 복록이 할 말이 없어 나왔다가 다시 들어가 고하되,

"아까 잘못 보았다 꾸짖으시기로 다시 가 보오니 분명한 남자라. 어떠한 놈과 동침하여 희학(戱謔)[101]이 낭자하오니 내 말을 믿지 아니하시거든 친히 가 보옵소서."

왕비 왈,

"네 분명히 보았나냐?"

복록이 다시 고왈,

"아무리 우매(愚昧)하오나 어찌 허언(虛言)을 하리잇고? 지금 수작(酬酌)이 난만(爛漫)[102]하오니 한가지로 가시면 자연 알으시리이다."

왕비 묵연양구(默然良久)에 시비를 거느리고 유부인 침소에 이르니,
밤이 정히 삼경(三更)이라. 유부인이 잠들었더니, 왕비 불을 밝히고 유부
29 인의 침소에 들어가니 과연 어떤 놈이 뛰어 내달아 복록을 차버리고 후
원으로 달아나거늘, 왕비가 대경하여 인사를 차리지 못하다가 노기(怒氣)
가 대발하여 시비를 호령하여 '잡아 꿇리라.' 하니, 시비 달려들어 부인
을 잡아갈새, 차시 유부인이 잠결에 놀라 깨달으니 시비 달려들어 잡아
계하에 꿇리는지라. 유부인이 정신이 삭막하더니, 왕비 여성(厲聲)[103] 왈,

"너는 일국 정승의 부인으로 사람이 감히 우러러보도 못하거늘, 네 무엇이 부족하여 여차(如此) 간음지사(姦淫之事)를 행하여 왕공(王公)

---

100) 의표(儀表): 몸을 가지는 태도.

101) 희학(戱謔): 실없는 말로 하는 농지거리.

102) 난만(爛漫): 어지러이 많음.

103) 여성(厲聲): 성이 나서 큰 소리를 지름.

의 집을 망케 하니, 네 죄는 내 친히 본 바라. 발명(發明)[104]치 못할 것이니 열 번 죽어도 아깝지 아니하도다."

하니, 유씨 겨우 인사를 차려 왈,

"첩이 죄를 알지 못하오니 죄나 알아지이다."

왕비 더욱 대로 왈,

"어찌 죄를 모르노라 하나뇨? 천하에 살리지 못할 것은 음녀(淫女)로다."

하고, 복록을 호령하여 큰 칼을 씌워 내옥(內獄)에 엄히 가두고 안으로
들어가니, 유씨 하릴없어 옥중에 들어가 가슴을 두드리고 시비 금섬을 30
불러 죄명을 물어 알고 진정하여 이르되,

"이러하면 나의 죄를 어찌 벗어날꼬? 다만 승상의 끼친 바 혈육이 세상에 나지 못하고 죽으면 그것이 유한(遺恨)이로다."

하고 방성대곡(放聲大哭)하며 수건을 내어 결항(結項)하려 하더니, 다시 생각하되, '내 이제 죽으면 나의 무죄(無罪)함을 뉘 알리오? 아무쪼록 세상에 부지(扶持)하여 누명을 신설(伸雪)[105]하고 죽으리라.' 하고 다만 호곡(號哭)하다가 기절하니, 금섬이 뫼셨다가 놀라 붙들어 급히 구호하니 이윽고 회생하거늘, 금섬이 위로 왈,

"부인이 이제 죽사오면 더러운 악명을 면치 못할 것이오니, 아직 일을 보아가며 사생을 결단하옵소서,"

부인이 이르되,

"네 말이 가장 옳으니, 불측한 말을 듣고 어찌 일시(一時)를 세상에 처하리오?"

하고 다시 자결하려 하거늘, 금섬이 만단개유(萬端開諭)[106]하니, 부인이 31
침음(沈吟)[107]하다가 왈,

---

104) 발명(發明): 죄나 잘못이 없음을 말하여 밝힘.

105) 신설(伸雪): 가슴에 맺힌 원한을 풀어 버리고 창피스러운 일을 씻어 버림.

106) 만단개유(萬端開諭): 여러 가지로 타이름.

"네 비록 천비(賤婢)나 나의 무죄함을 불쌍히 여겨 이렇듯 위로하니 금세(今世)에 드문 충비(忠婢)로다. 연(然)이나 나를 위하여 양책(良策)을 생각하여 나의 무죄함을 변백(辨白)[108]함을 바라노라."

금섬이 하직고 제 집으로 돌아가니라.

차하(且下)를 분해(分解)하라.[109]

세(歲) 을사(乙巳) 삼월일(三月日) 향목동 서(書)

---

107) 침음(沈吟): 속으로 깊이 생각함.

108) 변백(辨白): 옳고 그름을 가려 사리를 밝힘.

109) 차하(且下)를 분해(分解)하라: 또 다음을 잘 보라는 내용으로 장회소설 한 회의 마지막에 붙는 상투적 구절.

정을선전 권지삼 종(終)

차설(且說).[1] 금섬이 제 집에 돌아와 제 부모더러 부인의 하던 수말(首 1
末)을 낱낱이 전하니, 제 부모가 참혹히 여겨 가로대,

"너는 아무쪼록 계교를 베풀어 부인을 살려내라."

금섬 왈,

"유부인이 명일에는 형장(刑杖) 아래 곤욕을 당하시리니, 다만 구하여 낼 계교가 있사오되 행장(行裝)[2]이 없으매 한이로소이다."

그 어미 이르되,

"행장이 있으면 네 무삼 수단으로 구하려 하는다?"

금섬이 대왈,

"오라비 일일(一日)에 오백 리씩 다닌다 하오니, 행장 곧 있사오면 부인의 서간을 가지고 승상 노야(老爺) 진중(陣中)에 가오면 능히 살릴 도리 있나이다."

그 부모가 가로대,

"행장이 무엇이 어려우리오? 네 말대로 행장을 차려 줄 것이니 아무쪼록 충렬부인을 무사케 하라."

금섬이 대희하여 즉시 옥중에 들어가 부인을 보고 제 부모와 문답하던 말을 고하고 서찰을 청한대, 부인 왈,

---

1) 차설(且說): 고소설에서 화제를 돌려 다른 이야기를 꺼낼 때 이야기의 첫머리에 쓰는 말.

2) 행장(行裝): 길을 떠날 때 쓰는 물건과 차림.

2 "네 오라비 나를 살리고자 하니 차은(此恩)을 어찌 다 갚으리오?"

언파(言罷)에 눈물을 흘리며 서간을 닦아 주거늘, 금섬이 받아가지고 나와 제 오라비 호철을 불러 편지를 주며 왈,

"사세(事勢) 급박하니 너는 주야배도(晝夜倍道)[3]하여 다녀오라. 황성에서 서평관(西平關)이 삼천여 리니 부디 조심하여 다녀오라."

하고, 옥중에 들어가 옥중에 들어가 호철 보낸 사연을 고하고, 왕비 침전(寢殿)에 근시(近侍)하는 시비 월매를 불러 왈,

"충렬부인의 참혹한 일을 너도 알려니와 우리 등이 아무쪼록 살려냄이 어떠하뇨?"

월매 왈,

"어찌하면 살려내리오?"

섬이 대왈

"명일 아침이 되면 왕비 상소(上疏)하여 죽일 것이니 우리 관계치 아니하나, 충렬부인이 무죄히 죽으리니 불쌍하시고 또한 복중(腹中)의 승상의 혈육이 아깝도다."

인하여 충렬부인의 전어(傳語)를 설파(說破)[4]하고 왈,

3 "이제 옥문 열쇠가 왕비 계신 침전에 있다 하니 들어가 도적하여 줌을 바라노라."

월매 응낙고 가더니 이윽고 열쇠를 가져 왔거늘, 금섬 왈,

"나는 여차여차할 것이니, 너는 여차여차하라."

월매 눈물을 흘려 왈,

"나는 너 가르친 대로 하려니와 네 부모를 어찌하고 몸을 버리려 하난다?"

금섬이 탄왈(歎曰),

"우리 부모는 나의 동생이 여럿이니 설마 부모의 경상(景狀)이 편치

---

3) 주야배도(晝夜倍道): 밤낮으로 쉬지 않고 감.

4) 설파(說破): 어떤 내용을 듣는 사람이 납득하도록 분명하게 드러내어 말함.

못하리오? 사람이 세상에 나매 장부는 입신양명(立身揚名)하여 나라를 섬기다가 난세를 당하면 충성을 다하여 죽기를 무릅써 임군을 도움이 직분이요, 노주간(奴主間)은 상전(上典)이 급한 일이 있으면 몸이 맞도록 섬기다가 죽는 것이 당연하니, 내 이리하는 것은 나의 직분을 다함이니, 너는 말리지 말라. 부디 내 말대로 시행하여 부인을 잘 보호하라."

하고, 옥문을 열고 월매와 한가지로 들어가 고왈,

"부인은 빨리 나오소서."

부인 왈,

"너는 어디로 가고자 하난다?"

금섬이 대왈,

"일이 급박하니 바삐 나옵소서." 4

부인이 비례(非禮)임을 알되 애매히 죽음에 원통한지라. 이에 나올새, 월매는 부인을 뫼시고 나오되 금섬은 도로 옥으로 들어가니, 부인이 괴히 여기나 묻지 못하고 월매를 따라 한 곳에 이르니, 월매가 부인을 인도하여 지함(地陷)[5] 속에 감추고 왈,

"이목(耳目)이 번거하오니 말씀을 마시고 종말을 기다리소서."

하더라.

어시(於是)에[6] 금섬이 옥중에 들어가 백포 수건으로 목을 매어 자는 듯이 죽었는지라. 월매가 이를 보고 마음에 떨려 놀랍고 정신이 비월(飛越)하여 슬픔을 머금고 가슴을 두드리며 눈물을 흘리다가, 하릴없어 얼굴을 두루 깎아 혈흔(血痕)을 내어 남이 알아보지 못하게 하고, 혈서를 쓴 것을 옷고름에 차이고, 옥문을 전같이 잠그고 열쇠는 전에 두었던 곳에 두었더니, 차시(此時) 왕비 조부인을 불러 상소를 지어놓고 노복을 불러 '옥문을 열고 유부인을 잡아내라.' 하니, 옥졸이 명을 듣고 들어가 보 5

5) 지함(地陷): 땅굴.

6) 어시(於是)에: 이때에.

니, 부인이 이미 백깁으로 목을 매어 자처하였으니, 혈흔이 낭자하여 보기에 참혹하거늘 불승황겁(不勝惶怯)[7]하여 자세히 보니 옷고름에 혈서 쓴 종이를 매었거늘, 황망히 끌러 가지고 나와 왕비께 부인의 자결하심을 고하고 혈서를 드리니, 왕비 대경하여 혈서를 떼어보니 그 글에 하였으되,

박명인생(薄命人生) 유씨는 슬픈 소회(所懷)를 천지신명(天地神明)께 고
하나이다. 슬프다, 부모의 생육구로지은(生育劬勞之恩)[8]이 바다가 얕고 산
이 가벼운지라. 십오 세에 승상을 만나 악명(惡命)은 무삼 일고? 죽은 지
삼 년 만에 원(寃)이 깊었더니, 다시 회생하기는 황상의 넓으신 덕택과 왕
비의 성덕(聖德)과 승상의 활달대도(豁達大度)[9]하신 은덕으로 일월성신(日
月星辰)과 후토신령(后土神靈)[10]에게 발원(發願)하여 다시 인연을 맺었더
니, 가지록[11] 팔자가 무상하여 원통한 악명을 무릅써 죽으니, 하늘이 정하
6 신 수(數)[12]를 도망키 어렵도다. 첩은 죄악이 심중하여 죽거니와 유모 부
처는 무삼 죄로 가두었는고? 슬프다, 지하에 무삼 면목으로 부모께 뵈오리
오? 다만 복중에 끼친 바 승상의 혈육이 어미 죄로 세상에 나지 못하고 죽
으니 한 조각 한이 깊도다.

하였더라. 왕비 보기를 마치매 도리어 참혹하여 염습(殮襲)을 극진히 하여 안장하고 유모와 시비를 다 놓으니, 유모 부부가 부인을 생각하고 천지를 부르짖어 통곡하니, 그 참혹함을 이루 칭량(稱量)치 못할러라.

이적에[13] 금년이 옥졸의 말을 들으니 서로 일러 왈,

7) 불승황겁(不勝惶怯): 겁이 남을 이기지 못함.
8) 생육구로지은(生育劬勞之恩): 자식을 낳아서 기르느라고 힘을 들이고 애를 쓴 은혜.
9) 활달대도(豁達大度): 도량이 크고 넓음.
10) 후토신령(后土神靈):
11) 가지록: 갈수록.
12) 수(數): 운수, 운명.

"충렬부인이 미색(美色)으로 천하에 유명하다 하더니, 이번에 본즉 수족도 곱지 아니코, 잉태 칠삭(七朔)이라 하되 배부르지 않으니 괴이하다."

금년이 이 말을 듣고 의괴(疑怪)하여 조씨께 이 연유를 고하니, 조녀가
이 말을 듣고 왕비께 여쭙되, 왕비 듣고 괴히 여겨 그 무덤을 파고 보니
과연 유부인이 아니요, 시비 금섬일시 분명한지라. 왕비 대로하여 옥졸 7
을 잡아들여 국문(鞠問)[14]한대 옥졸이 무죄함을 발명(發明)하거늘, 왕비
여성(厲聲) 왈,

"유부인이 옥중에 갇혔을 제 시비 등이 왕래함을 여등(汝等)이 알 것이니, 은휘(隱諱)[15]치 말고 바로 아뢰라. 만일 태만함이 있으면 죽기를 면치 못하리라."

옥졸이 다시 고하대,

"금섬과 월매 두 시비만 왕래하였고 다른 사람은 보지 못하였나이다."

왕비 청파(聽罷)에 대로하여 '금섬의 부모를 부르고 월매를 잡아들이라.' 하여 문왈,

"여등이 유부인을 빼어다가 어디 두고, 또 처음의 흉악한 놈으로 통간하였으니 여등은 알지라. 그 놈이 어떠한 놈이며 유부인은 어디로 보내었나뇨? 바로 아뢰어라."

하고 엄형 추문(推問)[16]하니, 금섬의 부모는 전혀 모르는 일이라. 다만 고왈,

"장하(杖下)[17]에 죽사와도 아지 못하오니 죽어지라."

---

13) 이적에: 이때에.

14) 국문(鞠問): 역적 등의 중죄인을 신문하기 위하여 국청(鞠廳)을 설치하고 형장(刑杖)을 가하여 중죄인(重罪人)을 신문하던 일.

15) 은휘(隱諱): 꺼리어 감추거나 숨김.

16) 추문(推問): 죄상을 추궁하여 심문함.

17) 장하(杖下): 죄인을 심문할 때 쓰던 몽둥이의 아래.

8 하거늘, 왕비 더욱 노하여 추문하되 월매 혀를 깨물어 죽기를 사양치 아니하니, 왕비 노기충천(怒氣衝天)하여 금섬의 부모를 옥에 가두고, 월매는 다시 형벌을 갖추어 불로 지지되 승복(承服)치 않으니, 하릴없어 도로 옥에 가두니라.

이적에 월매 유부인을 지함 속에 넣고 밥을 수건에 싸다가 겨우 연명하더니, 하루는 기운이 시진(澌盡)[18]하여 죽기에 임하였더니 문득 해복(解腹)하니, 여러 날에 굶은 산모가 어찌 살기를 바라리오? 정신을 수습하여 생아(生兒)를 보니 이 곧 남자이어늘, 일희일비(一喜一悲)하여 차탄(嗟歎) 왈,

"박명한 죄로 금섬이 죽고 월매 또한 죽기에 이르렀으니, 어찌 참혹치 않으리오?"

하여 아이를 안고 이르되,

"네가 살면 내 원수를 갚으려니와 이 지함 속에 들었으니 뉘라서 살리리오?"

하며 목이 메어 탄식하니, 그 부모의 참혹함과 슬픔을 이루 측량치 못할러라.

차시 월매가 독한 형벌을 당하고 옥중에 갇히었으나 저의 괴로움은 생
9 각하지 아니하고 도리어 부인의 주림을 자닝하여 탄식하기를 마지아니하더라.

차시 금섬의 오라비 유부인의 글월을 가지고 주야배도(晝夜倍道)하여 서평관에 다다라 진(陣) 밖에 엎드려 대원수 노야 본댁(本宅)에서 서찰을 가지고 왔음을 고하니, 차시 원수가 한 번 북 쳐 서융을 항복 받고 백성을 진무하며 대연(大宴)을 배설(排設)하여 삼군으로 즐길새, 장졸이 희열하여 승전고(勝戰鼓)를 울리며 즐기더라.

일일(一日)은 원수가 일몽(一夢)을 얻으니 충렬부인이 큰 칼을 쓰고 장하(帳下)에 들어와 이르되,

---

18) 시진(澌盡): 기운이 빠져 없어짐.

"나는 팔자가 기박하여 정렬[19]의 음해(陰害)[20]를 입어 죽기에 임하였으되, 승상은 타연(妥然)히 여기시니 인정(人情) 아니로소이다."

하거늘, 원수가 다시 묻고자 하더니, 문득 진중(陣中)에 북소리 자주 동(動)하매 놀라 깨니 남가일몽(南柯一夢)[21]이라. 놀라고 몸이 떨리어 일어나니 군사가 편지를 드리거늘 개탁(開坼)[22]하여 보니 유부인 서간이라. 그 글에 하였으되, 10

박명한 죄첩(罪妾)은 두 번 절하고 상공 휘하(麾下)에 올리나이다. 첩의 죄 심중하여 세상을 버린 지 삼 년 만에 장군의 은덕을 입사와 살아났사오니, 환생지덕(還生之德)[23]을 만분지일이나 갚을까 바라더니, 여액(餘厄)이 미진하와 지금 궁옥(窮獄)에 들어 명재조석(命在朝夕)[24]이오니, 박명지인(薄命之人)이 죽기는 섧지 아니하되 복중에 끼친 바 혈육이 첩의 죄로 세상에 나지 못하고 한가지로 죽사오니, 지하에 돌아가니 조상을 뵈올 낯이 없삽고, 또 장군을 만리 전장(戰場)에 보내고 성공하여 쉬이 돌아옴을 기다리옵더니, 장군을 다시 뵈옵지 못하고 죽사오니 눈을 감지 못할지라. 복원(伏願) 상공은 만수무강(萬壽無疆)하시다가 지하로 오시면 뵈올까 하나이다.

하였더라. 원수가 보기를 다 못하여 대경하여 급히 호철을 불러 물으니, 호철의 대답이 분명치 못하나 대강 알지라. 급히 중군(中軍)에 전령(傳令) 11
하되, '본부(本府)에 급한 일이 있어 시각(時刻)이 바쁘니 중군 대소사를 그대에게 맡기나니, 나의 영(令)을 어기지 말고 행군하여 뒤를 좇으라.' 부원수(副元帥)가 청령하거늘, 원수가 이에 청총마(靑驄馬)[25]를 채쳐 필

---

19) 정렬: 정렬부인 조씨를 가리킴.
20) 음해(陰害): 몸을 드러내지 아니한 채 음흉한 방법으로 남에게 해를 가함.
21) 남가일몽(南柯一夢): 한바탕의 꿈.
22) 개탁(開坼): 봉한 편지나 서류 따위를 뜯어봄.
23) 환생지덕(還生之德): 다시 살아나게 하신 덕.
24) 명재조석(命在朝夕): 거의 죽게 되어 곧 숨이 끊어질 지경에 이름.

마단기(匹馬單騎)[26]로 삼 일 만에 황성에 득달하니라.

차시 조씨 다시 형위(刑威)를 베풀고 월매를 잡아내어 형틀에 올려매
고 엄히 치죄(治罪)하며 유부인의 간 곳을 무르되, 종시(終是) 승복치 아
니하고 죽기를 재촉하는지라. 조씨 치다 못하여 그치고 차후에 탄로할까
겁하여 가만히 수건으로 목을 매어 거의 죽게 되었더니, 뜻밖에 승상이
필마로 들어와 말에서 내려 정히 들어오더니, 문득 보니 한 여자가 백목
(白木)[27]으로 목을 매었거늘, 놀라 자시 보니 이 곧 월매라. 바삐 끌러 놓
고 살펴보니 몸에 유혈이 낭자하여 정신을 모르는지라. 즉시 약을 흘려
12 넣으니, 이윽한 후 정신을 차려 눈물을 흘리며 인사를 차리지 못하니, 승
상이 불쌍히 여겨 이에 약물을 써 구호하매, 쾌히 정신을 진정하거늘, 원
수가 연고를 자세히 물으니, 월매가 이에 금섬 죽은 일과 유부인이 피화
(避禍)하여 지함 속에 계심을 자세히 고하니, 승상이 분해하여 급히 월매
를 앞세우고 굴항[28]에 가보니, 유부인이 월매의 양식 자뢰(藉賴)[29]함을
입어 겨우 목숨을 보전하였다가 및 해복하매, 복중(腹中)이 허한 중 월매
옥중에 곤하매 어찌 식량을 이으리오? 여러 날을 절곡(絶穀)하매 기운이
시진(澌盡)하고 지기(地氣)[30] 일신(一身)에 사무치니, 몸이 부어 얼굴이
변형하여 능히 알아볼 수 없는지라. 그 가련함을 어찌 다 칭량(稱量)하리
오? 아해(兒孩)와 부인을 월매로 보호하라 하고 내당에 들어가 왕비께 뵈
오니, 왕비 크게 반겨 승상의 손을 잡고 왈,

"만리 전장에 가 대공을 세우고 무사히 돌아오니, 노모의 마음이 즐
13 겁기 측량 없도다. 그러나 네 출전 후 가내(家內)에 불측(不測)한 일이
있으니, 그 통한한 말을 어찌 다 형언하리오?"

---

25) 청총마(靑驄馬): 갈기와 꼬리가 파르스름한 흰말.
26) 필마단기(匹馬單騎): 혼자 한 필의 말을 탐.
27) 백목(白木): 흰색 무명.
28) 굴항: 땅굴.
29) 자뢰(藉賴): 의지하여 도움을 받음.
30) 지기(地氣): 축축하고 눅눅한 땅의 기운.

하고 충렬부인의 자초지종을 말하니, 승상이 고왈,

"모친은 마음을 진정하옵소서. 처음에 충렬의 방에 간부(姦夫)가 있음을 어찌 알았으리오마는 노모의 서사촌(庶四寸) 복록이 와서 이리이리하기로 알았노라."[31)]

승상이 대로하여 복록을 찾으니, 복록이 간모(奸謀)가 발각할까 두려 벌써 도주하였거늘, 승상이 외당에 나와 형구(刑具)를 배설(排設)하고 옥졸을 잡아들여 국문(鞠問)하되,

"여등(汝等)이 옥중의 죽은 시신이 충렬부인이 아닌 줄 어찌 알았으며 그 말을 누구더러 하였난다? 은휘(隱諱)치 말고 바른대로 아뢰라."

하는 소리 우레 같으니, 옥졸 등이 황겁하여 고왈,

"소인 등이 어찌 알았으리잇가마는 염습할 때에 보오니 얼굴과 손
길이 곱지 못하여 부인과 다르므로, 소인 등이 의심하여 서로 말할 적
에, 정렬부인 시비 금연이 마침 지나가다가 듣고 묻기에, 소인이 안면 14
(顏面)에 구간(苟艱)[32)]하여 말하고 행여 누설치 말라 당부하올 뿐이요,
그 후 일은 알지 못하나이다."

승상이 청파(聽罷)에 대로하여 칼을 빼어 서안을 치며 좌우를 꾸짖어 '금연을 바삐 잡아들이라.' 호령하니, 노복 등이 황황(遑遑)[33)]하여 금연을 족불이지(足不履地)[34)]하여 계하에 꿇리니, 승상이 고성(高聲) 문왈,

"너는 옥졸의 말을 듣고 누구더러 말한다?"

금연이 혼불부체(魂不附體)[35)]하여 주왈,[36)] 정렬부인이 금은을 많이 주

31) 승상과 모친의 대화가 구분되어 있지 않다. 필사도중 승상과 모친의 대화 내용에서 각각 탈락된 부분이 있는 것 같음. 서울대본에는 이 부분이 '승상이 엿ᄌᆞ오ᄃᆡ모친은마음을진정ᄒᆞ옵쇼셔쳐음의츙열부인이방으로간곡절을엇지아라계시니잇가왕비ᄀᆞᆯ오ᄃᆡ셔ᄉᆞ촌복녹이와셔이리〃〃ᄒᆞ기의듯고알앗노라'로 나옴.

32) 구간(苟艱): 진실로 보기가 민망함.

33) 황황(遑遑): 몹시 바쁘게 허둥거림.

34) 족불이지(足不履地): 발이 땅에 닿지 않을 정도로 빨리 걸음.

35) 혼불부체(魂不附體): 혼이 몸에서 떨어져나간다는 뜻으로 몹시 놀라 넋을 잃

며 계교를 가르쳐 남복을 입고 충렬부인의 침소에 들어가 병풍 뒤에 숨
었던 말과 정렬부인이 거짓 병든 체하오매 충렬부인이 놀라 문병하고 탕
약을 가마라[37] 밤이 깊도록 구병(救病)하시니, 정렬부인이 '병이 잠깐 낫
다.' 하고 충렬부인더러 '그만 침소로 가소서.' 하니, 충렬부인이 마지못
15 하여 침실로 돌아가신 후, 조부인이 성복록을 청하여 금은을 주고 왕비
침전에 두세 번 참소(譖訴)하던 말을 자초지종(自初至終)을 낱낱이 고하
니, 왕비 앙천탄식(仰天歎息)고 통곡하여 왈,

"내 불명(不明)하여 악녀의 꾀에 빠져 애매한 충렬을 죽일 뻔하였으니 무삼 낯으로 현부(賢婦)를 대면하리오?"

하고 슬퍼하니, 승상이 고왈,

"이는 모친의 허물이 아니시고 소자의 제가(齊家)치 못한 죄오니, 복망(伏望) 모친은 심려치 마르소서."

왕비 누수(淚水)를 거두고 침석에 누워 일지 않으니, 승상이 재삼 위로하고, 즉시 조씨를 잡아들여 계하에 꿀리고 대질(大叱) 왈,

"네 죄는 하늘 아래 서지 못할 죄니 입으로 다 옮기지 못할지라. 죽기를 어찌 일시(一時)나 요대(饒貸)[38]하리오마는, 사사로이 죽이지 못하리니 천자께 주달(奏達)하고 죽이리라."

조씨 애달파 가로대,

"첩의 죄상이 이미 탄로하였으니 상공의 임의대로 하소서."

승상이 더욱 노하여 큰 칼 씌워 궁옥(窮獄)에 가둔 후 상소를 지어 천
16 정(天庭)에 올리니, 그 글에 하였으되,

승상 정을선은 돈수백배(頓首百拜)[39] 하옵고 성상(聖上) 탑하(榻下)[40]에

음을 이르는 말.

36) 직접화법처럼 되어있으나 서술은 간접화법임.

37) 가마라: 갈아드려.

38) 요대(饒貸): 너그러이 용서함.

39) 돈수백배(頓首百拜): 머리가 땅에 닿도록 여러 번 하는 절. 편지의 첫머리나

올리나이다. 신이 황명을 받자와 한 번 북 쳐 서융(西戎)을 항복받고 백성을 진무(鎭撫)하온 후 회군하려 하옵더니, 신의 집 급한 소식을 듣고 바삐 올라와 보온즉 여차여차한 가변(家變)이 있사오니 어찌 부끄럽지 아니리잇가? 차사(此事)가 비록 신의 집 일이오나 스스로 처단치 못하와 이 연유를 자세히 상달(上達)하옵나니, 원(願) 폐하는 극형(極刑)으로 국법을 쓰사 죄자(罪者)를 밝히 다스리시고, 신의 집 시비 금섬이 상전을 위하여 죽었사오니 그 원혼(冤魂)을 표장(表章)[41]하심을 바라나이다.

하였고, 그 끝에 유씨 지함에 들어 해복(解腹)하고 월매의 충의를 힘입어 연명 보전하였음을 세세히 주달(奏達)하였더라.

상이 남파(覽罷)에 대경하사 가로사대,

"승상 정을선이 국가에 대공을 여러 번 세워 짐의 주석지신(柱石
之臣)이라. 가내에 이런 해괴(駭怪)한 변이 있으니 어찌 한심치 아니 17
리오?"

이에 전지(傳旨)하사 왈,

"정렬과 금연의 죄상이 전고(前古)에 짝이 없으니 즉각내(卽刻內)에 참(斬)하라."

하시니, 제신(諸臣)이 주왈,

"차녀(此女)의 죄 중하오나 조왕의 딸이요 승상의 부인이니, 참형(斬刑)이 너무 과하오니 다시 전교하사 집에서 사사(賜死)[42]함이 옳을까 하나이다."

천자가 옳게 여기사 비답(批答)[43]을 내리시되,

끝에 상대편에 대한 경의를 표하기 위하여 쓰는 말.

40) 탑하(榻下): 왕의 자리 앞.

41) 표장(表章): 어떤 일에 좋은 성과를 내었거나 훌륭한 행실을 한 데 대하여 세상에 널리 알려 칭찬함.

42) 사사(賜死): 죽일 죄인을 대우하여 임금이 독약을 내려 스스로 죽게 하던 일.

43) 비답(批答): 임금에게 아뢰는 글의 끝에 임금이 하는 대답.

집의 덕이 부족하여 경사(慶事)는 없고 변고(變故)가 일어나니 참괴(慙愧)[44]하도다. 비록 그러하나 정렬은 일국 승상의 부인이니 특별히 약을 나리워 집에서 죽게 하나니 경은 그리 처사(處事)하라. 금섬과 월매는 고금에 없는 충비(忠婢)니 충렬문(忠烈門)을 세워 후세에 이름이 나타나게 하라.

하시니, 승상이 사은(謝恩) 퇴궐(退闕)하여 즉시 조씨를 수죄(數罪)하여 사약(賜藥)한 후 금연은 머리를 버히고 그나마 죄인은 경중(輕重)을 분간하여 다스리고, 금섬은 다시 관곽(棺槨[45])을 갖추어 예로 장(葬)하고, 제
18 부모는 속량(贖良)[46]하여 의식을 후히 주어 살리고, 충렬문을 세워주고 사시(四時)로 향화(香火)를 받들게 하고, 월매는 금섬과 같이 하여 충렬부인 집 앞에 일좌(一座) 대가(大家)를 세우고 노비 전답을 후히 주어 일생을 편케 제도(濟度)[47]하니라.

차시(此時) 유부(乳父) 유모(乳母)가 실성통곡(失性痛哭)하며 집으로 다니다가, 승상이 올라와 부인의 원통한 누명을 신설(伸雪)하였단 말을 듣고 기쁨을 이기지 못하여 춤을 추며 들어와 부인을 붙들고 통곡 왈,

"이것이 꿈인가? 상신가? 다시 부인을 차생(此生)에 만날 줄을 뜻하였으리오?"

부인이 유모를 붙들고 목이 메어 말을 못하다가 가로대,

"어미는 그 사이 어디 갔다가 이제야 오뇨? 나는 성상의 일월 같으신 성덕(聖德)과 승상의 하해지덕(河海之德)을 입어 사액(死厄)을 면하였으니 이제 죽으나 무한이로다."

하며 통곡하니, 승상이 위로 왈,

"이제는 부모의 액운이 다 진하고 양춘(陽春)이 돌아왔으니, 석사(昔

---

44) 참괴(慙愧): 매우 부끄러워함.

45) 관곽(棺槨): 시체를 넣는 속 널과 겉 널을 아울러 이르는 말.

46) 속량(贖良): 천인의 신분을 풀어 주어 양민(良民)이 되게 하던 일.

47) 제도(濟度): 도리나 이치에 맞게 다스림.

事)를 생각치 마르소서.” 19

유부인이 칭사(稱謝)하고 즉시 왕비께 들어가 청죄한대, 비(妃) 참괴하여 난두(欄頭)[48]에 내려 부인의 손을 잡고 왈,

“현부(賢婦)가 무삼 죄를 청하나뇨? 내 불명하여 현부를 애매히 죽일 뻔하였으니 나의 부끄러움을 땅을 파고 들고자 하며, 아무리 뉘우친들 무엇이 유익하리오?”

유부인이 고왈,

“소첩이 전생의 죄 중(重)하여 여러 번 괴이한 악경(惡境)을 당하오니 차(此)는 첩의 불민(不敏)[49]함이라. 어찌 존고(尊姑)의 불명하심이리잇고? 연(然)이나 승상의 명달(明達)함으로 첩의 악명을 설백(雪白)[50]하오니, 어찌 기쁘지 아니하리잇고?”

인하여 옥배(玉杯)에 향온(香醞)[51]을 가득 부어 꿇어 드리고 강녕(康寧)[52]의 수(壽)를 축하니, 승상이 대희하여 크게 잔치하고, 아자의 이름을 귀동이라 하여 못내 사랑하더라.

승상이 치죄(治罪)하기를 맞고 차의(此意)를 황상께 주달한대, 상이 친히 승상의 손을 잡으시고 왈,

“짐이 경을 만리 전지(戰地)에 보내고 침식이 불안하더니, 경이 한 20
번 싸워 큰 공을 세우고 무사히 돌아오니, 국가의 만행(萬幸)이라. 경의 공을 무엇으로 갚으리오?”

하시며 옥배에 향온을 부어 권하시고, 승상의 벼슬을 돋우어 영승상(領丞相) 겸(兼) 천하병마도총독(天下兵馬都總督)을 하이시고 병권(兵權)을 맡기시니, 승상이 굳이 사양하되, 상이 종불윤(終不允)[53]하시거늘, 승상

48) 난두(欄頭): 난간머리.

49) 불민(不敏): 어리석고 둔하여 재빠르지 못함.

50) 설백(雪白): 깨끗하게 씻어냄.

51) 향온(香醞): 향기로운 술.

52) 강녕(康寧): 주로 윗사람에게 쓰는 말로, 몸이 건강하고 마음이 편안함을 이르는 말.

이 하릴없어 집에 돌아와 왕비께 문안하고 물러 유부인 침소에 이르니, 부인이 일어 맞아 좌정 후 승상을 향하여 왈,

"첩이 고할 말씀이 있으나 상공 처분이 어떠하실는지 감히 발설치 못하나이다."

승상이 문왈,

"무삼 말씀이신지 부부간에 어려움이 있으리오? 듣기를 원하노라."

부인이 대왈,

"다름이 아니오라 월매의 은혜를 갚을 길이 없사오매 승상의 총첩
(寵妾)을 삼아 일실지내(一室之內)에 백 년을 같이 하면 은혜를 만분지
21 일이나 갚을 듯하오니, 승상은 혜택을 드리오사 시측(侍側)[54]에 두심
을 바라나이다."

승상이 미소 왈,

"부인이 어찌 망령된 말을 하나뇨? 결단코 시행치 못하리니 다시 이르지 마르소서."

부인이 여러 번 간청하거늘, 승상이 마지못하여 월매로 첩을 삼으니, 유부인이 동기(同氣)같이 사랑하더라.

세월이 여류하여 금섬의 소기(小朞)[55]를 당하매 부인이 제물을 갖추어 제(祭)하니 제문(祭文)에 갈와시대,

유세차(維歲次) 모년월일(某年月日) 충렬부인 유씨는 일배청작(一杯清酌)[56]으로 금섬 낭자에게 올리노라. 오호(嗚呼)라. 그대 나의 잔명(殘命)을 살려내어 승상을 다시 만나 영화로이 지내니, 낭자의 은혜와 충렬이 아니면 내 어찌 복록을 누리리오? 차은(此恩)을 생각하면 차생에 갚을 길이 없으니 지하에 돌아가 갚기를 바라며, 후생에 동기(同氣) 되어 금세의 미진

53) 종불윤(終不允): 임금이 끝내 신하의 청을 허락하지 않음.

54) 시측(侍側): 곁에서 모심.

55) 소기(小朞): 사람이 죽은 지 1년 만에 지내는 제사.

56) 일배청작(一杯淸酌): 제사지낼 때 사용하는 깨끗한 한 잔의 술.

한 은혜 갚기를 원하노라. 맑은 정령(精靈)이 있거든 흠향(歆饗)[57]하라. 22

하였더라. 읽기를 그치매 일장(一場)을 통곡하니, 산천초목이 다 슬퍼하더라. 제를 파(罷)하고 도라와 금섬의 충렬을 새로이 생각하며 못내 잊지 못하여 궁옥에 갇혔던 일을 생각고 금섬을 부르며 통곡하니, 승상이 위로하여 비회를 억제하더라.

이러구러 귀동 공자의 나이 십삼 세 되니 용모가 특출하고 문필(文筆)이 기이하니, 승상이 사랑하며 경계(警戒) 왈,

"금섬 곧 아니런들 네 어찌 세상에 살아나리오?"

하고 새로이 생각하더라.

차시 사방이 무사하고 백성이 낙업(樂業)하니, 천자가 조서를 내려 인재를 뽑을새 문무과장(文武科場)[58]을 열었으니, 사방의 선비가 구름 같이 모일새, 차시 귀동이 과거 기별을 듣고 주야 공부하며 만권시서(萬卷詩書)를 무불통지(無不通知)하니 당시 문장(文章)이라. 과일(科日)이 불원(不遠)하매 승상께 들어가기를 고하니, 승상이 허락하고 장중제구(場中諸具)를 차려주니라.

귀동이 과장(科場)에 들어가 글제를 기다려 시지(試紙)를 펼치고 일필 23
휘지(一筆揮之)하여 선장(先場)[59]에 바쳤더니, 차시 천자가 친히 꼬느실새[60] 선장 글을 보시고 크게 칭찬하시며 장원(壯元)을 제수하시고 피봉(皮封)을 떼시니, '좌승상 천하병마대도독(天下兵馬大都督) 정을선의 자(子) 귀동이니 연(年)이 십삼 세'라 하였거늘, 천자가 더욱 기특히 여기사 승상과 귀동을 부르시니, 승상 부자가 승명(承命) 복지하온대, 상이 칭찬하시고 신래(新來)[61]를 무수히 진퇴(進退)하시다가 옥배(玉杯)에 어주(御

57) 흠향(歆饗): 신명(神明)이 제물을 받아서 먹음.
58) 문무과장(文武科場): 문인(文人)과 무인(武人)을 뽑는 과거(科擧).
59) 선장(先場): 과거를 볼 때 문과 과거장에서 가장 먼저 글장을 바치던 일.
60) 꼬느실새: 잘되고 잘못된 것을 따져 평가하실새.
61) 신래(新來): 과거에 급제한 사람.

酒)를 부어 권하시며 왈,

"경의 아들이 몇이나 되나뇨?"

승상이 주왈,

"미거(未擧)[62]한 자식이 하나이로소이다."

상이 칭선(稱善)하사 왈,

"경의 일자(一子)가 타인의 십자(十子)에서 승(勝)하리니 후일에 반드시 국가 주석지신(柱石之臣)이 될지라. 경의 생자(生子)한 공이 어찌 적으리오?"

하시고 귀동으로 한림학사(翰林學士)를 제수하시니, 승상 부자가 황은을 숙사(肅謝)하고 퇴조하여 궐문 밖에 나올새, 장원이 금포(錦袍) 옥대(玉
24 帶)에 사화(賜花)[63]를 비끼고, 청동쌍개[64]는 앞을 인도하며, 하리(下吏)[65] 추종(騶從)[66]은 전차후옹(前遮後擁)[67]하였으니, 옥골선풍(玉骨仙風)[68]이 활연(豁然)[69] 쇄락(灑落)[70]하여 이청련(李青蓮)[71]의 문장(文章)과 두목지(杜牧之)[72]의 풍채(風采)를 겸하였으니, 도로(道路) 관광자(觀光者)가 책책

---

62) 미거(未擧): 철이 없고 사리에 어두움.

63) 사화(賜花): 어사화(御賜花). 문무과에 급제한 사람에게 임금이 하사하던 종이꽃.

64) 청동쌍개: 쌍개(雙蓋)는 두 개의 의장용 일산. 청동은 어린아이를 의미하는 '青童'으로 이해할 수도 있고, 또는 천동(天童)의 오자로 이해할 수도 있음. 천동(天童)은 궁중의 경사나 방방(放榜)이 있을 때 춤을 추는 어린아이임.

65) 하리(下吏): 관아에 속하여 말단 행정 실무에 종사하던 사람.

66) 추종(騶從): 윗사람을 따라다니는 종.

67) 전차후옹(前遮後擁): 많은 사람이 앞뒤로 보호하며 따름.

68) 옥골선풍(玉骨仙風): 살빛이 희고 고결하여 신선과 같은 풍채.

69) 활연(豁然): 훤하고 시원함.

70) 쇄락(灑落): 기분이나 몸이 상쾌하고 깨끗함.

71) 이청련(李青蓮): 이백(李白). 중국 당나라의 시인. 자는 태백(太白). 호는 청련거사(青蓮居士). 칠언 절구에 특히 뛰어났으며, 이별과 자연을 제재로 한 작품을 많이 남겼다. 시성(詩聖) 두보(杜甫)에 대하여 시선(詩仙)으로 칭하여짐.

72) 두목지(杜牧之): 두목(杜牧). 중국 만당전기(晩唐前期)의 시인. 목지는 자(字).

칭선(嘖嘖稱善)[73]함을 마지아니하는지라. 승상이 고거사마(高車駟馬)[74]에 높이 앉아 장원을 거느려 완완(緩緩)히 행하여 부중에 이르니, 왕비 중문(中門)에 나와 한림의 손을 잡고 정당(正堂)[75]에 올라와 귀중함[76]을 이기지 못하더라. 인하여 대연(大宴)을 배설(排設)하여 즐길새, 충렬부인의 석사(昔事)를 생각고 크게 슬퍼하여 승상에게 고하고 이에 아자를 데리고 유승상 묘소에 내려가 소분(掃墳)[77]하고 제물을 갖추어 치제(治祭)할새, 부인이 비회(悲懷)를 참지 못하여 일장을 통곡하니 초목금수(草木禽獸)가 다 슬퍼하는 듯하더라.

한림이 근동(近洞) 사람을 청하여 삼 일을 잔치하여 즐기고, 또 유부모(乳父母) 산소를 크게 치산(治山)하고 전답을 많이 장만하여 주며, 노복을
가리어 승상의 묘소와 유부모의 산소를 지키어 사시향화(四時香火)를 지 25
극히 받들게 하니, 상하노복(上下奴僕)과 문생고구(門生故舊)[78]가 한림의 은덕을 못내 칭송하더라. 여러 날이 되니 천자가 한림을 잊지 못하사 사관(史官)을 보내어 명초(命招)하시니, 한림이 바삐 치행(治行)하여 사관을 따라 황성으로 올라오니라.

차시 월매가 순산(順産) 생남(生男)하니, 기골이 범상치 아니하고 영민(英敏) 총혜(聰慧)하여 기질이 비상하니, 승상이 과애(過愛)하여 이름을 중민이라 하고 자를 충현이라 하다. 중민이 자라매 문장 필법이 빼어나니, 승상 부부와 월매의 귀중함이 비할 데 없더라. 광음(光陰)이 여류하여 매년에 금섬의 기일(忌日)[79]을 당하면 부인의 석사(昔事)를 생각고 때때 슬퍼하더라.

---

73) 책책칭선(嘖嘖稱善): 떠들썩하게 칭찬함.
74) 고거사마(高車駟馬): 가마 덮개가 높고 네 마리의 말이 끄는 수레라는 뜻으로 고귀한 사람이 타는 수레를 이르는 말.
75) 정당(正堂): 한 구획 내에 지은 여러 채의 집 가운데 가장 주된 집채.
76) 귀중함: 귀중하게 여긴다는 의미.
77) 소분(掃墳): 오랫동안 외지에서 벼슬하던 사람이 친부모의 산소에 가서 성묘하던 일.
78) 문생고구(門生故舊): 같이 공부하던 사람과 오래된 옛 친구.
79) 기일(忌日): 해마다 돌아오는 제삿날.

정한림의 벼슬이 점점 높아 이부상서(吏部尙書)에 이르고, 차자(次子)
충현은 효성이 지극하고 도학(道學)이 고명(高明)하여 벼슬을 원치 아니
하고 예의를 숭상하니 별호(別號)를 운림청학처사(雲林靑鶴處士)라 하고
26 기이한 도법을 숭상하니, 세인이 그 자취가 고상함을 칭찬하더라.

일일(一日)은 왕비 우연히 득병하여 백약이 무효하니, 승상 부부가 지성으로 약을 구하여 치료하되, 이미 황천길이 가까우니 어찌 인력으로 하리오? 왕비 스스로 일지 못할 줄 알고 승상과 충렬부인의 손을 잡고 제손아(諸孫兒)[80]를 불러 앞에 앉히고 희허(唏噓) 탄식 왈,

"내 비록 죽으나 충렬과 월매의 숙덕(淑德)으로 가사를 선치(善治)하리니 문호를 창개(創開)할지라. 무삼 근심이 있으리오?"

하고 새 옷을 갈아입고 와상(臥床)을 편히 하고 누으며 인하여 졸(卒)하
니, 시년(時年)이 구십삼 세러라. 일가(一家)가 망극하여 승상과 충렬이
자주 기절하니, 한림이 붙들어 관위(寬慰)[81]하여 너무 과상(過傷)하심을
간(諫)하니, 승상과 충렬이 비로소 정신을 수습하여 택일하여 선산(先山)
에 안장하고 세월을 보내더니, 광음이 신속하여 왕비의 삼상(三喪)[82]을
27 마치매, 승상 부부가 새로이 슬퍼하며, 승상이 연치(年齒)[83] 많으매 세월
이 오래지 아닐 줄 알고 치사(致仕)[84]하려 할새, 차시 천자가 귀동의 벼
슬을 돋우어 우승상(右丞相)을 하이시고, 승상 을선으로 위왕을 봉하사
사관(史官)과 교지(敎旨)를 내리시니라.

차시 좌복야(左僕射) 조영이 승상의 아름다움을 듣고 위왕께 청혼함이 간절하매, 왕이 허락하니, 조영이 대희하여 즉시 택일하니 춘삼월(春三月) 망간(望間)이라. 길기(吉期) 수일이 격(隔)하였으니, 위왕과 조영이 기

---

80) 제손아(諸孫兒): 모든 손자.

81) 관위(寬慰): 너그럽게 위안함.

82) 삼상(三喪): 삼 년 상으로 초상(初喪), 소상(小喪), 대상(大喪)을 통틀어 이르는 말.

83) 연치(年齒): 나이의 높임말.

84) 치사(致仕): 나이가 많아 벼슬을 사양하고 물러남.

빠하더니, 인하여 길일이 다다르매 승상이 길복(吉服)[85]을 입고 위의(威
儀)를 거느려 조부(府)에 이르니 포진(鋪陳)[86]을 정제(整齊)하여 신랑을
맞아 전안청(奠雁廳)[87]에 이르매, 신부를 인도하여 교배(交拜)[88]를 마친
후, 신랑이 신부의 상교(上轎)함을 재촉하여 봉교상마[89]하여, 만좌(滿座)
요객(繞客)[90]을 거느리고 위의(威儀)를 휘동(麾動)[91]하여 부중(府中)에 돌
아와 신부가 폐백(幣帛)[92]을 받들어 구고(舅姑)께 드리고 팔배대례(八拜
大禮)[93]를 행하니, 위왕 부부 대열하여 신부 숙소를 정하여 보내고 종일 28
즐기다가 석양에 파연(罷宴)하매, 승상이 부모께 혼정(昏定)[94]을 마친 후
기린촉(麒麟燭)[95]을 밝힌 후 신방에 이르니, 신부가 일어나 맞아 동서 분좌
하매 승상이 눈을 들어 보니 짐짓 절대가인(絶代佳人)이라. 마음에 쾌하여
촉을 물리고 옥수를 이끌어 원앙금침(鴛鴦衾枕)에 나아가 운우지정(雲雨
之情)[96]을 이루매 그 정이 비할 데 없더라. 날이 밝으매 승상 부부가 일어
나 소세하고 부모께 신성(晨省)[97]하니, 위왕 부부 두굿김[98]이 측량없더라.

---

85) 길복(吉服): 혼인 때 신랑 신부가 입는 옷.

86) 포진(鋪陳): 잔치 따위 때 앉을 자리를 격식에 맞게 마련함.

87) 전안청(奠雁廳): 전통 혼례에서, 전안지례를 치르기 위하여 차려 놓은 자리. 대개 마당에 차일을 치고 병풍을 둘러 놓고, 큰상 위에 솔 대 과일 음식 따위를 차려 놓아 꾸밈.

88) 교배(交拜): 전통 결혼식에서, 신랑과 신부가 서로 절을 주고받는 예(禮).

89) 미상. 상마(上馬)는 말 위에 올라탄다는 뜻. '봉교'는 신부가 탄 가마의 문을 신랑이 잠근다는 의미에서 '封轎'로 이해할 수 있을 듯.

90) 요객(繞客): 혼인 때에 가족 중에서 신랑이나 신부를 데리고 가는 사람.

91) 휘동(麾動): 지휘하여 움직이게 함.

92) 폐백(幣帛): 신부가 처음으로 시부모를 뵐 때 큰절을 하고 올리는 물건. 주로 대추나 포 따위를 이름.

93) 팔배대례(八拜大禮): 혼인 때 여덟 번 하는 절.

94) 혼정(昏定): 잠자리에 들 때에 부모의 침소에 가서 잠자리를 살피고 밤 동안 안녕하기를 여쭘.

95) 기린촉(麒麟燭): 기린(麒麟) 모양을 새겨 넣은 초.

96) 운우지정(雲雨之情): 부부의 정.

97) 신성(晨省): 아침 일찍 부모의 침소에 가서 밤사이의 안부를 살피는 일.

차시 충현의 나이 십오 세 되니 신장이 팔 척이요, 얼굴이 관옥(冠玉)[99] 같으니, 위왕 부부가 그 숙성함을 두굿겨 널리 구혼하여 추밀사(樞密司)[100] 왕진의 여(女)를 취하여 성례(成禮)하니, 왕소저의 아름다움이 조소저에 하등(下等)이 아닐러라.

승상이 부모의 점점 쇠로하심을 민망하여 천자께 수삭(數朔) 말미를
29 얻어 부모를 모시고 백화정에 포진을 정제하여 즐길새, 천자가 상방어선(尙方御膳)[101]을 많이 사급(賜給)하시고 충렬부인의 열절(烈節)을 다시금 표장하시니, 승상이 망궐사은(望闕謝恩)[102]하고 여러 날 즐기다가 파연(罷宴)하고 궐하(闕下)에 사은하오되, 상이 반기사 손을 잡으시고 위유(慰諭)[103] 왈,

"경의 부왕(父王)이 국가에 공훈이 있어 나라에 주석지신(柱石之臣)이 되었더니, 경이 또 짐을 도와 고굉(股肱)[104]이 되니 어찌 기쁘지 않으리오?"

하시고 어주(御酒) 삼배(三盃)와 자금포(紫錦袍) 일령(一領)을 사급하시니, 승상이 천은을 숙사(肅謝)하고 부중에 돌아와 부모께 뵈옵고 천은이 호성(浩盛)하심을 고하니, 위왕이 천은을 감격하여 자손에게 국은을 대대로 잊지 맒을 부탁하더라.

이러구러 수년이 지나매 위왕과 충렬부인이 홀연 득병하여 백약이 무효하니, 스스로 일지 못할 줄 알고 승상 형제를 불러 왈,

"나의 병이 골수에 들었으니 반드시 세상에 오래지 아닐지라. 내가

---

98) 두굿김: 몹시 기뻐함.

99) 관옥(冠玉): 관의 앞을 장식하는 옥으로, 남자의 아름다운 얼굴을 비유적으로 이르는 말.

100) 추밀사(樞密司): 나라의 기밀과 군사 문제를 다루던 기관.

101) 상방어선(尙方御膳): 상방(尙方)은 임금이 쓰는 일상용품을 만들고 저장하는 부서로 '上方'이라고도 함. 어선(御膳)은 임금에게 올리는 음식.

102) 망궐사은(望闕謝恩): 대궐을 바라보고 임금의 은혜에 감사함.

103) 위유(慰諭): 위로하고 타일러 달램.

104) 고굉(股肱): 다리와 팔같이 임금이 가장 신임하는 신하를 가리킴.

죽은 후라도 천자를 어지리[105] 도우라." 30
하고, 또 처사더러 왈,

"내가 죽은 후에 너희 형제 화목하여 가사(家事)를 선치(善治)하라." 하고, 새 옷을 갈아입고 상에 누우며 인하여 초왕[106]과 부인이 일시에 졸하니, 승상 형제 천지가 무너짐을 당하여 일성호곡(一聲號哭)[107]에 자주 혼절(昏絶)하니, 친척 고구(故舊)가 승상 형제를 위로하여 슬픔을 진정하매, 인하여 예를 갖추어 선릉에 장(葬)하니라.

세월이 여류하여 얼풋 사이에 왕의 삼상(三喪)이 지나매, 천자가 새로이 치제(致祭)하사 슬퍼함을 마지않으시니, 승상 형제와 일문(一門) 상하가 천은이 호탕(浩蕩)[108]하심을 각골(刻骨)하더라. 차후 승상은 연하여 사자(四子) 이녀(二女)를 생하고, 처사(處士)는 삼자(三子)를 생하니, 자손이 연하여 계계승승(繼繼承承)하여, 승상 형제의 부귀 복록이 무흠(無欠)[109]하더라.

이 말이 기이하기로 대강 기록하노라.

세(歲) 을사(乙巳) 삼월일(三月日) 향목동 서(書)

---

105) 어지리: 어질게.

106) 초왕: 위왕의 잘못임.

107) 일성호곡(一聲號哭): 소리를 내어 크게 욺.

108) 호탕(浩蕩): 넓고 끝이 없음.

109) 무흠(無欠): 부족함이 없음.

이대봉전

이대봉전 해제

1.

「이대봉전」은 매우 인기 있던 작품이다. 방각본으로도 출판되었고, 20세기 들어와 활판본으로도 여러 번 간행되었으며, 현재 남아 있는 필사본의 숫자도 많다.

우리가 역주한 대본은 현재 일본의 동양문고에 소장되어 있는 4권 4책의 세책본으로 1권 34장, 2권 29장, 3권 31장, 4권 33장이며, 매면 11행, 매행 13~15자로 되어 있다. 각 권에는 간기가 있는데, 1권에는 '셰을사ᄉ츄향목동셔', 2권에는 '셰을사중츄의향목동셔', 3권에는 '셰을ᄉ칠월일향목동셔', 4권에는 '셰을ᄉ중츄일향목동셔'라고 되어 있어, 이 동양문고본 「이대봉전」은 현재 서울 중구 을지로 입구에 있었던 세책집에서 을사년(1905) 7월과 8월에 필사해서 빌려주던 세책이었음을 알 수 있다.

아래에서 간단히 줄거리를 요약하고, 이 책의 특징을 살펴보도록 한다.

2.

동양문고본 「이대봉전」의 줄거리는 다음과 같다.

중국 명나라 이부시랑 이익은 오랫동안 자식이 없다가 금화산 백운암의 노승에게 시주하고 아들 대봉을 낳는다. 이익의 죽마고우인 장한림도 같은 시간에 딸 애황을 낳아 대봉과 정혼을 한다.

간신 왕희 때문에 나라가 위태로워지자 이익은 상소를 올려 바로잡고자 하나 왕희의 참소를 입어 백설도로 유배된다. 유배를 가던 중 왕희의 명령을 받은 사공들이 이익과 대봉을 물에 던진다. 장한림은 대봉 부자의 소식을 듣고 병을 얻어 죽고 부인 소씨도 이어 기세하여 애황은 홀로 남게 된다. 왕희의 아들 석연이 애황에게 청혼하나 거절당하자, 한밤에 겁탈하려 한다.

한편 서해 용왕이 보낸 동자의 구조로 살아난 대봉은 금화사 백운암에서 수련하면서 때를 기다리고, 애황은 시비 난향의 권고로 남복을 하고 왕석연을 피해 집을 나선다. 집을 떠난 애황은 계운이라 개명하고, 최어사댁 희씨부인의 도움을 입어 과거에 급제하여 한림학사를 제수 받고 말미를 얻어 고향 기주로 내려온다. 이상이 1권의 내용이다.

왕희는 계운이 장한림의 아들이 아님을 상소하나 황제에게 오히려 질책을 당하고, 계운은 예부시랑 겸 간의대부가 된다. 이때 남선우가 침범하자 계운은 대원수로 출마해서 적을 크게 무찔러 승리한 후 교지국으로 도망하는 남선우를 뒤쫓는다. 이런 틈을 타서 북흉노가 중원을 침범하자 조정에서는 예부상서 곽대의로 하여금 북흉노를 막게 하나 패하여 나라가 위기에 빠진다. 이때 이대봉은 백운암 선사의 지시대로 북흉노를 막기 위해 하산한다.

북흉노를 피해 피난가던 대봉의 모친과 애황의 시비 난향이 만나게 되고, 황제는 금릉으로 몽진한다. 대봉은 하산하던 길에 농서에서 이릉에게 투구와 갑옷을 받고 길을 가다가 오추마를 얻는다. 이상이 2권의 내용이다.

대봉은 오추마를 타고 가다가 화룡도에서 관운장에게 청룡도를 얻고, 스스로를 충의장군이라 칭하고 위기에 빠진 천자를 금릉에서 구한 후 도망치는 흉노를 쫓아간다. 애황은 남선우를 쫓아가 항복 받고 남선우의 항서와 예단을 황제에게 올리고, 대봉은 흉노의 목을 베고 돌아오는 중 태풍에 밀려 백설도에 가서 부친을 만난다. 그리고 서해용왕의 청으로 남해용왕을 정벌하러 간다. 애황은 남선우 정벌 후 자신의 신분을 알리는 상소를 황제에게 올리고, 사정을 알게 된 황제는 대봉 부자를 찾기 위해 백설도로 사신을 보낸다. 대봉 부자가 백설도에 없음을 알게 된 애황은 대봉 부자를 위해 수륙재를 지낸다. 여기까지가 3권이다.

대봉은 남해용왕을 항복 받고 서해용왕이 베푼 태평연에서 많은 빈객들에게서 귀한 선물을 받고 부친과 함께 중원으로 향한다. 애황은 수륙재를 지내다가 마침 구경 나온 대봉의 모친과 시비 난향을 만나게 된다. 애황은 대봉의 모친을 만난 사연과 왕희를 처벌하게 해달라는 내용의 상소를 황제에게 올리고, 대봉도 중원으로 올라가며 상소를 올린다. 황제는 충의장군이 이대봉임을 알게 되고 이익과 대봉을 벼슬을 주어 부른다. 대봉 부자는 사은하고 왕희와 사공을 문죄하다가 왕희를 처단하기를 애원하는 애황을 만나고 대봉의 가족들도 모두 만나게 된다.

이대봉이 왕희를 처벌하고, 황제의 주선으로 장애황과 혼인하고 난향을 희첩으로 삼는다. 대봉이 초왕이 되어 초국으로 향하던 중 애황이 최어사댁 희부인의 공을 고하고 최소저를 맞아들일 것을 권하니 최소저를 왕비로 맞이한다. 이후 태평성대를 이루고 부귀영화를 누린다.

3.

「이대봉전」의 제목은 남자주인공의 이름으로 되어 있으나, 작품 내에서 여자주인공인 장애황의 활약이 더 크다. 여주인공 애황은 남복을 입고 과거에 급제하여 벼슬을 하고, 전쟁에 나가 외적을 물리치는 등 국가에 혁혁한 공을 세운다. 이렇게 여성이 전쟁에 나가서 싸우는 내용이 들어 있는 작품을 여성영웅소설이라고 불러왔다. 그리고 이러한 작품이 나타나게 된 요인을, 여성독자층의 증가와 시대적 변화에 따른 여성의식의 각성과 관련시켜 설명해왔다. 그러나 이러한 분석은 피상적인 감이 없지 않다. 좀더 세밀한 분석을 통해 이러한 부류의 소설이 나타나게 된 요인을 찾아낼 수 있을 것이다. 재미있는 이야기를 위해서 새로운 소재를 찾아 나선 작가나 출판사는 이러한 여성영웅소설과 어떤 관련이 있을까 하는 점에 착안해서 분석할 수도 있다. 소설이 갖고 있는 상업적인 성격과 이 문제를 결부시켜 해석한다면 재미있는 결과를 도출해낼 수도 있을 것이다.

동양문고본은 세책으로 유통되던 책이므로 고소설의 상품화란 성격을 중심에 놓고 본다면, 이 동양문고본 「이대봉전」은 방각본이나 활판본과 함께 그 내용을 검토할 필요가 있다. 다른 이본과 비교해 보았을 때, 동양문고본은 장애황의 영웅적 활약상은 줄거리 전달 정도로 분량이 적다. 그러나 이대봉과의 헤어짐과 결연, 간신 왕희로 인한 애황의 고난이나, 이대봉 가족의 헤어짐과 만남의 부분은 다른 이본과 별로 다르지 않다. 이것은 여성영웅으로서의 장애황을 작품의 중심에 놓지 않고, 남녀 주인공의 가문의 몰락과 회복의 과정에서 등장인물들의 고난과 결연, 행복의 전개로 작품을 이해하려는 시선이 작용했다는 것을 의미한다. 이는 세책인 동양문고본 「이대봉전」의 한 특징이라고 할 수 있다.

이대봉전 권지일

화설(話說).[1] 대명(大明) 성화(成化)[2]년간에 기주(冀州) 땅에 일위(一位) 1
명환(名宦[3])이 있으니 성(姓)은 이요, 명은 익이니, 좌승상 용철의 증손(曾孫[4])이요, 이부상서 덕영의 아들이라. 일찍 용문(龍門[5])에 올라 벼슬이 이부시랑(吏部侍郎)에 이르니, 명망(名望)이 조야(朝野)[6]에 진동(震動)하는지라. 공의 위인(爲人)이 충효를 겸하고 강명정직(剛明正直[7])하며, 사중(舍中)의 부인 양씨는 예부상서 양철의 여(女)니 위인이 숙오(夙悟)[8] 현철(賢哲)하여 색덕(色德)이 겸비(兼備)한지라. 공(公)으로 더불어 동거(同居) 십여 년에 은정(恩情)이 심중(深重)하되, 다만 슬하에 일점 혈속(血屬)[9]이 없으니 공과 부인이 주야 한탄하여 조종(祖宗)[10]에 죄인이 됨을 슬퍼하더니, 일일은 몸이 곤뇌(困惱)[11]하여 잠간 서안(書案)을 의지하였

---

1) 화설(話說): 고대 소설에서 이야기를 시작할 때 쓰는 말.
2) 성화(成化): 중국 명(明)나라 헌종(재위: 1465~1487) 때의 연호(年號).
3) 명환(名宦): 중요한 벼슬자리에 있는 신하.
4) 종손(宗孫): 종가(宗家)의 대를 이을 맏손자.
5) 용문(龍門): 중국 황하 중류의 물살이 센 여울목. 잉어가 이곳을 뛰어 오르면 용이 된다는 전설과 관련하여 용문에 오르다라고 하면 높은 벼슬에 오르다란 뜻이 됨.
6) 조야(朝野): 조정과 민간.
7) 강명정직(剛明正直): 성격이 꼿꼿하고 명석하며 정직함.
8) 숙오(夙悟): 어릴 때부터 영리함.
9) 혈속(血屬): 피를 나누어 혈통을 이어가는 살붙이.
10) 조종(祖宗): 조상(祖上).

더니, 한 노승이 금란가사(金襴袈裟)[12]를 입고 구절죽장(九節竹杖)[13]을 짚고, 홀연 이르러 서헌(書軒)[14]에 오르거늘, 시랑(侍郎)이 급히 맞아 예필(禮畢)[15] 좌정(坐定) 후 문왈(問曰),

"사부(師傅)가 누지(陋地)[16]에 이르시니 무삼 가르칠 말이 있나뇨?"

노승이 대왈(對曰),

"소승은 금화산 백운암에 있삽더니 절이 퇴락(頹落)하여 부처가 풍
2 우를 가리지 못하오매 중수(重修)코자 하오나, 물력(物力)[17]이 없사와
십 년을 경영(經營)하옵고 사해(四海)로 두루 다니옵더니, 상공(相公)을
찾아오기는 금백(金帛)을 얻어 절을 중수코자 하옵나니 상공 처분을
바라나이다."

시랑 왈,

"절을 중수하올진대 재력(財力)이 얼마나 하여야 할소냐?"

노승이 답왈(答曰),

"물력 다과(多寡)는 한이 없사오니 상공 처분대로 하소서."

시랑 왈,

"나의 죄악이 심다(甚多)하였는지, 모년(暮年)[18]이 넘었으나 앞을 인도하고 뒤를 이을 사속(嗣續)[19]이 없으니, 우리 부부가 죽은 후에 선조향화(先祖香火)[20]를 받들 자가 없으매 이로 슬퍼하는 바라. 여간(如干)[21] 가산(家產)을 무엇에 쓰리오? 차라리 불전(佛前)에 시주(施主)하

---

11) 곤뇌(困惱): 시달려 고달픔.
12) 금란가사(金襴袈裟): 비단 바탕에 황금실을 섞어 호화롭게 짠 법의(法衣).
13) 구절죽장(九節竹杖): 중이 짚는 마디가 아홉인 지팡이.
14) 서헌(書軒): 서재. 서실.
15) 예필(禮畢): 인사를 끝마침.
16) 누지(陋地): 누추한 곳. 남에게 자신이 사는 곳을 낮추어 부르는 말.
17) 물력(物力): 온갖 물건의 재료와 노력.
18) 모년(暮年): 노년(老年).
19) 사속(嗣續): 대(代)를 이을 아들.
20) 선조향화(先祖香火): 조상의 제사.

여 후생 길이나 닦고자 하노라."

하고, 권선(勸善)[22]을 받아놓고 황금 오백 냥과 백미 삼백 석과 황촉(黃燭)[23] 사천 개를 시주하거늘, 노승이 권선을 받고 기꺼 왈,

"소승(小僧)이 원로(遠路)에 왔다가 허다한 재물을 얻어 가오니 은혜 난망(難忘)이로소이다. 상공은 무후(無後)함을 한탄치 마르소서. 후일에 반드시 귀자(貴子)를 얻으시리이다."

언파(言罷)에 섬[24]에 나리더니 인홀불견(因忽不見)[25]이거늘, 놀라 깨니 3
남가일몽(南柯一夢)[26]이라. 심신이 황홀하여 즉시 재곡(財穀)을 조수(照數)[27]한즉 재곡과 황촉이 간 데 없거늘, 마음 놀라워 부인에게 몽사(夢事)를 설화(說話)하고 귀자를 점지하시기를 바라더니, 과연 그 달부터 잉태(孕胎)하여 십삭(十朔)을 당하매, 일일(一日)은 부인이 몽중(夢中)에 봉황(鳳凰)[28]이 하늘로 내려와 황(凰)은 장미동[29] 장한림 집으로 향하여 가고 봉(鳳)은 부인의 품에 안기거늘, 혼미(昏迷) 중 일개(一個) 남자를 생(生)하니, 시랑이 대희(大喜)하여 아이 상(相)을 보니 봉안(鳳眼)[30] 용성(龍聲)[31]이라. 몽사를 생각하여 이름을 대봉이라 하고 자(字)를 비룡(飛龍)이라 하다.

차설(且說).[32] 기주 장미동에 장한림이란 명환(名宦)이 있으니, 명망이

---

21) 여간(如干): 보통의 어지간한.
22) 권선(勸善): 절을 짓거나 불사를 위하여 신자들에게 보시(布施)를 청하는 일.
23) 황촉(黃燭): 밀랍으로 만든 초.
24) 섬: 돌층계의 계단.
25) 인홀불견(因忽不見): 언뜻 보이다가 없어져 보이지 아니함.
26) 남가일몽(南柯一夢): 한바탕의 꿈.
27) 조수(照數): 수효를 맞추어 봄.
28) 봉황(鳳凰): 경사스러움을 상징하는 상상의 새로 수컷을 봉(鳳)이라 하고 암컷을 황(凰)이라고 함.
29) 장미동: 장내동, 장미동이 혼재되어 있으나 장미동으로 통일함.
30) 봉안(鳳眼): 봉의 눈. 봉의 눈과 같이 가늘고 길며 눈초리가 깊고 붉은 기운이 있으며 꼬리가 위로 쳐진 눈. 중국사람이 귀한 인물의 상(相)으로 여김.
31) 용성(龍聲) : 용의 목소리.

조야에 훤동(喧動)[33]하고 부귀 겸비하나 또한 혈속이 없어 항상 슬퍼하더니, 부인 소씨 우연히 잉태하여 십 삭 만에 일일(一日)은 가중(家中)에 향취 옹비(擁鼻)[34]하며 소호[35] 몽중(夢中)에 봉황이 천상으로서 내려와 봉(鳳)은 모란동으로 향하여 가고 황(凰)은 품에 안기거늘, 황연(晃然)[36]
4 각지(覺之)[37]하니 한 꿈이요 일녀(一女)를 생하니, 한림(翰林)이 황망히 산실(產室)에 들어가 보고 대희하여 왈,

"비록 남자가 아니나 남의 십자(十子)를 부러워 않으리로다."

하고 이름을 애황이라 하고, 즉시 모란동 이시랑 부중(府中)[38]에 이르니, 시랑의 부인 양씨 또한 생자(生子)하였거늘, 한림이 기이히 여겨 시랑과 예필 좌정한 후 담소(談笑)하다가 한림이 문왈(問曰),

"형의 부인은 어느 때에 해복(解腹)[39]하였나뇨?"

시랑 왈,

"나는 작일(昨日) 사시(巳時)[40]에 생남(生男)하였거니와, 형은 나와 죽마고우(竹馬故友)[41]라. 한가지로 용문에 올라 벼슬을 받았더니, 나는 천행(天幸)으로 생남하였거니와 형은 우금(于今) 자녀가 없으니 민망(憫惘)하여이다."

한림 왈,

"소제(少弟)[42]도 또한 작일 사시(巳時)에 생녀(生女)하였사오니 이는

---

32) 차설(且說): 이제까지 다루던 내용에서 화제를 돌려 말할 때 고소설에서 주로 사용하던 말.

33) 훤동(喧動): 떠들썩함. 시끄럽게 떠듦.

34) 옹비(擁鼻): 코를 둘러쌈.

35) 소호: 미상.

36) 황연(晃然): 환하게 밝은 모양.

37) 각지(覺之): 깨달아 앎.

38) 부중(府中): 높은 벼슬아치의 집안. 부(府)의 이름이 붙었던 행정 구역의 안.

39) 해복(解腹): 해산(解產). 아이를 낳음.

40) 사시(巳時): 십이 시의 여섯째시. 오전 9시부터 11시까지의 동안.

41) 죽마고우(竹馬故友): 어릴 때부터 같이 놀며 자란 오랜 벗을 이름.

세상에 희한한 일이라. 우리 양인(兩人)은 지기붕우(知己朋友)[43]라. 소제(小弟)는 생녀하고 형은 생자함이 공교히 생년월일시(生年月日時)가 같으니 이는 천정가우(天定佳偶)[44]라. 원컨대 양아(兩兒)가 장성하거든 진진(秦晋)의 호연(好緣)[45]을 맺음이 어떠하뇨?

시랑이 차언(此言)을 듣고 또한 이상히 여겨 쾌허(快許)하고 주배(酒杯)[46]를 내와 담화하다가, 날이 저물매 작별하고 돌아와 소씨에게 이시랑 아자(兒子)와 정혼(定婚)한 사연을 전하여 기꺼하며, 이시랑도 내당(內堂)에 들어가 또한 양씨를 대하여 장한림 여아와 결혼 뇌약(牢約)[47]함을 전하고 희열(喜悅)하더라.

세월이 여류(如流)하여 대봉의 연(年)이 십 세 되매, 골격이 준수하고 풍도(風度)[48]가 빼어나며 시서백가(詩書百家)[49]와 육도삼략(六韜三略)[50]을 무불통지(無不通知)[51]하는지라. 일일은 시서(詩書)를 물리치고 병서(兵書)를 습독(習讀)하거늘, 시랑이 불열(不悅) 왈,

"네 성현(聖賢) 서(書)를 물리치고 어찌 태평지시(太平之時)에 병서를 보난다?"

대봉이 대왈,

"헌원씨(軒轅氏)는 만고 영웅이로되 치우(蚩尤)의 난을 당하시고,[52]

---

42) 소제(少弟): 자기보다 나이가 조금 위인 사람에게 자기를 낮추어 부르는 말.
43) 지기붕우(知己朋友): 자기를 잘 이해해 주는 참다운 친구.
44) 천정가우(天定佳偶): 하늘이 미리 맺어준 아름다운 짝.
45) 진진(秦晋)의 호연(好緣): 좋은 인연. 진(秦)나라와 진(晋)나라가 대대로 혼인을 하였다는 사실에서 온 말.
46) 주배(酒杯): 술잔.
47) 뇌약(牢約): 굳은 약속.
48) 풍도(風度): 풍채와 태도.
49) 시서백가(詩書百家): 『시경(詩經)』과 『서경(書經)』 등 유교에서 말하는 온갖 종류의 서적.
50) 육도삼략(六韜三略): 중국전래의 병법을 전하는 책. 태공망(太空望)의 『육도』와 황석공(黃石公)의 『삼략』을 아울러 이르는 말.
51) 무불통지(無不通知): 무엇이든지 환히 통하여 모르는 것이 없음.

제요(帝堯) 도당씨(陶唐氏)는 만고 성제(聖帝)시로되 사흉지변(四凶之變)[53]을 보았사오니 어찌 태평세계(太平世界)를 길이 믿사오리잇가? 대장부가 세상에 처세하매 시서와 육도삼략을 통달하여 용문에 올라, 요순(堯舜) 같은 임금을 도와 요하(腰下)[54]에 금인(金印)[55]을 차고 장창(長槍) 대검(大劍)을 잡아 전진(戰陣)[56]에 나아가 반적(叛賊)을 소탕하
6 고 난시(亂時)를 평정하며, 태평시절을 만나 공명(功名)을 죽백(竹帛)[57]에 올리고 만종록(萬鍾祿)[58] 받아 성군의 덕택과 부모의 은혜를 생각하여 영화로이 즐기시게 할 것이어늘, 어찌 서책(書册)만 대하여 세월을 보내리잇가?"

시랑이 마음에 기쁘나 근심함을 경계하더라.

재설(再說).[59] 이때 황제 유약하시니 국사(國事)가 해이(解弛)하여 우승상(右丞相) 왕희 국권(國權)을 천자(擅恣)[60]하니, 조정 백료(百寮)[61]와 외읍(外邑)[62] 자사(刺史)[63] 수령이 다 왕희의 동당(同黨)이 많은지라. 권세

---

52) 헌원씨(軒轅氏)는 만고 영웅이로되 치우(蚩尤)의 난을 당하시고: 헌원씨는 중국 최초의 제왕인 황제(黃帝)를 가리키는데, 치우가 황제에게 거역하여 반란을 일으켰다. 이에 황제는 탁록(涿鹿)에서 싸워 치우를 죽였음.

53) 사흉지변(四凶之變): 요(堯)임금 때 공공(共工) · 환두(驩兜) · 삼묘(三苗) · 곤(鯀) 등 네 사람의 흉악한 무리가 일으킨 변란.

54) 요하(腰下): 허리춤.

55) 금인(金印): 금으로 만든 도장.

56) 전진(戰陣): 싸움터.

57) 죽백(竹帛): 사서(史書). 공명을 죽백에 올리다라고 하면 공을 세워 이름을 역사에 남기다란 뜻.

58) 만종록(萬鍾祿): 아주 많은 봉급.

59) 재설(再說): 다른 이야기를 하다가 다시 처음 이야기로 돌아갈 때 고소설에서 쓰는 말.

60) 천자(擅恣): 제 마음대로 하여 거리낌이 없음.

61) 백료(百寮): 모든 벼슬아치.

62) 외읍(外邑): 외방(外方).

63) 자사(刺史): 중국 한나라 때에, 군(郡) 국(國)을 감독하기 위하여 각 주에 둔 감찰관.

융중(隆重)[64]하여 한(漢)나라 왕준[65]과 진(秦)나라 조고(趙高)[66]에서 지난지라. 현인군자는 참소(讒訴)[67]를 입어 물러가고, 간악 소인은 아유(阿諛) 첨녕(諂佞)하여 국정을 난(亂)하되, 황제 아지 못하시고 소인을 신임하여 천하사를 다 왕희의 말대로 천단(擅斷)[68]하니, 슬프다, 대명(大明) 국사(國事)가 날로 어지러운지라. 이부시랑(吏部侍郞) 이익이 상소(上疏)[69]하여 왈,

신(臣)이 조정사(朝廷事)를 생각하오니 어찌 한심치 않으리잇고? 현인
(賢人)이 조정사를 힘쓰면 소인 절로 물러가는지라. 친소인원현신(親小人
遠賢臣)[70]은 나라가 망할 장본(張本)[71]이오니, 폐하가 구중궁궐(九重宮闕) 7
에 깊이 처하사, 우승상(右丞相) 왕희가 국권을 천단하여 간휼(奸譎)[72]로
폐하의 성덕을 속이고 아첨으로 폐하의 성총(聖聰)[73]을 옹폐(壅蔽)[74]하오
니, 폐하께서는 깨닫지 못하시고, 조정(朝廷) 제신(諸臣)은 왕희의 동류가
많은지라. 왕희로 더불어 음모 비계(秘計) 십하오니, 복원(伏願) 폐하는 왕
희를 버혀 간신을 벌하사, 조정 백료(百僚)를 징계(懲戒)하옵소서. 진(秦)나
라 조고(趙高)와 송(宋)나라 진회(秦檜)[75]는 간악 소인으로 국사를 탁란(濁

---

64) 융중(隆重): 권한이 매우 크고 무거움.
65) 왕준: 미상. 다른 이본에는 '왕망', '왕밍' 등으로 나타나기도 함.
66) 조고(趙高): 중국 진(秦)나라때 환관으로 진시황이 죽은 뒤 후계를 세울 때 조서를 거짓 꾸며 시황제의 장자 부소(扶蘇)를 죽이고, 우둔한 호해(胡亥)를 황제로 즉위시키고 온갖 횡포를 다함. 다른 이본에는 '왕돈', '왕준' 등으로 나타나기도 함.
67) 참소(讒訴): 간사하고 못된 말로 남을 헐뜯어 윗사람에게 꾸며 고해바침.
68) 천단(擅斷): 자기 단독 의견대로 함부로 처단함.
69) 상소(上疏): 임금에게 정사(政事)를 간(諫)하기 위해 올리던 글.
70) 친소인원현신(親小人遠賢臣): 소인을 가까이하고 어진 신하를 멀리함.
71) 장본(張本): 어떤 일이 크게 되어가는 근원.
72) 간휼(奸譎): 간사하고 음흉함.
73) 성총(聖聰): 임금의 총명.
74) 옹폐(壅蔽): 윗사람의 총명을 막아서 가림.
75) 진회(秦檜): 중국 남송(南宋)의 정치가. 고종(高宗)의 신임을 받아 19년간 국정

亂)하여 천하를 잃었사오니, 원(願) 폐하는 숙찰지(熟察之)[76]하소서.

하였더라.

천자(天子)가 이익의 표(表)[77]를 보시고 유유(儒儒)[78]하시더니, 승상 왕희와 병부시랑 진팽열이 복지(伏地) 주왈(奏曰),

"이익이 일개 녹록지신(碌碌之臣)[79]으로 조정을 비방하고 대신을 모함하니 죄사무석(罪死無惜)[80]이로소이다. 한(漢)나라 곽광(霍光)[81]이 권세 융중하여 선제(宣帝)의 총신(寵臣)이요, 진나라 장도[82]는 작위 높았사오나 강포한 위인이오니, 복원(伏願) 폐하는 하촉(下矚)[83]하옵소서."

천자가 왕희의 말을 옳게 여기사 이익을 삭탈관직(削奪官職)하고 '삼
8 만 리 무인절도(無人絶島)에 안치(安置)[84]하라.' 하시고, 이익의 족친(族
親)[85]은 다 면위서인(免爲庶人)하고, 이익의 아들 대봉은 오천 리 되는
백설도에 정배(定配)[86]하시니, 이시랑 부자가 배를 타고 각각 적소(謫所)
로 향할새, 왕희 분을 이기지 못하여 심중에 헤오되,[87] '이익이 나를 해

을 천단하였으며, 충신 악비(岳飛)를 죽이고 항전파(抗戰派)를 탄압했으며, 금(金)나라와 굴욕적인 강화(講和)를 체결한 간신.

76) 숙찰지(熟察之): 그것을 잘 살펴봄.

77) 표(表): 품고 있던 생각을 적어 제황(帝皇)께 올리는 글.

78) 유유(儒儒): 모든 일에 딱 잘라 결정을 내리지 못하고 어물어물함.

79) 녹록지신(碌碌之臣): 평범하고 보잘 것 없는 신하.

80) 죄사무석(罪死無惜): 죄가 무거워서 죽어도 아깝지 않음.

81) 곽광(霍光): 전한(前漢) 때의 명신으로 무제(武帝)때 흉노를 치고 어린 임금을 도왔으며, 소제(昭帝) 때 대사마(大司馬) 대장군이 되었고, 선제(宣帝) 때에는 모든 정사(政事)를 맡았는데 그의 딸은 선제의 황후가 되어 온 집안이 부귀를 누렸음.

82) 장도: 미상. 다른 이본에는 '왕도'로 나타나기도 함.

83) 하촉(下矚): 내려다 봄.

84) 안치(安置): 귀양살이하는 죄인을 가두어 두던 일.

85) 족친(族親): 같은 성(姓)을 가진 일가붙이.

86) 정배(定配): 죄인을 지방이나 섬으로 보내 정해진 기간 동안 그 지역 내에서 감시를 받으며 생활하게 하던 형벌.

코자 하였으니 어찌 적소(謫所)에 가도록 살려두리오.' 하고 선인(船人)을 불러 천금을 주고 분부 왈,

"여등(汝等)이 중로(中路)에 가다가 이익의 부자를 결박하여 수중에 넣으라."

한대, 모든 선인이 중상(重賞)을 받고 즐겨 허락하니라.

이 날 시랑이 발행하기를 당하매 부인을 대하여 탄식 왈,

"복(僕)[88]이 간신의 해를 입어 만 리 밖 도중(島中)으로 가니, 부인의 정사(情事)[89]가 어찌 가련치 않으리오? 부부 양인(兩人)과 자식이 각각 분찬(分竄)[90]하니, 어느 때에 다시 한 당(堂)에 모임을 바라리오?"

언파(言罷)에 실성통곡(失聲痛哭)[91]하니, 공자가 눈물을 거두고 부모를 위로 왈,

"가운(家運)이 불행하여 일시지화(一時之禍)를 만났으나 필경 타일에 천일(天日)을 다시 보오리니 너무 과상(過傷)치 마르소서. 간인(奸
人) 비록 지금은 득시(得時)하여 현인(賢人)을 모해하나, 나중은 왕법 9
(王法)[92]을 면치 못할 것이오니, 우리 부자 아직 곤액(困厄)을 당하오나 후일에 반드시 간인을 설원(雪冤)[93]할 날이 있사오리니, 원컨대 모친은 천금지구(千金之軀)[94]를 보중하사 우리 부자의 생환(生還)함을 기다리소서."

시랑과 부인이 공자의 손을 잡아 차마 떠나지 못하더니, 관차(官差)[95]

---

87) 혜오되: 헤아리되.

88) 복(僕): 자기를 겸손하게 부르는 말.

89) 정사(情事): 사정(事情).

90) 분찬(分竄): 나뉘어 살게 됨.

91) 실성통곡(失聲痛哭): 목이 메일 정도로 슬프게 통곡함.

92) 왕법(王法): 임금이 제정한 법률.

93) 설원(雪冤): 원통함을 풀어 없앰.

94) 천금지구(千金之軀): 아주 귀한 몸.

95) 관차(官差): 관아에서 파견하던 군뢰(軍牢) · 사령(使令) · 아전 등.

가 밖에서 재촉이 성화 같거늘, 시랑과 공자가 부인을 이별하고 관차(官差)를 따라 강변에 이르러 배에 오르니, 만경창파(萬頃蒼波)에 일엽편주(一葉片舟)가 닫기를 살같이 하니 어디로 향하는 줄 알리오? 배 닫기를 빨리 하여 중류에 이르니 밤이 이미 깊었는지라. 홀연 선중(船中)으로서 십여 선인이 일시에 달려들어 시랑과 공자를 결박하니, 시랑이 대경(大驚) 문왈(問曰),

"여등(汝等)이 무삼 연고로 우리 부자를 해코자 하는다?"

선인 답왈,

"우리 등이 그대와 원수가 없으되 다만 남의 지휘를 들어 할 따름이니 우리 등을 한(恨)치 말라."

하고 수중에 넣으려 하거늘, 시랑이 황황망조(遑遑罔措)[96]하여 사공더러 왈,

"우리 부자는 무죄한 사람이라. 절도에 가기도 원억(冤抑)[97]하거늘 여등의 해를 당하니 어찌 원통치 않으리오? 그러나 여등이 이미 남의 청촉(請囑)[98]을 받아 우리 부자를 죽이려 하거든 맨 것이나 끌러 수중에 넣으라."

모든 선인이 즐겨 듣지 아니하고 강중(江中)에 던지고자 하니, 그 중에 노사공이 말려 왈,

"시랑의 부자를 수중에 넣으면 죽기는 한가지라. 결박을 아니한들 무삼 관계함이 있으리오?"

하고 결박을 끌러 넣으려 하니, 공자가 대질(大叱) 왈,

"우리 부자 나라에 득죄하매 사생간(死生間)에 반드시 천자의 처분을 기다릴 것이거늘, 여(汝)가 간인(奸人)의 뇌물을 받고 심야에 강중에 현인군자를 암해(暗害)코자 하니, 너희 중에 목숨이 능히 천지간(天地

---

96) 황황망조(遑遑罔措): 마음이 몹시 급해서 어찌할 줄 모르고 갈팡질팡함.

97) 원억(冤抑): 원통하게 누명을 써서 억울함.

98) 청촉(請囑): 청을 들어주기를 부탁함.

間)에 용납할손가?"

언파(言罷)에 분기대발(憤氣大發)[99]하니 목자(目眥)가 진열(盡裂)하는지라.[100] 기운이 올라 피를 토하고 엎어지거늘, 사공들이 저 부자의 정지(情地)[101]를 돌아보리오? 일시(一時)에 달려들어 수중에 던지니 양인의
성명(性命)이 어찌 된고? 하회(下回)를 보라. 11

차시(此時) 사공 등이 시랑 부자를 해하고 돌아가 보(報)하니 왕희 대희하여 후상(厚賞)하니라.

차설(且說). 장한림이 이시랑 부자가 참화(慘禍)를 당하여 적소로 감을 보고 분울(憤鬱)함을 이기지 못하여 홀연 득병하여 백약이 무효하매 병석에 위돈(委頓)[102]하여 오래 일지 못하는지라. 한림이 자기 병으로 세상이 오래지 못할 줄 짐작고 부인과 애황을 대하여 체읍(涕泣) 탄왈(歎曰),

"나의 병이 우연 침중(沈重)하니 세상에 머물 날이 많지 않은지라. 다만 한하는 바는 이시랑의 관일(貫一)[103]한 충절로 소인의 해를 만나 부자가 각각 만 리에 적거(謫居)하니 통분하기 이를 것 없으나, 이공의 관인(寬仁)[104]한 기상과 이랑(李郎)의 웅위(雄威)한 기골로 필경 만 리 새외(塞外)[105]에 요사(夭死)[106]할 리 없으리니, 반드시 후일 다시 득의(得意)하여 부귀 극진하리니, 여아는 보중(保重)하여 이랑을 맞아 여서(女胥)[107]를 삼아 영효(榮孝)[108]를 누리고, 복(僕)의 조몰(早沒)함을 조

99) 분기대발(憤氣大發): 분한 기운이 크게 일어남.
100) 목자(目眥)가 진열(盡裂)하는지라: 눈초리가 다 찢어질 정도로 사납게 흘겨보는지라.
101) 정지(情地): 딱한 사정이 있는 가엾은 처지.
102) 위돈(委頓): 병이 깊어짐.
103) 관일(貫一): 한결같음.
104) 관인(寬仁): 관대하고 인자함.
105) 새외(塞外): 요새의 밖. 변경.
106) 요사(夭死): 나이 젊어서 죽음. 요절.
107) 여서(女胥): 사위.
108) 영효(榮孝): 부모를 영화롭게 하는 효도.

금도 한치 마르소서.”

언파(言罷)에 기운이 진(盡)하여 인하여 별세하니, 부인이 또한 정신이
12 아득하여 명재경각(命在頃刻)[109]이라. 애황의 손을 잡고 낙루(落淚) 왈,

“노모가 너의 부친 부탁을 저버려 명이 진케 되니 너의 신세 박명하여 일일지내(一日之內)에 부모가 구몰(俱沒)[110]함을 당하니, 고고일신(孤苦一身)[111]이 어디에 의탁하리오? 그러나 네 비통함을 참아 부모의 시체를 거두고 옥보방신(玉步芳身)[112]을 보중하였다가 타일에 이랑을 만나 백년을 희락(喜樂)하여 망부모(亡父母)의 후사(後嗣)[113]를 끊지 않음이 너의 효니, 부디 노모의 말을 저버리지 말라.”

하고, 장탄일성(長歎一聲)에 명이 진하니 일가(一家)가 망극하여 곡성(哭聲)이 진동하더라.

차시(此時)에 애황 소저(小姐)가 일일지내(一日之內)에 쌍친(雙親)을 참별(慘別)하고 천지 망망하여 여러 번 기색(氣塞)[114]하거늘, 비복 등이 겨우 구하여 소저가 겨우 정신을 진정하여 부모를 안장(安葬)하고 인하여 가사(家事)를 다스리매 능려(凌厲)[115]함이 대장부를 당할레라.

세월이 여류하여 삼상(三喪)[116]을 지내니 소저 방년(芳年)이 이팔(二八)이라. 옥안운빈(玉顔雲鬢)[117]이며 설부화용(雪膚花容)[118]이 금세(今世)

---

109) 명재경각(命在頃刻): 거의 죽게 되어 곧 숨이 끊어질 지경에 이름.

110) 구몰(俱沒): 양친이 다 돌아감.

111) 고고일신(孤苦一身): 외롭고 고달픈 한 몸.

112) 옥보방신(玉步芳身): 아름다운 여인의 걸음걸이와 꽃다운 몸이란 뜻으로 아름다운 여인의 모습을 가리킴.

113) 후사(後嗣): 대(代)를 잇는 자식.

114) 기색(氣塞): 심한 홍분이나 충격으로 호흡이 잠시 멎음.

115) 능려(凌厲): 기세가 맹렬하고 웅건함.

116) 삼상(三喪): 삼 년 상(喪).

117) 옥안운빈(玉顔雲鬢): 아름다운 미인의 얼굴과 탐스러운 귀밑머리.

118) 설부화용(雪膚花容): 눈 같은 피부와 꽃 같은 모습이란 뜻으로 아름다운 여인의 모습을 가리킴.

에 짝이 없고, 효행예절이며 시서재예(詩書才藝)[119]와 침선방적(針線紡 13
績)[120]에 능치 아님이 없으니, 향명(香名)[121]이 원근에 자자하여 상하인민(上下人民)이 칭찬치 아닐 이 없더라.

차시 왕희 일자(一子)를 두었으니 이름은 석연이라. 풍채 늠름하고 문필(文筆)이 과인(過人)하니, 왕희 각별 사랑하여 숙녀를 널리 구하더니, 장소저의 향명을 듣고 장한림의 재종(再從)[122] 장준을 청하여 극진히 대접하고 은근히 의논 왈,

"재종형이 일찍이 기세(棄世)하였거니와 그 문내(門內)에 주장(主掌)[123]할 이는 그대니, 마땅히 매작(媒妁)[124]이 되어 장소저의 혼사를 이루게 하라."

장준이 허락하고 집에 돌아와 그 처 진씨를 보내니, 진씨 장부(府)에 이르매 소저(小姐)가 나와 맞아 예를 마치매, 진씨 소저를 대하여 우승상 왕희의 청하던 말을 전하니, 소저가 흔연(欣然) 대왈,

"숙모가 소질(小姪)[125]을 위하여 정혼코자 하시니 감격하오나, 다만 부모 생시에 모란동 이시랑의 아자와 정혼하였기로 숙모의 말씀을 봉행(奉行)치 못하리로소이다."

하거늘, 진씨 무료(無聊)히[126] 돌아와 준더러 소저의 하던 말을 전하니, 14
장준이 다시 장부에 이른대 소제가 나와 영접하거늘, 장준이 좌정 후 소저를 달래어 왈,

"부부유별(夫婦有別)은 오륜(五倫)의 떳떳한 일이라. 가운(家運)이 불

119) 시서재예(詩書才藝): 시와 글씨, 재능과 기예를 일컬음.
120) 침선방적(針線紡績): 바느질과 옷감을 짜는 일.
121) 향명(香名): 꽃다운 처녀의 이름.
122) 재종(再從): 육촌 사이.
123) 주장(主掌): 책임지고 맡아서 함.
124) 매작(媒妁): 중매(中媒).
125) 소질(小姪): 조카가 자기를 낮추어 스스로 부르는 말.
126) 무료(無聊)히: 부끄럽고 열적어서.

행하여 형장부처(兄丈夫妻)[127] 구몰(俱沒)하사 가중에 주장이 없으니 너의 평생이 외로운지라. 내 너를 위하여 봉황의 짝을 이루고자 하더니, 우승상 왕희 일자를 두었으니 기골이 준수하고 문장이 과인하여 짐짓[128] 너의 배필이라. 내 심중에 마땅하나 궁달(窮達)이 현수(懸殊)하고[129] 강약(强弱)이 부동(不同)하므로[130] 감히 청치 못하여 주야 한탄하던 차에 승상이 마침 청혼하니 이는 너의 본심[131]이요, 또 너의 인연이라. 너는 고집한 마음으로 천정가연(天定佳緣)[132]을 어기지 말라. 시랑 부부는 이미 수만 리 적소(謫所)에 있으니 생사를 아지 못할지니, 어찌 사지(死地)에 간 사람을 바라고 방년(芳年)을 헛되이 보내리오? 무정세월에 옥빈홍안(玉鬢紅顔)[133]이 공노(空老)[134]라. 너는 너무 고집치 말라."

언파(言罷)에 만단개유(萬端開諭)[135]하거늘, 소저가 피석(避席)[136] 대왈(對曰),

"소질(小姪)[137]의 팔자 기험(崎險)[138]하여 일찍 부모를 여의고 혈혈단신(孑孑單身)이거늘, 혹 불가한 일이 있어도 숙부가 옳은 말로 인도하심이 당연하거늘, 왕희 같은 소인에게 아첨하여 고단한 조카의 마음

---

127) 형장부처(兄丈夫妻): 집안의 친척으로 같은 동렬의 형의 부부를 부르는 뜻으로 장소저의 부모를 가리킴.

128) 짐짓: 과연.

129) 궁달(窮達)이 현수(懸殊)하고: 빈궁과 영달(榮達)이 판이하게 다르고.

130) 강약(强弱)이 부동(不同)하므로: 두 집안의 세력의 강약이 같지 않으므로.

131) 미상. 원문에는 '븐심'으로 되어 있음.

132) 천정가연(天定佳緣): 하늘에서 정해준 아름다운 인연.

133) 옥빈홍안(玉鬢紅顔): 옥 같은 귀밑머리와 붉은 얼굴이란 뜻으로, 젊고 아름다운 미인의 모습을 가리키는 말.

134) 공노(空老): 헛되이 늙어감.

135) 만단개유(萬端開諭): 여러 가지 좋은 말로 잘 타이름.

136) 피석(避席): 앉았던 자리에서 일어나 비켜섬.

137) 소질(小姪): 조카가 아저씨를 상대하여 자기를 낮추어 이르는 말.

138) 기험(崎險): 세상살이가 순탄하지 못하고 험함.

을 유인(誘引)코자 하시니 그윽이 숙부를 위하여 한심하도소이다. 차후는 가내(家內)에 투족(投足)[139]지 마르소서."

언파에 기색이 추상한월(秋霜寒月)[140] 같은지라. 준이 무료하여 묵묵부답(默默不答)하고 즉시 돌아와 승상을 보고 소저의 하던 말을 전하니, 승상이 묵묵히 앉았다가 다시 장준에게 은근히 청하여 왈,

"아무쪼록 하여도 그 혼사를 성사케 하라."

하니, 장준이 대왈,

"소저의 마음 빙옥철석(氷玉鐵石)[141] 같은지라. 구변(口辯)으로써 유인키 어렵사오니, 비밀한 계교로써 길일(吉日)을 가리어 노복과 교마(轎馬)[142]를 갖추어 밤이 깊은 후에 남이 모르게 장미동[143]에 나아가 질아(姪兒)[144]를 겁탈(劫奪)[145]하여 옴이 어떠하니잇고?"

승상이 대희하여 장준으로 더불어 언약하고 길일을 택하고 비밀한 묘 16
책을 정하니라.

각설(却說).[146] 선시(先是)[147]에 이시랑 부자가 적소로 가다가 사공의 불측(不測)한 해를 입어 만경창파(萬頃蒼波)에 떨어지니, 사람이 나래[148]가 없으니 무변대해(無邊大海)[149] 중에 어찌 살아나리오? 차시(此時) 서해 용왕이 시랑 부자가 창파에 빠진 줄 알고 크게 놀라 용자(龍子) 둘을

---

139) 투족(投足): 발을 들여 놓음.

140) 추상한월(秋霜寒月): 가을의 찬 서리와 겨울의 차가워 보이는 달.

141) 빙옥철석(氷玉鐵石): 맑고 깨끗하며 굳건함.

142) 교마(轎馬): 가마와 말.

143) 장미동: 본문에는 '장내동'으로 나오나 이후는 장미동으로 나온 곳이 많으므로 '장미동'으로 통일함.

144) 질아(姪兒): 조카.

145) 겁탈(劫奪): 남을 위협하여 그 사람의 것을 빼앗음.

146) 각설(却說): 고소설에서 화제를 돌려 다른 이야기를 꺼낼 때, 앞서 이야기하던 내용을 그만둔다는 뜻으로 쓰는 말.

147) 선시(先是): 이에 앞서.

148) 나래: 날개.

149) 무변대해(無邊大海): 끝없이 넓은 바다.

불러 분부 왈,

"대명국(大明國) 사람 이익의 부자가 애매히 간신의 참소를 입어 적소로 가다가 속절없이 죽게 되었으니, 급히 가 구하라."

하니, 두 동자(童子)가 승명(承命)[150]하고 각각 표주(瓢舟)[151]를 타고 서남(西南)을 향하여 가더라.

이 때 시랑이 물에 빠져 정신을 모르더니, 어떤 동자가 배를 타고 와 시랑을 건져 언덕에 눕히고 약물로 구호(救護)하니, 오래지 아니하여 정신이 돌아오는지라. 시랑이 동자를 대하여 무수히 사례 왈,

"어떠한 선동(仙童)이완대 죽은 사람을 구하여내시니 은혜 난망(難忘)이로소이다."

동자가 대왈,

"소동(小童)은 서해 용왕의 동자이옵더니, 우리 왕이 급히 상공을 구
17 하라 하시기로 이에 와 구하였사오니 다행이로소이다."

하고 다시 배를 저어 한 곳에 이르러 배를 대고 내리라 하거늘, 시랑이 살펴보니 만경창파(萬頃蒼波) 중에 한 섬이라. 동자더러 문왈(問曰),

"이 섬 이름이 무엇이며 예서 중원(中原)이 얼마나 되나뇨?"

동자가 대왈,

"이 곳 이름은 무인도요, 중원이 삼만 리로소이다."

시랑이 배에 내려 동자를 이별하고 좌우를 살펴보니 과실나무 무수하거늘, 가지를 휘어 얽어 집을 삼고 떨어진 과실을 주어먹어 목숨을 보전하나, 부인과 아자를 생각하고 주야 눈물로 세월을 보내니, 그 참혹한 정경(情景)을 어찌 다 기록하리오?

공자가 그때에 부친과 한가지로 창파(滄波)에 떨어져 거의 죽게 되었더니 풍랑에 밀리어 한 곳에 다다르니, 어떠한 동자가 배를 타고 급히 와 공자를 건져 배에 얹거늘, 공자가 정신을 차려 동자를 보니 벽수청의(碧

---

150) 승명(承命): 명령을 받듦.

151) 표주(瓢舟): 작고 가벼운 배.

袖靑衣)[152]를 입고 월패(月佩)[153]를 차고 좌수(左手)에 금강(金剛) 옥(玉)
저[154]를 쥐고 앉았거늘, 공자가 일어나 동자더러 치사(致謝)[155] 왈, 18

"어떠한 동자완데 대해(大海) 중에 귀체(貴體)를 아끼지 아니하옵고, 잔명을 구하시나잇가?"

동자가 답왈,

"나는 서해 용왕의 동자러니, 우리 왕의 명을 받자와 공자를 구하였나니이다."

대봉이 다시 치사(致謝) 왈,

"사지에 든 인생을 용왕이 구하시니 그 은혜 백골난망(白骨難忘)이라. 만분지일이나 갚사오리오?"

하고 다시 문왈,

"나는 중원사람으로서 서해 산천을 아지 못하니, 이 지명이 어느 땅이라 하나뇨?"

동자 왈,

"이 땅은 서촉국(西蜀國)이라 하나이다."

하고 이윽히 가다가 배를 언덕에 대고 내리라 하거늘, 공자가 배에 내려 다시 문왈,

"어디 가야 잔명을 보전하리잇가?"

동자가 왈,

"저 산명(山名)은 금화산이요, 그 산중에 절이 있으되 이름은 백운암이라. 그 절을 찾아가면 자연히 구할 사람이 있으리이다."

대봉이 동자를 이별하고 금화산을 찾아가니, 만학천봉(萬壑千峰)은 촉천(觸天)[156]하고 오색구름이 봉상(峰上)에 걸렸더라. 공자가 심중(心中)에

152) 벽수청의(碧袖靑衣): 푸른 소매가 달린 파란 옷.

153) 월패(月佩): 옷에 차용하는 패물의 한 가지로 초승달 모양으로 생겼음.

154) 옥(玉)저: 옥으로 만든 저(피리).

155) 치사(致謝): 고맙다는 뜻을 나타냄.

156) 촉천(觸天): 하늘에 닿음.

기이히 여겨 차차 들어가니 경개절승(景槪絶勝)하고 춘경(春景)이 쇄락
19 (灑落)[157]한데, 산곡으로 육칠 리는 들어가더니 시내 소리 잔잔하거늘,
점점 걸어 석경(石徑)[158]으로 나아가니 수양(水楊) 천만사(千萬絲)는 춘풍에 표양(飄颺)[159]하고, 녹죽창송(綠竹蒼松)[160]이 울울(鬱鬱)한데 미록(麋鹿)[161]과 난학(鸞鶴)[162]이 쌍쌍이 왕래하니, 짐짓 별유선경(別有仙境)[163]이라. 공자가 경치를 볼수록 심사 더욱 비창하여 점점 나아가더니, 은은히 종경(鐘磬)[164]소리 풍편(風便)에 들리거늘, 완완(緩緩)[165]히 산문(山門)[166]에 다다르니, 일위 노승이 구폭가사(九幅袈裟)[167]를 입고 구절죽장(九節竹杖)을 짚고, 백팔염주(百八念珠)를 목에 걸고 산문에 나와 영접하여 객실로 들어와 서로 예필에 노승 왈,

"귀객이 산중에 계시되, 소승이 연만(年晩)하여 동구(洞口)에 나가 맞지 못하오니 허물치 마르소서."

공자가 왈,

"노선사(老禪師)는 곤궁한 행인을 보시고 이렇듯 관대(寬待)하시니, 생의 마음에 불안하여이다."

노승 왈,

"공자가 중원 기주(冀州)땅 모란동 이시랑의 귀공자가 아니시니잇가? 오늘 이리 오심은 명천(明天)[168]이 도우시고 부처님이 지시하심이

---

157) 쇄락(灑落): 마음이 상쾌하고 시원함.
158) 석경(石徑): 돌이 많은 좁은 길.
159) 표양(飄颺): 바람에 날림.
160) 녹죽창송(綠竹蒼松): 푸른 대나무와 소나무.
161) 미록(麋鹿): 고라니와 사슴.
162) 난학(鸞鶴): 신선이 타는 난조와 두루미. 난(鸞)은 신조(神鳥), 학은 선금(仙禽).
163) 별유선경(別有仙境): 세상에서 볼 수 없는 신선이 사는 듯한 경개.
164) 종경(鐘磬): 종과 경쇠.
165) 완완(緩緩): 동작이 느릿느릿함.
166) 산문(山門): 절. 또는 절의 누문(樓門).
167) 구폭가사(九幅袈裟): 아홉 폭으로 된 승려의 법의.

라. 어찌 반갑지 아니하리오? 폐사(弊寺)[169]가 비록 누추하오나 원컨대 공자는 소승과 한가지로 머무르소서."

공자가 경아(驚訝)하여 다시 두 번 절하고 공경 문왈, 20

"소자의 거주(居住) 성명을 어찌 자세히 아시난잇고?"

노승 왈,

"자연 아나이다."

공자가 왈,

"그러하시거니와 선사가 소생을 이같이 애휼(愛恤)하시니 감사하여이다."

노승 왈,

"귀댁 상공께 황금 오백 냥과 백미(白米) 삼백 석과 황촉(黃燭) 사천 개가 이 절에 들었사오니 어찌 공자의 의식(衣食)을 염려하시리잇가?"

공자 왈,

"소생은 세상의 곤궁한 사람이라. 어찌 부친의 전곡(錢穀)이 이 절에 들었다 하오리잇가?"

노승 왈,

"공자는 연천(年淺)[170]하여 오래된 일을 어찌 아르시리잇고?"

하고 이윽고 석반(夕飯)을 올리거늘, 공자가 보니 산채(山菜) 소찬(素饌)[171]이 심히 정결함이 세상음식과 다른지라. 이에 석식(夕食)을 파(罷)한 후, 인하여 노승과 주야 동처(同處)하여 세월을 보내더라.

차설(且說). 왕희의 아자가 길일(吉日)을 당하매 노복과 교자(轎子)[172]를 갖추어 장미동에 나아가니, 이때 야색(夜色)이 삼경(三更)[173]이라. 노

---

168) 명천(明天): 밝은 하늘. 모든 것을 알고 살피시는 하느님.

169) 폐사(弊寺): 자신이 있는 절을 낮추어 부르는 말.

170) 연천(年淺): 나이가 적음.

171) 소찬(素饌): 고기나 생선이 없이 나물로만 된 반찬으로 차려진 밥상.

172) 교자(轎子): 가마.

173) 삼경(三更): 밤 11시부터 새벽 1시 사이.

복이 들어가 소저를 겁탈코자 하더니, 이때 소저가 등촉을 밝히고 예기
(禮記)를 보더니, 외당(外堂)에서 인성(人聲)이 훤화(喧嘩)[174]하는 소리가
21 들리거늘, 소저가 마음에 놀라 시비(侍婢)[175] 난향을 불러 왈,

"외당에서 인성이 요란하니, 네 가만히 나가 그 동정을 보라."

난향이 나아가 보고 급히 들어와 고왈(告曰),

"왕승상의 아자가 노복, 교부(轎夫)[176]를 거느려 외당에서 주저(躊躇)하더이다."

소저가 대경(大驚) 왈,

"저 즈음께 왕희 청혼하였거늘, 내 허(許)치 아니하고 매자(媒子)[177]를 물리쳤더니 금야(今夜) 작당하여 옴이 분명 나를 겁칙코자 함이라. 차사(此事)가 급박하니 장차 어찌하리오?"

하고 깁수건[178]을 들어 목을 매려 하거늘, 난향이 고왈,

"소저는 잠깐 진정하소서. 소저가 만일 자처(自處)[179]하시면 부모 향화(香火)[180]와 낭군의 원수를 누가 갚으리잇고? 바라건대 소저는 소비(小婢)와 의복을 바꾸어 입고 소비가 소저의 모양으로 앉았으면 적인(敵人)이 반드시 소저로 알지니, 소저는 급히 남의(男衣)를 개착(改着)하고 후원(後苑)을 넘어 피신하옵소서."

소저가 왈,

"네 말이 당연하나 내 몸이 규중(閨中)에 생장하여 능히 밖 문을 아지 못하거늘 어디로 갈 바를 알리오? 차라리 내 방에서 죽으리라."

---

174) 훤화(喧嘩): 지껄여서 떠듦.
175) 시비(侍婢): 곁에서 시중드는 여자 종.
176) 교부(轎夫): 교자를 메는 사람.
177) 매자(媒子): 중매.
178) 깁수건: 비단 수건.
179) 자처(自處): 자살(自殺).
180) 향화(香火): 향을 피운다는 뜻으로 제사를 이르는 말.

하고 실성애곡(失聲哀哭)[181]하니, 난향이 다시 고왈,

"천지(天地) 광대(廣大)하고 인명(人命)이 재천(在天)하오니, 어디가 22
몸을 보전치 못하리오? 일이 가장 급하오니 소저는 천금지구(千金之軀)[182]를 가볍게 버리지 마르소서."

하며 급히 도망하기를 재촉하니, 소저가 체읍(涕泣) 왈,

"난향아, 만일 네 행색이 탄로나면 왕희의 손에 네 목숨을 보전치 못하리니, 한가지로 도망함이 어떠하뇨?"

난향이 왈,

"소비 또한 이 마음이 있으되, 왕가 노복이 소저를 찾다가 없으면 근처로 흩어져 구색(求索)[183]하리니, 소저가 어찌 화를 면하려 하시나니잇고? 빨리 행하시고 더디지 마르소서."

소저가 하릴없어 복(服)을 벗어 난향을 주고 남의(男衣)를 갖추고 후원문을 나 수리(數里)를 행하니라.

차시(此時) 난향이 소저의 의복을 입고 서안(書案)에 의지하여 앉았더니, 이윽고 왕공자가 노복과 시녀를 거느려 내정(內庭)[184]에 돌입하여 시녀를 명하여,

"소저 빨리 뫼시라."

하니, 시녀가 수명(受命)하고 들어가 소저를 보고 문안하니, 난향이 들은 체 아니커늘, 시녀가 다시 고왈,

"왕공자 내림(來臨)하였사오니, 소저는 백년가약(百年佳約)[185]을 맺으소서. 이 또한 천정연분(天定緣分)이오니 이런 좋은 때를 잃지 마르소서."

---

181) 실성애곡(失聲哀哭): 정신이 큰 충격을 받아 나간 듯하면서 슬피 움.

182) 천금지구(千金之軀): 천금과 같이 귀한 몸.

183) 구색(求索): 애를 써서 찾아 냄.

184) 내정(內庭): 안뜰.

185) 백년가약(百年佳約): 젊은 남녀가 결혼하여 평생을 함께 지내자는 아름다운 약속.

23 하고 교자에 오르기를 재촉하거늘, 난향이 심하(心下)에 우습고 또한 분노하여 꾸짖어 왈,

"내 집이 비록 한미(寒微)[186]하나 조정중신(朝廷重臣)의 집이어늘, 여등(汝等)이 외람되이 무단돌입(無斷突入)[187]하여 어찌코자 하나뇨? 내 어찌 더러운 욕을 보리오?"

하고 깁 수건으로 목을 조르니, 왕가 노복 등이 많은지라 강약(强弱)이 부동(不同)하니[188] 어찌 당하리오? 하릴없어 교자에 올라 장안으로 향하여 갈새, 동(東)으로 벽파장 이십 리에 다다르니 동방(東方)이 밝는지라. 벽파장 노소인민(老少人民)이 다 구경하며 하는 말이,

"장한림의 여아 애황 소저와 승상의 자제가 정혼(定婚) 신행(新行)[189]하신다."

하더라.

난향이 승상의 집에 다다르니, 잔치를 배설하고 대소빈객(大小賓客)이 구름같이 모였더라. 난향이 교자에서 내려 내아(內衙) 청상(廳上)[190]에 들어가니, 모든 부인이 모여 앉았다가 난향을 보고 칭찬 왈,

"어여쁘다, 장소저여! 진실로 공자의 짝이로다."

하며 치하(致賀)[191]가 분분(紛紛)[192]할새, 난향이 일어나 외당으로 나아가니 내외빈객(內外賓客)이 대경(大驚)하는지라. 난향이 승상 앞에 나아가 좌우를 돌아보며 왈,

24 "나는 장미동 장한림댁 소저의 시비 난향이러니 외람(猥濫)이 소저

---

186) 한미(寒微): 가난하고 문벌이 변변하지 못함.
187) 무단돌입(無斷突入): 미리 연락하거나 허락을 받지 않고 마구 들어옴.
188) 강약(强弱)이 부동(不同)하니: 왕희의 노복이 많아서 난향의 혼자 힘으로는 당할 수 없으니.
189) 신행(新行): 혼인 때 신랑이 신부집으로 가거나 신부가 신랑집으로 가는 길.
190) 청상(廳上): 대청(大廳)의 위.
191) 치하(致賀): 칭찬하거나 축하하는 뜻을 나타냄.
192) 분분(紛紛): 뒤숭숭하고 시끄럽다.

의 이름을 띄고 승상을 잠깐 속였거니와, 왕희는 국록중신(國祿重臣)[193]으로 명망(名望)이 일국에 으뜸이요, 부귀(富貴) 천하에 제일이라. 네 자식의 혼사를 이룰진대, 매파(媒婆)[194]를 보내어 육례(六禮)[195]를 갖추어 인연을 맺음이 당연하거늘, 네 무도불의(無道不義)를 행하여 깊은 밤에 노복을 보내어 가만히 사부가(士夫家) 내정(內庭)에 돌입하여 규중처자(閨中處子)를 겁탈함은 무삼 뜻이뇨? 우리 소저는 너의 누욕(陋辱)을 피하여 계시나 결단코 자처(自處)하여 원혼(冤魂)이 되었을 것이니 어찌 통분치 않으리오?"

언파(言罷)에 슬피 통곡하니, 승상이 대경(大驚)하여 난향을 위로 왈,

"소저는 백옥(白玉) 같은 몸으로서 천한 난향에게 비(比)하니 어찌 이런 말을 하나뇨?"

하고 시비로 하여금 내당으로 보내고 소저의 진가(眞假)를 분별치 못하여 장준을 청하여 보라 한데, 장준이 들어가 보니 과연 질녀가 아니요 난향이라. 대경하여 바삐 승상께 고하니, 왕희 대로(大怒)하여 난향을 죽이려 한대, 만좌빈객(滿座賓客)[196]이 말려 왈, 25

"난향은 진실로 충비(忠婢)니, 그 죄를 사(赦)하소서."

승상이 대참(大慙)하여 장준을 대책(大責)하고 난향을 보내니라.

각설(却說). 장소저가 그날 밤에 도망하여 남(南)으로 향하여 정처 없이 가더니, 수일 만에 여람땅에 이르러 이름을 고쳐 장계운이라 하고 한 집에 가 밥을 빌더니, 이 집은 최어사 집이라. 어사는 일찍 기세(棄世)[197]하고 부인 희씨 한 딸을 데리고 치산(治産)[198]하되 형세요부(形勢饒富)한지

---

193) 국록지신(國祿之臣): 나라에서 주는 녹봉(祿俸)을 받는 중요한 신하.

194) 매파(媒婆): 혼인을 중매하는 노파.

195) 육례(六禮): 재래식 혼례에서 행하는 여섯 가지 의식. 납채(納采) · 문명(問名) · 납길(納吉) · 납폐(納幣) · 청기(請期) · 친영(親迎).

196) 만좌빈객(滿座賓客): 자리를 가득 메운 손님.

197) 기세(棄世): 죽음을 높이어 이르는 말.

198) 치산(治産): 집안 살림을 잘 다스림.

라. 부인이 문을 격(隔)하여 장소저의 거동을 보니, 인물이 비범하고 풍채 준수하거늘, 부인이 소저에게 왈,

“차인(此人)의 행색을 보니 본대 걸인이 아니라.”

하고, 시비로 하여금 서헌(書軒)으로 청하여 앉히고, 부인이 친히 나와 소저를 향하여 문왈,

“공자는 어디 살며 나이 몇이나 되고, 이름은 무엇이라 하나뇨?”

소저가 대왈,

“본대 기주땅에 사는 장계운이라 하옵고 나이는 십육 세로소이다.”

부인이 또 문왈,

“부모는 구존(俱存)[199]하시며, 무삼 일로 이 곳에 이르시나뇨?”

소저가 대왈,

26 “일찍 부모를 여의고 의탁할 곳이 없어 동서로 표박(漂泊)[200]하여 사해(四海)로 다니나이다.”

부인 왈,

“공자의 모양을 보니 걸인으로 다니기는 불쌍하니, 공자는 아직 내 집에 있음이 어떠하 뇨?”

소저가 사례(謝禮) 왈,

“부인이 소생의 고혈(孤孑)함을 생각하사 존문(尊門)에 두고자 하시니, 하해(河海) 같은 은혜를 어찌 다 갚으리잇고?”

부인이 희열하여 노복을 명하여 서당을 쇄소(刷掃)[201]하고 서책(書冊)을 주며 왈,

“부디 학업을 힘써 공명(功名)을 취하라.”

소저가 서책을 받아보니, 성경현전(聖經賢傳)[202]과 손오병서(孫吳兵

---

199) 구존(俱存): 부모가 다 살아 있음.

200) 표박(漂泊): 정처(定處) 없이 여기저기 떠돌아다님.

201) 쇄소(刷掃): 쓸고 닦음.

202) 성경현전(聖經賢傳): 유학의 성현(聖賢)이 남긴 글. 성인(聖人)의 글을 경(經)이라고 하고, 현인(賢人)의 글을 전(傳)이라고 함.

書)[203]라. 소저가 학업을 공부할새 낮이면 시서백가(詩書百家)를 읽고, 밤이면 손오병서와 육도삼략(六韜三略)을 습독(習讀)하여 창검(槍劍) 쓰는 법을 익히니, 부인이 각별 사랑하여 기출(己出)[204]같이 여기더라.

일월이 유매(流邁)하여[205] 삼 년이 지내니, 장소저가 나이 십구세라. 재주는 능히 풍운조화(風雲造化)[206]를 부리고 용력(勇力)은 능히 태산을 끼고 북해(北海)를 뛸 듯하더라.

차설(且說). 대봉 공자 금화산 백운암에 있어 시서(詩書)와 병서(兵書)[207]를 공부하여 세월을 보내더니, 하루는 슬픈 회포를 금치 못하여 세상에 나올 생각이 간절하여 처량한 곡조를 지어 읊으니, 소리 웅장하여 쇠북을 깨치는 듯 소리 산천을 움직여 그 글에 하였으되,

> 서산(西山)에 두견조(杜鵑鳥)는 불여귀(不如歸) 일삼으며, 유공우리황[208]은 교목(喬木)에 읊는도다. 엇지타, 봉황(鳳凰)새는 저런 새만 못하여 오동(梧桐)에다 집을 지어 죽실(竹實)만 주워 먹고 곡식은 살해치 아니하고 주려 죽기는 무삼 일고? 앵무(鸚鵡)야, 너는 교목(喬木)이 허다한데 유곡(幽谷)에 재미 붙여 떠날 줄을 모르니 지각(知覺)이 전혀 미흡(未洽)하도다. 만학천봉(萬壑千峰) 지저귀는 오작(烏鵲)새야, 즐거운 곳이 어디 없어 날아가지 아니하고 설중(雪中)에 주려 죽기 무삼 일가? 두어라, 풀과 나무는 깊은 산, 흐르는 물은 바다 가운데, 새 · 짐승은 즐거운 곳의 예상사(例常事) 이 아닌가?

---

203) 손오병서(孫吳兵書): 중국의 병법가(兵法家)인 손무(孫武)와 오기(吳起)의 병법에 관한 책.

204) 기출(己出): 자기가 낳은 자식.

205) 유매(流邁)하여: 흘러 가서.

206) 풍운조화(風雲造化): 바람이나 구름의 예측하기 어려운 변화.

207) 이하 권1 제27장, 제28장이 낙장되어 있다. 따라서 동양문고본과 가장 문맥이 유사한 활판본(『리디봉젼』, 한성서관 · 유일서관, 1918.11, 16~17면)으로 내용을 보충했다.

208) 미상.

노선생(老先生)이 석벽(石壁)에 의지하여 앉았다가, 공자(公子)의 노래를 익히 듣고 맑은 노래 한 곡조로 이어 화답(和答)[209]하니 청아(淸雅)하기 금옥(金玉)의 소리라. 그 곡조에 하였으되,

천산만산(千山萬山)에 백설(白雪)이 비비(霏霏)터니 홀연 동풍(東風)에 두견(杜鵑)새 슬피 우니 삼춘가절(三春佳節) 이 아닌가? 공작우(孔雀羽)야, 곱기는 곱다마는 봉황(鳳凰) 쫓기 어려워라. 꾀꼬리야, 양류지상(楊柳枝上) 마다하고 유곡(幽谷)에 은신(隱身)함이 무삼 일가? 좋은 시절 멀었으니 아직 잠잠 지킴이오. 만학(萬壑)에 오작(烏鵲)들은 즐거운 곳을 어이 몰라 설중(雪中)에 얼어 죽나? 생각건대 남의 호강 마다하고 본색(本色)을 지킴이라. 동원(東園)에 두견이며, 가지에 꾀꼬리며, 고봉(高峰)에 오작들은 들어가 한 번 날고 두 번 우니, 인간 인생 깨울세라. 물이 밀면 배가 뜨고, 구름 끼면 비가 온다. 총총(悤悤)하기 측량없으나 세상 만물 때가 있다.

하더라. 공자가 그 화답(和答)하는 노래를 듣고 즉시 사례하여 가로되,

"노선생께서 미거(未擧)한 소생을 애휼(愛恤)하사 노래로 개유(開諭)
29 하여 화답하시니 너무 감격하여이다. 그러나 소자가 입산(入山) 삼 년에 일신이 무병하오나 부친의 신체(身體)[210]도 찾지 못하고 모친의 존망(存亡)을 아지 못하오니, 마음에 초민(焦悶)[211]하온지라. 세상에 나아가 부모의 사생존망(死生存亡)을 알고자 하여 이 뜻으로 노래를 지었삽더니, 노사(老師)가 화답하심을 듣사오니 아직 세상에 나가지 못하려니와, 복원(伏願) 노사는 부친의 신체(身體) 유무(有無)와 모친의 사생(死生)을 밝히 가르치사 소식을 알게 하옵소서."

노승 왈,

"공자의 부모 사생존망은 소승도 아지 못하거니와 세월이 여류(如

209) 화답(和答): 시(詩)나 노래에 응하여 대답함.

210) 신체(身體): 시체(屍體).

211) 초민(焦悶): 몹시 민망하게 여김.

流)하여 인연이 머지 아니하오니, 공자는 아직 이 곳에 있사오면 불구(不久)에 때를 만나 세상에 나아가 공명을 이루고 부모도 살았은즉 만나리이다."

공자가 일어나 배사(拜謝)[212]하고 다시 서책을 대하여 공부를 힘쓰더라.

각설(却說). 이때는 성화(成化) 십삼 년 삼 월이라. 차시에 천자가 십삼성(省)의 조서를 내리어 과장(科場)을 베풀어 인재를 뽑으실새, 이때 장소저 여람에서 학업에 힘쓰더니 과거 기별을 듣고 부인 희씨께 고(告)하되,

"들으니 황성에서 태평과(太平科)[213]를 뵌다 하오니, 소자도 올라가 30
관광코자 하나니다."

부인이 대희(大喜)하여 허락하고 행장(行裝)[214]과 장중(場中) 제구(諸具)를 차려 길을 날새, 공자더러 왈,

"나는 박복하여 일찍이 가군(家君)을 여의고 또한 자식이 없는지라. 다만 한 딸이 있으되 태임(太任)[215]의 덕과 서시(西施)[216]의 색(色)이 없으나 족히 군자의 건즐(巾櫛)[217]을 받들 만하니, 내 이미 정(定)한 뜻이 있었더니 혼사를 이루지 못하고 오늘날 그대 경성으로 떠나가니, 바라건대 공자는 나의 말을 저버리지 말고 천리(千里) 원정(遠程)에 무사히 득달하여 용문(龍門)에 올라 득의(得意)한 후 즉시 내려와 호연(好緣)을 이루게 하라."

공자 대왈(對曰),

---

212) 배사(拜謝): 삼가 사례함.

213) 태평과(太平科): 나라에 경사가 있을 때 특별히 실시하던 과거.

214) 행장(行裝): 여행할 때 쓰이는 물건.

215) 태임(太任): 주(周)나라 문왕의 어머니. 부덕이 뛰어났음.

216) 서시(西施): 중국 춘추시대 월(越)나라의 미인. 오(吳)나라에게 패한 월왕 구천(句踐)이 서시를 오왕 부차(夫差)에게 헌상하였고, 부차가 서시의 아름다움에 빠져 있는 사이에 오나라를 멸망시켰음.

217) 건즐(巾櫛): 수건과 빗. 남편이 세수할 때 아내가 곁에서 수건과 빗을 들고 시중을 든다는 뜻으로 아내의 소임을 낮추어 하는 말.

"소자가 일찍 부모를 여의고 혈혈단신(孑孑單身)이 의탁할 곳이 없
어 사해에 부평초(浮萍草)같이 다니옵다가, 부인의 덕택을 입사와 존
문(尊門)에 의탁하였삽더니, 부인이 친자(親子)와 다름이 없이 애휼하
시니 은혜 백골난망(白骨難忘)[218]이옵거늘, 가지록[219] 또 천금소교(千
31 金小嬌)[220]로서 동상(東牀)[221]을 허(許)하시니, 황감하옴이 측량치 못
하올지라. 어찌 수화(水火)[222]라도 사양하리잇가? 속히 돌아와 뫼시리
이다."

하고, 부인께 하직하고 이 날 길 떠나 행하여 여러 날 만에 기주에 다다라 옛 일을 생각하니 눈물을 금치 못하여, 전에 살던 장미동에 들어가 좌우를 살펴보니 산천은 의구(依舊)하고 송죽(松竹)은 새롭거늘, 옛 집을 찾아 안으로 들어가니 사면에 거친 풀이 가득하고, 전일 소저가 왕가의 욕을 피하여 남의(男衣)를 개착(改着)하고 장원(牆垣)[223]을 넘어 갔더니, 그 장원이 풍우에 반나마 퇴락(頹落)하였더라.

이때 난향이 침당(寢堂)에 앉아 침선(針線)[224]을 다스리더니, 일개 서생(書生)이 들어옴을 보고 놀라 소저 침실로 들어가 은신(隱身)하거늘, 소저가 눈물을 흘리며 들어가 난향의 손을 잡고 통곡 왈,

"너를 한 번 이별한 후 사생을 몰라 주야 슬퍼하더니, 왕가의 욕을 어찌 면하고 살아온다?"

언파(言罷)에 주루(珠淚)[225]가 만면(滿面)하니, 난향이 소저의 용모와 성음(聲音)을 들으매 비록 남의(男衣) 가운데나 소저를 어찌 몰라보리오?

---

218) 백골난망(白骨難忘): 죽어 백골이 된다 해도 은혜를 잊을 수 없음.
219) 가지록: 갈수록.
220) 천금소교(千金小嬌): 귀한 어린 딸.
221) 동상(東牀): 사위.
222) 수화(水火): 극히 곤란한 환경.
223) 장원(牆垣): 담.
224) 침선(針線): 바느질.
225) 주루(珠淚): 구슬처럼 떨어지는 눈물.

소저의 옥수(玉手) 붙들고 통곡 왈, 32

"금일 소저의 존안(尊顔)을 뵈오니 이제 죽어도 무한(無恨)이라. 그러나 어디 가 계시다가 이에 이르시니잇가?"

소저가 누수(淚水)를 거두고 왈,

"음양(陰陽)을 변체(變體)하매, 성명을 고쳐 장계운이라 칭하고 전전발섭(轉轉跋涉)[226]하여 여람 최어사 부중에 이르니, 어사는 기세하고 부인이 일녀(一女)로 더불어 있더니, 부인이 나의 행색을 보고 불쌍히 여겨 극진관대(極盡款待)하여 수년을 머물더니, 나라가 과거를 뵘을 듣고 올라오는 길에 고향에 들리니 어찌 슬프지 않으리오? 이미 고택(古宅)에 이르매, 가세(家勢)가 황락(荒落)[227]하니 촉처감창(觸處感愴)[228]이러니, 의외에 네가 살았음을 보니 어찌 기쁘지 않으리오?"

난향이 눈물을 거두고 왕사(往事)를 말할새, 그 날 왕가[229]에 가 하던 설화를 전하며, 왕희가 죽이려함을 여러 빈객이 권하여 살아 돌아온 수말(首末)을 고(告)하고, 노주(奴主)가 회포를 펼새 소저가 길이 탄식 왈,

"내 이미 여행(女行)을 저버려 남복(男服)으로 사방에 유리(流離)[230]하였는지라. 이제 과거를 보아 요행 득의(得意)하거든 부디 이랑의 원
수를 갚고자 하나니, 너는 나의 종적을 누설(漏泄)치 말고 집을 잘 지 33
키고 있으라. 쉬이 서로 만나리라."

하고, 난향을 이별할새 연연(戀戀)함을 이기지 못하고 장미동을 떠나 황성에 이르니 이때는 하사월(夏四月) 초파일(初八日)이라.

그 날이 과일(科日)이 되어 천자가 황극전(黃極殿)[231]에 친림(親臨)하사

---

226) 전전발섭(轉轉跋涉): 여기저기 떠돌아다님.

227) 황락(荒落): 덩거칠어 쓸쓸함.

228) 촉처감창(觸處感愴): 마주 닥치는 곳마다 어떤 느낌이 가슴에 사무쳐 슬픔.

229) 왕가: 왕희의 집.

230) 유리(流離): 유리표박(流離漂泊). 일정한 집과 직업이 없이 이곳저곳으로 떠돌아다님.

231) 황극전(黃極殿): 황제가 정사를 보는 궁전.

천하 문장 재사(才士)가 운집(雲集)한데, 글제[232]를 기다리더니 이슥고 현제판(懸題板)[233]을 걸었거늘, 글제를 한 번 보고 의사(意思)가 용출(湧出)하여 붓을 들어 한 번 두르니, 문채(文彩)는 굴원(屈原)[234]의 체격(體格)이요, 등교기봉(騰蛟起鳳)[235]은 맹학사지사종(孟學士之詞宗)[236]이요, 학해(學海)[237] 문장(文章)은 한퇴지지여□[238]다. 이에 일천(一天)[239]에 선장(先場)[240]하니, 천자가 그 글을 보시고 크게 칭찬하사 왈,

"짐이 이제 현사(賢士)를 구하더니 과연 얻었도다."

하시고 즉시 봉미(封彌)[241]를 개탁(開坼)[242]하시니, 여람인 장계운이니 연(年)이 십육[243]이요, 부(父)는 희라 하였더라. 전두관(殿頭官)[244]이 호명(呼名)하기를 수삼 차에, 장소저가 이름을 부르는 소리를 듣고 만인다사(萬人多士) 중 뛰어 나와 옥계하(玉階下)[245]에 복지하온데, 천자가 어전

---

232) 글제: 글의 제목.

233) 현제판(懸題板): 글의 제목을 적은 판.

234) 굴원(屈原): 중국 전국시대 초나라의 정치가, 시인. 성질이 청렴강직하여 세속과 어울리지 않더니 간신의 참소를 듣고 초회왕이 멀리 함에 이소경(離騷經)을 지어 충성을 말하였고 초양왕 때 왕의 아우 자란의 참소로 강남으로 귀양가다가 울분을 참지 못하고 멱라수(覓羅水)에 빠져 죽음.

235) 등교기봉(騰蛟起鳳): 날아오르는 교룡과 일어나는 봉황. 문재(文才)가 뛰어남을 의미.

236) 맹학사지사종(孟學士之詞宗): 당나라 맹호연(孟浩然)과 같이 시문에 능한 사람이나 문사(文士)를 높여 이르는 말. '騰蛟起鳳 孟學士之詞宗'은 왕발(王勃)의 「등왕각서(滕王閣序)」에 나오는 구절임.

237) 학해(學海): 바다와 같이 한없이 넓은 학문.

238) 한퇴지(韓退之): 한유(韓愈). 중국 당(唐)나라 문인으로 유학(儒學)을 숭상하고 고문(古文)의 부흥을 제창함.

239) 일천(一天): 과거(科擧) 때, 맨 먼저 지어 바치던 글.

240) 선장(先場): 과거를 볼 때 문과 과장에서 가장 먼저 글을 바치던 일.

241) 봉미(封彌): 과거의 답안지 오른 편 끝에 이름, 생년월일, 주소 따위를 써서 봉(封)한 것.

242) 개탁(開坼): 편지나 서류 따위 봉한 것을 뜯어 봄.

243) 십육: '십구'의 잘못.

244) 전두관(殿頭官): 어전에서 제왕의 뜻이나 영을 전달하는 내시관.

(御殿) 가까이 앉히시고 삼배(三盃) 향온(香醞)[246]을 주시고 무애(撫愛)[247] 하사 왈,

"여부(汝父) 장희는 짐의 교목세신(喬木世臣)[248]이라. 일찍 죽으매 마땅한 한원(翰苑)[249]이 없더니, 이제 경을 보니 경부(卿父)를 본 듯하니 어찌 기쁘지 않으리오?" 34

하시고 즉시 한림학사를 하이시거늘, 한림이 사은하고 궐문(闕門) 밖에 나오니 머리에 어사화(御史花)요, 몸에는 청삼(靑衫)[250]이라. 어주(御酒)를 반취(半醉)하고 은안백마(銀鞍白馬)[251]에 높이 앉아 화동쌍개(花童雙蓋)[252] 앞을 인도하여 장안대로(長安大路) 상(上)으로 지나니, 관광자(觀光者)가 뉘 아니 칭선(稱善)하리오? 삼일유가(三日遊街)[253]후 말미[254]를 청하여 기주 고향으로 내려가고자 하더라.

차청(且聽) 하회(下回)를 분석(分釋)하라.[255]

세(歲) 을사(乙巳) 맹추(孟秋)[256] 향목동 서(書)

---

245) 옥계하(玉階下): 대궐 안의 섬돌 아래.

246) 향온(香醞): 향기로운 술.

247) 무애(撫愛): 어루만지며 사랑함.

248) 교목세신(喬木世臣): 여러 대에 걸쳐 중요한 지위에 있어 나라와 운명을 같이하는 신하.

249) 한원(翰苑): 한림원(翰林院)에 속해 있는 한림(翰林)을 가리키는 듯.

250) 청삼(靑衫): 조복(朝服) 안에 남색 바탕에 검은 빛깔로 가를 꾸미고 큰 소매를 단 조복(朝服) 안에 받쳐 입던 옷.

251) 은안백마(銀鞍白馬): 은으로 장식한 안장을 얹은 흰 말.

252) 화동쌍개(花童雙蓋): 행렬의 앞에 선 아이와 두 개의 의장용 일산(日傘).

253) 삼일유가(三日遊街): 과거의 급제자가 좌주(座主), 선진(先進), 친척들을 찾아보기 위하여 3일 동안 풍악을 울리며 시가를 행진하던 일.

254) 말미: 어떤 일에 매인 사람이 다른 일로 말미암아 얻는 시간적 여유.

255) 차청(且聽) 하회(下回)를 분석(分釋)하라: 또 듣고 다음을 잘 보아라 하는 뜻의 장회소설 한 회의 마지막에 붙는 상투적인 문구.

256) 맹추(孟秋): 음력 7월.

이대봉전 권지이

1 화설(話說). 장한림(翰林)이 삼일유가(三日遊街)를 마치매, 천자께 상표(上表)[1]하여 말미를 얻어 고향에 내려가 사우(祠宇)에 고축(告祝)[2]하고 선영(先塋)에 소분(掃墳)[3]하니, 뉘 소저가 여화위남(女化爲男)한 줄 알리오? 난향이 홀로 즐겨 한림을 붙들고 칭하(稱賀)[4]하더라. 한림이 즉시 선영에 하직하고 사당(祠堂)을 뫼시고 난향에게 가사(家事)를 전탁(全託)하고 장미동을 떠나 여람으로 향하니라.

차시(此時) 우승상 왕희 황제께 주왈(奏曰),

"한림학사 장희는 본대 아들이 없고 무후(無後)[5]한지라. 이제 여람 장계운이 장원급제하여 장희의 아들이라 하오니, 복원(伏願) 성상(聖上)은 장계운을 국문(鞫問)[6]하사 기망(欺罔) 기군(欺君)[7]한 죄를 다스려 훗사람을 징계(懲戒)하소서."

상(上)이 대로(大怒) 왈,

"부자지간(父子之間)도 모를 일이 많거늘, 어찌 남의 집일을 아는 체

---

1) 상표(上表): 임금에게 표를 올림.

2) 고축(告祝): 신명(神明)에게 고하여 빎.

3) 소분(掃墳): 경사(慶事)가 있을 때 조상의 산소에 가서 무덤을 깨끗이 하고 제사를 지내는 일.

4) 칭하(稱賀): 칭찬하고 축하함.

5) 무후(無後): 대(代)를 이어갈 자손이 없음.

6) 국문(鞫問): 중죄인을 국청(鞫廳)에서 심문하던 일.

7) 기망(欺罔) 기군(欺君): 임금을 속임.

하여 인재(人材)를 해코자 하나뇨?"

왕희 황공무료(惶恐無聊)[8]하여 한 말도 다시 못하더라.

각설(却說). 한림이 여러 날 만에 여람에 이르니, 부인 희씨 한림의 손을 잡고 칭찬 왈,

"그대 용문에 올라 벼슬이 한림학사(翰林學士)에 이르렀으니 공명 2
(功名)이 조야(朝野)에 진동하실지라. 귀함이 여차(如此)하시되 미천한 것을 잊지 않고 천리원정(千里遠程)에 내려와 나 같은 사람을 찾으시니, 어찌 감사치 않으리오?"

한림이 대왈(對曰),

"소생의 혈혈일신(孑孑一身)[9]이 존문(尊門)에 의탁하여 우금(于今) 보전하였다가 용문에 오르니 생전에 부인 은덕을 어찌 잊으리잇고?"

부인이 크게 칭찬하고 못내 사랑하여 종속(從速)히 여아의 혼사를 이루고자 하더라.

차시 천자가 한림을 극히 사랑하사 말미 한(限)이 지나매 사관(辭官)[10]을 보내사 '불일상래(不日上來)[11]하라.' 하신대 한림이 승명(承命)하고 급히 올라와 옥계(玉階) 하(下) 복지(伏地)하온대, 상이 반기사 왈,

"경은 짐의 고굉(股肱)[12]이라. 좌우에 있어 국정대사(國政大事)에 짐의 미급(未及)한 사맥(事脈)[13]이 있거든 명심(銘心) 직간(直諫)하여 그릇이 없게 하라."

하시며 벼슬을 돋우어 예부시랑(禮部侍郎) 간의태우[14]를 하이시니, 물망

---

8) 황공무료(惶恐無聊): 두렵고 부끄러움.

9) 혈혈일신(孑孑一身): 의지할 곳 없는 홀몸.

10) 사관(辭官): 임금의 명령을 전하던 내시(內侍) 등의 벼슬아치.

11) 불일상래(不日上來): 며칠 안에 지방에서 서울로 올라옴.

12) 원문은 '괴공'으로 되어있으나 문맥상 '고굉'의 오기로 보임. 고굉(股肱)은 팔과 다리를 뜻하는 말로, 임금이 신뢰하는 중요한 신하를 가리킴.

13) 사맥(事脈): 일의 내력과 갈피.

14) 간의태우: 간의대부(諫議大夫)를 가리킴. 임금에게 잘못을 고치도록 권하는 일을 맡았음.

(物望)[15]이 조야에 진동하더라.

차시는 무자(戊子) 동(冬) 시월이라. 상이 미앙궁(未央宮)[16]에 올라 태
평연(太平宴)을 배설하시고 만조(滿朝) 제신(諸臣)으로 더불어 국사를 의
3 논하시며 즐기시더니, 하람 절도사(節度使)[17] 이용태 장계(狀啓)[18]를 급
히 올렸거늘, 천자가 친히 개탁(開坼)하시니 하였으되,

> 남선우(南單于)가 강성하여 남관(南關)을 쳐 항복 받고 성주 지경(地境)을 범하였사오니, 복망(伏望) 폐하는 급히 육군(六軍)[19]을 보내사 방어하소서.

하였거늘, 상이 대경(大驚)하사 제신을 모아 의논 왈,

"남선우는 본대 강성한 오랑캐라. 촉날 등의 맹장(猛將)을 거느려 관액(關額)[20]을 침범하니 뉘 짐을 위하여 도적을 물리칠꼬?"

하신대, 만조(滿朝)가 다 장계운의 득총(得寵)함을 시기하던 바라. 계운을 사지(死地)에 보내고자 하여 좌승상(左丞相) 유원진과 병부상서(兵部尙書) 진팽렬이 주왈,

"예부시랑 장계운이 비록 연소(年少)하오나 문무가 겸전(兼全)하옵고 본대 촉날의 적수(敵手)오니, 급히 보내어 방적(防敵)하옵소서."

상이 가라사대,

"계운의 재주와 지략은 이미 알았으되, 아직 연소하고 짐의 천애지신(擅愛之臣)[21]이라. 만리 전진(戰陣)에 어찌 보내리오?"

하신대, 한림이 복지 주왈,

---

15) 물망(物望): 여러 사람이 인정하거나 우러러보는 명망(名望).

16) 미앙궁(未央宮): 궁전 이름.

17) 절도사(節度使): 병마(兵馬)를 지휘하던 무관.

18) 장계(狀啓): 지방에 파견된 벼슬아치가 글로써 중앙에 올리던 보고.

19) 육군(六軍): 천자가 통솔하던 여섯 개의 군(軍).

20) 관액(關額): 관문(關門).

21) 천애지신(擅愛之臣): 임금의 사랑을 독차치하는 신하.

"소신(小臣)이 하방(遐方)[22] 미천지신(微賤之身)으로 천은(天恩)을 입
사와 벼슬이 예부시랑에 이르렀사오니 황은(皇恩)이 망극하온지라. 신 4
수무재(臣雖無才)오나[23] 마땅히 남관에 나아가 반적(叛賊)을 사로잡아 폐하의 근심을 덜고 황은 만분지일이나 갚삽고 불우지변(不虞之變)[24]을 덜까 하나이다."

상이 대희(大喜)하사 즉시 장계운으로 병부상서(兵部尙書) 겸(兼) 정남대원수(征南大元帥)[25] 육군대도독(六軍大都督)을 하이시고, 대원수(大元帥) 인신(印信)[26]과 상장군(上將軍) 절월(節鉞)[27]을 주시고, 정병(精兵) 팔십 만과 대장 천원(千員)을 주시고, 원수의 손을 잡고 가라사대,

"만리 전장(戰場)에 부디 경적(輕敵)지 말고 힘을 다하여 반적을 버혀 대공을 이루고 쉬이 돌아와 짐을 도우라."

하시거늘, 원수가 천은을 숙사(肅謝)[28]하고 군을 거느려 남선문으로 나오니, 머리에 칠성(七星)투구를 쓰고, 몸에 용문전포(龍紋戰袍)[29]를 입고, 말[斗] 같은 금인(金印)[30]을 요하(腰下)에 비껴 차고, 좌수(左手)에 장창(長槍)을 쥐고, 우수(右手)에 칠성참사검(七星斬蛇劍)을 들고, 천리

---

22) 하방(遐方): 서울에서 멀리 떨어진 곳.

23) 신수무재(臣雖無才)오나: 신이 비록 재주가 없으나.

24) 불우지변(不虞之變): 뜻밖에 일어난 변고.

25) 정남대원수(征南大元帥): 남쪽을 정벌하기 위해 전군(全軍)을 통솔하는 군의 최고 통솔자.

26) 인신(印信): 도장, 관인(官印) 등의 통칭.

27) 절월(節鉞): 천자(天子)가 제후에게 생살권(生殺權)의 상징으로서 또는 출정하는 장군에게 통솔권의 상징으로 주던 절(節)과 부월(斧鉞). 절(節)은 수기(手旗)와 같고, 부월은 도끼같이 만든 것으로 군령을 어기는 자에 대한 생살권을 상징함.

28) 숙사(肅謝): 은혜에 정중하게 사례함.

29) 용문전포(龍紋戰袍): 장수(將帥)가 오색으로 그린 용 무늬가 있는 군복으로 입던 긴 웃옷.

30) 말[斗] 같은 금인(金印): 커다란 금 인장(印章). 고위관직을 의미함. '金印如斗'라는 말이 있음.

용총마(千里龍驄馬)[31]를 타고 완완(緩緩)[32]히 나오니, 선봉장(先鋒將)은 한웅이요, 후군장(後軍將)은 조병호요, 좌익장(左翼將)은 황보신이요, 우익장(右翼將)은 곽택이요, 사마장군(司馬將軍) 정한수와 표기장군(驃騎將軍) 맹기요, 그 남은 장수는 차례로 나오니, 기치(旗幟) 창검(槍劍)은 일월(日月)을 가리우고, 고각함성(鼓角喊聲)[33]은 산천(山川)이 진동하더라.

이에 군사를 재촉하여 여러 날 만에 성주 지경에 다다르니, 남선우가 성중(城中)에 들어 쉬다가 원수가 옴을 보고 격서(檄書)를 보내어 명일(明日)로 싸우자 하거늘, 이날 원수가 진을 굳게 하여 군사를 쉴새, 성주 지도를 구하여 지형을 살핀 후 제장(諸將)을 불러 약속을 정하고, 이튿날 평명(平明)[34]에 원수가 진문(陣門)을 열고 나와 싸움을 돋우니, 선우가 성문을 열고 선봉장 촉날로 하여금 '대진(對陣)하라.' 하니, 원수가 또한 한웅을 불러 '적장을 대적(對敵)하라.' 하니, 한웅이 응성출마(應聲出馬)[35]할새, 머리에 황금 투구를 쓰고, 몸에 용린갑(龍鱗甲)[36]을 입고, 장창을 비껴 들고 비룡마(飛龍馬)를 채쳐 진 밖에 나와 크게 외쳐 왈,

"적장 촉날은 빨리 나와 나의 창을 받으라."

한대, 촉날이 또한 대로하여 말을 진 밖에 내니, 좌수에 철퇴를 들고 우수에 철궁(鐵弓)[37]을 들었더라. 한웅의 소리를 듣고 크게 외쳐 왈,

"너는 한낱 무명(無名) 소장(小將)이라. 나를 보고 두렵지도 않아 감히 큰 말을 하는다?"

---

31) 천리용총마(千里龍驄馬): 하루에 천 리를 달리는 훌륭한 말로 용처럼 생겼다는 상상의 말.

32) 완완(緩緩): 천천히 느릿느릿함.

33) 고각함성(鼓角喊聲): 북과 피리와 사람들이 다 같이 지르는 소리.

34) 평명(平明): 아침에 해가 돋아 밝아올 무렵.

35) 응성출마(應聲出馬): 소리에 응답하고 말을 타고 나아감.

36) 용린갑(龍鱗甲): 용의 비늘모양으로 된 미늘을 달아 만든 갑옷.

37) 철궁(鐵弓): 쇠로 만든 전투용의 활.

하고, 필마단창(匹馬單槍)[38]으로 명진(明陣)에 달려들어 좌충우돌하다가 6
한웅의 수기(帥旗)[39]를 앗아 가지고 외쳐 왈,

"내 너의 머리를 버힐 것이로되, 너의 위인(爲人)을 자닝히[40] 여겨 목숨을 사(赦)하거니와 너의 몸기(旗)를 앗아 나의 수단을 뵈노라."

한웅이 분기(憤氣)를 이기지 못하여 촉날의 뒤를 따르며 창을 들어 촉날을 찌르려 하니, 촉날이 몸을 솟아 한웅의 창을 앗아 들고 웃어 왈,

"내가 너의 잔명을 용서하였거든 네 도리어 나를 해코자 하난다?"

하고 철궁(鐵弓)을 다리어[41] 쏘니, 한웅이 맞아 말에서 내려지거늘, 촉날이 달려들어 한웅의 머리를 버혀 창끝에 꿰어 들고 좌우충돌하여 요무양위(曜武揚威)[42]하거늘, 원수가 바라보고 왈,

"촉날은 짐짓 명장이요, 한웅의 적수가 아니라. 뉘 능히 나아가 촉날을 죽여 한웅의 원수를 갚고 나의 분(憤)을 설(雪)하리오?"

말을 맟지 못하여, 한 장수 머리에 백금투구를 쓰고 몸에 황금갑을 입고 손에 칠척(七尺) 장검(長劍)을 들고 오추마(烏騅馬)[43]를 빨리 몰아 진
밖에 나와 원수께 고왈(告曰), 7

"선봉장 한웅은 소장의 종형(從兄)[44]이라. 시운이 불행하여 적장의 손에 죽사오니 어찌 통분치 않으리잇고? 소장이 비록 무재(無才)하오나 한번 북 쳐 촉날의 머리를 버혀 망형(亡兄)의 원수를 갚고자 하나이다."

하거늘, 모두 보니 이는 현무장군(玄武將軍) 한통이라.

한통이 진 밖에 나와 촉날로 더불어 싸워 오륙 합에 적장의 철퇴 쓰는

---

38) 필마단창(匹馬單槍): 한 필의 말과 한 자루의 창. 혼자 간단한 무장을 하고 한 필의 말을 타고 감을 이름.

39) 수기(帥旗): 장수를 상징하는 깃발.

40) 자닝히: 애처롭고 불쌍하여 차마 보기 어렵게.

41) 다리어: 당기어.

42) 요무양위(曜武揚威): 무용(武勇)을 빛내고 위세를 떨침.

43) 오추마(烏騅馬): 준마(駿馬).

44) 종형(從兄): 사촌형.

법은 점점 씩씩하고 한통의 칼 쓰는 법은 점점 어지러운지라. 원수가 바라보다가 분기를 이기지 못하여 말을 채쳐 적진에 달려들어 좌수에 칠성 참사검을 들고 우수에 칠십 근 철퇴를 들어 짓치며 소리를 질러 왈,

"반적(叛賊) 선우와 촉날, 한갓 강포(强暴)만 믿고 천조(天朝)[45]를 침범하니 하늘도 두렵지 아니하냐? 나의 참사검은 본대 인정이 없나니, 빨리 항(降)하여 죽기를 면하라."

차시 촉날이 한통과 싸우다가 원수의 소리를 듣고 바라보니, 원수의 검광(劍光)이 서리 같아서 진중에 횡행(橫行)[46]하는지라. 대로(大怒)하여
8 바삐 말을 몰아 달려들어 왈,

"명장(明將) 장계운은 내 말을 들으라. 하늘이 우리 대왕을 내사 명제(明帝)를 사로잡고 천하를 평정코자 하시므로 웅병(雄兵)과 맹장(猛將)을 거느려 명국(明國) 강산을 돗 마듯 하거늘,[47] 너는 한낱 황구소아(黃口小兒)[48]로 천시(天時)를 아지 못하고 약간 강용(强勇)을 믿어 대병을 항거코자 하는다? 너의 옥안미질(玉顔美質)[49]로 몸이 전장에 마치면 어찌 가련치 않으리오? 너를 봄에 나의 자식이나 다름이 없기로 이렇듯 사리로 이르나니, 빨리 항복하여 잔명(殘命)을 보전하라."

원수 대로하여 왈,

"미친 오랑캐 감히 천조(天朝) 대장을 이렇듯 능욕(凌辱)하나뇨?"

언파(言罷)에 일성(一聲) 호통에 참사검을 들어 촉날의 머리를 치니 촉날 참사검을 받으며 왈,

"너의 칼 쓰는 법을 보니 진실로 기특하도다. 나의 영용(英勇) 곧 아니면 너에게 해를 당할 뻔하도다."

---

45) 천조(天朝): 제후의 나라에서 천자의 조정을 이르던 말.

46) 횡행(橫行): 거리낌 없이 멋대로 행동함.

47) 돗 마듯 하거늘: 돗자리를 마는 것처럼 하거늘. 무슨 일을 시원스럽게 해치운다는 뜻.

48) 황구소아(黃口小兒): 어린아이.

49) 옥안미질(玉顔美質): 아름다운 모습과 착한 성격.

하고, 다시 철궁(鐵弓)에 살을 메겨 원수의 가슴을 바라고 쏘니, 원수가 또한 칼을 들어 오는 살을 받으며 왈,

"네 활 쏘는 재주를 보니 과연 기특하도다." 9

하고, 서로 싸워 십여 합에 승부를 결(決)치 못하니, 명진(明陣) 장졸은 원수의 영용(英勇)을 탄복하고, 적졸(敵卒)들은 촉날의 재주를 칭찬하더라.

날이 저물매 양진에서 쟁 쳐 각각 본진에 돌아갈새, 촉날이 또한 돌아와 선우더러 왈,

"명장(明將) 장계운은 범상한 장수가 아니라. 용력이 과인(過人)하고 지략(智略)을 겸하였사오니 결단코 힘으로 잡지 못하올지라. 비밀한 묘책으로 사로잡으리이다."

하고, 제장을 불러 각색 약속을 정할새, 주윤장 · 하한성을 불러 왈,

"그대는 오늘 밤 삼경(三更)에 군사 이 만을 거느려 반운산을 돌아 우진강가에 매복하라. 내 명일(明日) 군사를 옮겨 서편에 와 대진할 것이니, 서편은 본래 우진강가가 멀지 않은지라. 그대 등이 강가에 숨었다 명일 초혼(初昏)[50]에 우진강을 막아 서편으로 물을 흘리면 계운이 수환(水患)을 피하여 응당 동편으로 가리라."

하고, 좌장군(左將軍) 굴막대를 불러 왈,

"그대는 오늘밤 삼경(三更)에 군사 오만을 거느리고 동편에 매복하였다가, 명일 초혼에 계운이 물을 피하여 그리로 갈 것이니, 일시에 내 10
달아 계운을 치면, 계운이 동편을 피하여 평구로 향하리라."

하고, 또 백호장군(白虎將軍) 설용태를 불러 왈,

"그대는 오늘 밤 이경(二更)[51]에 화병(火兵) 일만을 거느려 평구로 가 매복하였다가, 명일 오경(五更)[52] 안에 계운이 평구로 가리니, 일시에 일어나 고각함성(鼓角喊聲)하며 명진을 향하여 급히 방포(放砲)[53]하

50) 초혼(初昏): 해가 지고 어두워질 무렵.
51) 이경(二更): 밤 9시부터 11시까지의 시간.
52) 오경(五更): 새벽 3시부터 5시까지의 시간.

여 남(南)으로 가지 못하게 하라."

제장이 다 영(令)을 듣고 날이 저문 후에 각각 군사를 거느려, 호성한은 우진강가에 매복하고 설용달은 서편에 가 복병하니라.

각설(却說). 이때는 십일월(十一月) 초순(初旬)이라. 원수가 촉날의 흉계는 아지 못하고 진중(陣中)에서 잠깐 졸더니, 한 노인이 진문을 헤치고 장대(將臺)[54]에 올라 좌정하거늘, 원수가 예(禮)를 파(罷)하고 문왈,

"노사(老師)가 누지(陋地)에 이르시니, 무삼 가르치실 일이 있나이까?"

노승 왈,

"원수는 적장(敵將) 촉날의 흉계를 아지 못하시나잇가?"

원수 왈,

"소장은 세상의 천인(賤人)이라. 지략(智略)이 부족하옵고 식견(識見)
11 이 없사오니 어찌 남의 흉계를 알리잇가? 복원 존사(尊師)는 소장을 고념(顧念)[55]하사 승패 득실의 묘계를 가르치소서."

노승 왈,

"명일 초혼에 자연 수환(水患)을 볼 것이니, 급히 피하여 동(東)으로 가는 체하다가 운곡으로 들어가 복병하시면, 촉날이 원수가 동(東)으로 피한 줄 알고 뒤를 따라 갈 것이니, 촉날이 지나거든 원수는 군사를 재촉하여 촉날의 후군을 가만히 엄살(掩殺)[56]하고, 운곡은 본래 협착(狹窄)[57]하니 그 곳에 있지 말고 다시 회환(回還)하여 반운산 동편에 매복하였다가, 적병이 오거든 급히 쳐 촉날을 사로잡으소서."

하고 문득 간 데 없거늘, 원수가 놀라 깨달으니 한 꿈이라. 그제야 금화산 노승이 현몽(現夢)[58]함인 줄 알고 지필(紙筆)을 내어 몽사(夢事)를 기

---

53) 방포(放砲): 군중(軍中)의 호령으로 공포(空砲)를 놓아 소리를 내던 일.

54) 장대(將臺): 성(城), 보(堡) 등의 양쪽에 돌로 쌓아서 장수가 올라서 명령 · 지휘하던 대(臺).

55) 고념(顧念): 보살펴줌.

56) 엄살(掩殺): 갑자기 습격하여 죽임.

57) 협착(狹窄): 자리 따위가 몹시 좁음.

록하고, 제장을 불러 분부 왈,

"명일 황혼(黃昏)에 수환이 있을 것이니 여차여차하라."

제장이 청령(聽令)하니라.

이윽고 날이 밝으매 촉날이 군을 옮겨 서편에 가 대진(對陣)하거늘, 원
수가 또한 군을 옮겨 서편에 진세를 이루고 격서를 보내어 싸움을 재촉
한대, 촉날이 답서(答書)하되, '오늘은 군사를 쉬고 내일 접전(接戰)하자.'
하거늘, 원수 다시 진문 밖에 나와 싸움을 청한대, 촉날이 진문을 굳이 12
닫고 나지 아니하거늘, 연하여 싸움을 돋우되, 촉날이 청이불문(聽而不
聞)[59]하고 제장더러 왈,

"불쌍하다! 장계운이 오늘 초혼에 우리 복병의 손에 죽을 줄 모르고 싸움을 돋우어 제 목숨을 재촉한다?"

하더라.

원수가 본진에서 군사를 쉬더니, 이윽고 일색(日色)이 저물께[60] 이르러 원수가 장대에서 몽사를 생각하고 군사를 지휘하더니, 과연 흉용(洶湧)[61]한 물결이 진중으로 달려들거늘, 촉날의 흉계인 줄 알고 물을 피하여 동(東)으로 가는 체하다가 가만히 운곡에 들어가 군사를 쉬고 동정을 살피니, 촉날이 과연 경기(輕騎)[62]를 거느려 원수의 뒤를 따라 운곡을 지나거늘, 원수가 재촉하여 촉날의 추병(追兵)을 엄살하고 급히 반운산에 들어가 매복하니라.

이 때 촉날이 원수를 따라 동편에 이르니, 굴막대의 복병이 일시에 일
어나 고각함성(鼓角喊聲)이 진동(震動)하며 화살이 비오듯 하니, 촉날의
군사가 복병인 줄 알고 접전치 아니하고 스스로 요란하여 죽는 자가 태 13
반이요, 촉날도 또한 가슴을 맞고 외쳐 왈,

58) 현몽(現夢): 꿈에 나타남.

59) 청이불문(聽而不聞): 듣고도 못 들은 체함.

60) 저물께: 저물 무렵.

61) 흉용(洶湧): 물결이 크고 세차게 일어남.

62) 경기(輕騎): 장비를 가볍게 차린 기병(騎兵).

"굴막대는 나를 모르난다?"
하되, 함성 소리에 듣지 못하고 엄살하니, 촉날의 군사가 십분 위태한지라. 촉날이 견디지 못하여 황망히 남은 군사를 거느려 평구로 달아나다가 석용달의 복병을 만나 남은 군사를 다 죽이고 겨우 십여 명 군사를 데리고 회정(回程)[63]하려 하다가, 운곡에 장원수의 군사가 매복하였다 하여 협로(峽路)[64]로 들어 반운산 좌편으로 향하여 가더니, 원수의 복병이 내달아 적장 촉날을 에워싸고 원수가 참사검(斬蛇劍)을 들고 대호 왈,

"촉날 적자(賊子)야! 간계로 나를 해하려다가 네 꾀에 너의 군사가 패몰(敗沒)하였으니, 무삼 면목으로 너의 왕을 보려 하난다? 차라리 이곳에서 죽어 네 죄를 속(贖)하라."

언파(言罷)에 참사검을 들어 버히려하니, 촉날이 급히 철궁(鐵弓)을
14 들어 칼을 막다가 오른팔이 맞아 철궁과 함께 떨어지거늘, 다시 칼을 들어 촉날의 머리를 버혀 들고 말을 몰아 적진에 돌입하여 좌우충돌하여 적진 장졸을 풀 버히듯 하니, 선우의 군중(軍中)이 대란(大亂)하여 항오(行伍)[65]를 차리지 못하고 사산분궤(四散奔潰)[66]하거늘, 원수가 크게 외쳐 왈,

"촉날이 이미 죽었으니, 반적 선우는 빨리 나와 나의 칼을 받으라."
하고 사면으로 짖치다가 날이 밝기에 본진으로 돌아오니라.

이때 선우가 장대(將臺)에 올라 바라보니, 촉날 명장(明將)을 따라가다가 진중이 대란하며 명진 장졸에게 대패하여 촉날이 명원수의 손에 죽고 남은 장졸은 분궤(奔潰)하거늘, 대경실색(大驚失色)하여 성주 남문을 열고 군을 거느려 달아나거늘, 원수가 선우의 달아남을 보고 경기(輕騎)를 거느려 따를새 선우가 주야배도(晝夜倍道)[67]하여 남해에 다다라 배를 타

---

63) 회정(回程): 돌아오는 길에 오름.
64) 협로(峽路): 산 속에 난 좁은 길.
65) 항오(行伍): 군대를 편성한 대오(隊伍).
66) 사산분궤(四散犇潰): 사방으로 흩어져 달아남.
67) 주야배도(晝夜倍道): 밤낮으로 쉬지 않고 가서 이틀에 갈 길을 하루에 감.

고 교지국(交趾國)으로 달아나거늘, 원수가 제장과 의논 왈,

"이제 선우가 교지(交趾)로 달아나니 만일 죽이지 않으면 후환이 되리라."

하고 승첩(勝捷)한 사연을 천자께 주달(奏達)하고, 남해 태수(太守)[68]에게 전령(傳令)하여 선척(船隻)을 준비하여 타고 선우를 쫓아가니라.

각설(却說). 이때 천자가 원수를 전장에 보내시고 소식을 몰라 주야 근 15
심하시더니 원수의 표문(表文)이 오르거늘, 급히 개탁(開坼)하니 그 글에 하였으되,

> 정남대원수(征南大元帥) 겸(兼) 도총독(都總督) 장계운은 돈수백배(頓首百拜)[69]하고 일장(一張) 표문(表文)을 만세 탑하(榻下)[70]에 올리나이다. 신이 외람되이 중임(重任)을 받자와 운남에 출정하오매 한 번 북 쳐 적진 선봉 촉날을 버히매, 선우가 세궁역진(勢窮力盡)[71]하여 교지국으로 도망하옵거늘, 신의 어린 생각에 선우를 잡지 못하오면 후환이 될 듯하온 고로 군을 몰아 교지에 들어가 반적(叛賊)의 머리를 버혀 폐하의 근심을 덜고자 하옵기로, 먼저 표문을 올려 적진(敵陣)의 형세를 고(告)하나이다.

하였더라. 상이 남필(覽畢)[72]에 대열(大悅)하사 만조(滿朝)를 모아 원수의 승첩(勝捷)함을 칭하(稱賀)하시더라.

차설(且說). 이때 북흉노가 강성하여 중원을 침범코자 하더니, 남선우가 이미 성주를 범한 소식을 듣고 조신(朝臣) 모아 의논 왈,

"남선우가 중원 침범하다 하니, 중원이 반드시 쇠약하였을지라. 우 16
리 이러한 때를 당하여 대병(大兵)을 몰아 중원을 향하면 명천자(明天

68) 태수(太守): 군(郡)의 으뜸 벼슬.

69) 돈수백배(頓首百拜): 머리를 조아려 백 번 절함.

70) 탑하(榻下): 임금의 자리 아래.

71) 세궁역진(勢窮力盡): 기세가 꺾이고 힘이 다함.

72) 남필(覽畢): 보기를 다함.

子)를 가히 사로잡을 것이요, 피곤한 선우를 함몰하면 이는 만대(萬代)의 기업(基業)을 이루리라."

하고, 정병(精兵) 칠십만을 조발(調發)[73]하여 묵특남으로 대장(大將)을 삼고, 동돌수로 중군(中軍)을 삼아, 북변(北邊)으로 달려들어 옥문관(玉門關)[74] 파(破)하고 중원을 범하니, 이 때는 동(冬) 시월이라.

천자가 남선우 승첩한 표문을 보시고 대열하사 황극전(皇極殿)에 전좌(殿座)[75]하시고 만조를 모아 태평연을 배설하여 즐기시더니, 하북절도사 이동식이 표문을 올렸거늘, 상이 개탁하시니 대강 갈와시대,

> 북흉노(北匈奴)가 강성(强盛)하여 정병(精兵) 칠십만을 거느려 묵특남 · 동돌수로 대장을 삼아 옥문관(玉門關)을 깨치고 중원 지경(地境)을 범하였사오니, 복원 폐하는 명장(名將)을 보내사 방어하소서.

하였더라. 천자(天子)가 남필(覽畢)에 대경실색 왈,

"북흉노가 우리 쇠약함을 타 강병을 거느려 관액(關額)을 침범하니
17 어찌 두렵지 않으리오?"

하시고, 이에 예부상서(禮部尙書) 곽대의로 대원수를 삼고 정병 삼십만을 주사, 적병을 막으라 하시니, 곽대의 군사를 거느려 행하니라.

차시(此時) 이공자 대봉이 금화산 백운암에 있어 불철주야(不撤晝夜)[76]하고 공부를 부지런히 하여, 시서백가(詩書百家)와 육도삼략을 무불통지(無不通知)하는지라. 세월이 여류하여 연광(年光)이 이팔(二八)에 이르렀더니, 일일(一日)은 선사(禪師)[77]가 공자더러 왈,

---

73) 조발(調發): 군사를 불러서 모음.

74) 옥문관(玉門關): 중국 감숙성(甘肅省) 돈황현(敦煌縣)에 설치되었던 옛 관문. 서역으로 가던 중요한 통로로 남동쪽의 양관(陽關)과 더불어 이관(二關)으로 불림.

75) 전좌(殿座): 친정(親政)때나 조하(朝賀)때 임금이 옥좌에 나와 앉음.

76) 불철주야(不撤晝夜): 밤낮을 가리지 아니함.

"이제는 공자가 액운(厄運)이 진(盡)하고 길운(吉運)이 돌아왔으니 빨리 경성에 올라가 공명을 이루라."

공자가 대왈,

"소생의 궁박(窮迫)한 명(命)이 대사의 후은(厚恩)을 입사와 칠 년을 의탁하였삽더니, 오늘날 나가라 하시니, 부모의 생사를 아지 못하고 무인지경(無人之境)에 어디로 가라 하시니잇고?"

노승(老僧) 왈,

"공자가 이 절에서 노승과 칠 년을 동거하였사오나, 금일은 인연이 진(盡)하고 공자의 부모를 반기고 국난(國難)을 평정하여 공업을 이루소서."

언파(言罷)에 행장(行裝)[78]을 재촉하니, 공자 왈,

"예서 중원이 얼마나 되며, 어디로 가야 득달하리잇가?"

노승 왈,

"황성은 예서 일만사천 리요, 농서(隴西)는 삼천 리오니, 농서로 가 18
오면 자연 중원을 득달하리이다."

하며 바랑[79]을 열고 실과(實果)를 내어 주며 왈,

"서(西)로 향하여 가다가 시장하거든 이로써 요기하소서."

하고 서로 이별할새, 피차(彼此)에 연연(戀戀)한 정을 이기지 못하더라.

이 날 공자가 금화산을 떠나 농서로 향하다가 천문(天文)을 살펴보니 북방(北方) 신성(新星)이 태극(太極)을 범하였거늘, 북흉노가 중국을 범하는 줄 알고 분기를 이기지 못하여 주야배도(晝夜倍道)하여 달려가더라.

각설(却說). 흉노가 대병을 거느려 상군땅에 다달아 묵특남 · 동돌수를 돌아보아 왈,

---

77) 선사(禪師): 중을 높여 부르는 말.

78) 행장(行裝): 여행할 때 쓰는 물건과 차림.

79) 바랑: 중이 등에 지고 다니는 자루 모양의 주머니. 발랑(鉢囊).

"중원 산천을 보니 장부의 마음이 즐겁도다. 오늘은 비록 명제(明帝)
의 강산이나 지나는 길은 반드시 우리 천지 될 것이니 어찌 즐겁지 않
으리오? 중원에 비록 인물이 성(盛)하다 하나 나 같은 영웅과 그대 같
은 명장(名將)이 어디 있으리오?"

하며 상군읍에 이르러 보니, 대명(大明) 대원수(大元帥) 곽대의 성중에 들
19 어 군사를 쉬이고[80] 격서를 보내어 싸움을 청하거늘, 흉노가 동돌수를
불러 대적(對敵)하라 하니, 동돌수 내달아 곽대의와 싸워 수합에 못하여
곽대의를 사로잡고 진중에 들어가 좌충우돌하니, 명진 장졸 장수를 잃고
적세를 당치 못할 줄 알고 성문을 열어 항복하거늘, 동돌수가 항서(降書)
를 받고, 이튿날 북해 태수가 나와 항복하거늘 북지를 또 얻고, 이튿날
진주를 얻고, 또 이튿날 건주를 쳐 얻고, 하북에 다다르니 절도사(節度使)
이동식이 군(軍)을 거느려 대진(對陣)하다가 패하여 달아나거늘 하북을
얻고, 군사를 재촉하여 여러 날 만에 기주(冀州)에 이르니 자사가 대진하
다가 도망하거늘, 흉노의 장졸이 기주 성중에 들어가 자칭 천자(天子)라
하고 군사로 하여금 인민의 미곡(米穀)을 노략(擄掠)하니, 그 때 백성이
다 견디지 못하여 도망하더라.

이적에 양부인이 또한 흉노의 난을 피하여 모란동을 버리고 촌촌전진
(寸寸前進[81])하여 여러 날 만에 서주(徐州) 지경에 이르니, 어떤 여자가
앞에 와 반기며 절하고 슬피 체읍(涕泣) 왈,

20 "부인이 소비(小婢)를 몰라 보시나잇고?"

부인이 경문(驚問) 왈,

"그대는 어떤 여자완대 나 같은 궁도행인(窮途行人[82])을 보고 이다
지 하난다?"

그 여자가 다시 고왈(告曰),

---

80) 쉬이고: 쉬게 하고.

81) 촌촌전진(寸寸前進): 천천히 한 치 한 치 더듬어 나아감.

82) 궁도행인(窮途行人): 곤궁하게 된 처지의 행인.

"소비는 장미동 장소저의 시비 난향이옵더니, 난을 피하와 이리 지나다가 부인을 뵈오니 마음에 우리 소저를 대한 듯 일변 반갑삽고 일변 비감하여이다."

부인 왈,

"나도 또한 난을 피하여 고향을 버리고 천리타향에 와 너를 보니 소저를 본 듯 비회(悲懷)[83] 일반이라. 나는 노야(老爺)[84]와 공자를 이별하고 비회 골수(骨髓)에 박히니 어찌 다 말하리오? 너의 소저는 왕희의 아들 석연의 욕을 피하여 어디로 갔다 하더니, 네 그 사이 혹 소식을 들었느냐?"

난향이 여쭈오되,

"거년(去年)에 소저가 남복(男服)을 개착(改着)하고 잠깐 다녀가시더니 그 후에 다시 소식이 묘연(杳然)하여이다."

하고, 이날 동행(同行)하여 정처없이 가더니, 삼일 만에 청주 지경에 이르러 한 늙은 여승을 만나 바삐 물어 왈,

"노사(老師)는 어디 계시며, 절이 예서 얼마나 되나잇가?"

노승이 답왈,

"소승은 봉명암에 있삽고 그 암자는 예서 삼십 리로소이다." 21

부인이 문왈,

"존사가 지금 절로 가시나잇가?"

노승 왈,

"마을에 내려 갔다가 절로 올라가나이다. 그러나 부인과 낭자가 어디로 가시며 무삼 일로 이곳에 와 계시니잇고?"

부인 왈,

"우리는 기주에서 살더니, 흉노의 난을 만나 몸을 피하여 정처 없이 다니다가 어디로 갈 바를 아지 못하나이다."

---

83) 비회(悲懷): 슬픈 회포.

84) 노야(老爺): 나이 많은 남자를 높여 부르는 말.

노승,

"부인이 만일 갈 곳이 없삽거든 소승을 따라 절로 가오면 자연히 안신(安身)이 되오리이다."

부인이 거수칭사(擧袖稱謝)[85] 왈,

"나의 몸이 험로(險路)에 길을 잃고 갈 바를 아지 못하더니, 존사의 덕택으로 자비지심(慈悲之心)을 발하사 극락지향(極樂之鄕)을 지시하시니 감격하여이다."

하고 여승(女僧)을 따라 봉명암으로 갈새, 난향더러 왈,

"너는 이팔청춘이라. 용모(容貌)가 선연(嬋娟)[86]하고 기질이 온화하
니 뉘 아니 사랑하리오? 너는 여염(閭閻)[87]에 내려가 어진 짝을 만나
인간 고락과 백년평생(百年平生)을 버리지 말라. 나는 일찍이 가군(家
君)과 독자(獨子)를 이별하고 모진 목숨이 죽지 못하고 지금 보전하였
22 으나 살아 쓸 데 없고 죽어 무방한지라. 마땅히 산중에 들어가 세월을
보내다가 천명이 진(盡)하거든 초목과 한가지로 썩어짐이 옳은지라.
타향에 사고무친(四顧無親)[88]하고 일신이 고단하여 어디로 갈 줄을 모
르다가 너를 만나니 자식 같아서 몸을 의탁코자 하였더니, 오늘날 갈
리게 되니 어찌 슬프지 않으리오?"

하고 슬피 낙루(落淚)하니, 난향이 울며 대왈,

"소비의 몸이 비록 천하나 어찌 부인의 마음과 다르리잇가?[89] 천리외방(外方)에 외로이 다니다가 천행으로 부인을 만났사오니, 부모 같아서 슬하(膝下)에 뫼시고자 바라옵더니, 갈리기를 말씀하시니 어디가 의탁하오리잇가? 천지 비록 광대하오나 한 몸을 감추기를 아지 못하옵나니, 바라건대 부인을 뫼셔 산중에 들어가 길이 받들어 뫼시고자

85) 거수칭사(擧袖稱謝): 고마움을 표시하기 위해 소매를 올려 답례하는 인사.
86) 선연(嬋娟): 용모가 곱고 예쁨.
87) 여염(閭閻): 인가(人家)가 모여 있는 곳.
88) 사고무친(四顧無親): 사방을 돌아보아도 의지할 만한 친척이 없음.
89) 본문에는 '하더라'가 잘못 들어가 있음.

하나이다."

하니, 부인이 마지못하여 난향을 데리고 봉명암으로 들어갈새, 좌우를
둘러보니, 창송(蒼松)[90]은 울울(鬱鬱)하고 수목이 참천(參天)[91]한데 층암
절벽은 반공에 솟아있고, 기화요초(琪花瑤草)[92]는 난만히 붉었고 난봉공
작(鸞鳳孔雀)이 짝을 지어 왕래하니, 별유건곤(別有乾坤)[93]이 여기를 두 23
고 이름이러라. 죽장(竹杖)을 의지하여 석경(石徑)[94]을 올라가니, 만화방
초(萬花芳草)와 산용수색(山容水色)[95]이 도리어 사람의 슬픔을 돕는지라.
차차 들어가니 종경(鐘磬)[96]소리 구름 밖에 은은히 들리거늘, 동구(洞口)
에 다다르니 황금대자(黃金大字)로 크게 '봉명암'이라 뚜렷이 새겼더라.
산문(山門)에 들어가니 모든 여승이 운납(雲衲)[97]을 갖추고 나와 영접하
여 객당(客堂)으로 모시거늘, 이튿날 부인이 노승더러 삭발함을 청한대,
노승이 급거(急遽)히 마심을[98] 권하나, 부인이 재삼(再三) 청하니 마지못
하여 계도(戒刀)[99]를 가져 가지고 부인의 머리를 깎을새, 옥 같은 두 귀
밑[100]으로 눈물 흐름을 금치 못하더라. 부인의 머리를 이미 다 깎음에 다
시 난향의 머리를 깎은 후, 부인의 법명은 '강재'라 하고, 난향의 승명은
'애원'이라 하니, 강재는 시랑과 공자를 생각하고 애원은 소저를 생각하
여 주야 불전(佛前)에 축수하며 눈물로 세월을 보내니, 그 참혹한 형상을

---

90) 창송(蒼松): 푸른 소나무.
91) 참천(參天): 하늘을 찌를 듯 높이 솟아 늘어 섬.
92) 기화요초(琪花瑤草): 곱고 아름다운 꽃과 풀.
93) 별유건곤(別有乾坤): 별세계.
94) 석경(石徑): 돌이 많은 좁은 길.
95) 산용수색(山容水色): 산의 우뚝 솟은 모양과 물의 빛깔.
96) 종경(鐘磬): 종과 경쇠.
97) 운납(雲衲): 여러 곳으로 스승을 찾아 도를 묻기 위하여 돌아다니는 중을 이르는 말인데, 여기서는 그런 중의 행장(行裝)을 가리킴.
98) 급거(急遽)히 마심을: 급히 서두르지 말기를.
99) 계도(戒刀): 옷을 마르거나, 머리를 깎거나 손톱을 자를 때 쓰는 비구가 늘 가지고 다니는 작은 칼.
100) 귀밑: 귀밑머리.

참불인견(慘不忍見)[101]이러라.

24 각설(却說). 이 때 이공자 행장(行裝)을 차려 여러 날 만에 농서에 이르니 해 이미 서산에 걸려있고, 검은 구름이 하늘을 가리어 지척을 분별치 못하고, 또 피곤함이 심한지라 바위를 의지하여 밤이 새기를 기다리더니, 이경(二更) 때에 이르러난 검은 구름이 흩어지고 달빛이 명랑하여 백주(白晝)와 다름이 없는지라. 정히 심회(心懷)를 참지 못하더니, 홀연 한 여자가 앞에 와 보이거늘, 눈 들어보니 녹의홍상(綠衣紅裳)은 달빛에 영롱하고 설부화용(雪膚花容)[102]은 백옥이 비취는 듯 선연(嬋娟)한 태도와 화려한 기질이 월지(越地) 서시(西施)와 한시(漢時) 비연(飛燕)[103]이라. 공자가 경의(驚疑)하여 대책(大責) 왈,

"유현(幽顯)[104]이 노수(路殊)[105]하고 남녀유별(男女有別)커늘, 네가 어떤 요괴완대 군자 안전(眼前)에 뵈이난다?"

그 여자가 인홀불견(因忽不見)[106]이러니, 이윽고 월색이 음음(陰陰)[107]하고 급한 비 대작(大作)하며 뇌성이 진동(震動)하고 어떠한 선비 곁에 와 앉거늘, 살펴보니 청포흑대(青袍黑帶)에 손에 서책을 들고 정정(正正)한 기상과 표표(表表)[108]한 모양이 실로 양무(陽武)의 진유자(陳孺子)[109]요, 이십팔장(二十八將)[110] 거수(巨帥)[111] 등우(鄧禹)라도 더할 바가 없는

101) 참불인견(慘不忍見): 너무나 끔찍하여 차마 바라볼 수 없음.

102) 설부화용(雪膚花容): 눈처럼 흰 살결과 꽃같이 예쁜 얼굴.

103) 비연(飛燕): 조비연(趙飛燕). 한나라 성제(成帝)의 황후.

104) 유현(幽顯): 이승과 저승.

105) 노수(路殊): 길이 서로 다름.

106) 인홀불견(因忽不見): 언뜻 보였다가 금방 사라져 보이지 않음.

107) 음음(陰陰): 날이 흐리고 어두컴컴함.

108) 표표(表表): 두드러지게 눈에 띔.

109) 양무(陽武)의 진유자(陳孺子): 유방을 도와 한(漢)나라를 세우는 데 공헌한 진평(陳平)을 가리킴. 양무(陽武)는 그의 고향.

110) 이십팔장(二十八將): 훗날 광무제가 되는 유수(劉秀)를 도와 후한(後漢)을 세우는 데 공헌한, 등우(鄧禹) 등 28명의 공신.

111) 거수(巨帥): 대장.

지라. 공자가 여성(厲聲) 왈,

"이매(魑魅)[112]의 무리, 대인군자(大人君子)의 안전에 감히 현영(顯 25
影)[113]하나뇨?"

그 선비 홀연 간 데 없더니, 또 이슥고 추위 몰아오고 대풍이 일어나며 홀연 일위장수(一位將帥)가 앞에 와서 이월각건(角巾)[114]을 쓰고 용린갑(龍鱗甲)[115]을 입고 장창을 빗기고 우레 같은 소리를 벽력같이 지르며 사면으로 횡행(橫行)[116]하다가 공자를 해코자 하거늘, 공자가 정신을 가다듬고 낯빛을 변치 아니하고 단정히 앉아 호령(號令) 왈,

"영웅 군자의 앞에는 사불범정(邪不犯正)[117]이거늘, 그대는 무삼 소회(所懷) 있관대 요마(妖魔)[118]한 행실로써 정대한 대장부의 앞에 희롱코자 하난다?"

그 장수가 공자의 호령을 한 번 듣더니 한출첨배(汗出沾背)[119]하고 복지(伏地)하여 가로대,

"소장(小將)은 곧 한(漢) 무제(武帝)[120] 시절 이릉(李陵)[121]이옵더니,
당년에 황제께 자원(自願)하고 군사 오천을 거느리고 흉노(匈奴)를 치
옵다가, 시운(時運)이 불리하여 적병은 산상에 진을 치고 소장은 산하
에 진을 치고 있다가, 길이 막히고 활과 살이 진(盡)하여 능히 재주를 26
쓰지 못하고 속절없이 흉노에게 잡힌 바가 되었더니, 어찌 살 마음이

112) 이매(魑魅): 사람을 해친다는 산 도깨비.
113) 현영(顯影): 그림자를 드러냄.
114) 이월각건(角巾): 미상.
115) 용린갑(龍鱗甲): 용의 비늘 모양으로 미늘을 달아 만든 갑옷.
116) 횡행(橫行): 거리낌 없이 멋대로 행동함.
117) 사불범정(邪不犯正): 요사스러운 것은 바른 것을 범하지 못함.
118) 요마(妖魔): 요사스러운 마귀.
119) 한출첨배(汗出沾背): 무서워서 땀이 흘러 등을 적심.
120) 무제(武帝): 중국 전한(前漢)의 7대 왕.
121) 이릉(李陵): 중국 전한(前漢)의 무장(武將). 흉노에 항복하여 무제(武帝)의 노여움을 사 일족이 몰살되었음.

있사오릿가마는, 잠시 목숨을 도모하여 갑주(甲胄)[122]를 이 곳에 간수하고 흉노를 따라 적국에 들어가옵기는 다시 흉노를 버혀 천자의 은덕을 갚고 고국에 돌아가기를 바라삽더니, 마침내 뜻을 이루지 못하고 몸이 죽어 저 음산(陰山)[123]에 부쳤사오니, 패국지신(敗國之臣)이요 망국지자(亡國之者)가 되었난지라. 어찌 원통치 않으리오? 비록 귀신인들 고국에 돌아가 황상(皇上)과 부모의 신령(神靈)을 뵈옵고 흉노의 땅에 있어 오랑캐 나라 혼이 되지 말고자 하여, 차마 호국(胡國)에도 있지 못하고 중원에도 돌아가지 못하와 층암절벽(層巖絶壁)에 원혼(冤魂)이 되어 수천 년을 의탁없이 지내옵더니, 오늘 밤에 공자를 뵈어 원통한 말을 설(說)코자 하와 혹 여인의 모양도 되고, 선비의 행색을 배워
27 정심(正心)을 시험하오니, 공자는 만고의 영웅이라. 복원 공자는 소장의 투구와 갑주를 가져다가 흉노를 버혀 대공을 세우고 소장의 원수를 갚아 수천 년 된 원혼을 위로하여 주소서."

하고 월각투구와 갑옷을 주고 간 데 없는지라.

대봉 공자 그 갑주(甲胄)를 행장에 간수하고 즉시 농서를 떠나 삼 일만에 사평에 다다르니, 망망평사(茫茫平沙)[124]가 가없고 인적이 고요하거늘, 공자가 더욱 심회 비창(悲愴)하여 앞길을 바라고 나아가더니, 홀연 한낱 맹호 같은 오추마(烏騅馬)가 소리를 벽력같이 지르고 네 굽[125]을 높이 들어 공자를 보고 달려들거늘, 공자 무망중(無妄中)[126] 당하여 수각(手脚)이 황난(荒亂)하나[127] 정신을 가다듬어 손을 들어 말갈기를 잡아 엎지르고 꾸짖어 왈,

---

122) 갑주(甲胄): 갑옷과 투구.

123) 음산(陰山): 산이 나란히 두 개가 있을 때, 그 가운데 한쪽의 경사가 가파르지 않은 산.

124) 망망평사(茫茫平沙): 넓고 멀어 아득한 모래펄.

125) 굽: 짐승의 발굽.

126) 무망중(無妄中): 생각하지도 않던 판에.

127) 수각(手脚)이 황난(荒亂)하나: 어찌할 바를 모르고 당황하나.

"업축(業畜)[128]이 어찌 감히 사람을 해코자 하난다?"

그 말이 공자의 용력이 절륜(絶倫)[129]함을 보고 감히 흉맹(凶猛)한 기운을 부리지 못하고 고개를 숙여 말을 듣는 듯하고 움직이지 아니하거늘, 공자가 그제야 경계 왈,

"네 비록 짐승이나 나와 연분이 있어 무인산중(無人山中)에 만났으 28
니, 나를 태워 전장에 나아가 대공을 이루게 하라."

하고 머리를 쓰다듬어 경계하니, 그 말이 공자를 보며 고개를 숙이고 굽을 헤우며[130] 소리를 응하여 반기는 듯하거늘, 공자가 말을 이끌고 노상(路上)에 나와 안장과 굴레[131] 없이 행장을 싣고 몸을 날려 말에 올라앉으며 생각하되, '하늘이 반드시 용마(龍馬)를 내어 나를 주사 공을 이루게 하심이로다.' 하고, 심중에 기꺼 말을 채쳐 사평관을 떠나 중원으로 향할새, 한 번 채를 더지매[132] 빠름이 살 같아서 말 아래 풍운이 일어나고 천산만수(千山萬水)[133]는 눈 앞에 얼른얼른 지나는지라. 하루에 능히 천여 리씩 행하여 십여 일에 중원에 득달하니라.

차설(且說). 이때 흉노가 대병을 거느리고 황성에 다다르니, 천자가 대
경실색(大驚失色)하사 병부상서 진택으로 대도독을 삼아 동돌수로 접전
하다 여러 번 패함에 적세를 당치 못할 줄 알고, 황제를 뫼시고 수만 군 29
을 거느려 가만히 남성문(南城門)을 열고 나아가 금릉(金陵)으로 향하시니, 흉노가 철기(鐵騎)[134]를 몰아 황성(皇城)에 들어와 종묘(宗廟)[135]에 불을 지르고 다시 경기(輕騎)를 거느리고 천자를 쫓아 금릉으로 향하더라.

128) 업축(業畜): 불교에서 전세(前世)의 업보(業報)로 이승에 태어난 짐승을 이르는 말.

129) 절륜(絶倫): 매우 뛰어남.

130) 헤우며: 차며.

131) 굴레: 마소의 목에서 고삐에 걸쳐 얽는 줄.

132) 채를 더지매: 채를 더하매.

133) 천산만수(千山萬水): 수없이 많은 산과 내.

134) 철기(鐵騎): 철갑을 입은 기병.

135) 종묘(宗廟): 역대 임금과 왕비의 위패를 모시던 사당.

슬프다! 대명(大明) 시운(時運)이 쇠하여 누백 년을 치국(治國)하다가 일조(一朝)에 개 같은 오랑캐 황성을 함몰하여 빈 터를 만드니, 대명 사직이 조석(朝夕)에 망케 되었더라.

차청(且聽) 하회(下回)하라.[136]

세(歲) 을사(乙巳) 중추(仲秋)에 향목동 서(書)

136) 차청(且聽) 하회(下回)하라: 다음 회를 잘 들어보라는 의미로 장회소설 한 회 마지막에 상투적으로 붙는 문구.

이대봉전 권지삼

화설(話說). 천자가 흉노의 난을 피하사 금릉으로 행하시니, 흉노가 인 1
하여 황성을 함몰하고 다시 철기(鐵騎)를 거느려 금릉으로 따르니, 슬프
다! 대명(大明) 사직이 위태함이 조석에 있으나, 뉘 능히 강적을 소멸하
고 중원을 회복하리오?

차시(此時) 이공자 대봉이 오추마(烏騅馬)를 재촉하여 여러 날 만에 화
용도(華容道)[1]에 이르니, 밤이 이미 삼경(三更)이라. 천지 아득하며 풍우
가 대작(大作)하여 지척을 능히 분변(分辨)치 못할지라. 정히 유숙(留宿)
할 곳을 찾고자 하더니, 홀연 보니 길가에 빈 집이 있거늘 그 집에 들어
가 잠깐 쉬더니, 문득 천병만마(千兵萬馬)[2]가 어디로 좇아 빈 집을 에워
진을 치거늘, 마음에 놀라 살펴보니 진법(陣法)[3]이 제갈무후(諸葛武侯)[4]
의 팔진도(八陣圖)[5]라. 그 중 일원대장(一員大將)이 얼굴은 무른 대추빛
같고 단봉안(丹鳳眼), 와잠미(臥蠶眉)라. 쌍봉(雙鳳) 투구를 젖혀 쓰시고
금갑(金甲)[6]을 입고 청룡도를 비껴 들고 적토마(赤兎馬)[7]를 빨리 몰아 그 2

1) 화용도(華容道): 적벽대전 후 관우(關羽)가 쫓기는 조조(曹操)를 잡지 않고 너그러이 길을 터준 곳으로 호북성(湖北省) 감리현(監利縣)에 있음.

2) 천병만마(千兵萬馬): 썩 많은 군사와 말.

3) 진법(陣法): 군사를 부리어 진(陣)을 치는 법.

4) 제갈무후(諸葛武侯): 제갈량(諸葛亮)을 시호.

5) 팔진도(八陣圖): 군중 가운데 두고 여덟 가지 모양으로 진을 친 진법의 그림. 보통 천(天), 지(地), 풍(風), 운(雲), 용(龍), 호(虎), 조(鳥), 사(蛇)의 여덟 가지로 나타내나, 병가(兵家)에 따라 그 형상은 같지 않음. 제갈량이 사용했다고 함.

집으로 들어오니, 공자가 정신을 수습하여 주역(周易) 팔괘(八卦)를 벌이고 단정히 앉았더니, 그 장수 앞에 와 외쳐 왈,

"대봉아! 네 난세를 평정코 대공을 세울진대 네 재주를 베풀어 지혜와 모략을 쓸 것이거늘, 한갓 담대(膽大)함으로 남의 집에 들어와 주인을 아지 못하고 언연(偃然)히[8] 앉았으니 네 어찌 이다지 무례(無禮)한다?"

공자가 이 말을 듣고 급히 몸을 일어 복지 사배(謝拜) 왈,

"장군은 누구신지 아옵지 못하거니와 소자가 연소미거(年少未擧)[9]하와 빈 집에 주인이 없음을 생각치 못하옵고 무례한 죄를 지었사오니, 복망(伏望) 장군은 허물을 용서하시고 재주를 가르치사 뜻을 이루게 하옵소서."

그 장수가 왈,

"나는 옛날 한수정후(漢壽亭侯)[10] 관운장(關雲長)이라. 삼국시절에 위왕(魏王) 조조(曹操)[11]와 손권(孫權)[12]을 버혀 우리 주공(主公)[13]과 공명선생(孔明先生)[14]의 은덕을 갚고자 하더니, 시운(時運)이 불행하여
3 천하를 평정치 못하고 그릇 여몽(呂蒙)[15]의 간계에 빠져 영웅의 몸이

---

6) 금갑(金甲): 황금으로 장식한 갑옷.

7) 적토마(赤兎馬): 중국 삼국시대의 붉은 색 나는 좋은 말로, 위(魏)의 여포(呂布)가 탔고 뒤에 촉한(蜀漢)의 관우(關羽)가 소유함.

8) 언연(偃然)히: 태도가 당당하고 위엄이 있게.

9) 연소미거(年少未擧): 나아가 어려서 사리에 어둡고 철이 없음.

10) 한수정후(漢壽亭侯): 관운장이 죽은 후 봉해진 작위.

11) 조조(曹操): 중국 삼국시대 위(魏)나라의 시조. 권모술수와 전략에 능하고 시문(詩文)에 뛰어난 무장(武將)으로 황건(黃巾)의 난을 평정하고 헌제(獻帝)를 옹립하여 실권을 쥐고 화북(華北)을 통일하였음.

12) 손권(孫權): 중국 삼국시대 오(吳)나라의 초대 황제. 유비(劉備)와 더불어 조조를 적벽(赤壁)에서 대파하였음.

13) 주공(主公): 임금. 군주.

14) 공명선생(孔明先生): 제갈량(諸葛亮).

15) 여몽(呂蒙): 동오(東吳)의 대장. 용감하고 지략이 있어 손권의 두터운 신임을

속절없이 세상을 버리니, 아깝다! 원통한 청룡도(靑龍刀)는 쓸 곳이 전혀 없고 임자 잃은 적토마(赤兎馬)는 길가에 바자니니[16] 이 어찌 슬프지 않으리오? 몸은 이미 죽었으나 바람이 소슬하고 천기(天氣) 음음(陰陰)[17]한 때를 당하면 군사를 거느려 팔진도(八陣圖)를 배설(排設)하고 전장에 나아가니 백골(白骨)이 여산(如山)이라. 이 곳은 당시에 제갈공명과 맹세하고 조조를 잡으려 하고 복병(伏兵)하여 지키다가 과연 조조를 잡아 죽이려 하더니, 조조(曹操)의 자닝히[18] 빎을 인하여 그 전후은(厚恩)을 생각하고 놓아보내던 '화용도(華容道)'라 하는 땅이라. 천추(千秋)[19]에 끼친 혼이 이 집을 의지하여 옛 전장을 지키더니, 오늘밤에 공자를 보니 또한 영웅이라. 나의 청룡도로써 주나니, 급히 떠나 황성(皇城)으로 가지 말고 바로 금릉으로 나아가 흉노의 피로써 이 칼을 씻어 영웅의 원혼(冤魂)을 위로하라. 금릉이 예서 이천여 리요, 또 명제(明帝)의 사생(死生)이 명일 오전(午前)에 격하였으니, 빨리 이천 리를 명일 사시(巳時)[20]에 득달하여야 사직을 보존하리라." 4

하고 문득 간 데 없고 청룡도만 놓였는지라.

공자가 신기히 여겨 공중을 향하여 무수(無數) 사례(謝禮)하고 청룡도를 비껴 들고 오추마를 급히 몰아 길을 떠나려 할 새 동방이 이미 밝았는지라. 그 집을 살펴보니 단청이 황홀한데 집 가운데 돌비[21]를 세우고 '한수정후관공불망지비(漢壽亭侯關公不忘之碑)'라 하였더라. 즉시 글을 지어 그 비각(碑閣)에 붙이니 그 글에 하였으되,

---

받았음. 적벽(赤壁)에서 조조를 대파하기도 함.

16) 바자니니: 바장이니. 부질없이 왔다 갔다 하니.

17) 음음(陰陰): 날씨나 분위기 따위가 흐리고 어두움.

18) 자닝히: 모습이나 처지 따위가 참혹하여 차마 볼 수 없이.

19) 천추(千秋): 오래고 긴 세월.

20) 사시(巳時): 오전 9시부터 11시까지의 동안.

21) 돌비: 돌로 만든 비석.

천추(千秋)에 석불후(石不朽)하니, 유한(遺恨)이 미참조(未斬操)라. 차야(此也) 대봉수(貸鳳手)하여, 갱파(更把) 청룡도(靑龍刀)라.

이 글의 뜻은 '천추(千秋)에 돌이 썩지 아니하니, 끼친 한(恨)이 조조(曹操)를 못 버힌 데 있도다. 내 이제 대봉의 손을 빌어 청룡도(靑龍刀)를 다시 잡았도다.' 하였더라. 쓰기를 다하고 말에 올라 채를 한 번 치니, 그 말이 빠르기 나는 제비 같아서 금릉을 향할새, 공자가 다시 오추마(烏騅馬)에게 경계 왈,

"네 비록 짐승이나 또한 용종(龍種)이라. 천시(天時)가 급박하니 네 대봉의 뜻을 알거든 금릉 천 리를 오늘 사시(巳時)[22]에 득달하게 하라. 그렇지 아니하면 나는 나라에 충신이 되지 못하고, 너는 임자를 모르는 짐승이라 살아 쓸 곳이 없는지라. 이 청룡도로 참(斬)하여 죽이리라."

하니, 그 말이 두 귀를 기울이고 이윽히 듣는 듯하더니, 주홍(朱紅) 같은 입을 벌리고 소리를 벽력같이 지르고 사족(四足)을 모으더니 살같이 닫는지라. 대봉이 채를 자주 쳐 몰아 대운산을 너머 양천을 지나고 서평관을 지나서 운주를 지나 황릉묘(皇陵廟)[23]를 돌아 한양을 지나 앵무주에 다다르니, 일기(日期)[24] 거의 오시(午時)[25] 초나 되었는지라. 금릉에 다다라 바라보니 적병 성을 에워싸고 기치(旗幟) 검극(劍戟)[26]과 뇌고함성(擂鼓喊聲)[27]이 천지 드높더라.

각설(却說). 이때는 기축(己丑) 정월(正月) 초순(初旬)이라. 천자가 금릉

---

22) 사시(巳時): 십이시(十二時)의 여섯째 시. 오전 아홉 시부터 열한 시까지임.
23) 황능묘(黃陵廟): 중국 고대 요임금의 두 딸이며 순 임금의 부인이었던 아황과 여영을 모신 사당.
24) 일기(日期): 시간.
25) 오시(午時): 오전 11시부터 오후 1시까지의 시간.
26) 검극(劍戟): 칼과 창을 아울러 이르는 말.
27) 뇌고함성(擂鼓喊聲): 북을 어지럽게 치며 소리를 지름.

으로 파천(播遷)[28]하였다가 적세 급함을 당치 못할 줄 알고 성문을 굳이
닫고 종시 접전(接戰)치 아니하더니, 적장(敵將) 묵특남이 군사를 몰아 사 6
면으로 점점 싸고 철기(鐵騎) 오천을 거느려 성문을 깨치고 성중에 들이
달아 좌우충돌(左右衝突)하며 명진 장졸을 엄살(掩殺)하니, 명진의 군량
(軍糧) 진(盡)하고 기운 피곤하여 능히 접전치 못하는지라. 우승상(右丞
相) 왕희와 병부상서(兵部尙書) 진택이 황제께 주(奏)하되,

"사세(事勢) 가장 위급하오니 복원(伏願) 황상은 항복하옵소서."

천자가 마지못하여 옥새(玉璽)[29]를 끌러 목에 걸고 진문(陣門) 밖에
나아가 용포(龍袍) 소매를 들어 옥루(玉淚)를 씻으며 앙천통곡(仰天痛
哭) 왈,

"구주(九州)[30] 강산이 흉노의 땅이 되고 종묘사직(宗廟社稷)이 오늘날 망케 되었으니 어찌 통분치 아니하리오? 장원수 계운이 만일 있더면 어찌 이 욕을 당하리오?"

하시니, 좌우제장(左右諸將)과 만조백관(滿朝百官)이 뉘 아니 통곡하리오? 흉노는 장대(將臺)에 높이 앉아 승전고(勝戰鼓)를 울리며 항복함을 재촉하는 호령이 상설(霜雪) 같은지라.

이때 대봉이 점점 오며 바라보니 천자가 백의소대(白衣素帶)로 진문
밖에 나와 통곡하시고 제장 · 군졸 다 우는지라. 이 경상(景狀) 보매 분기 7
충천(憤氣衝天)[31]하여 봉안(鳳眼)을 부릅뜨고 소리를 벽력같이 지르며 청
룡언월도(靑龍偃月刀)[32]를 비껴 적진에 달려들어 대질(大叱) 왈,

"반적(叛賊) 흉노야! 네가 중원을 침범하기도 주륙(誅戮)[33]을 면치

---

28) 파천(播遷): 임금이 도성을 떠나 난을 피함.

29) 옥새(玉璽): 옥으로 만든 국새(國璽). 임금의 인(印).

30) 구주(九州): 중국 고대에 전국을 나눈 9개의 주. 중국 전체를 지칭하는 말로 쓰임.

31) 분기충천(憤氣衝天): 분한 마음이 하늘을 찌를 듯이 솟구쳐 오름.

32) 청룡언월도(靑龍偃月刀): 옛날 중국 무기의 한 가지인 청룡이 그려진 초승달 모양의 칼날과 칼등의 중간에 다른 갈래가 있는 칼.

못하거든, 감히 천자를 핍박하니 하늘이 두렵지 아니하랴? 나는 대국(大國) 충의장군(忠義將軍) 이대봉이라. 나의 청룡도로써 반적의 머리를 버혀 우리 황상의 봉욕(逢辱)[34]하신 분을 풀리라."

하고 청룡도(靑龍刀)를 들어 적장의 머리를 풀 버히듯 하니, 묵특남이 정신을 수습(收拾)치 못하여 피코자 하거늘, 다시 칼을 들어 묵특남의 머리를 버혀 칼끝에 꿰어 들고 좌충우돌(左衝右突)하니, 군중(軍中)이 대란(大亂)하여 죽는 자 태반이라. 흉노가 장대(將臺)에 높이 앉아 황제의 항복하러 나옴을 보고 대희(大喜)하여 진을 굳게 하지 아니하였더니, 뜻밖에 진중(陣中)이 대란하며 일원소년대장(一員少年大將)이 번개같이 달려들
며 한 칼로 묵특남을 베어 들고 진중에 횡행(橫行)함을 보고 대경하여 중
8 군장(中軍將) 동돌수로 접전(接戰)하라 하니, 동돌수가 응성출마(應聲出
馬)할새 좌수(左手)에 패룡검을 들고 우수(右手)에 철퇴를 쥐고 능운마(凌雲馬)[35]를 채쳐 진중에 달려드니, 목자진열(目眥盡裂)[36]하고 두발(頭髮)이 상지(上指)[37]하여 소리를 벽력같이 질러 왈,

"네 천하장군 동돌수를 모르난다? 하늘이 나 같은 영웅을 내심은 너를 사로잡아 우리 황제가 통일지공(統一之功)을 이루게 하심이거늘, 너는 무삼 재주 있관대 천의(天意)를 거슬러 필마단신(匹馬單身)으로 진중에 들어와 감히 충돌하난다? 너의 머리를 버혀 우리 선봉의 원수를 갚으리니 빨리 나와 나의 칼을 받으라."

말이 마치지 못하여서 대봉이 청룡도를 들어 동돌수의 패룡검을 두 조각에 내어 진 밖에 던지니, 동돌수가 더욱 분노하여 철퇴를 들어 대봉을 바라고[38] 던지니, 대봉의 눈이 밝은지라 몸을 기울여 피하고 다시 싸워

---

33) 주륙(誅戮): 죄를 물어 죽임.
34) 봉욕(逢辱): 욕된 일을 당함.
35) 능운마(凌雲馬): 구름을 헤치고 오를 만큼 훌륭한 말.
36) 목자진열(目眥盡裂): 눈초리가 다 찢어질 정도로 사납게 흘겨보는 모양.
37) 두발(頭髮)이 상지(上指): 머리카락이 위로 뻗침.
38) 바라고: 향하여.

십여 합에 승부를 결(決)치 못하더니, 동돌수가 군사를 재촉하여 홀기(笏 9
旗)[39]를 두루니, 진이 홀연 변하여 팔문금사진(八門金蛇陣)[40]이 되니, 대
봉이 진중에 싸여 벗어나지 못할지라. 대봉이 냉소하고 진언(眞言)을 염
하여 후토신장(后土神將)[41]과 기백뇌공(箕伯雷公)[42]을 부르니, 문득 음운
(陰雲)이 자욱하며 천지 혼흑(昏黑)[43]하고 대풍이 일어나며, 급한 비 크게
오며 뇌성이 진동(震動)하여 산천이 무너지는 듯하니, 적진 장졸이 황겁
(惶怯)하여 능히 항오(行伍)를 차리지 못하고 정신을 진정치 못하여 금사
진(金蛇陣)이 변하여 추풍낙엽(秋風落葉)같이 사방으로 흩어지거늘, 대봉
이 정신을 가다듬어 오추마(烏騅馬)를 채를 치며 청룡도를 높이 들고 남
(南)으로 향하여 주작장군(朱雀將軍)을 파(破)하고, 말을 돌리어 북으로
향하여 현무장군(玄武將軍)을 버히니, 앞의 군사는 뒤의 군사 죽는 줄 모
르고, 서편 장수는 동편 장수 죽는 줄 모르더라. 대봉의 칼이 번듯하며
동돌수의 머리를 버혀 칼끝에 꿰어 들고 장대에 달아 크게 외쳐 왈,

"반적 흉노는 빨리 나와 항복하라. 만일 더디면 동돌수와 같이 머리 10
를 버히리라."

하고 진문(陣門) 밖에 나와 의기양양(意氣揚揚)하더라.

이윽고 운무(雲霧)가 흩어지며 천지 명랑하거늘, 흉노가 군사를 살펴
보니 백만지중(百萬之中)에 주검이 구산(丘山) 같아서[44] 남은 군사가 불
과 오천여 명이라 사방으로 다 도망하는지라. 흉노가 대겁(大怯)하여 달
아나거늘, 대봉 공자 말을 채쳐 흉노를 따라 앵무주에 다다르니 중천(中

39) 홀기(笏旗): 옥으로 장식한 깃발의 일종.

40) 팔문금사진(八門金蛇陣): 술가(術家)가 구궁(九宮)에 맞추어 길흉(吉凶)을 점치는 여덟 문을 이용한 진법(陣法).

41) 후토신장(后土神將): 토지를 맡아 다스리는 신장. 신장은 술가(術家)에서 갑옷을 입고 투구를 쓴 귀신을 이르는 말.

42) 기백뇌공(箕伯雷公): 바람을 관장하는 신[箕伯]과 천둥·번개를 일으키는 신[雷公].

43) 혼흑(昏黑): 어둡고 캄캄함.

44) 구산(丘山) 같아서: 언덕이나 산같이 많이 쌓여서.

天)에 있던 해가 거의 서산에 걸리더라.

차시(此時) 천자가 적세를 당치 못할 줄 아시고 항복하려 흉노의 진으로 가시더니, 홀연 일원 소년대장이 필마단창(匹馬單槍)으로 적진 중에 돌입하여 풍운을 부르며 묵특남을 베히고 동돌수를 죽이고 백만 적군을 일시에 헤치며 다시 흉노를 쫓아감을 보시고, 크게 칭찬하시며 좌우제신을 돌아보아 왈,

"저 장수가 자칭(自稱) 충의장군(忠義將軍) 대봉이라 하니, 제신 중에 저 장수를 누가 아는 사람이 있나뇨?"

모두 대주(對奏) 왈,

11 "아지 못하옵거니와 천상(天上)의 뇌공장군(雷公將軍)[45]이 내려왔는가 하나이다."

하더라.

각설(却說). 이 때 장원수 계운이 군사를 거느리고 여러 날 만에 교지국에 다다르니, 남선우가 대경(大驚)하여 약간 남은 군사로 하여금 오는 길을 막다가 대세(大勢)를 당치 못하여 나와 항복하거늘, 원수가 마상에 높이 앉아 크게 꾸짖어 왈,

"개 같은 선우는 한갓 강포(强暴)만 믿고 대국을 범하였으니, 너의 죄를 의논할진대 머리를 버혀 분함을 씻을 것이로되, 항자(降者)를 죽이지 못하여 잔명(殘命)을 살려 보내나니, 일후에 또 범람(汎濫)[46]한 뜻을 먹지 말고 연년(年年)이 조공(朝貢)[47]하여 천자를 섬기라."

선우가 복지(伏地) 대왈(對曰),

"마땅히 죽을 목숨을 원수의 하해(河海) 같은 덕택으로 잔명을 살려 주시니 은혜 망극한지라. 어찌 다시 범람한 뜻을 두리잇가?"

---

45) 뇌공장군(雷公將軍): 천둥을 맡고 있는 신장(神將).

46) 범람(汎濫): 분수에 넘침이란 뜻으로 여기서는 분수에 맞지 않게 명국을 치려는 것을 가리킴.

47) 조공(朝貢): 속국이 종주국에게 때마다 예물을 바치던 일.

하며 항서(降書)와 예단(禮緞)[48]을 올리거늘, 원수가 급히 항서와 예단을 봉(封)하여 차관(差官)[49]을 정하여 경사(京師)로 올려보내고 선우를 방송 12
(放送)[50]하고 군사를 쉬어 일삭(一朔)이 지나매 회군(回軍)하여 경사로 향하니라.

차시(此時) 천자가 충의장군의 공을 못내 칭찬하시고, 금릉을 떠나 경사로 오실 새, 장원수의 소식을 몰라 주야 근심하시더니, 장원수의 첩서(捷書)[51]가 올라오고 선우의 항서와 예단을 올리거늘, 상(上)이 대열하사 개탁하시니 그 소(疏)[52]에 왈,

> 정남대원수(征南大元帥) 겸 도총독 장계운은 돈수백배(頓首百拜)하옵고 일장(一張) 표문(表文)을 황상 탑하(榻下)에 올리나이다. 신(臣)이 한 번 성주에 나아가 적장 호한야 선우와 거날퇴 등을 버히고 다시 교지국에 들어가 선우를 항복 받았사오나, 이는 다 폐하의 홍복(洪福)[53]을 힘입음이니, 복망(伏望) 폐하는 물려(勿慮)하옵소서.

하였더라. 상이 남필에 대희하사 다시 선우의 항서를 보시니 왈,

> 남선우 신 홀방대는 돈수백배하옵고 항서를 황제 탑하에 올리나이다. 신이 천성이 우둔하여 천시(天時)를 아지 못하옵고 천의(天意)를 항거하여
> 천병(天兵)과 승부를 겨루니, 신의 죄 태산 같사와 주륙(誅戮)을 면치 못할 13
> 것이로되, 장원수의 하해지덕(河海之德)을 입사와 죽기를 면하였사오니, 이는 다 황상의 막대지은(莫大之恩)이로소이다.

---

48) 예단(禮緞): 예물로 보내는 비단.
49) 차관(差官): 어떤 일을 맡아보게 하려고 벼슬아치를 임명하던 일.
50) 방송(放送): 석방(釋放).
51) 첩서(捷書): 싸움에 이겼음을 보고하던 글.
52) 소(疏): 임금에게 올리던 글.
53) 홍복(洪福): 큰 복력(福力).

하였더라. 황제가 보시기를 다하매 대열하사 원수의 벼슬을 돋우어 대사마(大司馬) 대장군(大將軍) 이부상서(吏部尙書)를 하이시고 속히 반사(班師)[54]하라 하시니라.

각설(却說). 북흉노가 도망하여서 서해에 다다르니 따르는 군사가 천여 명이요, 또 뒤에 대봉이 쫓아옴이 급함을 보고 대경실색(大驚失色)하여 배를 타고 서릉 대도로 달아나거늘, 대봉이 또한 배를 타고 흉노를 따라 칠 일 만에 서릉도에 다다르니, 흉노가 황황급급(遑遑急急)하여 군사를 버리고 달아나거늘, 대봉이 청룡도를 빗기고 오추마를 빨리 몰아 흉노의 뒤를 따르니, 흉노가 정신이 아득하여 아무리 할 줄을 모르더니 또한 길이 막혀 물에 빠지거늘, 대봉의 칼이 번듯하며 흉노의 머리 마하(馬
14 下)에 떨어지는지라. 이에 칼끝에 꿰어 들고 크게 외쳐 왈,

"흉노의 군졸들은 들으라. 너희를 다 죽일 것이로되 차마 못하여 살려 보내나니, 너희 나라에 들어가 흉노의 죽은 소식을 전하라."

군졸이 다 울며 원수의 은덕(恩德)을 못내 칭송하더라.

대봉이 이 날 배를 타고 중원으로 나오더니, 홀연 대풍이 일어나며 수세(水勢)가 흉용(洶湧)하여 배를 걷잡지 못하고 바람에 불리어 무변대해(無邊大海)[55]로 정처없이 떠가는지라. 대봉 공자가 혼백(魂魄)이 비월(飛越)하여[56] 하늘을 우러러 슬피 통곡하여 왈,

"내 전생에 무삼 죄악이 심중하므로 금세(今世)에 탄생하여 어려서부터 만상고초(萬狀苦楚)[57]를 다 지내고, 수중(水中)에 죽어 어복(魚腹)에 장(葬)할 몸으로 천만 뜻밖에 천우신조(天佑神助)하여 서해 용왕의 구함을 힘입어 살아나나, 부친이 또한 수중고혼(水中孤魂)이 되시고,
15 사람의 자식이 되어 부친 신체(身體)[58]를 찾지 못하고 모친이나 찾아

54) 반사(班師): 군사를 철수시키던 일.
55) 무변대해(無邊大海): 그지 없이 넓은 바다.
56) 혼백(魂魄)이 비월(飛越)하여: 정신이 다 날아가서.
57) 만상고초(萬狀苦楚): 온갖 괴로움과 쓰라림.
58) 신체(身體): 시체(屍體)를 일컫는 말.

만나 뵈올까 바라더니, 나의 죄악 오히려 극심하여 아직도 속죄치 못하고 오늘날 또 다시 이렇듯 한 천앙(天殃)으로 대풍을 무변대해(無邊大海) 중에 만나 죽을 지경에 이르렀으니, 내 죽는 것은 섧지 않으나 이 내 한 몸 없어지면 부친의 시체를 누가 찾아나 보며 모친을 누가 찾아뵈오리오? 내 또한 흉노 같은 강적(强賊)을 버혀 임금의 급화(急禍)를 구한 대공(大功)을 세웠으나 수중(水中)에 표풍(漂風)[59]하여 수중고혼(水中孤魂)이 되면 세상 사람이 누가 이대봉이 차세(此世)에 나와 대공을 이룬 줄 알리오? 죽기는 원통치 아니하거니와 십 년을 심중에 굳은 뜻이 일조(一朝)에 헛곳에 돌아가고 백세(百歲)에 빛날 일이 모두 다 허사로다."

하며 슬피 통곡함을 마지않으니, 산천초목(山川草木)이 위하여 시름하는
듯하고 해수(海水)가 위하여 흐르지 아니하는 듯하더라. 16

만경창파(萬頃蒼波) 일엽선(一葉船)이 풍파에 쫓기어 정처없이 어디로
향하는 줄 모르고 떠가더니, 주야(晝夜) 사일(四日) 만에 바람이 비로소
그치고 물결이 잔원(潺湲)[60]하거늘, 한 곳에 배를 대고 눈을 들어 사면을
살펴보니, 대해 중 한 섬이 있으되 창송취죽(蒼松翠竹)[61]과 무수한 과실
나무 중중첩첩(重重疊疊)[62]이 있는데 여러 과목(果木) 열매 농익어 절로
땅에 떨어져 쌓였거늘, 대봉이 여러 날 주림을 견디지 못하여 떨어진 실
과를 주워 먹어 요기(療飢)하니 적이 배고픈 것을 면할러니, 문득 수풀
속으로서 무삼 사람의 자취 소리가 나는 듯하거늘, 마음에 의심하고 이
상히 여겨 자세히 살펴보니, 사람과 같이 사지(四肢)와 형체(形體)는 짐승
과 다르되 온 몸에 털이 가득히 나서 짐승 같으되 무삼 짐승인 줄 모를 17
러라. 점점 가까이 공자 곁에 나아와 앉으며 문왈,

---

59) 표풍(漂風): 바람 결에 떠서 흘러 감.

60) 잔원(潺湲): 물결의 흐름이 조용하고 잔잔함.

61) 창송취죽(蒼松翠竹): 푸른 소나무와 푸른 대나무.

62) 중중첩첩(重重疊疊): 겹겹이 포개진 모양.

"상공은 어디 계시며 무삼 일로 이런 절도에 들어오시니잇가?"

공자가 그 음성을 듣고 모양을 살펴보니 짐승은 아니요 사람이 분명이어늘, 공자가 왈,

"나는 중원 사람으로 흉노를 따라 서릉도를 쫓아 들어가 흉노를 버히고 돌아오는 길에 표풍(漂風)[63]하여 이곳에 왔삽거니와, 노인은 무삼 일로 이 무인절도(無人絶島)[64]에 계시니잇고?"

기인(其人)이 대봉의 음성을 듣고 자연히 비감(悲感)한 마음이 맹동(猛動)하여 백수[65]에 눈물이 비오듯 하여 앞을 가리는지라. 이윽고 눈물을 거두고 왈,

"나도 또한 중원 사람으로 적화(賊禍)를 만나 이 섬에 들어와 적년(積年) 고행을 겪다가 오늘날을 당하여 그대를 만나 고국 음성을 들으니 동기(同氣)를 만남과 다름이 없는지라. 비회(悲懷) 일층 더하도소이다."

18 언파(言罷)에 슬피 체읍(涕泣)하거늘, 공자가 또한 마음이 비창(悲愴)하여 눈물을 머금고 다시 물어 왈,

"노인이 중원에 살아 계시다 하오니 어느 땅에서 살아 계시며, 무삼 일로 이런 절도(絶島)에 계시며 자손이나 있나니잇고?"

노인이 답왈(答曰),

"나는 본대 기주 땅에서 살며 늦게야 독자(獨子)를 두었더니, 시운이 불행하여 적소로 가다가 적화를 만나 수중에서 부자가 다 각각 수중익사(水中溺死)하였다가, 나는 하늘이 도우사 살아나 이곳에 있어 화식(火食)을 못 얻어 먹고 산과(山果)로 연명하여 잔명(殘命)을 보존하나 인귀상반(人鬼相半)[66]이요 금수(禽獸)의 모양이 되었으나, 자식은 어찌

63) 표풍(漂風): 바람결에 떠 흘러감.

64) 무인절도(無人絶島): 사람이 없는, 뭍에서 멀리 떨어진 섬.

65) 백수: 미상.

66) 인귀상반(人鬼相半): 사람과 인간의 모습이 반반씩임.

되었는지, 나와 같이 하늘이 도우사 혹시 살았는지 사생을 아지 못하
니, 어느 때에나 이 해도(海島)를 벗어나 고국에 돌아가 처자를 다시
상면(相面)할런지 아지 못하니, 이런 궁박(窮迫)한 인생이 세상에 또 어
디 있으리오?"
하거늘, 대봉 공자가 청파(聽罷)에 마음이 서늘하고 정신이 아득하여 다
시 문왈,
"대인(大人)이 독자를 두셨다가 수중에서 이별하셨다 하오니, 노인 19
의 존성(尊姓) 대명(大名)은 뉘시며 춘추(春秋)가 얼마나 되시며, 무삼
일로 원찬(遠竄)[67]을 당하사 적소로 가시니이잇가?"
노인이 답왈,
"나의 천한 성명은 이익이요, 자식의 이름은 대봉이라 하며, 내 일찍
용문(龍門)에 올라 벼슬이 이부시랑에 있더니, 우승상 왕희 상총(上聰)
을 가리워 국권을 천자(擅恣)하고 현량(賢良)을 살해하매, 내 강개지심
(慷慨之心)[68]과 격분함을 이기지 못하여 왕희의 죄상을 논핵(論劾)[69]
상소하였더니, 왕희 성상께 모함할 뿐더러 성상이 간신의 말을 신청
(信聽)[70]하사 삭직(削職)[71] 원찬하시니, 내 아자(兒子)를 데리고 적소로
갈 새, 사공놈들이 적자(賊子)의 청촉(請囑)을 들었든지 불측지심(不測
之心)[72]을 가져 우리 부자를 함께 투강(投江) 익사케 하니, 기시(其時)
자식의 나이 겨우 십삼 세라. 그 후 팔 년을 지내었으니 이제 헤아리건
대 이십일 세요, 그 사생과 그 모친의 존망을 모르니 이런 지원극통(至 20
冤極痛)[73]은 세상에 나뿐인가 하노라."

67) 원찬(遠竄): 먼 고향으로 귀향살이를 보냄.
68) 강개지심(慷慨之心): 불의한 일을 보고 분개하는 마음.
69) 논핵(論劾): 죄과나 허물을 분석하여 탄핵함.
70) 신청(信聽): 믿어 곧이 들음.
71) 삭직(削職): 죄를 지은 사람의 벼슬과 품계를 빼앗아 버림.
72) 불측지심(不測之心): 음흉한 마음. 괘씸하고 엉큼한 마음.
73) 지원극통(至冤極痛): 더 없이 억울하고 원통함.

공자가 그 허다 설화(說話)를 들으매 이 적실(的實)[74]한 부친이라. 슬픈 마음이 오내붕열(五內崩裂)[75]하여 앞에 엎어져 통곡 왈,

"야야(爺爺)[76]가 불초자(不肖子) 대봉을 몰라보시나닛가?"

하며 거의 기절할 듯하니, 시랑이 천만(千萬) 몽매(夢寐)[77] 밖 대봉이란 말을 듣고 진가(眞假)를 깨닫지 못하며 대봉의 목을 안고 실성통곡(失聲慟哭) 왈,

"대봉아! 네 살아 육신이 왔느냐? 죽은 혼백이 와서 나를 속이느냐?"

언파(言罷)에 기색(氣塞)하거늘, 공자가 울음을 그치고 붙들어 구호하며 위로 왈,

"야야는 너무 슬퍼 마르소서. 소자가 진실로 죽지 아니하였나이다."

시랑이 그제야 정신을 차려 일어 앉아 대봉더러 왈,

"당초(當初)에 너를 수중의 무주고혼(無主孤魂)[78]이 된가 하였더니,
오늘날 이 곳에서 산 낯으로 서로 만남은 진실로 명천(明天)이 도우심
이라. 나는 기시(其時) 수중에 들어가 거의 죽게 되었더니, 하늘이 불
21 쌍히 여기사 용왕의 동자를 보내어 구함을 입어 이 곳에 와 내려놓고
가니, 아무리 세상에 나가고자 하나 무가내하(無可奈何)[79]라. 하릴없어
이 곳에 머무르나 살아날 도리 있으리오? 다행히 실과(實果)나무 많아
떨어진 실과를 먹어 연명(延命)하고 세월을 보내나, 일신(一身)이 이 모
양이요, 하일(何日) 하시(何時)에 너의 신체와 너의 모친을 만나 보리
오? 이를 생각하면 즉시 죽어 세사(世事)를 잊을 것이로되, 모진 목숨
을 임의로 못하여 잔명(殘命)을 부지하였다가 천행으로 금일 부자가
상봉(相逢)하니, 이는 하늘이 우리 부자로 하여금 다시 천일(天日)을 보

---

74) 적실(的實): 틀림없음. 확실함.

75) 오내붕열(五內崩裂): 오장(五臟)이 무너지고 찢어짐.

76) 야야(爺爺): 아버지.

77) 몽매(夢寐): 꿈 속.

78) 무주고혼(無主孤魂): 거두어 줄 임자가 없어서 떠돌아 다니는 외로운 혼령.

79) 무가내하(無可奈何): 어찌할 수가 없음.

게 하심이니 어찌 기쁘지 않으리오?”

공자가 또한 눈물을 머금고 왈,

“소자가 당초에 수중에 빠졌더니, 서해 용왕의 구함을 입어 금화산
을 찾아가 백운암에 의탁하였다가, 팔 년 만에 부모 종적을 찾고자 하
여 절을 떠나 농서에 이르러, 이릉(李陵)[80]의 영혼을 만나 갑주를 얻삽
고, 화용도에 이르러 관공(關公)[81]의 존령(尊靈)을 만나 청룡도(靑龍刀) 22
를 얻으며, 사평에서 오추마(烏騅馬)를 얻어타고, 필마단창(匹馬單槍)
으로 주야배도(晝夜倍道)하여 금릉에 이르러 적진을 헤치고 들어가 적
장 묵특남과 동돌수를 버히고 천자의 급하심을 구한 후, 다시 서릉도
에 들어가 흉노를 죽이고 군사를 돌리어 반사(班師)하다가, 소자가 탄
배 표풍(漂風)하여 사주야(四晝夜)를 표류하여 거의 죽게 되었더니, 천
우신조(天佑神助)하여 풍정낭식(風定浪息)[82]하여 이 곳에 와 배가 대어
육지에 내려 야야를 만나뵈올 줄 어찌 뜻하였으리잇고?”

시랑(侍郞)이 희출망외(喜出望外)[83]하여 다시 문왈,

“너의 모친의 생사와 장소저의 하락[84]을 알지 못하니 어찌 살아 있음을 바라리오?”

하며 비척(悲慽)[85]함을 마지아니하며, 이날 시랑 부자가 한가지로 배에
올라 순풍(順風)을 만나 중원을 향하여 나오더니, 홀연 뜻밖에 청의동
자 이인(二人)이 일엽편주(一葉片舟)를 타고 상류로 좇아 내려오거늘,
부자 양인이 눈을 들어 자세히 보니, 하나는 전일 시랑을 구하던 동자 23

---

80) 이릉(李陵): 중국 전한(前漢)의 무장(武將). 힘이 다하여 흉노의 대군에게 사로잡힌 일 때문에 무제(武帝)의 노여움을 사 일족이 몰살되었음.

81) 관공(關公): 『삼국지(三國志)』에 나오는 관우(關羽)를 일컬음.

82) 풍정낭식(風定浪息): 바람이 자고 파도가 잔잔해짐.

83) 희출망외(喜出望外): 뜻하지도 않았던 기쁜 일이 의외로 생김.

84) 하락: 미상. 이부분이 박순호본에는 ‘장쇼졔츌가여부을아지못ᄒᆞᆫ다ᄒᆞᆫ이’로 나오고 나손본도 ‘장소졔의여부을아지못하다가’로 나옴.

85) 비척(悲慽): 슬프고 근심함.

요, 또 하나는 공자를 구하던 동자라. 반갑기 칭량(稱量) 없어 동자를 청하여 전일 구활(求活)[86]하여 주던 은혜를 새로이 사례한데, 두 동자가 고왈(告曰),

"우리 대왕이 장군을 모셔 오라 하시매 소동(小童) 등이 왕명을 받자와 뫼시러 왔사오니 복망(伏望) 장군은 수고를 아끼지 마르시고 한가지로 가사이다."

공자가 왈,

"우리 부자가 사경(死境)을 당하였다가 용왕의 덕택으로 살았사오니, 그 은혜 호천망극(昊天罔極)[87]이요 백골난망(白骨難忘)이라. 사생간(死生間) 어찌 사양하리오마는 용왕은 수부(水府)[88]의 영신(靈神)[89]이요, 우리는 진세(塵世) 사람이라. 어찌 들어가리오?"

동자가 왈,

"소동을 따라 가시면 무사히 득달하시리이다."

공자가 부친께 고왈,

"용왕이 청하니 야야는 어찌코자 하시나니잇고?"

시랑 왈,

"수부 용왕이 우리 부자를 보고자 하시니 어찌 명을 거역하리오?"

공자가 이에 부친을 모시고 동자를 따르는[90] 일월(日月)이 조림(照
24 臨)[91]하고 천지 명랑하여 별유세계(別有世界)[92]를 이뤘으니, 황금대자(黃金大字)로 '와룡국(臥龍國)'이라 뚜렷이 썼거늘, 궐문 밖에 다다르니, 용

86) 구활(求活): 어려움에 처한 사람을 구하여 살려 줌.

87) 호천망극(昊天罔極): 은혜가 끝이 없음.

88) 수부(水府): 물을 다스리는 신(神)의 궁전.

89) 영신(靈神): 영검이 있는 신.

90) 동자를 따르는: 이 부분이 박순호본에는 '동ᄌᆞ을ᄯᅡ라갈ᄉᆡ어〃요ᄒᆞᆫ곳ᄃᆡ다달으이'로 나오고 나손본에는 '동ᄌᆡ을ᄯᅡ라갈ᄉᆡ슈중의ᄒᆞᆫ곳의일으니'로 나옴.

91) 조림(照臨): 해나 달이 위에서 내리 비침.

92) 별유세계(別有世界): 인간이 살고 있는 세계와는 다른 이상세계.

왕이 유리관(琉璃冠)을 쓰고 용포(龍袍)를 입고 예단을 들고 마주 나와 맞을 새, 원참군(黿參軍) 별주부(鼈主簿)[93]는 전후에 옹위(擁衛)하고 주궁패궐(珠宮貝闕)[94]에 만조백관(滿朝百官)이 반열(班列)을 차려 시위하였더라. 시랑과 공자를 맞아 서로 예필(禮畢)에 서벽(西壁) 객좌(客座)에 높이 앉히고 용왕이 말을 펴 가로대,

"과인(寡人)이 감히 앉아서 상공과 장군을 청하였사오니 허물을 용서하소서."

공자가 대왈,

"소생 부자의 잔명을 대왕의 덕택을 입사와 보전하였사오니, 은혜 호천망극(昊天罔極)이라. 어찌 만분지일이나 갚사오며 또 이렇듯 후대(厚待)하시니 황공 감사하여이다."

용왕이 대왈,

"장군은 너무 겸양치 마르소서. 소룡(小龍)[95]이 절민(切憫)한 소회(所懷) 있사와 장군을 청하였나이다. 다른 일이 아니라 남해 용왕이 강성하여 삼군을 거느려 지경(地境)을 범(犯)하오니, 그 형세 산악(山岳) 같 25
아서 과인의 힘으로 능히 당치 못할지라. 장군을 청하였사오니 복원 장군은 수고를 아끼지 마르소서."

대봉이 대왈,

"소장(小將)은 진세(塵世)의 우용(愚庸)[96]한 인물이라. 어찌 변화가 무량(無量)한 용왕을 당하리잇고마는, 한 번 나아가 힘을 다하여 대왕의 우리 부자 구활지은(救活之恩)[97] 만분지일이나 갚을까 하나이다."

용왕이 대희하여 대원수(大元帥) 인검(印劍)[98]과 상장군(上將軍) 절월

---

93) 원참군(黿參軍) 별주부(鼈主簿): 둘 다 자라를 가리킴.

94) 주궁패궐(珠宮貝闕): 구슬과 조개로 호화찬란하게 꾸민 궁궐.

95) 소룡(小龍): 용왕이 자신을 낮추어 이르는 말.

96) 우용(愚庸): 어리석고 용렬함.

97) 구활지은(救活之恩): 구하여 살려준 은혜.

98) 인검(印劍): 임금이 병마를 통솔하는 장수에게 주던 도장과 검. 명령을 어기

(節鉞)[99]을 주고 정병(精兵) 삼십만을 거느려 가게 하거늘, 공자가 월각(月角) 투구를 쓰고 용린갑(龍鱗甲)을 입고 청룡도(靑龍刀)를 비껴 들고 오추마를 바삐 몰아 남해로 나아갈새, 기치(旗幟) 창검(槍劍)은 일월(日月)을 희롱하고 고각함성(鼓角喊聲)은 수부(水府)를 흔드는지라. 수자기(帥字旗)[100]에 크게 썼으되 '대명충의장군(大明忠義將軍) 서해수궁(西海水宮) 대원수(大元帥) 이대봉'이라 하였더라. 군사를 휘동(麾動)[101]하여 서해 지경을 떠나 남해로 향하니라.

26 각설(却說). 이 때 장원수가 교지국을 떠나 수일 만에 남해에 이르니, 경사에서 예부시랑(禮部侍郞)이 황칙(皇勅)[102]을 받들어 이르거늘, 원수가 향안(香案)을 배설(排設)하고 떼어 보니, 이 곧 대원수 계운으로 이부상서를 승직(昇職)한 교지(敎旨)거늘, 군(軍)을 내와 회음 성중에 들어가 천사(天使)를 관대(款待)한 후 교지와 인수(印綬)[103]를 봉(封)하여 천자께 올리고 상표(上表)하니라. 예부관이 돌아와 직첩(職牒)[104]과 표문(表文)을 올리거늘, 상이 의아하사 급히 떼어 보시니, 그 표문에 왈,

정남대원수 첩신(妾臣) 장애황은 성황성공(誠惶誠恐)[105] 돈수백배(頓首百拜)하옵고 일장(一張) 표(表)를 만세(萬歲) 황상(皇上) 탑하(榻下)에 올리나이다. 신첩(臣妾)은 본래 전임 한림학사 장회의 일녀(一女)라. 신첩의 부

는 자는 보고하지 않고 죽일 수 있는 권한을 준 표시임.

99) 절월(節鉞): 임금이 나라의 중요한 사명을 맡고 떠나는 관리에게 주던 것으로 절은 수기(手旗)와 같이 만들고 부월은 도끼와 같이 만든 것으로, 군령을 어긴 자에 대한 생살권(生殺權)을 상징했음.

100) 수자기(帥字旗): 진중(陣中)이나 영문에 세웠던 대장의 깃발.

101) 휘동(麾動): 거느려 움직임.

102) 황칙(皇勅): 황제의 조칙(詔勅).

103) 인수(印綬): 병권(兵權)을 가진 무관이 발병부(發兵符) 주머니를 매어 차던, 길고 넓적한 녹비 끈.

104) 직첩(職牒): 조정에서 벼슬아치에게 내리던 임명 사령서.

105) 성황성공(誠惶誠恐): 진실로 황공하고 두려움.

(父)가 다만 첩신 일인(一人)을 두옵고 전임 이부시랑 이익의 아들 대봉과
강보시(襁褓時)[106] 정혼(定婚) 맹약(盟約)하였삽더니, 이익의 부자가 우승
상 왕희의 모함을 입어 극변원찬(極邊遠竄)[107]하오매, 신첩의 아비 주야
우민(憂悶)하다가 성병치사(成病致死)[108]하오니, 신첩의 모(母)가 또한 아 27
비를 따라 절사(節死)하오매, 신첩의 일신이 의지할 곳이 없사와 빈집을
노복으로 더불어 집을 지키고 있삽더니, 왕희 간적(奸賊)이 첩의 고독함을
업수이 여겨 매파를 보내어 결혼코자 하거늘, 신첩이 매매(每每) 거절하였
삽더니, 필경은 모야간(暮夜間)에 기계(器械)를 가지고 성군작당(成群作
黨)[109]하여 내정(內庭)에 돌입(突入)하여 위세로 겁박하오매, 누욕(陋辱)을
피코자 하와 남의(男衣)를 개착(改着)하고 후원을 넘어 피신하옵고, 첩의
시비(侍婢) 난향으로 신첩을 대신(代身)하여, 속고 겁측하여 데려 갔다가
일이 발각나오매, 난향을 죽이려 하옵다가 저의 친척이 말려 그치옵고 놓
아 보내었사오니, 신위삼태지직(身位三台之職)하여[110] 이런 간악 소인이
고금에 있사오릿가? 신첩은 기시(其時) 급화(急禍)를 벗어나 도망하오나 어
디 가 의탁하오리잇가마는 천행으로 여람 동촌에 이르러 최어사 부중(府
中)에 걸식하옵다가, 그 부인 희씨의 애휼지덕(愛恤之德)으로 칠 년을 안신 28
(安身)하오나, 어린 소견에 여자로 행세하오면 간인(奸人)의 해를 당할 것
이요, 이익 부자의 원굴(寃屈)[111]함을 신설(伸雪)[112]할 길이 없삽기로 하릴
없사와 남자로 행세하옵고 좀 재주를 배웠삽더니, 성상의 일월지총(日月
之聰)을 기망(欺罔)하옵고 외람이 용문에 득지(得志)하와 천은이 융중(隆
重)[113]하사 한원명사(翰苑名士)에 참예(參預)하고, 다시 남정대원수(南征大
元帥) 중임을 받아 폐하의 홍복(洪福)과 제장군졸(諸將軍卒)의 힘을 입사와

106) 강보시(襁褓時): 포대기에 있을 때. 아주 어렸을 때.
107) 극변원찬(極邊遠竄): 아주 외진 먼 곳으로 귀양을 보냄.
108) 성병치사(成病致死): 병이 나서 죽음에 이름.
109) 성군작당(成群作黨): 많은 사람들이 무리를 지음.
110) 신위삼태지직(身位三台之職)하여: 몸이 삼정승(三政丞)의 직에 있으면서.
111) 원굴(寃屈): 억울함.
112) 신설(伸雪): 가슴에 맺힌 원한을 풀어 버리고 창피스러운 일을 씻어 버림.
113) 융중(隆重): 임금이나 윗사람의 은혜가 두터움.

광구(狂寇)[114]를 소탕(掃蕩)하였사오나, 신첩의 재주가 □□이 아니어늘, 어찌 중작(重爵)을 받자오며 하물며 이부총재(吏部冢宰) 중임은 영걸(英傑) 남자도 감당키 어려운 바이거늘, 암매(暗昧)[115]한 일개 아녀자가 어찌 외람이 당하오릿가? 이런 고로 비루(鄙陋)한 본적(本迹)[116]을 용탑(龍榻) 하(下)에 주달(奏達)하옵고 사실(私室)에 물러 엎드려 기군망상(欺君罔上)[117]한 대죄(大罪)를 다스리심을 바라나이다.

하였더라. 상이 남필(覽畢)에 격절탄상(擊節歎賞)[118]하사 왈,

29 "기재(奇哉)며 대재(大哉)라, 장애황이여! 제 일개 여자로 도량(度量)이 굉원(宏遠)[119]하여 문호를 빛내고, 다시 남적(南賊)을 소멸하여 짐으로 하여 안침(安寢)케 하고 종사(宗社)를 평안히 하니, 어찌 기특치 않으리오?"

하시고 연하여 칭찬하심을 마지아니하시니, 만조백관(滿朝百官)이 뉘 아니 칭복(稱福)하리오?

차시(此時) 왕희 반열(班列)의 수반(首班)으로 있다가 황공(惶恐) 송률(悚慄)[120]하여 전폐(殿陛)[121]에 복지(伏地) 대죄(待罪)하니, 상이 대로(大怒)하사 여성엄문(厲聲嚴問)[122] 왈,

"네 몸이 대신지위(大臣之位)에 있어 위세를 □□하고 사□□□의 고독함을 업수이 여겨 불의대악(不義大惡)을 몸소 행하여 자식의 혼사를 억탈(抑奪)코자 하니, 이는 풍화(風化)[123]를 어지럽히는 역신(逆臣)

---

114) 광구(匡救): 잘못된 것을 바로 잡음.
115) 암매(暗昧): 사리에 어둡고 어리석음.
116) 본적(本迹): 본래의 행적.
117) 기군망상(欺君罔上): 임금을 속임.
118) 격절탄상(擊節歎賞): 무릎을 치면서 탄복하며 칭찬함.
119) 굉원(宏遠): 대단히 너르고 멂.
120) 송률(悚慄): 매우 두려움.
121) 전폐(殿陛): 천자가 공식 업무를 볼 때 앉는 자리.
122) 여성엄문(厲聲嚴問): 큰 소리로 엄하게 물음.

이라. 어찌 통한치 않으리오?"

하시고, 이에 삭직(削職)하사 대리시(大理寺)[124]에 가두시고, 급히 사자(使者)를 발(發)하사 백설도에 빨리 달려가서 이익의 부자를 방석(放釋)하여 승일상래(乘馹上來)[125]하여 입시(入侍)[126]하라 하시고, 장희로 좌승상을 추증(追贈)[127]하시고, 이익의 족속을 다 서용(敍用)[128]하라 하시고, 기주 자사에게 전지(傳旨)하사 효열각(孝烈閣)과 열녀정문(烈女旌門)[129]을 30
장원수의 집에 높이 지어 그 효열(孝烈)을 표장(表章)[130]하시고, 애황의 상표(上表)를 등서(謄書)[131]하여 천하 각도 각읍에 반포(頒布)하여 다 알게 하시니, 만조(滿朝) 이하(以下)로 지어만민(至於萬民)하여 뉘 아니 탄복하며 뉘 아니 칭찬하리오?

차시(此時) 회음에 머물러 있는 제장(諸將) 군졸(軍卒)이 그제야 장원수가 여화위남(女化爲男)하여 불세지공(不世之功)[132]을 세움을 알고 그 지략과 용맹을 못내 흠□하더라. 차시에 차관(差官)이 칙지(勅旨)를 □□ 주야배도하여 백설도에 들어가니, 이익의 부자 형용(形容)도 없는지라. 즉시 돌아와 그 사연을 주달(奏達)하온대, 상이 괴이히 여기시고 아끼사 천하에 행관(行關)[133]하여 '이익의 부자를 심방(尋訪)[134]하라.' 하

123) 풍화(風化): 풍습을 잘 교화시킴.
124) 대리시(大理寺): 형옥(刑獄)을 맡아보던 관아.
125) 승일상래(乘馹上來): 왕명으로 지방의 관원을 부를 때 역마(驛馬)를 줌.
126) 입시(入侍): 대궐에 들어가 임금을 알현함.
127) 추증(追贈): 종이품 이상의 벼슬아치의 죽은 아버지, 조부, 증조부에게 관위(官位)를 내리던 일.
128) 서용(敍用): 죄가 있어 관직을 잃었던 사람을 다시 임용하는 일.
129) 열녀정문(烈女旌門): 열녀를 표창하기 위해 그의 집 앞이나 마을 앞에 세우던 붉은 문.
130) 표장(表章): 어떤 일에 좋은 성과를 내었거나 훌륭한 행실을 한 데 대하여 세상에 널리 알려 칭찬함.
131) 등서(謄書): 글을 베낌.
132) 불세지공(不世之功): 세상에 다시 없는 큰 공로.
133) 행관(行關): 공문서를 보내는 일.

시니라.

차설(且說). 장소저 군사를 회음성에 머무르게 하고 백설도에 간 사자를 기다려 이시랑 부자의 소식을 기다리더니, 허행(虛行)하고 옴을 보고 즉시 또 상표(上表)하니, 기서(其書)에 왈,

31 신첩 애황은 돈수백배(頓首百拜)하옵고 상표우용탑(上表于龍榻)[135]하옵나니, 여자의 행사(行事)가 규중(閨中)에 처하옴이 마땅하옵거늘, 부득이 여행(女行)을 버려 간인의 화를 피하려 여화위남(女化爲男)하여 칠 년을 고행하옵다가, 다시 군상(君上)을 기망(欺罔)하고 전장(戰場)에 출정(出征)[136]하옵기난 아비 설원(雪冤)[137]도 하옵고 구고(舅姑)[138]와 가부(家夫)를 단취(團聚)[139]코자 하였삽더니, 이제 듣자오니 백설도에 갔던 사자가 공행(空行)하여 이익의 부자가 형적(形迹)이 없다 하오니, 만일 무사히 적소(謫所)로 갔사오면 그 부자가 □□에서 □□□리잇가? □□□□ 정녕(丁寧)[140] 무의(無疑)하온지라. 일정(一定) 해중에서 수중 원혼이 되었을지라. 어찌 원통치 않으리잇고? 그러하오나 신첩의 몸은 이익의 집 사람이라. 마땅히 해변에 나아가 일장(一張) 제문을 지어 치제(治祭)[141]하여 수중 원혼을 위로코자 하나이다.

하였더라. 상이 남파에 격절탄상(擊節嘆賞)하시고 백미(白米) 오백 석과 지촉(紙燭)[142]을 후히 주어 치제(致祭)[143]케 하시니라.

---

134) 심방(尋訪): 방문해서 찾아봄.
135) 상표우용탑(上表于龍榻): 용탑(龍榻)즉 임금에게 표를 올림.
136) 출정(出征): 군에 입대하여 싸움터에 나감.
137) 설원(雪冤): 원통함을 품음.
138) 구고(舅姑): 시부모.
139) 단취(團聚): 친한 사람끼리 화목하게 한데 모임.
140) 정녕(丁寧): 틀림없이. 꼭.
141) 치제(治祭): 제사를 지냄.
142) 지촉(紙燭): 종이와 초. 제사를 지낼 때 필요한 물건.
143) 치제(致祭): 임금이 제물과 제문을 보내어 죽은 신하를 제사 지내던 일.

차하석람(且下釋覽)하라.[144]

세(歲) 을사(乙巳) 칠월일(七月日) 향목동 서

144) 차하석람(且下釋覽)하라: 또 다음을 잘 보라는 말로, 장회소설 한 회의 마지막에 붙는 상투적 구절.

이대봉전 권지사 종(終)

1 화설(話說). 천자가 장원수의 표(表)를 보시고 격절탄상(擊節歎賞)하사 전지(傳旨)를 나리오사 백미 오백 석과 지촉(紙燭)을 후히 주어 수륙재(水陸齋)[1]를 지내게 하시니라.

각설(却說). 차시(此時)에 이공자 대봉이 서해 용궁 수졸(水卒)을 거느려 남해지경(南海之境)에 다다르니, 남해용왕(南海龍王)이 군세(軍勢)를 엄정히 하여 진세(陣勢)를 이루고 서해 소식을 기다려 탐지하더니, 문득 이공자 대봉이 대병을 거느려 옴을 듣고 즉시 격서를 보내어 싸움을 청하였거늘, 대봉 공자가 남해병(南海兵) 진세를 살펴보니 팔문금사진(八門金蛇陣)[2]을 쳤거늘, 공자가 이에 군사를 내어 어관진(魚貫陣)[3]을 치고 승부를 겨눌새, 용왕이 쌍봉(雙鳳)투구[4]를 쓰고 운무갑(雲霧甲)[5]을 입고 용총마(龍驄馬)[6]를 타고 진 밖에 나와 크게 외쳐 왈,

---

1) 수륙재(水陸齋): 불교에서 수륙의 고혼(孤魂)과 잡귀에게 재를 올리고 음식을 공양하는 법회.

2) 팔문금사진(八門金蛇陣): 술가(術家)가 구궁(九宮)에 맞추어 길흉(吉凶)을 점치는 여덟 문을 이용한 진법(陣法).

3) 어관진(魚貫陣): 어관(魚貫)이란 물고기를 꼬챙이에 꿴 것으로, 이런 모양으로 친 진(陣)을 가리킴.

4) 쌍봉(雙鳳)투구: 쌍봉(雙鳳)으로 장식한 투구.

5) 운무갑(雲霧甲): 갑옷의 일종.

6) 용총마(龍驄馬): 모양이 용 같다는 상상의 말로, 중국 복희씨 때 황허강(黃河江)에서 팔괘(八卦)를 등에 싣고 나왔다는 준마임.

"명장(明將) 대봉아! 네 무삼 재주가 있관대 감히 나의 지경을 범하난다?"

하며 풍운을 지어내거늘, 대봉이 진언(眞言)을 염(念)하여 풍운을 쓸어버
리니, 금사진(金蛇陣)이 점점 흩어지고 어관진이 승승(乘勝)[7]하여 십여 2
합에 남해군이 금사진에 들어가 좌충우돌하니, 남해용왕이 풍운조화(風雲造化)를 행치 못하고 아무리 할 줄을 모르는지라. 여러 번 패하여 서해병을 당치 못하여 진문 밖에 나와 항복하거늘, 공자가 항서를 받고 승전고(勝戰鼓)를 울리며 서해로 돌아오니, 용왕이 대희하여 나와 맞아 공자의 손을 잡고 칭사(稱謝)하며, 제신(諸臣)이 즐겨하며, 시랑도 기뻐함을 마지않더라. 이튿날 태평연(太平宴)을 배설(排設)하고 사자를 발(發)하여 천상 선녀, 선관과 세상의 명장, 충신, 문장, 열녀를 다 청하였더니, 이윽고 다 모도이거늘,[8] 용왕이 예필(禮畢)에 공자의 손을 잡고 시랑을 돌아보아 기자(奇子) 둠을 치하하니, 시랑이 거수사사(擧袖謝辭)[9]하고, 공자가 용왕께 고왈,

"소장이 진세(塵世) 속객(俗客)으로 존석(尊席)에 참례하오니 황공하거니와, 금일 좌상(座上)에 모이신 열위존선(列位尊仙)을 아지 못하오
니 진세에 나아가면 금의야행(錦衣夜行)[10] 같사오니 존석(尊席)에 취회 3
(聚會)하신 열선(列仙)의 존호(尊號)를 다 아라지이다."

용왕 왈,

"그대의 말이 옳도다."

하고 가로대,

"서편 모이신 이는 천상 선관(仙官)이라. 적송자(赤松子),[11] 진악전[12]

---

7) 승승(乘勝): 싸움에서 이기는 형세를 탐.

8) 모도이거늘: 모이거늘.

9) 거수사사(擧袖謝辭): 소매를 들어올려 고마움을 표현함.

10) 금의야행(錦衣夜行): 비단옷을 입고 밤길을 걸음. 아무 보람이 없는 일을 자랑스레 함.

11) 적송자(赤松子): 전설 속의 선인(仙人). 신농씨 때에, 비를 다스렸다는 신선의

이요, 동편에 모인 선녀는 월궁항아(月宮姮娥),[13] 직녀(織女), 서왕모(西王母)[14]요, 남편에 모인 빈객(賓客)은 진세 사람이니, 명장 · 충신 오자서(伍子胥)[15] · 굴원(屈原)[16]이며 천추(千秋) 문장 이태백(李太白)[17]과 왕자안(王子安),[18] 아황(娥皇) · 여영(女英)[19]이로소이다."

하고, 유리잔에 백옥호(白玉壺)[20]를 기울여 서로 권하며 풍악을 진주(進奏)할 새, 왕자진[21]과 농옥[22]은 옥저를 불어 봉황곡(鳳凰曲)[23]을 주(奏)하

이름.

12) 진악전: 악전(偓佺)을 가리키는 듯. 악전은 약초 캐는 노인으로 소나무 열매를 먹기를 좋아했는데, 몸에는 수촌(數寸)이나 되는 털이 났으며 두 눈은 모두 사각형이었다. 날아다닐 수도 있었고, 질주하는 말을 따라 잡을 수도 있었다. 소나무 열매를 요(堯)임금에게 보내 주었으나, 요임금은 그것을 복용할 겨를이 없었다. 그 소나무란 간송(簡松)으로 당시 사람 가운데 그것을 받아 복용한 자는 모두 2백 살에서 3백 살까지 살았다고 함.

13) 월궁항아(月宮姮娥): 달속의 궁전에 산다는 전설의 선녀. 본디 인간으로 예(羿)의 아내였는데 남편이 서왕모에게 얻은 선약을 몰래 훔쳐 먹고 신선이 되어 월궁으로 달아났다고 함. 절세 미인으로 비유됨.

14) 서왕모(西王母): 중국 고대의 선녀로 곤륜산 요지라는 곳에 살며, 사람의 얼굴에 호랑이의 이(齒), 표범의 꼬리에 머리를 헝클어뜨렸다고 하며, 불사약을 가진 선녀라고 함.

15) 오자서(伍子胥): 중국 춘추시대의 사람. 이름은 원(員). 부친 오사(伍奢)와 형 오상(伍尙)이 초평왕에게 죽음을 당하자 자서는 오나라로 도망하여 오를 도와 나라를 쳐서 부형의 원수를 갚았음.

16) 굴원(屈原): 중국 전국시대 초나라의 정치가, 시인. 성질이 청렴 강직하여 세속과 어울리지 않더니 간신의 참소를 듣고 초회왕이 멀리 함에 이소경(離騷經)을 지어 충성을 말하였고 초양왕 때 왕의 아우 자란의 참소로 강남으로 귀양가다가 울분을 참지 못하고 멱라수(覓羅水)에 빠져 죽음.

17) 이태백(李太白): 중국 당나라 때의 시인인 이백. 태백은 그 자임. 시성 두보에 대하여 시선(詩仙)으로 칭해짐.

18) 왕자안(王子安): 왕발(王勃). 자는 자안. 양형(楊炯), 노조린(盧照隣), 낙빈왕(駱賓王)과 함께 초당사걸(初唐四傑)로 일컬어짐.

19) 아황(娥皇) · 여영(女英): 중국 고대의 임금 요(堯)의 두 딸. 자매가 모두 순(舜)임금에게 시집갔는데 순이 천자가 되자 아황은 후(后)가 되고 여영은 비(妃)가 됨. 그 후 순이 죽자 강에 빠져 죽어 상수(湘水)의 여신이 됨.

20) 백옥호(白玉壺): 흰 옥으로 만든 병.

며, 적송자는 춤을 추고, 서왕모는 백운가(白雲歌) 노래하고, 굴삼려(屈三
閭)[24]는 이소경(離騷經)을 읊으며, 오자서는 촉루검(钃鏤劍)[25]을 짚고 국
사(國事)를 의논하니, 좌중이 다 고금(古今)을 조롱하며, 왕자안은 시를
짓고, 이태백은 술이 대취하여 접이건(接耳巾)[26]을 둘러쓰고 좌중(座中)
구러져[27] 자칭(自稱) 왈 주중선(酒中仙)이라 하니 모두 대소(大笑)하며,
아황(娥皇) · 여영(女英)은 비파(琵琶)를 타고 원한을 아뢰니, 슬프다! 이 4
곡조는 이른바 '소상야월(瀟上夜月)에 낙안성(落雁聲)이요, 무산무우(巫
山霧雨)에 애원성(哀怨聲)이로다.'[28] 이윽고 잔치를 파하고 각각 돌아갈
새 모든 선관과 빈객이 다 공자를 정표(情表)[29]하리라 하고, 적송자는 상
의(上衣)를 벗어주며 왈,

"이 옷이 비록 초솔(草率)[30]하나 입으면 삼복성서(三伏盛暑)[31]와 엄동설한(嚴冬雪寒)이라도 한열(寒熱)을 모르나니 가져다 입으라."

하고, 안기생(安期生)[32]은 화초 한 개를 주며 왈,

---

21) 왕자진(王子晉): 중국 주(周)나라 영왕(靈王)의 태자. 신선이 되어 학을 타고 하늘로 올라갔다고 함.

22) 농옥(弄玉): 중국 춘추시대 진(秦)나라 목공(穆公)의 딸. 소사(簫史)를 만나 함께 신선이 되어 하늘로 올라갔다고 함.

23) 봉황곡(鳳凰曲): 한나라 때 사마상여가 탁문군을 유혹하기 위하여 연주한 곡의 이름.

24) 굴삼려(屈三閭): 굴원(屈原).

25) 촉루검(钃鏤劍): 중국 전국시대 오왕(吳王) 부차(夫差)가 백비(伯嚭)의 참소를 듣고 오자서에게 주어 자결하게 한 칼 이름.

26) 접이건(接耳巾): 귀까지 가리는 모자의 일종.

27) 구러져: 거꾸러져. 쓰러져.

28) 소상야월(瀟上夜月)에 낙안성(落雁聲)이요, 무산무우(巫山霧雨)에 애원성(哀怨聲)이로다: 소상강 한밤중의 달에 기러기 떼 날아가는 소리요, 무산의 안개비에 슬피 원망하는 소리로다.

29) 정표(情表): 간곡한 정을 나타내기 위하여 주는 물건.

30) 초솔(草率): 거칠고 엉성하여 볼품이 없음.

31) 삼복성서(三伏盛暑): 한여름의 무더움.

32) 안기생(安期生): 중국 진(秦)나라 때의 사람. 장수하여 천세옹(千歲翁)이라 일

"이 과실이 비록 작으나 먹으면 백발이 환흑(還黑)하고 낙치부생(落齒復生)[33]하여 누백년(累百年)을 살아도 늙지 아니하나니라."

왕자진은 퉁소를 주며, 악전은 옥패(玉佩)를 주고, 오자서는 병을 주어 왈,

"이 병이 비록 작으나 하루 삼백 잔 술을 마셔도 진(盡)치 아니하나니 가져가라."

하거늘, 모든 선녀가 왈,

"열위선관(列位仙官)은 다 정을 표하고 우리는 어찌 정표함이 없으리오?"

하고, 항아는 계화(桂花) 한 가지를 주고 왈,

"이 꽃을 방안에 꽂아두면 누백년(累百年)이 지나도록 빛이 변치 아니하고 혹 월식(月蝕)할 때에 떨어졌다가도 도로 피어 춘풍(春風)이 난만(爛漫)하니 가져가라."

하고, 직녀는 수건을 주며 왈,

"이 수건은 죽은 사람에게 덮으면 다시 살아나는 환생건(還生巾)이니 가져가라."

아황·여영은 반죽(斑竹)[34] 한 가지를 주며 왈,

"우리는 표할 것이 없으니 이 대를 주나니 가져가라."

하고, 모든 신선이 문득 간데없거늘, 공자가 또한 용왕에게 돌아감을 청하니, 용왕이 만류치 아니하며 공자를 전송(餞送)할 새 금은옥백(金銀玉帛)을 무수히 주거늘, 모두 사양하고 받지 아니하여 다만 야광주(夜光珠) 두 낱을 행장에 간수하고 부친을 모시고 용궁을 떠나 궐문(闕文) 밖에 나

컬음. 진시황이 동유(東遊)하였을 때 사흘 밤낮을 이야기하고 수십 년 후 나를 봉래산에서 찾으라는 말을 하고 떠났음. 뒷날 시황은 그를 찾으러 사람을 보냈으나 찾지 못하였음.

33) 낙치부생(落齒復生): 빠졌던 치아가 다시 돋아남.

34) 반죽(斑竹): 줄기에 검은 반점이 있는 대나무. 아황과 여영의 눈물 자욱이 점이 되었다고 함.

오니, 용왕이 백관(百官)을 거느려 나와 이별하는 정이 비할 데 없더라.

각설(却說). 장소저가 장졸을 거느리고 수변(水邊)에 다달아 망부각(亡夫閣)을 높이 짓고 수륙재(水陸齋)를 배설할새 제장 군졸을 분부하여 '해변에 진세를 이루라.' 하고, 장막을 높이고 제물을 갖춘 후 장소저가 남 6
복을 벗고 담장소복(淡粧素服)[35]으로 여복을 개착하고 금로(金爐)에 향을 사르며 시랑의 영위(靈位) 먼저 배설하고 제문(祭文)을 읽으니, 그 글에 하였으되,

> 유세차(維歲次)[36] 기축(己丑) 삼월(三月) 정묘삭(丁卯朔) 십오일에 기주 장한림 여(女) 애황은 감소고우(敢昭告于)[37] 이부시랑 이공(李公) 영위지전(靈位之前)하나이다. 오호(嗚呼) 애재(哀哉)라! 소첩의 부친이 대인(大人)과 교계(交契)[38] 심밀(甚密)하옵더니, 그 후에 대인은 귀자(貴子)를 두시고 가엄(家嚴)[39]은 소첩을 생(生)하시니 피차에 동년 동일 생이라. 가엄이 몽조(夢兆)의 신기함을 인하여 가엄이 대인과 진진지연(秦晋之緣)[40]을 깊이 맺었더니, 슬프다, 양가(兩家) 시운이 불리하여 대인은 간신의 모해(謀害)를 입어 절도(絶島)에 원찬(遠竄)하시고, 가엄은 대인의 원굴(寃屈)함과 소첩의 전정(前程)이 그릇됨을 한하사 우분성질(憂憤成疾)[41]하여 중도에 기세(棄世)하시니, 모부인이 또한 부친의 뒤를 따라 별세하시니, 혈혈약녀(孑孑弱女)가 의지할 곳이 없더니, 간적 왕희 첩의 고독함을 업수이 여겨 겁탈코자 하옵기로 변복(變服) 도주하였다가, 남자로 행세하여 용문(龍門)에 올

---

35) 담장소복(淡粧素服): 화장을 하지 않고 흰 옷을 입음.

36) 유세차(維歲次): 축문(祝文), 제문(祭文)의 첫머리에 쓰이는 관용어로, 간지(干支)로 따져볼 때 해의 차례라는 의미.

37) 감소고우(敢昭告于): 감히 누구에게 밝혀 아룀. 흔히 제문이나 축문에서 신에게 고하기 전에 쓰이는 말.

38) 교계(交契): 서로 사귄 정.

39) 가엄(家嚴): 가친(家親). 아버지.

40) 진진지연(秦晋之緣): 결혼을 의미하는 말로 춘추시대 두 나라 진(秦)나라와 진(晋)나라가 대대로 혼인하였다는 사실에서 유래함.

41) 우분성질(憂憤成疾): 걱정스럽고 분하여 병이 됨.

7 라 남적(南賊)을 멸하고 대공을 이룸은, 왕희 적자(賊者)를 없이하여 설원
(雪冤)하고 대인과 공자를 찾아 구약(舊約)을 성전(成全)코자 하였더니, 천
사(天使)의 말을 들으니 대인 부자가 형적이 없다 하오니, 반드시 수중 참
사를 당하신지라. 어찌 참통(慘痛)치 않으리잇고? 시고(是故)로 일배(一杯)
청작(淸酌)[42]을 헌(獻)하옵나니 복유(伏惟)[43] 존령(尊靈)은 서기흠향(庶幾歆
饗)하옵소서.[44]

하였더라. 독파(讀罷)에 다시 향을 사르고 또 제문(祭文)을 읽으니, 그 글에 하였으되,

기주 장미동 장씨는 통곡재배(痛哭再拜)하고 일장 제문(祭文)을 이공자
의 영전(靈前)에 헌하나이다. 슬프다! 공자와 다못[45] 첩신(妾臣)이 각각 타
문(他門)에 생장(生長)하여 양가 대인이 피차에 자녀를 위하여 정혼(定婚)
뇌약(牢約)[46]하였더니, 가운이 불행하여 양가가 환란을 당함은 천고(千古)
에 없는 일이라. 첩이 남자로 발신(發身)[47]하여 사군(事君) 성공함은 후일
에 구약을 성전키를 바라더니, 지금 들으매 공자의 형적이 묘연하다 하니
필경 익수지화(溺水之禍)[48]를 당하신지라. 슬프다! 첩의 여망(餘望)이 금일
로 좇아 끊어진지라. 어찌 참통(慘痛)치 않으리잇고? 첩의 몸이 금일은 진
8 세(塵世)에 있으나 명일은 공자의 뒤를 따를 고로 일배 청작으로 영혼을
위로하나니 서기흠향(庶幾歆饗)하옵소서.

읽기를 파(罷)하매 해중(海中)을 바라고 슬피 통곡하니, 성음(聲音)이

---

42) 청작(淸酌): 제사에 쓰는 술.
43) 복유(伏惟): 삼가 엎드려 생각하옵건대.
44) 서기흠향(庶幾歆饗)하옵소서: 바라건대 흠향(歆饗)하옵소서. 흠향(歆饗)은 제사에 올리는 음식의 기운을 먹는다는 말.
45) 다못: 다만.
46) 뇌약(牢約): 굳게 약속함.
47) 발신(發身): 처지가 바뀜.
48) 익수지화(溺水之禍): 물에 빠져서 죽는 나쁜 일.

처절하여 막힐 듯하니 노상(路上) 인민(人民)과 백만 장졸이 뉘 아니 낙루하리오? 산천초목이 빛이 없고 일월(日月)이 무광(無光)하여 세우(細雨)가 비비(霏霏)[49]하여 눈물같이 뿌리더라.

한무장군 한통이 들어와 고하되,

"해변에 어인 곡성(哭聲)이 슬피 나니, 원수는 비회(悲懷)를 진정하시고 군사를 보내어 탐지하소서."

소저가 울음을 그치고 제물을 흩어 군졸을 호궤(犒饋)[50]하더니, 과연 들으니 어디서 곡성이 처절하여 혹 대봉이라 부르고 혹 소저라 불러 슬퍼함이 구곡(九曲)[51]이 막힐 듯하거늘, 소저가 마음이 자연 비창(悲愴)하여 한통을 불러 문왈,

"그 울음소리를 들으니 지원극통(至冤極痛)한 모양이니, 그대는 급히 나아가 그 행색을 알아오라."

한통이 영(令)을 듣고 가더니, 이슥고 돌아와 고하되,

"해변 언덕에 어떤 여승 둘이 서로 붙들고 우나이다."

소저가 탄왈,

"그 여승의 신세도 나와 같은지라. 그 소회(所懷)를 묻고자 하나니 9
그대는 빨리 나아가 그 여승을 불러 오라."

한통이 대왈,

"만군진중(滿軍陣中)에 여승을 불러들임이 불가하오니 원수는 상찰지(想察之)[52]하소서."

원수 불열(不悅) 왈,

"그대는 내 영대로 할 것이어늘 어찌 내 영을 역(逆)하나뇨?"

한통이 사죄하고 나아가 그 여승을 데리고 진문에 이르러 고한대, 원

---

49) 비비(霏霏): 비나 눈이 부슬부슬 내리는 모양.

50) 호궤(犒饋): 군사들에게 음식을 주어 위로함.

51) 구곡(九曲): 구곡간장(九曲肝腸).

52) 상찰지(想察之): 잘 생각하여 살핌.

수가 명하여 '들어오라.' 하니, 이윽고 두 낱 여승이 들어와 장전(帳前)에서 합장배례(合掌拜禮)하거늘, 원수가 청상(廳上)[53]에 오르라 한대, 양인이 굳이 사양 왈,

"천승(賤僧)이 어찌 감히 원수 좌상(座上)에 올라가리잇고?"

원수가 재삼 청하여 올려 좌(座)를 주고 인하여 물어 가로대,

"그대 등은 어느 절에 있으며 성명은 무엇이며, 무삼 지통(至痛)을 품었건대 그다지 슬퍼하난다?"

그 노승이 눈물을 머금고 합장 대왈,

"산중 천승이 비통한 일이 있어 슬퍼함이어늘, 원수 노야(老爺)[54]가 하문(下問)하시니 불승송황(不勝悚惶)[55]이로소이다."

원수가 척연(慽然) 탄왈,

"나의 회포가 그대 등과 또한 일반인 고로 마음이 또한 비감하여 그대 등을 불러 심중 소회(所懷)를 듣고자 하노라."

승이 대왈,

"원수는 백만군중(百萬軍中)의 원융(元戎)[56] 상장(上將)이시고, 소승 등은 심산궁곡(深山窮谷)의 일개 빈승(貧僧)이오니, 승속(僧俗)이 다를 뿐 아니라 존비귀천(尊卑貴賤)이 현수(懸殊)하옵거늘, 추비(醜卑)한 인생을 무휼(撫恤)하사 이처럼 하문하옵시니, 어찌 진정을 고달(告達)치 않으리잇고? 소승의 법명(法名)[57] 강재[58]요, 상좌(上佐)의 승명(僧名)은 애원이라 하오며, 속인(俗人) 때 거주는 기주 땅이오며, 머무는 절은

---

53) 청상(廳上): 대청 위.

54) 노야(老爺): 성이나 직함 뒤에 쓰여 남을 높여 이르는 말.

55) 불승송황(不勝悚惶): 송구스럽고 황공함을 못 이김.

56) 원융(元戎): 군사의 우두머리.

57) 법명(法名): 중이 되는 사람에게 종문(宗門)에서 속명(俗名) 대신 새로 지어주는 승의 이름.

58) 강재: 원문에는 '망재'로 되어 있으나 처음 법명이 '강재'로 나오므로 강재로 통일함.

봉명암이오며, 소승의 팔자가 기구하와 일찍 가군과 아자(兒子)를 생이별하옵고, 또 흉노의 난에 모진 목숨을 살고자 하옵은 혹자(或者) 가군과 자식을 만나볼까 하와 삭발위니(削髮爲尼)[59]하여 봉명암에 있삽더니, 오늘날 우연히 이곳을 지나옵다가 원수 노야의 치제(治祭)하심을 보옵고 자연 비회 동(動)하와 가군과 자식을 생각하오매 또한 수중원혼(水中冤魂)이 된 듯하여 마음을 진정치 못하와 통곡하여, 원수 노
야로 하여금 동심(動心)케 하오니 죄사무석(罪死無惜)[60]이로소이다." 11

소저가 청파에 정신이 아득하고 슬픔이 간절하여 목이 메어 말씀을 이루지 못하다가 겨우 진정하고 다시 문왈,

"기주에 사셨다 하시니 동명(洞名)이 무엇이며, 가군의 성명은 무엇이며, 아자의 이름을 무엇이라 하며, 무삼 일로 이별하여 수중고혼(水中孤魂)이 된 듯하뇨?"

승이 대왈,

"근본이 기주 모란동에서 살았사오며, 가군은 일찍 벼슬에 올라 이부시랑을 하였사오며, 소인의 모해를 입어 적소에 간 지 팔 년이로되 소식을 모르오니, 사지(死地)에 간 사람을 어찌 살기를 바라오며, 응당 수중고혼이 되기 쉬울 듯하오며, 아자의 이름은 대봉이요, 그 부친과 한데 적소로 갔사오나 사생존망(死生存亡)을 모르나이다."

소저가 허다 설화(說話)를 들으니, 이시랑 부인이 정녕 무의(無疑)한지라. 이에 노승을 향하여 재배 통곡 왈,

"부인의 화안(和顔)을 모르옵더니 이제 말씀을 듣자오니 어찌 슬프
지 않으리잇고? 소첩은 장미동 장한림의 여식 애황이로소이다." 12

하며 슬픔이 막혀 능히 성언(成言)치 못하거늘, 양부인이 또한 소저를 붙들고 혼도(昏倒)[61]하니, 애원 승이 곁에 있어 소저의 말을 듣고 대경차희

---

59) 삭발위니(削髮爲尼): 머리를 깎고 여승이 됨.

60) 죄사무석(罪死無惜): 죄 지은 것이 죽어도 아깝지 않음.

61) 혼도(昏倒): 정신이 아뜩하여 넘어짐.

(大驚且喜)하여 복지 통곡 왈,

"우리 소저야! 전일 시비 난향을 몰라 보시나잇가?"

소저가 난향이란 말을 듣고 더욱 비창하여 겨우 일어 앉아 살펴보니 난향일시 분명한지라. 반갑기 칭량(稱量)없고 슬픔이 가이없어[62] 눈물이 비오듯 하니, 모든 백성 허다 장졸 뉘 아니 슬퍼하며 불의의 만남을 희한히 여기리오? 제장들이 모두 원수께 치하(致賀)하며 위로하고, 난향은 부인을 위로하여 슬픔을 진정하고 서로 붙들고 장내(帳內)로 들어와 좌정(坐定) 후, 허다(許多) 지난 설화를 서로 일러 그 반갑고 기쁨이 무궁하나 시랑과 아자의 소식을 모르니 슬픈 마음이 어찌 없으리오? 밤이 맞도록 회포를 말하다가 부인을 모셔 자고, 이튿날 천정(天廷)[63]에 상표(上表)하

13 여 이시랑 부인 만남을 계달(啓達)[64]하니라.

각설(却說). 이공자 대봉이 부친을 모시고 용궁을 떠나 여러 날 만에 황성에 올라와 객관(客館)에 사처(私處)하고, 흉노의 수급(首級)[65]을 봉(封)하여 천정에 올릴새 상소(上疏)를 지어 전후사연을 주달(奏達)하였거늘, 이 때 천자가 이시랑 부자의 사생을 아지 못하시고 장소저의 전정(前情)을 애련(哀憐)히 여기사 마음에 잊지 못하시더니, 또 장소저의 상표(上表)가 이르렀거늘, 상이 반기사 급히 개탁(開坼)하시니 왈,

신첩(臣妾) 장애황은 일장(一張) 표(表)를 용탑(龍榻) 하에 올리나이다. 신첩이 성상(聖上) 홍은(鴻恩)을 받자와 해수(海水)에 설제(設祭)하여 고혼(孤魂)을 위로하오나, 유명(幽明)이 현수(懸殊)[66]하와 영혼이 자취가 없사오니, 비록 앞에 와 흠향(歆饗)하온들 어찌 알 리 잇사오리잇가? 아득한 경

---

62) 가이없어: 끝이 없어.

63) 천정(天廷): 조정(朝廷). 임금이 나라의 정치를 신하들과 의논하거나 집행하는 곳.

64) 계달(啓達): 임금에게 의견을 아룀.

65) 수급(首級): 싸움터에서 벤 적군의 머리.

66) 유명(幽明)이 현수(懸殊): 이승과 저승이 판이하게 다름.

상(景狀)과 슬픈 마음을 진정치 못하와 설제 통곡하옵더니, 천우신조(天佑神助)하와 삭발 승니(僧尼)[67]를 만나오니 이 곧 이익의 처 양씨라. 비록 성
혼(成婚) 행례(行禮)는 아냐사오나[68] 어찌 고식지간(姑息之間)[69]이 아니리 14
잇가? 일비일희(一喜一悲)하여 즐겁기 무궁하오니, 이는 다 성상의 넓으신 덕택으로 말미암음이라. 연(然)이나 왕희 부자는 국가의 간신 난법지인(亂法之人)이옵고 신첩의 원수라. 원(願) 폐하는 왕희 부자를 엄형(嚴刑) 국문(鞠問)하사 국법을 밝히시고, 그 부자를 신첩을 내어 주시면 남선우 버히던 칼로 난신(亂臣)을 죽여 심간(心肝)을 내어 이익의 부자에게 제(祭)하여 영혼을 위로하나이다.

하였더라. 상 남필(覽畢)에 정히 처결코자 하시더니, 황문시랑(黃門侍郎)이 일장 표문을 올리거늘, 상이 의괴(疑怪)하여 개람(開覽)하시니 기(其) 소(疏)[70]에 하였으되,

죄신(罪臣) 이대봉은 성황성공(聖惶聖恐) 돈수백배(頓首百拜)하옵고 일표(一表)를 올려 황상 용탑 하에 헌(獻)하옵나니, 신의 부자가 간신 왕희의 모함을 입사오나, 폐하의 성덕을 입사와 해도(海島)에 내치심은 일명(一命)을 용대(容貸)[71]하시는 덕택으로 적소로 가옵더니, 도중(島中)을 향하와 배를 타고 대해 중에 행하옵더니, 뜻밖에 선중(船中) 제한(諸漢)[72]이 달려들
어 아비를 결박하여 물에 떨어치거늘, 신의 아비 죽는 양을 보고 또한 뒤 15
를 따라 수중에 빠지오매 거의 죽게 되었삽더니, 미침 서해 용왕의 구함을 입어 살아나 서역(西域) 천축국(天竺國)[73] 백운암에 가와 팔 년을 의탁하

67) 승니(僧尼): 승가(僧伽)와 비구니(比丘尼). 남자 중과 여자중.

68) 아냐사오나: 아니하였사오나.

69) 고식지간(姑息之間): 시어머니와 며느리 사이.

70) 소(疏): 임금에게 올리는 글.

71) 용대(容貸): 용서(容恕).

72) 제한(諸漢): 성품이 막되어 예의와 염치를 모르며, 불량한 짓을 하며 돌아 다니는 여러 사람.

73) 천축국(天竺國): 중국에서 인도를 이르던 말.

옵더니, 생각하옵건대 신의 부자가 국가의 죄인이라. 타처(他處)에 오래 있
사옵이 가(可)치 아냐 세상에 나와 수중에 빠진 아비 해골이나 찾고 고국
에 있는 어미를 찾아보고자 하와 중원으로 돌아가옵다가, 농서의 한나라
장수 이릉(李陵)의 영혼을 만나 갑주(甲冑)를 얻삽고, 사평에서 오추마를
얻으며, 화용도(華容道)에서 관공(關公)의 영혼을 만나 칼을 얻어, 황성으
로 향코자 하옵다가, 반적 북흉노가 천위(天位)를 범하여 황성을 함몰하고
어가(御駕)가 금릉으로 행하셨다 함을 듣고, 분심을 이기지 못하와 전죄(前
罪)를 무릅쓰고 일행천리(一行千里)[74]하와 금릉에 이르러 자칭 '충의장군
(忠義將軍)'이라 하옵고 필마단창(匹馬單槍)으로 적군을 파(破)하고 적장
16 묵특남과 동돌수를 버혀 성상의 급하심을 구하옵고, 흉노가 도망하는 것
을 따라가 서릉도에 들어가 흉노를 버히고, 돌아오는 길에 해중에서 표풍
(漂風)하와 사주야(四晝夜)를 정처없이 가옵다가 천우신조(天佑神助)하옵
고, 성상의 하해지덕(河海之德)으로 무인절도(無人絶島)에 다다라 바람이
그치오며, 그 섬에 올라가 죽었던 아비를 만났사오니 황명(皇命)을 기다리
지 아니하고 감히 함께 와 대죄(待罪)하옵나니, 신의 부자의 죄 만사무석
(萬死無惜)이로소이다. 그러하오나 왕희는 국가의 난신적자(亂臣賊子)[75]요,
신의 원수라. 해중 선인(船人)이 재물 없이 적소로 가는 죄수를 무단(無端)
이 살해하올 일은 만무하온즉, 이는 반드시 왕적(王賊)[76]의 부촉(咐囑)[77]을
들음이 정녕 무의(無疑)하온지라. 복원 성상은 엄형(嚴刑) 국문하옵신 후
왕적을 내어주시고 신의 죄를 다스리옵소서.

하였더라.

상이 남필(覽畢)에 일변 반갑고 일변 무료(無聊)[78]한 마음이 없지 아니하사 좌우를 돌아보사 왈,

---

74) 일행천리(一行千里): 한 걸음에 천 리를 감.
75) 난신적자(亂臣賊子): 나라를 어지럽게 하는 신하와 어버이를 해치는 자식.
76) 왕적: 왕희를 가리킴.
77) 부촉(咐囑): 부탁함.
78) 무료(無聊): 조금 부끄러운 마음이 있음.

"짐이 일찍 밝지 못하여 충렬지신(忠烈之臣)을 절도에 보내어 죽을 17
지경에 이르게 하고, 흉노의 불측(不測)한 화(禍)를 만나 사직(社稷)과 종묘(宗廟)를 경각(頃刻)의 위태함을 당하였더니, 조종(祖宗)이 묵우(默祐)[79]하사 난데없는 충의장군(忠義將軍)이 짐의 시급지화(時急之禍)를 구하고, 종사(宗社)를 보전하고 반적을 소멸하여, 짐으로 하여금 옛 자리를 평안히 하니 이는 불세지공(不世之功)이라. 갚고자 하는 마음이 주야불망(晝夜不忘)하되 어떤 사람인 줄 알지 못하였더니, 이제야 이대봉인 줄 알았으나, 짐은 저희 부자를 무죄히 저버림이 심하거늘 저희 부자는 충절(忠節)이 더욱 높으니 이익의 부자를 봄이 어찌 부끄럽지 않으리오? 그 공을 의논할진대 이윤(伊尹)[80] · 주공(周公)[81]에 지난지라. 짐이 저희 성명과 종적을 아지 못하였더니, 저희 부자 이런 불세지공을 세운 줄 어찌 뜻하였으리오? 짐이 한 왕희를 위하여 이 · 장 양인의 대공을 저버리리오?"

하시고 정히 전지(傳旨)코자 하시더니, 간의태우[82] 조인태 출반(出班) 주왈(奏曰),

"복원 폐하는 대봉과 애황을 한 곳에 모으시고 왕희를 잡아 보내사 18
저희 마음대로 설분(雪憤)[83]케 하소서."

상이 옳이 여기사 양처(兩處)에 전지하사 '대봉과 장씨로 황성에 모여 왕희를 다스려 조정을 징계하라.' 하시고, 이익의 벼슬을 돋우어 우승상(右丞相)을 하이시고, 대봉으로 병부상서(兵部尙書) 대사마(大司馬) 대장

---

79) 묵우(默祐): 말없이 도움.

80) 이윤(伊尹): 중국 은나라의 전설상의 인물. 이름난 재상으로 탕왕을 도와 하나라의 걸왕을 멸망시키고 선정을 베풀었음.

81) 주공(周公): 주(周)나라의 정치가. 문왕(文王)의 아들. 무왕(武王)의 아우. 무왕을 도와 주(紂)를 쳐부숨. 주(周)대의 예악 제도는 주로 그가 계획하여 이룬 것임.

82) 간의태우: 간의대부(諫議大夫). 임금에게 잘못을 고치도록 권하는 일을 맡았음.

83) 설분(雪憤): 분풀이.

군을 하이시고, 예부관원(禮部官員)을 보내시니라.

차시(此時) 예부관원이 한양에 내려가 황칙(皇勅)[84]을 받들어 올리니,
이공 부자가 황망히 향안(香案)을 배설하고 예관(禮官)을 맞아 북향사배
(北向四拜)한 후 황칙을 떼어 보니 자기로 우승상을 봉하시고 대봉으로
병부상서 대사마 대장군을 제수(除授)하신 직첩(職牒)[85]이어늘, 이공 부
자가 재배사은(再拜謝恩)하고 또 한 장 칙지(勅旨)[86]를 떼어보니, '급히
황성으로 올라와 왕희를 임의 처단하라.' 하셨거늘, 이공 부자 더욱 황은
19 을 감축(感祝)하여 즉시 행거(行車)[87]를 재촉하여 발행하여 여러 날 만에
황성에 득달하여 사관(舍館)[88]을 잡아 머무르니, 상하 인민이 도로에 메
어 관광(觀光)하며 칭찬치 아닐 이 없고, 만조백관(滿朝百官)이 십 리 밖
에 나와 영접하여 승상의 누년(累年) 고행과 기자(奇子)를 두어 대공을
세워 국가 대환과 성상의 만분(萬分) 위급하심을 구하여 불세지공을 세
움을 치하하니, 공이 좌수우응(左酬右應)에 겨를치 못하더라.[89] 상서가
부공을 뫼시고 궐하에 나아가 면관돈수(免冠頓首)[90]하고 석고대죄(席藁
待罪)[91]하온대, 상이 친히 사마의 손을 잡으시고 비회(悲懷) 매동[92]하시
더니, 문득 승상을 보시니 만신(滿身)이 털이 가득하였거늘, 더욱 무료하
사 그 털을 어루만져 왈,

"짐이 불명하여 경의 충언을 모르고 소인의 참언(讒言)[93]을 신청(信聽)하여 만리 절도에 팔 년 고행을 하게 하니, 경의 기자(奇子) 대봉이

---

84) 황칙(皇勅): 황제의 뜻을 알릴 목적으로 적은 문서.
85) 직첩(職牒): 지난날 조정에서 벼슬아치에게 내리던 임명 사령서.
86) 칙지(勅旨): 임금이 내리는 명령.
87) 행거(行車): 타고 가는 수레.
88) 사관(舍館): 객지에 머무는 동안 남의 집에서 잠시 기숙함. 또는 그 집.
89) 좌수우응(左酬右應)에 겨를치 못하더라: 이쪽저쪽 응하느라 겨를이 없더라.
90) 면관돈수(免冠頓首): 관을 벗고 머리가 땅에 닿도록 절함.
91) 석고대죄(席藁待罪): 거적을 깔고 앉아 벌주기를 기다림.
92) 매동: 미상. 원문은 '믹동.
93) 참언(讒言): 거짓으로 꾸며서 남을 헐뜯어 윗사람에게 고하여 바침.

짐의 불명함을 허물치 아니하고 충성을 다하여 백만 적병을 헤치고 반 20
적을 풀 버히듯 하여 짐의 시급지화(時急之禍)를 구하여 종사(宗社)를 반석(盤石)같이 보전케 하니 어찌 기특치 않으리오? 옛적 한(漢)나라 소중랑(蘇中郎)[94]은 북해상(北海上)에 대절(大節) 지키었다가 십구 년 만에 고국에 돌아와 무제(武帝)를 뵈었다 하더니, 이제 승상 이공은 무인절도(無人絶島)에 가 만상(萬狀) 고초를 무한히 겪다가 팔 년 만에 그 기자를 만나 돌아와 만신에 털이 가득히 난 것을 보니, 짐(朕) 심(心)이 어찌 수괴(羞愧)[95]치 않으리오? 실로 세사(世事)를 칭량(測量)치 못하리로다. 왕사(往事)를 생각지 말고 다시 충성을 다하여 짐이 다시 과실(過失)이 없기를 바라노라."

승상이 돈수(頓首) 주왈(奏曰),

"신의 죄상이 난면주륙(難免誅戮)[96]이어늘, 도리어 용서하시고 중임(重任)을 더하시니 신이 간뇌도지(肝腦塗地)[97]하오나 성은을 만분지 일을 갚삽지 못하리로소이다. 연(然)이나 신이 본질 우매(愚昧)하 …"[98]

물러 승상부에 좌정하고 좌우를 호령하여 왕희와 그 해상 사공 등을 잡 22

---

94) 소중랑(蘇中郎): 소무(蘇武). 중국 전한(前漢)의 정치가. 무제(武帝) 때 흉노에 사신으로 갔다가 19년 동안 억류됨. 흉노에 항복한 이릉(李陵)에게 항복할 것을 권유받았으나 절개를 지켰음.

95) 수괴(羞愧): 부끄럽고 창피스러움.

96) 난면주륙(難免誅戮): 죽음을 면하기가 어려움.

97) 간뇌도지(肝腦塗地): 간과 뇌수로 땅바닥을 칠한다는 뜻으로 충신이 나라를 위하여 당하는 참혹한 죽음을 이르는 말.

98) 이후 21장은 낙장되었고, 22장으로 이어짐. 이 부분이 활판본(한성서관 · 유일서관, 1918.11)에는 '용납지 못ᄒᆞᆯ 죄인을 너그러이 용셔ᄒᆞ시고 ᄯᅩ 일품 작록을 졔수ᄒᆞ시니 황공ᄒᆞ기 망극ᄒᆞ여이다 ᄒᆞ고 사은ᄒᆞᆫ 후 물너오니라 ᄃᆡ사마ㅣ 퇴조ᄒᆞᆫ 후 분을 이긔지 못ᄒᆞ야 쳥룡도로 칙상을 치며 무ᄉᆞ를 호령ᄒᆞ야 역젹 왕희와 사공의 무리를 잡아 드리라 ᄒᆞᆫᄃᆡ'로 되어 있음. 한편, 박순호본에는 '신의 용납지 못할 죄을 용새ᄒᆞ신이 감사ᄒᆞ온 즁의 ᄯᅩ 즁직을 제슈ᄒᆞ신이 황송ᄒᆞ애이다 ᄒᆞ고 물너나와'로 되어 있고, 나손본에는 '신니 용납지 못ᄒᆞ올 죄ᄉᆞᆼ을 용셔ᄒᆞᄋᆸ시니 감ᄉᆞ무지ᄒᆞ온 즁의 ᄯᅩᄒᆞᆫ 일품 즉녹을 졔숙ᄒᆞᄋᆸ시니 황공무지로쇼이다 ᄒᆞ며 ᄉᆞ은슉비ᄒᆞ고 물너나와'로 되어 있음.

아들여 대하(臺下)에 이르매, 원래 사공 등은 상서가 부친을 모시고 상경할 때 장졸을 보내어 몰수(沒數)이[99] 잡아 함거(轞車)[100]에 가두어 두었더라. 이 날 먼저 사공 등을 올려 여성(厲聲) 문왈,

"우리 부자가 비록 죄인이나 조정명관(朝廷名官)이요, 여등(汝等)과 은원(恩怨)이 없고 또 행중(行中)[101]에 재물이 없거늘, 무삼 연고로 우리 부자를 결박하여 수중에 던진고? 실상을 만일 직고(直告)치 아니하면 여등의 삼족(三族)을 구멸(具滅)하리라."[102]

사공들이 스스로 생각한 즉 '왕승상도 저 지경이 되었으니 하물며 기망(欺罔)하여 무엇하리오.' 하고 일시에 고왈,

"소인 등이 죽을 죄를 범하였사오니 무삼 말씀을 고하오릿가마는, 소인 등이 수상(水上)의 선업(先業)[103]으로 생애(生涯)[104]할 뿐이오며 본래 상공 노야(老爺)와 원수가 있관대 그런 몹쓸 일을 행하오릿가마
23 는, 왕승상의 지휘로 금은(金銀)에 무지한 악심(惡心)을 동(動)하여 흉사(凶事)를 행하였사오니 죽어 마땅토소이다."

상서가 차언을 듣고 분기 충관(衝貫)[105]하여 사공 등을 다 저자[106]에 내어 참(斬)하고, 그 중 늙은 사공은 죽이지 아니하고 분부 왈,

"너를 용서함은 기시(其時) 내 결박을 놓게 한 공이 있기로 일명(一命)을 용대(容貸)[107]하노라."

하고 상 주어 보내니라.

---

99) 몰수(沒數)이: 있는 수효대로 모두 다.
100) 함거(轞車): 지난날 죄인을 호송할 때 쓰던 수레.
101) 행중(行中): 여행하기 위해 꾸린 짐꾸러미 속.
102) 삼족(三族)을 구멸(具滅)하리라: 부모, 형제, 처자를 다 죽이리라.
103) 선업(先業): 대대로 해오던 일.
104) 생애(生涯): 생활.
105) 충관(衝貫): 기운이 높이 솟아 올라서 하늘을 찌를 듯함.
106) 저자: 시장(市場).
107) 용대(容貸): 용서.

이 때 왕희 엎드려 보니, 혼불부체(魂不附體)[108]하여 면여토색(面如土色)[109]하고 아무리 할 줄 모르더라. 상서가 다시 왕희를 대하(臺下)에 꿇리고 진목(瞋目)[110] 대질(大叱) 왈,

"네 우리 대인으로 무삼 원수가 있관대 음모 비계(秘計)로 천자께
모함하여 절도(絶島)에 원찬(遠竄)하고, 그래도 오히려 부족하여 금백
(金帛)으로 사람을 고혹(蠱惑)[111]케 하여 대해 중에 투사(投死)케 하니,
네 어찌 천일(天日)이 두렵지 않으랴? 우리 부자가 하늘이 도우심을 입
어 서해 용왕이 구하여 우리 부자가 무사히 살아나, 나는 천축국에 들
어가 팔 년을 수도하여 세상에 다시 나와 북흉노를 죽여 성상의 급하 24
심을 구하고, 우리 부친을 만나 뵈어 천륜(天倫)을 완전히 하였으니,
너의 극악대죄(極惡大罪)를 천도(天道)가 어찌 무심하시리오? 네 오늘
죽음이 오히려 늦지 아니하랴?

언파(言罷)에 칼을 들어 버히고자 할 즈음에, 홀연 일원 소년대장이 융복(戎服)[112]을 정제(整齊)하고 절월(節鉞)[113]을 거느려 칠척(七尺) 장검(長劍)을 집고 급히 들어오며 외쳐 왈,

"상공은 뉘신지 모르거니와 간적 왕희는 국가의 역신(逆臣)일 뿐 아니라 나의 불공지수(不共之讎)[114]이오니, 이미 죽이고자 한 지 오랜지라. 원컨대 상공은 잠깐 손을 멈추시고 왕희 적자(賊子)를 나를 맡기시면 수중(手中) 보검으로 쾌히 죽여 적년(積年) 분한(憤恨)을 풀고자 하나니 능히 허(許)하랴?"

---

108) 혼불부체(魂不附體): 몹시 놀라 혼이 나가고 넋을 잃음.
109) 면여토색(面如土色): 몹시 놀라거나 겁에 질려 얼굴색이 흑색으로 변함.
110) 진목(瞋目): 두 눈을 부릅뜸.
111) 고혹(蠱惑): 호려서 마음을 쏠리게 함.
112) 융복(戎服): 무신이 입는 군복의 한 가지.
113) 절월(節鉞): 절(節)은 수기(手旗)와 같이 만들고 부월(斧鉞)은 도끼와 같이 만든 것으로, 군령을 어긴 자에 대한 생살권(生殺權)을 상징하였음.
114) 불공지수(不共之讎): 불공대천지수(不共戴天之讎). 이 세상에서는 함께 살 수 없는 원수.

상서가 청파(聽罷)에 침음(沈吟)[115] 왈,
"그대는 무삼 일로 왕희를 죽이고자 하나뇨? 나도 또한 저에게 원한
이 철천(徹天)[116]하여 왕희를 손수 죽여 설분(雪憤)코자 하거늘, 나의
25 설한(雪恨)은 아니하고 어찌 그대의 마음만 쾌(快)케 하리오?"
그 장수가 홀연 함루(含淚) 대왈,
"비인(鄙人)[117]의 형적(形迹)을 이미 천정(天庭)[118]에 주달(奏達)하여
만성인민(滿城人民)이 중소공지(衆所共知)[119]라. 어찌 상공께 은휘(隱
諱)[120]하리오? 비인은 본디 남자가 아니요, 전 한림학사(翰林學士) 장
공의 여아(女兒)라. 우리 가엄(家嚴)이 일찍이 이부시랑 이공의 아자(兒
子) 대봉과 강보(襁褓) 적에 정혼 뇌약(牢約)[121]하였더니, 이공 부자가
왕적의 참소를 입어 절도에 찬배(竄配)하매 가엄이 왕적을 분해하여
일로 인병치사(因病致死)[122]하시니, 우리 모친이 뒤를 이어 기세(棄世)
하신지라. 일조(一朝)에 천지 무너지매 혈혈아녀자(孑孑兒女子)가 빈
집을 지키어 또한 따라 죽고자 하나, 누대(累代) 향화(香火)와 부모의
사후지사(死後之事)가 이 신상(身上)에 있는 고로 부득이 부지하더니,
왕적이 나의 고독함을 업수이 여겨 수차 청혼하매 질퇴각지(叱退却
之)[123]러니, 오히려 불측지심(不測之心)을 그치지 아냐, 모야간(暮夜間)
돌입 겁박(劫迫)하려는 기미(幾微)[124]를 미리 알고, 남의(男衣)를 개착
26 (改着)하고 피신 도주하여 은인을 만나 여행(女行)을 버리고 남아의 사

115) 침음(沈吟): 속으로 깊이 생각함.
116) 철천(徹天): 하늘에 사무쳐 오래 잊을 수 없음.
117) 비인(鄙人): 자기 자신을 낮추어 부르는 말. 소인(小人).
118) 천정(天庭): 임금이 사는 궁궐.
119) 중소공지(衆所共知): 뭇사람이 아는 바.
120) 은휘(隱諱): 꺼리어 숨김.
121) 뇌약(牢約): 굳게 약속함.
122) 인병치사(因病致死): 병으로 인하여 죽음에 이름.
123) 질퇴각지(叱退却之): 꾸짖어 물리침.
124) 기미(幾微): 낌새.

업을 행하여 천행으로 용문(龍門)에 올라 벼슬이 이부시랑에 있다가, 남선우의 창궐(猖獗)[125]함을 당하매 자원출전(自願出戰)하여 성상의 홍복(洪福)과 장졸의 힘으로 반적을 항복 받고, 돌아오는 길에 황상께 상표하여 이공 부자를 신원(伸寃)[126]하고 적소에 사자(使者)를 보내었더니, 돌아와 형적(形迹)이 없음을 고하오니 어찌 통분치 않으리잇고? 오늘날 황성에 올라오기는 왕적을 버혀 이공 부자의 원혼을 위로코자 하였더니, 듣자오니 상공이 먼저 왕적을 처치하신다 하오매, 여자의 체면을 불고(不顧)하고 흉격(胸膈)에 막힌 한을 풀고자 왔나이다."

상서가 청필(聽畢)에 대경차희(大驚且喜)하여 공수(拱手)[127] 사례(謝禮) 왈,

"소저가 생의 집을 위하여 여러 번 곡경(曲境)[128]을 지내시고 왕적을 죽여 생의 부자 원수를 갚고자 하시니 어찌 감사치 않으리오? 생이 과연 이시랑의 아자 대봉이로소이다."

소저가 청파(聽罷)에 불승경희(不勝驚喜)하나, 여자의 수치(羞恥)를 면 27
치 못하여 고개를 숙이고 염슬(斂膝)[129] 대왈,

"첩의 행사(行事)가 비루하여 군자 안전(眼前)에 무례 태심(太甚)하오니 욕사무지(欲死無地)[130]로소이다."

상서가 거수칭사(擧袖稱謝)하고, 승상이 또한 반기며 장공의 별세(別世)함을 못내 치위(致慰)[131]하더라.

이 때 양부인이 장소저를 따라 왔는지라. 소저의 아자와 시랑 만났단

---

125) 창궐(猖獗): 오랑캐의 무리가 자꾸 일어나서 걷잡을 수 없이 퍼짐.

126) 신원(伸寃): 억울하게 뒤집어 쓴 죄를 씻음.

127) 공수(拱手): 왼손을 오른손 위에 놓고 두 손을 마주 잡아 공경의 뜻을 나타내는 예(禮).

128) 곡경(曲境): 몹시 힘들고 어려운 처지.

129) 염슬(斂膝): 무릎을 꿇음.

130) 욕사무지(欲死無地): 죽으려 해도 죽을 만한 땅이 없을 만큼 부끄러움.

131) 치위(致慰): 상중(喪中)이나 복중(服中)에 있는 사람을 위로함.

말을 듣고 비희교집(悲喜交集)[132]하더니, 이 때 승상과 상서가 장소저에게 모친을 뫼셔왔단 말 들으매 즉시 나아가 뵈올새, 상서가 먼저 들어가 모친을 뵈옵고 실성통곡(失性慟哭)하니, 부인이 급히 나와 상서의 손을 잡고 통곡 왈,

"내가 너를 수중익사(水中溺死)한 줄로 알고 주야 죽고자 하기를 몇 번인 줄 알리오? 금일 생면(生面)을 상대하니 이 진야(眞耶)아! 몽야(夢耶)아![133] 이제 죽어도 무한이로다."

하며 거의 기색(氣塞)할 듯하다가 겨우 정신을 진정하여 승상과 서로 예필(禮畢)에 그 반갑고 슬픔이 일필난기(一筆難記)[134]러라. 승상이 문왈(問曰),

"부인이 복(僕)을 이별한 후 팔 년의 허다 고행이 어떠하관대 의형
28 (儀形)이 변하여 여승의 모양이 되었나뇨?"

부인이 체읍(涕泣) 장탄(長歎) 왈,

"첩이 상공과 대봉을 이별한 후 흉노의 난을 만나 봉명암에 들어가 승니(僧尼) 되었더니, 비회를 이기지 못하여 해변에 나왔다가 장소저가 설제(設祭) 통곡함을 듣고 첩이 애통(哀慟)을 참지 못하여 해중을 바라고 울더니, 장소저의 부름을 인하여 서로 만나 근본을 안즉 장한림의 여아요, 정혼 뇌약한 장소저라. 서로 의지하여 주야 동처(同處)하더니, 장소저의 상경함을 인하여 동행(同行)하여 왔다가 상공과 아자가 생존하여 만나니, 금석수사(今夕雖死)[135]나 무한(無恨)이니이다."

공이 쾌열(快悅)함을 이기지 못하고 상서가 모친의 무릎에 엎드려 통곡 왈,

"불초자(不肖子)가 죄악이 심중(深重)하여 모친을 이별하고 해중에 화를 만났더니, 서해 용왕의 구함을 입어 다시 세상에 나와 부친을 만

---

132) 희비교집(喜悲交集): 기쁨과 슬픔이 서로 뒤얽혀 서림.
133) 진야(眞耶)아! 몽야(夢耶)아!: 정말인가! 꿈인가!
134) 일필난기(一筆難記): 한 번에 적기가 어려움.
135) 금석수사(今夕雖死): 비록 오늘 저녁에 죽는다 하더라도.

나고 또 모친을 뵈오니, 이제는 여한이 없나이다."
하고 진진(津津)[136]히 느끼니, 상하(上下) 제인이 뉘가 아니 유체(流涕)하 29
리오? 이윽고 소저는 부인을 위로하고 상서는 승상을 위로하여 마음을
정(靜)한 후, 전후 고행하던 일을 세세(細細) 설화(說話)하여, 왕희를 죽이
려 하여 상서가 좌기(坐起)[137]를 엄정히 하고 왕희를 잡아 엎지르고 팔십
장(杖)을 맹타(猛打)한 후 여성(厲聲) 수죄(數罪)[138] 왈,

"너의 간휼(奸譎) 극악한 죄상을 생각하면 죽음이 마땅하되, 우리 부자가 이미 생환고국(生還故國)하였난 고로 일명을 요대(饒貸)[139]하거니와, 다시 경사(京師)에 두지 못하리라."

하고, 천자께 주달하여 왕희를 무인절도에 안치하여 물간사전(勿揀赦前)[140]하게 하고, 또 그 자식 석연은 백설도에 정배함을 청하니, 상이 더욱 칭찬하시고 조정이 다 탄복하더라.

차시(此時) 천자가 대봉과 애황의 공을 생각하사 양인을 별전(別殿)[141]
으로 부르사 면유(面諭)[142]하시고, 사천감(司天監)[143]에 전지(傳旨)하사
이대봉의 길일(吉日)을 택하여 장소저는 대례(大禮)를 창호궁에서 행할
새, 허다(許多) 혼구(婚具)의 성비(盛備)함은 호부(戶部)로 거행하라 하심
이러라. 상서와 장씨 황공감은(惶恐感恩)하여 전폐(殿陛)[144]에 고두(叩 30

---

136) 진진(津津): 눈물이 철철 흘러내림.

137) 좌기(坐起): 관아의 우두머리가 출근하여 사무를 시작함.

138) 수죄(數罪): 죄를 낱낱이 들어 밝힘.

139) 요대(饒貸): 너그러이 용서함.

140) 물간사전(勿揀赦前): 사면령(赦免令)이 내리기 전에 지은 죄는 사면령이 내리면 모두 사면되는 것이 일반적이지만, 특수한 죄에 대해서는 사면받지 못하게 하는 것.

141) 별전(別殿): 본전(本殿)이외에 따로 지은 전각(殿閣).

142) 면유(面諭): 얼굴을 맞대고 타이름.

143) 사천감(司天監): 천문, 역수(曆數), 측후(測候), 각루(刻漏)의 일을 맡아보던 관청.

144) 전폐(殿陛): 전각의 섬돌.

頭)[145]하여 신자(臣子)의 혼사를 궐중에서 지냄이 지극 외람함을 주(奏)한대, 상이 불윤(不允)[146]하시니, 상서가 하릴없어 사은(謝恩) 퇴조(退朝)하고, 장소저는 인하여 창호궁에 머무르니라.

세월이 유매(流邁)[147]하여 길일이 다다르니, 상서가 위의를 거느려 창호궁에 나아가 전안지례(奠雁之禮)[148]를 지내고, 차일(此日)에 창호궁 만령당에 신방을 정하여 부부가 서로 대하여 피차에 고사(古事)를 생각코 말씀할새, 일희일비(一喜一悲)하여, 밤이 깊으매 촉(燭)을 물리고 금금(錦衾)[149]에 나아가 운우지락(雲雨之樂)을 이루니, 이 부부는 남과 다른지라. 그 은근 애중한 정의(情誼) 산비해박(山菲海薄)[150]하여 이루 기록치 못할레라. 이튿날 소저가 권귀(捲歸)[151]하여 본부에 돌아와 구고(舅姑)[152]께 팔대례(八大禮)[153]를 행하고 사묘(祠廟)[154]에 올라 폐백(幣帛)[155]을 헌(獻)하매, 구고의 애중함이 아자(俄者)[156]에 더하더라.

오래지 아니하여 천자가 대봉의 공을 생각하사 초왕(楚王)을 봉하시
31 고, 장부인으로 초국 충렬왕비를 봉하시고, 승상으로 연왕(燕王)을 봉하시고, 양부인으로 정렬왕비를 하시니, 초왕이 여러 번 상표(上表)하여 사양하되, 상이 종불윤(終不允)[157]하시니, 하릴없어 부득이 일가(一家)를 거

---

145) 고두(叩頭): 공경하는 뜻으로 머리를 땅에 조아림.
146) 불윤(不允): 임금이 신하의 청을 허락하지 아니함.
147) 유매(流邁): 세월이 흘러감.
148) 전안지례(奠雁之禮): 옛 결혼식에서 신랑이 신부 집에 기러기를 가지고 가서 상 위에 놓고 절하는 예.
149) 금금(錦衾): 비단 이불.
150) 산비해박(山菲海薄): 산도 보잘 것 없고 바다도 얕다는 뜻으로, 부부의 정이 깊고도 다정함을 말함.
151) 권귀(捲歸): 시설 따위를 거두어 가지고 돌아옴.
152) 구고(舅姑): 시부모.
153) 팔대례(八大禮): 혼인을 하는 큰 의식.
154) 사묘(祠廟): 조상의 위패를 모신 사당.
155) 폐백(幣帛): 신부가 처음으로 시부모를 뵐 때 올리는 대추나 포 따위.
156) 아자(俄者): 지난번. 예전.

느려 행리(行李)를 수습하여 초국으로 행할새, 천자께 사은 하직하고 기주 고향에 이르러 모란동에 들어가 분묘(墳墓)에 소분(掃墳)[158]하고, 장미동에 들어가 장한림 양위(兩位) 분묘에 치제(治祭)하고, 난향으로 희첩(姬妾)을 삼고, 여러 날 만에 여람에 이르러는 충렬왕비 초왕께 고왈,

"이 곳 동촌의 최어사 부인 희씨께 십 년 양육지은(養育之恩)이 있사오니 잠깐 들어가 희부인을 뵈옵고자 하나이다."

왕이 허하거늘, 왕과 한가지로 어사 부중에 들어가니, 희부인이 나와 영접하여 내당에 좌정하고 충렬을 대(對)하여 칭하(稱賀) 왈,

"왕비는 적년(積年) 고행을 겪다가 가군을 만나 영화로이 본국으로 가거니와, 노신(老身)[159]은 박복하여 남자 하나도 없고 다만 여식 일개
(一個)를 두어 늙은 몸이 의탁(依託)코자 하였더니, 장공자의 몸이 일조 32
(一朝)에 변하여 초국 왕비 되었으니 복원(伏願) 왕비는 노신 모녀의 평생을 어찌 처치코자 하시나잇고?"

왕비 묵묵반향(默默半晌)[160]에 초왕을 향하여 전후사연을 설파(說破)하고 최소저로 재취(再娶)함을 권하니, 왕이 사양하다가 마지못하여 즉시 택일하여 최소저로 더불어 혼례를 지내니, 최소저 화용월태(花容月態)[161] 또한 빼어나 충렬왕비에게 내리지 아니하니,[162] 초왕이 만심환희(滿心歡喜)하여 초왕 부왕비를 삼고 최씨 모녀를 함께 옥륜(玉輪)[163]을 태워 삼삭(三朔) 만에 초국에 득달(得達)하니. 초국 백관이 백 리 밖에 나와 맞아 도성에 들어갈새, 만성인민(滿城人民)이 천세(千歲)를 불러 왕의 영걸지

---

157) 종불윤(終不允): 끝내 임금이 신하의 청을 허락하지 않음.

158) 소분(掃墳): 경사(慶事)가 있을 때 조상의 산소에 가서 무덤을 깨끗이 하고 제사를 지내는 일.

159) 노신(老身): 늙은 몸.

160) 묵묵반향(默默半晌): 얼마동안 말이 없음.

161) 화용월태(花容月態): 꽃다운 얼굴과 달 같은 자태란 뜻으로 미인의 모습을 형용하여 이르는 말.

162) 내리지 아니하니: 못하지 아니하니.

163) 옥륜(玉輪): 귀인이 타는 수레.

풍(英傑之風)을 하례하더라. 초왕이 관인후덕(寬仁厚德)[164]으로 치국안민지도(治國安民之道)를 극진히 행하니, 초국이 대치(大治)하여 도불습유(道不拾遺)[165]하고 국태민안(國泰民安)하여 백성이 낙업(樂業)하여 격양가(擊壤歌)[166]로 세월을 보내더라.

33 초왕이 치국(治國)을 인의(仁義)로 한 지 수십여 년에, 충렬왕비는 삼자 이녀를 생(生)하고, 최비는 사자 일녀를 생하고, 난향은 칠자 사녀를 생하니, 적서(嫡庶)[167] 남녀 병(倂)하면 수십여 인이니, 개개(個個)이 부풍모습(父風母習)[168]하여 남자는 영웅호걸이요, 도학군자(道學君子)니, 옥골선풍(玉骨仙風)에 문장지재(文章之才) 일세(一世)에 빼어나고, 여자는 요조현숙(窈窕賢淑)[169]하고 옥모화태(玉貌花態)[170] 요요정정(夭夭貞靜)[171]하여 개개이 기린(麒麟)[172] 옥수(玉樹)[173] 같으니, 모두 영웅호걸(英雄豪傑)과 문장재사(文章才士)를 가리어 남가여혼(男嫁女婚)[174]하니, 왕의 부부가 위로 양위(兩位) 부모를 뫼시고 아래로 허다(許多) 자녀(子女)를 거느려 무궁한 복록(福祿)이 일세에 제일이러라.

세(歲) 을사(乙巳) 중추일(仲秋日) 향목동 서(書)

---

164) 관인후덕(寬仁厚德): 마음이 넓고 덕이 두터움.

165) 도불습유(道不拾遺): 길에 떨어진 것도 줍지 않는다는 뜻으로 태평성대의 아름다운 풍습을 이르는 말.

166) 격양가(擊壤歌): 중국 상고의 요(堯) 임금 때 늙은 농부가 땅을 두드리며 천하가 태평함을 기리어 불렀다는 노래.

167) 적서(嫡庶): 적자와 서자.

168) 부풍모습(父風母習): 부모의 모습을 골고루 닮음.

169) 요조현숙(窈窕賢淑): 행동이 얌전하고 어질고 정숙함.

170) 옥모화태(玉貌花態): 꽃같이 아름다운 모양.

171) 요요정정(夭夭貞靜): 아름답고 행실이 바르고 성질이 조용함.

172) 기린(麒麟): 성인이 세상에 나가기 전에 나타난다고 하는 상상의 동물. 용, 봉황, 거북과 함께 사령(四靈)이라 하며 상서로운 짐승으로 침.

173) 옥수(玉樹): 아름다운 나무란 뜻으로, 재주가 뛰어난 사람을 이르는 말.

174) 남가여혼(男嫁女婚): 아들을 장가들이고 딸을 시집보내는 일.

홍길동전 원문

권지일

1

홍길동젼권지일

화셜됴션국셰종됴시졀의한ᄌᆡ상이잇시니셩은홍이오명은뫼라ᄃᆡ〃명문거족으로쇼년등과ᄒᆞ여벼살이니조판셔의이ᄅᆞ미물망이됴야의읏듬이오츙효겸비ᄒᆞ기로일홈이일국의진동ᄒᆞ더라일즉두아들을두어시니장ᄌᆞ난인형이니뎡실의뉴시쇼싱이오ᄎᆞᄌᆞ난길동이니시비츈셤의쇼싱이라션시의공이길동을나흘ᄯᆡ의일몽을어드니믄득뇌졍벽녁이진동ᄒᆞ며쳥뇽이수염을거ᄉᆞ리고공을향ᄒᆞ다가다라들거날놀나ᄭᆡ다르니일장츈이라공이심즁의ᄃᆡ희ᄒᆞ여싱각ᄒᆞᄃᆡᄂᆡ이졔뇽몽을어더시니반다시귀ᄒᆞᆫᄌᆞ식을나흐리라ᄒᆞ고즉시ᄂᆡ당으로드러가니부인뉴시이러맛거날공이흔연이그옥슈ᄅᆞᆯ잇그러졍히친압고져ᄒᆞ거날부인이졍식왈상공이체위존즁ᄒᆞ시거날년쇼경

2

박ᄌᆞ의비루ᄒᆞ믈힝코져ᄒᆞ시니첩은맛당이봉힝치아니리로쇼이다ᄒᆞ고언파의손을ᄯᅥᆯ치고ᄂᆞ가거날공이가장무류ᄒᆞ여분긔ᄅᆞᆯᄎᆞᆷ지못ᄒᆞ고바로외당으로나가며부인의지식업ᄉᆞ믈ᄎᆞ탄불니ᄒᆞ더니마ᄎᆞᆷ시비츈셤이ᄎᆞᄅᆞᆯ올이거날고요ᄒᆞ믈인ᄒᆞ여츈셤을잇글고협실노드러가경히친압ᄒᆞ더니이ᄯᆡ츈셤의나히십팔이라한번몸을허ᄒᆞᆫ후로문외의나지아니ᄒᆞ고타인을취ᄒᆞᆯ뜻이업시니공이더옥긔특히여겨인ᄒᆞ여잉첩을숨으니과연그달붓터ᄐᆡ기잇셔십삭만의일ᄀᆡ옥동을싱ᄒᆞ니기골이비범ᄒᆞ여진짓영웅호걸의기상이라공이일변깃거ᄒᆞ나부인의게나지못ᄒᆞ믈한탄ᄒᆞ더라길동이졈〃ᄌᆞ라팔세되ᄆᆡ총명이과인ᄒᆞ여하나흘드ᄅᆞ면빅을통ᄒᆞ니공이날노더옥ᄉᆞ랑ᄒᆞ나근본쳔싱이라길동이ᄆᆡ양호부호형을ᄒᆞ면문득ᄭᅮ

3

지져못ᄒᆞ게ᄒᆞ니길동이십셰넘도록감히부형을부ᄅᆞ지못ᄒᆞ고ᄯᅩᄒᆞᆫ비복등의계쳔딕바드믈각골통한ᄒᆞ여심ᄉᆞ롤졍치못ᄒᆞ더니츄구월망간을당ᄒᆞ여일식은됴요ᄒᆞ고쳥풍은쇼슬ᄒᆞ여사름의심ᄉᆞ롤돕난지라이ᄢᅴ길동이셔당의이셔글을닑다가믄득셔최을밀치고탄식왈딕장뷔셰상의나미공명을밧지못ᄒᆞ면찰하리병법을외와딕장인슈롤요하의빗기ᄎᆞ고동졍셔벌ᄒᆞ여국가의딕공을셰우고일홈을만딕의빗너미장부의쾌시라나난엇지ᄒᆞ여일신이젹막ᄒᆞ고부형이〃시딕호부호형을못ᄒᆞ니심장이터질지라엇지통한치아니리오ᄒᆞ고말을맛ᄎᆞ며ᄯᅳᆯ의나려검술을공부ᄒᆞ더니맛춤공이월식을구경ᄒᆞ다가길동의비회ᄒᆞ믈보고즉시블너문왈네무슴흥이잇셔야심토록잠을자지아니ᄒᆞ난다길동이

4

공경딕왈쇼인이맛춤월식을ᄉᆞ랑ᄒᆞ여이의니ᄅᆞ럿거니와딕쳬하날이만물을너시미오즉ᄉᆞ람이귀ᄒᆞ오나쇼인의게이ᄅᆞ러난귀ᄒᆞᆫ거시업ᄉᆞ오니엇지ᄉᆞ롬이라칭ᄒᆞ오리잇가공이그말을짐죽ᄒᆞ나짐즛ᄭᅮ지져왈네무슴말인고길동이지비고왈쇼인이평싱셜은바난대감졍긔로당〃ᄒᆞᆫ남지되여나시미부싱모휵지은이깁습거날그부친을부친이라못ᄒᆞ옵고그형을형이라못ᄒᆞ오니쇼인갓튼인싱을엇지ᄉᆞ롬이라ᄒᆞ오리잇가ᄒᆞ고눈물을흘여단삼을젹시거날공이쳥파의비록측은이여기나만일그ᄯᅳᆺ슬위로ᄒᆞ면마음이방ᄌᆞ홀가져허ᄒᆞ여크게ᄭᅮ지져왈지샹가쳡의쇼싱이비단너ᄲᅮᆫ이아니여든네엇지방ᄌᆞ무례ᄒᆞ미이갓트뇨ᄎᆞ후의만일다시이런말이잇시면안젼의용납지못ᄒᆞ리라ᄒᆞ니길동이감히일언

5

을고치못ᄒᆞ고다만복지유체ᄲᅮᆫ이러라공이명ᄒᆞ여물너가라ᄒᆞ거날길동이침쇼로도라와슬허ᄒᆞ물마지아니ᄒᆞ더라길동이본딕지긔과인ᄒᆞ고도량이활달ᄒᆞᆫ지라마음을진졍치못ᄒᆞ여밤이면줌을일우지못ᄒᆞ더니일〃은길동이어미

침쇼의나아가읍ᄒᆞ며고왈쇼지모친으로더브러젼싱년분이즁ᄒᆞ여금세의모지되오니은혜망극ᄒᆞ온지라그러ᄒᆞ나쇼ᄌᆞ의팔지긔박ᄒᆞ여쳔ᄒᆞᆫ몸이되엿ᄉᆞ오니품은한이깁ᄉᆞ온지라쟝뷔세상의쳐ᄒᆞ미남의쳔ᄃᆡ롤바드미불가ᄒᆞ온지라쇼지ᄌᆞ연긔운을억졔치못ᄒᆞ여이졔모친슬하롤ᄯᅥ나려ᄒᆞ오니복망모친은쇼ᄌᆞ롤염예치마로시고귀체롤보즁ᄒᆞ쇼셔ᄒᆞ거날그어미청파의ᄃᆡ경실식왈지샹가쳔싱이비단너ᄲᅮᆫ아니라엇지협착ᄒᆞᆫ마음을발ᄒᆞ여어미간장을ᄉᆞ로나뇨길동이ᄃᆡ왈녯날장츙의아들

6

길산은쳔싱이로ᄃᆡ십삼세의그어미롤이별ᄒᆞ고운봉산의드러가도롤닷가아롬다온일홈을후세의유젼ᄒᆞ엿ᄉᆞ오니이졔쇼지그롤효측ᄒᆞ여셰샹을버셔나려ᄒᆞ옵난니모친은안심ᄒᆞᄉᆞ후일을기다리쇼셔ᄯᅩ한건간곡산모의힝식을보오니상공의총을일흘가ᄒᆞ여우리모ᄌᆞ롤원슈갓치아난지라큰화롤닙을가ᄒᆞ옵나니모친은쇼지나아가믈염예치마ᄅᆞ쇼셔ᄒᆞ니그어미ᄯᅩᄒᆞᆫ슬허ᄒᆞ더라원ᄂᆡ곡산모은본ᄃᆡ곡산기싱으로상공의총첩이되여시니일홈은쵸난이라가장교만방ᄌᆞᄒᆞ여졔심즁의블합ᄒᆞ면상공긔참쇼ᄒᆞ니이러ᄒᆞ므로폐단이무슈ᄒᆞ온즁의져난아들이업고츈셤은길동을나하시믹상공이미양귀히여기시믈심즁의미양앙〃ᄒᆞ여길동의모ᄌᆞ롤업시ᄒᆞ믈도모ᄒᆞ더니일〃은흉계롤싱각ᄒᆞ고

7

무녀롤청ᄒᆞ여일너왈나의일신을평안케ᄒᆞ믄이곳길동을업시ᄒᆞ기의잇난지라만일나의쇼원을일워쥬면그은혜롤후히갑흐리라ᄒᆞ니무녜듯기롤다ᄒᆞ고ᄃᆡ희ᄒᆞ여왈지금흥인문밧게한일등관상ᄒᆞ난ᄉᆞ롬이잇시니상을뵈면젼후길흉을ᄒᆞᆫ번의판단ᄒᆞᄂᆞ니이ᄉᆞ롬을쳥ᄒᆞ여쇼원을ᄌᆞ시이ᄅᆞ시면ᄌᆞ연상공긔쳔거ᄒᆞ여젼후ᄉᆞ젹을본다시고ᄒᆞ오면상공이필연ᄃᆡ혹ᄒᆞᄉᆞ그아희롤업시코져ᄒᆞ시리니그ᄯᅢ롤여ᄎᆞ〃〃ᄒᆞ오면엇지묘계아니리잇가쵸난이ᄃᆡ희ᄒᆞ여몬져은ᄌᆞ오십양을쥬며상ᄌᆞ롤쳥ᄒᆞ여오라ᄒᆞ니무녜하직ᄒᆞ고가니라이튼날공이

닉당의드러와부인으로더브러길동의비범홈을일커ᄅ며다만쳔싱이믈한탄ᄒ고졍히말솜ᄒ더니문득ᄒ녀지드러와당하의셔문안ᄒ거날공이고히넉여문왈그ᄃ난엇더ᄒ녀지완ᄃ무솜일노왓ᄂ뇨그녀

8

지공슈ᄃ왈쇼인은과연관상ᄒ옵기를일솜더니맛춤상공ᄐ상의니ᄅ러ᄂ니다공이〃말을듯고길동의닉ᄉ를알고져ᄒ여즉시불너그상ᄌ를뵈니상녜이윽이보다가놀나며왈이공ᄌ의상을보오니텬고의영웅이오일ᄃ의호걸이로ᄃ다만지체가부족ᄒ오니다른념녜난업살가ᄒ나니다ᄒ고ᄯ한말을닉고져ᄒ다가쥬져ᄒ거날공과부인이가장고히이넉여문왈무솜말을하려ᄒ다가쥬져ᄒ니바른ᄃ로이ᄅ라상예마지못ᄒ여좌우를믈이치고왈공ᄌ의상을보온즉흉즁의됴홰무궁ᄒ고미간의순천졍긔가영농ᄒ오니짐짓왕후의긔상이라공지ᄯ한장셩ᄒ오면장찻멸문지화를당ᄒ오리니상공은살피쇼셔공이쳥파의경ᄋᄒ여묵〃반향의마음을졍ᄒ고왈사름의팔ᄌ난도망키어렵거니와너난이른말을누셜치말나당부ᄒ

9

고약간은ᄌ를쥬어보닉니라일후로공이길동을산졍의머믈게ᄒ고일동일졍을엄슉ᄒ게살피니길동이니를당ᄒᄆ더욱셜우믈이긔지못ᄒ여분긔복발ᄒ나흘일업셔육도솜약과쳔문지리를공부ᄒ더니공이ᄯ한이일을알고크게근심ᄒ여왈이놈이본ᄃ지죄잇시ᄆ만일범남ᄒ인ᄉ를두면상녀의말과갓트리니이를장찻엇지ᄒ리오ᄒ더라이ᄯ초난이무녀와상ᄌ를교통ᄒ여공의마음을놀납게ᄒ고길동을업시코져ᄒ여쳔금을바려ᄌᄀ을구ᄒ니일홈은특지라젼후ᄉ를ᄌ시이ᄅ고초난이공긔고왈일젼의상녀의아난일이귀신갓트ᄆ길동의일을엇지쳐치코ᄌᄒ시나니잇고쳡도놀납고두리워ᄒ옵나니일즉져를업시홈만갓지못ᄒ리로쇼이다공이〃말을듯고눈셥을찡긔여왈이일은닉장즁의이시니너난번거히구지말나ᄒ고믈이치나

10

심식ᄌ연살난ᄒ여밤이면좀을일우지못ᄒ고인ᄒ여병이되엿난지라부인과좌랑이형이크게근심ᄒ여아모리홀쥴모로더니초난이겻히모셔잇다가고ᄒ여왈상공의환위〃즁ᄒ시믄도시길동을두신타시라천ᄒ온쇼견의난길동을죽여업시ᄒ면상공의병환도쾌ᄎᄒ실섄아니라또한문호롤보존ᄒ오리니엇지이롤싱각지아니ᄒ시고이쳐로지완ᄒ시나니잇고부인왈아모리그러ᄒ나천륜이지즁ᄒ니엇지춤아힝ᄒ리오초난이디왈소네듯ᄌ오니특지라ᄒ옵난ᄌ긱이이셔ᄉ롬죽이기롤낭즁취물갓치ᄒ다ᄒ오니쳔금을쥬고밤들기롤긔다려드러가히ᄒ오면상공이아로실지라도또한할일업ᄉ리이다부인은싱각ᄒ옵쇼셔부인과좌랑이눈물을흘이며왈이난춤아ᄉ롬의못홀비로디첫지난나라흘위ᄒ미오둘지난상공을위ᄒ미오셋지난문

11

호롤보존코ᄌᄒ미라너의계교디로힝ᄒ라ᄒ거날초난이디희ᄒ여다시특직롤블너이말을ᄌ시이ᄅ고오날밤의급히히ᄒ라ᄒ니특지응낙고그날밤들기롤긔다려길동을히ᄒ려ᄒ더라ᄎ시길동이미양그원통ᄒ일을싱각ᄒ미시긱을머무지못홀일이로디상공의엄명이지즁ᄒ모로홀일업셔밤이면좀을일우지못ᄒ더니ᄎ야롤당ᄒ여촉을밝키고쥬역을좀심ᄒ다가믄득드ᄅ니가마귀셰번울고가거날길동이고히녁여혼ᄌ말노일우디이즘싱은본디밤을써리거날이졔울고가니심이블길ᄒ증죄로다ᄒ고좀간팔괘롤버려보더니길동이디경ᄒ여셔안을믈이치고이의둔갑법을힝ᄒ여그동정을살피더니ᄉ경은ᄒ여ᄒᄉ롬이비슈롤들고완〃이힝ᄒ여방문을열고드러오난지라길동이급히몸을감쵸고진언을념ᄒ니홀연일

12

진음풍이〃러나며집은간디업고쳡쳡산즁의풍경이거록ᄒ지라특지디경ᄒ여길동의됴홰신긔묘산ᄒ믈알고가졋던비슈롤감쵸고피코져ᄒ더니믄득길이끈쳐지고층암졀벽이가리와시니진퇴유곡이라ᄉ면으로방황ᄒ디종시버

셔나지못ᄒᆞ더니홀연쳥아ᄒᆞᆫ져쇼릐나거날졍신을가다듬어술펴보니일위쇼동이나귀롤타고오며져롤불다가특지롤보고ᄃᆡ미왈네무삼일노나롤죽이려ᄒᆞ난다무죄ᄒᆞᆫᄉᆞ롬을죽이면엇지쳔익이업ᄉᆞ리오ᄒᆞ고ᄯᅩ진언을념ᄒᆞ더니홀연일진음풍이이러나며거문구롬이〃러나고큰비분듯시오며ᄉᆞ셕이날이거날특지졍신을진졍ᄒᆞ여살펴보니이곳길동이라특지비로쇼길동의지됴롤신긔히녁여쥬져ᄒᆞ다가ᄯᅩ한싱각ᄒᆞᄃᆡ졔엇지나롤ᄃᆡ젹ᄒᆞ리오ᄒᆞ고다라들며ᄃᆡ호왈너난죽어도나롤원치말나ᄒᆞ고일오ᄃᆡ쵸난이무녀와상

13

ᄌᆞ로더브러상공과의논ᄒᆞ고너롤죽이려ᄒᆞ미니엇지나롤원망ᄒᆞ리오ᄒᆞ고칼을들고다라들거날길동이분긔롤춤지못ᄒᆞ여요술노특지의칼을아ᄉᆞ들고ᄉᆞ지져왈네지물만탐ᄒᆞ여무죄ᄒᆞᆫᄉᆞ롬을죽이기롤됴히녁이니너갓튼무도한놈을죽녀후환을업시ᄒᆞ리라ᄒᆞ고ᄒᆞᆫ번칼을드러치니특지의머리방즁의ᄶᅥ러지난지라길동이분긔를이긔지못ᄒᆞ여이밤의바로상녀롤잡아특지의방의드리치고ᄉᆞ지져왈네나로더브러무삼원수가잇관ᄃᆡ쵸난과ᄒᆞᆫ가지로날을죽이려ᄒᆞ나뇨ᄒᆞ고버히니엇지가련치아니ᄒᆞ리오이ᄯᅢ길동이양인을죽이고호련건상을술펴보니은하슈난셔흐로기우러지고월식은희미ᄒᆞ여ᄌᆞ연사롬의슈회롤ᄯᅩ한돕난지라분긔롤춤지못ᄒᆞ여다만쵸난을죽이고져ᄒᆞ다가상공이ᄉᆞ랑ᄒᆞ시물ᄭᅢ닷고칼을더지며망명도싱ᄒᆞ믈싱각ᄒᆞ고바

14

로상공침소의나아가하직을고코져ᄒᆞ더니이ᄯᅢ공이창외의인젹이〃시믈고히이녁여창을밀치고보니이곳길동이라공이문왈밤이임의깁허거날네엇지ᄌᆞ지아니ᄒᆞ고어이방황ᄒᆞ난다길동이복지ᄃᆡ왈쇼인이일즉부싱모휵지은을만분지일이나갑흘가ᄒᆞ엿더니가ᄂᆡ의블의지변이〃셔상공긔춤쇼ᄒᆞ고쇼인을죽이려ᄒᆞ오미계유목숨을보젼ᄒᆞ엿ᄉᆞ오나상공을뫼실길이업셔오날〃상공긔하직을고ᄒᆞ나니다ᄒᆞ거날공이ᄃᆡ경왈네무삼변괴가잇관ᄃᆡ어린아히집을바리고어ᄃᆡ로가려ᄒᆞ난다길동이ᄃᆡ왈날이밝으면ᄌᆞ연아로시려니와쇼인

의신셰난뜬구름과ᄀᆞᆺᄉᆞ오니상공의바린ᄌᆞ식이엇지춤쇼롤두리이잇고ᄒᆞ고빵뉘종힝ᄒᆞ여말을일우지못ᄒᆞ거놀공이그형상을보고측은지심이업지못ᄒᆞ여기유ᄒᆞ여왈닉너롤위ᄒᆞ여품은한을짐

15

작ᄒᆞ나니금일노븟터호부호형을허ᄒᆞ노라길동이직비왈쇼ᄌᆞ의일편지한을쏘한푸러쥬시니쇼직지금죽ᄉᆞ와도여한이업ᄉᆞ옵난지라복망야〃은만슈무강ᄒᆞ옵쇼셔ᄒᆞ고직빅하직ᄒᆞ거날공이붓드지못ᄒᆞ고다만무ᄉᆞᄒᆞ믈당부ᄒᆞ더라길동이쏘한어미침쇼의나아가니별을고ᄒᆞ여왈쇼직지금으로슬하을써나오믹다시뫼실날이잇ᄉᆞ오리니복망모친은그ᄉᆞ이귀체롤보즁ᄒᆞ옵쇼셔츈낭이〃말을듯고무숨변괴잇ᄉᆞ믈짐작ᄒᆞ나ᄋᆞᄌᆞ의하직ᄒᆞ물보고집슈통곡왈네어이ᄒᆞ여쏘한어ᄃᆡ로향코ᄌᆞᄒᆞ난다한집의잇셔도쳐쇠쵸원ᄒᆞ여믹양연〃ᄒᆞ더니이졔너롤졍쳐업시보닉고엇지잇시리오너난슈히도라와모지상봉ᄒᆞ믈바라노라길동이직빅하직ᄒᆞ고문을나믹운산은쳡〃ᄒᆞᆫᄃᆡ졍쳐업시힝ᄒᆞ니엇지가련치아니ᄒᆞ리오ᄎᆞ셜쵸난이특

16

직의쇼식이업ᄉᆞ믈십분의아ᄒᆞ여ᄉᆞ긔롤탐지ᄒᆞ더니길동은간ᄃᆡ업고특직의죽엄과계집의죽엄이방즁의잇다ᄒᆞ거날쵸난이혼비빅산ᄒᆞ여엇지홀줄모로다가급히부인긔고ᄒᆞᆫᄃᆡ부인이쏘ᄒᆞᆫᄃᆡ경실식ᄒᆞ여좌랑을불너이일을이ᄅᆞ며상공긔고ᄒᆞ니공이ᄃᆡ경실식왈길동이밤의슬피와고ᄒᆞ믹고히이녀겻더니과연이일이잇도다좌랑이감히은휘치못ᄒᆞ여쵸난의실ᄉᆞ롤고ᄒᆞᆫᄃᆡ공이더옥분노ᄒᆞ여일변쵸난을즙아닉치고가마니그신쳬롤업시ᄒᆞ며노복을불너이런말을닉지말나당부ᄒᆞ더라각셜길동이부모롤니별ᄒᆞ고문을나믹일신이표박ᄒᆞ여졍쳐업시촌〃이힝ᄒᆞ더니문득ᄒᆞᆫ곳의다〃ᄅᆞ니산쳔이슈려ᄒᆞ고경긔절승ᄒᆞᆫ지라인가롤ᄎᆞ져졈〃드러가니큰바회밋히셕문이닷쳐거날가만니그문을열고드

17

러가니평원광야의슈빅호인기즐비ᄒᆞ고여러ᄉᆞ롬드리모다잔치ᄒᆞ며즐기니 이곳은도적의굴혈이라문득길동을보고그위인이녹녹지아니믈보고무러왈 그ᄃᆡ난엇더ᄒᆞᆫᄉᆞ롬이완ᄃᆡ엇지ᄒᆞ여이곳의ᄎᆞ져드러왓나뇨ᄒᆞ며이곳은다만 영웅호걸이만히모혀시ᄃᆡ아직괴수를정치못ᄒᆞ여시니그ᄃᆡ난맛당이무숨품 은직죄잇거든쇼임을이ᄅᆞ며만일춤예코져ᄒᆞ거든져돌을드러시험ᄒᆞ여보라 길동이〃말을듯고심ᄂᆡ의다힝ᄒᆞ여지비ᄒᆞ여왈나난다른ᄉᆞ롬이아니오라본 ᄃᆡ경셩홍판셔의천첩의쇼싱길동이러니가즁의천ᄃᆡ를밧지아니려ᄒᆞ여ᄉᆞ히 팔방으로졍쳐업시단니더니우연이〃곳의드러와모든호걸의동뉴되믈니ᄅᆞ 시니불승감ᄉᆞᄒᆞ거이와ᄃᆡ장뷔엇지져만돌을들기를근심ᄒᆞ리오ᄒᆞ고그돌을 들고수숨십보를

18

힝ᄒᆞ다가던지니그돌무게난천근이나문지라모든도적들이다크게칭찬ᄒᆞ여 왈과연쟝시로다우리난슈쳔녀명이로ᄃᆡ이돌을들지일인도업더니오날〃하 날이도으ᄉᆞ장군을쥬시미로다ᄒᆞ고길동을잇그러상좌의올녀안치고술을나 와ᄎᆞ례로권ᄒᆞ며일변빅ᄆᆞ를줍아밍셰ᄒᆞ고언약을굿계ᄒᆞ니즁인이일시의응 낙ᄒᆞ고죵일토록즐기다가파ᄒᆞ니이후로길동이졔인으로더브러무예를연습 ᄒᆞ여슈월을익키더니ᄌᆞ연군법이정졔ᄒᆞᆫ지라일〃은졔인이〃로ᄃᆡ우리등이 발셔붓터합쳔히인ᄉᆞ를치고그ᄌᆡ믈을탈취코져ᄒᆞ오나지략이브족ᄒᆞ고용녁 이업ᄉᆞ와거조를발치뭇ᄒᆞ옵더니이졔장군을만나시니엇지히인ᄉᆞ취ᄒᆞ기를 근심ᄒᆞ리잇고이졔장군의〃향이엇더ᄒᆞ시니잇고길동이쇼왈그러ᄒᆞ면ᄂᆡ장

19

ᄎᆞ발ᄒᆞ리니그ᄃᆡ등은ᄂᆡ지휘ᄃᆡ로ᄒᆞ라ᄒᆞ고길동이〃의청포옥ᄃᆡ의나귀를ᄐᆞ 고쏘ᄒᆞᆫ죵ᄌᆞ수인을다리고나아가며왈ᄂᆡ몬져그졀의가셔동졍을살피고오리 라ᄒᆞ며완연이나아가니션연ᄒᆞᆫ직상가ᄌᆞ졔러라길동이그졀의가동졍을보고 몬져수승을불너이로ᄃᆡ나난경셩홍판셔ᄃᆡᆨᄌᆞ졔라이졀의와셔글공부을ᄒᆞ려

ᄒᆞ거니와명일의빅미이십셕을보ᄂᆡᆯ거시니음식을졍히ᄎᆞ려쥬면너희들과ᄒᆞᆫ가지로먹으리라ᄒᆞ고ᄉᆞ즁을두로살피며동구의나아오며졔승으로더브러후일을긔약ᄒᆞ고힝ᄒᆞ여동구의나아오니졔승이나아와젼숑ᄒᆞ고모다즐겨ᄒᆞ더라길동이도라와빅미이십셕을수운ᄒᆞ여보ᄂᆡ고즁인을불너왈ᄂᆡ아모날은그졀의가셔이리〃〃ᄒᆞ리니그ᄃᆡ등은ᄂᆡ뒤흘좃ᄎᆞ와이

20

리이리ᄒᆞ라ᄒᆞ고그날을기다려종ᄌᆞ수십인을다리고히인ᄉᆞ의니ᄅᆞ니졔승이나와마ᄌᆞ드러가니노승을불너문왈ᄂᆡ보ᄂᆡᆫ쌀노음식이부족지아니ᄒᆞ더뇨노승이ᄃᆡ왈엇지부족ᄒᆞ리잇고너무황감ᄒᆞ도쇼이다길동이〃의상좌의안고졔승을일졔히쳥ᄒᆞ여각기상을밧게ᄒᆞ고몬져술을나와마시며ᄎᆞ례로권ᄒᆞ니모든즁드리황감ᄒᆞ믈마지아니ᄒᆞ더라길동이〃의상을밧고먹더니문득모리하나흘가만이입의너코ᄭᅢ무니그쇼ᄅᆡ가장큰지라졔승이듯고놀나사죄ᄒᆞ거날길동이거즛ᄃᆡ로ᄒᆞ여ᄭᅮ지져왈너희등이엇지음식을이ᄃᆡ지부졍이ᄒᆞ엿나뇨반다시날을능멸이알고이리ᄒᆞ미라ᄒᆞ고죵ᄌᆞ롤분부ᄒᆞ여졔승을한쥴노결박ᄒᆞ여안치니ᄉᆞ즁이황급ᄒᆞ여아모리ᄒᆞᆯ쥴을모로난지라이윽고ᄃᆡ젹수빅

21

여명이일시의다라드러모든ᄌᆡ믈을탈취ᄒᆞ여제것가져가듯ᄒᆞ니졔승이〃롤보고다만입으로쇼ᄅᆡ만ᄒᆞᆯ쑨이러라이ᄯᅢ불목환이맛참나아갓다가이의드러와이런경상을보고즉시도로나아가관가의가고ᄒᆞ니합쳔원이문기언ᄒᆞ고관군을됴발ᄒᆞ여그도젹을잡으라ᄒᆞ니관군이쳥영ᄒᆞ고즉시수빅여명이일시의도젹의뒤흘ᄶᅩᆺ칠시문득보니ᄒᆞᆫ늙은즁이송낙을쓰고장삼을입고놉흔뫼히올나안져외여왈도젹이북역쇼로〃가시니ᄲᆞᆯ이ᄶᅩᆺᄎᆞ가잡으쇼셔ᄒᆞ거날관군이그졀즁인가ᄒᆞ여풍우갓치북편쇼로〃ᄎᆞ져나아가다가날이졈〃져믈거날잡지못ᄒᆞ고도라가니라길동이졔젹을남편ᄃᆡ로〃보ᄂᆡ고졔ᄒᆞᆯ노즁의복식을ᄒᆞ고관군을속여무ᄉᆞ이굴혈노도라오니모든도젹이모든ᄌᆡ믈

22

을발셔수탐ᄒᆞ여왓난지라길동이오믈보고제적이일시의나와마ᄌᆞ며분〃이ᄉᆞ례왈장군의묘계난이로난측이로쇼이다길동이쇼왈ᄃᆡ장뷔이만ᄌᆡ죄업ᄉᆞ면엇지즁인의괴쉬되리오ᄒᆞ더라이후로길동이됴션팔도로단니며각도각읍수령이며혹불의로ᄌᆡ물을취ᄒᆞ면탈취ᄒᆞ고나라의쇽ᄒᆞ난ᄌᆡ믈은한낫토침범치아니ᄒᆞ며혹ᄎᆞ빈무ᄒᆞᆫᄌᆡ잇시면구제ᄒᆞ고ᄇᆡᆨ셩을츄호도범치아니ᄒᆞ니이러무로제적의마음이그의취잇시믈항복ᄒᆞ더라일〃은길동이제인을모흐고의논ᄒᆞ여갈오ᄃᆡ이제함경감ᄉᆡ탐관오리로쥰민지고ᄐᆡᆨᄒᆞ여ᄇᆡᆨ셩이견ᄃᆡ지못ᄒᆞ난지라우리등이이제ᄅᆞᆯ당ᄒᆞ여그져두지못ᄒᆞ리니그ᄃᆡ등은나의지휘ᄃᆡ로ᄒᆞ라ᄒᆞ고하나식흘여들러가아모날밤으로긔약을졍ᄒᆞ고남문밧게블

23

을지ᄅᆞ니감ᄉᆡᄃᆡ경실ᄉᆡᆨᄒᆞ여그블을구ᄒᆞ라ᄒᆞᆫᄃᆡ모든관쇽이며ᄇᆡᆨ셩드리일시의달여드러그블을구ᄒᆞᆯ시이ᄯᆡ길동의슈ᄇᆡᆨ적당이일시의셩즁으로다라드러일변창고ᄅᆞᆯ열고젼곡을취ᄒᆞ고일변군긔ᄅᆞᆯ슈탐ᄒᆞ여가지고븍문으로다라나니셩즁이요란ᄒᆞ여물ᄭᅳᆯ틋ᄒᆞ난지라감ᄉᆡ불의지변을당ᄒᆞ여엇지ᄒᆞᆯ쥴모로더니날이임의밝은후의살펴보니창고의군긔와젼곡이한낫토업시일공이되엿난지라감ᄉᆡᄃᆡ경실ᄉᆡᆨᄒᆞ여그도적잡기ᄅᆞᆯ힘쓰더니홀연븍문의방을붓쳐시ᄃᆡ아모날밤의젼곡도적ᄒᆞ여간ᄌᆞ난활빈당ᄒᆡᆼ슈홍길동이라ᄒᆞ엿거날감ᄉᆡ발군ᄒᆞ여그도적을잡으라ᄒᆞ더라ᄎᆞ설길동이모든도적으로더브러젼곡과군긔ᄅᆞᆯ만히도적ᄒᆞ엿시ᄃᆡᄒᆡᆼ혀

24

길ᄋᆡ셔잡힐가념네ᄒᆞ여둔갑법과츅지법을ᄒᆡᆼᄒᆞ여쳐소로도라오니라이ᄯᆡ날이임의ᄉᆡ고ᄌᆞᄒᆞ엿더라일〃은길동이제인을모흐고의논ᄒᆞ여왈이제우리합쳔ᄒᆡ인ᄉᆞᄅᆞᆯ치고ᄯᅩ함경감영을쳐젼곡과ᄌᆡ물이며군긔등속을탈취ᄒᆞ엿ᄉᆞ오니이쇼문이파다ᄒᆞ여쇼요ᄒᆞ려니와나의셩명을써셔감영의붓치고왓시니오ᄅᆡ지아니ᄒᆞ여우리등이잡히기쉬오리니그ᄃᆡ등은나의ᄌᆡ됴ᄅᆞᆯ보라ᄒᆞ고즉시

쵸인일곱을ᄆᆡᆫ다라진언을염ᄒᆞ고혼ᄇᆡᆨ을븟치고잇더니이ᄋᆞᆨ고일곱길동이일
시의팔을ᄲᆞᆷᄂᆡ며크게소ᄅᆡᄒᆞ여왈ᄒᆞᆫ곳의모다안져난만이슈작ᄒᆞ니어ᄂᆡ거시
졍길동인지진가ᄅᆞᆯ아지못ᄒᆞᆯ너라하나식팔도의훗터지ᄃᆡ각기사ᄅᆞᆷ슈ᄇᆡᆨ명식
거나리고힝ᄒᆞ여가니그즁의의도졍길동이어ᄂᆡ곳으로

25

간바ᄅᆞᆯ아지못ᄒᆞᆯ너라ᄒᆞᆸᄒᆞ여여ᄃᆞᆲ길동이팔도의하나식단니며호풍환우ᄒᆞ난
술법을힝ᄒᆞ며조홰무궁ᄒᆞ니각도각읍창고의곡식과ᄌᆡ물을일야간의죵적이
업시가져가며셔울노올이난봉물을의심업시탈취ᄒᆞ니팔도각읍이〃경상을
당ᄒᆞᄆᆡ엇지쇼동치아니ᄒᆞ리오ᄇᆡᆨ셩들이밤이면능히ᄌᆞᆷ을일우지못ᄒᆞ고ᄯᅩ한
도로의힝인이ᄭᅳᆫ쳐지니이러무로팔도각읍이요란ᄒᆞᆫ지라팔도감ᄉᆡ이일노인
ᄒᆞ여경ᄉᆞ의장계ᄒᆞ니ᄃᆡ강하여시ᄃᆡ난ᄃᆡ업난홍길동이란ᄃᆡ적이와셔능히호
풍환우ᄅᆞᆯ짓고드러와각읍의ᄌᆡ물을탈취ᄒᆞ여인심이쇼동ᄒᆞ오며각읍의셔봉
숑ᄒᆞ난물건을올나오지못ᄒᆞ게ᄒᆞ여ᄌᆞᆨ난이무슈ᄒᆞ니그도적을ᄌᆞᆸ지못하오면
장ᄎᆞᆺ

26

어ᄂᆡ지경의이ᄅᆞᆯ난지아지못ᄒᆞ오리니복망셩샹은좌우포쳥으로하교ᄒᆞᄉᆞ그
도적을ᄌᆞᆸ게ᄒᆞ옵쇼셔ᄒᆞ엿더라상이보시기ᄅᆞᆯ다ᄒᆞ시고ᄃᆡ경ᄒᆞᄉᆞ좌우포장을
명ᄒᆞ여ᄌᆞᆸ으라ᄒᆞ실ᄉᆡ연ᄒᆞ여팔도의셔장계ᄅᆞᆯ올니난지라상이연ᄒᆞ여ᄯᅥ혀보
시니도적의일홈이다홍길동이라ᄒᆞ엿고젼곡일흔날ᄌᆞᄅᆞᆯ보시니한날한시의
일헛난지라상이견필의ᄃᆡ경ᄒᆞ여갈오ᄉᆞᄃᆡ이도적의용ᄆᆡᆼ과술법은옛날치위
라도당치뭇ᄒᆞ리로다ᄒᆞ시고아모리신긔한놈인들엇지한놈이ᄯᅩ한팔도의잇
셔한날한시의도적ᄒᆞ리오이ᄂᆞᆫ심상ᄒᆞᆫ도적이아니라ᄌᆞᆸ기어려온도적이니좌
우포장이〃졔발군ᄒᆞ여그도적을ᄌᆞᆸ으라ᄒᆞ시니이ᄯᅢ우포장니흡이츌반쥬왈
신이비록ᄌᆡ죄업ᄉᆞ오나그도적을ᄌᆞᆸ아

27

오리니젼하난근심마로쇼셔이제좌우포장이엇지병츌ᄒᆞ리잇가상이올히녁이ᄉᆞ급히발군ᄒᆞ라ᄒᆞ시니〃흡이발군홀식각〃흣터져아모날문경으로모도이믈약속ᄒᆞ고니흡이약간포졸슈삼인을다리고변복ᄒᆞ고단이더니일〃은날이져믈미쥬졈을ᄎᆞ져쉬더니믄득일위쇼년이나귀롤타고드러와니흡을보고예ᄒᆞ거날포쟝이답예ᄒᆞᆫ디그쇼년이문득ᄒᆞᆫ숨지며왈보쳔지히막비왕퇴요솔토지민이막비왕신이라ᄒᆞ니쇼싱이비록향곡의이시나국가롤위ᄒᆞ여근심이로쇼이다포쟝이거즛놀나며왈이엇지이르미뇨쇼년왈이제홍길동이라ᄒᆞ난도젹이팔도로단니며ᄌᆞᆨ난이무슈ᄒᆞ미인심이쇼동ᄒᆞ오디이놈을즙지못ᄒᆞ니엇지분한치아니ᄒᆞ리오포쟝이〃말을듯고왈그디긔골

28

이장디ᄒᆞ고언에츙직ᄒᆞ니날과갓치ᄒᆞᆫ가지로그도젹을즙으미엇더ᄒᆞ뇨쇼연이답왈소싱이발셔붓터즙고져ᄒᆞ나용녁잇난ᄉᆞᄅᆞᆷ을엇지못ᄒᆞ여그도젹을즙지못ᄒᆞ고지금가지살여두엇더니이제그디롤만나시니다만엇지만힝이아니리오만난그디의ᄌᆡ죠롤아지못ᄒᆞ니그윽ᄒᆞᆫ곳을ᄎᆞ져가ᄌᆡ조롤시험ᄒᆞᄌᆞᄒᆞ고ᄒᆞᆫ가지로힝ᄒᆞ여가더니ᄒᆞᆫ곳의다〃르니놉흔바회잇거날그우히올나안ᄌᆞ며이로디그디힘을다ᄒᆞ여두발노날을ᄎᆞ라ᄒᆞ고바회긋흐로나아가안거날포장이싱각ᄒᆞ디제아모리용녁이〃신들니한번ᄎᆞ면엇지아니ᄯᅥ러지리오ᄒᆞ고평싱힘을다ᄒᆞ여두발노믹우ᄎᆞ니그쇼년이문득도라안지며왈그디진짓쟝시로다니여러ᄉᆞᄅᆞᆷ을시험ᄒᆞ여시디날을요동케홀지업더니이제그디의게ᄎᆞ이미오장이울이난

29

듯ᄒᆞ도다그디나롤ᄯᆞ라오면길동을즙으리라ᄒᆞ고쳡〃ᄒᆞᆫ산곡ᄉᆞ이로드러가거날포쟝이믄득싱각ᄒᆞ디나도힘을ᄌᆞ랑홀만ᄒᆞ더니오날〃져쇼년의힘을보오니엇지놀납지아니ᄒᆞ리오그러나니이곳가지쫏ᄎᆞ드러왓시니혈마져쇼연혼ᄌᆞ라도길동을즙기롤근심치아니ᄒᆞ리로다ᄒᆞ고졈〃ᄯᆞ라드러가더니그쇼

연이문득돌쳐셔며포장다려왈이곳이길동의굴혈이라ᄂᆡ몬져드러가탐지ᄒᆞ
여울거시니그ᄃᆡ난이제여기잇셔기다리면단여오리라ᄒᆞ고가거날포장이마
음의〃심ᄒᆞ나ᄯᅩ한당부ᄒᆞᄃᆡ그ᄃᆡ난ᄲᅧᆯ니힝ᄒᆞ여더ᄃᆡ지말고쇽히길동을ᄌᆞᆸ아
오믈당부ᄒᆞ고안져기다리더라이윽고호련ᄉᆞᆫ곡즁으로됴ᄎᆞ수십건졸이요란
ᄒᆞ게쇼ᄅᆡᄅᆞᆯ지ᄅᆞ고쳔병만ᄆᆡ쓸러오난다시모라나려

30

오난지라포장이안져기다리다가요란ᄒᆞᆫ쇼ᄅᆡᄅᆞᆯ듯고ᄃᆡ경실ᄉᆡᆨᄒᆞ여피코져ᄒᆞ
더니졈〃갓가이ᄂᆡ려와불문곡직ᄒᆞ고달녀드러포장을결박ᄒᆞ며크게ᄭᅮ지져
왈네포도ᄃᆡ쟝니흡이아닌다우리등이지부왕명영을밧ᄌᆞ와이곳가지드러왓
노라ᄒᆞ고쳘삭으로여러군졸등이목을올가풍우갓치모라가난지라포장이부
지불각의변을맛나ᄆᆡ혼블부체ᄒᆞ여아모란쥴모로고한곳의다〃ᄅᆞ며ᄯᅩ한ᄉᆞᆯ
녀안치거날포장이겨유정신을진정ᄒᆞ여좀간치미러보니궁궐이장ᄃᆡᄒᆞᆫᄃᆡ무
슈ᄒᆞᆫ황건역ᄉᆡ좌우의버러셧고나졸등이시립ᄒᆞ여겹〃이둘너난ᄃᆡ일위군왕
이좌탑상의단정이안져여셩ᄒᆞ여ᄭᅮ지져이로ᄃᆡ네요마필부로셔엇지활빈당
힝슈홍장군을잡으려ᄒᆞ난다이러무로너ᄅᆞᆯᄌᆞᆸ아풍도셤의가두

31

오리라ᄒᆞ니포장이황겁ᄒᆞ여좀간정신을ᄎᆞ려비복쥬왈쇼인은본ᄃᆡ인간의한
미한ᄉᆞᄅᆞᆷ이라블의금ᄌᆞ의아모죄상도업시ᄌᆞᆸ혀왓시니널부신덕ᄐᆡᆨ을드리오
ᄉᆞ살여보ᄂᆡ옵시기ᄅᆞᆯ바라난이다ᄒᆞ고심히ᄋᆡ걸ᄒᆞ난지라믄득젼상의셔우음
쇼ᄅᆡ나며다시ᄭᅮ지져일오ᄃᆡ이ᄉᆞᄅᆞᆷ아네포도ᄃᆡ장이안인다네나ᄅᆞᆯᄌᆞ시보라
ᄒᆞ더라ᄎᆞ청ᄒᆞ회ᄒᆞ라
셰신축십일월일ᄉᆞ직동셔

권지이

1

홍길동젼권지이

화셜길동이닐오ᄃᆡ나난곳활빈힝슈홍길동이라그ᄃᆡ나ᄅᆞᆯ잡으려ᄒᆞ미ᄂᆡ짐짓그ᄃᆡᄅᆞᆯ용역과뜻을알고져ᄒᆞ여즉일의ᄂᆡ청포쇼년으로그ᄃᆡᄅᆞᆯ인도ᄒᆞ여이곳가지와ᄂᆞ의지조와위엄을뵈게ᄒᆞ고허다위풍을알게ᄒᆞ미라언파의좌우신장과나졸을명ᄒᆞ여민거술그ᄅᆞ고븟드러당상의안치고시아ᄅᆞᆯ명ᄒᆞ여술을나와권ᄒᆞ며이ᄅᆞᄃᆡ그ᄃᆡ난브졀업시단이지말며헛수고ᄅᆞᆯ쏘한힝치말고이졔ᄲᆞᆯ이도라가ᄃᆡ그ᄃᆡ나ᄅᆞᆯ보왓다ᄒᆞ면반다시그ᄃᆡ의게죄칙이잇실거시니부ᄃᆡ이런말을일호도ᄂᆡ지말나이일이그ᄃᆡᄅᆞᆯ위ᄒᆞ여좀시간이라도졍당이말ᄒᆞ난거시니닙밧게ᄂᆡ지말나ᄒᆞ고쏘다시술을나와친히부어권ᄒᆞ며좌우ᄅᆞᆯ명ᄒᆞ여포도ᄃᆡ장을ᄂᆡ여보ᄂᆡ라ᄒᆞ니〃포장이마음의싱각ᄒᆞᄃᆡ도시ᄂᆡ가ᄭᅮᆷ인지싱신지알슈업

2

ᄉᆞ며엇지ᄒᆞ여이리왓시며쏘한길동의조화ᄅᆞᆯ신긔히녁여임의가고져ᄒᆞ더니문득ᄉᆞ지랄요동치못ᄒᆞ니쏘ᄒᆞᆫ고히이녁여겨유졍신을진졍ᄒᆞ여살펴본즉가죽부ᄃᆡ속의드러거날간신이운동ᄒᆞ여나와보니가족부ᄃᆡ셰히나무ᄭᅳᆺ히달녀거날ᄎᆞ례로ᄂᆡ여보니쳐음의ᄶᅧ날졔달리오왓던하인등이라셔로ᄃᆡᄒᆞ여일오ᄃᆡ우리아시의ᄶᅧ날졔문경으로모히ᄌᆞᄒᆞ엿더니엇지ᄒᆞ여이곳의이쳐로왓난고ᄒᆞ고각〃솔펴보니다른곳이아니라장안셩즁북악이라ᄉᆞ인이어히업셔이의장안을구버보며하인다려일너왈너난엇지ᄒᆞ여이곳의왓나뇨쏘너난엇지ᄒᆞ여한가지로이곳의이로럿나뇨우리다각〃상약ᄒᆞ여문경으로문경으로모혓난고ᄒᆞ며셔로니상이녁이니슴인이고왈쇼인등은쥬졈의셔유슉ᄒᆞ옵더니호련풍운의ᄊᆞ히여니리왓ᄉᆞ오니무슴

3

연고로엇지ᄒᆞ여〃긔가지왓난줄을아지못하미로쇼이다포장왈이일이가장허무ᄒᆞ고밍낭ᄒᆞᆫ일이니그ᄃᆡ남의게젼셜ᄒᆞ지말ᄂᆞ이졔로다시싱각ᄒᆞ니길동의직죄블측ᄒᆞ니엇지인력으로즙을슈단이〃시리오우리등이〃졔그져도라가면단정코죄를면치못ᄒᆞ오리니그렁져렁슈월을두류ᄒᆞ다가도라가자ᄒᆞ고븍악의셔한가지로나려가더라ᄎᆞ시상이팔도의힝관ᄒᆞ여길동을즙아드리라ᄒᆞ신ᄃᆡ길동의변홰불측무궁ᄒᆞ여긔탄업시장안ᄃᆡ로상으로혹초헌도타고혹말도타고혹나귀도타며각〃복식을변ᄒᆞ여임의로왕ᄂᆡᄒᆞ며혹각도각읍의노문도놋코혹빵교도타고왕ᄂᆡᄒᆞ며혹수의어ᄉᆞ의모양도ᄒᆞ여각읍수령과각도방빅이며탐관오리ᄒᆞ난ᄌᆞ와블효강상죄인이며블의힝ᄉᆞᄒᆞ난ᄌᆞ와억미흥경ᄒᆞ논ᄌᆞ를염문ᄒᆞ여믄득션참

4

후계ᄒᆞᄃᆡ가어ᄉᆞ홍길동의계문이라ᄒᆞ여시니ᄎᆞ시상이더옥ᄃᆡ로ᄒᆞᄉᆞ갈오ᄉᆞᄃᆡ이놈이각도각읍의단이며무슈히작난ᄒᆞᄃᆡ아모도즙을지업ᄉᆞ니이를장ᄎᆞᆺ엇지ᄒᆞ리오ᄒᆞ시고즉시삼공육경을모화의논ᄒᆞ실식연ᄒᆞ여각도각읍의셔눈날이듯장계ᄒᆞ여시ᄃᆡ모다팔도의홍길동의작난ᄒᆞ난장계라상이놀나시고ᄃᆡ로ᄒᆞᄉᆞᄎᆞ례로보시며크게근심ᄒᆞᄉᆞ좌우를보시며갈오ᄉᆞᄃᆡ이를엇지ᄒᆞ여야판단ᄒᆞ며엇지ᄒᆞ여야됴흘고ᄒᆞ시며좌우를도라보ᄉᆞ갈오ᄉᆞᄃᆡ이놈이아마도ᄉᆞ롬은아니오귀신의작폐니됴신문무즁의뉘그근본을짐작ᄒᆞ여알니오반부즁으로일인이나아와츌반쥬왈홍길동이란ᄉᆞ롬을알고져ᄒᆞ실진지젼님니조판셔홍모의셔ᄌᆞ오병죠좌랑홍인형의셔졔오니이졔그부ᄌᆞ를나리ᄒᆞ여정히친문ᄒᆞ시면젼후ᄉᆞ를ᄌᆞ연아로시리

5

이다상이드ᄅᆞ시고ᄃᆡ로ᄒᆞᄉᆞ갈오ᄉᆞᄃᆡᄎᆞ싀이러홀진ᄃᆡ엇지이졔야쥬ᄒᆞ난뇨ᄒᆞ시고즉시명을나리ᄉᆞ홍모난우션금부로나슈ᄒᆞ게ᄒᆞ고몬져홍인형을즙아드려친국ᄒᆞ실식텬위진노ᄒᆞᄉᆞ셔안을치시며ᄀᆞᆯ오ᄉᆞᄃᆡ홍길동이란도젹놈이

너의셔졔라ᄒᆞ니엇지ᄒᆞ여금단치못ᄒᆞ고그져바려두엇다가이쳐럼국가의ᄃᆡ변이되게ᄒᆞ엿ᄂᆞ뇨네이제로나아가즙아드리지아니ᄒᆞ면너의부ᄌᆞ롤츙효간도라보지아니하고극형ᄒᆞ여죽일거시니ᄯᅩ한썔이쥬션ᄒᆞ여됴션의ᄃᆡ환을업시케ᄒᆞ라ᄒᆞ시니인형이황공ᄒᆞ여복지돈슈쥬왈신이쳔ᄒᆞᆫ아이잇ᄉᆞ와일즉ᄉᆞ롬을살히ᄒᆞ옵고망명도쥬ᄒᆞ온지장ᄎᆞᆺ수십년이지ᄂᆡ엿ᄉᆞ오니이졔그존망을아옵지못ᄒᆞ오며신의늙은아비이일노인ᄒᆞ여심병이심즁ᄒᆞ와명지조셕이옵고ᄯᅩ한길동이놈

6

이무도불측ᄒᆞ오믈이러틋국가의환이되옵고셩상긔근심을더으ᄭᅵ치오니복원젼하난널부신덕과하히지턱을드리오ᄉᆞ이졔신의아비롤ᄉᆞᄒᆞ시고집의도라가됴병케ᄒᆞ시면신이죽기로ᄡᅧ길동을즙아드려신의부ᄌᆞ의죄롤쇽홀가ᄒᆞ나이다상이문쥬파의텬심이감동ᄒᆞᄉᆞ갈오ᄉᆞᄃᆡ이졔위셔홍모롤ᄉᆞᄒᆞ시고인형으로경상감ᄉᆞ롤졔슈ᄒᆞ시며ᄀᆞᆯ오ᄉᆞᄃᆡ이졔경이감ᄉᆞ의긔구가업ᄉᆞ면다만길동을즙지못홀거시미장ᄎᆞᆺ일년을졍한ᄒᆞ여쥬ᄂᆞ니즉시ᄃᆡ후ᄒᆞ여나려가아모죠록슈히즙아올니라ᄒᆞ신ᄃᆡ인형이고두ᄇᆡᆨ비사은ᄒᆞ고쥬왈금일붓터신의부ᄌᆞ의명은젼하의덕턱이오며ᄯᅩ한우즁영ᄇᆡᆨ가지ᄉᆞ급ᄒᆞ시니간뇌도지ᄒᆞ와도국은을갑흘바롤아지못ᄒᆞ리로쇼이다인ᄒᆞ여숙비하직ᄒᆞᆫ후의즉일발힝홀ᄉᆡ여러날만의감영의드러

7

가도임ᄒᆞ고바로각읍과면〃촌〃이방목을ᄡᅧ붓치ᄃᆡ이난길동을안유ᄒᆞ여달ᄂᆡ난글이라기셔의갈와시ᄃᆡ사ᄅᆞᆷ이셰상의나미본이오륜이웃듬이오〃륜이잇시미효졔츙신과인의예지가분명ᄒᆞ거날이됴목을아지못ᄒᆞ면금슈와다ᄅᆞ미업ᄉᆞ오미라고로이제군부의명을거역ᄒᆞ고불츙불효가되오면엇지셰상의잇셔용납ᄒᆞ리오슬프다우리아오길동은민첩영ᄆᆡᄒᆞ여다른ᄉᆞᄅᆞᆷ과달나ᄲᅧ여나게짐즉홀거시오이런일은응당알거시니네이제로몸쇼형을ᄎᆞ져와ᄉᆞ로잡히게ᄒᆞ라우리부친이널노말ᄆᆡ암아병입골슈ᄒᆞ시고셩상이크게근심ᄒᆞ시니

ᄎᆞᄉᆞ로볼진ᄃᆡ네죄악이심즁ᄒᆞ고관영ᄒᆞᆫ지라이러하므로네형된ᄉᆞᄅᆞᆷ으로ᄒᆞ
여금특별이

8

영남도ᄇᆡᆨ을졔수ᄒᆞ시고즉시너ᄅᆞᆯᄌᆞᆸ아밧치라ᄒᆞ여계시니이ᄅᆞᆯ장찻엇지ᄒᆞ리
오ᄎᆞᄉᆞᄅᆞᆯᄉᆡᆼ각ᄒᆞ며모진목숨이아직가지부지ᄒᆞ엿시나만약너ᄅᆞᆯᄌᆞᆸ지못ᄒᆞ량
이면우리집안누ᄃᆡ청덕이일됴의멸망지환을당ᄒᆞᆯ지라엇지가련코슬프지아
니ᄒᆞ리오너의형되난인ᄉᆡᆼ이죽난거슨오히려앗갑지아니ᄒᆞ거니와노친의모
양되난일은엇지망극ᄒᆞ고원억지아니ᄒᆞ리오바라나니아오길동은이일을ᄌᆡ
숨ᄉᆡᆼ각하여ᄌᆞ현곳ᄒᆞ면너의죄난ᄯᅩ한덜일거시오겸ᄒᆞ여일문을보젼ᄒᆞ리니
너은쳔번ᄉᆡᆼ각ᄒᆞ고만변ᄉᆡᆼ각ᄒᆞ여ᄌᆞ현ᄒᆞ기ᄅᆞᆯ바라노라ᄒᆞ엿더라감ᄉᆡ방을다
각〃붓치ᄃᆡ각도각읍의젼령ᄒᆞ여공ᄉᆞᄅᆞᆯ젼폐ᄒᆞ고길동의ᄌᆞ현ᄒᆞ기ᄅᆞᆯ기다리
더니일일은한소년이나귀ᄅᆞᆯ타고하인슈십여인을거나리고원문밧게와뵈오

9

믈청ᄒᆞᆫ다ᄒᆞ거날감ᄉᆡ이말을듯고드러오라ᄒᆞ니그쇼년이당상의올나ᄌᆡᄇᆡᄒᆞ
거날감ᄉᆡ눈을드러ᄌᆞ시보니쥬야로기다리든길동이라ᄃᆡ경ᄃᆡ희ᄒᆞ여즉시좌
우ᄅᆞᆯ믈이치고그숀을ᄌᆞᆸ아반기며넘쳐눈믈을흘녀슬프믈이긔지못ᄒᆞ여왈길
동아네한번문을나ᄆᆡ쥬야로ᄉᆞᄉᆡᆼ존망을몰나이난곳을알지못ᄒᆞᄆᆡ부친계옵
셔병입골슈ᄒᆞ와계시니이런답〃ᄒᆞᆫ일이어ᄃᆡ잇시리오너난ᄯᅩ한국가의큰근
심이되게하니무슴일노ᄆᆞ음을블츙블효ᄅᆞᆯ힝ᄒᆞ며ᄯᅩ한도적이되엿난고이러
ᄒᆞ무로셩상이진노ᄒᆞᄉᆞ우형으로ᄒᆞ여금이졔너ᄅᆞᆯᄌᆞᆸ아밧치라ᄒᆞ여계시니이
난오히려피치못ᄒᆞᆯ죄상이라너난일즉이경ᄉᆞ의나아가텬명을순슈ᄒᆞ미올흔
이라ᄒᆞ며더옥눈물을흘녀옷깃슐젹시난지라길동이머리

10

ᄅᆞᆯ숙이고〃왈ᄉᆡᆼ이부형의위ᄐᆡᆨᄒᆞ물구코ᄌᆞᄒᆞ오미니본ᄃᆡ부형이며ᄃᆡ감계옵
셔당쵸의길동을위ᄒᆞ여부친을부친이라ᄒᆞ고형을형이라ᄒᆞ엿던들엇지니지

경의니ᄅᆞ리잇가왕ᄉᆞ난이의일너쓸ᄃᆡ업거니와이졔쇼졔를결박ᄒᆞ여바로경ᄉᆞ로압송ᄒᆞ여올녀보ᄂᆡ쇼셔ᄒᆞᆫᄃᆡ감식이말을듯고일변슬허ᄒᆞ며일변장계로ᄲᅧ길동을황쇄족쇄ᄒᆞ여들것식실고건장ᄒᆞᆫ장교십여명을틱츌ᄒᆞ여길동을압영ᄒᆞ게ᄒᆞ고쥬야비도ᄒᆞ여경ᄉᆞ로올나올식각읍빅셩드리홍길동이잡히여경ᄉᆞ로올인단말을듯고길이메여구경ᄒᆞ난지불가승쉬러라ᄎᆞ시상이길동의잡히믈드ᄅᆞ시고이의만됴빅관을모흐시고친히국문ᄒᆞ실식팔도의셔하나식잡아여덟길동을일시의올이거날져의ᄭᅵ리진가를셔로알지못ᄒᆞᆯ

11

너라져마다닷토와이로ᄃᆡ네가졍길동이오나난아니라ᄒᆞ며셔로ᄡᅡ호믈마지아니〃어ᄂᆡ거시졍길동인지분간치못ᄒᆞᆯ너라상이일변놀나시고일변고히이녁이ᄉᆞ즉시홍모를명ᄒᆞ여갈오ᄉᆞᄃᆡ지ᄌᆞ난막여뷔라ᄒᆞ엿시니져여덟길동이즁의어ᄂᆡ거시경의아들인지ᄎᆞ져ᄂᆡ라ᄒᆞᆫᄃᆡ홍공이돈슈청죄왈신의쳔싱길동이난좌편다리의븕은졈이잇ᄉᆞ오니일노됴ᄎᆞ알이로쇼이다ᄒᆞ고이의나아가여덟길동을ᄭᅮ지져왈네이러틋쳔고의업난죄상을범ᄒᆞ여시니네이졔죽기를앗기지말나ᄒᆞ고피를토ᄒᆞ며업더져혼졀ᄒᆞ거날여덟길동이〃경상을보고눈믈을흘니며낭즁으로됴ᄎᆞ환약일기식ᄂᆡ여여덟길동이각〃공의입의너흐니반향후의졍신을ᄎᆞ리난지라길동등이일시의상긔쥬왈신의아뷔국은을입ᄉᆞ오니신이엇지감히이러

12

틋블측ᄒᆞᆫ힝ᄉᆞ를셩심이나ᄒᆞ오리잇가만은그부친를부친이ᄅᆞ못ᄒᆞ옵고ᄯᅩ한그형을형이라못ᄒᆞ오니평싱의한이미쳣삽기로집을바리고젹당의괴슈되여팔도의왕ᄂᆡᄒᆞ오며탐관오리와블의힝ᄉᆞᄒᆞᄂᆞᆫᄌᆞ를션참후계ᄒᆞ여ᄉᆞ오니셩상이죄를ᄉᆞᄒᆞ시고병됴판셔를졔슈ᄒᆞ옵셔쇼신의원한을프러쥬옵시면신이즉시됴션지경을ᄯᅥ나셩상의심우와부형의근심을ᄭᅵ치지아니코즉일ᄯᅥ나리로쇼이다언쥬파의여덟길동이일시의체읍ᄒᆞ더니공이길동의다리를상고ᄒᆞ니여덟길동이일시의다리ᄂᆡ미러뵈며셔로진가를닷토거날공이망지쇼됴ᄒᆞ더

니이윽고길동이진언을염ᄒᆞ미문득쵸인일곱이슌풍이미ᄒᆞ거날공이길동을 ᄭᅮ지져왈네이졔죽기를원치말나ᄒᆞ고ᄌᆞᆸ아결박ᄒᆞ니길동이믄득상과공을향ᄒᆞ여무슈히빅례ᄒᆞ고운무를멍의하여이

13

의공즁의오ᄅᆞ며간ᄃᆡ업거날상이ᄃᆡ경ᄒᆞ시고문무빅관이ᄯᅩ한놀나더라경상감ᄉᆡ길동이도망ᄒᆞ믈듯고근심ᄒᆞ더니일〃은길동이ᄯᅩᄌᆞ원ᄒᆞ거날감ᄉᆡ왈잡혀가기를자원ᄒᆞ니긔특ᄒᆞ도ᄃᆞᄒᆞ고즉시쳘삭으로결박ᄒᆞ여건장ᄒᆞᆫ장교수십명을턱츌ᄒᆞ여길동을압영ᄒᆞ여풍우갓치모라경ᄉᆞ로올나오ᄃᆡ길동이일호도안식을변치아니ᄒᆞ고올나오ᄃᆡ여러날만의경셩의다〃르니길동이ᄯᅩ한몸을흔들미쳘삭이ᄭᅳᆫ허지고함게ᄶᅵ여져구을며공즁으로오ᄅᆞ며표연이운무의뭇쳐가니쟝교와졔군등이어이업셔일흘ᄯᅳ름이라흘일업셔이연유를경ᄉᆞ의상달ᄒᆞ온ᄃᆡ상이드ᄅᆞ시고ᄯᅩ한근심ᄒᆞ시니졔신즁의셔일인이츌반쥬왈길동이쇼원이병됴판셔를한번지니면됴션을ᄯᅥ나오리라ᄒᆞ오니한번졔원ᄒᆞ난바를푸러쥬면졔스ᄉᆞ로ᄉᆞ모ᄒᆞ오리니이ᄯᅢ를타잡으면됴흘가ᄒᆞ나이

14

다상이올히여기ᄉᆞ즉시홍길동으로ᄒᆞ여금병조판셔를졔슈ᄒᆞ시고이연유로ᄉᆞᄃᆡ문의방을븟치고길동을명쵸ᄒᆞ시니이ᄯᅢ길동이〃쇼식을듯고즉시몸의ᄉᆞ모관ᄃᆡ를입고놉흔쵸헌을타고ᄉᆞ은ᄒᆞ려드러간다ᄒᆞ니병조쇼속이나와마ᄌᆞ호위ᄒᆞ여드러갈ᄉᆡ만됴빅관이의논ᄒᆞᄃᆡ길동이오날〃ᄉᆞ은숙비ᄒᆞ고나오거든도부슈를미복ᄒᆞ엿다가쳐죽이라ᄒᆞ고약속을졍ᄒᆞ엿더니길동이〃의궐ᄂᆡ의드러가슉비ᄒᆞ고쥬왈신의죄악이심즁ᄒᆞ거날도로혀쳔은을입ᄉᆞ와평ᄉᆡᇰ한을푸옵고도라가오니영결뎐하ᄒᆞ옵나니복망셩상은만슈무강ᄒᆞ옵쇼셔ᄒᆞ고몸을공즁의쇼〃와구름의ᄡᅧ혀가거날상이탄왈길동의직조난이로고금의희한ᄒᆞ도다졔이졔됴션을ᄯᅥ나시니다시난작폐흘길이업ᄉᆞ리라ᄒᆞ시고팔도의길동이잡난젼영을

15

도로다거두시니라각설길동이도라가제적의게분부ᄒᆞ되니단녀올곳이잇시니녀등은일인도아모되라도츌입을말고나도라오기를기다리라ᄒᆞ고즉시길을써나되국남경의드러가구경ᄒᆞ며쏘한제도라ᄒᆞ난셤이니잇거날그곳의드러가두로단이며산천도구경ᄒᆞ며인심도살피러니쏘오봉산이란곳의이ᄅᆞ즉졔일강산이오방회칠빅이라길동이니심의혜오되니임의됴션국을하직ᄒᆞ여시니이곳의드러와은거ᄒᆞ엿다가되ᄉᆞ를도모홀만갓지못ᄒᆞ다ᄒᆞ고도로표연이본곳의도라와졔인다려일너왈아모날양천강의가셔비를만히지여모월모일의경셩한강의되령ᄒᆞ라니임군의긔쥬달ᄒᆞ고경조일쳔셕을구득ᄒᆞ여올거시니긔약을어긔오지말나ᄒᆞ더라ᄎᆞ셜홍공이

16

길동의작난이업ᄉᆞ무로병셰졈졈쾌ᄎᆞᄒᆞ니홍문의큰근심이업고상이쏘한근심업시지닉시더니이써난츄구월망간이라상이월식을씌여후원의빅회ᄒᆞ실식문득일진청풍이〃러ᄂᆞ며옥져쇼릭쳥아ᄒᆞᆫ가온되일위쇼년이공즁으로됴ᄎᆞ나려와복지ᄒᆞ거날상이경문왈션동이엇지인간의강굴ᄒᆞ며무슴일을이ᄅᆞ고져ᄒᆞ나뇨ᄒᆞ니쇼년이쥬왈신은젼님병됴판셔홍길동이로쇼이다상이갈오ᄉᆞ되네엇지심야의왓난다길동이되왈신이마음을졍치못ᄒᆞ와무뢰지당으로더브러관부의작폐ᄒᆞ고됴졍을요란ᄒᆞ게ᄒᆞ오믄신의일홈을뎐히아ᄅᆞ시게ᄒᆞ오미러니국은이망극ᄒᆞ와신의쇼원을푸러쥬옵시니츙셩을다ᄒᆞ여국은을만분지일이라도갑ᄉᆞ오미신ᄌᆞ의썻〃ᄒᆞ온일이옵건만은그러치못ᄒᆞ

17

옵고도로혀뎐ᄒᆞ를하직ᄒᆞ옵고됴션을영〃써나한업슨길을가오니경됴일쳔셕을한강으로슈운ᄒᆞ여쥬옵시면이졔슈천인명이보존ᄒᆞ기ᄉᆞ오니셩상의널부신덕턱을바라옵ᄂᆞᆫ이다상이즉시허락ᄒᆞ시니길동이은혜를ᄉᆞ례ᄒᆞ고도로공즁의쇼〃와표연이가거날상이그신긔ᄒᆞ믈못닉연〃이일커ᄅᆞ시더라임의날이밝으미즉시션혜당상의게젼지ᄒᆞᄉᆞ경됴일쳔셕을슈운ᄒᆞ여셔강〃변으

로니여보니라ᄒᆞ시니아모란쥴을모로고졍됴일텬셕을거힝ᄒᆞ여셔강으로슈운ᄒᆞ엿더니믄득여러ᄉᆞᄅᆞᆷ드리큰ᄇᆡ롤ᄃᆡ히고다싯고가니라각셜길동이졍됴일쳔셕을어더싯고삼쳔명적당을거나려됴션을하직ᄒᆞ고즉시ᄯᅥ나여러날만의남경ᄯᅡ졔도셤의드러가수쳔여호집을지으며농업을힘쓰고혹지됴롤ᄇᆡ화군법

18

을연습ᄒᆞ니가산이졈〃부요ᄒᆞᆫ지라일〃은길동이졔인등을불너닐너왈니망당산의드러가살촉의발을약을어더올거시니녀등은그ᄉᆞ이읙구롤줄직히라ᄒᆞ고즉일발션하여망당산으로향홀ᄉᆡ수일만의남경ᄯᅡ희이ᄅᆞ러난이곳의만셕군부지이시니셩명은ᄇᆡᆨ뇽이라일즉한ᄯᆞᆯ을두어시ᄃᆡ인물과지질이비상ᄒᆞ고시셔롤능통ᄒᆞ니그부모극히ᄉᆞ랑하여영웅호걸을구ᄒᆞ여ᄉᆞ회롤삼고져ᄒᆞ더니일〃은풍운이ᄃᆡ작ᄒᆞ고천지아득ᄒᆞ더니ᄇᆡᆨ뇽의ᄯᆞᆯ이간ᄃᆡ업난지라ᄇᆡᆨ뇽의부뷔슬허ᄒᆞ여쳔금을흣터ᄉᆞ면으로ᄎᆞ지ᄃᆡ그종젹을알비업난지라거리로단이며왈아모라도내ᄯᆞᆯ을ᄎᆞ져쥬면만금을쥴ᄲᅮᆫ아니라맛당이ᄉᆞ회롤삼으리라ᄒᆞ거날길동이지나가다이말을듯고심즁의측은ᄒᆞ나홀일

19

업셔망당산의이ᄅᆞ러약을ᄏᆡ오며드러가더니날이임의져문지라졍히쥬져ᄒᆞ더니믄득ᄉᆞᄅᆞᆷ의쇼ᄅᆡ나며등촉이됴요ᄒᆞ거날그곳을ᄎᆞ져가니무삼괴물이무슈히당을지혀잇거날가만이여어본즉비록ᄉᆞ람의형용갓트나필경즘싱의무리라원니이즘싱은울통이란즘싱이니여러히순즁의잇셔변홰무궁ᄒᆞᆫ지라길동이싱각ᄒᆞᄃᆡ이가튼거슨본바쳐음이라져거술잡아셰상ᄉᆞᄅᆞᆷ을구경시기리이라ᄒᆞ고몸을감쵸와활노쏘아그즁웃듬놈이마진지라쇼ᄅᆡ롤지ᄅᆞ거날보니그즘싱이마ᄌᆞ난지라길동이큰남게의지ᄒᆞ여밤을지ᄂᆡ고두루더듬어약을ᄏᆡ더니문득괴물수삼십명이길동을보고놀나문왈이곳의아모라도올나오지못ᄒᆞ거날그ᄃᆡ난무삼일노이곳의이ᄅᆞ럿나뇨길동이답왈나ᄂᆞᆫ됴션ᄉᆞᄅᆞᆷ으

20

로셔의술을아옵더니이곳의션약이잇단말을듯고ᄎᄌ져드러왓노라ᄒᆞᆫ듸그거시듯고듸희ᄒᆞ여왈이부인을우리듸왕이시로졍ᄒᆞ고죡야의존치ᄒᆞ여즐기더니블힝ᄒᆞ여텬살을마져블분ᄉᆞ싱이온지라그듸션약을뼈우리듸왕을술여녀시면은혜롤갑ᄉᆞ오리니한가지로쳐쇼의도라가상쳐롤보시미엇더ᄒᆞ시뇨길동이싱각ᄒᆞ듸이놈이녀살의상ᄒᆞᆫ놈이로다ᄒᆞ고한가지로드러가보니화각이장듸ᄒᆞᆫ가온듸흉악ᄒᆞᆫ요괴좌탑상의누엇다가길동의이ᄅᆞ믈보고몸을겨우긔동ᄒᆞ며왈복이우연이무숨술을마ᄌᆞ죽기의니ᄅᆞ러더니오날〃그듸롤그듸롤맛나미이난하날이명의롤지시ᄒᆞ시미로다바라건듸직됴롤앗기지말ᄂᆞᄒᆞ거날길동이ᄉᆞᄉᆞᄒᆞ고쇽여이로듸이상쳐가듸단치아니ᄒᆞ니몬져녀치홀약을쓰

21

고외치홀약을바ᄅᆞ면쾌ᄎᆞᄒᆞ오리니싱각ᄒᆞ여ᄒᆞ쇼셔그요괴고지듯고듸희ᄒᆞᄒᆞ난지라길동이그듕독ᄒᆞᆫ약을녀여쥬며일너왈이약을이졔로급히가라스라ᄒᆞ니모든요괴들리깃거ᄒᆞ여즉시온슈의먹이니식경은ᄒᆞ여그요괴비롤두다리고눈을실누거리며쇼릐롤지ᄅᆞ더니두어번뛰놀다가죽난지라모든요괴등이이경상을보고칼을들고왈너갓튼흉젹을죽여우리듸왕의원슈랄갑흐리라ᄒᆞ고일시의다라드니길동이홀노당치못ᄒᆞ여공즁으로쇼〃며활노무슈히쏘니모든요괴아모리됴홰잇신들엇지길동의신긔ᄒᆞᆫ술법을당ᄒᆞ리오한밧탕싸홈의모든요괴롤다죽이고도로그집의드러가니한돌문쇽의두녀지이셔〃로죽으려ᄒᆞ거날길동이보고쏘한계집요괸가ᄒᆞ여마ᄌᆞ죽이려ᄒᆞ니그계집이의걸ᄒᆞ거날길동이칼을

22

들고드러가니그계집이울며왈쳡등은요괴아니오인간ᄉᆞ룸으로셔이곳의잡혀와우금버셔나지못ᄒᆞ옵더니쳔힝으로장군이드러와허다요괴롤다죽이고쳡등의존명을구ᄒᆞ여고향의도라가게ᄒᆞ옵시니은혜빅골이진퇴ᄒᆞ여도다갑지못ᄒᆞ리로쇼이다ᄒᆞ거날길동이싱각ᄒᆞ듸힝여빅농의ᄯᆞᆯ인가ᄒᆞ여믄득보니짐짓화용월틱경국지식이라인ᄒᆞ여거쥬셩명을무로니하ᄂᆞ흔빅농의ᄯᆞᆯ이요

하나흔됴쳘의쏠이라길동이닉심의희환이넉여그녀즈롤인도ᄒᆞ여이의낙쳔현의이ᄅᆞ러빅농을ᄎᆞᄌᆞ보고젼후수말을일〃이니ᄅᆞ고그녀ᄌᆞ롤뵈니빅농부뷔그녀ᄋᆞ롤보고여취여광ᄒᆞ여셔로붓들고울며쏘한쳘도그녀ᄌᆞ롤만나보니됴금더ᄒᆞ더라빅농과됴쳘이셔로의논ᄒᆞ고딕연을비셜ᄒᆞ며홍싱을

23

마ᄌᆞᄉᆞ회롤숩으니길동이나히이십이넘도록원앙의ᄌᆞ미롤모로다가일됴의양쳐롤취ᄒᆞ니그견권지졍이여손약히러라날이오릭미쳐쇼롤싱각ᄒᆞ고두집가손을치힝ᄒᆞ여졔도로가니모든사롬이반기더라이써난츄칠월망간이라일〃은길동이쳔긔롤술펴보니흉용ᄒᆞᆫ지라마음이쳐량ᄒᆞ여눈물을흘니거날빅쇼졔무러왈무숨일노ᄒᆞ여져리슬허ᄒᆞ시나니잇고길동이탄식ᄒᆞ여왈쳔지간의용납지못ᄒᆞᆯ불효롤힝ᄒᆞ여시니만ᄉᆞ무셕지죄인이라닉본딕됴션국홍승상의쳔쳔쇼싱이라딕장부의지긔롤쏘한펼길이업셔이곳의와의지ᄒᆞ여시나미양부모의안부롤모로미쥬야영모ᄒᆞᄂᆞᆫ회푀펴보니앗가건상을본즉부친계셔병환이위즁ᄒᆞᄉᆞ세상을바리실지라이졔닉몸이만니밧게잇셔밋쳐힝치못ᄒᆞ고다만득달치못ᄒᆞ기로슬

24

허ᄒᆞ노라ᄒᆞ고이틋날월봉산의나아가일장딕지롤엇고역군을식여산역을시족ᄒᆞ믹셕물범졀이모다국능일체라여러날만의필역ᄒᆞ고졔인을불너큰빅한척을쥰비ᄒᆞ딕됴션국셔강〃변으로등딕ᄒᆞ고이시라이의상발위승ᄒᆞ여젹은빅한척을타고순풍으로됴ᄎᆞ돗츨달고종ᄌᆞ수십인을거나려됴션국으로향하여나아가니라각셜홍상셰길동이멀니간후로붓터졔익이근심이즘간업셔지닉미광음이훌〃ᄒᆞ여젹은듯ᄉᆞ이의연만팔순이되엿난지라수한이맛ᄎᆞ미홀연득병ᄒᆞ여날노졈〃위즁ᄒᆞ니부인과인형이쥬야로시칙ᄒᆞ여병쇼롤써나지못ᄒᆞ고졍셩을극진이ᄒᆞ더니판셰부인과인형을블너왈이졔닉나히팔십이라죽으나무한이로딕다만한ᄒᆞ난바은길동의ᄉᆞ싱을아지못ᄒᆞ기로유한이되엿기의눈을감

25

지못홀지라졔만일싱존ᄒᆞ여거든젹셔롤갈히지말고그원을프러형우졔공과부ᄌᆞ유친이온젼ᄒᆞ기롤다만바라나니뇌말을잇지말고부듸명심ᄒᆞ라ᄒᆞ고인ᄒᆞ여말을맛치며명이진ᄒᆞ니일기망극ᄒᆞ여곡셩이긋치지아니ᄒᆞ고쵸즁범졀을극진이ᄎᆞ릴시ᄎᆞ시밧게하인이드러와고ᄒᆞ듸문밧게엇더ᄒᆞᆫ즁이와상공과한가지로영위의됴문ᄒᆞ렷노라ᄒᆞ고통하더이다ᄒᆞ거날모다드러오라ᄒᆞ니그즁이드러와복지ᄒᆞ여방셩듸곡ᄒᆞ기롤오릭도록ᄒᆞ다가여막의나아가인형을보고통곡ᄒᆞ여왈형장이엇지쇼졔롤몰나보시나니잇가ᄒᆞ니상인이그졔야ᄌᆞ시보니과연길동이어날반가오믈춤고ᄯᅩ한붓들고울며왈네그ᄉᆞ이어듸가잇더뇨부친이싱시의미양너롤싱각ᄒᆞ여잇지못ᄒᆞ시고임종이유언이간졀ᄒᆞ시니엇지인ᄌᆞ의춤아홀비

26

리오ᄒᆞ며숀을잇글고뇌당의드러가부인긔뵈고ᄯᅩ한츈낭을블너셔로보게ᄒᆞ니모지붓들고우다가길동을보고왈네엇지ᄒᆞ여즁이되엿나뇨길동이듸왈소직됴션지경을써ᄂᆞ삭발위승ᄒᆞ옵고지술을빅화싱계롤숨고명을부지ᄒᆞ여ᄉᆞ옵더니그ᄉᆞ이부친이긔셰ᄒᆞ시물짐즉ᄒᆞ고블원만리ᄒᆞ와쥬야로혜지아니ᄒᆞ고이졔왓ᄂᆞ이다부인과츈낭이눈물을거두고왈네ᄯᅩ한지술을빅화가져시면네직됴텬하의진동홀지라부공을위ᄒᆞ여됴흔산지롤어더부ᄌᆞ지도롤극진이ᄒᆞ고ᄯᅩ한우리너롤져바라고밋난바롤져바리지아니케ᄒᆞ여됴흔길긔롤어더장ᄉᆞ지뇌기롤바라노라길동이듸왈소직과연산쇼ᄲᅳᆫᄌᆞ리롤어더노코왓ᄉᆞ오나길이멀기가쳔니밧기라싱각을ᄒᆞ온즉힝상ᄒᆞ기가여럽ᄉᆞ와일노근심이로소이다부인과인형이〃말을듯고일변허황

27

이여기고일변그효셩이지극ᄒᆞ믈겸ᄒᆞ여아난고로반가히넉여무려왈현졔이졔길지곳어더시량이면엇지원근을혜아리〃오ᄒᆞ거날길동이듸왈그러ᄒᆞ오면형장의말숨듸로힝상ᄒᆞ올졔구롤지체말고명일노발힝ᄒᆞ실긔구롤ᄎᆞ리옵

쇼셔쇼졔발셔안장ᄒᆞ올텩일가지ᄒᆞ여산역을시작ᄒᆞ여ᄉᆞ오니형장은근심치마ᄅᆞ쇼셔ᄒᆞ고졔모친다려가믈쳥ᄒᆞ니부인과좌랑이마지못ᄒᆞ여허락ᄒᆞ니길동과츈낭이깃거ᄒᆞ더라ᄎᆞ시길동이힝상을거나려발힝홀식형졔뒤롤ᄯᅡ라졔모친과한가지로뫼시고셔강〃변의이ᄅᆞ니길동의지휘ᄒᆞ엿든션쳑이발셔등ᄃᆡᄒᆞ엿난지라일시의비롤타고힝션ᄒᆞ여나아가니망〃대ᄒᆡ의순풍을만나돗츨달고믈골슬ᄎᆞ져힝ᄒᆞ니그비색ᄅᆞ기살갓튼지라한곳의이ᄅᆞ미인형이길동다려왈이일이엇지

28

ᄒᆞ여이러케만경창파ᄃᆡ히롤건너고향ᄒᆞ난바롤아지못하니무숨연괴뇨ᄌᆞ셔히일너우형의마음을시훤케ᄒᆞ라길동이ᄃᆡ왈형장은염예마옵쇼셔ᄒᆞ고그졔야젼후ᄉᆞ단을여ᄎᆞ여ᄎᆞᄒᆞᆫ일이며이곳의길지졍ᄒᆞᆫ바롤고ᄒᆞ고군을푸러힝상을나리워호위ᄒᆞ여산상으로뫼시계ᄒᆞ고형뎨뒤흘ᄯᅡ라산상으로졈〃나아가니봉만이색혀나며산셰긔이ᄒᆞ여거룩ᄒᆞ니아마도방장봉니신이〃곳인가의심ᄒᆞ더라힝ᄒᆞ여한곳의다〃라니인민이손역을브지런이ᄒᆞ나인물이다장ᄃᆡᄒᆞ며범인이아닌듯ᄒᆞᆫ지라바로산지롤가ᄅᆞ치거날인형이ᄌᆞ시보니산믹은심히아룸답고ᄯᅩ한산범졀이졍히국능일쳬라일분ᄎᆞ측이업거날인형이ᄃᆡ경ᄒᆞ여왈길동다려무러왈이일이엇지ᄒᆞ여범남ᄒᆞ게녁ᄉᆞ롤ᄒᆞ여시며ᄯᅩ한능쇼나ᄃᆞᄅᆞ미업거날심이울〃ᄒᆞ여놀납

29

기층양업노라길동이ᄃᆡ왈형장은됴금도놀나지마ᄅᆞ쇼셔ᄒᆞ고쇠롤씌여시각을기다려하관ᄒᆞ온후의승의복식을곳쳐최복을입고시로이ᄋᆡ통ᄒᆞ니산쳔쵸목이슬허ᄒᆞ난듯ᄒᆞᆫ지라장녜롤맛친후한가지로길동의쳐쇼의도라오니빅쇼져와됴쇼졔당중의니ᄅᆞ러존고롤마ᄌᆞ예ᄒᆞ고ᄯᅩ한숙〃을마ᄌᆞ예롤마ᄎᆞ니좌랑이며츈낭이반가오물이로층양치못홀너라이러구러여러날이되미길동이그형다려닐너왈친산을이곳의뫼셔향화롤극진이지니려이와ᄃᆡ〃로장상이긋치지아니홀거시니형장은이졔밧비도라가부인의기다리시믈업게ᄒᆞ쇼셔

ᄒᆞ거날인형이〃말을듯고ᄯᅩ한그러히녁여인ᄒᆞ여하직홀식발셔힝즁범졀을 쥰비ᄒᆞ엿더라힝ᄒᆞᆫ지여러날만의본국의득달ᄒᆞ여

30

모부인을뵈옵고젼후ᄉᆞ연을낫낫치고ᄒᆞ며ᄃᆡ지롤어더안장한연유롤엿ᄌᆞ오 니부인이ᄯᅩ한신긔히녁이더라각셜길동이부친손쇼롤제ᄯᅥᆨ히뫼시고됴셕제 젼으로지셩으로지ᄂᆡ더니제인이탄복지아니리업더라광음이여류ᄒᆞ여삼상 을다지ᄂᆡ고ᄯᅩ한다시무예롤연습ᄒᆞ며농업을힘쓰니슈년지ᄂᆡ의병정양족ᄒᆞ 여뉘알이업더라차설이ᄯᅢ뉼도국왕이무도ᄒᆞ여정ᄉᆞ롤닥지아니ᄒᆞ고쥬식의 침익ᄒᆞ여빅셩이도탄의드려난지라일〃은길동이제인다려일너왈우리이제 병정양족ᄒᆞ미무도ᄒᆞᆫ뉼도롤치미엇더ᄒᆞ뇨제인이일시의응셩ᄒᆞ여뉼도왕치 기롤ᄌᆞ원ᄒᆞ거날길동이〃의허만달과굴돌통으로션봉을삼고장길노좀모ᄉᆞ 을삼고길동이스ᄉᆞ로즁군이되여각〃군ᄉᆞ오빅명을거나려먼져션봉허만달 굴돌통을보ᄂᆡ

31

여뉼도의드러가면ᄌᆞ연됴흔계교가이시리라몬져그허실을탐지ᄒᆞ고외응ᄂᆡ 협ᄒᆞ면반다시뉼도왕을근심치아니ᄒᆞ여도셩ᄉᆞᄒᆞ리라ᄒᆞ거날제장이청영ᄒᆞ 고몬져허만달굴돌통이각읍으로두로도라민심을술펴보고십일쥬롤다구경 ᄒᆞ며왕도의이ᄅᆞ니이곳은제일명승지〃라의관문믈이번화ᄒᆞ고영웅호걸드 리무리지어왕ᄂᆡᄒᆞ며창긔풍악이곳〃이번화ᄒᆞ더라ᄎᆞ시뉼도이쥬식의침익 ᄒᆞ여정ᄉᆞ롤도라보지아니ᄒᆞ고후원의존치롤비셜ᄒᆞ여일〃연낙ᄒᆞ니간신이 승간ᄒᆞ여이러나고됴정이어지러워빅셩이셔로살히ᄒᆞ니지식잇난ᄉᆞ롬은깁 흔산즁의드러가은거ᄒᆞ여난을피ᄒᆞ난지라굴돌통이허만달노더부러두루도 라민심과국졍을살피고도라올식한쥬현의다〃ᄅᆞ니관문압히두숀연이업ᄃᆡ 여슬피이통ᄒᆞ더라하회분셕ᄒᆞ라
세신튝십일월일ᄉᆞ직동셔

권지삼 종

1

홍길동젼권지슴종

화셜허만달굴돌통양인이각읍의두로도라민심도살피고십일쥬ᄅᆞᆯ다구경ᄒᆞ고왕도의니ᄅᆞ니이곳은졔일명승지〃라의관문믈이번화ᄒᆞ고영웅호걸들이무리지여왕ᄂᆡᄒᆞ고창긔풍악이곳〃이번화ᄒᆞ더라ᄎᆞ시뉼도왕이쥬식이침익ᄒᆞ여졍ᄉᆞᄅᆞᆯ도라보지아니ᄒᆞ고후원의존치ᄅᆞᆯ비셜ᄒᆞ여일〃연낙ᄒᆞ니간신이승간ᄒᆞ여니러나고됴졍이어지러워ᄇᆡᆨ셩을살ᄒᆡᄒᆞ니지식잇난ᄉᆞᄅᆞᆷ은깁흔산즁의드러가은거ᄒᆞ여난을피ᄒᆞ난지라굴돌통이허만달노더브러두루도라민심과민심과국졍을살피고도라올시한쥬현의다〃ᄅᆞ니관문알ᄑᆡ두쇼년이업ᄃᆡ여슬피통곡ᄒᆞ며관이ᄅᆞᆯ잡고ᄋᆡ걸ᄒᆞ며몸을브ᄃᆡ지며부모을살녀지라ᄒᆞ거날관니드리ᄉᆞᆺ두어러왈원님이어려

2

오니엇지ᄃᆡ신ᄒᆞ믈바라리오일죽이ᄌᆡ믈을밧쳐살기ᄅᆞᆯ구ᄒᆞ라ᄒᆞ니두쇼년이슬피통곡ᄒᆞ거날만달이나아가쇼년다려통곡ᄒᆞ난연고ᄅᆞᆯ무ᄅᆞ니양인이ᄃᆡ왈우린난이곳ᄉᆞᄅᆞᆷ으로간친이옥의갓쳐스ᄆᆡ몸으로ᄃᆡ신ᄒᆞ고부친을구ᄒᆞ려ᄒᆞ나원님이회뢰ᄅᆞᆯ바치면죄ᄅᆞᆯᄉᆞᄒᆞ리라ᄒᆞ오니어ᄃᆡ가은ᄌᆞᄅᆞᆯ어드리오이러ᄒᆞ므로통곡ᄒᆞ나니다만달이드ᄅᆞᄆᆡ가장측은이여겨즉시은ᄌᆞ를쥬니관리바다가지고□□가거날그쇼년이붓들고ᄉᆞ례ᄒᆞ여갈오ᄃᆡ죽어가난ᄉᆞᄅᆞᆷ을술오시니은혜ᄇᆡᆨ골난망이라존셩ᄃᆡ명을듯고져ᄒᆞ나이다만달왈구타여우리셩명은아라무엇ᄒᆞ리오약쇼ᄒᆞᆫᄌᆡ물을쥬고과ᄒᆞᆫᄉᆞ례ᄅᆞᆯ바드리오일작이밧치고부모ᄅᆞᆯ사로라ᄒᆞ고총〃이도라가쥬졈의셔쉬더니문득열아문ᄉᆞᄅᆞᆷ이급히드러오니이난져의군식라만달등이급히다리고슈

3

플속의드러와돌통다려왈이졔홍장군의명이국정을술피고긔약을어긔오지
말나ᄒᆞ여시니오릭지아냐디군이일을지라급히도라가디군을영졉ᄒᆞ라왓나
이다ᄒᆞ거날굴돌통허만달이날넌군ᄉᆞ오십명을ᄲᅢ귀의디혀갈오디여등은틱
흥현셩즁의드러가ᄉᆞ쳐의슘엇다가이리〃〃ᄒᆞ라디군이니ᄅᆞ난날셩을취ᄒᆞ
리라약속을졍ᄒᆞ여보닉고이날밤의놉흔디올나먼니바라보니ᄎᆞ시난십월망
간이라금풍은소슬ᄒᆞ여찬긔운이ᄉᆞ롬을침노ᄒᆞ고쇼상강ᄶᅧ기러기난맑은소
릭로북을향ᄒᆞ여나라가고월식은동영의빗치여히쉬빅깁을펼친듯ᄒᆞᆫ디셔북
으로바라보니홀연화광이연쳔ᄒᆞ며점〃갓가이오거날만달이디경디희왈이
졔디군이니ᄅᆞ니우리영졉ᄒᆞ여틱흥현을취ᄒᆞ리라ᄒᆞ고급히나려와

4

션즁의머므든군ᄉᆞ롤육지의나리오고슈빅군을지휘ᄒᆞ여디군을영졉ᄒᆞ게ᄒᆞ
고슴빅졍병을거나려블노흘긔계롤가지고나아갈식굴돌통은슈십인을다리
고놉흔산의올나블을들어형세롤돕더라길동의디군이호〃탕〃이힝ᄒᆞ여늪
도국지경의이ᄅᆞ니몬져왓던장쉬나아가영졉ᄒᆞᆯ식젼쟝군장길이몬져늪지의
나려풍우갓치나아오니만달이합병ᄒᆞ여셩하의니ᄅᆞᆫ디연염이창천ᄒᆞ고화셰
급ᄒᆞᆫ지라문득셩문을크게열고디군을마ᄌᆞ드리거날허만달장길등이디군을
모라일시의믈미듯드러가니셩즁이디란ᄒᆞ난지라장길왈홍장군이젼령ᄒᆞ되
츄호롤블범ᄒᆞ라ᄒᆞ니이졔빅셩이블의지변을당ᄒᆞ여슈미롤모로난지라일변
으으로ᄉᆞ문의방을븟텨빅셩을안무ᄒᆞ라ᄒᆞ고관ᄉᆞ의드러가빅셩을좁아닉니
김슌이크게놀나아모리ᄒᆞᆯ

5

쥴아지못ᄒᆞ거날만달왈이난착ᄒᆞᆫᄉᆞ롬이니죽이지말나ᄒᆞᆫ디김슌을길동의게
뵈니길동이그믿거살그ᄅᆞ고위로ᄒᆞ여놀난거살진졍ᄒᆞᆫ후다리고셩의드러가
빅셩을안무ᄒᆞ고잔치롤비셜ᄒᆞ여즐길식슈일을머무러쉬고김슌으로춤모ᄉᆞ
롤슴고군ᄉᆞ롤세ᄢᅢ의난화믈미듯나아가니지나난바의디젹ᄒᆞ리업고각읍쥬

현이바람을됴ᄎᆞ항복ᄒᆞ난지라션봉장허만달굴돌통이션척슈천을거나려나아가더니압히두쇼년이포의옥디로나아오다가군ᄉᆞ롤보고피ᄒᆞ여다라나거날군식ᄯᅡ라가즙아오니이다른ᄉᆞ롬아니라젼일노즁의셔구하든최도긔형제여날만달이디희ᄒᆞ여길동을뵌디길동이깃거션봉춤군을숨아나아갈식디군이녀쉬셩의이ᄅᆞ니산쳔이험악ᄒᆞ고셩이놉흐며히지깁고ᄌᆞ식셩을직희여시니셩명은문쥬젹이라슈ᄒᆞ의졍병

6

슈만이잇고장쉬숨십원이오겸ᄒᆞ여만부〃당지용이〃난지라문득체탐이보ᄒᆞ디난디업난도젹이니러나반월못ᄒᆞ여숨십여셩을항복밧고지금셩하의이ᄅᆞ럿다ᄒᆞ거날ᄌᆞ식디경ᄒᆞ여즉시군ᄉᆞ롤이ᄅᆞ혀ᄉᆞ문을구지직희오고제장을모화의논왈이제일홈업산도젹이니러나아국지경을범ᄒᆞ여숨일니의숨십여셩을항복밧고지금셩ᄒᆞ의이ᄅᆞ러시니무숨묘치으로도젹을파홀고제장왈도젹의근본과허실을아지못ᄒᆞ고셩의나가디젹ᄒᆞ다가픽ᄒᆞ면우리예기최출홀ᄲᅮᆫ이오니다만셩을구지직희고밧그로구병을기다려합병ᄒᆞ여치면가히한븍의파ᄒᆞ리라쥬젹왈이제도젹이셩하의이ᄅᆞ러거날나ᄊᆞ호지아니ᄒᆞ고셩을즉히다다양식이진ᄒᆞ면군즁이어ᄌᆞ러니엇지안져곤ᄒᆞ믈바드리오녀등은겁ᄒᆞ거든믈너가라ᄒᆞ고졍병오쳔을거

7

나려셩문을디긔ᄒᆞ고나난다시나아오거날길동이셩십니의영치롤세우고두션봉으로치라ᄒᆞ더니ᄌᆞ식군을거나려나오믈보고디희ᄒᆞ여피갑상마ᄒᆞ여문긔아릐나셔니ᄌᆞ식ᄯᅩ흔진세롤일우고피갑상마ᄒᆞ여진젼의나셔니냥인이상디ᄒᆞ미길동이황금투고의보신갑을입고쳔니부운춍을타고쇼의보검을드러시니위풍이늠〃ᄒᆞ고제장이옹위ᄒᆞ엿더라ᄌᆞᄉᆞ난ᄌᆞ금투고의홍금갑을입고ᄌᆞ츄마롤타고숀의장창을드러시니위풍이늠〃ᄒᆞ고풍치ᄲᅢ혀낫더라치롤드러길동을가ᄅᆞ쳐왈무명쇼젹이감히국가을침범ᄒᆞ여숨십여셩을앗고나의셩하의니ᄅᆞᆫ다일작항복ᄒᆞ여죽기롤면ᄒᆞ라블연즉너희셩명을보젼치못ᄒᆞ고편

갑도남기지아니ᄒᆞ리라길동이ᄃᆡ로왈황구소ᄋᆡ밍호ᄅᆞᆯ모ᄅᆞ고감히큰말을ᄒᆞ
난다이졔너희국왕이정시불명ᄒᆞ여쥬식의침

8

ᄋᆡᆨᄒᆞ고츙양을살히ᄒᆞ며ᄇᆡᆨ셩을도탄ᄒᆞ니ᄂᆡ이졔쳔명을밧ᄌᆞ와무도혼군의유
죄ᄌᆞᄅᆞᆯ치나니일작이항복ᄒᆞ여무죄ᄒᆞᆫᄉᆡᆼ영을구ᄒᆞ라ᄌᆞ시ᄃᆡ로ᄒᆞ여좌우ᄅᆞᆯ도
라보아왈뉘능히이도적을즙을고말이마지못ᄒᆞ여등뒤흐로됴ᄎᆞ한장쉬응셩
츌마ᄒᆞ니이난숀응뫼라창을두루며ᄃᆡ호왈뉘날을ᄃᆡ젹ᄒᆞᆯ다ᄒᆞ고진젼이셔왕
ᄂᆞ치빙ᄒᆞ거날굴돌통허만달이좌우로ᄂᆡ다라응모ᄅᆞᆯ취ᄒᆞ여슈십합을ᄊᆞ호ᄃᆡ
블분승뷔러니응뫼긔운이진ᄒᆞ여졍심이어ᄌᆞ럽거날ᄌᆞ식ᄃᆡ로ᄒᆞ여장창을빗
기고말을달녀즛쳐나아가응모ᄅᆞᆯ구ᄒᆞ고바로길동을쉬ᄒᆞ거날길동이마ᄌᆞ빠
하오십합의니ᄅᆞ러길동이문득ᄑᆡᄒᆞ여본진을바라고셔흐로ᄒᆡᆼᄒᆞ거날만달등
모든쟝쉬닐시의군ᄉᆞᄅᆞᆯ거나려급히다라나니ᄌᆞ식군ᄉᆞᄅᆞᆯ지휘ᄒᆞ여급히즛쳐
십여리ᄅᆞᆯᄯᆞ라일진을ᄃᆡ살ᄒᆞ고도라가더라만달

9

왈장군이ᄑᆡᄒᆞ믄엇진일이니잇고길동이우어왈이난계괴라만일져로더브러
ᄊᆞ호면힘만허비ᄒᆞᆯᄯᆞᄅᆞᆷ이오셩을파치못ᄒᆞ리니이졔져의이긔믈인하여오날
밤의우리진을겁칙ᄒᆞ리오모로미계교우ᄒᆡ계교ᄅᆞᆯ뼈셩을파ᄒᆞ리라제장이그
신긔ᄒᆞᆫ지략을탄복ᄒᆞ더라이의길동이굴동통헌만달장길등ᄉᆞᆷ장을블너분부
왈그ᄃᆡ등은쳘긔ᄉᆞᆷ쳔을거나려셩우편의나아가산뒤ᄒᆡᄆᆡ복ᄒᆞ엿다가도적이
지ᄂᆡ거든길을막고마됴치라ᄉᆞᆷ장이청영ᄒᆞ고군을거나려가니라ᄯᅩ최도기최
도셩김슌을블너왈그ᄃᆡ등은본현군일쳔을거ᄂᆞ려셩즁군ᄉᆞ의믠다리ᄒᆞ고셩
좌편으로나아가슈플이무셩ᄒᆞᆫ곳의ᄆᆡ복ᄒᆞ여다가ᄌᆞᄉᆞ의나간후셩하의나아
가여차〃〃ᄒᆞ면셩문을여러드리〃니ᄃᆡ군을영졉ᄒᆞ여셩을쉬ᄒᆞ라ᄯᅩ뎡찬뎡
긔뎡슈ᄉᆞᆷ장을블너왈너희난일만졍병을거ᄂᆞ려셩우편쇼로의ᄆᆡ복ᄒᆞ엿

10

다가셩문을열고나오거든김슌등을집응ᄒᆞ여셩을취ᄒᆞᄃᆡ츄호도ᄇᆡᆨ셩을살히
오지말나졔장이각〃청영ᄒᆞ고군을거나려믈너가거날ᄯᅩ허만ᄃᆡ허만츙을블
너왈너히ᄂᆞᆫ일쳔군을거ᄂᆞ려영ᄎᆡ밧게ᄆᆡ복ᄒᆞ엿다가젹병이〃ᄅᆞ거든블을드
러형셰ᄅᆞᆯ삼고ᄂᆡ다라엄살ᄒᆞ라ᄒᆞ고이의젼령ᄒᆞ여너ᄅᆞᆫ들의거즛영ᄎᆡᄅᆞᆯ세우
고날ᄂᆡᆫ군ᄉᆞ사ᄇᆡᆨ여명으로ᄒᆞ여곰징븍을울녀도젹을기다리고기여졔장은길
동이거나리고셔문셩하로나아가ᄆᆡ복ᄒᆞ더라ᄌᆞ시일진을이긔고도라오니졔
장이하례왈장군의용역은당ᄒᆞᆯ지업살가ᄒᆞ나이다ᄌᆞ시왈이번싸홈의도젹의
장슈ᄅᆞᆯᄌᆞᆸ을너니졔스ᄉᆞ로겁ᄒᆞ여다라나시니먼이아니가슬지라오날밤의ᄯᅩ
라블의의겁칙ᄒᆞ면한븍의도젹을가히파ᄒᆞ리라ᄒᆞ고일만졍병을거나려쵸경
의밥먹고이경의ᄒᆡᆼ군ᄒᆞᆯ시ᄉᆞᆫ응모로셩을직히오고ᄒᆡᆼᄒᆞ여가더니먼니

11

바라보니슈리허의영ᄎᆡᄅᆞᆯ곳〃이일우고징북을어지러이울이거날ᄌᆞ시일군
을지휘ᄒᆞ여일시의고흠ᄒᆞ고즛쳐드러가니문득ᄉᆞ롬은하ᄂᆞ토업고헷긔치만
곳ᄌᆞ거날바야흐로계교을ᄒᆡᆼᄒᆞᆫ쥴알고급히회군ᄒᆞ더니일셜포향의ᄎᆡ밧그로
셔블이니러나며일포군이살츌ᄒᆞ니위슈ᄃᆡ장은허만ᄃᆡ허만츙이라크게엄살
ᄒᆞ니ᄌᆞ시ᄡᆞ홀마음이업셔졔장다려뒤흘막으라ᄒᆞ고일군을휘동ᄒᆞ여나아가
더니문득일셩포향의산상으로셔일군이ᄂᆡ다라길을막고ᄃᆡ호왈문쥬젹은닷
지말ᄂᆞ허만달굴돌통장길이〃의셔기다련지오ᄅᆡ더니라ᄒᆞ거날ᄌᆞ시분녁ᄒᆞ
여ᄊᆞ화길을아ᄉᆞ다라날시김슌이셩ᄒᆞ의슘어더니ᄌᆞ시나오믈보고일군을인
ᄒᆞ여셩ᄒᆞ의나아가웨여왈문장군이젹병의ᄊᆞ히여시니급히나와구ᄒᆞ라ᄒᆞ거
날셩직흰군시보니저의군ᄉᆞ와

12

갓튼지라의심치아니코ᄉᆞᆫ응뫼일군을거나려급히ᄂᆞ아오거날최도긔ᄉᆞᆫ이〃
난곳의응모의머리마하의ᄯᅥ러지니군시ᄉᆞ산분쥬ᄒᆞ난지라뎡찬등이문열이
믈보고급히일만졍병을거나려믈미듯드러가니셩즁이ᄃᆡ란ᄒᆞ거날일면으로
ᄇᆡᆨ셩을안무ᄒᆞ고셩상의긔치ᄅᆞᆯ버려위엄을숨더라ᄎᆞ시ᄌᆞ시ᄊᆞᆫᄃᆡᄅᆞᆯ헷치고일

군을거나려다라날시오장이합병ᄒᆞ여일진을딕살ᄒᆞ니쥭엄이뫼갓고피흘너 닉이되엿더라ᄌᆞ싀겨유슈빅긔롤거ᄂᆞ려셩ᄒᆞ의이ᄅᆞ니이도젹이발셔셩을취 ᄒᆞ여셩상의긔치롤곳ᄌᆞᆺ거날ᄌᆞ싀홀일업셔쳘봉산셩으로가리라ᄒᆞ고오빅긔 롤거나리고다라ᄂᆞ더니문득일셩포향의일원딕장이가는길을막고딕호왈ᄌᆞ ᄉᆞ문쥬젹은닷지말나활빈당힝슈의병장홍길동이긔다린지오릭다ᄒᆞ거날ᄌᆞ 시죽긔

13

삿화계유난을버셔나쳘봉산셩으로다라나다길동이디〃인마롤거나려셩의 드러가딕연을비셜ᄒᆞ여숨군을호상ᄒᆞ고졔장으로더브러의논왈이졔칠십여 셩을항복바다시나알픽쳔봉산셩이이시니그곳을취ᄒᆞ면왕도난여반장이라 무숨모칙으로이셩을취ᄒᆞᆯ고김순이딕왈쳘봉산셩이산쳔이험악ᄒᆞ여슈히파 키어렴고틱슈김현츙은문뮈겸젼ᄒᆞᆫ장쉬라신츌귀몰ᄒᆞᆫ지죄잇거날ᄯᅩ문쥬젹 이그곳으로다라낫시니쥰비하미잇살지라장군이몬져격셔롤보닉고딕군을 삼노로난화ᄂᆞ아가면가히한븍의파ᄒᆞ리니다길동이올히녁여몬져격셔롤보 닉고딕군을숨노로난화나아가다각셜쳘봉틱슈김현츙이졍히공ᄉᆞ롤다ᄉᆞ리 더니홀연셩즁이요란ᄒᆞ며군식급피드러와보ᄒᆞ딕난딕업난도젹이니러나한 달이못ᄒᆞ여네쥬현을파

14

ᄒᆞ고칠십여셩을항복밧아나아오니그셰딕ᄯᅳ림갓고틱산밍호갓트여ᄌᆞ시ᄊᆞ 호다가픽ᄒᆞ여니르럿다ᄒᆞ거날틱쉬딕경ᄒᆞ여ᄌᆞᄉᆞ롤마져드러가딕연을비셜 ᄒᆞ여숨군을호상ᄒᆞ고졔쟝으로더브러의논왈이졔칠십여셩을젹의게아니고 이졔장군이젹으로더브러ᄊᆞ화시니도젹의허실을알지라무숨모칙으로도젹 을파ᄒᆞ리오이도젹은타국도젹이라젹장의셩명은홍길동이오만부〃당지용 이〃시며겸ᄒᆞ여신츌귀몰ᄒᆞᆫ지죄이시니가히경젹지못하리라셩을구지직희 고ᄉᆞ롬으로ᄒᆞ여금왕도의보장ᄒᆞ여밧그로구완병졸이오거든합병ᄒᆞ여치면 가히도젹을즙으리이다틱쉬왈장군의말이올타ᄒᆞ고일변뉼도왕의게고급ᄒᆞᆫ

후셩즁빅셩으로셩을직히오고군ᄉᆞᄅᆞᆯ이ᄅᆞ혀요ᄒᆡ쳐ᄅᆞᆯ슈엄ᄒᆞ며일변으로군용을정제ᄒᆞ여ᄃᆡ적고져ᄒᆞ더

15

라ᄎᆞ시길동이네쥬현을항복밧고칠십여셩을어드ᄆᆡ위풍과인덕이ᄉᆞ방의진동ᄒᆞ난지라ᄌᆞ못의긔양〃ᄒᆞ여쳘봉셩ᄒᆞ의이ᄅᆞ러보니셩상의긔치삼열ᄒᆞ여셩을구지직희고준비ᄒᆞ미잇거날길동이셩ᄒᆞ의진셰ᄅᆞᆯ닐우고격셔ᄅᆞᆯ보ᄂᆡ니하엿시ᄃᆡ활빈당ᄒᆡᆼ수의병장홍길동은일봉셔를ᄐᆡ슈의게붓치나니ᄂᆡ쳔명을밧ᄌᆞ와의병을일우혀ᄒᆡᆼᄒᆞ난바의각읍군현이망풍귀순ᄒᆞ여항복ᄒᆞ거날너난망영도이나의군ᄉᆞᄅᆞᆯ항거코ᄌᆞᄒᆞ니엇지어리지아니ᄒᆞ리오셩을파ᄒᆞ난날네셩명을보젼치못ᄒᆞ리니너난모로미일즉항복ᄒᆞ여ᄉᆡᆼ영을구ᄒᆞ고쳔명을순슈ᄒᆞ면군을봉하고열후ᄅᆞᆯ숨아부귀ᄅᆞᆯ한가지로ᄒᆞ리라ᄒᆞ엿더라ᄐᆡ쉬제장으로더브러도적칠일을의논ᄒᆞ더니쇼졸리보ᄒᆞᄃᆡ홍길동의

16

격셰이ᄅᆞ럿다ᄒᆞ거날ᄐᆡ쉬밧아쪄혀보고ᄃᆡ로ᄒᆞ여격서ᄅᆞᆯ찌져ᄯᆞᄒᆡ더지고왈무명쇼적이엇지감히나ᄅᆞᆯ슈욕ᄒᆞ리오ᄒᆞ고칼을들고입더셔며ᄭᅮ지져왈ᄂᆡ당〃이〃도적을죽여분을셜ᄒᆞ리라ᄒᆞ니좌위간왈장군은도적을경히여기지마로쇼셔이제문장군도오히려픠ᄒᆞ여시니엇지일시분을춤지못ᄒᆞ여나가ᄊᆞ호다가도적의간계의ᄲᅡ지면셩을보젼치못ᄒᆞᆯ지라이제구완을기다려치면도적을한북의파ᄒᆞ리이다ᄒᆞ더라이튼날평명의하령왈나난본ᄃᆡ하향됴고만션ᄇᆡ로셔천은을입ᄉᆞ와날노ᄒᆞ여금이곳ᄐᆡ슈ᄅᆞᆯᄒᆞ여시니몸이맛도록국은을만분지일이나갑고져ᄒᆞ나니제군은한가지로힘을다ᄒᆞ여도적을파ᄒᆞᆯ진ᄃᆡ나라의쥬ᄒᆞ고놉흔벼술을어더부귀ᄅᆞᆯ누리게ᄒᆞ리라만일영을어긔난ᄌᆡ잇시면군법을ᄒᆡᆼᄒᆞ리니숨가고숨갈지어다제인

17

이일시의팔을ᄲᅳᆷᄂᆡ여한번ᄊᆞ호기ᄅᆞᆯ원ᄒᆞ거날ᄐᆡ쉬군심이이갓으믈짐즉ᄒᆞ고진짓도〃와갈오ᄃᆡ너등이ᄊᆞ호다가만일불ᄒᆡᆼᄒᆞ미잇시면엇지원통치아니ᄒᆞ

리오이제노약과한과고독지인을샌도라보ᄂᆡ리라ᄒᆞ고젼령왈녀등은각〃도라가부모ᄅᆞᆯ반기며쳐ᄌᆞᄅᆞᆯ반기며젼지의임치말ᄂᆞᄒᆞ니숨군이ᄐᆡ슈의덕ᄐᆡᆨ을탄복ᄒᆞ여각골감은ᄒᆞ거날ᄐᆡ쉬문쥬적으로셩을직희오고졍병슈만을거나려셩밧게진치고이튼날양군이ᄃᆡ진ᄒᆞ고졉젼ᄒᆞᆯᄉᆡᄐᆡ쉬갑입고말게올ᄂᆞ장창을들고문긔아ᄅᆡ셔〃ᄃᆡ호왈적장은ᄲᆞᆯ이나아와ᄂᆡ칼을바드라ᄒᆞ거날길동이제장을거나려문긔아ᄅᆡ나오니황금봉시투구의용닌보신갑을입고총이마ᄅᆞᆯ타고보금을드러시니위풍이늠〃ᄒᆞ더라ᄐᆡ쉬치ᄅᆞᆯ드러길동을가ᄅᆞ쳐왈무명쇼적이ᄀᆞ암이갓튼무리ᄅᆞᆯ거나려감히

18

아국지경을침범ᄒᆞ나뇨일즉이항복ᄒᆞ여죽기ᄅᆞᆯ면ᄒᆞ라불연즉편갑도〃라보ᄂᆡ지아니ᄒᆞ리라길동이ᄃᆡ로즐왈너의국왕이졍ᄉᆞᄅᆞᆯ다ᄉᆞ리지아니ᄒᆞ고쥬식의침익ᄒᆞ여츙양을살히ᄒᆞ고ᄇᆡᆨ셩을도탄ᄒᆞ니이난망국ᄒᆞᆯᄯᆡ라ᄂᆡ쳔명을밧ᄌᆞ와의병을이ᄅᆞ혀진발ᄒᆞᄆᆡ지나난바의망풍귀슌ᄒᆞ여칠십여셩을항복밧고이의이ᄅᆞ럿거날감히큰말을ᄒᆞ난다모로미일즉귀슌ᄒᆞ여죽기ᄅᆞᆯ면ᄒᆞ라ᄐᆡ쉬ᄃᆡ로ᄒᆞ여졍창출마ᄒᆞ여다라들거날긔동이ᄃᆡ로ᄒᆞ여좌우ᄅᆞᆯ도라보아왈뉘능히도적을잡을고언미필의한장쉬ᄃᆡ호왈ᄃᆞᆰ잡난ᄃᆡ엇지쇼잡난연장을쓰리오ᄒᆞ거날모다보니이난션봉장굴돌통이라이의말을ᄯᅱ여진젼의나와크게ᄭᅮ지져왈네쳔시ᄅᆞᆯ모로고망영도이우리병을항거코ᄌᆞᄒᆞ난다우리ᄃᆡ장군은응쳔슌인ᄒᆞ여쇼과군현이망풍귀슌ᄒᆞ난

19

지라네모로미쳔명을슌슈ᄒᆞ여쾌히나ᄋᆞ와항복ᄒᆞ여죽기ᄅᆞᆯ면ᄒᆞ라ᄒᆞ니ᄐᆡ쉬븐긔츙쳔ᄒᆞ여마ᄌᆞᄡᆞ화이십여합의불분승뷔러니ᄐᆡ쉬졍신을가다듬아크게쇼ᄅᆡᄅᆞᆯ지ᄅᆞ고창을드러굴돌통의말가슴을질너업지ᄅᆞ치니이ᄯᆡ길동이션봉의위급ᄒᆞ믈보고즉시진언을염ᄒᆞ여뉵졍뉵갑으로돌통을구ᄒᆞ여오라ᄒᆞ니신장이쳥영ᄒᆞ고풍운을멍의ᄒᆞ여나아가구ᄒᆞ여왓거날길동이돌통을블너놀나믈위로ᄒᆞ고제장을모화상의왈ᄐᆡ슈의용ᄆᆡᆼ은우리군즁의당ᄒᆞ리업ᄉᆞ리니졸

연이파키어려운지라이졔계교로뼈ᄉᆞ로잡으리라ᄒᆞ고즉시오원ᄃᆡ장을ᄲᅢ귀히다혀이리〃〃ᄒᆞ라ᄒᆞ니오장이쳥영ᄒᆞ고이튼날굴돌통이츌마ᄃᆡ호왈무지필부난ᄲᅢᆯ이나와ᄂᆡ칼을바드라티쉬ᄃᆡ로ᄒᆞ여돌통을더브로교젼슈십ᄒᆞᆸ의돌통이거즛픠ᄒᆞ여

20

다라나거날티쉬급히ᄯᆞ라산곡의니ᄅᆞ러난문득일셩포향의복병이살츌ᄒᆞ거날티쉬놀나도라보니일원ᄃᆡ장이황금투구쓰고황의황건의ᄉᆞ륜거롤타고황의군을모라ᄂᆡ닷거날티쉬더욱황겁ᄒᆞ여동을바라고닷더니ᄯᅩ일원ᄃᆡ장이청의청건의청용을타고청의군거나려동을막거날티쉬능희나아가지못ᄒᆞ고남으로닷더니ᄯᅩ일원ᄃᆡ장이홍포홍건을입고쥬작을타고홍의군거나려길을막거날티쉬ᄃᆡ젹지못ᄒᆞ여셔흐로다라나니ᄯᅩ일원ᄃᆡ장이ᄇᆡᆨ건ᄇᆡᆨ포롤입고ᄇᆡᆨ호롤타고ᄇᆡᆨ의군을거나려셔흘막거날티쉬정신을정치못ᄒᆞ여븍을바라고닷더니ᄯᅩ일원ᄃᆡ장이흑건흑포롤입고현무롤ᄐᆞ고흑의군거나려길을막으니티쉬아모리홀쥴몰ᄂᆞ망지소죠홀지음의홀연한션관이공즁으로나려와ᄃᆡ호왈너조

21

고마ᄒᆞᆫ필뷔한갓용만밋고감희의병을항거코ᄌᆞᄒᆞ니엇지요ᄃᆡᄒᆞ리오언필의산상으로신장이나려와티슈롤결박ᄒᆞ여말게나리치니길동이이의군ᄉᆞ로ᄒᆞ여금즙아도라오니라ᄎᆞ시문쥬셕이티슈의픠ᄒᆞ믈보고일군을인ᄒᆞ여셩문을크게열고블의에ᄂᆡ다라영치롤엄살ᄒᆞ거날만달등즁장이함게ᄂᆡ다라교봉십여합의블분승뷔러니김용철이철퇴롤드러쥬젹을쳐죽이고여군을항복바드니길동의ᄃᆡ군이믈미듯셩의드러가ᄇᆡᆨ셩을안무ᄒᆞ고관ᄉᆞ의좌정ᄒᆞ미티쉬을계ᄒᆞ의ᄭᅮᆯ이고여셩ᄃᆡ미왈네이졔도항치아니홀다티쉬눈을부름ᄯᅥ고크게ᄭᅮ지져왈ᄂᆡ일시간계의ᄲᅡ아네게사로잡혀시ᄂᆞ엇지술기롤도모ᄒᆞ여도젹의게굴ᄒᆞ리오ᄲᅢᆯ니쥭여나의츙셩을온젼케ᄒᆞ라ᄒᆞ고소리롤벽녁갓치지ᄅᆞ거날길동이앙텬탄왈이난진짓츙신이

22

라ᄂᆡ엇지ᄒᆡᄒᆞ리오ᄒᆞ고좌우ᄅᆞᆯ물이치고친히나려ᄆᆡᆫ거슬글너좌ᄅᆞᆯ쥬고칭찬왈장군은진짓고ᄌᆞ츙신으로다ᄅᆞ미업도다드ᄃᆡ여쥬찬을나와관ᄃᆡᄒᆞ며놀난거슬위로ᄒᆞ니ᄐᆡ쉬길동의〃긔ᄅᆞᆯ보고그졔야사례왈장군이ᄑᆡ군지장을이러틋관ᄃᆡᄒᆞ시니엇지항복지아니ᄒᆞ리오길동이ᄃᆡ희ᄒᆞ여설연관ᄃᆡᄒᆞᆯ식ᄐᆡ슈로더브러즐기고인ᄒᆞ여ᄐᆡ슈ᄅᆞᆯ머무러셩을직히오고이튼날ᄃᆡ군을휘동ᄒᆞ여왕도의니ᄅᆞ니이곳은산쳔이험악ᄒᆞ고셩곽이견고ᄒᆞ여족히만니장셩의비길너라길동이ᄃᆡ군을정제ᄒᆞ여셩ᄉᆞᆷ십이의믈너하치ᄒᆞ고뉼도국왕의게격셔ᄅᆞᆯ젼ᄒᆞ니왈활빈당ᄒᆡᆼ슈의병장홍길동은ᄉᆞᆷ가글월을뉼도왕의게븟치ᄂᆞ니쳔ᄒᆞ난한ᄉᆞ람의쳔ᄒᆡ아니라ᄌᆞ고로셩탕은셩인이ᄉᆞᄃᆡ걸을치시고무왕은셩군이ᄉᆞᄃᆡ쥬ᄅᆞᆯ치신지라

23

이러므로ᄂᆡ의병을닐우혀삼군을영솔ᄒᆞ여ᄃᆡ강을건너ᄆᆡ향ᄒᆞᄂᆞᆫ바의능히ᄃᆡ젹ᄒᆞ리업ᄂᆞᆫ지라발셔칠십여셩을항복밧드니군위ᄃᆡ진ᄒᆞ고인덕이ᄒᆡᄂᆡ의진동ᄒᆞᄂᆞᆫ지라율도국왕은일작텬명을순슈ᄒᆞ여항복ᄒᆞ고ᄉᆡᆼ녕을구ᄒᆞ면젼가ᄅᆞᆯ보젼ᄒᆞ고열후ᄅᆞᆯ봉ᄒᆞ여부귀ᄅᆞᆯ한가지로ᄒᆞ려니와블연즉나라히망ᄒᆞ고셩이파ᄒᆞᄂᆞᆫ날은옥셕이구분ᄒᆞ리라후의뉘웃ᄎᆞ나밋지못ᄒᆞ리니왕은슉찰지ᄒᆞ라ᄒᆞ엿더라슈셩장이격셔ᄅᆞᆯ거두어왕긔드린ᄃᆡ왕이보기ᄅᆞᆯ맛고ᄃᆡ로ᄒᆞ여문무졔신을모하의논왈무명쇼적이엇지감히이러틋ᄒᆞ리오뉘능히이도적을잡아과인의근심을덜니오제신이쥬왈이제적셰호ᄃᆡᄒᆞ여칠십여셩을항복밧고셩하의니ᄅᆞ러시니ᄑᆡᄒᆞ미조셕의닛실지라ᄃᆡ왕은급히군사ᄅᆞᆯ조발ᄒᆞᄉᆞ셩을직희오고ᄆᆡᆼ장을ᄐᆡᆨ출ᄒᆞ여도적을방비ᄒᆞ옵쇼셔왕이청파의ᄃᆡ로왈적이

24

셩하의임ᄒᆞ엿거날엇지안ᄌᆞ셔믈너가믈기다리〃오나라히망ᄒᆞ면ᄂᆡ몸이도라갈ᄃᆡ업고죽어뭇치ᄯᆞ히업살지라ᄂᆡ적으로더브러ᄉᆞᄉᆡᆼ을결ᄒᆞ리라즉시경국지병을됴발ᄒᆞ여왕이친정ᄒᆞᆯ식모골ᄃᆡ로션봉을ᄉᆞᆷ고김일ᄃᆡ로후응ᄉᆞᄅᆞᆯᄉᆞᆷ

고왕이스ᄉᆞ로즁군이되연졔신을거나려나아갈시몬져ᄉᆞ롬으로ᄒᆞ여금적세
롤탐정ᄒᆞ라하니도라와보ᄒᆞᄃᆡ적병이발셔흑졔셩을파ᄒᆞ고병을난화삼노로
나아온다ᄒᆞ거날왕이숨군을호령ᄒᆞ여삼경통고의셩을써나힝ᄒᆞ여양관의이
ᄅᆞ러하치ᄒᆞ니길동의군시발셔양관ᄉᆞ십이의하치ᄒᆞ고졔장을블너분분ᄒᆞᄃᆡ
명일오시의뉼도왕을가히ᄉᆞ로잡으리니시긱을억의오지말나위령ᄌᆞ난참ᄒᆞ
리라ᄒᆞ고션봉골돌통헌만달을블너왈너등은일쳔군을거나려양관남편쇼로
〃가미복하엿다가여ᄎᆞ〃〃ᄒᆞ라

25

ᄒᆞ고좌장군니의경과젼장군장길을블너왈그ᄃᆡ은삼쳔군을거나려산곡좌편
의미복ᄒᆞ엿다가여ᄎᆞ〃〃ᄒᆞ라ᄒᆞ고후군장뎡창뎡긔뎡슈롤블너왈녀등은일
만경병을거나려양관우편소로의미복ᄒᆞ엿다가여ᄎᆞ〃〃ᄒᆞ라ᄒᆞ니졔장이각
〃쳥영ᄒᆞ고인군ᄒᆞ여가거날이튼날길동이일진군을거나려진문을ᄃᆡ기ᄒᆞ고
츌마ᄃᆡ호왈무도ᄒᆞᆫ뉼도왕은드ᄅᆞ라그ᄃᆡ쥬식의침익ᄒᆞ여간언을쓰지아니ᄒᆞ
고무죄ᄒᆞᆫ빅셩을살히ᄒᆞ니이난걸쥬의치라쳔의엇지무심ᄒᆞ시리오이러무로
너의병을일혀이의니ᄅᆞ러시니쌜이나와항복ᄒᆞ여만셩인민을구ᄒᆞ라왕이ᄃᆡ
로ᄒᆞ여토산마롤ᄐᆞ고빵검을드러길동과싸호더니미급숨흡의길동이거즛픠
ᄒᆞ여다라나거날뉼도왕이ᄯᅩ로더니션봉장굴돌통이좌편슈플가온ᄃᆡ로셔됴
ᄎᆞ너닷거날모골ᄃᆡ

26

산곡을바라고다라나거날뉼도왕이ᄭᅮ지고급히ᄯᅡ라양관을나산곡으로드러
가거날뉼국졔장이크게웨여왈ᄃᆡ왕은ᄯᅡ로지마로소셔그곳이산세험악ᄒᆞ니
반다시간계잇난가ᄒᆞ나니다왕이분노왈너엇지져을두리〃오ᄒᆞ고말을치쳐
ᄯᅡ라졈〃깁흔ᄃᆡ롤드러가니길이좁고산쳔이험악ᄒᆞ거날경히쥬져ᄒᆞ더니문
득일셩포향의ᄉᆞ면복병이너다라크게엄살ᄒᆞ난지라왕이ᄃᆡ경ᄒᆞ여급히퇴군
ᄒᆞ더니ᄯᅩ일진군이너다라길을막으니위슈ᄃᆡ장은홍길동이라숀의장창을들
고춍이마롤타고ᄃᆡ호왈뉼도왕은닷지말나ᄒᆞ거날왕이길동을보미분긔ᄃᆡ발

ᄒᆞ여마ᄌᆞ쓰화ᄉᆞ십여합의블분승뷔러니돌통이군을도로혀철통갓치쓰고치니금고함셩이텬지진동ᄒᆞ더라왕이졍히시살ᄒᆞ더니ᄯᅩ보ᄒᆞᄃᆡ젹병이본진의블을노코츙살ᄒᆞ나이다왕이듯

27

고쓰홀마음이업셔말을도로혀다라나더니젼면의일진광풍이이러나며화광이츙천ᄒᆞ거날왕이앙탄왈ᄂᆡ남을경히여겨이런화ᄅᆞᆯ맛나시니누ᄅᆞᆯ한ᄒᆞ리오언픈의칼을드러ᄌᆞ문ᄒᆞ니그아들창이부왕의시신을붓들고통곡ᄒᆞ다가ᄌᆞ결ᄒᆞ니라이ᄯᅴ왕의군식일시의항복ᄒᆞ거날길동이군을거두어본진의도라와왕의부ᄌᆞᄅᆞᆯ왕예로장ᄒᆞ고이날졔장을거나려풍악을갓초고도셩의드러가ᄇᆡᆨ셩을안무ᄒᆞ고ᄃᆡ연을비셜ᄒᆞ여군ᄉᆞᄅᆞᆯ호궤ᄒᆞ고졔장을각〃벼살을ᄒᆞ일시굴돌통으로순무ᄃᆡ장안찰ᄉᆞᄅᆞᆯᄒᆞ이여각읍을순힝ᄒᆞ이게ᄒᆞ고허만달노상장을ᄒᆞ이고헌만ᄃᆡ로거긔장군을ᄒᆞ이고김현츙으로원융ᄉᆞᄅᆞᆯᄒᆞ이고기여졔장은각〃ᄎᆞ례로공노ᄅᆞᆯ보와수령방ᄇᆡᆨ을ᄒᆞ이고군졸도상ᄉᆞᄅᆞᆯ후히ᄒᆞ여창늠을여러ᄇᆡᆨ셩을난화쥬니ᄇᆡᆨ셩이감열ᄒᆞ여산호만셰ᄅᆞᆯᄒᆞ고은혜ᄅᆞᆯ감

28

축ᄒᆞ더라십일월갑ᄌᆞ일의길동이즉위ᄒᆞ니만됴ᄇᆡᆨ관이만셰ᄅᆞᆯ브ᄅᆞ고즐기난소ᄅᆡ일국의진동ᄒᆞ더라왕이졔장을각〃봉작을더으고부친승상공을츄증ᄒᆞ여현덕왕이라ᄒᆞ고ᄇᆡᆨ농으로부원군을봉ᄒᆞ고모친으로틱왕비ᄅᆞᆯ봉ᄒᆞ고ᄇᆡᆨ시로왕비ᄅᆞᆯ봉ᄒᆞ고조시로츙열좌부인을봉ᄒᆞ고뎡시로숙열우부인을봉ᄒᆞ고각〃궁을슈축ᄒᆞ여거ᄒᆞ게ᄒᆞ고부친산쇼을션능이라ᄒᆞ고승상부인으로현덕틱왕후ᄅᆞᆯ붕ᄒᆞ고신뇨ᄅᆞᆯ보ᄂᆡ여실가ᄅᆞᆯ호힝ᄒᆞ여와궁즁의안돈ᄒᆞ니라왕이즉위ᄒᆞ므로븟터덕을닷그며졍ᄉᆞᄅᆞᆯ어지리ᄒᆞ니십연이못ᄒᆞ여국틱민안ᄒᆞ고산무도젹ᄒᆞ며도불습유ᄒᆞ여격양가ᄅᆞᆯ브ᄅᆞ니틱평셰계러라일〃은왕이됴회ᄅᆞᆯ바들식졔신을ᄃᆡᄒᆞ여왈과인이한회푀이시니경등은드ᄅᆞ라ᄂᆡ이졔왕위의즉ᄒᆞ나션능은됴션지경이오의외의병됴판셔ᄅᆞᆯ지ᄂᆡ고졍됴일쳔셕을ᄉᆞ

29

급ᄒᆞ시ᄆᆡ국은을닙ᄉᆞ와시니엇지쳔은을이ᄌᆞ리오졔신즁지용지ᄌᆞᄅᆞᆯ갈히여ᄉᆞᄅᆞᆯ슴아표쥬ᄒᆞ고션능의헌작고져ᄒᆞ나니경등은뜻의엇더ᄒᆞ뇨졔신이쥬왈하괴맛당ᄒᆞ시니한님학ᄉᆞ뎡희로ᄉᆞ신을졍ᄒᆞᄉᆞ이다왕이즉시뎡희ᄅᆞᆯ인견왈과인이경으로됴션ᄉᆞ신을졍ᄒᆞ나니됴션의나아가ᄐᆡ왕후와형공을뫼셔오면공을즁히갑흐리라뎡희쥬왈신이명심ᄒᆞ와뫼셔오라이다왕이ᄃᆡ희ᄒᆞ여이튼날일봉표와금쥬보ᄑᆡ와셔간을만다라모후와형공긔각〃붓치더라뎡희즉시하직ᄒᆞ고ᄇᆡᄅᆞᆯ타힝ᄒᆞᆫ지슴삭만의됴션국셩강의ᄇᆡᄅᆞᆯ다히고경셩의드러가표ᄅᆞᆯ올이니ᄎᆞ시상이길동을보ᄂᆡ시고그ᄌᆡ죠의신긔ᄒᆞ믈칭찬ᄒᆞᄉᆞ셰월이여류ᄒᆞ여여러ᄒᆡ되엿더니일〃은문득건시쥬왈뉼도국이표문을올녓나이다상이놀나ᄉᆞ밧아어람ᄒᆞ시니젼임병죠판서뉼도왕홍길동은돈수ᄇᆡᆨᄇᆡᄒᆞ옵고일장

30

표문을밧드러왕상탑하의올이옵나니신은본ᄃᆡ미쳔ᄒᆞᆫ몸으로왕작을누리오니이난젼하의홍복을힘입ᄉᆞ오미라왕ᄉᆞᄅᆞᆯᄉᆡᆼ각ᄒᆞ오면황송젼뉼ᄒᆞ온지라복원셩상은신의무상ᄒᆞᆫ죄ᄅᆞᆯᄉᆞᄒᆞ시고만세로안강ᄒᆞ옵쇼셔ᄒᆞ엿더라상이남필의ᄃᆡ경ᄃᆡ찬ᄒᆞ시고즉시홍상셔ᄅᆞᆯᄑᆡ초ᄒᆞᄉᆞ뉼도왕의표문을뵈시고칭찬ᄒᆞᄉᆞ위유ᄒᆞ시니상셰쥬왈승상의홍복을입ᄉᆞ와신이뉼도국의나아가위유ᄒᆞ고ᄌᆞᄒᆞ나이다상이의윤ᄒᆞᄉᆞ뉼국위유ᄉᆞᄅᆞᆯᄒᆞ이시니상셰하직슉ᄇᆡᄒᆞ고집의도라와ᄐᆡ부인을뫼시고경셩을ᄯᅥ나셔강의이ᄅᆞ러ᄇᆡ의올나슌풍을됴ᄎᆞ돗찰달고슈삭만의뉼도국의이ᄅᆞ니왕이즁ᄉᆞᄅᆞᆯ보ᄂᆡ여영졉ᄒᆞ고먼니나와마ᄌᆞ드러갈ᄉᆡ그장ᄒᆞᆫ위의비ᄒᆞᆯᄃᆡ업더라셩의드러가바로궐즁의가니ᄇᆡᆨ시등이졀ᄒᆞ여뵌ᄃᆡᄐᆡ부인이ᄋᆡ휼ᄒᆞ고문왈상공산소ᄅᆞᆯ어ᄃᆡ뫼셧나뇨왕왈일봉산하의뫼셧나이다부인

31

왈한번단여오리라왕이ᄐᆡ모ᄅᆞᆯ뫼셔션능의이ᄅᆞ니부인이능소의올나일셩통곡의긔졀ᄒᆞ니왕과상셰급히구ᄒᆞ여궁즁의도라와인ᄒᆞ여졸ᄒᆞ니시년이팔십

이러라왕과상셰붕쳔지통을당ᄒᆞ니엇지슬푸지아니리오좌위구ᄒᆞ여인ᄉᆞ를차리미장일을턱ᄒᆞ여션능의합장ᄒᆞ고식로이익통ᄒᆞ믈마지아니터라ᄎᆞ시홍상셰ᄉᆞ군지심이간졀ᄒᆞ여됴션으로힝홀식션능의통곡하직ᄒᆞ고궁즁상ᄒᆞ를니별ᄒᆞ미비를타고무ᄉᆞ이득달ᄒᆞ여예궐복명ᄒᆞ니라ᄎᆞ시뉼도왕이형공을니별ᄒᆞ고궁즁의도라와셰월을보ᄂᆡ더니왕뫼년이칠십의니ᄅᆞ러우연이측상ᄒᆞ여졸ᄒᆞ니일국이발상거익ᄒᆞ고능호를현능이라ᄒᆞ다숨년종졔를무ᄉᆞ히지ᄂᆡ고일〃연낙ᄒᆞ더라왕이일즉삼ᄌᆞ를두어시니장자의명은현이니왕비빅시의쇼싱이오ᄎᆞᄌᆞ의명은창이니뎡시의쇼싱이오숨ᄌᆞ의명은셕이니됴시의쇼싱이라

32

장ᄌᆞ현으로셰ᄌᆞ를봉ᄒᆞ엿더라왕이등국ᄒᆞ연지슈십년의나히뉵십을당ᄒᆞ미젹숑ᄌᆞ의ᄌᆞ최를ᄎᆞᆺ고ᄌᆞᄒᆞ여일〃은문무를모화젼위ᄒᆞ고냥ᄌᆞ를각〃ᄡᆞ흘버혀군을봉ᄒᆞ고풍유를갓쵸와즐길식왕이노릭블너왈셰상을싱각ᄒᆞ니인싱이쵸로갓고빅년이유슈로다부귀빈쳔이시유예니반싱깅여ᄒᆞ오안긔싱젹숑ᄌᆞᄂᆞᆫᄂᆡ벗잇가ᄒᆞ노라왕이가파의츄연강긔ᄒᆞ며좌위막불유체러라원ᄂᆡ도셩숨십이허의한명산이〃시니호왈영산이라경긔졀승ᄒᆞ고신션이나려와노난곳이라왕이그곳의한정ᄌᆞ를이로고빅시로더브러그곳의쳐ᄒᆞ여션도를닷그니일월경긔를마시고화식을먹지아니ᄒᆞ니경신이청한ᄒᆞᆫ지라일〃은오식구름이정ᄌᆞ의어릭고뇌정벽녁이쳔지진동ᄒᆞ거날신왕이ᄃᆡ경ᄒᆞ여졔신을거ᄂᆞ려영

33

산의올나가보니믈식은의구ᄒᆞᄃᆡ부왕과모비업난지라놀나ᄎᆞ지되맛츰ᄂᆡ죵젹이업난지라홀일업셔도라와허능의허장ᄒᆞ니라왕의ᄌᆞ숀이ᄃᆡ〃로왕즉을누리미긔이ᄒᆞᆫᄉᆞ젹이민멸키압가올시ᄃᆡ강긔록ᄒᆞ노라

세신축십일월일ᄉᆞ직동셔

임장군전 원문

권지일

1

님장군젼권지일
화셜디명슝정말의죠션국츙청도츙쥐단월따히한샤룸니잇스니셩은님이오
일홈은경업니라어려셔붓터학업을힘쓰더니종족향당의칭찬치아니리업더
라경업의위인니관후ᄒᆞ여샤룸을샤랑ᄒᆞ고미양이로디남지셰상의나미맛당
니입신양명ᄒᆞ여님군을셤겨일홈을쥭빅의드리올지니엇지쵸목과갓치썩으
리오ᄒᆞ더라니러구러십여셰되미밤이면병셔을읽고나지면무예을익혀말달
니기을일숨더니무오년의이르러나히십팔셰라과거기별을듯고경ᄉᆞ의올나
와무꽈장원ᄒᆞ여즉시뎐옥쥬부츌육ᄒᆞ니어ᄉᆞᄒᆞ신계화청숨의만마츄종을거
나려디로상으로향ᄒᆞ니도로관광지님장원의위풍을칭찬치아니리업더라숨
일유과을

2

맛친후의죠졍의말미를어더고향으로도라가모친긔뵈오니부인이옛일을츄
감ᄒᆞ여일희일비ᄒᆞ여〃러친척을모화즐긴후의모친긔하직ᄒᆞ고즉쇼의나갓
더니숨년과만의빅비강만호을ᄒᆞ여임소의도임헌후로빅셩을사량ᄒᆞ여농업
을권ᄒᆞ며무예을가르치니일노붓터빅마강션치ᄒᆞ는쇼문니죠졍의밋쳣더라
차시우의정원두퍼탑젼의쥬왈신니듯ᄉᆞ오니빅마산셩은방어즁지라셩쳡이
퇴락ᄒᆞ여형용니업다ᄒᆞ오니지죠잇는샤름을보니여슈보ᄒᆞ미맛당홀가ᄒᆞ나
이다상니가로샤디그런샤름을경이쳔거ᄒᆞ라ᄒᆞ시니우의졍니다시디쥬왈빅
마강만호님경업니족히그쇼임을당홀가ᄒᆞ나이다상니즉시경업으로텬마산
셩즁군을졔슈ᄒᆞ시니경업니옥지을

3

밧잡고진졸을호궤ᄒᆞᆯ식모든토졸니각〃쥬찬을갓초와드리는지라경업니친니잔을잡고왈ᄂᆡ너의게은혜씨친일니업거ᄂᆞᆯ너의등니〃갓치날을위로ᄒᆞ니ᄂᆡ한잔술노졍을표ᄒᆞ노라ᄒᆞ고잔을드러권ᄒᆞ니모든진졸니잔을밧고ᄉᆞ례왈쇼졸등니부모갓흐신장군을일죠의원별을당ᄒᆞ오니젹지ᄌᆞ모일홈과갓토쇼이다ᄒᆞ고멀니나와ᄒᆞ직ᄒᆞ더라경업이경셩의□와됴판셔을본ᄃᆡ판셔왈그ᄃᆡ의아름다온말니조졍의들니ᄆᆡᄂᆡ우샹과의논ᄒᆞ여탑젼알왼비라ᄒᆞ거날경업니〃러ᄇᆡᄉᆞ왈쇼인갓흔용지을나라의쳔거ᄒᆞ와놉흔벼술을ᄒᆞ여시니황공무지ᄒᆞ여이다ᄒᆞ고인ᄒᆞ여입궐샤은후의우의졍긔뵈온ᄃᆡ우상왈드른즉그ᄃᆡ지죄만호의오ᄅᆡ두미앗가온고로죠졍의□□

4

ᄒᆞᆫᄇᆡ니밧비나려가셩역을사쇽히셩공ᄒᆞ라ᄒᆞ거늘경업이ᄇᆡᄉᆞ왈소인갓흔인ᄉᆞ로즁님을능히감당치못ᄒᆞᆯ가ᄒᆞᄂᆞ이다ᄒᆞ고인ᄒᆞ여하직ᄒᆞ고쳔마산셩의도임ᄒᆞᆫ후셩쳡을도라보니졸연니슈축ᄒᆞ기가어려온지라즉시장계ᄒᆞ여장젼군을발ᄒᆞ여셩역ᄒᆞ믈□ᄒᆞᆫᄃᆡ상이즉시병됴의ᄒᆞ교ᄒᆞ샤건장ᄒᆞᆫ군ᄉᆞ을ᄐᆡᆨ츌ᄒᆞ여보ᄂᆡ시니라잇ᄯᆡ경업이□군과ᄇᆡᆨ셩을거ᄂᆞ려셩역ᄒᆞᆯ식소를잡으며술을비져ᄆᆡ일호궤ᄒᆞ며친이잔을권ᄒᆞ여왈ᄂᆡ날아명을바다역ᄉᆞ를시작ᄒᆞ니너의는힘을다ᄒᆞ여부즈런니ᄒᆞ라ᄒᆞ고ᄇᆡᆨ마ᄅᆞᆯ잡아피ᄅᆞᆯ마셔ᄆᆡᆼ세ᄒᆞ고다시잔을잡아왈나는여등의힘을비러나라은혜ᄅᆞᆯ갑고져ᄒᆞ노라ᄒᆞ고친히뇌고ᄅᆞᆯ

5

극진니염녀ᄒᆞ나모든궁졸이불승감격ᄒᆞ여졔일갓치작심ᄒᆞ는지라일〃은듕군이친히돌을통의담아지고군ᄉᆞ즁의셧겨올식역군등이쉬거늘듕군이ᄯᅩᄒᆞᆫ쉬더니한역군니일오ᄃᆡ우리그만쉬고어셔가자즁군니알세라ᄒᆞ거늘즁군니소왈님즁군도쉬니관계ᄒᆞ랴ᄒᆞᆫᄃᆡ역군등니그소ᄅᆡᄅᆞᆯ듯고놀나도라보며갈오ᄃᆡ□□□□□감격ᄒᆞ니어셔가자밧비가자ᄒᆞ거늘즁군니그말을듯고쉬여가자ᄒᆞᆫ즉역군등이〃러ᄂᆞ가더라ᄎᆞ후로이러틋진심ᄒᆞ미불일셩사ᄒᆞ여일년만의필역ᄒᆞ되한곳도허슈ᄒᆞ미업는지라경업이되희ᄒᆞ여군사롤친히호궤ᄒᆞ고은을니여후히상급ᄒᆞ며이로되여등의힘을닙어나라일을무사히필역ᄒᆞ니뭇니깃거ᄒᆞ노라ᄒᆞ

6

니역군등이비ᄉᆞ왈소인등이부모갓흔장군님의덕턱으로즁역의일명도상ᄒᆞ미업고ᄯᅩᄒᆞᆫ상급이후ᄒᆞ시니도라가오나그은덕을오미불망ᄒᆞ리로소이다ᄒᆞ더라즁군니즉시필역장계롤올닌되상이장계롤보시고긔특이넉이사가자를도드시고그직조롤뭇니칭찬ᄒᆞ시더라ᄎᆞ시는갑자년팔월이라남경동지사롤보니실식수뢰험ᄒᆞ미상이근심ᄒᆞ사조신즁의셔턱용ᄒᆞ사세빅으로상사롤정ᄒᆞ시고군관을무예잘ᄒᆞ는사람을ᄲᅢ라ᄒᆞ시니니셰빅이님경업을계청ᄒᆞᆫ되님즁군이상사의젼녕을듯고즉시상경ᄒᆞ여상사롤보니상식반겨왈나라히날노상사롤ᄒᆞ이시고군관을턱용ᄒᆞ라ᄒᆞ시믜그되롤계청ᄒᆞ여시니그되의뜻의엇더ᄒᆞ

7

뇨경업이되왈소인갓흔용ᄒᆞᆫ거슬계청ᄒᆞ시니감축무지ᄒᆞ여이다ᄒᆞ고인ᄒᆞ여ᄡᅧ날식부모쳐ᄌᆞ롤니별ᄒᆞ믜슬푸물먹음고승션발힝ᄒᆞ여남경의무ᄉᆞ히득달ᄒᆞ니잇ᄶᅵ는갑자년츄구월이라호국이강남의조공ᄒᆞ더니가달이강셩ᄒᆞ여호국을자로침범ᄒᆞ믜호왕이강남의사신을보니여구완병을청ᄒᆞ니황뎨호국의보닐장슈롤갈힐식졉반사황자명이경업의위풍이비상ᄒᆞ물쥬달ᄒᆞ믜황뎨드르시고즉시경업을명초ᄒᆞ사왈이졔조졍이경의직조롤쳔거ᄒᆞ믜경으로구완장을삼아호국의보니여가달을치려ᄒᆞᄂᆞ니경은한번호국의나아가가달을파ᄒᆞ여일흠을삼국의빗니미엇더ᄒᆞ뇨경업이복지쥬왈소신니본

8

되모략이업ᄉᆞ오니즁님을엇지당ᄒᆞ오며신니타국사람이오니장졸이신의호령을좃지아니ᄒᆞ요면되ᄉᆞ롤그릇ᄒᆞ여텬명을욕되게ᄒᆞᆯ가염녀ᄒᆞᄂᆞ이다상이

차신바상방참마검을글너쥬시며왈졔장즁의군영을어긔는지잇거든션참후계ᄒᆞ라ᄒᆞ시고경업을비ᄒᆞ여도총병마ᄃᆡ원슈롤삼으시고조션사신을상사ᄒᆞ시니라잇ᄯᅢ경업의나히이십오셰러라ᄉᆞ은퇴죠ᄒᆞ여교장의나와졔장군마롤연습홀ᄉᆡ경업이늉복을졍졔히ᄒᆞ고장ᄃᆡ의놉히안져손의상방검을들고하령왈군즁은ᄉᆞ졍이업ᄂᆞ니군법을어긔는ᄌᆞ는참ᄒᆞ리니마음을게을니가지〃말ᄂᆞ졔장이쳥녕ᄒᆞ미군즁이엄숙ᄒᆞ더라경업이턱일

9

츌사홀ᄉᆡ천자게하즉ᄒᆞ온ᄃᆡ상이슐을부어위유ᄒᆞ시니경업이황은을감츅ᄒᆞ고ᄉᆞ은ᄒᆞ고퇴ᄒᆞ여상사롤보니상ᄉᆡᄯᅧ나물심히슬허ᄒᆞ거늘경업이안식을화히ᄒᆞ여왈화복이슈의잇고인명이직쳔ᄒᆞ니조션과ᄃᆡ국이다르오나보쳔지히막비왕토요솔토지민니막비왕신니라엇지쥭기롤사양ᄒᆞ리잇고ᄒᆞ고하즉ᄒᆞ니상ᄉᆡ결연ᄒᆞ여입공반사ᄒᆞ물텬만당부ᄒᆞ더라만조ᄇᆡᆨ관니셩밧게나와젼별홀ᄉᆡ경업이상사와ᄇᆡᆨ관을니별ᄒᆞ고힝군ᄒᆞ여호국의이르러먼져통ᄒᆞ니호왕이구완병이오물듯고셩밧십니의ᄂᆞ와영졉ᄒᆞ여친니잔을드러관ᄃᆡᄒᆞ고호국ᄃᆡ사마ᄃᆡ장군도원슈롤ᄒᆞ이니경업이벼살

10

을바드미양국인슈롤두츌노차고황금보신갑의봉투고롤쓰고청용도롤빗기들고천니ᄃᆡ완마롤타고ᄃᆡ군을거ᄂᆞ려셤곡의다〃라진셰롤베풀고가달의진을바라보니쳘갑입은장ᄉᆡ무슈ᄒᆞ고빗난긔치와날넌창검이히빗츨가려시니그형셰웅위ᄒᆞᄃᆡ다만항외착난ᄒᆞ거놀경업이ᄃᆡ희ᄒᆞ여졔장을불너각〃계교롤가라쳐군ᄉᆞ롤난화여러익구롤직희오고경업이진젼의나와요무양위ᄒᆞ여빠홈을도드니가달이진문을크게열고일시의ᄂᆡ다라쑤지져왈너의젼일의여러번픠ᄒᆞ여갓거늘너는하인이완ᄃᆡ감히졉젼코져ᄒᆞᄂᆞᆫ다부졀업시무죄ᄒᆞᆫ군ᄉᆞ롤쥭이지말고ᄲᆞᆯ니황복ᄒᆞ여잔명을

11

보젼ᄒᆞ라ᄒᆞ거늘경업이응셩ᄃᆡ미왈나는조션국장슈님경업이러니ᄃᆡ국의ᄉᆞ신으로왓다가청병ᄃᆡ장으로왓거니와너의는무지ᄒᆞᆫ말노경젹지말고승부를결ᄒᆞ라가달이ᄃᆡ로왈너의셔십빅나〃흔명장도쥭고황복ᄒᆞ여거든너무명소장이감히큰말을ᄒᆞ는다ᄒᆞ고모든오랑키일시의다라들거늘경업이마져ᄡᅡ화슈합이못ᄒᆞ여선봉장둘을버히고진을ᄶᅦ쳐드러가며좌우치빙ᄒᆞ니가달의장쉬션봉의쥭으물보고일시의ᄂᆡ다라장창을드러경업을에워ᄊᆞ고치니경업이혹젼혹쥬ᄒᆞ여도젹을유인ᄒᆞ여산곡즁으로드러가니도젹이승〃ᄒᆞ여경히ᄶᅡ루더니문득일셩포향의사면복병이ᄂᆡ다라시살ᄒᆞ니젹군니픿ᄒᆞ여쥭엄이뫼갓흔지

12

라쥭치여러장슈를쥭이고황망이에운ᄃᆡ를헷쳐쥭도록ᄊᆞ호며다라나거늘경업이ᄶᅡ루며ᄃᆡ미왈ᄀᆡ갓흔도젹은닷지말나엇지두번북치기를기다리〃요ᄒᆞ고말을치쳐ᄶᅡ루며칼을드러한번두르미쥭치의머리마하의나려지고나문군ᄉᆡ다황복ᄒᆞ니경업이군ᄉᆞ를지휘ᄒᆞ여군긔마필을거두어도라오니라차설가달이쥭치의쥭으물보고감히ᄡᅡ홀마음이업셔픿잔군을거ᄂᆞ려다라나거늘경업이ᄃᆡ군을모라가달이ᄃᆡ적지못ᄒᆞ여ᄉᆞ로잡힌지라경업이장ᄃᆡ의놉히안고가달을원문밧게ᄂᆡ여참ᄒᆞ라ᄒᆞ니가달이혼비빅산ᄒᆞ여살기를빌거늘경업이ᄭᅮ지져왈네엇지감히무고히긔병ᄒᆞ여연국을침노ᄒᆞᄂᆞ뇨가달이ᄭᅮᆯ어고왈장군은

13

소장의잔명을살니시면다시두마음을두지아니리이다ᄒᆞ거늘경업이분부ᄒᆞ여민거슬그르고경계왈인명을앗겨용셔ᄒᆞᄂᆞ니차후이심을다시먹지말나ᄒᆞ니가달이머리조와ᄉᆞ례ᄒᆞ고쥐숨듯환귀본국ᄒᆞ니호국장졸니님장군의관후ᄒᆞᆫ덕을못ᄂᆡ칭숑ᄒᆞ더라경업이인ᄒᆞ여회국ᄒᆞ여남경으로갈시호왕니슈십니밧게ᄂᆞ와젼송홀시소을드러ᄉᆞ례왈장군의위덕으로가달을쳐파ᄒᆞ고아국을

진정ᄒᆞ여쥬시니하ᄒᆡ갓흔은혜ᄅᆞᆯ만분지일이ᄂᆞ엇지갑흐리잇가ᄒᆞ고금은ᄎᆡ단슈십슈ᄅᆡᄅᆞᆯ쥬며왈이거시약소ᄒᆞ나지극ᄒᆞᆫ정을표ᄒᆞ미니장군은물니치지말나ᄒᆞ거늘경업이사양치안코바다모든장졸을난화쥬며왈너의힘을

14

닙어ᄃᆡ공을세워양국의공빗ᄂᆡ여시니엇지ᄂᆡ힘으로승젼ᄒᆞ미리오이소〃지물을너희ᄅᆞᆯ쥬ᄂᆞ니부모쳐ᄌᆞᄅᆞᆯ봉양ᄒᆞ라ᄒᆞ니장졸이갈오ᄃᆡ아등이군명을밧자와타국의드러와이ᄯᅡ의귀신니아니되옵기ᄂᆞᆫ장군의위덕이어늘도로혀상급을밧자우니감축ᄒᆞ여이다ᄒᆞ고ᄇᆡᆨ비칭ᄉᆞᄒᆞ더라잇ᄯᆡ쳔지경업을호국의보ᄂᆡ시고쥬야염녀ᄒᆞ사소식을기다리시더니경업의승쳡계문을보시고ᄃᆡ희ᄒᆞ사왈조션의이런명장이잇실쥴엇지뜻ᄒᆞ여시리오ᄒᆞ시더라경업이도라와봉명ᄒᆞᆫᄃᆡ쳔지반기사상빈녜로ᄃᆡ졉ᄒᆞ시고갈오ᄃᆡ경이만니타국의드러왓거늘위ᄐᆡᄒᆞᆫ호지의보ᄂᆡ고염녜무궁ᄒᆞ더니이졔승쳡ᄒᆞ고도라오니엇지

15

깃부물측냥ᄒᆞ리오ᄒᆞ시고셜연관ᄃᆡᄒᆞ시니경업이황은을슉ᄉᆞᄒᆞ고퇴됴ᄒᆞ여상사ᄅᆞᆯ본ᄃᆡ상ᄉᆡ연망이경업의손을잡고왈그ᄃᆡ로타국의와슈히도라가물바라더니의〃에만니타국의보ᄂᆡ고염녜간졀ᄒᆞ더니하날이도으사셩공ᄒᆞ여일홈이삼국의진동ᄒᆞ니깃부고다ᄒᆡᆼᄒᆞ물엇지다긔록ᄒᆞ리오ᄒᆞ며하례ᄒᆞ더라셰월이여류ᄒᆞ여긔ᄉᆞ년월이되미상ᄉᆡ귀국ᄒᆞᆯ뜻시□□ᄒᆞ여황상게나가물쥬달ᄒᆞᆫᄃᆡ쳔지인견ᄒᆞ사왈경등이짐의나라의드러와ᄃᆡ공을셰워일홈을타국의빗ᄂᆡ니엇지긔특지아니리오ᄒᆞ고친히옥비을잡아쥬시며왈경의나라와비록다르나뜻은한가지라엇지결연치아니리오ᄒᆞ신ᄃᆡ경업이황감ᄒᆞ여잔을밧잡고부복쥬왈소신니미쳔ᄒᆞᆫ지질노즁국의

16

드러와쳔은을닙ᄉᆞ오니황공무지로소이다쳔지그츙의ᄅᆞᆯ긔특이넉이시더라ᄉᆞ신니황뎨게하즉ᄒᆞ고나와황자명을보고니별을고ᄒᆞ니자명이쥬찬을갓초

와ᄉᆞ신을졉ᄃᆡᄒᆞ고경업의손을잡고ᄯᅥ나는정회연〃ᄒᆞ여슬허ᄒᆞ며후일다시보물긔약ᄒᆞ고멀니나와젼송ᄒᆞ더라상ᄭᅴ환국홀ᄭᅴ먼져장계롤올니〃라업이호국의구완장이되어쳔됴의벼술ᄒᆞ여도원슈되여세□가달을쳐승첩ᄒᆞ고나오는연유롤계달ᄒᆞ엿거늘상이보시고왈쳔고의드문일이라ᄒᆞ시고못ᄂᆡ긔특이여기시고만됴ᄇᆡᆨ관니경업의지조롤칭찬ᄒᆞ더라상ᄭᅴ경셩의이르ᄆᆡ만됴ᄇᆡᆨ관니ᄂᆞ와마져반기며장안사셔인민니경업의일을셔로젼ᄒᆞ여층찬치아니리업더라

17

상ᄭᅴ궐ᄂᆡ의드러가봉명ᄒᆞ온ᄃᆡ상이반기사왈만니원노의무사회환ᄒᆞ니다힝ᄒᆞ기측냥업고경으로인ᄒᆞ여경업을타국젼장의보ᄂᆡ여조션위풍을빗ᄂᆡ니경의공이적지안타ᄒᆞ시고경업을초쳔ᄒᆞ라ᄒᆞ시니라ᄎᆞ시는신미년츈삼월이라영의정김자졈이흉계롤품어찬역홀ᄯᅳᆺ이오ᄅᆡᄃᆡ경업의지용을두려감히반심을발뵈지못ᄒᆞ더니잇ᄯᅢ호왕이가달을쳐황복밧고삼만병마롤거ᄂᆞ려압녹강의와조션형셰롤살펴보거늘의쥬부윤니ᄃᆡ경ᄒᆞ여장계ᄒᆞᆫᄃᆡ상이놀나사문무ᄇᆡᆨ관을모흐시고갈오사ᄃᆡ이졔호병이아국을엿본다ᄒᆞ니장차엇지ᄒᆞ리오졔신니알외ᄃᆡ님경업의일흠호국의진동ᄒᆞ엿ᄉᆞ오니이사람을보ᄂᆡ여도젹을막으미맛당

18

홀가ᄒᆞᄂᆞ이다상이의윤ᄒᆞ사즉시경업으로의쥬부윤겸방어ᄉᆞ롤ᄒᆞ이시고김자졈으로도원슈롤ᄒᆞ이시니경업이ᄉᆞ은슉ᄇᆡᄒᆞ고도임ᄒᆞ니라ᄎᆞ시호국장졸이경업이의쥬부윤으로나려오물듯고혼비ᄇᆡᆨ산ᄒᆞ여군을거두어다라나더라경업이도임ᄒᆞᆫ후로궁셩을살피고사졸을연ᄒᆞ더니호장이다라나다가가마니도루와엿보거늘경업이ᄃᆡ로ᄒᆞ여토병을호령ᄒᆞ여일진을엄살ᄒᆞ고호병십여인을잡아드려ᄃᆡ즐왈ᄂᆡ연젼의너의게가〃달을쳐파ᄒᆞ고호국ᄉᆞ직을보젼ᄒᆞ여시니그은덕을맛당이만셰불망홀거시어늘도로혀쳔조를비반ᄒᆞ고아국을침범코져ᄒᆞ니너의갓흔도젹을죽여분을씌슬거시로ᄃᆡ십분용셔ᄒᆞ여살녀보

닉나니

19

쌀니도라가본토를직희고다시외람훈의ᄉᆞ를닉지말나만일다시두마음을먹으면편갑도남기지아니ᄒᆞ고호국을소멸훌지라ᄒᆞ고되놈을닉치니호병등이목숨을어더도라호장을보고슈말을이로니호장이디로왈님경업이공교훈말노아국을능욕ᄒᆞ여군심을의혹케ᄒᆞ니밍셰코경업을쥭여오날〃한을쎄스리라ᄒᆞ고장쳥군칠쳔을거ᄂᆞ려압녹강의이로러진셰롤이루고외여왈조션국의쥬부윤임경업은엇지간ᄉᆞ훈말노군심을요동케ᄒᆞᄂᆞ뇨너의지죄잇거든나의철퇴롤디젹ᄒᆞ고지죄업거든일직이황복ᄒᆞ여쥭기롤면ᄒᆞ라ᄒᆞ거늘경업이디로ᄒᆞ여급히비롤타고물을건너말게올나쳥용검을빗기들고호진의다라드러무

20

인지경갓치좌츙우돌ᄒᆞ니젹장의머리츄풍낙엽갓더라호병이디픽ᄒᆞ여급히다라날식셔로즛바라물의쌘져쥭는지불가승쉬러라경업이필마단창으로젹진을파ᄒᆞ고본진의도라와승젼고을울니며군ᄉᆞ롤호궤훌식군졸이하례ᄒᆞ며즐기는소릐진동ᄒᆞ더라명일평명의강변의가바라보니□□의쥭엄이뫼갓고피흘너닉히되엿는지라ᄎᆞ시픽군니도라가호왕을보고픽훈연유롤고ᄒᆞ니호왕이디로ᄒᆞ여다시긔병ᄒᆞ여원슈갑흐물의논ᄒᆞ더라경업이관즁의드러와승젼훈연유롤장계ᄒᆞ고잔치롤여러크게즐기더라차시상이임경업의픽문을보시고크게깃거ᄒᆞ시는즁후일을염녀ᄒᆞ

21

시딕조신등은안연부동ᄒᆞ여국ᄉᆞ롤근심ᄒᆞ리업스니가장한심ᄒᆞ더라잇써호장이경업의게픽훈후로분긔롤참지못ᄒᆞ여다시제장을모화의논왈예셔의쥬가길이언마나ᄒᆞ뇨좌위디왈열하로길이오니한편은갈슈풀이옵고압녹강을격ᄒᆞ여ᄉᆞ오니월강ᄒᆞ여마군으로디젹훈즉수만군니둔취훌곳이업고픽훈즉

한갓죽을ᄯᅡ름이니긔이ᄒᆞᆫ계교ᄅᆞᆯᄂᆡ여경업을먼져파ᄒᆞᆫ후의군사ᄅᆞᆯ나오미올ᄒᆞᆯ가ᄒᆞᄂᆞ이다호왕이올히넉여용골ᄃᆡ로션봉을삼고왈너는슈만군을거ᄂᆞ려가만니황ᄒᆡ슈ᄅᆞᆯ건너동ᄒᆡ로도라쥬야ᄇᆡ도ᄒᆞ여가면조션니밋쳐긔병치못ᄒᆞᆯ거시오의쥬셔아지못ᄒᆞ리니바로왕도ᄅᆞᆯ엄습ᄒᆞ

22

면엇지황복밧기ᄅᆞᆯ근심ᄒᆞ리오용골ᄃᆡ청녕ᄒᆞ고군마ᄅᆞᆯ조발ᄒᆞᆯᄉᆡ호왕게하직ᄒᆞᆫᄃᆡ호왕왈그ᄃᆡ이번의가ᄆᆡ반다시조션을항복바다나의위엄을빗ᄂᆡ고ᄃᆡ공을셰워슈히반사ᄒᆞ물바라노라용골ᄃᆡ청녕ᄒᆞ고승션발ᄒᆡᆼᄒᆞ니라경업이호병을파ᄒᆞᆫ후의군사ᄅᆞᆯ조련ᄒᆞ며군긔ᄅᆞᆯ슈보ᄒᆞ고셩쳡을슈축ᄒᆞ여후일을방비ᄒᆞ되조졍의셔는호병을파ᄒᆞᆫ후의의긔양〃ᄒᆞ여ᄐᆡ평가ᄅᆞᆯ부르고예비ᄒᆞ미업더니국운니불ᄒᆡᆼᄒᆞ여쳔만의의에불우지변을당ᄒᆞᆫ지라철갑입은무ᄉᆡ동ᄃᆡ문으로물미듯드러와ᄇᆡᆨ셩을살ᄒᆡᄒᆞ고셩즁을노략ᄒᆞ니도셩인민니물ᄭᅳᆯ틋ᄒᆞ여곡셩이진동ᄒᆞ며부ᄌᆞ형뎨부부노쇠셔로실산ᄒᆞ여살기ᄅᆞᆯ도모ᄒᆞ

23

니그형상이참혹ᄒᆞ더라이런망극ᄒᆞᆯᄯᆡᄅᆞᆯ당ᄒᆞ여조정의막을사람이업고죵사의위ᄐᆡᄒᆞ미조셕의잇시니상이망극ᄒᆞ사시위조신뉵칠인을다리시고남한산셩으로피란ᄒᆞ실ᄉᆡ급히동가ᄒᆞ사강변의이르ᄃᆡ비ᄅᆞᆯ타시미ᄇᆡᆨ셩등이비젼을잡고통곡ᄒᆞ며물의ᄲᅡ져죽는ᄌᆡ무슈ᄒᆞ니그형상을참아보지못ᄒᆞᆯ너라왕ᄃᆡ비와셰ᄌᆞ삼형졔는강화로가시고남은ᄇᆡᆨ셩은호젹의게어육이되고도원슈김자졈은이런난세ᄅᆞᆯ당ᄒᆞᄃᆡ한계교도베푸지못ᄒᆞ고한낫밥즘치로잇시니용골ᄃᆡ승〃ᄒᆞ여ᄇᆡᆨ셩의집을허러ᄢᅦᄅᆞᆯ모화강화로드러가되강화유슈김영진은조흔군긔ᄅᆞᆯ너허두고술만먹고누어시니호젹이무인지경갓치드러와왕

24

ᄃᆡ비와셰ᄌᆞᄃᆡ군을잡아다가송파별의유진ᄒᆞ고셰ᄌᆞᄃᆡ군을구류ᄒᆞ고웨여왈슈히항복지아니ᄒᆞ면왕ᄃᆡ비와셰ᄌᆞᄃᆡ군니무ᄉᆞ치못ᄒᆞ리라ᄒᆞ는소ᄅᆡ쳔지진

동ᄒᆞ더라잇ᄯᅢ상이남한산셩의파천ᄒᆞ사외로운셩의겹〃이ᄊᆞ히사용뉘비오듯ᄒᆞ시ᄃᆡ김자점은도적을물니칠계괴업셔타연부동ᄒᆞ더니도적의북소릐의놀나진을일코군ᄉᆞ롤무슈히죽이고산셩밧게결진ᄒᆞ니군량은탕진ᄒᆞ고ᄉᆞ셰위급ᄒᆞᆫᄃᆡ도적은웨여왈죵시황복지아니면우리는예셔예셔여름을지ᄂᆡ고과동ᄒᆞ여황복밧고가려니와너의무어슬먹고살려ᄒᆞ는다슈히나와황복ᄒᆞ라외는소릐진동ᄒᆞ거늘상이드르시고앙텬통곡왈안의는양장이업고밧게는강적이잇시니외로은산셩을엇지보젼ᄒᆞ

25

며ᄯᅩᄒᆞᆫ양식이진ᄒᆞ여시니이는하날이과인을망ᄒᆞ게하시미라ᄒᆞ시고ᄃᆡ신으로더부러황복ᄒᆞᆯ일을의논ᄒᆞ시니졔신니쥬왈왕ᄃᆡ비와셰ᄌᆞ군니호진의계시니국가의이런망극ᄒᆞᆫ일이어ᄃᆡ잇ᄉᆞ오리잇고ᄲᆞᆯ니항복ᄒᆞ사왕ᄃᆡ비와셰ᄌᆞᄃᆡ군을구ᄒᆞ시고죵ᄉᆞ롤보젼ᄒᆞ시미맛당ᄒᆞᆯ가ᄒᆞᄂᆞ이다일인니쥬왈녯말의일너시ᄃᆡ영위계구언정무위우후라ᄒᆞ엿ᄉᆞ오니엇지이젹의게무릅흘ᄭᅮᆯ어욕을당ᄒᆞ리잇가죽기롤무릅ᄡᅥ셩을직희오면님경업이소식을듯고맛당이올ᄂᆞ와호젹을파ᄒᆞ고젹장을항복바드면욕을면ᄒᆞ시리이다상왈길이막혀소식을통ᄒᆞᆯ길이업ᄉᆞ니경업이엇지알니오목젼ᄉᆞ셰여ᄎᆞ

26

ᄒᆞ니아무리ᄉᆡᆼ각ᄒᆞ여도항복ᄒᆞᆯ밧다른계괴업ᄉᆞ니경등은다른말〃나ᄒᆞ시고앙텬통곡ᄒᆞ시니산쳔초목이다슬허ᄒᆞ더라병자십일월이십일의상이항셔롤닥가보ᄂᆡ시니그망극ᄒᆞ미엇지측냥ᄒᆞ리오용골ᄃᆡ송파강의결진ᄒᆞ고승젼고롤울니며교긔양〃ᄒᆞ여스ᄉᆞ로승젼비롤셰워비양ᄒᆞ며왕ᄃᆡ비와즁궁을보ᄂᆡ고셰ᄌᆞᄃᆡ군을잡아북경으로가려ᄒᆞ더라상이경셩의도라오사각도의강화ᄒᆞᆫ옥지롤나리시니라잇ᄯᅢ님경업이의쥬의잇셔이런변난을젼혀모르고호국의동병ᄒᆞ물살피며군사만염습ᄒᆞ더니쳔만몽미밧게옥지롤밧ᄌᆞ와본즉용골ᄃᆡ황히도롤지나함경도로드러올식봉화직

27

흰군ᄉᆞ를죽이고님의로봉화를드러나오믹도셩이불의지변을당ᄒᆞ엿는지라 경업이통곡왈닉츙셩을다ᄒᆞ여나라은혜를갑고져ᄒᆞ더니엇지이런망극ᄒᆞᆫ일이잇실쥴아라시리오ᄒᆞ고군ᄉᆞ를정졔하여호병의오기를기다리더니호장이 조션국왕의항셔와셰ᄌᆞ딕군을볼모로잡아드려갈시셰ᄌᆞ딕군니닉젼의드러가하직ᄒᆞᆫ딕즁젼니셰ᄌᆞ딕군의손을잡으시고눈물을흘녀셔로떠ᄂᆞ지못ᄒᆞ시니상이딕군을나오라ᄒᆞ사용누를흘녀왈과인의박덕ᄒᆞ물하날이무이너기사이지경의이르게ᄒᆞ시니누를원망ᄒᆞ리오너의는만니타국의몸을보호ᄒᆞ여잘가잇시라ᄒᆞ며손을잡아놋치못ᄒᆞ시며슬

28

허ᄒᆞ시니대군이감누오녈왈뎐히슬허ᄒᆞ시미무익ᄒᆞ미로쇼이다신등이쏘ᄒᆞᆫ무죄히드러가오니현마엇지ᄒᆞ오리잇고바라건딕뎐하는무익ᄒᆞᆫ념를마옵시고부딕만슈무강ᄒᆞ옵쇼셔ᄒᆞᆫ딕상이슬허ᄒᆞ시물마지아니ᄒᆞ시고학ᄉᆞ니연을부르샤갈오ᄉᆞ딕경의츙셩을아나니셰ᄌᆞ딕군과ᄒᆞᆫ가지로보호ᄒᆞ여잘단여오라ᄒᆞ시니셰ᄌᆞ딕군은쳔안을하직ᄒᆞ시고나오시믹그망극ᄒᆞ시미비ᄒᆞᆯ딕업는지라ᄒᆞᆫ거름에두셰번식업더지시며눈물이진ᄒᆞ여피되니그경상을참아보지못ᄒᆞᆯ너라닉뎐에드러가시믹대비와즁뎐이대경통곡ᄒᆞ샤갈오샤딕너를ᄒᆞ로만보지못ᄒᆞ여도삼츄갓더니이제만리타국에보닉고그리워엇지ᄒᆞ며하일하시에싱환고국ᄒᆞ여모ᄌᆞ로즐기리오ᄒᆞ시고통곡ᄒᆞ시니

29

모자일시의비읍ᄒᆞ더라딕군니쥬왈명쳔니무심치아니시니슈히도라와뫼시리니복원낭〃은만슈무강ᄒᆞ시고불초등을싱각지마르쇼셔인ᄒᆞ여하즉ᄒᆞ고궐문을나셔믹일월이무강ᄒᆞ여슬푸물돕더라용골딕셰자딕군을압셰우고모화관으로좃차임진강을건너니강쉬늣기는듯ᄒᆞ고개셩부쳥셕곡의이르니산셰험쥰ᄒᆞᆫ지라봉산동션녕의다〃르니슈목이총잡ᄒᆞᆫ딕영상의동션관을셰워관익을삼아잇고황쥬월파루를지나평양의이르니이곳은히동졔일강산니라

일면의ᄃᆡ동강이씌두르듯ᄒᆞ고이십니장님의츈ᄉᆡᆨ이가려ᄒᆞᆫᄃᆡ부벽누연광정은강슈의님ᄒᆞ여시니촉쳐감

30

창이라ᄃᆡ군니타국으로향ᄒᆞ는심ᄉᆡ가장슬푸더라잇ᄯᆡ는정츅삼월이라열읍을지나의주지경의이르니ᄎᆞ시경업이밤이면잠을니루지못ᄒᆞ고낫지면놉흔ᄃᆡ올나호젹이오기를기다리더니일〃은바라보니호병이승젼고를울리며세ᄌᆞᄃᆡ군을압세우고의긔양〃ᄒᆞ여의쥬로향ᄒᆞ여오거늘경업이분긔ᄃᆡ발ᄒᆞ여졀치부심ᄒᆞ며소릐ᄒᆞ여왈이도젹을편갑도도라보ᄂᆡ지아니리라ᄒᆞ고말게올나큰칼을들고나가며즁군의분부ᄒᆞ여군ᄉᆞ를거ᄂᆞ려뒤흘ᄶᆞ루라ᄒᆞ더니호장이군ᄉᆞ를정제ᄒᆞ여나오거늘경업이노긔츙천ᄒᆞ여마져ᄂᆡ다라칼을드는곳의호병의머리를풀버히듯ᄒᆞ며진즁을즛쳐드러가좌츙우돌ᄒᆞ여호병버히기를무인지경갓치ᄒᆞ니호병이황겁ᄒᆞ여목슘을도모ᄒᆞ여다라나고ᄂᆞ문군ᄉᆞ는아무리홀쥴몰나쥭는ᄌᆡ무슈ᄒᆞ더라차쳥하회ᄒᆞ라
세경자정월일향슈동셔

권지이 종

1

님장군젼권지이죵

각셜호왕이낙담상혼ᄒᆞ여십니를물너진을치고퓌잔군을모화의논왈경업의
용밍을장ᄎᆞ엇지ᄒᆞ리오ᄒᆞ여근심ᄒᆞ다가믄득ᄉᆡᆼ각ᄒᆞᄃᆡ경업은튱신이라이졔
죠션왕의항셔롤ᄂᆡ여뵈면반다시귀슌ᄒᆞ리라ᄒᆞ고진문의나와웨여왈님장군
은됴션왕의젼지롤밧아보라ᄒᆞ거놀경업이의아하여ᄭᅮ지져왈너의엇지감히
나롤쇽이려ᄒᆞᄂᆞᆫ다ᄒᆞ고ᄭᅮ지ᄌᆞ니놓골ᄃᆡ군ᄉᆞ로ᄒᆞ여금문셔롤젼ᄒᆞ니경업이
항셔롤밧아보고앙텬탄식ᄒᆞᄂᆞᆫ디라호장왈너의국왕이항복ᄒᆞ고셰ᄌᆞᄃᆡ군을
볼모로잡아가거놀네엇지감히왕명을항거ᄒᆞ여녁신이되고ᄌᆞᄒᆞᄂᆞᆫ다ᄒᆞ고만
단ᄀᆡ유ᄒᆞ니경업이임의젼교롤보고홀일업셔칼을집에ᄭᅩᆺ고후진에드러가셰
ᄌᆞ와ᄃᆡ군을뵈옵고실셩통

2

곡ᄒᆞ니ᄃᆡ군니경업의손을잡고유톄왈국운니불힝ᄒᆞ여이지경의이르럿거니
와바라건ᄃᆡ장군은진심ᄒᆞ여우리등을구ᄒᆞ여다시부왕을뵈옵게ᄒᆞ라경업왈
신니〃기미롤아라시면몸이젼장의죽ᄉᆞ온들이런분ᄒᆞ운일을당ᄒᆞ오리잇고
신의몸이만번죽ᄉᆞ와도앗갑지아니ᄒᆞ오니복원젼하는슬푸물관억ᄒᆞ시고힝
ᄎᆞᄒᆞ시면신니진츙갈녁ᄒᆞ여호국을멸ᄒᆞ고도라오시게ᄒᆞ오리이다ᄃᆡ군왈우
리삼인의목숨이장군의게달녀시니병ᄌᆞ년원슈롤갑고오날말을닛지말나경
업왈신니직죄업ᄉᆞ오나명ᄃᆡ로ᄒᆞ오리이다ᄒᆞ고즉시하즉홀식님경업이용골
ᄃᆡ다려왈ᄂᆡ감히군명을항거치못ᄒᆞ여널을살녀보ᄂᆡ거니와셰ᄌᆞ와ᄃᆡ군니슈
히도

3

라오시게ᄒᆞ딕만일무숨일이〃시면너의롤뭇지르리라ᄒᆞ고분긔롤니긔지못ᄒᆞ더라용골딕본국의도라가조션왕을항복밧던일과셰ᄌᆞ와딕군을볼모로잡은말과의쥬셔님경업의게픽ᄒᆞᆫ연유롤고ᄒᆞ니호왕이딕로왈졔엇지딕국군ᄉᆞ롤살히ᄒᆞ리오ᄒᆞ여경업을쥭이고져ᄒᆞ더니호왕이졔국을항복바드믹남경을통일코져ᄒᆞ여몬져피셤을치려ᄒᆞᆯ식경업을쥭이고져ᄒᆞ여조션의청병ᄒᆞ는글월을보닉니그글의ᄒᆞ여시딕이졔몬져피셤을치고남경을통합고져ᄒᆞ나남경군식용밍ᄒᆞᆫ지라님경업의지죄긔특ᄒᆞ고지용이겸젼ᄒᆞ다ᄒᆞ니경업으로딕장을삼고날닌군ᄉᆞ삼쳔과쳘긔롤빌니면딕국군ᄉᆞ와통합ᄒᆞ

4

여피셤을치고져ᄒᆞᄂᆞ니쌀니거힝ᄒᆞ라ᄒᆞ여거늘상이픽문을보시고탄식왈병화롤갓지닉고이러틋보칙이물보니빅셩이엇지안존ᄒᆞ리오ᄒᆞ고가장근심ᄒᆞ시니김자졈이쥬왈ᄉᆞ셰여ᄎᆞᄒᆞ니시힝치아니치못ᄒᆞ리이다상이헐일업스사즉시쳘긔삼천을별튁ᄒᆞ시고의쥬부윤님경업으로딕장을삼아호국의보닐식경업을인견ᄒᆞ사왈경은북경의드러가셰ᄌᆞ롤보와쥬션ᄒᆞ여셰ᄌᆞ와딕군을구ᄒᆞ라ᄒᆞ시니경업이복지슈명ᄒᆞ고북경으로향ᄒᆞ니자졈이심즁의혜오딕경업이〃번가믹다시도라오지못ᄒᆞ리라ᄒᆞ고마음의뭇닉깃거ᄒᆞ며긔탄ᄒᆞᆯ비업셔빅ᄉᆞ롤총찰ᄒᆞ니조졍이아연실망ᄒᆞ고크게긔탄ᄒᆞ더라ᄎᆞ시경업이분을참

5

고군마롤거ᄂᆞ려호진의니르니호왕왈장군으로더부러합병ᄒᆞ여피셤을치고인ᄒᆞ여남경을항복밧고져ᄒᆞ무로특별이장군을청ᄒᆞᆫ비니장군은모로미ᄉᆞ양치말고진심ᄒᆞ라ᄒᆞ고군ᄉᆞ롤발ᄒᆞ여쌜니청병ᄒᆞ라ᄒᆞ니경업이헐일업셔녕군ᄒᆞ여나아오니셩문직흰장슈는황자명이러라경업이젼일을싱각ᄒᆞ믹진퇴유곡이라지삼싱각ᄒᆞ다가한계교롤싱각하고즉시격셔롤믹다라피셤의젼ᄒᆞ니ᄒᆞ여시딕조션국님경업은글월을닥가황노야휘하의올니ᄂᆞ니향자니별후소식이젹도ᄒᆞ믹쥬야ᄉᆞ모ᄒᆞ미측냥업ᄉᆞ오며소장은국운니불힝ᄒᆞ여뜻밧게호

환을만나스셰위급ᄒᆞ니아직항복ᄒᆞ여후일을기다리더니〃지호왕이피

6

셤을치고삼국을침범코져ᄒᆞ여소장을우리국왕게쳥병ᄒᆞ엿기로마지못ᄒᆞ여이곳의왓ᄉᆞ오나ᄉᆞ셰난쳐ᄒᆞ와몬져통ᄒᆞ니복망노야는아직굴ᄒᆞ여거즛항복ᄒᆞ고츄후소장과합녁ᄒᆞ여호국을쳐멸ᄒᆞ여원슈룰갑고져ᄒᆞᄂᆞ니노야는익이싱각ᄒᆞ소셔ᄒᆞ엿더라황자명이격셔룰보고일변깃거ᄒᆞ며ᄯᅩ일변놀나즉시답셔룰닥가보ᄂᆡ니ᄒᆞ여시ᄃᆡ쳔만쯧밧게친필을보고못ᄂᆡ깃부며기별ᄒᆞᆫ말은그ᄃᆡ로ᄒᆞ려니와어ᄂᆡ쎡만나ᄃᆡᄉᆞ룰의논ᄒᆞ리오그러나그ᄃᆡ는삼가고비밀이쥬션ᄒᆞ여셩공ᄒᆞ물바라노라ᄒᆞ엿더라경업ᄌᆞ명의답셔룰보고탄식불니ᄒᆞ고명일의힝군ᄒᆞ여금고룰울니며말게올나좌슈의쳥농검을잡고우슈의죽쳘강편을들고ᄂᆡ

7

다라ᄃᆡ미왈여등이조션국ᄃᆡ장님경업을모르는다너의엇지날과승부룰닷토고져ᄒᆞ는다일즉황복ᄒᆞ여죽기룰면ᄒᆞ라ᄒᆞ니ᄃᆡ명장장졸이경업의일홈을아는지라스사로낙담상혼ᄒᆞ여한번도싸호지아니ᄒᆞ고셩문을여러황복ᄒᆞ거늘경업이셩ᄂᆡ의드러가황ᄌᆞ명을보고크게반기며셔로말ᄒᆞ고도라왓더니ᄎᆞ야의경업이ᄌᆞ명의진의이르러셔로슐먹고병ᄌᆞ년원슈룰말ᄒᆞ며왈우리양국니셔로동심합녁호국을쳐원슈룰갑흐리라ᄒᆞ여셔로밀〃이언약ᄒᆞ고본진의도라와피셤을항복바든문셔룰호장을쥬어보ᄂᆡ고군사룰거ᄂᆞ려바로조션으로나와입궐복명ᄒᆞ고피셤황복밧던ᄉᆞ연을알왼ᄃᆡ상니칭찬ᄒᆞ시고호위ᄃᆡ장을겸찰ᄒᆞ시다잇

8

ᄡᅴ의호장이도라가호왕게피셤황복밧던문셔룰드리고왈경업이쳐음은한가지로남경을치자ᄒᆞ더니진젼을님ᄒᆞ여아국군ᄉᆞ룰무슈이죽이고도로혀졔가션봉이되어셩하의이르러한번호령의피셤즉힌장슈와황ᄌᆞ명이싸호지아니

ᄒᆞ고항복ᄒᆞᆫ후의셩의드러가말ᄒᆞ고나와바로조션으로가는일이고이ᄒᆞ고황자명의용밍으로한번도쓰호지아니ᄒᆞ니그일이가장슈상ᄒᆞ더이다ᄒᆞ거늘호왕이ᄯᅩᄒᆞᆫ의심ᄒᆞ여츌젼갓든장슈ᄅᆞᆯ불너무르니답왈경업이츌젼ᄒᆞ나용밍을그리쓰지아니ᄒᆞ니무삼흉계잇더이다ᄒᆞᆫᄃᆡ호왕이ᄃᆡ로ᄒᆞ여급히ᄉᆞᄌᆞ을조션의보ᄂᆡ여왈경업이긔셩을쳐항복바드미분명치아니ᄒᆞ고ᄯᅩᄒᆞᆫ명을밧지아니ᄒᆞ고

9

스사로도라갓시니그죄젹지아니ᄒᆞ미급히잡아보ᄂᆡ라ᄒᆞ엿거늘상이드르시고ᄃᆡ경ᄒᆞᄉᆞ조졍을모화의논ᄒᆞᄉᆞ왈경업은과인의슈족이라이졔만니타국의잡혀보ᄂᆡ미참아못ᄒᆞᆯ비오ᄉᆞᄌᆞᄅᆞᆯ그져보ᄂᆡ면후환니되리니경등은무삼묘칙이잇ᄂᆞ뇨자졈이경히잇다가ᄉᆡᆼ각ᄒᆞᄃᆡ경업을두면후환이되리니잇ᄯᆡᄅᆞᆯ타업시ᄒᆞ리라ᄒᆞ고이의츌반쥬왈이졔경업이비록피셤을황복밧고왓ᄉᆞ오나명을기다리지아니ᄒᆞ고스사로왓ᄉᆞ오니호왕의노ᄒᆞ미그르지아닌지라경업을보ᄂᆡ여명을슌ᄒᆞ미올흘가ᄒᆞᄂᆞ이다상이드르시고마지못ᄒᆞ여경업을픠초ᄒᆞ여위로왈경의츙셩은일국이아는비라타국의가슈고ᄒᆞ고왓거늘ᄯᅩ호국사신니와다려가려ᄒᆞ니과인의마

10

음이불연ᄒᆞ나마지못ᄒᆞ여보ᄂᆡᄂᆞ니부ᄃᆡ됴히다녀오라ᄒᆞ신ᄃᆡ경업이ᄉᆡᆼ각ᄒᆞᄃᆡᄂᆡ이졔가면필경쥭을거시니병자년원슈ᄅᆞᆯ뉘갑흐리오ᄒᆞ며집의도라와모친게뵈옵고그ᄉᆞ연을고ᄒᆞ니부인니ᄃᆡ경왈네님신ᄒᆞ물즐기더니오날〃이지경을당ᄒᆞ니엇지망극지아니리오경업이□□□□지비하즉고부인과다셧아달과녀아ᄅᆞᆯ불너닐오ᄃᆡ나는몸을국가의허ᄒᆞ여부모ᄅᆞᆯ봉양치못ᄒᆞ다가이졔타국의드러가미ᄉᆞᄉᆡᆼ을모를지라모친게봉양을나잇슬ᄯᅥ와ᄀᆞᆺ치ᄒᆞ라ᄒᆞ고통곡니별ᄒᆞ고궐ᄂᆡ의드러가하즉슉비호ᄃᆡ상이탄왈경이타국의가미이는하날이날을망케ᄒᆞ시미니장차엇지ᄒᆞ리오경업이쥬왈폐하는너무□□치마

11

르쇼셔신니아모조록호국을멸ᄒᆞ고셰ᄌᆞ와ᄃᆡ군을뫼셔올가쥬야원니옵더니이졔도로혀잡혀가오니ᄂᆡ두사롤네탁지못ᄒᆞ오미가장막극ᄒᆞ도쇼이다ᄒᆞ고궐문의ᄂᆞ오니잇ᄯᅢ는무인년이월이라경업이사신과한가지로발힝ᄒᆞ여〃러날만의압녹강의다〃라탄식왈남ᄌᆡ세상의쳐ᄒᆞ미엇지남의숀의쥭으리오ᄒᆞ고단검을픔고도망하여낫지면순즁의숨고밤이면힝ᄒᆞ여츙청도쇽니산의이르니층암졀벽의한암ᄌᆡ잇스ᄃᆡ속ᄀᆡᆨ이업고즁서너히안져경업을보고〃히이너기거놀경업왈나는난시롤당ᄒᆞ여부모쳐ᄌᆞ롤닐코마음을둘ᄃᆡ업셔즁이되고져ᄒᆞᄂᆞ니원컨ᄃᆡ머리롤싹고즁이되기롤원ᄒᆞᆫ다ᄒᆞ니그즁의독뷔라ᄒᆞ는즁

12

이삭발ᄒᆞ여쥬거놀경업이즁이듸어낫지면산즁의들고밤이면졀의잇셔종젹을감초니독뷔그연고롤뭇거늘경업왈노승은뭇지말나세월이오리면ᄌᆞ연알미잇스리라ᄒᆞ더라잇ᄯᅢ호국ᄉᆞ신경업을일코찻고져ᄒᆞ나엇지죵젹이〃시리오할일업시도라가호왕의게ᄉᆞ연을고ᄒᆞ니호왕분노ᄒᆞ여ᄭᅮ지져물니치고쥭이지못ᄒᆞ물한ᄒᆞ더라ᄎᆞ시경업이암자의잇셔울〃이세월을지ᄂᆡ나남경을드러가보슈ᄒᆞᆯᄯᅳᆺ시급ᄒᆞᆫ지라한계교롤ᄉᆡᆼ각ᄒᆞ고산의올나가스ᄉᆞ로남글뷔여비롤ᄆᆡᆼ그러타고바로경셩으로올나와용산삼ᄀᆡ쥬인들을사괴여니로ᄃᆡ소승은츙청도보은쇽니산즁으로시쥬롤거두라나왓삽더니연안ᄇᆡ쳔ᄯᅡ의시주ᄒᆞ여

13

어든쌀이오ᄇᆡᆨ여셕이오라큰ᄇᆡ한척과격군슈십명을어더쥬시면쌀을반만쥬리이다ᄒᆞ니쥬인니무더니넉여허락ᄒᆞ거늘경업이밧비비롤져허졀의도라와독보롤달ᄂᆡ여힝장을슈습ᄒᆞ여지우고경강쥬인집의오니션쳑과격군은다쥰비ᄒᆞ엿는지라경업이턱일힝션ᄒᆞᆯ시황히도롤지나평안도로힝ᄒᆞ니격군등이의심ᄒᆞ여왈ᄃᆡ식우리롤쇽여어ᄃᆡ로가려ᄒᆞᄂᆞ뇨경업이그제야짐을풀고갑쥬롤ᄂᆡ여닙고칼을들고션두의나셔며ᄃᆡ호왈나는조션국ᄃᆡ장님경업이라남경의일이〃□□가ᄂᆞ니아모말도말고밧비힝션ᄒᆞ라ᄒᆞ니격군등이불열ᄒᆞ여응

답지아니ᄒᆞ거늘경업이달니여왈남경을가문세ᄌᆞ와ᄃᆡ군을뫼시려가미니여

14

등이만일슌죵치아니면이는역젹이라이칼노다쥭이리라격군등이청파의황
망이응낙왈장군의영을녕을엇지좃지아니리오마는소인등이부모와쳐자ᄅᆞᆯ
모르게왓ᄉᆞ오니사졍의졀박ᄒᆞ여이다경업이ᄃᆡ로왈조션인민니되어국ᄉᆞᄅᆞᆯ
위ᄒᆞᄆᆡ엇지부모쳐ᄌᆞᄅᆞᆯ도라보리오만일다시위령직잇시면참ᄒᆞ리라ᄒᆞ고밧
비힝션ᄒᆞ여남경을힝ᄒᆞᆯᄉᆡ여러날만의남경지경의이르러큰셤의다〃라비ᄅᆞᆯ
다히니셤직흰관원은황ᄌᆞ명이라슈하관졸이도젹이라ᄒᆞ고경업등을잡아가
도고황자명의게보ᄒᆞ니자명이밧비잡아올녀보니이문득경업이라크게긔특
이녁여즉시청ᄒᆞ여셔로반기고차져온ᄉᆞ연을명쳔자게쥬문ᄒᆞᆫᄃᆡ쳔직경업을
부르사왈경을니별ᄒᆞᆫ후이질

15

날이업더니이졔보ᄆᆡ반가우미엇지다층양ᄒᆞ리오ᄒᆞ고그사이셰식변ᄒᆞ여호
국의게픽ᄒᆞᆫ일과조션니ᄯᅩ픽ᄒᆞ다ᄒᆞ니엇지불힝치아니리오ᄒᆞ시고드러온ᄉᆞ
연을무르시니경업이쥬왈나라히불힝ᄒᆞ문다소신의불츙이로소이다ᄒᆞ고인
ᄒᆞ여젼후슈말을알왼ᄃᆡ황뎨왈그ᄃᆡ의츙셩은만고의드무다ᄒᆞ시고황자명과
의논ᄒᆞ여호국을멸ᄒᆞ여양국원슈ᄅᆞᆯ갑흐라ᄒᆞ시고안무ᄉᆞᄅᆞᆯᄇᆡᄒᆞ시니경업이
ᄉᆞ은ᄒᆞ고황ᄌᆞ명과의논ᄒᆞ여호국을치려ᄒᆞ더라ᄎᆞ시호국이졈〃강셩ᄒᆞ여남
경을침노ᄒᆞ거늘텬직황ᄌᆞ명으로치라ᄒᆞ신ᄃᆡᄌᆞ명이경업과의논왈이ᄶᅡ흔요
지니아모조록쳐이ᄶᅡ흘닐치아니리라ᄒᆞ고힝군ᄒᆞ니라경업이다려온독뷔근
번니악종이라

16

라호왕이경업을잡지못ᄒᆞ여한ᄒᆞᆫ단말을듯고피셤의셔흥니ᄒᆞ는오랑킈ᄅᆞᆯᄉᆞ
괴여니로ᄃᆡ우리장군님경업이남경의드러와북경을쳐병자년원슈ᄅᆞᆯ갑흐려
ᄒᆞᄂᆞ니너의경업을잡으려ᄒᆞ거든날을쳔금을쥬면잡아쥬리라ᄒᆞ니호인이급

히드러가호왕게고ᄒᆞᆫ디호왕이디격ᄒᆞ여쳔금을쥬며왈셩사후쳔금을더쥬리라ᄒᆞ니그놈이바다가지고도라와독부를주고호왕의말을젼ᄒᆞ니독뷔쳔금을밧고한군ᄉᆞ를사괴여금을쥬고ᄌᆞ명의편지를위조ᄒᆞ여님장군의게드리라ᄒᆞ니군ᄉᆞ놈이봉셔를바다님경업의게드리니경업이ᄠᅧ여보니ᄒᆞ여시디도젹의형셰급ᄒᆞ여살을맛고픠ᄒᆞ여시니밧비구ᄒᆞ라ᄒᆞ엿거늘경업이의혹ᄒᆞ여

17

졈복ᄒᆞᆫ즉ᄌᆞ명이무ᄉᆞᄒᆞ고승젼ᄒᆞᆯᄶᅢ여늘군ᄉᆞ를잡아드려엄문ᄒᆞ니그놈이알푸물견디지못ᄒᆞ여독부의게미루거늘경업이즉시독부를잡아드려엄문ᄒᆞ니독뷔실상을고ᄒᆞ거늘디로ᄒᆞ여버히려ᄒᆞ다가관후ᄒᆞᆫ마음의참아쥭이지못ᄒᆞ여노핫더니독뷔그은덕을모르고ᄯᅩ다시흉계를니여황ᄌᆞ명의구병청ᄒᆞ는글을ᄆᆡᆫ드러군ᄉᆞ로ᄒᆞ여금님장군의게드리니경업이바다보니자명의친필과일호다르미업는지라의심치아니ᄒᆞ고졔장을명하여치를직희오고독부와한가지로힝ᄒᆞ려ᄒᆞ니경업의익이□□□는지라엇지화를면ᄒᆞ리오독부를심복으로미더한가지로힝션ᄒᆞ여만경창파로나려갈ᄉᆡ독뷔가마니호인의게연통ᄒᆞ니라경업이ᄇᆡ을

18

직촉ᄒᆞ여가다가ᄇᆞ라보니션쳑이무슈히나려오거늘경업이의심ᄒᆞ여문왈오는ᄇᆡ무삼ᄇᆡ뇨독뷔왈상고션인가ᄒᆞᄂᆞ이다ᄒᆞ고힝션ᄒᆞ다가날이져물ᄆᆡ여을의ᄇᆡ를ᄆᆡ고밤을지니더니반야의문득함셩이디진ᄒᆞ거늘경업이놀나니러ᄂᆞ보니사면으로무슈ᄒᆞᆫᄇᆡ에워ᄲᅡ고디호왈장군을기다련지오린지라밧비황복ᄒᆞ여쥭기를면ᄒᆞ라ᄒᆞ거늘경업이디로ᄒᆞ여독보를차지니이믜간디업는지라불승분노ᄒᆞ여용녁을다ᄒᆞ여디젹고져ᄒᆞ나망〃디히의다만단검으로무슈ᄒᆞᆫ호병을엇지디적ᄒᆞ리오젼션의ᄲᅱ여올나호장을무슈히쥭이나고장난명이라아무리용ᄆᆡᆼᄒᆞᆫ들엇지쳔슈를도망ᄒᆞ리오호인의게잡힌ᄇᆡ되ᄆᆡ호병이ᄇᆡ를지촉ᄒᆞ여북경의다〃로니호왕

19

이디희ᄒᆞ여경업을잡아드려ᄭᅮ지〃니경업이조금도겁ᄒᆞ미업셔디즐왈무지ᄒᆞᆫ오랑키놈아닉비록잡혀왓시ᄂᆞ너ᄅᆞᆯ초기갓치보ᄂᆞ니조롱치말고ᄲᆞᆯ니쥭이라호왕이디로왈네쳥병으로왓실ᄊᆡ의군ᄉᆞᄅᆞᆯ만히힉ᄒᆞ엿기로문죄코져ᄒᆞ여잡아왓거늘네도망ᄒᆞ문무삼ᄯᅳᆺ시뇨경업이디즐왈닉나라흘위ᄒᆞ여원슈ᄅᆞᆯ갑고져ᄒᆞ거늘엇지너ᄅᆞᆯ도으며너무지ᄒᆞᆫ오랑키우리님군을겁박ᄒᆞ고셰ᄌᆞ와디군을잡아가니그분ᄒᆞ물엇지참으리오네장졸을다쥭이려ᄒᆞ엿더니왕명으로인ᄒᆞ여용셔ᄒᆞ엿거늘무삼문죄ᄒᆞᆯ닐이잇셔잡으려ᄒᆞ엿ᄂᆞ뇨닉불민ᄒᆞ여간인을심복으로부리다가그꾀의ᄲᅡ져잡혀왓시나엇지너오랑키의게굴ᄒᆞ리오속히쥭

20

여나의츙의ᄅᆞᆯ낫타닉라호왕이디로왈네명이닉게달녀거늘엇지종시굴치아니ᄒᆞᄂᆞ뇨네황복ᄒᆞ면왕을봉ᄒᆞ리라경업왈닉엇지목슘을위ᄒᆞ여네게황복ᄒᆞ리오호왕이디로ᄒᆞ여무ᄉᆞᄅᆞᆯ명ᄒᆞ여닉여버히라ᄒᆞ니경업이디질왈닉명은하날의잇거니와네머리는십보지닉의잇ᄂᆞ니라ᄒᆞ고조금도구겁ᄒᆞ는긔식이업ᄉᆞ니호왕이경업의강직ᄒᆞ믈탄복ᄒᆞ여믹거슬그르고ᄉᆞᆫ을닛그러안치고왈장군니닉게는녁신니오조션의는츙신니라닉엇지츙졀을힉ᄒᆞ리오장군의원디로ᄒᆞ리라ᄒᆞ고즉시셰자와디군을노화보닉라ᄒᆞ니라잇ᄯᅴ셰자와디군니별궁의계셔님장군을쥬야기다리시더니문득문졸이보하디님장군니쳔ᄌᆞ게쳥ᄒᆞ여셰ᄌᆞ와

21

디군을노흔다ᄒᆞ거늘셰ᄌᆞ디군니반기사문밧게ᄂᆞ와기다리더니문득경업이나와울며졀ᄒᆞᆫ디셰ᄌᆞ디군니경업의ᄉᆞᆫ을잡고드러가호왕을보니호왕왈님경업이불고사싱ᄒᆞ고경등을구하여도라가려ᄒᆞ기로경업의츙심을감동ᄒᆞ여보닉ᄂᆞ니경등이각기원ᄒᆞ는바ᄅᆞᆯ말ᄒᆞ면원디로시힝ᄒᆞ여쥬리라ᄒᆞ니셰ᄌᆞ는금을구ᄒᆞ고디군은조션의셔잡혀온인물을구ᄒᆞ여도라가기ᄅᆞᆯ원ᄒᆞ니호왕이각

〃원디로허ᄒᆞ고디군을긔특이너기더라경업셰ᄌᆞ와디군을뫼셔십니밧게나와하즉ᄒᆞ니세ᄌᆞ와디군왈장군의디덕으로고국의도라가거니와장군을두고가믜엇지슬푸지아니리오바라건디장군은슈히도라오라ᄒᆞ신디경업이디왈던하는지쳬치마르시고밧비가시면신도

22

불구의도라갈거시니염녜마르쇼셔셰ᄌᆞ와디군이경업을니별ᄒᆞ고발힝ᄒᆞ여빅두산의이르러조션을바라보고낙누ᄎᆞ탄왈님장군니아니런들우리엇지고국의도라오리오슬푸다님장군은우리를도라보니디장군은도라오지못ᄒᆞ니엇지가련치아니ᄒᆞ리오명쳔니도으ᄉᆞ슈히도라오게ᄒᆞ소셔ᄒᆞ더라각셜황ᄌᆞ명이진을직희고싸화승부를못ᄒᆞ더니경업이호병의게잡혀갓단말을듯고디경왈엇지하날이디명을이다지망케ᄒᆞ시는고ᄒᆞ며탄식ᄒᆞ물마지아니ᄒᆞ더라잇찌호왕이경업을두고미식과풍악을쥬어□마음을즐겁게ᄒᆞ고상빈예로디졉ᄒᆞ디조금도마음을변치아니ᄒᆞ고호왕다려왈니이리된거시독보의흉계니독보를

23

쥭여야니마음이시훤ᄒᆞ리라ᄒᆞ니호왕이ᄯᅩᄒᆞᆫ불측이너겨독보를잡으라ᄒᆞ더라차설셰ᄌᆞ와디군의환국ᄒᆞ는션셩이경셩의이로니상이디희ᄒᆞ사도승지을보니ᄉᆞ사연을먼져계달ᄒᆞ라ᄒᆞ시다셰ᄌᆞ디군니님진강을건널식ᄉᆞ관도승지마져반기며현알ᄒᆞᆫ후젼교를젼ᄒᆞ여갈오디환국ᄒᆞ는ᄉᆞ연과무어슬가져오는고자셔히계달ᄒᆞ라ᄒᆞ시더이다세자디군니승지를보시고슬허ᄒᆞ시며갈ᄋᆞ샤디님경업이잡혀가다가도망ᄒᆞ여황자명으로더부러북경을항복밧고져ᄒᆞ든ᄉᆞ연과님장군의덕으로노혀온곡졀을말ᄒᆞ고세ᄌᆞ와디군의구청ᄒᆞ온일을낫〃치말ᄒᆞ니승지그디로계달ᄒᆞᆫ디상이보시고깃거ᄒᆞ시며경업을못니칭찬ᄒᆞ시고셰ᄌᆞ

24

의구청ᄒᆞᆫ바ᄅᆞᆯ드르시고불평이너기시더라세ᄌᆞ와ᄃᆡ군니도셩ᄀᆞᆺ가이〃르러
닙셩ᄒᆞᆯ식만됴빅관과장안인민니나와마져반기며층송치아니리업더라세ᄌᆞ
ᄃᆡ군니궐ᄂᆡ의드러가ᄃᆡ젼게뵈운ᄃᆡ상이반기ᄉᆞ왈너의는무ᄉᆞ히도라왓거니
와경업은언졔나오리오ᄒᆞ시고갈으사ᄃᆡ세자는무삼탐욕으로금은을구ᄒᆞ여
온다ᄒᆞ시고벼루돌노쳐ᄂᆡ치시고둘ᄌᆡᄃᆡ군으로세ᄌᆞᄅᆞᆯ봉ᄒᆞ시니라이ᄣᆡ호왕
의게ᄒᆞᆫᄯᆞᆯ이〃시니호왈슉모공ᄌᆔ라쳔하졀ᄉᆡᆨ이니호왕이부마ᄅᆞᆯ□ᄐᆡᆨᄒᆞ더니
경업의인물을유의ᄒᆞ여공쥬다려이르니공ᄌᆔ상보기ᄅᆞᆯ잘ᄒᆞ는지라경업의상
을보려ᄒᆞ고ᄂᆡ젼으로청ᄒᆞ거늘경업이부마의ᄲᆡᆫ힐가져허ᄒᆞ여목화의슘을너
허킈ᄅᆞᆯ셔치ᄅᆞᆯ

25

도드고드러가더니공ᄌᆔ보고왈거름은ᄉᆞ자모양이오나가는모양은범의형용
이니짐짓영웅이로다다만상격의킈가셰치가더ᄒᆞ니ᄋᆡ달나이다ᄒᆞ거늘호왕
이마음의셔운ᄒᆞ나그와방불ᄒᆞᆫᄌᆡ업ᄂᆞᆫ지라이의장군다려왈그ᄃᆡ부ᄆᆡ되어부
귀ᄅᆞᆯ누리미엇더ᄒᆞ뇨경업이ᄉᆞ례왈엇지니런말삼을ᄒᆞ시ᄂᆞ뇨지극황공ᄒᆞ오
며허물며조강지쳬잇ᄉᆞ오니명을밧드지못ᄒᆞ리로소이다호왕이청파의ᄋᆡ연
ᄒᆞ나그강직ᄒᆞ물써려구지청치못ᄒᆞ더라슈일후경업이도라가물청ᄒᆞᆫᄃᆡ호왕
이유예미결ᄒᆞ거늘제신니쥬왈졀ᄀᆡ놉고츙의즁ᄒᆞᆫ사람을두어무익ᄒᆞ오니무
ᄉᆞ이도라보ᄂᆡ면자연니감동ᄒᆞ여기리반치아니ᄒᆞ리이다호왕이죵기언ᄒᆞ여
셜연관ᄃᆡᄒᆞ고예물을갓초와의쥬짜

26

지호송ᄒᆞ니라잇ᄣᆡ김자졈의위셰조졍의진동ᄒᆞᆫ지라경업의도라오는픠문이
왓거늘자졈이혜오ᄃᆡ경업이도라오면나의계괴이루지못ᄒᆞ리라ᄒᆞ고상게쥬
왈경업은반신이라황명을거역ᄒᆞ고도망ᄒᆞ여남경의드러가우리조션을치고
져ᄒᆞ다가하날이무심치아니사북경의잡힌비되어졔계교ᄅᆞᆯ이루지못ᄒᆞ미헐
일업셔세ᄌᆞᄃᆡ군을청ᄒᆞ여보ᄂᆡ고뒤좃차오니이런ᄃᆡ역을엇지그져두리잇고

상이딕경왈무삼연고로만고츙신을히ᄒᆞ려ᄒᆞᄂᆞ다ᄒᆞ시고자졈을ᄭᅮ지져물니치시고참언을신청치아니시니자졈이ᄂᆞ와동뉴와의논왈경업이의쥬가지오거든거즛젼교롤젼ᄒᆞ고역젹으로잡으려모계ᄒᆞ더라잇ᄯᅢ경업이다려갓던격군과호국ᄉᆞ신을다리고의쥬의

27

니르러ᄂᆞᆫ홀연ᄉᆞ지니ᄅᆞ러임경업을나릭ᄒᆞ라ᄒᆞ시ᄂᆞᆫ상명을젼ᄒᆞ고길을지촉ᄒᆞ거놀경업이의괴ᄒᆞ나상명을위월치못ᄒᆞ여잡혀갈ᄉᆡ빅셩등이울며왈우리장군이만니타국에셔이졔야도라오시거놀무숨연고로잡혀가ᄂᆞᆫ고ᄒᆞ거놀경업왈모든빅셩은나의형상을보고조금도놀나지말나무죄히잡혀가노라ᄒᆞ니남녀노쇼업시아모연귄줄모로고슬허ᄒᆞ더라ᄎᆞ셜김ᄌᆞ졈니경업을모함ᄒᆞ여주달ᄒᆞ다가상이참언을신청치아니시고물니치시물앙〃ᄒᆞ여졔동당으로더브러거즛나릭ᄒᆞᄂᆞᆫ명을젼ᄒᆞ고경업을히ᄒᆞ려ᄒᆞ미러라ᄎᆞ시경업이ᄉᆞᄌᆞ롤ᄶᅡ라ᄉᆡ별영에니ᄅᆞ러젼일을ᄉᆡᆼ각고격군을불너왈여등이부모쳐ᄌᆞ롤니별ᄒᆞ고만니타국에갓다가무ᄉᆞ히회환ᄒᆞ미너희은혜롤만분지일이나갑고져ᄒᆞ더니시운이불힝ᄒᆞ여닉죽게되미다시보기어려오니여등은각각도라가조히이시라ᄒᆞ거놀격군등이울며왈아모연귄줄모로거니와장군의츙의하놀에ᄉᆞ못ᄎᆞ시니현마위

28

틱ᄒᆞᆫ지경의이르리잇고가□신빅ᄒᆞ여무ᄉᆞᄒᆞ리니과히슬허마옵소셔ᄒᆞ며차마ᄯᅥ나지못ᄒᆞ더라경업이삼각산을바라보고탄왈딕장뷔세상의쳐ᄒᆞ여평ᄉᆡᆼ지긔롤니르지못ᄒᆞ고이미히쥭게되니뉘신원ᄒᆞ여쥬리오ᄒᆞ고통곡ᄒᆞ니산쳔초목이다슬허ᄒᆞ더라경업의오ᄂᆞᆫ션문이나라의울니〃상이깃거ᄒᆞ사승지를명ᄒᆞ사위로왈경이무ᄉᆞ히도라오미직시보고져ᄒᆞ딕원노의구치ᄒᆞ여시리니금일은쉬고명일닙시ᄒᆞ라ᄒᆞ시니승지자졈을두려젼교롤젼치못ᄒᆞ미자졈이심복을보닉여거즛됴셔롤젼ᄒᆞ고옥의가두니경업이옥의가치여ᄉᆡᆼ각ᄒᆞ딕셰ᄌᆞ와딕군니닉일을모르고구치아니시ᄂᆞᆫ고ᄒᆞ여쥬야번민ᄒᆞ여목이말나물을

구ᄒᆞᆫ

29

ᄃᆡ옥졸이자졈의부촉을드럿는고로물도쥬지아니ᄒᆞ니경업이더옥한ᄒᆞ여경히탄식ᄒᆞ더니젼옥관원은강명ᄒᆞᆫ지라경업의이미ᄒᆞ물불상이넉여경업다려일너왈장군을역젹으로잡으미다자졈의모계니그ᄃᆡ는잘쥬션ᄒᆞ여누명을벗게ᄒᆞ라경업이그졔야분명자졈의흉곙쥴알고불승통분ᄒᆞ여바로몸을날녀옥문을ᄭᅵ치고ᄂᆞ와바로궐ᄂᆡ의드러와쥬상게뵈옵고면관청죄ᄒᆞᆫᄃᆡ상이경업을보시고반겨친히붓드러갈오사ᄃᆡ경니만니타국의갓다가이졔도라오미반가우미측냥업거늘무삼일노청죄ᄒᆞᄂᆞ뇨경업이돈슈ᄉᆞ죄왈신니무인년의북경의잡혀가옵다가즁간의도망ᄒᆞᆫ죄는만사무셕이오나ᄃᆡ명과동고ᄒᆞ던

30

호왕을버혀병자년원슈롤갑고셰자ᄃᆡ군을뫼셔오고져ᄒᆞ여습더니간인의게속아북경의잡혀갓삽다가쳔힝으로사라오옵더니의쥬셔붓터잡혀□□□올나오미아모연괸쥴아지못ᄒᆞ옵더니오날〃당ᄒᆞ와천안을뵈우니이졔죽사와도사무여한리로니다상이드르시고ᄃᆡ경ᄒᆞ사죠신다려왈경업을무삼죄로잡아온고ᄒᆞ시고자졈을픽초ᄒᆞ사실상을무르시니자졈이긔망치못ᄒᆞ여쥬왈경업이역젹이옵기로잡아가도고계달코쟈ᄒᆞ엿ᄂᆞ이다경업이ᄃᆡ로ᄒᆞ여고셩ᄃᆡ미왈이몹쓸역젹아드르라벼사리놉고국녹이족ᄒᆞ거늘무어시부족ᄒᆞ여찬역홀마음을두어나을히고져ᄒᆞᄂᆞ뇨자졈이듯고무언이어늘상이진노ᄒᆞ사왈경업은삼국의유명ᄒᆞᆫ장슈요ᄯᅩᄒᆞᆫ만고츙신니어늘네무삼일노쥭이려ᄒᆞ

31

ᄂᆞ뇨ᄒᆞ시고자졈을검부의가도라ᄒᆞ시고경업을나가쉬라ᄒᆞ시니경업이사은ᄒᆞ고퇴궐홀시자졈이궐문밧게ᄂᆞ와심복용사슈십명을미복ᄒᆞ엿ᄶᅡ가경업의ᄂᆞ오물보고불시의다라드러무슈난타ᄒᆞ니경업이아무리용밍ᄒᆞᆫ들손의촌철이업ᄂᆞᆫ지라여러번마져즁상ᄒᆞ미자졈이용사롤분부ᄒᆞ여경업을모라젼옥의

가도고자졈은금부로가니라좌의졍원두표와우의졍의니시빅은이런변니잇슬쥴알고참예치아니ᄒᆞ무로젼연니모르더라잇ᄯᅢ더군니시자다려문왈님장군니넙셩ᄒᆞ여시나지금어ᄃᆡ잇ᄂᆞ뇨시지ᄃᆡ왈쇼신등은모르ᄂᆞ이다ᄃᆡ군니의심을너여밧비넙궐ᄒᆞ여조현ᄒᆞ고님경업의거쳐를뭇자온ᄃᆡ상이슈말을이르시니ᄃᆡ군니쥬왈자졈이

32

〃런만고츙신을히ᄒᆞ려ᄒᆞ오니이는역젹이라엄치ᄒᆞ소셔ᄒᆞ고명일을기다려친히경업을가보려ᄒᆞ시더라차시경업이자졈의게미를만니바들미천명이진ᄒᆞ계되미분긔ᄃᆡ발ᄒᆞ여신음ᄒᆞ다가불승긔탄ᄒᆞ다졸ᄒᆞ니시년사십팔셰요긔츅구월이십뉵일이라젼옥관원니이사연을조졍의보ᄒᆞ려ᄒᆞ니자졈왈□□□ᄒᆞ야ᄌᆞ결ᄒᆞᆫ쥴노알외라ᄒᆞ니옥관원니어긔지못ᄒᆞ여이ᄃᆡ로쥬달ᄒᆞ니셰자ᄃᆡ군니ᄃᆡ경ᄒᆞ사경업의영구의힝〃ᄒᆞ고져ᄒᆞ니조졍이간ᄒᆞ미가지못ᄒᆞ시고슬허크게통곡ᄒᆞ시더라님장군니여읏지ᄒᆞ여나를뭇보고속졀업시쥭은니엇지슬푸지아니리오ᄒᆞ시고상이ᄯᅩᄒᆞᆫ그츙졀을어엿비너기사비단과금은을후히쥬사군후녜

33

로장사ᄒᆞ라하시고ᄃᆡ군니ᄯᅩᄒᆞᆫ비단의복과금은을너여염습의쓰라ᄒᆞ시고셔로보지못ᄒᆞᆫ졍회로글을지어관의너흐라ᄒᆞ시다각셜님장군의나아오는션셩이고향의이르니가너와친척이크게질긔고모든친쳑과아달삼형졔드리밥비경셩의이르니발셔졸ᄒᆞ엿는지라일힝이신쳬를붓들고천지를부르지져통곡ᄒᆞ니힝인도낙누치아니리업더라상이승지를보너여위문ᄒᆞ시고ᄃᆡ군니친니나아가죠문ᄒᆞ시며예관을보너며삼년졔ᄉᆞ를밧들나ᄒᆞ시고일변경업을모히ᄒᆞᆫ김자졈이을안치ᄒᆞ시고그당유를다자바졍비ᄒᆞ시다ᄌᆞ졈이반심을품은지오러다가졀도의안치ᄒᆞ미더옥앙〃ᄒᆞ여불측지심이낫타나거늘우의졍리시빅이ᄌᆞ졈의

34

소위ᄅᆞᆯ상달ᄒᆞᄃᆡ상이대경ᄒᆞ사금부도ᄉᆞᄅᆞᆯ보ᄂᆡ샤엄형국문ᄒᆞ신후에옥에가도왓더니이ᄂᆞᆯ밤에일몽을어드시니경업이나아와주왈흉적ᄌᆞ졈이쇼신을박살ᄒᆞ고반심을품어거의일이되오니밧비잡아국문ᄒᆞ옵소셔ᄒᆞ고울며가거ᄂᆞᆯ상이놀나ᄶᆡ다ᄅᆞ시니오히려경업이압히잇ᄂᆞᆫᄃᆞᆺᄒᆞᆫ지라상이슬프믈니긔지못ᄒᆞ시더니ᄂᆞᆯ이ᄇᆞᆰ으ᄆᆡᄌᆞ졈을올녀엄형국문ᄒᆞ시니ᄌᆞ졈이복초ᄒᆞ여젼후역심을품은일과경업을모히ᄒᆞᆫ일을ᄀᆡ〃히승복ᄒᆞ거ᄂᆞᆯ상이대로ᄒᆞ샤ᄌᆞ졈의삼족을다ᄂᆡ여져ᄌᆡ거리에쳐쥭이라ᄒᆞ시고그동뉴ᄅᆞᆯ다문죄ᄒᆞ라ᄒᆞ시며경업의ᄌᆞ식등을불너하교왈여뷔자결ᄒᆞᆫ줄노아랏더니여뷔ᄭᅮᆷ에와니ᄅᆞ기ᄅᆞᆯᄌᆞ졈에모히ᄅᆞᆯ닙어죽엇다ᄒᆞ기로ᄂᆡ여쥬나니너희□□원슈ᄅᆞᆯ갑흐라ᄒᆞ시니그ᄌᆞ식들

35

이ᄇᆡᆨ비ᄉᆞ은ᄒᆞ고나와ᄃᆡ셩통곡왈이놈ᄌᆞ졈아너와무삼불공ᄃᆡ쳔지슈로만니타국의잔명을겨유보젼ᄒᆞ여세ᄌᆞ·ᄃᆡ군을뫼셔와국ᄉᆞ의진츙갈녁ᄒᆞ거ᄂᆞᆯ네이러틋참소ᄒᆞ여모함ᄒᆞᄂᆞᆫ다ᄒᆞ고장군의영위ᄅᆞᆯ비셜ᄒᆞ고비슈ᄅᆞᆯ드러자졈의ᄇᆡᄅᆞᆯ갈나오장을ᄭᅳᆫ코간을ᄂᆡ여츙문을지어님공영위의고ᄒᆞ고다시칼을드러흉격을졈〃이ᄡᅡᆨ가맛보며ᄲᅧᄅᆞᆯ즛마아ᄲᅮ짓더라이날밤의상이젼〃불평ᄒᆞ시더니비몽사몽간의님장군니홍포관ᄃᆡ의학을타고드러와상게ᄉᆞᄇᆡ왈신니원슈ᄅᆞᆯ□□못ᄒᆞᆯ가ᄒᆞ여ᄉᆞᆸ더니오날〃젼하의ᄃᆡ덕으로신의원슈ᄅᆞᆯ갑지못ᄒᆞᆯ가하엿삽더니오날〃젼하의ᄃᆡ덕으로역적을쇼멸ᄒᆞ시니신니비로소눈을감을지라복망젼하는만슈무강

36

하소셔ᄒᆞ고통곡ᄒᆞ며나가거ᄂᆞᆯ상이ᄶᆡ다르사탄식왈과인니불명ᄒᆞ여쥬셕지신을죽여스니엇지통한치아니ᄒᆞ리오ᄒᆞ시고경업의집을졍문ᄒᆞ시와달ᄂᆡ의셔원을세워님경업의화상을그려혈식쳔추하□□ᄒᆞ고그동싱을불너벼살을쥬시니구지사양ᄒᆞ고밧지안는지라병됴의하교ᄒᆞ사경업의자손을ᄃᆡ〃로조용ᄒᆞ라ᄒᆞ시고어필노□□□□□□□자숀을즁작을쥬시니라차시경업의쳐

니씨장군의죽으물듯고통곡왈장군니쳔고의명장이되어시니니엇지열녜아니되리오ᄒᆞ고자결ᄒᆞ니상이드르시고아름다이녁이사달니셔원의열녀비를셰우라ᄒᆞ시니경업의두동싱과셋지아달은공명을□□ᄒᆞ고산즁의드러가송님의잇셔학업을힘쓰고양자는입됴ᄒᆞ

37

여벼살이국품의이르러슬하의자손니션〃ᄒᆞ여다츌장입상ᄒᆞ여계〃승〃ᄒᆞ여디〃로공명이쩌나지안터라
셰경자정월일향슈동셔

정을선전 원문

권지일

1

뎡을션젼권지일

화셜디송인종황뎨시졀의황셩동문밧긔일위명환이〃시니셩은뎡이오명은시랑이라ᄉᆞ름되오미옥인군자오문필이일셰의유명ᄒᆞ더라일작이농문의올나ᄎᆞ〃벼술이놉하좌승상의위망이융〃ᄒᆞ여조애흠앙ᄒᆞ더라그즁의부인경시로더부러동쥬슈십년의금슬종고지락이흡연ᄒᆞ나슬하의농장지경이업ᄉᆞ니공과부인이미양근심ᄒᆞ더니삼십이넘은후부인이잉티ᄒᆞ여일자롤싱ᄒᆞ니위인이비범ᄒᆞ니승상이극히귀즁ᄒᆞ여일흠을을션이라ᄒᆞ고ᄌᆞ롤봉농이라ᄒᆞ다승상이한낫졀친ᄒᆞᆫ붕위잇시니셩은뉴오명은한셩이니명망이조야의가득ᄒᆞ고부귀일셰의읏듬이라벼술이우승상의니ᄅᆞ니그부인최시현슉ᄒᆞ여승상셤기〃롤극진공경ᄒᆞ고일가롤화우ᄒᆞ니그부인의셩힝을뉘아니칭찬ᄒᆞ리오뉴문의닙승ᄒᆞᆫ지

2

슈십의홀연티긔잇시니승상과일문이싱남ᄒᆞ기롤바라더니십삭이ᄎᆞ미일기옥녀롤싱ᄒᆞ니승상이깃거친히향슈의아히롤씻겨누이미부인이그제야비로쇼인ᄉᆞ롤찰혀녀ᄋᆞ롤싱ᄒᆞᆫ쥴알고갈오디우리ᄌᆞ식이업ᄉᆞ물한ᄒᆞ더니늣게야싱산ᄒᆞ미남지아니오녀ᄋᆞ롤ᄂᆞ흐니후ᄉᆞ롤뉘게젼ᄒᆞ리오ᄒᆞ고식음을젼폐ᄒᆞ고탄식기롤마지아니〃승상이위로왈우리무ᄌᆞᄒᆞ다가늣게야ᄯᆞᆯ이라도나흐니귀ᄒᆞ미칙양업고이후의남ᄌᆞ롤나흘거시니부인은근심치마로쇼셔ᄒᆞ고기유ᄒᆞ디종시듯지아니ᄒᆞ고일노병이되여니지못ᄒᆞ고삼일만의셰상을바리니승상이크게슬허ᄒᆞ여길지롤턱ᄒᆞ여안장ᄒᆞ고시비츈단으로유모롤졍ᄒᆞ여유아롤보호ᄒᆞ라ᄒᆞ니아히일흠은츈연이라ᄒᆞ다츈연소제졈〃ᄌᆞ라미승상이부인을싱각ᄒᆞ고쇼져의비범ᄒᆞ믈사랑ᄒᆞ여장즁보옥갓치기ᄅᆞ

3

더라셰월이여류ᄒᆞ여슈년이지나ᄆᆡ승상이홀노잇지못ᄒᆞ여노시ᄅᆞᆯ후실노취ᄒᆞ니노시의위인이심히블인ᄒᆞ여승상섬기믈녜로못ᄒᆞ고일가친쳑과노복을박ᄃᆡᄐᆡ심ᄒᆞ며외친ᄂᆡ쇼ᄒᆞ니겸ᄒᆞ여젼실ᄯᆞᆯ츈연쇼져의신셰야일너무엇ᄒᆞ리오승상의보ᄂᆞᆫᄃᆡᄂᆞᆫ사랑ᄒᆞᄂᆞᆫ체ᄒᆞ나업ᄉᆞ면치기ᄅᆞᆯ노예갓치ᄒᆞ니츈연쇼졔슬푸믈니긔지못ᄒᆞ여ᄆᆡ양그모친의긔일을당ᄒᆞ면ᄯᅡ흘두다리고하날을우러〃통곡ᄒᆞ니산쳔쵸목이다슬허ᄒᆞᄂᆞᆫ듯ᄒᆞ더라승상은츈연의이갓치슬허ᄒᆞ믈모로니장부의ᄃᆡ체로오미이갓흔지라셰월이여류ᄒᆞ여소져의츈광이삼오의니ᄅᆞᄆᆡ효셩과덕힝이족히고인을ᄯᆞ롤지라승상과계모노시ᄅᆞᆯ지셩으로셤기니승상의ᄉᆞ랑ᄒᆞ미비홀ᄃᆡ업셔일시도슬하ᄅᆞᆯ

4

ᄯᅥ나지못ᄒᆞ게ᄒᆞ니노시이ᄅᆞᆯ보ᄆᆡ더옥싀긔ᄒᆞ여가마니ᄭᅮ짓고시비로쥭이기ᄅᆞᆯᄢᅬᄒᆞ더라ᄎᆞ시의조졍의셔뉴승상의명망을싀오ᄒᆞ여소인이텬ᄌᆞ긔참쇼ᄒᆞ니상이노ᄒᆞ샤뉴공의관직을삭탈ᄒᆞ여젼니의ᄂᆡ치시니승상이가연이농젼의하직ᄒᆞ고향니로도라와텬위ᄅᆞᆯ못ᄂᆡ황공ᄒᆞ여죄ᄅᆞᆯ기다리고슉연소져ᄅᆞᆯ무ᄋᆡᄒᆞ여셰월을보ᄂᆡ더니여러ᄒᆡ지나ᄆᆡ승상의회갑일을당ᄒᆞ엿ᄂᆞᆫ지라황셩의긔별ᄒᆞ여뎡승상을청ᄒᆞ니승상이슈삭말ᄆᆡᄅᆞᆯ텬ᄌᆞ긔청ᄒᆞ고아자을션을다리고여러날만의익쥐의득달ᄒᆞ여뉴승상부즁의니ᄅᆞ니뉴승상이나와마자그손을잡고누년그리던회포ᄅᆞᆯ닐컷고권〃ᄒᆞᄂᆞᆫ졍을니긔지못

5

ᄒᆞ며을션을블너압ᄒᆡ안치고은근이ᄉᆞ랑ᄒᆞ여왈현계나히몃치나되엿ᄂᆞ뇨을션이ᄃᆡ왈십오셰로소이다승상이한슘지고왈나의녀아와동갑이로다ᄒᆞ고기리탄식ᄒᆞ기ᄅᆞᆯ마지아니〃뎡승상이문왈형은아ᄃᆞᆯ이업ᄂᆞ니잇가뉴승상이답왈후실의게아ᄃᆞᆯ을두어시나아직미거ᄒᆞ여이다ᄒᆞ고블너뵈니뎡승상이보고ᄂᆡ럼의그어질지못ᄒᆞ물ᄋᆡ달나ᄒᆞ더라ᄎᆞ시ᄂᆞᆫ츈삼월망간이라ᄇᆡᆨ홰졍히만발ᄒᆞᆫ지라을션이츈흥을ᄯᅴ여왕경코자후원화계의드러가니긔이ᄒᆞᆫ화최만발ᄒᆞ

여향긔코흘거ᄉᆞ리거늘츈흥을씌여종일토록글을지어읇푸며두로비회ᄒᆞ더니믄득한곳을바라보니담안의느러진버들가지흔들니거늘ᄌᆞ시

6

보니옥갓흔일위규쉬녹의홍상으로녹음간의츄쳔을희롱ᄒᆞ거늘뎡싱이몸을슈음즁의감쵸고ᄌᆞ시보니구름갓흔귀밋히아미롤다ᄉᆞ리고셤〃옥슈로츄쳔을희롱ᄒᆞᄂᆞᆫ모양이월궁항ᄋᆡ요지의놀고낙포션녜옥경의올음갓흔지라뎡공직한번바라보ᄆᆡ정신이황홀ᄒᆞ고혼ᄇᆡᆨ이비월ᄒᆞ여나종을보려ᄒᆞ고셧더니이윽ᄒᆞ여츄쳔을다ᄒᆞ고시비롤다리고무삼말을자약히ᄒᆞ거늘싱이족용을가마니ᄒᆞ여담갓가이가드ᄅᆞ니한시비닐오ᄃᆡ밧긔오신뎡공자ᄂᆞᆫ텬하의보지못ᄒᆞ던일ᄉᆡᆨ이라ᄒᆞ니ᄯᅩ한시비갈오ᄃᆡ우리황셩의잇실졔고문ᄃᆡ가의부귀공자며쇼져롤만히보앗시ᄃᆡ우리소져갓흔ᄉᆡᆨ덕을보지못ᄒᆞ엿더니이졔뎡공ᄌᆞ롤보니우리소져의게조금도

7

지〃아닐너라소졔정ᄉᆡᆨ칙왈너의엇지ᄂᆡ압히셔외인의말을난잡히ᄒᆞᄂᆞᆫ다ᄒᆞ고냥시비롤다리고ᄂᆡ원정ᄌᆞ로드러가니형젹이업ᄂᆞᆫ지라뎡싱이ᄎᆞ경을보ᄆᆡ정신이호탕ᄒᆞ여인ᄒᆞ여양뉴아ᄅᆡ안ᄌᆞ글을지어읇푸니ᄒᆞ엿시ᄃᆡ하날이만물을ᄂᆡ시ᄆᆡ다각〃짱이잇도다츄칠월녹음간의부안은쌍〃이왕ᄂᆡᄒᆞ니나뎡을션이마음을정치못ᄒᆞ리로다ᄒᆞ엿더라싱이무어술닐흔ᄃᆞᆺᄒᆞ여좌우롤고면ᄒᆞ며발광홀지음의일낙셔산ᄒᆞ고월츌동녕ᄒᆞᄂᆞᆫ지라홀일업셔이의아연이드러가홀노등촉을ᄃᆡᄒᆞ여안자앗가츄쳔ᄒᆞ던미인을ᄉᆡᆼ각ᄒᆞ니엇지잠을닐우리오괴로이밝기롤기다려ᄯᅩ후원의드러가바라보니어졔보던미인이형용이업셔츄쳔쥴이움작이지아니ᄒᆞᄂᆞᆫ지라바름이부러나무가지흔들니면힝혀

8

츄천ᄒᆞᄂᆞᆫ가여어보고녹음쇽의식쇼리나면그쇼져의음셩인가ᄒᆞ여날이져무도록기다리ᄃᆡ형젹이업ᄂᆞᆫ지라홀일업셔도라와슈식이만안ᄒᆞ니승상이아자

ᄅᆞᆯ보고문왈너ᄂᆞᆫ어ᄃᆡ갓다가이졔야온다을션이ᄃᆡ왈후원의화쵸ᄅᆞᆯ구경ᄒᆞ라갓숩다가시흥을씌여글을지옵다가어두오믈모로고이졔야오니이다승상이그러이너기나가장고희너기더라이날밤의혼자누어원즁미인을ᄉᆡᆼ각고혼자말노닐오ᄃᆡ작일보던뉴쇼져ᄂᆞᆫ귀신이아니면텬상션녜하강ᄒᆞ엿ᄂᆞᆫ지라금셰의아모리고은ᄉᆞᄅᆞᆷ이잇신들엇지그ᄃᆡ도록고으리오이러틋사상ᄒᆞ미그아리ᄯᆞ온ᄐᆡ되눈의암〃ᄒᆞ고그옥셩이귀의징〃ᄒᆞ여츈장을녹이ᄂᆞᆫ듯젼〃반칙ᄒᆞ더니날이밝거ᄂᆞᆯ졍신올가다듬어소셰를일작ᄒᆞ고부친과뉴공긔뵈온ᄃᆡ뎡공이문왈네어ᄃᆡᄅᆞᆯ알

9

ᄂᆞᆫ다엇지얼골이슈쳑ᄒᆞ엿ᄂᆞ뇨을션이ᄃᆡ왈여러날바ᄅᆞᆷ도쐬이고ᄀᆡᆨ지의셔집을ᄉᆡᆼ각ᄒᆞ오니ᄌᆞ연그러ᄒᆞ여이다뉴공이갈오ᄃᆡ어린아희집을ᄯᅥᄂᆞᆫ지오ᄅᆡ니자연집도ᄉᆡᆼ각ᄒᆞ고모친을보고ᄌᆞᄒᆞ여슈심ᄒᆞᄂᆞᆫ도다승상이〃날노붓터아ᄌᆞᄅᆞᆯ다리고잇셔문밧글나지못ᄒᆞ게ᄒᆞ며길을찰혀ᄯᅥ나려ᄒᆞ니을션이ᄂᆡ렴의ᄉᆡᆼ각ᄒᆞᄃᆡ이곳의셔황셩이쳔여리라한번가면형영이묘연ᄒᆞ리니그미인의그림ᄌᆞ도어더보지못ᄒᆞᆯ지라엇지ᄒᆞ면조흘고ᄒᆞ여이러틋ᄉᆞ상ᄒᆞ더니이러구로뉴공의슈연을지ᄂᆡ고뉵칠일후의ᄯᅥ날ᄉᆡ을션이ᄒᆞᆯ일업셔뉴공게하직ᄒᆞ고길의올나여러날만의황셩의니ᄅᆞ니그모친이문의나와승상과을션을마ᄌᆞ드러오며원노의평안이단녀오시믈치하ᄒᆞ고을션의숀을잡아그사이그리던회포ᄅᆞᆯ펼ᄉᆡ을션의얼골의병ᄉᆡᆨ이잇거ᄂᆞᆯ

10

부인이ᄃᆡ경문왈네얼골이엇지져ᄃᆡ도록슈쳑하엿ᄂᆞ뇨을션이ᄃᆡ왈소ᄌᆡ여러날ᄒᆡᆼ녁의자연구치ᄒᆞ여그러ᄒᆞ여이다ᄒᆞ고침쇼의도라와금침의눕고니지못ᄒᆞ여병셰날노위즁ᄒᆞ니승상과부인이황〃망극ᄒᆞ여의약으로구병ᄒᆞ며하날긔축슈ᄒᆞ여왈하나님이을션을ᄂᆡ시거든기리ᄇᆡᆨ셰ᄅᆞᆯ살게ᄂᆡ시거나엇지이팔이못되여죽기의니ᄅᆞ러시니무삼일이니잇고을션의ᄃᆡ신으로우리ᄅᆞᆯ죽게ᄒᆞ쇼셔ᄒᆞ며빌기ᄅᆞᆯ마지아니〃승상이을션의침쇼의나아가병셰ᄅᆞᆯ자셔이살피

미필연ᄉᆞ롬으로말미암아난병징이라은근이무러갈오ᄃᆡ부ᄌᆞ지간의무삼말을은휘ᄒᆞ리오너의병셰롤보니필연곡졀이잇시미라조곰도은휘치말고ᄌᆞ셔이니ᄅᆞ라ᄒᆞ고지삼무ᄅᆞ니을션이마지못ᄒᆞ여고ᄒᆞᄃᆡ소ᄌᆡ과연

11

익쥐의갓실ᄣᅴ의뉴승상후원의가ᄭᅩᆺ구경ᄒᆞ옵다가그집낭자의츄쳔ᄒᆞᄂᆞᆫ양을보고블쵸ᄒᆞ온마음의자연방탕ᄒᆞ여글지어읇픈말과밤이면심신이산란ᄒᆞ여잠을닐우지못ᄒᆞ던말과그잇튼날의다시후원의가보기롤구ᄒᆞᄃᆡ종일토록소져의모양을볼길이업ᄉᆞ오미ᄌᆞ연오미블망ᄒᆞ와인ᄒᆞ와침병혼ᄉᆞ연을ᄌᆞ시알외고죄롤청ᄒᆞ니공이청파의ᄭᅮ지져왈네그리ᄒᆞ면일작날다려니ᄅᆞ지아니ᄒᆞ고병이깁허부모의근심이되게ᄒᆞᄂᆞ뇨그ᄣᅴ의뉴공이너롤보고극히ᄉᆞ랑ᄒᆞ미니구혼코ᄌᆞᄒᆞᄃᆡ뉴공졍실부인이비록현쳘ᄒᆞ나ᄯᆞᆯ을나흔지삼일만의기셰ᄒᆞ여시니소졔엇지그모친의슉덕을효칙ᄒᆞ여시며뉴공후실의ᄯᆞᆯ이비록자식이잇다ᄒᆞ나그모친노시롤달마어지〃못

12

ᄒᆞ다ᄒᆞ고그동싱이다블쵸ᄒᆞ미니의려ᄒᆞ여구혼치아냐더니이졔네병이져러틋ᄒᆞ니그집과혼인ᄒᆞ기무어시어려오리오너ᄂᆞᆫ조곰도염녀말고심ᄉᆞ롤푸러근심을노흐라그집낭ᄌᆞ가젼후실의하나식이니어ᄂᆡ쇼져가츄쳔ᄒᆞ엿ᄂᆞᆫ지네자셔이아ᄂᆞ뇨을션이ᄃᆡ왈소ᄌᆡ지식이쳔박ᄒᆞ오나조즁봉황과슈즁긔린을몰나보리잇가그쇼져의용안이졀셰ᄒᆞ고외모의덕긔은〃ᄒᆞ며나히이팔이되여뵈니아마도뉴승상의졍실의ᄯᆞᆯ인가시부더이다공이즉시뉴승상의게구혼ᄒᆞᄂᆞᆫ편지롤보낼시미파롤블너분부ᄒᆞᄃᆡ네뉴승상부즁의가글월을드리고그덕소져롤ᄌᆞ시보고졍혼ᄒᆞ라미픽청녕ᄒᆞ고길을ᄯᅥ날시을션이미파롤불너왈그덕의소져가둘히니그즁의외

13

뫼졀셰ᄒᆞ고나희삼오ᄂᆞᆫ되여뵈ᄂᆞᆫ소져가나의ᄉᆞ상ᄒᆞᄂᆞᆫ비니부ᄃᆡ차혼이셩젼

ᄒᆞ게ᄒᆞ면후일의공을즁히갑흐리라쳔만부탁ᄒᆞ니ᄆᆡᄑᆡ하직고즉시ᄒᆡᆼ장을찰혀여러날만의익쥐의득달ᄒᆞ여뉴승상집의드러가글월을올니고온연유ᄅᆞᆯ고ᄒᆞᆫᄃᆡ승상이글월을보고ᄃᆡ희ᄒᆞ여허혼ᄒᆞ고ᄆᆡ파ᄅᆞᆯᄂᆡ당으로드러가라ᄒᆞ거ᄂᆞᆯᄆᆡᄑᆡ승명ᄒᆞ고안흐로드러가니ᄎᆞ시노시젼일뎡공자의아ᄅᆞᆷ다온말을드럿ᄂᆞᆫ지라ᄉᆞ회삼기ᄅᆞᆯ바라던ᄎᆞ의ᄆᆡ파의온말을듯고즉시져의ᄯᆞᆯ을단장을다ᄉᆞ려보게ᄒᆞ온ᄃᆡᄆᆡᄑᆡ부인긔ᄇᆡ옵고소져ᄅᆞᆯ보니얼골은비록고으나슉덕이업ᄂᆞᆫ지라ᄎᆞ쇼젠쥴알고이의최부인소ᄉᆡᆼ소져보물쳥ᄒᆞ니노시마지못ᄒᆞ여츈연소져ᄅᆞᆯ불너보게ᄒᆞ니ᄆᆡᄑᆡ눈을드러보ᄆᆡ그쇼졔단장도아니ᄒᆞ고의복이누

14

츄ᄒᆞ고다만유모일인이뫼셔나오니형산ᄇᆡᆨ옥이진토의뭇친ᄃᆞᆺ가을달이흑운의ᄊᆞ혓ᄂᆞᆫᄃᆞᆺ경〃요〃ᄒᆞᆫᄐᆡ되황홀찰난ᄒᆞ여폐월슈화지ᄐᆡ와침어낙안지용이잇시며외모의덕긔낫ᄐᆞ니현슉ᄒᆞᄃᆡ잠간쵸년의긔구ᄒᆞᆫ운ᄋᆡᆨ이잇실지라ᄆᆡᄑᆡ일견의크게깃거ᄒᆞ나다만쵸년팔ᄌᆡ슌치못ᄒᆞ믈미흡ᄒᆞ여이의부인긔하직ᄒᆞ고외당의나와승상긔뵈옵고최부인의나흐신바장소져로졍혼ᄒᆞ고이의하직ᄒᆞ니승상이ᄃᆡ희ᄒᆞ여상ᄉᆞᄅᆞᆯ후히ᄒᆞ고ᄉᆞ쥬ᄅᆞᆯᄌᆡ촉ᄒᆞ여보ᄂᆡ믈당부ᄒᆞ더라ᄆᆡᄑᆡ여러날만의황셩의득달ᄒᆞ여승상긔뵈옵고최부인소ᄉᆡᆼ지녀로졍혼ᄒᆞ고온말삼을자셔이고ᄒᆞ며노시쳐음의져의쇼ᄉᆡᆼ으로몬져뵈오던말삼을알외니승상이신부의현슉ᄒᆞ믈듯고불승ᄃᆡ희ᄒᆞ여이의을션다려졍혼ᄒᆞᆫ슈말을니ᄅᆞ고ᄎᆞ후ᄂᆞᆫ

15

마음을노하병을조리ᄒᆞ라ᄒᆞ니을션이황공감은ᄒᆞ여ᄇᆡᆨ비ᄉᆞ례ᄒᆞ고이날븟터희긔만안ᄒᆞ여십여일만의완인이되니승상이더옥깃거ᄉᆞ쥬ᄅᆞᆯ젹어ᄐᆡᆨ일ᄒᆞ여보ᄂᆡ니십여일이격ᄒᆞ엿더라ᄎᆞ시나라희ᄐᆡ평ᄒᆞ고시졀이연풍ᄒᆞ니텬ᄌᆡᄐᆡ평과ᄅᆞᆯᄇᆡ셜ᄒᆞ여인ᄌᆡᄅᆞᆯᄲᆡᆫ실식을션이과거긔별을듯고이의글공부ᄅᆞᆯ쥬야힘ᄡᅧ아모조록계화ᄅᆞᆯ썩거닙신ᄒᆞ기ᄅᆞᆯ축슈ᄒᆞ더니과일이다〃ᄅᆞᄆᆡ텬하션ᄇᆡ구름못ᄃᆞᆺᄒᆞᆯ식뎡을션이〃의과구ᄅᆞᆯ찰혀가지고궐ᄂᆡ의드러가만인총즁의셧겨글

졔롤보고시지롤펼치고농연의먹을가라황모필의흠셕뭇쳐일필휘지ᄒᆞ여일
편의밧치니ᄎᆞ시텬ᄌᆞ친히시관이되샤문무졔신으로글을ᄶᅩ노실식여러장을
보시되농심의합당ᄒᆞᆫ글이업셔인지업ᄉᆞ물탄식ᄒᆞ시더니최후의한장글을보
시니문필이만고의문장이라셩심이ᄃᆡ열ᄒᆞ

16

샤ᄌᆞ시보시니농식비등ᄒᆞ고귀〃쥬옥이라이의장원을졔슈ᄒᆞ시고피봉을ᄶᅥ
혀보시니좌승상뎡치의ᄌᆞ을션이라ᄒᆞ엿거놀텬ᄌᆞ즉시뎡승상을명쵸ᄒᆞ시고
을션을부ᄅᆞ시니ᄎᆞ시뎡공이아ᄌᆞ롤장즁의보ᄂᆡ고방문을기다리더니맛참황
문히니ᄅᆞ러텬ᄌᆞ픽쵸ᄒᆞ시는조셔롤드리거놀승상이놀나즉시북향ᄉᆞ빅ᄒᆞ고
조셔롤밧ᄌᆞ온후궐즁의드러가복지ᄒᆞ온ᄃᆡ상이인견ᄒᆞ샤승상의손을잡으시
고왈짐이경을못본지누일이라ᄆᆡ일ᄉᆞ모ᄒᆞ더니금일경을보니더옥반갑도다
승상이복지쥬왈신이텬안을뵈온지오ᄅᆡ되쳔ᄒᆞᆫ나희만ᄉᆞ와죄즁의잇습더니
황명이〃러틋ᄒᆞ오니더옥황공무지로소이다텬ᄌᆞ위로ᄒᆞ샤왈경의아달이몃
치뇨승상이복지쥬왈신의나희오십의용열ᄒᆞᆫᄌᆞ식하나흘두엇나이다텬ᄌᆞ칭
찬ᄒᆞ시고시지롤ᄂᆡ여쥬시며왈이글이경의아

17

들의글이냐승상이ᄉᆞ빅쥬왈미거ᄒᆞᆫᄌᆞ식을잘가ᄅᆞ치지못ᄒᆞ엿습더니폐하의
칭찬ᄒᆞ시믈듯ᄌᆞ오니도로혀황감ᄒᆞ여이다상이을션을부ᄅᆞ샤진퇴ᄒᆞ시고갓
가이인견ᄒᆞ시니을션이황은을감축ᄒᆞ온ᄃᆡ상이칭찬ᄒᆞ샤왈범의삿기ᄀᆡ되지
아닌닷말이경을두고니른말이로다ᄒᆞ시고을션의글을다시보시니츙회낫트
나고얼골의일월졍긔롤씌여시니진짓국가의쥬셕지신이될지라텬심이ᄃᆡ열
ᄒᆞ샤이의뎡치공으로쵸왕을봉ᄒᆞ시고을션으로틱학ᄉᆞ롤ᄒᆞ이샤어ᄉᆞ틱위니
부시랑을겸ᄒᆞ여졔슈ᄒᆞ시고어쥬롤ᄉᆞ급ᄒᆞ시며청동쌍ᄀᆡ와어젼풍유와쳔금
쥰마롤쥬시고총의ᄒᆞ시미극ᄒᆞ시니쵸왕과시랑이텬은을숙ᄉᆞᄒᆞ고궐문밧게
나오니니부하리와한림원소졸이위의롤갓쵸와ᄃᆡ령ᄒᆞ엿더라장원이청춘소
년으로머리의ᄉᆞ화롤ᄭᅩᆺ고우슈의옥

18

홀을쥐고좌슈의빅우션을드러시며청홍쌍기는반공의소삿고어악이훤텬ᄒ
는곳의쵸왕이뒤히ᄯᅡ로니만조쳔관이뉘아니칭찬ᄒ며장안인민이길의메여
구경ᄒ더라ᄎ시경부인이아ᄌ를장즁의드려보니고반일이못ᄒ여승상을ᄯᅩ
뫼쵸ᄒ시니엇진곡졀을몰나의려ᄒ더니믄득문젼이요란ᄒ며승상이아ᄌ를
거나려도문ᄒ니거록ᄒ위의와번화ᄒ풍악쇼릭곡구의진동ᄒ더라이윽고장
원이ᄉ당의현알ᄒ고즁당의오ᄅ니부인이아ᄌ의숀을잡고깃부미가득ᄒ여
텬은을감축ᄒ더라ᄎ시텬지하조ᄒ사쵸왕의부인경시로츙열부인을봉ᄒ시
고시랑의가ᄌ를도〃시다이러므로흔긔졈〃갓가오니뉴뎡냥가의셔혼구를
셩비홀식ᄎ시뉴승상이뎡을션의등과ᄒ믈듯고깃부믈니긔지못ᄒ여편지를
가지고닉당의드러가노시다려뎡승상의

19

아달이장원급졔ᄒ여벼술이발셔시랑의니ᄅ러시니아니장ᄒ일잇가노시거
즛깃거ᄒ는체ᄒ나닉심의츈연히흉계를싱각ᄒ더라소졔유모의젼언으로
좃ᄎ뎡싱의과거ᄒ단말을듯고깃부믈니긔지못ᄒ는즁모친을싱각ᄒ고슬허
ᄒ더라ᄎ시황상이ᄉ랑ᄒ시는됴왕이일녀를두고구혼ᄒ더니을션을보고청
혼ᄒ딕시랑이허락지아니커늘됴왕이딕로ᄒ여이연유를텬ᄌ긔쥬ᄒ딕상이
쵸왕부ᄌ를명쵸ᄒ시니승상부지황망이드러가복지ᄒ딕상왈짐의족하됴왕
이아돌이업고다만일녜잇셔경의아돌과ᄶᅡᆨᄒ염즉ᄒ고ᄯᅩ짐이ᄉ랑ᄒ더니금
일드른즉경의아돌이퇴혼ᄒ고거절ᄒ다ᄒ니짐이ᄉ혼코ᄌᄒ노라쵸왕이복
지쥬왈과연그러ᄒ여이다상왈짐이됴군쥬와을션을ᄉ랑ᄒ여친히권ᄒ는거
시니ᄉ양치말고허혼ᄒ라쵸왕이쥬

20

왈일이그러치아니ᄒ오니을션을블너하문ᄒ옵쇼셔상이올히너기샤즉시〃
랑을블너불허ᄒᄉ연을무ᄅ시니을션이쥬왈소신은미쳔ᄒ옵고됴왕은지존
ᄒ오니블가ᄒ옵고신이모년월일시아비를ᄯᅡ라젼승상뉴한경의집의가잔치

참예ᄅᆞᆯᄒᆞ옵더니풍경을탐ᄒᆞ여그집ᄂᆡ화원의셔츄쳔ᄒᆞᄂᆞᆫ규슈ᄅᆞᆯ보옵고마음이자연방탕ᄒᆞ와인ᄒᆞ여셩병ᄒᆞ여쥭기의니ᄅᆞ미ᄒᆞᆯ일업셔미파ᄅᆞᆯ보ᄂᆡ여경혼납치ᄒᆞ엿ᄉᆞ오니부〃ᄂᆞᆫ오륜의두렷ᄒᆞ오니납치ᄒᆞᆫ혼인을물니치고부귀ᄅᆞᆯ탐ᄒᆞ여타쳐의셩녜ᄒᆞ오믄국법의손상ᄒᆞ온비니원폐ᄒᆞᄂᆞᆫ신민의지원이업게ᄒᆞ쇼셔상이침음양구의왈경의ᄉᆞ졍이그러ᄒᆞ고혼인은ᄯᅩ한인륜ᄃᆡ식라엇지위력으로ᄒᆞ리오ᄯᅩ뉴녜자모ᄅᆞᆯ일헛다ᄒᆞ니그경상이

21

가련ᄒᆞᆫ지라엇지남의텬연을어긔리오네원ᄃᆡ로ᄒᆞ라ᄒᆞ시며이의특별이뉴한경의죄ᄅᆞᆯ샤ᄒᆞ사본직을쥬시고ᄉᆞ관을부ᄂᆡ여부ᄅᆞ시니쵸왕부지텬은을슉ᄉᆞᄒᆞ고퇴조ᄒᆞ니됴왕이텬위ᄅᆞᆯ비러을션을ᄉᆞ회삼으려ᄒᆞ엿더니상의구도샤ᄉᆞ혼지ᄅᆞᆯ도로거두시니ᄒᆞᆯ일업셔ᄋᆡ달으믈니긔지못ᄒᆞ더라길일이갓가오ᄆᆡ위의ᄅᆞᆯ갓쵸와길을ᄯᅥ나니혼인을셩젼ᄒᆞᆫ가ᄎᆞ하ᄅᆞᆯ볼지어다이젹의뉴승상부인노시츈연쇼져히ᄒᆞᆯ ᄭᅬᄅᆞᆯ싱각ᄒᆞ고일〃은독약을쥭의타소져ᄅᆞᆯ쥬어먹으라ᄒᆞ니소졔맛참속이블평ᄒᆞᆫ지라이의바다유모ᄅᆞᆯ들니고침쇼의도라와먹으려ᄒᆞᆯ식하날이살리시미쇼〃ᄒᆞᆫ지라ᄒᆞᆯ연난ᄃᆡ업ᄂᆞᆫ바ᄅᆞᆷ이니러나틧글이쥭의날녀들거ᄂᆞᆯ소졔틧글을건져문밧긔바리니푸른블이니러나ᄂᆞᆫ지라ᄃᆡ경ᄒᆞ여

22

이의유모ᄅᆞᆯ블너연유ᄅᆞᆯ말ᄒᆞ니유뫼ᄃᆡ경ᄒᆞ여이의긔ᄅᆞᆯ블너쥭을먹이니그긔즉시쥭거ᄂᆞᆯ소져와유뫼더옥놀나ᄎᆞ후ᄂᆞᆫ쥬ᄂᆞᆫ음식을먹지아니ᄒᆞ고유모의집의셔밥을지어슈건의ᄊᆞ다가겨유연명만ᄒᆞ더라노시마음의혜오ᄃᆡ약을먹여도쥭지아니ᄒᆞ니가장이상ᄒᆞ도다ᄒᆞ고다시히ᄒᆞᆯ계교ᄅᆞᆯ싱각ᄒᆞ더니셰월이여류ᄒᆞ여길일이다〃ᄅᆞ미뎡시랑이위의ᄅᆞᆯ갓쵸와여러날을힝ᄒᆞ여유부의니로니시랑의풍치젼일더곤비승ᄒᆞ여몸의운무ᄉᆞ관ᄃᆡᄅᆞᆯ닙고허리의금ᄉᆞ각ᄃᆡᄅᆞᆯ ᄯᅴ여시니텬상신션이하강ᄒᆞᆫ듯ᄒᆞ더라ᄎᆞ시텬조ᄉᆞ관이니ᄅᆞ러ᄂᆞᆫ지라승상이텬은을슉ᄉᆞᄒᆞ고ᄉᆞ문을보니젼과ᄅᆞᆯᄉᆞᄒᆞ여관작을회복ᄒᆞᆫ셩지라뉴승상이븍향ᄉᆞ은ᄒᆞ고ᄉᆞ관을관ᄃᆡᄒᆞ여보ᄂᆡᆫ후뉴승상이

23

쵸왕부ᄌᆞᄅᆞᆯ마ᄌᆞ기간ᄉᆞ모ᄒᆞ던회포ᄅᆞᆯ펼ᄉᆡ눈을드러뎡시랑을보니옥모풍치
젼의셔ᄇᆡ승ᄒᆞᆫ지라깃부믈니긔지못ᄒᆞ고좌상졔빈이일시의승상을향ᄒᆞ여쾌
셔어드믈칭하ᄒᆞ니뉴공이희블ᄌᆞ승ᄒᆞ여치ᄒᆞᄅᆞᆯᄉᆞ양치아니ᄒᆞ더라이튼날녜
ᄅᆞᆯ갓쵸와젼안홀ᄉᆡ근쳐방ᄇᆡᆨ슈령이며시비하리쌍으로무리지어신부ᄅᆞᆯ인도
ᄒᆞ여니ᄅᆞᄆᆡ신낭이교ᄇᆡ셕의나아가눈을드러신부ᄅᆞᆯ잠간보니머리의화관을
쓰고몸의ᄎᆡ의ᄅᆞᆯ입고무슈ᄒᆞᆫ시녜옹위ᄒᆞ여시니그졀묘ᄒᆞᆫ거동이젼의츄쳔ᄒᆞ
던모양과ᄇᆡ승ᄒᆞ더라그러ᄒᆞ나신뷔슈ᄉᆡᆨ이만안ᄒᆞ고유뫼눈물흔젹이잇거ᄂᆞᆯ
심즁의고희ᄒᆞ나누ᄅᆞᆯ향ᄒᆞ여무로리오이의교ᄇᆡᄒᆞ기ᄅᆞᆯ맛고동방의나아가니
좌우의옥촉과운무병이황홀ᄒᆞᆫ지라괴로이소져를기다리더니

24

이윽고소졔유모로쵹을잡히고드러오거ᄂᆞᆯ시랑이팔을드러마ᄌᆞ좌를졍ᄒᆞᄆᆡ
인ᄒᆞ여쵹을물니고원앙금니의나아갓더니문득창외의슈상ᄒᆞᆫ인젹이잇거ᄂᆞᆯ
마음의놀나급히니러안ᄌᆞ드ᄅᆞ니엇던놈이말ᄒᆞᄃᆡ네비록시랑벼슬을ᄒᆞ여시
나남의계집을품고누어시니죽기ᄅᆞᆯ앗기지아니ᄒᆞᄂᆞᆫ다ᄒᆞ거ᄂᆞᆯ창틈으로여어
보니신장이구쳑이오삼쳑장검을빗기고셧거ᄂᆞᆯ이ᄅᆞᆯ보ᄆᆡ심신이썰니여칼을
ᄲᅢ혀그놈을죽이고ᄌᆞᄒᆞ여문을열고보니믄득간ᄃᆡ업거ᄂᆞᆯ분을참지못ᄒᆞ여탄
ᄉᆡᆨ고ᄉᆡᆼ각ᄒᆞᄃᆡ오날교ᄇᆡ셕의셔보니슈ᄉᆡᆨ이만안ᄒᆞ기로고히이너겨더니원ᄂᆡ
이런일이잇도다ᄒᆞ고분을니긔지못ᄒᆞ여칼을드러소져ᄅᆞᆯ죽여분을풀고ᄌᆞᄒᆞ
다가다시ᄉᆡᆼ각ᄒᆞᄃᆡᄂᆡ옥갓흔마음으로엇지져더러온계집을침노ᄒᆞ리오ᄒᆞ고

25

옷술닙고급히니러ᄂᆞ니소졔경황즁옥셩을여러갈오ᄃᆡ군ᄌᆞᄂᆞᆫ잠간안ᄌᆞ쳡의
말을드ᄅᆞ쇼셔ᄒᆞ거ᄂᆞᆯ시랑이드른쳬아니코나와부친긔슈말을고ᄒᆞ고밧비가
기ᄅᆞᆯ청청ᄒᆞᆫᄃᆡ쵸왕이ᄃᆡ경ᄒᆞ여밧비승상을청ᄒᆞ여지금발힝ᄒᆞ여상경ᄒᆞ믈니
ᄅᆞ고하리ᄅᆞᆯ불너힝장을찰히라ᄒᆞ니뉴승상이계의나려허물을청ᄒᆞ여왈엇진
연고로이밤의상경코ᄌᆞᄒᆞ시ᄂᆞ뇨뎡공부지일언을부답ᄒᆞ고발힝ᄒᆞ니라원ᄂᆡ

이간부로칭ᄒᆞᄂᆞᆫᄌᆞᄂᆞᆫ노녀의ᄉᆞ촌오라비노틱니노시젼일의독약을시험ᄒᆞ더무ᄉᆞᄒᆞ믈의달아쥬ᄉᆞ야탁ᄒᆞ여소져죽이기롤꾀ᄒᆞ더니믄득길일이다〃ᄅᆞ미일계롤싱각고이의심복으로노틱롤블너가마니ᄎᆞᄉᆞ롤니ᄅᆞ고금은을만히쥬어힝ᄉᆞᄒᆞ라ᄒᆞ미노틱금은을욕심닉여삼척장검을집고월광을띄여소져침쇼의니ᄅᆞ러동정을살피고닙

26

의담지못홀말노뉴쇼져롤깅참의너흐니가련ᄒᆞ다뉴쇼졔빅옥갓흔몸의누명을시르니원졍을뉘게말ᄒᆞ리오블승분원ᄒᆞ여칼을쌔혀죽으려ᄒᆞ다가ᄃᆞ시싱각ᄒᆞ니이러틋죽으면닉일신이옥갓흐믈뉘알리오ᄒᆞ고이의속젹삼을버셔손가락을씨무러피롤닉여혈셔롤쓰니눈물이변ᄒᆞ여피되더라뉴승상이쵸왕을보닉고급히안흐로드러와실상를알고ᄌᆞᄒᆞ나노시ᄂᆞᆫ모로ᄂᆞᆫ쳬ᄒᆞ고몬져문왈신랑이무삼연고로심야의급히가니잇가승상이갈오딕닉곡졀을무ᄅᆞ미졔노긔츙텬ᄒᆞ여일언을부답ᄒᆞ니엇지곡졀을알리오자시알고ᄌᆞᄒᆞ노라노시승상의귀의다혀왈쳡이잠결의듯ᄌᆞ오니신낭이방문밧게셔엇던남ᄌᆞ와소릭지ᄅᆞ며여ᄎᆞ〃〃ᄒᆞ니아모커나츈연다려무ᄅᆞ쇼셔승상이즉시쇼져침쇼의가니소졔니블을덥고니지아니ᄒᆞ거늘시비롤블너니

27

블을벗기고ᄭᅮ지져왈네아비드러오딕긔동ᄒᆞ미업ᄉᆞ니이무삼도리며뎡낭이무삼일노밤즁의졸연이도라가니이무삼일인지너ᄂᆞᆫ자셔이알지니실진무은ᄒᆞ라쇼졔겨유고왈야애블쵸ᄒᆞᆫᄌᆞ식을두엇다가집을망케ᄒᆞ오니소녀의블회만ᄉᆞ무셕이로쇼이다ᄒᆞ고함구무언ᄒᆞ니승상이ᄃᆞ시닐오딕너ᄂᆞᆫ엇지일언을아니ᄒᆞᄂᆞ뇨ᄒᆞ고지삼무로딕종시일언을답지아니ᄒᆞ고눈물이여우ᄒᆞ니승상이싱각ᄒᆞ딕젼일의지극ᄒᆞᆫ셩효로오날〃블효롤씨ᄎᆞ니무삼곡졀이잇도다ᄒᆞ고니러외당으로나오니라ᄎᆞ시유뫼소져롤붓들고통곡ᄒᆞ니소졔눈물을먹음고왈유모ᄂᆞᆫ나의원통이죽으물블상이너겨후일의변빅ᄒᆞ믈바라노라ᄒᆞ고혈셔쓴젹삼을쥬니유뫼소졔죽을가겁ᄒᆞ여만언으로위로ᄒᆞ니소졔다시일언을

아니코반일을익곡ᄒᆞ다가명이ᄭᅳᆺ쳐지니유뫼젹삼을안고통곡ᄒᆞ며외당

28

의나와소져의명이진ᄒᆞ믈고ᄒᆞ니승상이ᄃᆡ경ᄒᆞ여닐오ᄃᆡ병드지아닌ᄉᆞ롬이반일이못ᄒᆞ여세상을바리니이상ᄒᆞ도다ᄒᆞ고일장을통곡ᄒᆞ고유모로인도ᄒᆞ라ᄒᆞ고소져의빙쇼의니ᄅᆞ니비풍이소슬ᄒᆞ여능히드러갈슈업더라ᄎᆞ후는ᄉᆞ롬이소져의빙소건쳐의니른즉연ᄒᆞ여죽으니승상이능히염습지못ᄒᆞ고종일호곡ᄒᆞ다가유모의드린바혈셔ᄅᆞᆯ쓴젹삼을닉여보니ᄃᆡ기유모의게ᄒᆞᆫ글이라그글의ᄒᆞ엿시ᄃᆡ츈연은삼가글을유모의게붓치노라닉셰상의난지삼일만의모친을니별ᄒᆞ니엇지살기ᄅᆞᆯ바라리오마는유모의은혜ᄅᆞᆯ닙어잔명을보젼ᄒᆞ여십오세의니ᄅᆞ러뎡가의졍혼ᄒᆞ믹나의팔ᄌᆡ가지록무상ᄒᆞ여귀신의작희ᄅᆞᆯ맛나청츈의원혼이되니한ᄒᆞ여부졀업도다쳔만의외의동방화쵹깁흔밤의

29

엇던ᄉᆞ롬이큰칼을들고여ᄎᆞ〃〃ᄒᆞ믹뎡낭이엇지의심치아니리오날을죽이려ᄒᆞ다가멈츄고나아가니닉무삼면목으로부친과유모ᄅᆞᆯ보며셰상의잇실마음이〃시리오슬푸다외로온혼빅이무쥬공산의님ᄌᆞ업슨귀신이되리로다죽은닉몸을졈〃이풀우히언져오작의밥이되면이거시닉원이오금의로안장ᄒᆞ면혼빅이라도한을풀지못ᄒᆞ리로다유모의은혜ᄅᆞᆯ만분지일도갑지못ᄒᆞ고누명을쓰고죽으니원한이쳘텬ᄒᆞ도다지하의도라가모친혼령을뵈오면나의이미ᄒᆞᆫ악명을고ᄒᆞᆯ가ᄒᆞ노라ᄒᆞ엿더라승상이남파의방셩ᄃᆡ곡왈이계교닉기는분명가닉지ᄉᆞ로다닉엇지ᄒᆞ면명빅이알리오ᄒᆞ며일변노시의시비ᄅᆞᆯ엄형츄문ᄒᆞ니시비등이황〃망극ᄒᆞ여아모리ᄒᆞᆯ쥴모로더라승상이졔비의복쵸아니믈노ᄒᆞ

30

여엄형츄문ᄒᆞ더니홀연공즁으로셔웨여왈부친은이미ᄒᆞᆫ시비ᄅᆞᆯ엄형치마ᄅᆞ쇼셔소녀의이미ᄒᆞᆫ누명을자연알니이다ᄒᆞ더니홀연방안의안져던노시문밧

게나와업더지며안기ᄌᆞ옥ᄒᆞ고무삼소릭나더니노시피를무슈히토ᄒᆞ고죽ᄂᆞᆫ지라모다닐오ᄃᆡ블측ᄒᆞᆫ힝실을ᄒᆞ다가이러ᄐᆞᆺ죽으니신명이무심치아니ᄐᆞᄒᆞ고블상ᄒᆞᆫ소져ᄂᆞᆫ이팔청츈의몹쓸악명을쓰고죽으니쳘텬ᄒᆞᆫ원한을뉘라셔셜ᄒᆞ리오노텨ᄂᆞᆫ그경상을보고스ᄉᆞ로결항ᄒᆞ고노시ᄌᆞ녀ᄂᆞᆫ그날붓터말도못ᄒᆞ고인ᄉᆞ를바려더라일변소져를염빙ᄒᆞ려ᄒᆞ여방문을연즉ᄉᆞ오나온긔운이니러나ᄉᆞ롬의게쐬이며연ᄒᆞ여죽ᄂᆞᆫ지라감히ᄃᆞ시갓가이가도못ᄒᆞ더니홀연소져의곡셩이쳘텬ᄒᆞ며근쳐ᄉᆞ롬드리그옥셩을드른즉연ᄒᆞ여죽ᄂᆞᆫ지라일촌인민이거의죽게되여시니승상이엇지홀

31

노살리오인ᄒᆞ여병드러기세ᄒᆞ니유모부쳬통곡ᄒᆞ며션산의안장ᄒᆞ니라이후로마을ᄉᆞ롬이졈〃픠ᄒᆞ여훗터지니일촌이븨여시ᄃᆡ오즉유모부쳐ᄂᆞᆫᄂᆞᆫ가려ᄒᆞ면소져의혼이나가지못ᄒᆞ게ᄒᆞ고밤마다울며유모의집의와잇다가달긔울면침쇼로도라가더라ᄎᆞ하를분히ᄒᆞ라

셰을ᄉᆞ삼월일항목동셔

권지이

1

뎡을션젼권지이

각셜뉴쇼져의원혼이밤이면유모의집의와노다가날이밝으면침쇼로가더라
ᄎ시쵸왕이을션을다리고여러날만의황셩의득달ᄒ여놓젼의조회ᄒᆫ디상이
갈오ᄉᆞᄃᆡ엇지ᄒ여니리속히오뇨시랑이젼후ᄉ연을쥬달ᄒ니상이ᄃᆡ경ᄒ샤
뉴승상부녀롤잡ᄋ오라ᄒ시니금오낭이쥬야빅도ᄒ여ᄂ려가니니뉴승상부
녜다죽고일문공허ᄒ엿ᄂᆞᆫ지라이ᄃᆡ로계달하니상이그죽으믈연측ᄒ시고이
의하교ᄒ샤됴왕의ᄯᆞᆯ과의혼ᄒ라ᄒ시니쵸왕이깃거즉시턱일셩녜ᄒ고뎐졍
의드러가ᄉ온ᄒ니뎐지깃그샤됴왕의ᄯᆞᆯ노졍열부인을봉ᄒ시고을션으로좌
승상을ᄒ이시니을션이텬은을슉ᄉᄒ고집의도라와부모긔뵈온ᄃᆡ왕이승상
을익즁ᄒ미극ᄒ더라쵸왕이홀연득병ᄒ여빅약이무효ᄒ니필경잇지못홀

2

쥴알고승상의숀을잡고왈나죽은후라도슬허말고츙셩을다ᄒ여나라흘셤기
라ᄒ고부인을도라보아왈니도라간후가ᄉ롤춍찰ᄒ여나잇실ᄯᅢ와갓치ᄒ라
ᄒ고의복을기착ᄒ여상의누어졸ᄒ니시년이뉵십구셰라일기망극ᄒ여왕비
와승상이자로긔졀ᄒ고상하녹복이일시의통곡ᄒ니곡셩이진동ᄒ더라승상
이비로쇼인ᄉ롤슈습ᄒ여왕비롤위로ᄒ고노복을거나려턱일ᄒ여션산의안
장ᄒ고셰월을보니더니뎐지쵸왕의죽으믈슬허ᄒ샤졔문지어치졔ᄒ시고승
상을위로ᄒ실시셰월이여류ᄒ여삼년을맛ᄎ미승상이궐하의나아가복지하
온ᄃᆡ상이승상의숀을잡으시고삼년이덧업시지니믈식로이슬허ᄒ시며승상
의관작을복직ᄒ시며황금을만히ᄉ급ᄒ시니승상이고ᄉ블슈ᄒ온ᄃᆡ

3

상이블윤ᄒᆞ시고파조ᄒᆞ시니승상이텬은을슉ᄉᆞᄒᆞ고부즁의도라와왕비긔뵈온ᄃᆡ왕비ᄯᅩ한익즁ᄒᆞ믈마지아니시더라홀연익쥐ᄌᆞ식장계ᄒᆞ엿시ᄃᆡ익쥐일도의흉년이ᄌᆞ심ᄒᆞ고ᄯᅩ고히ᄒᆞᆫ변이잇셔뉴승상의녀ᄋᆡ청츈의요ᄉᆞᄒᆞ미그원혼이흣터지〃아니ᄒᆞ여그곡셩을ᄉᆞ룸이드ᄅᆞ면곳쥭으며겸ᄒᆞ여ᄇᆡᆨ셩이화ᄒᆞ여도젹이되오니원폐ᄒᆞᄂᆞᆫ어진신하롤보ᄂᆡ여안무ᄒᆞ시믈바라나이다ᄒᆞ엿더라상이장계롤보시고근심ᄒᆞ샤만조ᄇᆡᆨ관을모흐시고익쥬진무ᄒᆞ믈의논ᄒᆞ시니좌승상뎡을션이츌반쥬왈신슈무직ᄒᆞ오나익쥬롤진무ᄒᆞ리이다상이ᄃᆡ희ᄒᆞ샤을션으로슌무도어ᄉᆞ롤졔슈ᄒᆞ시고인검과졀월을쥬ᄉᆞ왈익쥬를슈히진무하고도라와짐의바라믈잇지말나ᄒᆞ시니어식하직고부즁의도라와왕비와졍열부인긔하직을고ᄒᆞ고역졸을거나려여러날만의

4

익쥬의득달ᄒᆞ여녯일을ᄉᆡᆼ각고뉴승상부즁의니ᄅᆞ니인젹이끗치고그리장녀ᄒᆞ던누각이뷘터만남앗고다만일간쵸옥이슈풀속의잇실ᄲᅳᆫ이오다른인기업ᄉᆞ니무롤곳이업ᄂᆞᆫ지라두로방황ᄒᆞ더니슈풀속의ᄉᆞ룸의ᄌᆞ최잇거ᄂᆞᆯᄇᆡ회ᄒᆞ여ᄉᆞ룸을기다리더니인젹이다시업셔지고일식이셔산의지ᄂᆞᆫ지라갈바롤몰나쥬져ᄒᆞ더니먼리바라보니산곡간의연긔나거ᄂᆞᆯ인ᄒᆞ여ᄎᆞᄌᆞ가니다만일간쵸옥이라쥬인을ᄎᆞᄌᆞ니한노괴나와문왈귀ᄀᆡᆨ이어ᄃᆡ계시관ᄃᆡ누롤ᄎᆞᄌᆞ이심산의셔방황ᄒᆞ시나잇가어ᄉᆡ답왈뉴승상집을ᄎᆞᄌᆞ가더니길을그룻드러이의왓시니하로밤ᄌᆞ고가기롤쳥ᄒᆞ노라한미답왈뉴ᄒᆞ시기ᄂᆞᆫ어렵지아니ᄒᆞᄃᆡ량식이업ᄉᆞ니엇지ᄒᆞ리잇고ᄒᆞ고쥭을드러거ᄂᆞᆯ어ᄉᆡ햐져ᄒᆞ고노고와갓치안ᄌᆞ이윽히담화ᄒᆞ더니믄득쳘텬ᄒᆞᆫ곡셩이나며졈〃갓가이오니그한미니러나며울

5

거ᄂᆞᆯ어ᄉᆡ고희너겨보니홀연공즁으로셔한녀지울며나려와한미롤칙ᄒᆞ여왈어미롤보려왓더니엇지잡인을드리ᇿ외인이잇시니드러가지못ᄒᆞ노라ᄒᆞ고

이연이울며도라가니그노옹의부쳬또울며드러오거늘어시고희너겨문왈엇던ᄉᆞᄅᆞᆷ이완ᄃᆡ깁흔밤의울고단니ᄂᆞ뇨쥬인노괴울기를긋치고답왈노고의ᄯᆞᆯ이로쇼이다어싀왈쥬인의ᄯᆞᆯ이면무삼일노울고단니ᄂᆞ뇨노괴답왈상공이〃러틋무ᄅᆞ시니ᄃᆡ강고ᄒᆞ리이다우리상젼은뉴승상이시니승상노애황셩의셔벼술ᄒᆞ시더니텬ᄌᆞ긔득죄ᄒᆞ고이곳의오신후졍실부인쵀시다만일녀를나흐시고삼일만의기세ᄒᆞ시니노애후실노시를어드시미노시블인ᄒᆞ여소져를죽이려ᄒᆞ여쥭의약을쥬니텬지신명이도으샤홀연바ᄅᆞᆷ이니러나쥭의틧글이들미인ᄒᆞ여먹지아니ᄒᆞ고ᄀᆡ를쥬니그ᄀᆡ먹고즉시쥭거늘그후ᄂᆞᆫ놀나밥을졔집의셔슈건의ᄊᆞ다

6

가연명ᄒᆞ여시며길네날밤의노시졔ᄉᆞ촌노턱를금을쥬고다리여칼을가지고와작난ᄒᆞ니뎡시랑이그거동을보고의심ᄒᆞ여밤의도라갓시며그후소졔분원ᄒᆞ여ᄌᆞ쳐ᄒᆞ미염습고ᄌᆞᄒᆞ나ᄉᆞ오나온긔운이ᄉᆞᄅᆞᆷ을침노ᄒᆞ니인ᄒᆞ여빈쇼의갓가이가지못ᄒᆞ엿더니그후의소져의원혼이공즁의셔울미동니ᄉᆞᄅᆞᆷ드리그곡셩을드른즉면병드러쥭으니겻ᄃᆡ지못ᄒᆞ여집을ᄯᅥ나타쳐로거졉ᄒᆞᄃᆡ우리냥인은관겨치아니키로이곳의잇ᄉᆞ온즉쇼졔밤마다울고오나이다ᄒᆞ고인ᄒᆞ여혈셔쓴젹삼을ᄂᆡ여노흐니어싀바라보미놀나고몸이ᄯᅥᆯ녀방셩ᄃᆡ곡ᄒᆞ다가이윽고진졍ᄒᆞ여쥬인다려왈ᄂᆡ과연뎡시랑이니ᄉᆞ세여ᄎᆞᄒᆞᆫ즉엇지ᄒᆞ리오ᄂᆡ블명ᄒᆞ여녀ᄌᆞ의원을ᄭᅵ치니후일의반ᄃᆞ시앙화를바드리로다유모부쳬이말을듯고반가오믈니긔지못ᄒᆞ여붓들고방셩ᄃᆡ곡왈시랑노애엇지이곳의오시니잇고

7

어싀또한낙누왈ᄂᆡ과연모년월일의나의부친을뫼시고뉴승상집의ᄂᆞ려왓실졔후원의셔화쵸를구경ᄒᆞ다가츄쳔ᄒᆞᄂᆞᆫ소져를보고올나와병이되여ᄉᆞ경의니ᄅᆞ러시니부친이곤뇌ᄒᆞ샤뉴승상게통혼ᄒᆞ엿더니승상이허혼ᄒᆞ기로ᄉᆞ라난말이며텬지ᄉᆞ혼ᄒᆞ시ᄃᆡ듯지아니ᄒᆞ고셩네ᄒᆞ라나려와신혼쵸일의흉한ᄒᆞᆫ

놈이칼을들고여추〃〃ᄒᆞ미그밤으로올나가던말을다ᄒᆞ고됴왕의ᄉᆞ회된말과옛일을싱각ᄒᆞ고차자온말을셰〃이닐너통곡ᄒᆞ니쥬긱이슬허ᄒᆞ믈마지아니터라어시왈ᄉᆞ셰여추ᄒᆞ니엇지ᄒᆞ면소져를다시보리오유뫼왈우리소졔별셰ᄒᆞ신지오리더니가〃면빅골이된소졔녁〃히반기시나ᄐᆞ인은그집근쳐의도못가더시랑노애가시면소져의녕혼이ᄯᅩ한반기실둧ᄒᆞ니니일식젼의가ᄉᆞ이다ᄒᆞ고그날밤을겨유지니고익일의유모룰ᄯᅳ라한가

8

지로소져의빙쇼의니ᄅᆞ러ᄂᆞᆫ유뫼먼져드러가닐오더소져야뎡시랑상공이오셧나이다소졔더왈어미ᄂᆞᆫ엇지져런말을ᄒᆞᄂᆞ뇨시랑이날을바려거든ᄃᆞ시오기만무ᄒᆞ니라유뫼다시닐오더니엇지소져의게허언을ᄒᆞ리잇고지금밧긔오신상공이곳뎡시랑이시니드러오시라ᄒᆞ리잇가소졔닐오더뎡시랑이신지분명이올흐냐유뫼왈엇지거즛말을ᄒᆞ리잇고ᄒᆞ고나와이더로고ᄒᆞᆫ더어시친히문밧긔셔소릭ᄒᆞ여왈싱이곳뎡을션이니나의블명혼암ᄒᆞ므로부인이누명싯고져러ᄐᆞᆺ원혼이되여시니그외달은말솜을엇지다칭양ᄒᆞ오리잇고을션이곳황명을밧자와이곳의와셔부인의익미ᄒᆞ믈ᄭᆡ닷ᄉᆞ오니빅골이나보고이곳의셔한가지로쥭어부인의각골지원을위로코ᄌᆞᄒᆞᄂᆞ니부인의명빅

9

ᄒᆞᆫ혼령은용열ᄒᆞᆫ을션의죄룰ᄉᆞᄒᆞ시면잠간뵈옵고위로ᄒᆞ믈바라나이다언필의방셩더곡ᄒᆞ니소졔유모룰블너젼어왈뎡시랑이〃곳의오시기만무ᄒᆞ니어더셔과긱이와셔원억히쥭은몸을이러ᄐᆞᆺ조로나뇨부졀업시조로지말고ᄲᆞᆯ니가라ᄒᆞᄂᆞᆫ쇼릭익연ᄒᆞ여원근의ᄉᆞ못ᄂᆞᆫ지라유뫼빅단기유ᄒᆞ더듯지아니〃시랑이유모룰더ᄒᆞ여왈니이러ᄐᆞᆺ말ᄒᆞ더소져듯지아니ᄒᆞ니니위격으로드러가보리라유뫼말녀왈그러ᄒᆞ면조치아니미잇실지라깁히싱각ᄒᆞ쇼셔어시싱각ᄒᆞ더이ᄂᆞᆫ철텬지원이니범연이보지못ᄒᆞ리라ᄒᆞ고창황중싱각고즉시익쥬자ᄉᆞ의게관ᄌᆞᄒᆞ더익쥬순무어ᄉᆞ뎡을션은ᄌᆞᄉᆞ의게깁히홀말이잇시니블일니로뉴승상부중녹

10

님상원으로디령ᄒᆞ라ᄒᆞ니익쥐ᄌᆞ시관ᄌᆞ롤보고보고황〃이녜롤갓쵸와녹님원상으로오니어시녹음즁의안자민간졍ᄉᆞ롤뭇고왈너젼일의뉴승상의게여ᄎᆞ〃〃ᄒᆞᆫ일이잇더니맛참이리지니다가유모롤맛나기간사연을ᄌᆞ시드ᄅᆞ니그쇼졔별셰ᄒᆞ엿지삼년이로되이리〃〃ᄒᆞ오니엇지가련치아니리오이러므로그원혼을위로코자ᄒᆞ이ᄌᆞᄉᆞᄂᆞᆫ날을위ᄒᆞ여히혹게ᄒᆞ라ᄌᆞ식쳥파의소져빙쇼압히ᄂᆞ아가ᄊᆞ러고왈이ᄂᆞᆫ곳뎡상공일시분명ᄒᆞ고나ᄂᆞᆫ이고을ᄌᆞᄉᆞ옵더니뎡어ᄉᆞ의분부롤드러알외옵ᄂᆞ니존위ᄒᆞ신신령은살피소셔소졔유모롤블너젼어왈아모리유명이다ᄅᆞ나남녜분명ᄒᆞ거늘엇지외인을상졉ᄒᆞ리오아모리분명ᄒᆞᆫ뎡시랑이라ᄒᆞ디니엇지고지드ᄅᆞ리오어식홀일

11

업셔이연유롤텬ᄌᆞᄀᆡ쥬ᄒᆞᆫ디상이드ᄅᆞ시고잔잉히너기샤원혼을츄증ᄒᆞ여츙열부인을봉ᄒᆞ시고직쳡과교지롤ᄂᆞ리시니언관이쥬야빅도ᄒᆞ여ᄂᆞ려와소져빙쇼방문압히셔교지롤자셔이낡으니ᄒᆞ엿시디아모리유명이달나아비롤모로고님군을모로리오교지롤ᄂᆞ리와너의원혼을씨닷게ᄒᆞ노라뎡을션의상쇼롤보니너의참혹ᄒᆞᆫ말을엇지다칭양ᄒᆞ리오너롤위ᄒᆞ여조셔롤ᄂᆞ리ᄂᆞ니짐의ᄯᅳᆺ을져바리지말나만일됴셔롤거역ᄒᆞᆫ즉역명을면치못ᄒᆞ리라ᄒᆞ엿더라소졔듯기롤다ᄒᆞ미그졔야유모롤블너왈텬은이망극ᄒᆞ샤아녀ᄌᆞ의혼빅을위로ᄒᆞ시고ᄯᅩ가뷔젹실ᄒᆞᆫ쥴을밝히시니황은이틔산갓도다인ᄒᆞ여시랑을쳥ᄒᆞ여드러오ᄅᆞᄒᆞ거늘어식유모롤ᄯᆞ라드러가보

12

니좌우창호롤겹〃히닷쳣거늘어식좌우로살피나틧글이자옥ᄒᆞ여인귀롤분변치못홀지라마음의비창ᄒᆞ여니블을들고보니비록살은ᄲᅧ지아냐시나시신이ᄲᅧ만남은지라어식울며왈낭ᄌᆞ야날을보면능히알쇼냐그소졔공즁으로셔디답ᄒᆞ디첩의용납지못홀죄롤ᄉᆞᄒᆞ시고쳔리원졍의오시니아모리빅골인들엇지감격지아니리오첩의박명ᄒᆞᆫ죄인으로상공의하히갓흔인덕을닙ᄉᆞ와외람ᄒᆞ온직쳡을밧ᄌᆞ오니엇지감은치아니리잇가어식왈엇지ᄒᆞ면낭ᄌᆡᄃᆞ시ᄉᆞ

라날고소졔답왈쳡을살리려ᄒᆞ시거든금셩산옥눈동을ᄎᆞᄌᆞ가금셩진인을보고약을구ᄒᆞ여오시면쳡이회싱ᄒᆞ려니와상공이엇지가구ᄒᆞ여오시믈바라리잇고어ᄉᆡ깃거즉시유모ᄅᆞᆯ분부ᄒᆞ여힝장을찰히라ᄒᆞ여유모부쳐ᄅᆞᆯ다리고길의올나여러

13

날만의옥눈동의니ᄅᆞ러긔구ᄒᆞᆫ산쳔을너머도관을ᄎᆞᄌᆞᄃᆡ운뮈ᄌᆞ옥ᄒᆞ여능히ᄎᆞ질길이업ᄂᆞᆫ지라마음의쵸조ᄒᆞ여두로찻더니한곳의니ᄅᆞ니일좌묘당이잇거ᄂᆞᆯ드러가보니인젹이업셔틧글이자옥ᄒᆞ거ᄂᆞᆯ두로찻다가ᄒᆞᆯ일업셔도로ᄂᆞ오더니묘당압큰나무아릐한구슬갓흔거시노혀시니빗치찬란ᄒᆞ고향취옹비ᄒᆞ거ᄂᆞᆯ니상이너겨집어몸의감쵸고이의묘당을ᄯᅥ나유모부쳐ᄅᆞᆯᄃᆞ리고산과고ᄀᆡᄅᆞᆯ너머두로ᄎᆞ지니드러갈ᄉᆞ록첩〃ᄒᆞᆫ산중이오능히ᄉᆞᄅᆞᆷ을볼길이업ᄂᆞᆫ지라ᄒᆞᆯ일업셔이의산의나려와촌졈을ᄎᆞᄌᆞ밤을지ᄂᆡ고익쥬로도라와쇼져빙쇼로드러가니소졔반겨왈상공이약을구ᄒᆞ여오시니잇가어ᄉᆡ답왈슬푸다약도못어더오고다만힝녁만허비ᄒᆞ니이다소졔왈상공의몸의긔이ᄒᆞᆫ광치빗최니무어술길의셔엇지

14

아니ᄒᆞ시니잇가어ᄉᆡ왈이상ᄒᆞᆫ구슬이잇기로가져오니이다소졔왈그거시회싱ᄒᆞᄂᆞᆫ구슬이니쳡이살ᄢᅵ로쇼이다ᄒᆞ고ᄃᆞ시말을아니〃어ᄉᆡ그구슬을소져의엽ᄒᆡ놋코소져와동와ᄒᆞ여자다가놀나ᄭᆡ니동방이밝앗ᄂᆞᆫ지라니러나보니구슬노혓던곳의살이연지빗갓치ᄂᆡ사랏거ᄂᆞᆯ그졔야신긔히너겨유모ᄅᆞᆯ블너뵈고구슬을소져의몸의구ᄅᆞᆯ이니블과하로밤ᄉᆞ이의살이윤턱ᄒᆞ여븕은빗치완연ᄒᆞ고옛얼골이ᄉᆡ로온지라반기믈니긔지못ᄒᆞ여익쥬ᄌᆞᄉᆞ의게약을구ᄒᆞ여일변약물노몸을씻기고약을먹이니자연환싱ᄒᆞ여인ᄉᆞᄅᆞᆯ찰히ᄂᆞᆫ지라어ᄉᆡ희불ᄌᆞ승ᄒᆞ여갓가이나아가니소졔죽엇던일을젼연이니져바리고어ᄉᆞᄅᆞᆯᄃᆡᄒᆞ미도로혀붓그리여유모ᄅᆞᆯ붓들고통곡왈이거시쑴이냐싱시냐부친이어ᄃᆡ계시뇨ᄒᆞ고슬피통곡ᄒᆞ니어ᄉᆡ소져의옥슈ᄅᆞᆯ잡아

15

위로ᄒᆞ고살펴보니요조ᄒᆞᆫ식덕이졀묘ᄒᆞ여진짓경국지식이라싱이더희ᄒᆞ여관ᄉᆞ의긔별ᄒᆞ여교ᄌᆞ롤갓쵸와소져롤황셩으로치송홀식소졔유모롤ᄃᆞ리고승상산소의나아가슬피통곡ᄒᆞ니일월이무광ᄒᆞ고쵸목금쉬위ᄒᆞ여슬허ᄒᆞ더라침실의도라와유모부쳐롤다리고황셩으로올나올식소져ᄂᆞᆫ금덩을ᄐᆞ고유부ᄂᆞᆫ듸완미롤ᄐᆞ시며각읍시녜녹의홍상으로빵〃이옹위ᄒᆞ여올나가니소과군현의인민드리닷토와구경ᄒᆞ며셔로닐오듸이런일은쳔고의업다ᄒᆞ더라어식왈나ᄂᆞᆫ익쥬일도롤진무ᄒᆞ기지금올나가지못ᄒᆞᄂᆞ니셔찰을가지고올나가라ᄒᆞ니라소졔여러날만의황셩의득달ᄒᆞ여왕비긔뵈고젼후슈말을고ᄒᆞᆫ듸왕이소져의손을잡고낙누왈그듸의긔상을보니쳔고의슉녀어놀쵸년팔지긔험ᄒᆞ여원통ᄒᆞᆫ누명

16

을시러여러히롤일월을보지못ᄒᆞ엿시니셰상ᄉᆞ롤칭양치못ᄒᆞ리로다뉴시고왈소첩의팔지무상ᄒᆞ오미니누롤ᄒᆞᆫᄒᆞ리잇고황상의너부신은혜와어ᄉᆞ의하히지덕으로셰상의다시회싱ᄒᆞ여밝은일월을보오니황은이빅골난망이로쇼이다언파의쳑연슈루ᄒᆞ더라ᄎᆞ시텬지드ᄅᆞ시고녜관을보니샤츙열부인긔치하ᄒᆞ시니왕비와츙열부인이못니텬은을칭숑ᄒᆞ며츙열부인이왕비롤지셩으로셤기고졍열부인을녜로ᄲᅧ듸졉ᄒᆞ며노복을은의로구휼ᄒᆞ니왕비지극히ᄉᆞ랑ᄒᆞ며노복등이은혜롤칭숑ᄒᆞ더라일〃은왕비츙열부인과졍열부인을블너갈오듸졍열현부ᄂᆞᆫ츙열의버금이니ᄎᆞ례롤분명이ᄒᆞ라뉴시고왈그러치아니ᄒᆞ니이다졍열부인은명문의몬져드러와존고롤셤겨습고쳡은나종의닙문ᄒᆞ엿ᄉᆞ오니원

17

비되오미블가ᄒᆞ니이다왕비왈현부롤몬져졍빙ᄒᆞᆫ비니황상긔쥬ᄒᆞ여션후롤졍ᄒᆞ리라ᄒᆞ고인ᄒᆞ여연유롤텬ᄌᆞ긔쥬달ᄒᆞᆫ듸상이하교ᄒᆞ샤츙열부인으로원비롤졍ᄒᆞ라ᄒᆞ시니뉴시ᄃᆞ시ᄉᆞ양치못ᄒᆞ고원비소임을감당ᄒᆞ여구고롤지효

로셤기니왕비와가즁이다깃거ᄒᆞᄃᆡ졍열부인이심즁의ᄋᆡ달나황상을원망ᄒᆞ고왕비ᄅᆞᆯ미워ᄒᆞ여가마니츙열부인ᄒᆡᄒᆞ기ᄅᆞᆯᄭᅬᄒᆞ더라ᄎᆞ시어ᄉᆡ익쥬일도ᄅᆞᆯ슌무ᄒᆞ여ᄇᆡᆨ셩을인의로다ᄉᆞ리고션ᄌᆞᄅᆞᆯ이직ᄒᆞ고블션ᄌᆞᄅᆞᆯ파직ᄒᆞ며탐관ᄌᆞᄅᆞᆯ즁율을뼈션참후계ᄒᆞ니블과슈년지ᄂᆡ의텬ᄒᆡᄐᆡ평ᄒᆞ더라셔텬ᄉᆞ십일쥐ᄅᆞᆯ슌무ᄒᆞ기ᄅᆞᆯ맛ᄎᆞᄆᆡ황셩으로올나와탑젼의봉명ᄒᆞᆫᄃᆡ상이어ᄉᆞ의숀을잡으시고못ᄂᆡ깃거ᄒᆞ시고ᄯᅩ뉴시ᄅᆞᆯ살녀도라온일을치하ᄒᆞ시니어ᄉᆡ복지쥬왈이러ᄒᆞ옵기ᄂᆞᆫ다

18

황상의너부신덕ᄐᆡᆨ이오니신이만번쥭ᄉᆞ와도텬은을다갑지못ᄒᆞ리로쇼이다텬ᄌᆡ위로ᄒᆞ시고벼술을도〃와금자광녹ᄃᆡ부우승상을ᄒᆞ이시고상ᄉᆞᄅᆞᆯ만히ᄒᆞ시니승상이텬은을슉ᄉᆞᄒᆞ고퇴조ᄒᆞ여도라와부왕과모비긔뵈온ᄃᆡ왕비반기며눈물을드리워뉴시ᄉᆡᆼ환ᄒᆞ믈못ᄂᆡ칭찬ᄒᆞ고신긔히너기더라냥부인이ᄎᆞ례로드러와녜ᄅᆞᆯ맛ᄎᆞᄆᆡ승상이ᄯᅩ한뉴시ᄅᆞᆯ도라보와원졍의무ᄉᆞ히득달ᄒᆞ믈치하ᄒᆞ고누쉬옥안의니음ᄎᆞ니부인이염슬왈쳡의무ᄉᆞ히올나오기ᄂᆞᆫ승상의덕이오즐거오믈엇지니로칭양ᄒᆞ리잇고ᄒᆞ더라이날밤의승상이뉴시침소의드러가니뉴시마ᄌᆞ좌졍후염임고왈상공은너모쳡을ᄉᆡᆼ각지마ᄅᆞ시고됴부인을친근이ᄒᆞ옵쇼셔승상이답왈ᄂᆡ엇지됴시ᄅᆞᆯ박ᄃᆡᄒᆞ리오부인은여ᄎᆞ염녀ᄅᆞᆯ말나ᄒᆞ고부인의옥슈ᄅᆞᆯ잡고침셕

19

의나아가니부인이옛일을ᄉᆡᆼ각고비희교집ᄒᆞ여탄식ᄒᆞ거ᄂᆞᆯ승상이위로왈고진감ᄂᆡᄂᆞᆫ우리ᄅᆞᆯ두고니ᄅᆞ미라엇지오날〃이러ᄐᆞᆺ맛나믈ᄯᅳᆺᄒᆞ여시리오ᄒᆞ며언쇠자약ᄒᆞ니뉴시깃거ᄉᆞ례ᄒᆞ여갈오ᄃᆡ냥위져러ᄐᆞᆺ즐기시니노신의한이다시업도쇼이다승상이쇼왈유모의졍셩으로부인이회ᄉᆡᆼᄒᆞ여시니노고의덕은산이낫고바다히엿튼지라엇지ᄉᆡᆼ젼의다갑흐리오ᄒᆞ며즐기더니임의야심ᄒᆞᄆᆡ촉을장외로물니〃유뫼졔방으로도라와지아비츙복다려왈우리이졔쥭어도한이업도다승상이우리소져ᄅᆞᆯᄉᆞ랑ᄒᆞ시미지극ᄒᆞ니엇지즐겁지아니리오

층복이듯고탄식왈상공이츙열부인ᄉ랑ᄒ시미도로혀질겁지아니ᄒ도다후일의반ᄃ시조치아니ᄒᆫ일잇시리라한미문왈그어인말고답왈졍열부인은됴왕의ᄯᆞᆯ이니국족으로셰력이즁ᄒᆫ부인이오

20

위인이양션치못ᄒ니승상이츙열부인을편벽히ᄉ랑ᄒ시면졍열부인이싀긔ᄒᆯ거시니일후의보면알녀니와무삼연괴잇실가ᄒ노라유뫼청파의그러히너겨ᄯᅩ한염녀ᄒ더라ᄎ시승상이뉴부인침실의셔ᄌ고익일야의됴부인침쇼의드러가니됴부인왈쳡의곳의엇지드러오시니잇가뉴시의침소로가쇼셔승상이우으며너렴의그현숙지못ᄒ몰미은이너기더라ᄎ시국티민안ᄒ고ᄉ방이무ᄉᄒ여빅셩이격양가로일을삼으니이러므로승상이슈유롤어더냥부인을다리고날마다풍악을쥬ᄒ며렬락ᄒᄂᆞᆫ지라만조빅관이놀기롤닷토와날마다승상부의모다가무로연락ᄒ니장안빅셩드리닐오ᄃᆡ뎡승상의유복ᄒᆫ팔자ᄂᆞᆫ진짓곽분양을블워아니리라ᄒ더라ᄎ시뉴부인이잉티ᄒᆫ지임의칠삭이라됴부인이날노싀긔

21

ᄒ여미양뉴부인을히ᄒᆯ마음을두나승상이가ᄂᆡ롤명찰ᄒ미능히힝계치못ᄒ고이달나ᄒ믈니긔지못ᄒ더라나라희티평ᄒ여경히일이업더니믄득셔방졀도ᄉ의급ᄒᆫ표문이오ᄅ니상이보시미다른ᄉ의아니라셔융이반ᄒ여셔방삼십여셩을쳐항복밧고승〃장구ᄒ여물미듯황셩으로향ᄒᄃᆡ능히막을길이업ᄉ오니원폐하ᄂᆞᆫ명장을턱ᄒ샤조셕의급ᄒ믈방비ᄒ쇼셔ᄒ엿더라상이보시고ᄃᆡ경ᄒ샤만조빅관을모흐시고의논ᄒ실식좌승상뎡을션이츌반쥬왈셔융이강포ᄒ믈밋고외람이ᄃᆡ국을침범ᄒ오니신이비록ᄌᆡ죄업ᄉ오나일지병을빌니시면한번북쳐셔융을ᄉ로잡아폐ᄒ의근심을덜니이다상이ᄃᆡ희왈경의츙셩과지략을짐이아ᄂᆞᆫ빈라무삼근심이이시리오부ᄃᆡ경적지말고셔융을쳐항

22

복바다ᄃᆡ국위엄을빗ᄂᆡ고경의일홈을ᄉᆞᄒᆡ의진동케ᄒᆞ라ᄒᆞ시고십만ᄃᆡ병과ᄆᆡᆼ장쳔여원을쥬시고텬ᄌᆡ어필노ᄃᆡ장슈긔의친히쓰시ᄃᆡᄃᆡ송좌승상병마도춍독ᄃᆡᄉᆞ마ᄃᆡ장군평셔ᄃᆡ원슈뎡을션이라ᄒᆞ여시니을션의엄슉ᄒᆞ미ᄆᆡᆼ호갓더라즉일발ᄒᆡᆼᄒᆞᆯᄉᆡ동십일월십일〃갑ᄌᆞ의ᄒᆡᆼ군녕을놋코잠간집의도라와모비긔고ᄒᆞᄃᆡ국은이망극ᄒᆞ와벼ᄉᆞᆯ이ᄃᆡ사마ᄃᆡ장군ᄃᆡ원슈의니ᄅᆞ럿ᄉᆞ오니몸이맛도록국은을만분지일이나갑흘가ᄒᆞ옵ᄂᆞ니모친은쇼ᄌᆞ의츌젼ᄒᆞ믈염녀치마르시고긔쳬안강ᄒᆞ옵소셔인ᄒᆞ여하직ᄒᆞ니왕비눈물을흘녀왈인신이되여난세의ᄃᆡ병을거ᄂᆞ려국은을갑흐미신ᄌᆞ의쎳〃ᄒᆞᆫ일이오ᄯᅩ국가ᄅᆞᆯ도라보ᄂᆞᆫᄌᆞᄂᆞᆫ집을뉴련치아니ᄒᆞᆫ다ᄒᆞ니급히가도젹을평졍ᄒᆞ고ᄃᆡ공을셰워일홈이ᄉᆞ

23

ᄒᆡ의진동ᄒᆞ고얼골을ᄂᆡᆫ각의그리미남아의ᄉᆞ업이니노모ᄅᆞᆯ뉴련치말고슈히셩공반ᄉᆞᄒᆞ믈바라노라ᄒᆞ니원쉬이의모젼의함누하직ᄒᆞ고물너나와뉴부인을향ᄒᆞ여왈그ᄃᆡ등은모비ᄅᆞᆯ지셩으로밧드러복의도라오믈기다리라ᄒᆞ고ᄯᅩ됴부인다려왈뉴시ᄂᆞᆫ고단ᄒᆞᆫᄉᆞᄅᆞᆷ이니부ᄃᆡ블상이너기며님의ᄐᆡ긔잇션지칠삭이니만일ᄉᆡᆼ산ᄒᆞ거든조히보호ᄒᆞ쇼셔ᄒᆞ고ᄯᅩ뉴부인을향ᄒᆞ여왈아모조록가즁이화평ᄒᆞ고무사ᄒᆞ믈바라노라두부인이ᄃᆡ왈가즁ᄉᆞᄂᆞᆫ염녀치마르시고ᄃᆡ공을닐워슈히도라오시믈바라나이다ᄒᆞ며보니뉴부인은근심ᄒᆞᄂᆞᆫ빗치잇고됴부인은깃거ᄒᆞᄂᆞᆫ빗치잇거ᄂᆞᆯ고히너겨됴부인다려왈가부ᄅᆞᆯ만니원지의니별ᄒᆞ니응당슈ᄉᆡᆨ이잇실거시어ᄂᆞᆯ부인은엇지희ᄉᆡᆨ이잇ᄂᆞ뇨됴부인왈이엇진말삼이니잇고상공이ᄃᆡ원슈직임을당ᄒᆞ시

24

니신ᄌᆞ의당연ᄒᆞᆫ직분이오둘ᄌᆡᄂᆞᆫ십만ᄃᆡ병을거나려만이ᄅᆞᆯ졍벌ᄒᆞ시니ᄃᆡ장부의쾌ᄉᆡ오세ᄌᆡᄂᆞᆫ무지ᄒᆞᆫ도젹을한번북쳐파ᄒᆞᄆᆡ위엄이텬하의진동ᄒᆞ고밋ᄃᆡ공을셰우고승젼고ᄅᆞᆯ울녀반ᄉᆞᄒᆞᄆᆡ우흐로텬ᄌᆡ네ᄃᆡᄒᆞ시고아ᄅᆡ로만조공

경이흠앙ᄒᆞ며영명이쳔츄의젼ᄒᆞ고얼골이긔린각의오ᄅᆞ리니상공이영화롤씌여환가ᄒᆞ시미우흐로존고의환희ᄒᆞ심과아리로쳡등의평싱이영화로오믈자부ᄒᆞ여우음을먹음어반가이마ᄌᆞ리니이롤싱각ᄒᆞ믹자연화긔동ᄒᆞ미니이다언파의셩음이옥을마아ᄂᆞᆫ듯ᄒᆞ고얼골이슌화ᄒᆞ여장부의회포롤눅이ᄂᆞᆫ지라승상이다시홀말이업셔모친긔하직ᄒᆞ고두부인을니별ᄒᆞᆫ후교장의ᄂᆞ와삼군을조련ᄒᆞ여힝군홀식텬지난가롤동ᄒᆞ샤문외의나와원슈롤젼송ᄒᆞ시니원쉬농젼의하직

25

ᄒᆞᆫ딕상이어쥬롤권ᄒᆞ시고숀을잡으샤왈경은츙셩을다ᄒᆞ여흉적을파ᄒᆞ고딕공을세워짐의근심을덜나ᄒᆞ시고환궁ᄒᆞ시다원쉬이의방포삼셩의힝군ᄒᆞ믈지쵹ᄒᆞ니긔치검극이빅니의버렷더라ᄎᆞ시경열부인이츙열부인을히코ᄌᆞᄒᆞ여한계교롤싱각ᄒᆞ고시비금연을블너귀의다혀왈너롤슈족갓치밋ᄂᆞ니나의가ᄅᆞ치ᄂᆞᆫ디로시힝ᄒᆞ라금연이디왈부인의분부ᄒᆞ시물쇼비엇지진심치아니리잇가부인왈승상이뉴부인을각별ᄉᆞ랑ᄒᆞᄂᆞᆫ즁겸ᄒᆞ여뉴시잉틱만삭ᄒᆞ엿고나ᄂᆞᆫ상공의조강이나디졉ᄒᆞ미소홀ᄒᆞ고싱산의길이망연ᄒᆞ니뉴녜만일싱남ᄒᆞ면그춍이빅비나더홀거시오나의젼경은아조볼거시업ᄉᆞ리니이롤싱각ᄒᆞ면통분ᄒᆞ미각골ᄒᆞᆫ지라여ᄎᆞ〃〃ᄒᆞ여미리쇼졔ᄒᆞ면나의평싱이영화로

26

오리니네만일셩ᄉᆞᄒᆞ면쳔금으로상을쥬고일싱을편케ᄒᆞ리라금연이응낙ᄒᆞ고물너나오니라ᄎᆞ시됴부인이뉴부인을쳥ᄒᆞ여왈오날일긔화창ᄒᆞ오니후원의나아가츈경을완상ᄒᆞ여울〃ᄒᆞᆫ마음을위로코ᄌᆞᄒᆞ오니부인의존의엇더ᄒᆞ시니잇고뉴부인이조흐믈답ᄒᆞ고후원의니ᄅᆞ니됴부인이맛참신긔블평ᄒᆞ시므로도로나려가셧다ᄒᆞ거놀뉴부인이그꾀롤모로고즉시나려가보니됴부인이금구롤놉히덥고누엇거놀뉴부인이겻히ᄂᆞ아가문왈부인은어디롤그리블평ᄒᆞ시뇨됴부인이더옥이알ᄂᆞᆫ쇼릭롤엄〃이ᄒᆞ여인ᄉᆞ롤모로ᄂᆞᆫ체ᄒᆞ거놀뉴시일변놀나고민망ᄒᆞ여급히왕비긔고ᄒᆞ고일변약을달혀권ᄒᆞ니ᄎᆞ시밤이깁

헛고인적이고요ᄒᆞ더라됴시약을마신후목안의쇼릭로갈오딕나의병이나흔듯ᄒᆞ니부인은침소로가편히쉬쇼셔첩의병은날

27

이오릭면자연나흐리이다뉴부인왈부인의병이져러틋위즁ᄒᆞ시니엇지가자리잇고ᄒᆞ고가지아니ᄒᆞ니됴부인이지삼권ᄒᆞ여왈앗가약을먹은후지금은나흔듯ᄒᆞ오니염녀마르시고도라가소셔ᄒᆞ거늘뉴부인이마지못ᄒᆞ여침쇼로도라와누엇더니ᄎᆞ시금연이뉴부인이도라오기젼의남복을닙고뉴부인침쇼의드러가침병뒤히숨엇ᄂᆞᆫ지라됴부인이왕비의ᄉᆞ촌아라비셩복녹을쳥ᄒᆞ여금은을만히쥬고계교롤가ᄅᆞ쳐이리〃〃ᄒᆞ라ᄒᆞ니셩복녹은욕심이만흔지라밤이깁흔후왕비침쇼의드러가왕비긔고ᄒᆞ딕졍열부인의병이즁ᄒᆞ미소뎨져의〃약을다ᄉᆞ리며보오니츙열부인이구병하ᄂᆞᆫ쳬ᄒᆞ옵더니밤이깁지못하여몸이곤뇌타ᄒᆞ옵고시비롤물니치고가오믹가장고이ᄒᆞ옵기로뒤흘ᄯᆞ라살피온즉

28

모양과의푀이러〃〃ᄒᆞᆫ남지한가지로침쇼로드러가옵더니등촉을물니치고희락지셩이낭ᄌᆞᄒᆞ오니이런변이어딕잇ᄉᆞ리잇고왕비닐오딕츙열부인은이러홀니만무ᄒᆞ니네잘못보앗도다ᄒᆞ고ᄭᅮ지ᄌᆞ니복녹이홀말이업셔나왓ᄃᆞ가ᄃᆞ시드러가고ᄒᆞ딕앗가잘못보앗다ᄭᅮ지시기로다시가보오니분명ᄒᆞᆫ남지라엇더ᄒᆞᆫ놈과동침ᄒᆞ여희학이낭ᄌᆞᄒᆞ오니닉말을밋지아니ᄒᆞ시거든친히가보옵소셔왕비왈네분명이보앗ᄂᆞ냐복녹이다시고왈아모리우믹ᄒᆞ오나엇지허언을ᄒᆞ리잇고지금의슈작이난만ᄒᆞ오니한가지로가시면자연알으시리이다왕비묵연양구의시비롤거나리고뉴부인침쇼의니ᄅᆞ니밤이졍히삼경이라뉴부인이잠이드럿더니왕비블을밝히고뉴부인침쇼의드러가니과연엇던놈이ᄯᅱ여닉다라복

29

녹을ᄎᆞ바리고후원으로다라나거ᄂᆞᆯ왕비ᄃᆡ경ᄒᆞ여인ᄉᆞ롤찰히지못ᄒᆞ다가노긔ᄃᆡ발ᄒᆞ여시비롤호령ᄒᆞ여잡ᄋᆞ쇨니라ᄒᆞ니시비다라드러뉴부인을잡ᄋᆞ갈식ᄎᆞ시뉴부인이잠결의놀나ᄭᅵ다ᄅᆞ니시비다라드러잡ᄋᆞ계하의쇨니ᄂᆞᆫ지라뉴부인이졍신이삭막ᄒᆞ더니왕비여셩왈너ᄂᆞᆫ일국졍승의부인으로ᄉᆞ롬이감히우러〃보도못ᄒᆞ거ᄂᆞᆯ네무어시부족ᄒᆞ여여ᄎᆞ간음지ᄉᆞ롤힝ᄒᆞ여왕공의집을망케ᄒᆞ니네죄ᄂᆞᆫᄂᆡ친히본빅라발명치못ᄒᆞᆯ거시니열번쥭어도앗갑지아니ᄒᆞ도다ᄒᆞ니뉴시겨유인ᄉᆞ롤찰혀왈쳡이죄롤아지못ᄒᆞ오니죄나아라지이다왕비더옥ᄃᆡ로왈엇지죄롤모로노라ᄒᆞᄂᆞ뇨텬하의살니지못ᄒᆞᆯ거슨음녀로다ᄒᆞ고복녹을호령ᄒᆞ여큰칼을씌워ᄂᆡ옥의엄히가도고안흐로드러가니뉴시홀일업

30

셔옥즁의드러가가삼을두다리며시비금셤을블너죄명을무러알고진졍ᄒᆞ여닐오ᄃᆡ니러ᄒᆞ면나의죄롤엇지버셔날고다만승상의ᄭᅵ친바혈육이셰상의ᄂᆞ지못ᄒᆞ고쥭으면그거시유한이로다ᄒᆞ고방셕ᄃᆡ곡ᄒᆞ며슈건을ᄂᆡ여결항ᄒᆞ려ᄒᆞ더니ᄃᆞ시ᄉᆡᆼ각ᄒᆞᄃᆡᄂᆡ이제쥭으면나의무죄ᄒᆞ믈뉘알리오아모조록셰상의부지ᄒᆞ여누명을신셜ᄒᆞ고쥭으리라ᄒᆞ고다만호곡ᄒᆞ다가긔졀ᄒᆞ니금셤이뫼셔다가놀나븟드러급히구호ᄒᆞ니이윽고회ᄉᆡᆼᄒᆞ거ᄂᆞᆯ금셤이위로왈부인이이제쥭ᄉᆞ오면더러온악명을면치못ᄒᆞᆯ거시오니아직일을보아가며ᄉᆞᄉᆡᆼ을결단ᄒᆞ옵소셔부인이닐오ᄃᆡ네말이가장올흐니블측ᄒᆞᆫ말을듯고엇지일시롤셰상의쳐ᄒᆞ리오ᄒᆞ고다시자결ᄒᆞ려ᄒᆞ거ᄂᆞᆯ금셤이만단

31

ᄀᆡ유ᄒᆞ니부인이침음ᄒᆞ다가왈네비록쳔비나나의무죄ᄒᆞ믈블상이너겨이러틋위로ᄒᆞ니금세의드믄츙비로다연이나날을위ᄒᆞ여양칙을ᄉᆡᆼ각ᄒᆞ여나의무죄ᄒᆞ믈변빅ᄒᆞ믈바라노라금셤이하직고졔집으로도라가니라ᄎᆞ하롤분히ᄒᆞ라

셰을ᄉᆞ삼월일향목동셔

권지삼 죵

1

뎡을션젼권지삼죵

차셜금셤이제집에도라와제부모다려부인의ᄒᆞ던수말을낫낫치젼ᄒᆞ니제부뫼참혹히넉여갈오ᄃᆡ너ᄂᆞᆫ아모조록계교롤베퍼부인을살여ᄂᆡ라금셤왈뉴부인이명일에ᄂᆞᆫ형장아ᄅᆡ곤욕을당ᄒᆞ시리니다만구ᄒᆞ여ᄂᆡᆯ계괴잇ᄉᆞ오ᄃᆡ힝장이업ᄉᆞ미한이로쇼이다그어미닐오ᄃᆡ힝장이이시면네무숨슈단으로구ᄒᆞ려ᄒᆞᄂᆞᆫ다금셤이ᄃᆡ왈오라비일〃에오ᄇᆡᆨ리식단닌다ᄒᆞ오니힝장곳잇ᄉᆞ오면부인의셔간을가지고승상로야진즁에가오면능히살ᄂᆡᆯ도리잇ᄂᆞ이다그부뫼갈오ᄃᆡ힝장이무어시어려오리오네말ᄃᆡ로힝장을찰혀줄거시니아모조록츙렬부인이무ᄉᆞ케ᄒᆞ라금셤이대희ᄒᆞ여즉시옥즁에드러가부인을보고제부모와문답ᄒᆞ던말을고ᄒᆞ고셔찰을청ᄒᆞᆫᄃᆡ부인왈네오라비날

2

을살리고ᄌᆞᄒᆞ니ᄎᆞ은을엇지다갑흐리오언파의눈물을흘리며셔간을닷가쥬거ᄂᆞᆯ금셤이바다가지고ᄂᆞ와제오라비호쳘을블너편지롤쥬며왈ᄉᆞ셰급박ᄒᆞ니너ᄂᆞᆫ쥬야비도ᄒᆞ여단녀오라황셩의셔〃평관이삼쳔여리니부ᄃᆡ조심ᄒᆞ여단녀오라ᄒᆞ고옥즁의드러가호쳘보ᄂᆡᆫᄉᆞ연을고ᄒᆞ고왕비침뎐의근시ᄒᆞᄂᆞᆫ시비월ᄆᆡ롤블너왈츙열부인의참혹ᄒᆞᆫ일을너도알녀니와우리등이아모조록살녀ᄂᆡ미엇더ᄒᆞ뇨월ᄆᆡ왈엇지ᄒᆞ면살녀ᄂᆡ리오셤이ᄃᆡ왈명일아참이되면왕비상소ᄒᆞ여죽일거시니우리ᄂᆞᆫ관겨치아니ᄒᆞ나츙열부인이무죄히죽으리니블상ᄒᆞ시고ᄯᅩᄒᆞᆫ복즁의승상의혈뉵이앗갑도다인ᄒᆞ여츙열부인의젼어롤셜파ᄒᆞ고왈이제옥문열쇠가왕비계신침뎐의잇다ᄒᆞ니드러가도적ᄒᆞ

3

여쥬믈바라노라월미응낙고가더니이윽고열쇠를가져왓거놀금셤왈나는여ᄎ〃〃홀거시니너는여ᄎ〃〃ᄒ라월미눈물을흘녀왈나는너가ᄅ친ᄃᆡ로ᄒ려니와네부모를엇지ᄒ고몸을바리려ᄒ는다금셤이탄왈우리부모는나의동싱이여러히니현마부모의경상이편치못ᄒ리오ᄉ롬이셰상의나미장부는닙신양명ᄒ여나라흘셤기다가난셰를당ᄒ면츙셩을다ᄒ여쥭기를무릅뼈님군을도으미직분이오노쥬간은상젼이급ᄒᆞᆫ일이잇시면몸이맛도록셤기다가쥭는거시당연ᄒ니너이리ᄒ는거손나의직분을다ᄒ미니너는말니지말나부ᄃᆡ너말ᄃᆡ로시힝ᄒ여부인을잘보호ᄒ라ᄒ고옥문을열고월미와한가지로드러가고왈부인은쌜니나오쇼셔부인왈너는어ᄃᆡ로가ᄌ ᄒ는다금셤이ᄃᆡ왈일이급박ᄒ니밧

4

비나옵쇼셔부인이비례믈알ᄃᆡ익미이쥭으미원통ᄒᆞᆫ지라이의나올식월미는부인을뫼시고나오ᄃᆡ금셤은도로옥으로드러가니부인이고히너기나뭇지못ᄒ고월미롤ᄯ라한곳의니ᄅ니월미부인을인도ᄒ여지함쇽의갓쵸고왈니목이번거ᄒ오니말삼을마ᄅ시고종말을기다리쇼셔ᄒ더라어시의금셤니옥즁의드러가빅포슈건으로목을미여ᄌ는다시쥭엇는지라월미이롤보고마음의떨녀놀납고경신이비월ᄒ여슬푸믈먹음고가삼을두다리며눈물을흘니다가홀일업셔얼골을두로싹가혈흔을니여남이아라보지못ᄒ게ᄒ고혈셔롤쓴거술옷고롬의차이고옥문을젼갓치잠으고열쇠는젼의두엇던곳의두엇더니ᄎ시왕비됴부인을블너상소롤지어놋코노복을블너옥문을열고뉴부인을잡아니라ᄒ니옥졸이명

5

을듯고드러가보니부인이임의빅깁으로목을미여ᄌ쳐ᄒ여시니혈흔이낭ᄌᄒ여보기의참혹ᄒ거놀블승황겁ᄒ여ᄌ셔이보니옷고롬의혈셔쓴조희롤미엿거놀황망이글너가지고나와왕비긔부인의ᄌ결ᄒ시믈고ᄒ고혈셔롤드리

니왕비딕경ᄒᆞ여혈셔롤ᄶᅧ혀보니그글의ᄒᆞ엿시딕박명인싱뉴시ᄂᆞᆫ슬픈소회롤텬지신명긔고ᄒᆞᄂᆞ이다슬푸다부모의싱휵구로지은이바다희엿고산이가빅야온지라십오세의승상을맛나악명은무삼일고쥭은지삼년만의원이깁헛더니다시회싱ᄒᆞ기ᄂᆞᆫ황상의너부신덕턱과왕비의셩덕과승상의활달딕도ᄒᆞ신은덕으로일월셩신과후토신령의게발원ᄒᆞ여다시인연을미졋더니가지록팔지무상ᄒᆞ여원통ᄒᆞᆫ악명을무릅ᄡᅧ쥭으니하날이졍ᄒᆞ신슈롤도망키어렵도다

6

쳡은죄악이심즁ᄒᆞ여쥭거니와유모부쳐ᄂᆞᆫ무삼죄로가도왓ᄂᆞᆫ고슬푸다지하의무삼면목으로부모긔뵈오리오다만복즁의ᄭᅵ친바승상의혈육이어미죄로셰상의나지못ᄒᆞ고쥭으니한조각한이깁도다ᄒᆞ엿더라왕비보기롤맛ᄎᆞ미도로혀참혹ᄒᆞ여염습을극진이ᄒᆞ여안장ᄒᆞ고유모와시비롤다노흐니유모부뷔부인을싱각고텬지롤부ᄅᆞ지져통곡ᄒᆞ니그참혹ᄒᆞᆷ을이로칭양치못ᄒᆞᆯ너라이젹의금년이옥졸의말을드ᄅᆞ니셔로닐너왈츙열부인이미식으로텬하의유명ᄒᆞ다ᄒᆞ더니이번의본즉슈족도곱지아니코잉티칠삭이라ᄒᆞ딕비부ᄅᆞ지아니〃고희ᄒᆞ다ᄒᆞ거ᄂᆞᆯ금년이〃말을듯고의괴ᄒᆞ여됴시게이연유롤고ᄒᆞ니됴녜이말을듯고왕비긔엿ᄌᆞ오딕왕비듯고고희이너겨그무덤을파고보니과연뉴부인

7

이아니오시비금셤일시분명ᄒᆞᆫ지라왕비딕로ᄒᆞ여옥졸을잡ᄋᆞ드려국문ᄒᆞᆫ딕옥졸이무죄ᄒᆞᆷ을발명ᄒᆞ거ᄂᆞᆯ왕비여셩왈뉴부인이옥즁의갓쳐실졔시비등의왕닉ᄒᆞᆷ을여등이알거시니은휘치말고바로알외라만일티만ᄒᆞ미잇시면쥭기롤면치못ᄒᆞ리라옥졸이다시고ᄒᆞ딕금셤과월미두시비만왕닉ᄒᆞ엿고다른ᄉᆞ롬은보지못ᄒᆞ엿나이다왕비청파의딕로ᄒᆞ로ᄒᆞ여금셤의부모롤부ᄅᆞ고월미롤잡아드리라ᄒᆞ여문왈여등이뉴부인을ᄲᅢ혀다가어딕두고ᄯᅩ쳐음의흉악ᄒᆞᆫ놈으로통간ᄒᆞ여시니여등은알지라그놈이엇더ᄒᆞᆫ놈이며뉴부인은어딕로보

ᄂᆡ엿ᄂᆞ뇨바로알외라ᄒᆞ고엄형츄문ᄒᆞ니금셤의부모ᄂᆞᆫ젼혀모로ᄂᆞᆫ일이라다만고왈장하의죽ᄉᆞ와도아지못ᄒᆞ오니죽어지라ᄒᆞ거ᄂᆞᆯ왕비더옥노ᄒᆞ여츄문ᄒᆞᄃᆡ월ᄆᆡ혀ᄅᆞᆯᄡᅵ무러죽기ᄅᆞᆯ

8

ᄉᆞ양치아니ᄒᆞ니왕비노긔츙텬ᄒᆞ여금셤의부모ᄅᆞᆯ옥의가도고월ᄆᆡᄂᆞᆫ다시형벌을갓쵸와블노지〃ᄃᆡ승복지아니〃ᄒᆞᆯ일업셔도로옥의가도니라이젹의월ᄆᆡ뉴부인을지함쇽의넛코밥을슈건의ᄊᆞ다가겨유연명ᄒᆞ더니하로ᄂᆞᆫ긔운이ᄉᆡ진ᄒᆞ여죽기의님ᄒᆞ엿더니믄득ᄒᆡ복ᄒᆞ니여러날굴문산뫼엇지살기ᄅᆞᆯ바라리오졍신을슈습ᄒᆞ여ᄉᆡᆼ아ᄅᆞᆯ보니이곳남ᄌᆞ어ᄂᆞᆯ일희일비ᄒᆞ여ᄎᆞ탄왈박명ᄒᆞᆫ죄로금셤이죽고월ᄆᆡᄯᅩ한죽기의니ᄅᆞ러시니엇지참혹지아니리오ᄒᆞ여아ᄒᆡᄅᆞᆯ안고닐오ᄃᆡ네가살면ᄂᆡ원슈ᄅᆞᆯ갑흐려니와이지함쇽의드러시니뉘라셔살리〃오ᄒᆞ며목이메여탄식ᄒᆞ니그부모의참혹ᄒᆞᆷ과슬푸믈이로칙양치못ᄒᆞᆯ너라ᄎᆞ시월ᄆᆡ독ᄒᆞᆫ형벌을당ᄒᆞ고옥즁의갓치여시나져의괴로오믄ᄉᆡᆼ각지아니ᄒᆞ고도로

9

혀부인의쥬리믈잔잉ᄒᆞ여탄식기ᄅᆞᆯ마지아니ᄒᆞ더라ᄎᆞ시금셤의오라비뉴부인의글월을가지고쥬야ᄇᆡ도ᄒᆞ여셔평관의다〃라진밧게업듸여ᄃᆡ원슈노야본ᄃᆡᆨ의셔〃찰을가지고왓시믈고ᄒᆞ니ᄎᆞ시원쉬한번븍쳐셔융을항복밧고ᄇᆡᆨ셩을진무ᄒᆞ며ᄃᆡ연을ᄇᆡ셜ᄒᆞ여삼군으로즐길식장졸이희열ᄒᆞ여승젼고ᄅᆞᆯ울니며즐기더라일〃은원쉬일몽을어드니츙열부인이큰칼을쓰고장하의드러와닐오ᄃᆡ나ᄂᆞᆫ팔ᄌᆞ긔박ᄒᆞ여졍열의음ᄒᆡᄅᆞᆯ닙어죽기의님ᄒᆞ여시ᄃᆡ승상은타연이너기시니인졍이아니로쇼이다ᄒᆞ거ᄂᆞᆯ원쉬다시뭇고ᄌᆞᄒᆞ더니믄득진즁의븍소ᄅᆡ자로동ᄒᆞᄆᆡ놀나ᄭᆡ니남가일몽이라놀나고몸이ᄯᅥᆯ니여니러ᄂᆞ니군ᄉᆡ편지ᄅᆞᆯ드리거ᄂᆞᆯ기탁ᄒᆞ여보니뉴부인셔간이라그글의

10

ᄒᆞ엿시ᄃᆡ박명은쳡은두번절ᄒᆞ고상공휘하의올니나이다쳡의심중ᄒᆞ여
셰상을바린지삼년만의장군의은덕을닙사와ᄉᆞ라낫ᄉᆞ오니환싱지덕을만분
지일이나갑흘가바라더니여익이미진ᄒᆞ와지금궁옥의드러명직조셕이오니
박명지인이죽기ᄂᆞᆫ셜지아니ᄒᆞᄃᆡ복즁의ᄭᅵ진바혈육이쳡의죄로셰상의나지
못ᄒᆞ고한가지죽ᄉᆞ오니지하의도라가니됴상의뵈올낫치업ᄉᆞᆸ고ᄯᅩ장군을만
니젼장의보ᄂᆡ고셩공ᄒᆞ여슈히도라오믈기다리옵더니장군을다시뵈옵지못
ᄒᆞ고죽ᄉᆞ오니눈을감지못ᄒᆞᆯ지라복원상공은만슈무강ᄒᆞ시다가지하로오시
면뵈올가ᄒᆞ나이다ᄒᆞ엿더라원쉬보기를다못ᄒᆞ여ᄃᆡ경ᄒᆞ여급히호철을블너
무ᄅᆞ니호철의ᄃᆡ답이분명치못ᄒᆞ나ᄃᆡ강알지라급

11

히즁군의젼령ᄒᆞᄃᆡ본부의급ᄒᆞᆫ일이잇셔시각이밧부니즁군ᄃᆡ소사를그ᄃᆡ의
게맛기ᄂᆞ니나의영을어긔지말고힝군ᄒᆞ여뒤흘좃치라부원쉬쳥녕ᄒᆞ거늘원
쉬이의쳥춍마를치쳐필마단긔로삼일만의황셩의득달ᄒᆞ니라ᄎᆞ시됴시다시
형위를베풀고월미를잡아ᄂᆡ여형틀의올녀미고엄히치죄ᄒᆞ며뉴부인의간곳
을무로ᄃᆡ종시승복지아니ᄒᆞ고죽기를직쵹ᄒᆞᄂᆞᆫ지라됴시치다못ᄒᆞ여긋치고
ᄎᆞ후의혹탄로ᄒᆞᆯ가겁ᄒᆞ여가마니슈건으로목을미여거위죽게되엿더니ᄯᅳᆺ밧
긔승상이필마로드러와말긔나려경히드러오더니믄득보니한녀지빅목으로
목을미엿거늘놀ᄂᆞ즈시보니이곳월미라밧비글너놋코살펴보니몸의유혈이
낭ᄌᆞᄒᆞ여정신을모로ᄂᆞᆫ지라즉시약을흘녀너흐니이윽ᄒᆞᆫ후정신을찰혀

12

눈물을흘니며인ᄉᆞ를찰히지못ᄒᆞ니승상이블상이너겨이의약물을쳐구호ᄒᆞ
미쾌히정신을진정ᄒᆞ거늘원쉬연고를자셔이무ᄅᆞ니월미이의금셤죽은일과
뉴부인이피화ᄒᆞ여지함쇽의계시믈자셔이고ᄒᆞ니승상이분히ᄒᆞ여급히월미
를압셰우고굴항의가보니뉴부인이월미의양식자뢰ᄒᆞ믈닙어겨유목숨을보
젼ᄒᆞ다가밋히복ᄒᆞ미복즁이허ᄒᆞᆫ즁월미옥즁의곤ᄒᆞ미엇지량식을니으리오

여러날을졀곡ᄒᆞ미긔운이싀진ᄒᆞ고지긔일신의ᄉᆞ못ᄎᆞ니몸이부어얼골이변형ᄒᆞ여능히아라볼슈업ᄂᆞᆫ지라그가련ᄒᆞ믈엇지다칭양ᄒᆞ리오아희와부인을월미로보호ᄒᆞ라ᄒᆞ고닉당의드러가왕비긔뵈오니왕비크게반겨승상의손을잡고왈만니젼장의가딕공을셰우고무ᄉᆞ히도라오니노모의마음이즐겁

13

기칙양업도다그러나네츌젼후가닉의블칙ᄒᆞᆫ일이〃시니그통한ᄒᆞᆫ말을엇지다형언ᄒᆞ리오ᄒᆞ고츙열부인의자쵸지종을말ᄒᆞ니승상이고왈모친은마음을진정ᄒᆞ옵쇼셔쳐음의츙열의방의간뷔잇시믈엇지알아시리오마ᄂᆞᆫ노모의셔ᄉᆞ촌복녹이와셔이리〃〃ᄒᆞ기로아랏노라승상이딕로ᄒᆞ여복녹을ᄎᆞᄌᆞ니복녹이간뫼발각ᄒᆞᆯ가두려발셔도쥬ᄒᆞ엿거ᄂᆞᆯ승상이외당의나와형구롤빅셜ᄒᆞ고옥졸을잡아드려국문ᄒᆞ딕여등이옥즁의쥭은시신이츙열부인이아닌쥴엇지아라시며그말을누고다려ᄒᆞ엿ᄂᆞᆫ다은휘치말고바른딕로알외라ᄒᆞᄂᆞᆫ소릭우레갓흐니옥졸등이황겁ᄒᆞ여고왈소인등이엇지아라시리잇가마ᄂᆞᆫ염습ᄒᆞᆯ쎡의보오니얼골과손길이곱지못ᄒᆞ여부인과다ᄅᆞ므로소인등이의심ᄒᆞ여셔로말ᄒᆞᆯ젹의졍열

14

부인시비금연이맛참지나다가듯고뭇기의소인이안면의구간ᄒᆞ여말ᄒᆞ고항혀누셜치말나당부ᄒᆞ올쁜이오그후일은아지못ᄒᆞ나이다승상이쳥파의딕로ᄒᆞ여칼을쌔혀셔안을치며좌우롤쑤지져금년을밧비잡ᄋᆞ드리라호령ᄒᆞ니노복등이황〃ᄒᆞ여금년을족블이지ᄒᆞ여계하의꿀니〃승상이고셩문왈너ᄂᆞᆫ옥졸의말을듯고눌다려말ᄒᆞᆫ다금년이혼블부쳬ᄒᆞ여쥬왈졍열부인이금은을만히쥬며계교롤가ᄅᆞ쳐남복을닙고츙열부인침쇼의드러가병풍뒤희숨엇던말과졍열부인이거즛병든쳬ᄒᆞ오미츙열부인이놀나문병ᄒᆞ고탕약을가마라밤이깁도록구병ᄒᆞ시니졍열부인이병이잠간낫다ᄒᆞ고츙열부인다려그만침쇼로가쇼셔ᄒᆞ니츙열부인이마지못ᄒᆞ여침실노도라가신후됴부인이셩복

15

녹을청ᄒᆞ여금은을쥬고왕비침젼의두세번참쇼ᄒᆞ던말을자쵸지종을낫〃치고ᄒᆞ니왕비앙텬탄식고통곡ᄒᆞ여왈ᄂᆡ블명ᄒᆞ여악녀의꾀의ᄲᅡ자ᄋᆡ미ᄒᆞᆫ츙열을죽일번ᄒᆞ여시니무삼낫ᄎᆞ로현부롤ᄃᆡ면ᄒᆞ리오ᄒᆞ고슬허ᄒᆞ니승상이고왈이는모친의허물이아니시고소ᄌᆞ의졔가치못ᄒᆞᆫ죄오니복망모친은심녀치마ᄅᆞ쇼셔왕비누슈롤거두고침셕의누어니지아니〃승상이직삼위로ᄒᆞ고즉시됴시롤잡아드려계하의꿀니고ᄃᆡ즐왈네죄는하날아리셔지못ᄒᆞᆯ죄니닙으로다옴기지못ᄒᆞᆯ지라죽기롤엇지일시나요ᄃᆡᄒᆞ리오마는ᄉᆞ〃로이죽이지못ᄒᆞ리니텬ᄌᆞ긔쥬달ᄒᆞ고죽이리라됴시ᄋᆡ달아갈오ᄃᆡ쳡의죄상이임의탄로ᄒᆞ여시니상공의임의ᄃᆡ로ᄒᆞ쇼셔승상이더옥노ᄒᆞ여큰칼씌워궁옥의가돈후상쇼롤지어텬졍의

16

의올니〃그글의ᄒᆞ엿시ᄃᆡ승상뎡을션은돈슈ᄇᆡᆨ비ᄒᆞ옵고셩상탑하의올니나이다신이황명을밧ᄌᆞ와한번븍쳐셔융을항복밧고ᄇᆡᆨ셩을진수ᄒᆞ온후회군ᄒᆞ려ᄒᆞ옵더니신의집급ᄒᆞᆫ소식을듯고밧비올나와보온즉여ᄎᆞ〃〃ᄒᆞᆫ가변이잇ᄉᆞ오니엇지붓그럽지아니리잇가ᄎᆞ시비록신의집일이오나스ᄉᆞ로쳐단치못ᄒᆞ와이연유롤자셔이상달ᄒᆞ옵ᄂᆞ니원폐하는극형으로국법을쓰샤죄ᄌᆞ롤밝히다ᄉᆞ리시고신의집시비금셤이상젼을위하여죽엇ᄉᆞ오니그원혼을표장ᄒᆞ시믈바라나이다ᄒᆞ엿고그끗희뉴시지함의드러히복ᄒᆞ고월ᄆᆡ의츙의롤힘닙어연명보젼ᄒᆞ여시믈셰〃이쥬달ᄒᆞ엿더라상이남파의ᄃᆡ경ᄒᆞ샤갈오ᄉᆞᄃᆡ승상뎡을션이국가의ᄃᆡ공을여러번셰워짐의쥬셕지신이라가ᄂᆡ의

17

이런희괴ᄒᆞᆫ변이잇시니엇지한심치아니리오이의젼지ᄒᆞ샤왈정열과금연의죄상이젼고의ᄶᅡᆨ이업ᄉᆞ니즉각ᄂᆡ의참ᄒᆞ라ᄒᆞ시니졔신이쥬왈ᄎᆞ녀의죄즁ᄒᆞ오나됴왕의ᄯᆞᆯ이오승상의부인이니참형을쓰시미너모과ᄒᆞ오니다시젼교ᄒᆞ샤집의셔ᄉᆞ샤ᄒᆞ시미올흘가ᄒᆞ나이다텬지올히너기샤비답을나리시ᄃᆡ짐이

덕이부족ᄒᆞ여경ᄉᆞᄂᆞᆫ업고변괴니러ᄂᆞ니참괴ᄒᆞ도다비록그러ᄒᆞ나졍열은일국승상의부인이니특별이약을나리워집의셔쥭게ᄒᆞᄂᆞ니경은그리쳐ᄉᆞᄒᆞ라금셤과월미ᄂᆞᆫ고금의업ᄂᆞᆫ츙비니츙열문을셰워후셰의일홈이낫타나게ᄒᆞ라ᄒᆞ시니승상이ᄉᆞ은퇴궐ᄒᆞ여즉시됴시롤슈죄ᄒᆞ여ᄉᆞ약ᄒᆞᆫ후금년은머리롤버희고그나마죄인은경즁을분간ᄒᆞ여다ᄉᆞ리고금셤은다시관곽을갓쵸와녜로장ᄒᆞ고졔부모ᄂᆞᆫ속양

18

ᄒᆞ여의식을후히쥬어살니고츙열문을셰워쥬고ᄉᆞ시로향화롤밧들게ᄒᆞ고월미ᄂᆞᆫ금셤과갓치ᄒᆞ여츙열부인집압히일좌ᄃᆡ가롤세우고노비젼답을후히쥬어일싱을편케졔도ᄒᆞ니라ᄎᆞ시유부유뫼실셩통곡ᄒᆞ며집으로단니다가승상이올나와부인의원통ᄒᆞᆫ누명을신셜ᄒᆞ엿단말을듯고깃부믈니긔지못ᄒᆞ여춤을츄며드러와부인을붓들고통곡왈이거시ᄭᅮᆷ인가상신가ᄃᆞ시부인을차싱의맛날쥴을ᄯᅳᆺᄒᆞ여시리오부인이유모롤붓들고목이메여말을못ᄒᆞ다가갈오ᄃᆡ어미ᄂᆞᆫ그ᄉᆞ이어ᄃᆡ가갓다가이졔야오뇨나ᄂᆞᆫ셩상의일월갓흐신셩덕과승상의하히지덕을닙어ᄉᆞ익을면ᄒᆞ여시니이졔쥭으나무한이로다ᄒᆞ며통곡ᄒᆞ니승상이위로왈이졔ᄂᆞᆫ부모의익운이다진ᄒᆞ고양춘이도라왓시니셕ᄉᆞ롤

19

ᄉᆡᆼ각지마르쇼셔뉴부인이칭ᄉᆞᄒᆞ고즉시왕비긔드러가청죄ᄒᆞᆫᄃᆡ비참괴ᄒᆞ여난두의나려부인의숀을잡아왈현뷔무삼죄롤청ᄒᆞᄂᆞ뇨ᄂᆡ블명ᄒᆞ여현부롤이미히쥭일번ᄒᆞ여시니나의붓그러믈ᄯᅥᆨ흘파고들고ᄌᆞᄒᆞ며아모리뉘웃친들무어시유익ᄒᆞ리오뉴부인이고왈소쳡이젼ᄉᆡᆼ의죄즁ᄒᆞ여여러번고히ᄒᆞᆫ악경을당ᄒᆞ오니ᄎᆞᄂᆞᆫ쳡의블민ᄒᆞ미라엇지존고의블명ᄒᆞ시미리잇고연이나승상의명달ᄒᆞ므로쳡의악명을셜빅ᄒᆞ오니엇지깃부지아니ᄒᆞ리잇고인ᄒᆞ여옥비의향온을가득부어쑤러드리고강녕의슈롤츅ᄒᆞ니승상이ᄃᆡ희ᄒᆞ여크게잔치ᄒᆞ고아ᄌᆞ의일홈을귀동이라ᄒᆞ여못ᄂᆡ사랑ᄒᆞ더라승상이치죄ᄒᆞ기롤맛고ᄎᆞ의롤황상긔쥬달ᄒᆞᆫᄃᆡ상이친히승상의숀을잡으시고왈짐이경을만니젼진의보

ᄂᆡ고침식

20

이불안ᄒᆞ더니경이한번ᄊᆞ화큰공을세우고무ᄉᆞ히도라오니국가의만ᄒᆡᆼ이라
경의공을무어ᄉᆞ로갑흐리오ᄒᆞ시며옥ᄇᆡ의향온을부어권ᄒᆞ시고승상의벼슬
을도〃와영승상겸텬하병마도춍독을ᄒᆞ이시고병권을맛기시니승상이구지
ᄉᆞ양ᄒᆞᄃᆡ상이종불윤ᄒᆞ시거ᄂᆞᆯ승상이ᄒᆞᆯ일업셔집의도라와왕비긔문안ᄒᆞ고
물너뉴부인침소의니르니부인이니러마자좌졍후승상을향ᄒᆞ여왈쳡이고ᄒᆞᆯ
말삼이잇시나상공쳐분이엇더ᄒᆞ실ᄂᆞᆫ지감히발셜치못ᄒᆞ나이다승상이문왈
무삼말삼인지부〃간의어려오미잇시리오듯기ᄅᆞᆯ원ᄒᆞ노라부인이ᄃᆡ왈다ᄅᆞᆷ
이아니오라월ᄆᆡ의은혜ᄅᆞᆯ갑흘길이업ᄉᆞ오ᄆᆡ승상의춍쳡을삼아일실지ᄂᆡ의
ᄇᆡᆨ년을갓치ᄒᆞ면은혜ᄅᆞᆯ만분지일이나갑흘듯ᄒᆞ오니승상은혜ᄐᆡᆨ을

21

드리오샤시칙의두시믈바라나이승상이미쇼왈부인이엇지망녕된말을ᄒᆞᄂᆞ
뇨결단코시ᄒᆡᆼ치못ᄒᆞ리니다시니ᄅᆞ지마르쇼셔부인이여러번간쳥ᄒᆞ거ᄂᆞᆯ승
상이마지못ᄒᆞ여월ᄆᆡ로쳡을삼으니뉴부인이동긔갓치ᄉᆞ랑ᄒᆞ더라셰월이여
류ᄒᆞ여금셤의소긔ᄅᆞᆯ당ᄒᆞᄆᆡ부인이졔물을갓쵸와졔ᄒᆞ니졔문의갈왓시ᄃᆡ유
셰ᄎᆞ모년월일의츙열부인뉴시ᄂᆞᆫ일비쳥작으로금셩낭ᄌᆞ의게올니노라오회
라그ᄃᆡ나의잔명을살녀ᄂᆡ여승상을ᄃᆞ시맛나영화로이지ᄂᆡ니낭자의은혜와
튱열이아니면ᄂᆡ엇지복녹을누리〃오ᄎᆞ은을ᄉᆡᆼ각ᄒᆞ면ᄎᆞᄉᆡᆼ의갑흘길이업ᄉᆞ
니지하의도라가갑기ᄅᆞᆯ바라며후ᄉᆡᆼ의동긔되여금셰의미진ᄒᆞᆫ은혜갑기ᄅᆞᆯ원
ᄒᆞ노라밝은졍녕이잇거든

22

흠양ᄒᆞ라ᄒᆞ엿더라닑기ᄅᆞᆯ긋치ᄆᆡ일장을통곡ᄒᆞ니산쳔쵸목이다슬허ᄒᆞ더라
졔ᄅᆞᆯ파ᄒᆞ고도라와금셤의튱열을ᄉᆡ로이ᄉᆡᆼ각ᄒᆞ며못ᄂᆡ닛지못ᄒᆞ여궁옥의갓
쳐던일을ᄉᆡᆼ각고금셤을부ᄅᆞ며통곡ᄒᆞ니승상이위로ᄒᆞ여비회ᄅᆞᆯ억졔ᄒᆞ더라

이러구로귀동공ᄌᆞ의나희십삼세되니용뫼특츌ᄒᆞ고문필이긔이ᄒᆞ니승상이ᄉᆞ랑ᄒᆞ며경계왈금셤곳아니런들네엇지세상의ᄉᆞ라나리오ᄒᆞ고ᄉᆡ로이ᄉᆡᆼ각ᄒᆞ더라ᄎᆞ시ᄉᆞ방의무ᄉᆞᄒᆞ고ᄇᆡᆨ셩이낙업ᄒᆞ니텬ᄌᆡ조셔ᄅᆞᆯ나려인ᄌᆡᄅᆞᆯᄲᆡ실ᄉᆡ문무과장을여ᄅᆞ시니ᄉᆞ방션비구롬갓치모휠ᄉᆡᄎᆞ시귀동이과거긔별을듯고쥬야공부ᄒᆞ여만권시셔ᄅᆞᆯ무블통지ᄒᆞ니당시문장이라과일이블원ᄒᆞᄆᆡ승상긔드러가기ᄅᆞᆯ고ᄒᆞ니승상이허락ᄒᆞ고장즁졔구ᄅᆞᆯ찰혀주니라귀동이과장의

23

드러가글졔ᄅᆞᆯ기다려시지ᄅᆞᆯ펼치고일필휘지ᄒᆞ여션장의밧쳐더니ᄎᆞ시텬ᄌᆡ친히ᄶᅩ노실ᄉᆡ션장글을보시고크게칭찬ᄒᆞ시며장원을졔슈ᄒᆞ시고피봉을ᄯᅧ히시니좌승상텬하병마ᄃᆡ도독뎡을션의ᄌᆞ귀동이니년이십삼세라ᄒᆞ엿거ᄂᆞᆯ텬ᄌᆡ더옥긔특이너기샤승상과귀동을부ᄅᆞ시니승상부ᄌᆡ승명복지ᄒᆞ온ᄃᆡ상이칭찬ᄒᆞ시고신ᄂᆡᄅᆞᆯ무슈히진퇴ᄒᆞ시다가옥ᄇᆡ의어쥬ᄅᆞᆯ부어권ᄒᆞ시며왈경의아ᄃᆞᆯ이몃치나되ᄂᆞ뇨승상이쥬왈미거ᄒᆞᆫᄌᆞ식이하나희로소이다상이칭션ᄒᆞ샤왈경의일ᄌᆡ타인의십ᄌᆞ의셔승ᄒᆞ리니후일의반ᄃᆞ시국가쥬셕지신이될지라경의ᄉᆡᆼᄌᆞᄒᆞᆫ공이엇지져그리오ᄒᆞ시고귀동으로한님학ᄉᆞᄅᆞᆯ졔슈ᄒᆞ시니승상부ᄌᆡ황은을슉ᄉᆞᄒᆞ고퇴조ᄒᆞ여궐문밧긔나올ᄉᆡ장원이금포옥ᄃᆡ의ᄉᆞ화ᄅᆞᆯ빗기고쳥

24

동쌍긔ᄂᆞᆫ압홀인도ᄒᆞ며하리츄종은젼ᄎᆞ후응ᄒᆞ여시니옥골션풍이활연쇄락ᄒᆞ여니청년의문장과두목지의풍ᄎᆡᄅᆞᆯ겸ᄒᆞ여시니도로관광지ᄎᆡᆨ〃칭션ᄒᆞ믈마지아니ᄒᆞᄂᆞᆫ지라승상이고거ᄉᆞ마의놉히안ᄌᆞ장원을거ᄂᆞ려완〃이ᄒᆡᆼᄒᆞ여부즁의니ᄅᆞ니왕비즁문의ᄂᆞ와한님의숀을잡고경당의올나와귀즁ᄒᆞ믈니긔지못ᄒᆞ더라인ᄒᆞ여ᄃᆡ연을비셜ᄒᆞ여즐길ᄉᆡ츙열부인이셕ᄉᆞᄅᆞᆯᄉᆡᆼ각고크게슬허ᄒᆞ여승상의게고ᄒᆞ고이의아ᄌᆞᄅᆞᆯ다리고뉴승상묘쇼의나려가소분ᄒᆞ고졔물을갓쵸아치졔ᄒᆞᆯᄉᆡ부인이비회ᄅᆞᆯ참지못ᄒᆞ여일장을통곡ᄒᆞ니쵸목금쉬다슬허ᄒᆞᄂᆞᆫᄃᆞᆺᄒᆞ더라한님이근동ᄉᆞᄅᆞᆷ을쳥ᄒᆞ여삼일을잔치ᄒᆞ여질기고ᄯᅩ유부

모산소롤크게치산ᄒᆞ고젼답을만히장만ᄒᆞ여쥬며노복을

25

갈히여승상의묘쇼와유부모의산쇼롤직희여사시향화롤지극히밧들게ᄒᆞ니상하노복과문싱고귀한님의은덕을못닉칭숑ᄒᆞ더라여러날이되니텬진한님을닛지못ᄒᆞ샤ᄉᆞ관을보닉여명쵸ᄒᆞ시니한님이밧비치힝ᄒᆞ여ᄉᆞ관을ᄯᆞ라황셩으로올나오니라ᄎᆞ시월미슌산싱남ᄒᆞ니긔골이범상치아니코영민춍혜ᄒᆞ여긔질이비상ᄒᆞ니승상이과익ᄒᆞ여일홈을즁민이라ᄒᆞ고자롤츙현이라ᄒᆞ다즁민이ᄌᆞ라미문장필법이ᄲᅧ혀ᄂᆞ니승상부〃와월미의귀즁ᄒᆞ미비홀듸업더라광음이여류ᄒᆞ여미년의금셤의긔일을당ᄒᆞ면부인이셕ᄉᆞ롤싱각고써〃슬허ᄒᆞ더라뎡한님의벼술이졈〃놉하니부상셔의니ᄅᆞ고ᄎᆞᄌᆞ츙현은효셩이지극ᄒᆞ고도학이고명ᄒᆞ여벼술을원치아니ᄒᆞ고네의롤슝상ᄒᆞ니별호롤운님쳐ᄉᆞ라ᄒᆞ고긔

26

이ᄒᆞᆫ도법을슝상ᄒᆞ니셰인이그지취고상ᄒᆞ믈칭찬ᄒᆞ더라일〃은왕비우연이득병ᄒᆞ여빅약이무효ᄒᆞ니승상부뷔지셩으로약을구ᄒᆞ여치료ᄒᆞ듸님의황쳔길이갓가오니엇지인력으로ᄒᆞ리오왕비스ᄉᆞ로니지못홀쥴알고승상과츙열부인의숀을잡고졔숀아롤불너압히안치고희허탄식왈닉비록쥭으니츙열과월미의슉덕으로가ᄉᆞ롤션치ᄒᆞ리니문호롤창기홀지라무삼근심이〃시리오ᄒᆞ고시옷슬가라닙고와상을편히ᄒᆞ고누으며인ᄒᆞ여졸ᄒᆞ니시년이구십삼셰러라일기망극ᄒᆞ여승상과츙열이자로긔절ᄒᆞ니한님이붓드러관위ᄒᆞ여너모과상ᄒᆞ시믈간ᄒᆞ니승상과츙열이비로쇼졍신을슈습ᄒᆞ여턱일ᄒᆞ여션산의안장ᄒᆞ고셰월을보닉더니광음이신속ᄒᆞ여왕비의삼상을맛치미승상부

27

뷔싀로이슬허ᄒᆞ며승상이년치만흐미셰월이오릭지아닐쥴알고치ᄉᆞᄒᆞ려홀싀ᄎᆞ시텬ᄌᆞ귀동의벼술을도〃와우승상을ᄒᆞ이시고승상을션으로위왕을봉

ᄒᆞ샤ᄉᆞ관과교지ᄅᆞᆯᄂᆞ리시니라ᄎᆞ시좌복야됴영이승상의아룸다오믈듯고위왕긔청혼ᄒᆞ미간졀ᄒᆞ미왕이허락ᄒᆞ니됴영이ᄃᆡ희ᄒᆞ여즉시턱일ᄒᆞ니츈삼월망간이라길긔슈일이격ᄒᆞ여시니위왕과됴영깃거ᄒᆞ더니인ᄒᆞ여길일이다〃ᄅᆞ미승상이길복을닙고위의ᄅᆞᆯ거나려됴부의니르니포진을졍졔ᄒᆞ여신낭을마자젼안쳥의니ᄅᆞ미신부ᄅᆞᆯ닌도ᄒᆞ여교비ᄅᆞᆯ맛친후신낭이신부의상교ᄒᆞ믈직쵹ᄒᆞ여봉교상마ᄒᆞ여만조요긱을거나리고위의ᄅᆞᆯ휘동ᄒᆞ여부즁의도라와신뷔폐빅을밧드러구고긔드리고팔빅ᄃᆡ례ᄅᆞᆯ힝ᄒᆞ니위왕부뷔ᄃᆡ

28

열ᄒᆞ여신부슉쇼ᄅᆞᆯ졍ᄒᆞ여보닋고종일질기다가셕양의파연ᄒᆞ미승상이부모긔혼졍을맛친후긔린촉을밝힌후신방의니ᄅᆞ니신뷔니러마자동셔분좌ᄒᆞ미승상이눈을드러보니진짓졀ᄃᆡ가인이라마음의쾌ᄒᆞ여촉을물니고옥슈ᄅᆞᆯ닛그러원앙금니의나아가운우지졍을닐우미그졍이비홀ᄃᆡ업더라날이밝으미승상부뷔니러쇼셰ᄒᆞ고부모긔신셩ᄒᆞ니위왕부뷔두굿기미칙양업더라ᄎᆞ시츙현의나히십오셰되니신장이팔쳑이오얼골이관옥갓흐니위왕부뷔그슉셩ᄒᆞ믈두굿겨널니구혼ᄒᆞ여츄밀ᄉᆞ왕진의녀ᄅᆞᆯ취ᄒᆞ여셩녜ᄒᆞ니왕쇼져의아룸다오미됴쇼져의하등이아니러라승상이부모의졈〃쇠로ᄒᆞ시믈민망ᄒᆞ여쳔ᄌᆞ긔슈삭말미ᄅᆞᆯ어더부모ᄅᆞᆯ뫼시고빅화졍의포진을졍졔ᄒᆞ

29

여즐길시텬지상방어션을만이ᄉᆞ급ᄒᆞ시고츙열부인의열졀을ᄃᆞ시금표장ᄒᆞ시니승상이망궐ᄉᆞ은ᄒᆞ고여러날즐기다가파연ᄒᆞ고궐하의ᄉᆞ은ᄒᆞ오ᄃᆡ상이반기ᄉᆞ숀을잡으시고위유왈경의부왕이국가의훈공이잇셔나라히쥬셕지신이되엿더니경이ᄯᅩ짐을도와괴귕이되니엇지깃부지아니리오ᄒᆞ시고어쥬삼빅와ᄌᆞ금포일녕을ᄉᆞ급ᄒᆞ시니승상이텬은을슉ᄉᆞᄒᆞ고부즁의도라와부모긔뵈옵고텬은이호셩ᄒᆞ시믈고ᄒᆞ니위왕이텬은을감격ᄒᆞ여ᄌᆞ숀의게국은을ᄃᆡ〃로닛지말믈부탁ᄒᆞ더라이러구로슈년이지나미위왕과츙열부인이홀연득병ᄒᆞ여빅약이무효ᄒᆞ니스사로니지못홀쥴알고승상형뎨ᄅᆞᆯ블너왈나의병이

골슈의드러시니반ᄃᆞ시셰상이오ᄅᆡ지아닐지라나의죽은후라도

30

텬ᄌᆞᄅᆞᆯ어지리도으라ᄒᆞ고ᄯᅩ쳐ᄉᆞ다려왈나의죽은후의너의형뎨화목ᄒᆞ여가
ᄉᆞᄅᆞᆯ션치ᄒᆞ라ᄒᆞ고ᄉᆡ옷술가라닙고상의누으며인ᄒᆞ여쵸왕과부인이일시의
졸ᄒᆞ니승상형뎨텬지가문허지믈당ᄒᆞ여일셩호곡의자로혼졀ᄒᆞ니친쳑고귀
승상형뎨ᄅᆞᆯ위로ᄒᆞ여슬푸믈진졍ᄒᆞᄆᆡ인ᄒᆞ여네ᄅᆞᆯ갓쵸와션능의장ᄒᆞ니라셰
월이여류ᄒᆞ여얼픗ᄉᆞ이의왕의삼상이지나ᄆᆡ텬ᄌᆡᄉᆡ로이치졔ᄒᆞ샤슬허ᄒᆞ믈
마지아니시니승상형뎨와일문상히텬은이호탕ᄒᆞ시믈각골ᄒᆞ더라ᄎᆞ후승상
은연ᄒᆞ여ᄉᆞᄌᆞ이녀ᄅᆞᆯᄉᆡᆼᄒᆞ고쳐ᄉᆞᄂᆞᆫ삼ᄌᆞᄅᆞᆯᄉᆡᆼᄒᆞ니자숀이연ᄒᆞ여계〃승〃ᄒᆞ
여승상형뎨의부귀복녹이무흠ᄒᆞ더라이말이긔이ᄒᆞ기로ᄃᆡ강긔록ᄒᆞ노라
셰을ᄉᆞ삼월일향목동셔

이대봉전 원문

권지일

1

이ᄃᆡ봉젼권지일

화셜ᄃᆡ명셩화년간의ᄀᆡ쥬ᄶᅡᄒᆡ일위명환이잇시니셩은니오명은ᄋᆡᆨ이니좌승상용철의증숀이오니부상셔덕영의아들이라일작용문의올나벼살이니부시랑의니르니명망이조야의진동ᄒᆞᄂᆞᆫ지라공의위인니츙효공검ᄒᆞ고강명졍직ᄒᆞ며ᄉᆞ즁의부인양시ᄂᆞᆫ녜부상셔양철의녜니위인니슉요현철ᄒᆞ여ᄉᆡᆨ덕이겸비ᄒᆞᆫ지라공으로더부러동거십여년의은정이심즁ᄒᆞᄃᆡ다만슬하의일졈혈쇽이업시니공과부인이쥬야한탄ᄒᆞ여조종의죄인이되믈슬허ᄒᆞ더니일〃은몸이곤뇌ᄒᆞ여잠간셔안을의지ᄒᆞ여더니한노승이금난가ᄉᆞᄅᆞᆯ닙고구절쥭장을집고호련니르러셔헌의오르거ᄂᆞᆯ시랑이급히마ᄌᆞ녜필좌졍후문왈ᄉᆞ뷔누지의니르시니무삼가르칠말이잇ᄂᆞ뇨노승이ᄃᆡ왈쇼승은금화산ᄇᆡᆨ운암의닛습더니졀이퇴락ᄒᆞ여부쳬풍우ᄅᆞᆯ가리지못

2

ᄒᆞ오ᄆᆡ즁슈코져ᄒᆞ오나물력니업ᄉᆞ와십연을경영ᄒᆞᆸ고ᄉᆞᄒᆡ로두로단니옵더니상공을ᄎᆞᄌᆞ오기ᄂᆞᆫ금ᄇᆡᆨ을어더절을즁슈코ᄌᆞᄒᆞᆸᄂᆞ니상공쳐분을바라나이다시랑왈절을즁슈ᄒᆞ올진ᄃᆡᄌᆡᆨ력이얼마나ᄒᆞ여야ᄒᆞᆯ쇼냐노승이답왈물력다과ᄂᆞᆫ한니업ᄉᆞ오니상공쳐분ᄃᆡ로ᄒᆞ쇼셔시랑왈나의죄악이심다ᄒᆞ연년지모년니넘어시나압흘인도ᄒᆞ고뒤흘니을ᄉᆞ속이업사니우리부뷔쥭은후의션조향화ᄅᆞᆯ밧들ᄌᆡ업ᄉᆞᄆᆡ날노슬허〃ᄂᆞᆫᄇᆡ라여간가산을무어ᄉᆡ쓰리오찰ᄒᆞ리불젼의시쥬ᄒᆞ여후ᄉᆡᆼ길이나닥고져ᄒᆞ노라ᄒᆞ고권션을바다노코황금오ᄇᆡᆨ냥과ᄇᆡᆨ미삼ᄇᆡᆨ셕과황촉ᄉᆞ쳔ᄀᆡᄅᆞᆯ시쥬ᄒᆞ거ᄂᆞᆯ노승이권션을밧고깃거왈쇼승이원노의왓다가허다ᄒᆞᆫᄌᆡ물을어더가오니은혜난망이로쇼이다상공은무후ᄒᆞ믈한탄치마르쇼셔후일의반다시귀ᄌᆞᄅᆞᆯ어드시리이다언파의

3

셤의나리더니인홀불견이어늘놀나ᄭᅵ니남가일몽이라심신니황홀ᄒᆞ여즉시ᄌᆡ곡을조슈ᄒᆞᆫ즉ᄌᆡ곡과황촉이간ᄃᆡ업거늘마음놀나와부인다려몽ᄉᆞᄅᆞᆯ셜화ᄒᆞ고귀ᄌᆞᄅᆞᆯ졈지ᄒᆞ시기ᄅᆞᆯ바라더니과연그달붓터잉ᄐᆡᄒᆞ여십삭을당ᄒᆞᄆᆡ일〃은부인이몽즁의봉황이하늘노나려와황은장ᄂᆡ동장한님집으로향ᄒᆞ여가고봉은부인의품의안치거늘혼미즁일ᄀᆡ남ᄌᆞᄅᆞᆯᄉᆡᆼᄒᆞ니시랑이ᄃᆡ희ᄒᆞ여아희상을보니봉안뇽셩이라몽ᄉᆞᄅᆞᆯᄉᆡᆼ각ᄒᆞ여일홈을ᄃᆡ봉이라ᄒᆞ고ᄌᆞᄅᆞᆯ비룡이라ᄒᆞ다ᄎᆞ셜긔쥬장ᄂᆡ동의댱한님이란명환니잇시니명망이조야의훤동ᄒᆞ고부귀겸비ᄒᆞ나ᄯᅩ한혈쇽이업셔항상슬허〃더니부인쇼시우연니잉ᄐᆡᄒᆞ여십삭만의일〃은가즁의향취옹비ᄒᆞ며쇼호몽즁의봉황이텬상으로셔나려와봉은모란동으로향ᄒᆞ여가고황은품의안치거늘황연각지ᄒᆞ니한ᄭᅮᆷ

4

이오일녀ᄅᆞᆯᄉᆡᆼᄒᆞ니한님이황망이산실의드러가보고ᄃᆡ희ᄒᆞ여왈비록남ᄌᆡ아니나남의십ᄌᆞᄅᆞᆯ불워아니리로다ᄒᆞ고일홈을ᄋᆡ황이라ᄒᆞ고즉시모란동니시랑부즁의니르니시랑의부인양시ᄯᅩ한ᄉᆡᆼᄌᆞᄒᆞ여거늘한님이긔이히넉여시랑과녜필좌졍ᄒᆞᆫ후담쇼ᄒᆞ다가한님이문왈형의부닌은어ᄂᆡᄯᆡ의ᄒᆡ복ᄒᆞ여나뇨시랑왈나ᄂᆞᆫ작일ᄉᆞ시의ᄉᆡᆼ남ᄒᆞ여거니와형은나와쥭마고우라한가지로용문의올나벼살을바다더니나ᄂᆞᆫ텬ᄒᆡᆼ으로ᄉᆡᆼ남ᄒᆞ여거니와형은우금ᄌᆞ녜업시니민망ᄒᆞ여이다한님왈쇼졔도ᄯᅩ한작일ᄉᆞ시의ᄉᆡᆼ녀ᄒᆞ여ᄉᆞ오니이ᄂᆞᆫ셰상의희한ᄒᆞᆫ닐니라우리냥인은지긔붕우라쇼졔ᄂᆞᆫᄉᆡᆼ녀ᄒᆞ고형은ᄉᆡᆼᄌᆞᄒᆞᄆᆡ공교이ᄉᆡᆼ년월일시가갓ᄒᆞ니이ᄂᆞᆫ쳔졍가위라원컨ᄃᆡ양ᄋᆡ장셩커든진〃의호연을ᄆᆡ지미엇더ᄒᆞ뇨시랑이ᄎᆞ언을듯고ᄯᅩ한이상이넉여쾌

5

허ᄒᆞ고쥬비ᄅᆞᆯ나와담화ᄒᆞ다가날이져물ᄆᆡ작별ᄒᆞ고도라와쇼시의게니시랑아ᄌᆞ와졍혼ᄒᆞᆫᄉᆞ연을젼ᄒᆞ여깃거ᄒᆞ며니시랑도ᄂᆡ당의드러가ᄯᅩ한양시ᄅᆞᆯᄃᆡᄒᆞ여장한님녀아와결혼뇌약ᄒᆞᄆᆞᆯ젼ᄒᆞ고희열ᄒᆞ더라셰월이여류ᄒᆞ여ᄃᆡ봉의

년이십세되ᄆᆡ골격이쥰슈ᄒᆞ고풍되ᄡᅡ혀나며시셔ᄇᆡᆨ가와뉵도삼냑을무불통지ᄒᆞ난지라일〃은시셔ᄅᆞᆯ물니치고병서ᄅᆞᆯ습독ᄒᆞ거늘시랑이불렬왈네셩현셔ᄅᆞᆯ물니치고엇지ᄐᆡ평지시의병셔ᄅᆞᆯ보ᄂᆞᆫ다ᄃᆡ봉이ᄃᆡ왈헌원시ᄂᆞᆫ만고영웅이로ᄃᆡ치우의난을당ᄒᆞ시고졔요도당시ᄂᆞᆫ만고셩졔시로ᄃᆡᄉᆞ흉지변을보아ᄉᆞ오니엇지ᄐᆡ평셰계ᄅᆞᆯ기리밋ᄉᆞ오리잇가ᄃᆡ장뷔쳐셰ᄒᆞᄆᆡ시셔와뉵도삼냑을통달ᄒᆞ여농문의올나요슌갓ᄒᆞᆫ님군을도와요하의금인을차고장창ᄃᆡ검을잡아젼진의나아가반젹을쇼탕ᄒᆞ고

6

난시ᄅᆞᆯ평졍ᄒᆞ며ᄐᆡ평시졀을만나공명쥭ᄇᆡᆨ의올니고만듕녹바다셩군의덕ᄐᆡᆨ과부모의은혜ᄅᆞᆯᄉᆡᆼ각ᄒᆞ여영화로이질기시게ᄒᆞᆯ거시여ᄂᆞᆯ엇지셔칙만ᄃᆡᄒᆞ여셰월을보ᄂᆡ리잇가시랑이마음의깃부나근심ᄒᆞ믈경계ᄒᆞ더라ᄌᆡ셔잇ᄯᆡ황졔유약ᄒᆞ시니국ᄉᆡᄒᆡ이ᄒᆞ여우승상왕희국권을쳔ᄌᆞᄒᆞ니조졍ᄇᆡᆨ뇨와외읍ᄌᆞᄉᆞ슈령이다황희의동당이만ᄒᆞᆫ지라권셰늉즁ᄒᆞ여한나라왕쥰과진나라조고의셔지ᄂᆞᆫ지라현인군ᄌᆞᄂᆞᆫ참쇼ᄅᆞᆯ닙어물너가고간악쇼인은아유쳠영ᄒᆞ여국졍을난ᄒᆞᄃᆡ황졔아지못ᄒᆞ시고쇼인을신님ᄒᆞ여텬하ᄉᆞᄅᆞᆯ다왕희의말ᄃᆡ로쳔단ᄒᆞ니슬푸다ᄃᆡ명국ᄉᆡ날노어지러온지라니부시랑니익이상쇼ᄒᆞ여왈신니조져ᄉᆞᄅᆞᆯᄉᆡᆼ각ᄒᆞ오니엇지한심치아니리잇고현닌니조졍ᄉᆞᄅᆞᆯ힘쓰면쇼인졀노물너가ᄂᆞᆫ지라친쇼인원현신은나라히망ᄒᆞᆯ장본이오니폐ᄒᆡ

7

구즁궁궐의깁히쳐ᄒᆞᄉᆞ우승상왕희국권을쳔단ᄒᆞ여간휼노폐하의셩덕을쇽이고아쳠으로폐하의셩춍을옹폐ᄒᆞ오니폐ᄒᆡᄭᆡ닷지못ᄒᆞ시고조졍졔신은왕희의동뉘만ᄒᆞᆫ지라왕희로더브러음모비계심ᄒᆞ오니복원폐하ᄂᆞᆫ왕희ᄅᆞᆯ버혀간신을벌ᄒᆞᄉᆞ조졍ᄇᆡᆨ뇨ᄅᆞᆯ증계ᄒᆞ옵쇼셔진나라조고와송나라진회ᄂᆞᆫ간악쇼인으로국ᄉᆞᄅᆞᆯ탁난ᄒᆞ여쳔하ᄅᆞᆯ일허ᄉᆞ오니원폐하ᄂᆞᆫ슉찰지ᄒᆞ쇼셔ᄒᆞ여더라쳔ᄌᆡ니익의표ᄅᆞᆯ보시고유〃ᄒᆞ시더니승상왕희와병부시랑진ᄑᆡ열이복지쥬왈니익이일ᄀᆡ녹〃지신으로조졍을비방ᄒᆞ고ᄃᆡ신을모함ᄒᆞ니죄ᄉᆞ무셕이로

쇼이다한나라곽광이권셰융즁ᄒᆞ여션졔의춍신이오진나라당도는작위놉하ᄉᆞ오나강포ᄒᆞᆫ위인이오니복원폐하는하촉ᄒᆞ옵쇼셔텬지왕희의말을올히녁이ᄉᆞ니익을삭탈관직ᄒᆞ고삼만리무인졀도의안치ᄒᆞ라

8

ᄒᆞ시고니익의족친은다면위셔인ᄒᆞ고니익의아들ᄃᆡ봉은오쳘니되는빅셜도의경비ᄒᆞ시니〃시랑부ᄌᆡ비롤타고각〃젹쇼로향ᄒᆞᆯ식왕희분을니긔지못ᄒᆞ여심즁의혜오ᄃᆡ니이날을히코ᄌᆞᄒᆞ여시니엇지젹쇼의가도록살너두리오ᄒᆞ고션인을불너불너쳔금을쥬고분부왈녀등이즁노의가다가니익의부ᄌᆞ롤결박ᄒᆞ여슈즁의너흐라ᄒᆞᆫᄃᆡ모든션인이즁상을밧고질겨허락ᄒᆞ니라이날시랑이발힝ᄒᆞ기롤당ᄒᆞ미부인을ᄃᆡᄒᆞ여탄식왈복이간신의히롤닙어말니밧도즁으로가니부인의졍식엇지가련치아니리오부〃냥인과ᄌᆞ식이각〃분찬ᄒᆞ니어ᄂᆡ쩌의다시한당의모히믈바라리오언파의실셩통곡ᄒᆞ니공지눈물을거두고부모롤위로왈가운니불힝ᄒᆞ여일시지화롤만나시나필경타일의텬일을다시보오리니너무과상치마르쇼셔간인비록지금은득시ᄒᆞ여현인을모히

9

ᄒᆞ나나종은왕법을면치못ᄒᆞᆯ거시오니우리부ᄌᆡ아즉곤익을당ᄒᆞ오나후일의반다시간인을셜원ᄒᆞᆯ날이잇ᄉᆞ오리니원컨ᄃᆡ모친은쳔금지구롤보즁ᄒᆞ사우리부ᄌᆞ의싱환ᄒᆞ믈기다리쇼셔시랑과부인니공ᄌᆞ의숀을잡아참아쩌나지못ᄒᆞ더니관치밧계셔지촉이셩화갓거놀시랑과공지부인을니별ᄒᆞ고공치롤짜라강변의니르러비의오르니만경창파의일엽편쥐닷기롤살갓치ᄒᆞ니어ᄃᆡ로향ᄒᆞ는쥴알니오비닷기롤쌜니ᄒᆞ여쥬뉴의니르니밤이님의깁허는지라호련션즁으로셔십여션인니일시의다라드러시랑과공ᄌᆞ롤결박ᄒᆞ니시랑이ᄃᆡ경문왈녀등이무삼년고로우리부ᄌᆞ롤히코ᄌᆞᄒᆞ는다션인답왈우리등이그ᄃᆡ와원쉬업ᄉᆞᄃᆡ다만남의지휘롤드러헐짜롬이니우리등을한치말나ᄒᆞ고슈즁의너흐려ᄒᆞ거놀시랑이황〃망조ᄒᆞ여ᄉᆞ공다려

10

왈우리부ᄌᆞᄂᆞᆫ무죄ᄒᆞᆫᄉᆞ람이라졀도의가기도원억ᄒᆞ거ᄂᆞᆯ녀등의ᄒᆡᄅᆞᆯ당ᄒᆞ니엇지원통치아니리오그러나녀등이님의남의쳥촉을바다우리부ᄌᆞᄅᆞᆯ쥭이려ᄒᆞ거든ᄆᆡᆫ거시나글너슈즁의너흐라모든션인이즐겨듯지아니코강즁의더지고져ᄒᆞ니그즁의노ᄉᆞ공이말녀왈시랑의부ᄌᆞᄅᆞᆯ슈즁의너흐면쥭기ᄂᆞᆫ한가지라결박을아니ᄒᆞᆫ들무삼관겨ᄒᆞ미잇시리오ᄒᆞ고결박을글너너흐려ᄒᆞ니공ᄌᆡᄃᆡ즐왈우리부ᄌᆡ나라ᄒᆡ득죄ᄒᆞᄆᆡᄉᆞᄉᆡᆼ간의반다시텬ᄌᆞ의쳐분을기다릴거시여ᄂᆞᆯ녀이간인의뇌물을밧고심야의강즁의현인군ᄌᆞᄅᆞᆯ암ᄒᆡ코져ᄒᆞ니너희즁의목숨이능히텬지간의용납ᄒᆞᆯ손가언파의분긔ᄃᆡ발ᄒᆞ니목ᄌᆡ진녈ᄒᆞᄂᆞᆫ지라긔운니올나피ᄅᆞᆯ토ᄒᆞ고업더지거ᄂᆞᆯᄉᆞ공드리져부ᄌᆞ의졍지ᄅᆞᆯ도라보리오일시의다라드러슈즁의더지니냥인의셩명이

11

엇지된고하회ᄅᆞᆯ보라ᄎᆞ시ᄉᆞ공등이시랑부ᄌᆞᄅᆞᆯᄒᆡᄒᆞ고도라가보ᄒᆞ니왕희ᄃᆡ희ᄒᆞ여후상ᄒᆞ니라ᄎᆞ셜장한님이니시랑부ᄌᆡ참화ᄅᆞᆯ당ᄒᆞ여젹쇼로가믈보고분울ᄒᆞ믈이긔지못ᄒᆞ여호련득병ᄒᆞ여ᄇᆡᆨ약이무효ᄒᆞᄆᆡ병셕의위돈ᄒᆞ여오ᄅᆡ이지못ᄒᆞᄂᆞᆫ지라한님이ᄌᆞ긔병셰상이오ᄅᆡ지못ᄒᆞᆯ쥴짐작고부인과ᄋᆡ황을ᄃᆡᄒᆞ여체읍탄왈나의병이우연침즁ᄒᆞ니셰상의머믈날이만치안닌지라다만한ᄒᆞᄂᆞᆫ바ᄂᆞᆫ니시랑의관일ᄒᆞᆫ츙졀노쇼인의ᄒᆡᄅᆞᆯ만나부ᄌᆡ각〃만니의젹거ᄒᆞ니통분ᄒᆞ기일을것업ᄉᆞ나니공의관인ᄒᆞᆫ긔상과니랑의웅위ᄒᆞᆫ긔골노필경만리ᄉᆡ외의요ᄉᆞᄒᆞᆯ니업ᄉᆞ리니반다시후일다시득의ᄒᆞ여부귀극진ᄒᆞ리니녀아ᄂᆞᆫ보즁ᄒᆞ여니랑을마ᄌᆞ녀셔ᄅᆞᆯ삼아영효ᄅᆞᆯ누리고복의조물ᄒᆞ믈조금도한치마르쇼셔언파의긔운니진ᄒᆞ여인ᄒᆞ여별셰ᄒᆞ니부인니ᄯᅩ한졍신이

12

어둑ᄒᆞ여명ᄌᆡ경ᄀᆡᆨ이라ᄋᆡ황의숀을잡고낙누왈노뫼너의부친부탁을져바려명이진케되니너의신셰박명ᄒᆞ여일〃지ᄂᆡ의부뫼구몰ᄒᆞ믈당ᄒᆞ니고〃일신니어ᄃᆡ의탁ᄒᆞ리오그러나네비통을참아부모의시체ᄅᆞᆯ거두고옥보방신을보

즁ᄒᆞ여다가타일의니랑을만나ᄇᆡᆨ년을화락ᄒᆞ여망부모의후ᄉᆞᄅᆞᆯ끗치아니미
너의효니부ᄃᆡ노모의말을져바리지말나ᄒᆞ고장탄일셩의명이진ᄒᆞ니일ᄀᆡ망
극ᄒᆞ여곡셩이진동ᄒᆞ더라ᄎᆞ시의ᄋᆡ황쇼제일〃지ᄂᆡ의빵친을참별ᄒᆞ고텬지
망〃ᄒᆞ여〃러번ᄀᆡ식ᄒᆞ거ᄂᆞᆯ비복등이겨유구ᄒᆞ여쇼제겨유정신을진정ᄒᆞ여
부모ᄅᆞᆯ안장ᄒᆞ고인ᄒᆞ여가ᄉᆞᄅᆞᆯ다ᄉᆞ리ᄆᆡ능여ᄒᆞ미ᄃᆡ장부ᄅᆞᆯ당ᄒᆞᆯ네라세월이
여류ᄒᆞ여삼상을지ᄂᆡ니쇼져의방년니이팔이라옥안운빈이며설부화용이금
셰의짝이업고효힝네

13

졀이며시셔지예와침션방젹의능치아니미업ᄉᆞ니쇼져의향명이원근의ᄌᆞ〃
ᄒᆞ여상하인민니칭찬치아니리업더라ᄎᆞ시왕희일ᄌᆞ을두어시니일홈은셕연
이라풍치늠〃ᄒᆞ고문필이과인ᄒᆞ니왕희각별ᄉᆞ랑ᄒᆞ여슉녀ᄅᆞᆯ너비구ᄒᆞ더니
장쇼져의향명을듯고장한님의지종장쥰을청ᄒᆞ여극진이ᄃᆡ졉ᄒᆞ고은근이의
논왈지종형이일즉이기세ᄒᆞ여거니와그문ᄂᆡ의쥬장ᄒᆞ리ᄂᆞᆫ그ᄃᆡ니맛당이ᄆᆡ
ᄌᆞᆨ이되여장쇼져의혼ᄉᆞᄅᆞᆯ닐우계ᄒᆞ라장쥰니허락ᄒᆞ고집의도라와그쳐진시
ᄅᆞᆯ보ᄂᆡ니진시장부의니르ᄆᆡ쇼제나와마ᄌᆞ네ᄅᆞᆯ맛ᄎᆞᄆᆡ진시쇼져ᄅᆞᆯᄃᆡᄒᆞ여우
승상왕희의청ᄒᆞ던말을젼ᄒᆞ니쇼제흔연ᄃᆡ왈슉뫼쇼질을위ᄒᆞ여졍혼코져ᄒᆞ
시니감격ᄒᆞ오나다만부모ᄉᆡᆼ시의모란동니시랑의아ᄌᆞ와졍혼ᄒᆞ여기로슉모
의말ᄉᆞᆷ을봉힝치못ᄒᆞ리로쇼이다ᄒᆞ거ᄂᆞᆯ

14

진시무류히도라와쥰다려쇼져의ᄒᆞ든말을젼ᄒᆞ니장쥰니다시장부의니른ᄃᆡ
쇼제나와영졉ᄒᆞ거ᄂᆞᆯ장쥰니좌졍후쇼져ᄅᆞᆯᄃᆡ여왈부〃유별은오륜의떳〃ᄒᆞᆫ
닐이라가운니불힝ᄒᆞ여형장부체구몰ᄒᆞᄉᆞ가즁의쥬장이업시니너의평ᄉᆡᆼ이
외로온지라ᄂᆡ너ᄅᆞᆯ위ᄒᆞ여봉황의짝을닐우고져ᄒᆞ더니우승상왕희일ᄌᆞᄅᆞᆯ두
어시니ᄀᆡ골이쥰슈ᄒᆞ고문장이과인ᄒᆞ여진짓너의비필이라ᄂᆡ심즁의맛당ᄒᆞ
나궁달이현슈ᄒᆞ고강약이부동ᄒᆞ므로감히청치못ᄒᆞ여쥬야한탄ᄒᆞ든ᄎᆞ의승
상이맛참쳥혼ᄒᆞ니이ᄂᆞᆫ너의븐심이오ᄯᅩ너의인연이라너ᄂᆞᆫ고집ᄒᆞᆫ마음으로

텬젼가연을어긔지말나시랑부〃ᄂᆞᆫ임의슈만니젹쇼의잇시니ᄉᆡᆼᄉᆞ를아지못
ᄒᆞᆯ지니엇지ᄉᆞ지의간ᄉᆞ람을바라고방년을헛도이보ᄂᆡ리오무정셰월의옥빈
홍안니공뇌라너ᄂᆞᆫ너모고집지말나언

15

파의만단ᄀᆡ유ᄒᆞ거ᄂᆞᆯ쇼제피셕ᄃᆡ왈쇼질의팔ᄌᆞ긔험ᄒᆞ여일즉부모를여희고
혈〃단신이어ᄂᆞᆯ혹볼가ᄒᆞᆫ날이잇셔도슉뷔올흔말노인도ᄒᆞ시미당연ᄒᆞ거ᄂᆞᆯ
왕희갓튼쇼인을아쳠ᄒᆞ여고단ᄒᆞᆫ족하의마음을뉴인코ᄌᆞᄒᆞ시니그윽이슉부
를위ᄒᆞ여한심ᄒᆞ도쇼이다ᄎᆞ후ᄂᆞᆫ가ᄂᆡ의투족지말으쇼셔언파의긔식이츄상
한월갓흔지라쥰이무류ᄒᆞ여묵〃부답ᄒᆞ고즉시도라와승상을보고쇼져의ᄒᆞ
든말을젼ᄒᆞ니승상이묵〃히안져다가다시장쥰다려은근이청ᄒᆞ여왈아모조
록ᄒᆞ여도그혼ᄉᆞ를셩ᄉᆞ케ᄒᆞ라ᄒᆞ니당쥰이ᄃᆡ왈쇼제의마음빙옥쳘셕갓흔지
라구변으로뼈유인키어렵ᄉᆞ오니비밀ᄒᆞᆫ계교로뼈길일을갈희여노복과교마
를갓쵸와밤이깁흔후의남이모로게장ᄂᆡ동의나아가질아를겁탈ᄒᆞ여오미엇
더ᄒᆞ니잇고승상이ᄃᆡ희ᄒᆞ여장쥰으

16

로더브러언냑ᄒᆞ고길일을ᄐᆡᆨᄒᆞ고비밀ᄒᆞᆫ모ᄎᆡᆨ을졍ᄒᆞ니라각셜션시의니시랑
부ᄌᆡ젹쇼로가다가ᄉᆞ공의블측ᄒᆞᆫᄒᆡ를닙어만경창파의써러지니ᄉᆞ람이나리
업ᄉᆞ니무변ᄃᆡ희중의엇지ᄉᆞ라나리오ᄎᆞ시셔희용왕이시랑부ᄌᆡ창파의빠진
쥴알고크게놀나용ᄌᆞ둘을불너분부왈ᄃᆡ명국ᄉᆞ람니ᄂᆡ의부ᄌᆡᄋᆡ미이간신의
참쇼를닙어젹쇼로가다가쇽절업시죽계되야시니급히가구ᄒᆞ라ᄒᆞ니두동ᄌᆡ
승명ᄒᆞ고각〃표쥬를타고셔람을향ᄒᆞ여가더라이ᄣᆡ시랑이물의ᄲᆡ져졍신을
모로더니엇던동ᄌᆡ비를타고와시랑을건져언덕의누이고약물노구호ᄒᆞ니오
리지아니ᄒᆞ여졍신니도라오ᄂᆞᆫ지라시랑이동ᄌᆞ를ᄃᆡᄒᆞ여무슈히ᄉᆞ례왈엇더
ᄒᆞᆫ션동이완ᄃᆡ죽은ᄉᆞ람을구ᄒᆞ여ᄂᆡ시니은혜난망이로쇼이다동ᄌᆡᄃᆡ왈쇼동
은셔희용왕의동ᄌᆡ옵더니우리왕이급히상공을구ᄒᆞ라ᄒᆞ시기로

17

이의와구ᄒᆞ여ᄉᆞ오니다힝이로쇼이다ᄒᆞ고다시비를져어한곳의니르러비를 ᄃᆡ이고나리라ᄒᆞ거놀시랑이좌우를살펴보니만경창파즁의한셤이라동ᄌᆞ다려문왈이셤일흠이무어시며예셔즁원니언마나되나뇨동ᄌᆡᄃᆡ왈이곳일홈은무인도요즁원니삼만니로쇼이다시랑이빅의나려동ᄌᆞ를니별ᄒᆞ고좌우를살펴보니과실남기무슈ᄒᆞ거놀가지를휘여얼거집을숩고ᄯᅥ러진과실을쥬어먹어목숨을보젼ᄒᆞ나부인과아자를싱각고쥬야눈물노셰월을보ᄂᆡ니그참혹ᄒᆞᆫ경경을엇지다긔록ᄒᆞ리오공ᄌᆡ그ᄯᅢ의부친과한가지로창파의ᄯᅥ러져거의쥭게되여더니풍낭의밀이여한곳의다〃르니엇더ᄒᆞᆫ동ᄌᆡ빅를타고급히와공ᄌᆞ를건져빅의언거놀공ᄌᆡ정신을찰혀동ᄌᆞ를보니벽슈쳥의를닙고월픽를ᄎᆞ고좌슈의금강옥져를쥐고안져거놀공ᄌᆡ니러나

18

동ᄌᆞ다려치ᄉᆞ왈엇더ᄒᆞᆫ동ᄌᆞ완ᄃᆡ〃히즁의귀체를앗기지아니ᄒᆞ옵고잔명을구ᄒᆞ시ᄂᆞ닛가동ᄌᆡ답왈나ᄂᆞᆫ셔히용왕의동ᄌᆡ러니우리왕의명을밧ᄌᆞ와공ᄌᆞ를구ᄒᆞ여ᄂᆞ니다ᄃᆡ봉이다시치ᄉᆞ왈ᄉᆞ지의든인싱을용왕이구ᄒᆞ시니그은혜빅골난망이라만분지일아나갑ᄉᆞ오리오ᄒᆞ고다시문왈나ᄂᆞᆫ즁원ᄉᆞ람으로셔〃히산쳔을아지못ᄒᆞ니이지명이어ᄂᆡ싸히라ᄒᆞ나뇨동ᄌᆡ왈이ᄯᅡ흔셔촉국이라ᄒᆞ나이다ᄒᆞ고이윽히가다가비를언덕의ᄃᆡ히고나리라ᄒᆞ거놀공ᄌᆡ비의나려다시문왈어ᄃᆡ가야잔명을보젼ᄒᆞ리잇가동ᄌᆡ왈져산명은금화산이오그산즁의졀이잇ᄉᆞ되일흠은빅운암이라그졀을ᄎᆞᄌᆞ가면ᄌᆞ연이구ᄒᆞᆯᄉᆞ람이잇시리이다ᄃᆡ봉이동ᄌᆞ를니별ᄒᆞ고금화산을ᄎᆞᄌᆞ가니만학텬봉은ᄎᆞᆨ텬ᄒᆞ고오식구름이봉상의걸여더라공ᄌᆡ심즁의긔이히넉여ᄎᆞ〃드러가니경긔졀승ᄒᆞ고충경이쇄락ᄒᆞᆫᄃᆡ

19

산곡으로뉴칠니ᄂᆞᆫ드러가더니시ᄂᆡ쇼리잔〃ᄒᆞ거놀졈〃거러셕경으로나아가니슈양쳔만ᄉᆞᄂᆞᆫ츈풍의표양ᄒᆞ고녹쥭창송이울〃ᄒᆞᆫᄃᆡ미록과난학이빵〃

이왕닉ᄒᆞ니진짓별유션경이라공지경치롤볼ᄉᆞ록심식더욱비창ᄒᆞ여졈〃나아가더니은〃이종경쇼릭풍편의들니거놀완〃이산문의다〃르니일위노승이구포가ᄉᆞ롤닙고구졀쥭장을집고빅팔념쥬롤목의걸고산문의나와영졉ᄒᆞ여긱실노드러와셔로녜필의노승왈귀긱이산즁의게시되쇼승이년만ᄒᆞ여동구의나가맛지못ᄒᆞ오니허물치마르쇼셔공지왈노션ᄉᆞᄂᆞᆫ곤궁ᄒᆞᆫ힝인을보시고이러틋관딕ᄒᆞ시니싱의마음의불안ᄒᆞ여이다노승왈공지즁원긔쥬ᄯᅡ모란동니시랑의귀공지아니시닛가오날이리오시믄명쳔니도으시고부쳬님이지시ᄒᆞ시미라엇지반갑지아니ᄒᆞ리오폐식비록누츄ᄒᆞ오나원컨딕공자ᄂᆞᆫ쇼승과한가지로머므르쇼셔공

20

지경아ᄒᆞ여다시두번절ᄒᆞ고공경문왈쇼ᄌᆞ의거쥬셩명을엇지ᄌᆞ셔이아르시난잇고노승왈ᄌᆞ연아나이다공지왈그러ᄒᆞ시거니와션식쇼싱을이갓치익휼ᄒᆞ시니감ᄉᆞᄒᆞ여이다노승왈귀턱상공게황금오빅냥과빅미삼빅셕과황촉ᄉᆞ쳔기가이졀의드러ᄉᆞ오니엇지공ᄌᆞ의〃식을념녀ᄒᆞ시리잇가공지왈쇼싱은셰상의곤궁ᄒᆞᆫᄉᆞ람이라엇지부친의젼곡이〃졀의드렷다ᄒᆞ오리잇가노승왈공ᄌᆞᄂᆞᆫ년쳔ᄒᆞ와오릭된닐을엇지아르시리잇고ᄒᆞ고이윽고셕반을올니거놀공지보니산치쇼찬니심히졍결ᄒᆞ미셰상음식과다른지라이의셕식을파ᄒᆞᆫ후인ᄒᆞ여노승과쥬야동쳐ᄒᆞ여셰월을보닉더라ᄎᆞ셜왕희의아지길일을당ᄒᆞ미노복과교ᄌᆞ롤갓쵸아장미동의나아가니이ᄯᅴ야식이삼경이라노복이드러가쇼져롤겁탈코ᄌᆞᄒᆞ더니이ᄯᅴ쇼졔등촉을밝히고녜긔보더니외당의셔인셩이헌화ᄒᆞᄂᆞᆫ쇼릭들니거놀쇼졔마음의놀나시비

21

난향을불너왈외당의셔인셩이요란ᄒᆞ니네가마니나가그동졍을보라난양이나아가보고급히드러와고왈왕승상의아지노복교부롤거나려외당의셔쥬져ᄒᆞ더이다쇼졔딕경왈져지음게왕희청혼ᄒᆞ여거놀닉허치아니코미ᄌᆞ롤물니쳣더니금야작당ᄒᆞ여오미분명날을겁칙고져ᄒᆞ미라ᄎᆞ식급박ᄒᆞ니장ᄎᆞ엇지

ᄒᆞ리오ᄒᆞ고깁슈건을드러목을ᄆᆡ려ᄒᆞ거ᄂᆞᆯ난향이고왈쇼져ᄂᆞᆫ잠간진졍ᄒᆞ쇼셔쇼졔만닐ᄌᆞ쳐ᄒᆞ시면부모향화와낭군의원슈ᄅᆞᆯ뉘가갑흐리잇고빌건ᄃᆡ쇼져ᄂᆞᆫ쇼비와의복을밧고와닙고쇼비쇼져의모양으로안ᄌᆞ시면젹인니반다시쇼져로알지니쇼져ᄂᆞᆫ급히남의ᄅᆞᆯ기착ᄒᆞ고후원을너머피신ᄒᆞ옵쇼셔쇼졔왈네말이당연ᄒᆞ나ᄂᆡ몸이규즁의싱장ᄒᆞ여능히밧문을아지못ᄒᆞ거ᄂᆞᆯ어ᄃᆡ로갈바ᄅᆞᆯ알니오ᄎᆞ아리ᄂᆡ방의셔쥭으리라ᄒᆞ고실셩ᄋᆡ곡ᄒᆞ니난향이다시고왈텬지광ᄃᆡᄒᆞ고

22

인명이지천ᄒᆞ오니어ᄃᆡ가몸을보젼치못ᄒᆞ리오일이가장급ᄒᆞ오니쇼져ᄂᆞᆫ쳔금지구ᄅᆞᆯ가ᄇᆡ야이바리지마르쇼셔ᄒᆞ며급히도망ᄒᆞ기ᄅᆞᆯ지쵹ᄒᆞ니쇼졔쳬읍왈난향아만닐네힝식이탈노ᄒᆞ면왕희의숀의네목숨을보젼치못ᄒᆞ리니한가지로도망ᄒᆞ미엇더ᄒᆞ뇨난향왈쇼비ᄯᅩ한이마음이잇시되왕가노복이쇼져ᄅᆞᆯ찻다가업ᄉᆞ면근쳐로흣터져구식ᄒᆞ리니쇼졔엇지화ᄅᆞᆯ면ᄒᆞ랴ᄒᆞ시난닛고ᄲᆞᆯ니힝ᄒᆞ시고더ᄃᆡ지마르쇼셔쇼졔허릴업셔복을버셔난향을쥬고남의ᄅᆞᆯ가쵸고후원문을나슈리ᄅᆞᆯ힝ᄒᆞ니라ᄎᆞ시난향이쇼져의〃복을닙고셔안의〃지ᄒᆞ여안져더니이윽고왕공지노복과시녀ᄅᆞᆯ거나려ᄂᆡ졍의돌닙ᄒᆞ여시녀ᄅᆞᆯ명ᄒᆞ여쇼져ᄲᆞᆯ니뫼시라ᄒᆞ니시녜슈명ᄒᆞ고드러가쇼져ᄅᆞᆯ보고문안ᄒᆞ니난향이드른쳬아니커ᄂᆞᆯ시녜다시고왈왕공ᄌᆞᄂᆡ림ᄒᆞ여ᄉᆞ오니쇼져ᄂᆞᆫ빅년가약을ᄆᆡ지쇼셔이ᄯᅩ한쳔졍년분이오니이런조흔ᄯᆡᄅᆞᆯ일치마르쇼ᄒᆞ고교ᄌᆞ

23

의올으기ᄅᆞᆯ지쵹ᄒᆞ거ᄂᆞᆯ난향이심하의우읍고ᄯᅩ한분노ᄒᆞ여ᄭᅮ지져왈ᄂᆡ집이비한미ᄒᆞ나조졍즁신의집이어ᄂᆞᆯ녀등이외람이무란돌립ᄒᆞ여엇지코져ᄒᆞ나뇨ᄂᆡ엇지더러온욕을보리오ᄒᆞ고깁슈건으로목을ᄌᆞ르니왕가노복등이만은지라강약이부동ᄒᆞ니엇지당ᄒᆞ리오홀일업셔교ᄌᆞ의올ᄂᆞ장안으로향ᄒᆞ여갈동으로벽파장이십니의다〃르니동방이밝는지라벽파장노쇼인민니다구경ᄒᆞ며ᄒᆞ는말이장한님의녀아ᄋᆡ황쇼제와승상의ᄌᆞ졔와졍혼신힝ᄒᆞᆫ다ᄒᆞ더라

난향이승상집의다〃르니잔ᄎᆡ를ᄇᆡ셜ᄒᆞ고ᄃᆡ쇼빈ᄀᆡᆨ이구름갓치모다더라난향이교ᄌᆞ의나려ᄂᆡ아청상의드러가니모든부인이모혀안져다가난향을보고칭찬왈어엿부다장쇼져여진실노공ᄌᆞ의짝이로다ᄒᆞ며치ᄒᆡ분〃홀ᄉᆡ난향이니러나외당으로나아가니ᄂᆡ외빈ᄀᆡᆨ이ᄃᆡ경ᄒᆞᄂᆞᆫ지라난향니승상앏히나아가좌우를도라보며왈나ᄂᆞᆫ장미

24

동장한님ᄃᆡᆨ쇼져의시비난향이러니외람이쇼져의일홈을씌고승상을잠간속엿거니와왕희ᄂᆞᆫ국녹즁신으로명망이일국의웃듬이오부귀텬하의졔일이라네ᄌᆞ식의혼ᄉᆞ를일울진ᄃᆡᄆᆡ파를보ᄂᆡ여뉵녜를갓쵸아인년을ᄆᆡᄌᆞ미당연ᄒᆞ거ᄂᆞᆯ네무도불의를ᄒᆡᆼᄒᆞ여깁흔밤의노복을보ᄂᆡ여가마니ᄉᆞ부가ᄂᆡ졍의돌닙ᄒᆞ여규즁쳐자를겁탈ᄒᆞ믄무삼ᄯᅳᆺ이뇨우리쇼져ᄂᆞᆫ너의누욕을피ᄒᆞ여게시나결단코ᄌᆞ쳐ᄒᆞ여원혼니되여실거시니엇지통분치아니리오언파의슬피통곡ᄒᆞ니승상이ᄃᆡ경ᄒᆞ여난향을위로왈쇼져ᄂᆞᆫᄇᆡᆨ옥갓흔몸으로뼈쳔ᄒᆞᆫ난향의게비ᄒᆞ니엇지이런말을ᄒᆞᄂᆞ뇨ᄒᆞ고시비로ᄒᆞ여금ᄂᆡ당으로보ᄂᆡ고쇼져의진가를분변치못ᄒᆞ여장준을쳥ᄒᆞ여보라ᄒᆞᆫᄃᆡ장준니드러가보니과연질녜아니오난향이라ᄃᆡ경ᄒᆞ여밧비승상게고ᄒᆞ니왕희ᄃᆡ로ᄒᆞ여난향을쥭이려ᄒᆞᆫᄃᆡ만좌빈ᄀᆡᆨ

25

이말녀왈난향은진실노츙비니그죄를사ᄒᆞ쇼셔승상이ᄃᆡ참ᄒᆞ여장준을ᄃᆡ칙ᄒᆞ고난향을보ᄂᆡ니라각설장쇼졔그날밤의도망ᄒᆞ여남으로향ᄒᆞ여졍쳐업시가더니슈일만의여람ᄯᅡ히니르러일홈을곳쳐댱계운이라ᄒᆞ고ᄒᆞᆫ집의가밥을비더니이집은ᄎᆈ어ᄉᆞ집이라어ᄉᆞᄂᆞᆫ일작기셰ᄒᆞ고부인희시한ᄯᆞᆯ을다리고치산ᄒᆞ되형셰요부ᄒᆞᆫ지라부인니문을격ᄒᆞ여장쇼져의거동을보니인물이비범ᄒᆞ고풍ᄎᆡ쥰슈ᄒᆞ거ᄂᆞᆯ부인니쇼져다려왈ᄎᆞ인의ᄒᆡᆼ식을보니본ᄃᆡ걸인이아니라ᄒᆞ고시비로ᄒᆞ여금셔헌으로쳥ᄒᆞ여안치고부인니친니나와쇼져를향ᄒᆞ여문왈공ᄌᆞᄂᆞᆫ어ᄃᆡ살며나히몃치나되고일홈은무어시라ᄒᆞᄂᆞ뇨쇼졔ᄃᆡ왈본ᄃᆡ

긔쥬따히셔스는댱계운이라ᄒᆞ옵고나흔십뉵셰로쇼이다부인니ᄯᅩ문왈부모는구존ᄒᆞ시며무숨닐노이곳의니르시뇨쇼제ᄃᆡ왈일즉부

26

모롤여희고의탁홀곳이업셔동셔로표박ᄒᆞ여ᄉᆞ히로다니나이다부인왈공ᄌᆞ의모양을보니걸인으로단니기는불상ᄒᆞ니공ᄌᆞ는아즉ᄂᆡ집의잇시미엇더ᄒᆞ뇨쇼제ᄉᆞ례왈부인니쇼싱의고혈ᄒᆞ믈싱각ᄒᆞᄉᆞ존문의두고져ᄒᆞ시니하히갓튼은혜롤엇지다갑흐리잇고부인니희열ᄒᆞ여노복을명ᄒᆞ여셔당을쇄쇼ᄒᆞ고셔칙을쥬어왈부ᄃᆡ학업을힘뼈ᄒᆞ여공명을취ᄒᆞ라쇼제셔칙을바다보니셩경현젼과숀오병셔라쇼제학업을공부홀ᄉᆡ낫이면시셔빅가롤닑고밤이면숀오병셔와뉵도삼냑을습독ᄒᆞ여창검쓰는법을닉히니부인니각별ᄉᆞ랑ᄒᆞ여긔츌갓치녁이더라일월이유미ᄒᆞ여삼년이지ᄂᆡ니댱쇼제나히십구셰라직조는능히풍운조화롤부리고용녁은능히틱산을씨고북히롤뛸듯ᄒᆞ더라ᄎᆞ셜ᄃᆡ봉공직금화산빅운암의잇셔시셔와병셔롤

27

落張

28

落張

29

격ᄒᆞ여이다그러나쇼직닙산삼년의일신니무병ᄒᆞ오나부친의신체도찻지못ᄒᆞ고모친의존망을아지못ᄒᆞ오니마음의쵸민ᄒᆞ온지라셰상의나아가부모의ᄉᆞ싱존망을알고져ᄒᆞ여이뜻으로노릭롤지어삽더니노식화답ᄒᆞ시믈듯ᄉᆞ오니아즉셰상의나가지못ᄒᆞ려니와복원노ᄉᆞ는부친의신체뉴무와모친의ᄉᆞ싱을밝히가르치ᄉᆞ쇼식을알게ᄒᆞ옵쇼셔노승왈공ᄌᆞ의부모ᄉᆞ싱존망은쇼승도아지못ᄒᆞ거니와셰월이여류ᄒᆞ여인연니머지아니ᄒᆞ오니공ᄌᆞ는아즉이곳의

잇ᄉᆞ오면불구의ᄲᅥ를만나세상의나아가공명을닐우고부모도ᄉᆞ라신즉만나리이다공지니러나빈ᄉᆞᄒᆞ고다시셔칙을ᄃᆡᄒᆞ여공부를힘쓰더라각셜이ᄲᅢᄂᆞᆫ셩화십삼년삼월이라ᄎᆞ시의텬지십삼싱의조셔를나리와과장을베펴인지를ᄲᅢ실식이ᄲᅥ댱쇼졔여람의셔학업을힘쓰더니과거긔별을듯고부인희시긔고ᄒᆞ되

30

드르니황셩의셔티평과를뵌다ᄒᆞ오니쇼ᄌᆞ도올나가관광코ᄌᆞᄒᆞ나니다부인니ᄃᆡ희ᄒᆞ여허락ᄒᆞ고힝장과당즁졔구를차려길을날식공ᄌᆞ다려왈나ᄂᆞᆫ박복ᄒᆞ여일작이가군을여희고ᄯᅩ한ᄌᆞ식이업ᄂᆞᆫ지라다만한ᄯᆞᆯ이잇시되티임의덕과셔시의식이업ᄉᆞ나족히군ᄌᆞ의건질을밧들만ᄒᆞ니ᄂᆡ임의졍ᄒᆞᆫ뜻이잇셧더니혼ᄉᆞ를닐우지못ᄒᆞ고오날〃그ᄃᆡ경셩으로ᄯᅥ나가니바라건ᄃᆡ공ᄌᆞᄂᆞᆫ나의말을져바리지말고쳔니원졍의무ᄉᆞ이득달ᄒᆞ여용문의올나득의ᄒᆞᆫ후즉시나려와호연을일우게ᄒᆞ라공지ᄃᆡ왈쇼지일작부모를여희고혈〃단신이의탁홀곳이업셔사히의부평쵸가치단니옵다가부인의덕턱을닙ᄉᆞ와존문의〃탁ᄒᆞ여숩더니부인니친ᄌᆞ와다르미업시익휼ᄒᆞ시니은혜빅골난망이옵거ᄂᆞᆯ가지록ᄯᅩ쳔금쇼교로ᄲᅧ동상을허〃시니

31

황감ᄒᆞ오미측냥치못ᄒᆞ올지라엇지슈화라도ᄉᆞ양ᄒᆞ리잇가속히도라와뫼시리이다ᄒᆞ고부인게하즉ᄒᆞ고이날길ᄯᅥ나힝ᄒᆞ여〃러날만의긔쥬의다〃라녯닐을싱각ᄒᆞ니눈물을금치못ᄒᆞ여젼의ᄉᆞ든장미동의드러가좌우를살펴보니산쳔은의구ᄒᆞ고숑죽은식롭거ᄂᆞᆯ녯집을ᄎᆞ져안으로드러가니사면의거츤풀이가득ᄒᆞ고젼일쇼졔왕가의욕을피ᄒᆞ여남의를기착ᄒᆞ고장원을너머갓더니그장원니풍우의반나마쇠락ᄒᆞ여더라이ᄯᅢ난향이침당의안져침션을다ᄉᆞ리더니일기셔싱이드러오믈보고놀나쇼져침실노드러가은신ᄒᆞ거ᄂᆞᆯ쇼졔눈믈을흘니며드러가난향의숀을잡고통곡왈너를한번니별ᄒᆞᆫ후ᄉᆞ싱을몰나쥬야스러ᄒᆞ더니왕가의욕을엇지면ᄒᆞ고ᄉᆞ라온다언파의쥬뤼만면ᄒᆞ니난향이쇼

져의용모와셩음을드르미비록남의가온딕나쇼져를엇지몰나보리오쇼져의옥슈를

32

붓들고통곡왈금일쇼져의존안을뵈오니이졔죽어도무한이라그러나어딕가계시다가이의니르시니잇가쇼졔누슈를거두고왈음양을변체ᄒᆞ미셩명을고쳐당계운이라층ᄒᆞ고젼〃발셥ᄒᆞ여〃람쇄어ᄉᆞ부즁의니르니어ᄉᆞ는님의기셰ᄒᆞ고부인니일녀로더브러잇더니부인이나의힝식을보고블상이넉여극진관딕ᄒᆞ여슈년을머믈더니나라히과거뵈믈듯고올나오는길의고향을드리니엇지슬푸지아니리오님의고턱의니르미가싀황낙ᄒᆞ니쵹쳐강창이러니의외의너의ᄉᆞ라시믈보니엇지깃부지아니리오난향이눈물을거두고왕ᄉᆞ를말홀식그날왕가의가ᄒᆞ든셜화를젼ᄒᆞ며왕희죽이려ᄒᆞ믈여러빈긱이권ᄒᆞ여ᄉᆞ라도라온슈말을고ᄒᆞ고노쥐회포를펼식쇼졔기리탄식왈닉님의녀힝을져바려남복으로ᄉᆞ방의유리ᄒᆞ엿는지라이졔과거를보아요힝득의ᄒᆞ거든부딕니랑의원슈를갑고져ᄒᆞ나니너는나의종젹을누셜치말

33

고집을잘직히고잇시라슈이셔로맛나리라ᄒᆞ고난향을니별홀식연〃ᄒᆞ물니긔지못ᄒᆞ고작미동을써나황셩의니르니이써는하ᄉᆞ월쵸팔일이라그날이과일이되여텬직황극젼의친님ᄒᆞᄉᆞ텬하문장지식운즙ᄒᆞᆫ딕글졔를기다리더니이윽고현졔판을걸거늘글졔를한번보고의시용츌ᄒᆞ여붓살들어한번두루니문치는굴원의체격이요등교긔봉은밍학ᄉᆞ지ᄉᆞ종이오학히문장은한퇴지〃여□다이의일쳔의션정ᄒᆞ니텬직그글을보시고크게칭찬ᄒᆞᄉᆞ왈짐이〃졔현ᄉᆞ를구ᄒᆞ더니과연어더도다ᄒᆞ시고즉시봉미를긔탁ᄒᆞ시니여람인당계운이니년이십뉵이오부는희ᄒᆞ여더라젼두관니호명ᄒᆞ기를슈삼ᄎᆞ의댱쇼졔일홈부로는쇼릭를듯고만닌다ᄉᆞ즁쒸여나와옥계하의복지ᄒᆞ온딕텬직어젼갓가이안치시고삼비향온을쥬시고무익ᄒᆞᄉᆞ왈녀부장희는짐의교목셰신이라일죽죽으미맛당ᄒᆞᆫ한원니업더니이졔경을보니경부를본듯ᄒᆞ니엇지깃부지

34

아니리오 ᄒᆞ시고즉시한님학ᄉᆞ롤ᄒᆞ이시거ᄂᆞᆯ한님이ᄉᆞ은ᄒᆞ고궐문밧긔나오니머리의어ᄉᆞ화오몸의ᄂᆞᆫ청삼이라어쥬롤반취ᄒᆞ고은안빅마의놉히안져화동빵기압흘인도ᄒᆞ여장안ᄃᆡ로상으로지ᄂᆡ니관광지뉘아니칭션ᄒᆞ리오삼일뉴삼일뉴과후말미롤청ᄒᆞ여긔쥐고향으로나려가고져ᄒᆞ더라ᄎᆞ청ᄒᆞ회롤분석ᄒᆞ라

셰을사밍츄항목동셔

권지이

1

니ᄃᆡ봉젼권지이

화셜장한님이삼일유과롤맛ᄎᆞᄆᆡ텬ᄌᆞ긔상표ᄒᆞ여말미롤어더고향의나려가ᄉᆞ우의고축ᄒᆞ고션영의쇼분ᄒᆞ니뉘쇼져의녀화위남ᄒᆞᆫ쥴알니오난향이홀노즐겨한님을붓들고칭하ᄒᆞ더라한님이즉시션연의하직ᄒᆞ고ᄉᆞ당을뫼시고난향의게가ᄉᆞ롤젼탁ᄒᆞ고장미동을ᄯᅥ나여람으로향ᄒᆞ니라ᄎᆞ시우승상왕희황뎨긔쥬왈한님학ᄉᆞ장희ᄂᆞᆫ본ᄃᆡ알들이업고무후ᄒᆞᆫ지라이졔여람댱계운니장원급졔ᄒᆞ여댱희의아들이라ᄒᆞ오니복원셩상은댱계운을국문ᄒᆞᄉᆞ긔망긔군ᄒᆞᆫ죄롤다ᄉᆞ려훗ᄉᆞ람을징계ᄒᆞ쇼셔상이ᄃᆡ로왈부ᄌᆞ지간도모롤닐이만커놀엇지남의집닐을아른체ᄒᆞ여인ᄌᆡ롤희코져ᄒᆞ나뇨왕희황공무류ᄒᆞ여한말도다시못ᄒᆞ더라각셜한님이여러날만의여람의니르니부인희시한님의숀을잡고칭찬왈그ᄃᆡ용문의올나벼살이한님학ᄉᆞ의니르러시

2

니공명이조야의진동ᄒᆞ실지라귀ᄒᆞ미여ᄎᆞᄒᆞ시되미쳔ᄒᆞᆫ곳을잇지아니코쳔니원졍의나려와날갓흔ᄉᆞ람을ᄎᆞ즈시니엇지감ᄉᆞ치아니리오한님이ᄃᆡ왈쇼싱의혈〃일신니존문의〃탁ᄒᆞ여우금보젼ᄒᆞ여다가용문의올으니싱젼의부인은덕을엇지이ᄌᆞ리잇고부인니크게칭찬ᄒᆞ고못ᄂᆡᄉᆞ랑ᄒᆞ여종쇽히녀아의혼사롤닐우고져ᄒᆞ더라ᄎᆞ시텬ᄌᆡ한님을극히ᄉᆞ랑ᄒᆞᄉᆞ말ᄆᆡ한니지ᄂᆡᄆᆡᄉᆞ관을보ᄂᆡᄉᆞ불릴상ᄂᆡᄒᆞ라ᄒᆞ신ᄃᆡ한님니승명ᄒᆞ고급히올나와옥게하복지ᄒᆞ온ᄃᆡ상이반기ᄉᆞ왈경은짐의괴공이라좌우의잇셔국졍ᄃᆡᄉᆞ의짐의미급ᄒᆞᆫᄉᆞᄆᆡᆨ이잇거든명심직간ᄒᆞ여그르미업게ᄒᆞ라ᄒᆞ시며벼살을도〃와네부시랑간의ᄐᆡ우롤ᄒᆞ이시니물망이조야의진동ᄒᆞ더라ᄎᆞ시ᄂᆞᆫ무ᄌᆞ동십월이라상이미앙궁의올나ᄐᆡ평연을ᄇᆡ셜ᄒᆞ시고만조졔신으로더브러국ᄉᆞ롤의논ᄒᆞ시며즐기

시더니하람결도ᄉᆞ니용

3

티장계롤급히올녀거눌텬지친히기탁ᄒᆞ시니ᄒᆞ여시더남션위강셩ᄒᆞ여남관을쳐항복밧고셩쥬지경을범ᄒᆞ여ᄉᆞ오니복망폐하ᄂᆞᆫ급히뉵군을보니ᄉᆞ방어ᄒᆞ쇼셔ᄒᆞ여거눌상이더경ᄒᆞᄉᆞ졔신을모화의논왈남션우ᄂᆞᆫ본더강셩ᄒᆞᆫ오랑키라촉남등의범갓튼밍당을거ᄂᆞ려관익을침범ᄒᆞ니뉘을짐을위ᄒᆞ여도젹을물니칠고ᄒᆞ신더만죄다장계운의득총ᄒᆞ믈식긔ᄒᆞ든비라계운을ᄉᆞ지의보니고져ᄒᆞ여좌승상뉴원진과병부상셔진핑녈이쥬왈네부시랑당계운니비록년쇼ᄒᆞ오나문뮈겸젼ᄒᆞ옵고본더촉날의젹슈오니급히보니여방젹ᄒᆞ옵쇼셔상이갈아ᄉᆞ더계운의지조와지략은님의아리시더아즉년쇼ᄒᆞ고짐의텬이지신이라만리젼진의엇지보니리오ᄒᆞ신더한님니복지쥬왈쇼신이하방미쳔지신으로텬은을닙ᄉᆞ와벼살이네부시랑의니르러ᄉᆞ오니황은니망극ᄒᆞ온지라

4

신슈무지오나맛당이남관의나아가반젹을ᄉᆞ로잡아폐하의근심을덜고황은만분지일이나갑습고불우지변을덜가ᄒᆞ나이다상이더희ᄒᆞᄉᆞ즉시장계운으로병부상셔겸졍남더원슈뉵군더도독을ᄒᆞ이시고더원슈인신과상장군졀월을쥬시고졍병팔십만과더장천원을쥬시고원슈의숀을잡고갈오ᄉᆞ더만니젼장의부더경젹지말고힘을다ᄒᆞ여반젹을버혀더공을닐우고슈히도라와짐을도으라ᄒᆞ시거눌원쉬텬은을숙ᄉᆞᄒᆞ고군을거ᄂᆞ려남션문으로나오니머리의칠셩투고롤쓰고몸의용문젼포롤닙고말갓흔금인을요하의빗기차고좌슈의장창을쥐고우슈의칠셩참ᄉᆞ검을들고천니용총마롤타고완〃이나오니션봉장은한응이오후군장은됴병호오좌익장은황보신이오우익장은곽텩이오ᄉᆞ마장군뎡한슈와표긔장군밍긔오그나문장슈ᄂᆞᆫ츠례로나오니긔치창검은일월을가리오고〃각함셩

5

은산쳔니진동ᄒᆞ더라이의군ᄉᆞᄅᆞᆯ직촉ᄒᆞ여〃러날만의셩쥬지경의다〃르니남션위셩즁의드러쉬다가원쉬오믈보고격셔ᄅᆞᆯ보ᄂᆡ여명일노ᄊᆞ호ᄌᆞᄒᆞ거ᄂᆞᆯ이날원쉬진을굿게ᄒᆞ여군ᄉᆞᄅᆞᆯ쉴식셩쥬지도ᄅᆞᆯ구ᄒᆞ여지형을살핀후제장을불너약속을정ᄒᆞ고잇튼날평명의원쉬진문을열고나와빠홈을도〃니션위셩문을녈고션봉장촉날노ᄒᆞ여금ᄃᆡ진ᄒᆞ라ᄒᆞ니원쉬ᄯᅩ한한웅을불너젹장을ᄃᆡ젹ᄒᆞ라ᄒᆞ니한웅이응셩츌마ᄒᆞᆯᄉᆡ머리의황금투고ᄅᆞᆯ쓰고몸의농닙갑을닙고장창을빗기들고비룡마ᄅᆞᆯ치쳐진밧게나와크게워여왈젹장촉날은ᄲᆞᆯ니나와나의창을바드라ᄒᆞᆫᄃᆡ촉날이ᄯᅩ한ᄃᆡ로ᄒᆞ여말을진밧긔ᄂᆡ니좌슈의철퇴ᄅᆞᆯ들고우슈의철궁을드러더라한웅이쇼ᄅᆡᄅᆞᆯ듯고크게워여왈너ᄂᆞᆫ한낫무명쇼장이라날을보고두렵도아냐감히큰말을ᄒᆞᄂᆞᆫ다ᄒᆞ고필마단창으로명진의다라

6

드러좌츙우돌ᄒᆞ다가한웅의슈긔ᄅᆞᆯ아ᄉᆞ가지고워여왈ᄂᆡ너의머리ᄅᆞᆯ버힐거시로ᄃᆡ너의위인을잔잉이너겨목숨을ᄉᆞᄒᆞ거니와너의몸긔ᄅᆞᆯ아ᄉᆞ나의슈단을뵈노라한웅이분긔ᄅᆞᆯ이긔지못ᄒᆞ여촉날의뒤흘ᄯᆞ로며창을드러촉날을지르려ᄒᆞ니촉날이몸을쇼〃아한웅의창을아ᄉᆞ들고우어왈ᄂᆡ너의잔명을용셔ᄒᆞ여거든네도로혀날ᄅᆞᆯ히코져ᄒᆞᄂᆞᆫ다ᄒᆞ고철궁을다ᄅᆡ여쏘니한웅이마자말긔나려지거ᄂᆞᆯ촉날이다라드러한웅의머리ᄅᆞᆯ버혀창긋히ᄢᅦ여들고좌우츙돌ᄒᆞ여요무양위ᄒᆞ거ᄂᆞᆯ원슈바라보고왈촉날은진짓명장이오한웅의젹쉬아니라뉘능히나아가촉날을죽여한웅의원슈ᄅᆞᆯ갑고나의분을셜ᄒᆞ리오말이맛지못ᄒᆞ여한장쉬머리의빅금투고ᄅᆞᆯ쓰고몸의황금갑을닙고숀의칠쳑장검을들고오쵸마ᄅᆞᆯᄲᆞᆯ니모라진밧긔나와원슈

7

긔고왈션봉장한웅은쇼장의종형이라시운이불힝ᄒᆞ여젹장의숀의쥭ᄉᆞ오니엇지통분치아니리잇고쇼장이비록무직ᄒᆞ오나한번북쳐축날의머리ᄅᆞᆯ버혀망형의원슈ᄅᆞᆯ갑고져ᄒᆞ나이다ᄒᆞ거ᄂᆞᆯ모다보니이ᄂᆞᆫ현무장군한통이라한통

이진밧긔나와촉날노더부러ᄲᆞ화오륙합의젹장의쳘퇴쓰ᄂᆞᆫ법은졈〃씩〃ᄒᆞ
고한통의칼쓰ᄂᆞᆫ법은졈〃어지러온지라원슈바라보다가분긔를이긔지못ᄒᆞ
여말을치쳐젹진의다라드러좌슈의칠셩참ᄉᆞ검을들고우슈의칠십근쳘퇴를
드러짓치며쇼릐질너왈반젹션우와촉날한곳강포만밋고텬조를침범ᄒᆞ니하
ᄂᆞᆯ도두렵지아니ᄒᆞ냐나의참ᄉᆞ검은본ᄃᆡ인졍이업ᄂᆞᆫ니ᄲᆞᆯ니항ᄒᆞ여죽기를면
ᄒᆞ라ᄎᆞ시촉날이한통과ᄊᆞ호다가원슈의쇼릐를듯고바라보니원슈의검광이
셔리갓흐여진즁의횡힝ᄒᆞᄂᆞᆫ지라ᄃᆡ로ᄒᆞ여밧비

8

말을모라다라드러왈명장〃계운은ᄂᆡ말을드르라하날이우리ᄃᆡ왕을ᄂᆡᄉᆞ명
졔를ᄉᆞ로잡고텬하를평졍코져ᄒᆞ시므로웅병과ᄆᆡᆼ장을거ᄂᆞ려명국강산을돗
마듯ᄒᆞ거ᄂᆞᆯ너ᄂᆞᆫ한낫황구쇼아로텬시를아지못ᄒᆞ고약간강용을밋어ᄃᆡ병을
항거코ᄌᆞᄒᆞᄂᆞᆫ다너의옥안미질노몸이젼장의맛ᄎᆞ면엇지가련치아니리오너
를보ᄆᆡ나의ᄌᆞ식이나다르미업기로이러틋ᄉᆞ리로니르나니ᄲᆞᆯ니항복ᄒᆞ여잔
명을보젼ᄒᆞ라원쉬ᄃᆡ로ᄒᆞ왈미친오랑킈감히텬조ᄃᆡ장을니러틋능욕ᄒᆞ나뇨
언파의일셩호통의참ᄉᆞ검을드러촉날의머리를치니촉날ᄎᆞᄉᆞ검을바드며왈
너의칼쓰난법을보니진실노긔특ᄒᆞ도다나의영용곳아니면너의ᄒᆡ를당ᄒᆞᆯ번
ᄒᆞ도다ᄒᆞ고다시쳘궁의살을멕여원슈의가삼을바라고쏘니원쉬또한쳘를드
러오ᄂᆞᆫ살를바드며왈네활쏘ᄂᆞᆫ지조를보니과연긔특ᄒᆞ도

9

다ᄒᆞ고셔로ᄊᆞ화십여합의승부를결치못ᄒᆞ니명진장졸은원슈의영용을탄복
ᄒᆞ고젹졸들은촉날의ᄌᆡ조를칭찬ᄒᆞ더라날이져물ᄆᆡ냥진의셔징쳐각〃본진
의도라갈ᄉᆡ촉날이또한도라와션우다려왈명장〃계운은범상ᄒᆞᆫ댱쉬아니라
용녁이과인ᄒᆞ고지략을겸ᄒᆞ여ᄉᆞ오니결탄코힘으로잡지못ᄒᆞ올지라비밀ᄒᆞᆫ
모칙으로ᄉᆞ로잡으리이다ᄒᆞ고졔장을블너각ᄉᆡᆨ약쇽을졍ᄒᆞᆯᄉᆡ쥬운장하한셩
을불너왈그ᄃᆡᄂᆞᆫ오날밤삼경의군ᄉᆞ이만을거나려반운산을도라우진강가의
ᄆᆡ복ᄒᆞ라ᄂᆡ명일군ᄉᆞ를옴겨셔편의와ᄃᆡ진ᄒᆞᆯ거시니셔편은본ᄃᆡ우진강가이

머지아닌지라그듸등이강가의숨어다명일쵸혼의우진강을막아셔편으로물롤흘니면계운니슈환을피ᄒᆞ여응당동편으로가리라ᄒᆞ고좌장군굴막듸롤불너왈그듸ᄂᆞᆫ오날밤숨경의군ᄉᆞ오만을거나리고동편의믹복ᄒᆞ여다가명일쵸혼의계운니물을피ᄒᆞ여그

10

리로갈거시니일시의너다라계운을치면계운니동편을피ᄒᆞ여평구로향ᄒᆞ리라ᄒᆞ고ᄯᅩ빅호장군셜용틱롤블너왈그듸ᄂᆞᆫ오날밤이경의화병일만을거ᄂᆞ려평구로가믹복ᄒᆞ엿다가명일오경안의계운니평구로가리니일시의니러나고각함셩ᄒᆞ며명진을향ᄒᆞ여급히방포ᄒᆞ여남으로가지못ᄒᆞ게ᄒᆞ라졔댱이다영을듯고날이져문후의각〃군사롤거ᄂᆞ려호셩한은우진강가의믹복ᄒᆞ고셜용달은셔편의가복병ᄒᆞ니라각셜이ᄯᅢᄂᆞᆫ십일월쵸슌이라원쉬촉날의흉계ᄂᆞᆫ아지못ᄒᆞ고진즁의셔잠간조으더니한노인니진문을헤치고댱듸의올나좌졍ᄒᆞ거늘원쉬녜롤파ᄒᆞ고문왈노싀누지의니르시니무삼가르치실닐이잇나잇가노승왈원슈ᄂᆞᆫ젹장촉날의흉계롤아지못ᄒᆞ시난잇가원쉬왈쇼장은셰상의쳔인이라지략이부족ᄒᆞ옵고식견니업ᄉᆞ오니엇지남의흉계롤알니잇가복

11

복원존ᄉᆞᄂᆞᆫ쇼장을고렴ᄒᆞᄉᆞ승픽득실의묘계롤가라치쇼셔노승왈명일쵸혼의ᄌᆞ연슈환을볼거시니급히피ᄒᆞ여동으로가ᄂᆞᆫ체ᄒᆞ다가운곡으로드러가복병ᄒᆞ시면촉날이원쉬동으로피ᄒᆞᆫ쥴알고뒤흘ᄯᅡ라갈거시니촉날이지나거든원슈ᄂᆞᆫ군ᄉᆞ롤지촉ᄒᆞ여촉날의후군을가마니엄살ᄒᆞ고운곡은본듸협칙ᄒᆞ니그곳의잇지말고다시회환ᄒᆞ여반운산동편의믹복ᄒᆞ엿다가젹병이오거든급히쳐촉날을ᄉᆞ로잡으쇼셔ᄒᆞ고문득간듸업거늘원쉬놀나ᄭᆡ다르니한숨이라그졔야금화산노승니현몽ᄒᆞ민쥴알고지필을너여몽ᄉᆞ롤긔록ᄒᆞ고졔장을불너분부왈명일황혼의슈환니잇살거시니여ᄎᆞ〃〃ᄒᆞ라졔장이쳥녕ᄒᆞ니라이윽고날이밝으미촉날이군을옴겨셔편의가듸진ᄒᆞ거늘원쉬ᄯᅩ한군을옴겨셔편의진세롤일우고격셔롤보너여ᄊᆞ홈을지촉ᄒᆞᆫ듸촉날이답셔ᄒᆞ되오날은군

ᄉᆞ롤쉬고니일졉젼ᄒᆞᄌᆞᄒᆞ

12

거늘원쉬다시진문밧긔나와ᄊᆞ홈을청ᄒᆞᆫᄃᆡ촉날이진문을구지닷고나지아니ᄒᆞ거늘연ᄒᆞ여ᄊᆞ홈을도〃ᄃᆡ촉날이쳥이불문ᄒᆞ고졔장다려왈불상ᄒᆞ다당계운이오날쵸혼의우리북병의숀의쥭을쥴모르고ᄊᆞ홈을도〃와졔목숌을지촉ᄒᆞᆫ다ᄒᆞ더라원쉬본진의셔군ᄉᆞ롤쉬더니이윽고일식이져물게니르러원쉬장ᄃᆡ의셔몽ᄉᆞ롤싱각ᄒᆞ고군ᄉᆞ롤지휘ᄒᆞ더니과연흉용ᄒᆞᆫ물결이진즁으로다라들거늘촉날의흉계쥴알고물을피ᄒᆞ여동으로가ᄂᆞᆫ체ᄒᆞ다가〃만니운곡의드러가군ᄉᆞ롤쉬고동정을술피니촉날이과연경긔롤거ᄂᆞ려원슈의뒤흘ᄯᅡ라운곡을지ᄂᆡ거늘원쉬군을지촉ᄒᆞ여촉날의츄병을엄살ᄒᆞ고급히반운산의드러가미복ᄒᆞ니라이ᄯᅢ촉날이원슈롤ᄯᅡ라동편의이르니굴막ᄃᆡ의복병이일시의니러나고각함셩이진동ᄒᆞ며살이비오듯ᄒᆞ니촉날의군식복병인쥴알고졉젼치

13

아니ᄒᆞ고스ᄉᆞ로요란ᄒᆞ여쥭ᄂᆞᆫ지티반이오촉날도ᄯᅩᄒᆞᆫ가삼을맛고워여왈굴막ᄃᆡᄂᆞᆫ날을모로ᄂᆞᆫ다ᄒᆞᄃᆡ함셩쇼릭의듯지못ᄒᆞ고엄살ᄒᆞ니촉날의군식십분위틱ᄒᆞᆫ지라촉날이견ᄃᆡ지못ᄒᆞ여황망이나믄군ᄉᆞ롤거ᄂᆞ려평구로다라나다가셕용달의복병을만나〃믄군ᄉᆞ롤다쥭이고겨유십여명군ᄉᆞ롤다리고회경ᄒᆞ려ᄒᆞ다가운곡의장원슈의군식미복ᄒᆞ여다ᄒᆞ여협노로드러반운산좌편으로향ᄒᆞ여가더니원슈의복병이니다라젹장촉날을에워ᄊᆞ고원쉬참ᄉᆞ검을들고ᄃᆡ호왈촉날젹ᄌᆞ야간계로날을히ᄒᆞ려다가네뫼의너의군식픽몰ᄒᆞ여시니무삼면목으로너의왕을보려ᄒᆞ난다찰ᄒᆞ리이곳의셔쥭어네죄롤쇽ᄒᆞ라언파의참ᄉᆞ검을드러버히려ᄒᆞ니촉날이급히철궁을드러칼을막다가올흔팔이마ᄌᆞ철궁과홈긔ᄶᅧ러지거늘다시칼을

14

드러촉날의머리ᄅᆞᆯ버혀들고말을모라적진의돌입ᄒᆞ여좌우충돌ᄒᆞ여적진장졸을풀버히듯ᄒᆞ니션우의군즁이ᄃᆡ란ᄒᆞ여항오ᄅᆞᆯᄎᆞ리지못ᄒᆞ고ᄉᆞᄉᆞᆫ분궤ᄒᆞ거ᄂᆞᆯ원쉬크게워여왈촉날이님의죽어시니반적션우ᄂᆞᆫ쌜니나와나의칼ᄅᆞᆯ바드라ᄒᆞ고ᄉᆞ면으로짓치다가날이밝기의본진으로도라오니라이ᄯᆡ션위장ᄃᆡ의올나바라보니촉날명장을ᄯᆞ라가다가진즁이ᄃᆡ란ᄒᆞ며명진장졸의게ᄃᆡᄑᆡᄒᆞ여촉날이명원슈의숀의죽고남은장졸은분궤ᄒᆞ거ᄂᆞᆯᄃᆡ경실식ᄒᆞ여셩쥬남문을열고군을거나려다라나거ᄂᆞᆯ원쉬션우의다라나믈보고경긔ᄅᆞᆯ거ᄂᆞ려ᄯᆞᄅᆞᆯ시션위쥬야비도ᄒᆞ여남히의다〃라비ᄅᆞᆯ타고교지국으로다라나거ᄂᆞᆯ원쉬졔장과의논왈션위이졔교지로다라나니만닐죽이지아니면후환니되리라ᄒᆞ고승첩ᄒᆞᆫᄉᆞ연을텬ᄌᆞ긔쥬달ᄒᆞ고남히ᄐᆡ슈의게젼령ᄒᆞ여션척을쥰비ᄒᆞ여타고션우ᄅᆞᆯ쫏ᄎᆞ가니라각셜이

15

ᄯᆡ텬ᄌᆡ원슈ᄅᆞᆯ젼장의보ᄂᆡ시고쇼식를몰나쥬야근심ᄒᆞ시더니원슈의표문이올으거ᄂᆞᆯ급히ᄀᆡ탁ᄒᆞ니그글의ᄒᆞ여ᄉᆞᄃᆡ정남ᄃᆡ원슈겸도총독쟝계운은돈슈ᄇᆡᆨᄇᆡᄒᆞ고일장표문을만셰탑하의올니너이다신니외람이즁임을밧ᄌᆞ와운남의출정ᄒᆞ오ᄆᆡ한번북쳐적진션봉촉날을버히ᄆᆡ션위셰궁녁진ᄒᆞ여교지국으로도망ᄒᆞ옵거ᄒᆞ옵거ᄂᆞᆯ신의어린ᄉᆡᆼ각의션우ᄅᆞᆯ잡지못ᄒᆞ오면후환니될듯ᄒᆞ온고로군을모라교지의드러가반적의머리ᄅᆞᆯ버혀폐하의근심을고ᄌᆞᄒᆞ옵기로먼져표문을올녀적진의형셰ᄅᆞᆯ고ᄒᆞ나이다ᄒᆞ여더라상이남필의ᄃᆡ렬ᄒᆞᄉᆞ만조ᄅᆞᆯ모하원슈의승첩ᄒᆞ믈칭하ᄒᆞ시더라ᄎᆞ셜이ᄯᆡ북흉뇌강셩ᄒᆞ여즁원을침범코ᄌᆞᄒᆞ더니남션위임의셩쥬ᄅᆞᆯ범ᄒᆞᆫ쇼식을듯고조신을모화의논왈남션위즁원침범ᄒᆞ다

16

ᄒᆞ니즁원니반다시쇠약ᄒᆞ엿ᄂᆞᆫ지라우리이러ᄒᆞᆫᄯᆡᄅᆞᆯ당ᄒᆞ여ᄃᆡ병을모라즁원을향ᄒᆞ면명텬ᄌᆞᄅᆞᆯ가히ᄉᆞ로잡을거시오피곤ᄒᆞᆫ션우ᄅᆞᆯ함몰ᄒᆞ면이ᄂᆞᆫ만ᄃᆡ의

긔업을닐우리라ᄒᆞ고졍병칠십만을조발ᄒᆞ여묵특남으로ᄃᆡ장을삼고동돌슈로즁군을삼아북변으로달나드려옥문관파ᄒᆞ고즁원을범ᄒᆞ니이ᄯᅢ는동십월이라텬ᄌᆡ남션우승쳡ᄒᆞᆫ표문을보시고ᄃᆡ열ᄒᆞᄉᆞ황극젼의젼좌ᄒᆞ시고만지롤모화ᄐᆡ평연을비셜ᄒᆞ여즐기시더니하븍졀도ᄉᆞ니동식이표문을올녓거늘상이ᄀᆡ탁ᄒᆞ시니ᄃᆡ강갈왓ᄉᆞᄃᆡ북흉뇌강셩ᄒᆞ여졍병칠십만을거ᄂᆞ려묵특남동돌슈로ᄃᆡ장을삼아옥문관을ᄶᅵ치고즁원지경을범ᄒᆞ여ᄉᆞ오니복원폐하는명장을보닉ᄉᆞ방어ᄒᆞ쇼셔ᄒᆞ여더라텬ᄌᆡ남필의ᄃᆡ경실식왈북흉뇌우리쇠약ᄒᆞᆷ을타강병을거나려관익을침범ᄒᆞ니엇지두렵지

17

아니리오ᄒᆞ시고이의녜부상셔곽ᄃᆡ의로ᄃᆡ원슈롤삼고졍병삼십만을쥬ᄉᆞ젹병을막으라ᄒᆞ시니곽ᄃᆡ의군ᄉᆞ롤거나려힝ᄒᆞ니라ᄎᆞ시니공ᄌᆞᄃᆡ봉이금화산빅운암의잇셔불쳘쥬야ᄒᆞ고공부롤부지러니ᄒᆞ여시셔빅가와뉵도삼냑을무블통지ᄒᆞ는지라셰월이여류ᄒᆞ여년광이〃팔의니르러더니일〃은션식공ᄌᆞ다려왈이졔는공ᄌᆡ익운니진ᄒᆞ고길운니도라왓시니ᄲᆞᆯ니경셩의올나가공명을닐우라공ᄌᆡᄃᆡ왈쇼싱의궁박ᄒᆞᆫ명이ᄃᆡᄉᆞ의후은을닙ᄉᆞ와칠년을의탁ᄒᆞ엿삽더니오날〃나가라ᄒᆞ시니부모의싱사롤아지못ᄒᆞ고무인지경의어ᄃᆡ로가라ᄒᆞ시나잇고노승왈공ᄌᆡ이졀의셔노승과칠년을동거ᄒᆞ여ᄉᆞ오나금일은인연이진ᄒᆞ고공ᄌᆞ의부모롤반기고국난을평졍ᄒᆞ여공업을일우쇼셔언파의힝장을ᄌᆡ촉ᄒᆞ니공ᄌᆡ왈녜셔즁원니언마나되며어ᄃᆡ로가야득달ᄒᆞ리잇가노승왈

18

황셩은녜셔일만ᄉᆞ쳔니오농셔는삼텬니오니농셔로가오면ᄌᆞ연즁원을득달ᄒᆞ리이다ᄒᆞ며바랑을녈고실과롤닉여쥬며왈셔흐로향ᄒᆞ여가다가시장ᄒᆞ거든일노ᄲᅧ요긔ᄒᆞ쇼셔ᄒᆞ고셔로니별홀ᄉᆡ피ᄎᆞ의연〃ᄒᆞᆫ졍을니긔지못ᄒᆞ더라이날공ᄌᆡ금화산을ᄯᅥ나농셔로향ᄒᆞ다가텬문을살펴보니북방신셩이ᄐᆡ극을범ᄒᆞ여거늘북흉뇌즁국을범ᄒᆞ는쥴알고분긔롤이긔지못ᄒᆞ여쥬야비도ᄒᆞ여

달녀가더라각설흉뇌ᄃᆡ병을거ᄂᆞ려상군ᄊᆞ히다〃라묵특남동돌슈ᄅᆞᆯ도라보아왈즁원산쳔을보니장부의마음니즐겁도다오날은비록명졔의강산이나지나ᄂᆞᆫ길은반ᄃᆞ시우리텬지될거시니엇지질겁지아니리오즁원의비록인믈이셩ᄒᆞ다ᄒᆞ나날갓튼영웅과그ᄃᆡ갓튼명장이어ᄃᆡ잇시리오ᄒᆞ며삼군읍의이르러보니ᄃᆡ명ᄃᆡ원슈곽ᄃᆡ의셩즁의드러군ᄉᆞᄅᆞᆯ슈이고격셔ᄅᆞᆯ보ᄂᆡ여

19

ᄊᆞ홈을쳥ᄒᆞ거ᄂᆞᆯ흉뇌동돌슈ᄅᆞᆯ블너ᄃᆡ젹ᄒᆞ라ᄒᆞ니동돌슈ᄂᆡ다라곽ᄃᆡ의와ᄊᆞ화슈합의못ᄒᆞ여곽ᄃᆡ의ᄅᆞᆯᄉᆞ로잡고진즁의드러가좌츙우돌ᄒᆞ니명진장졸장슈ᄅᆞᆯ일코젹셰ᄅᆞᆯ당치못ᄒᆞ여홀쥴알고셩문을여러항복ᄒᆞ거ᄂᆞᆯ동돌쉬항셔ᄅᆞᆯ밧고잇튼날북ᄒᆡ티쉬나와항복ᄒᆞ거ᄂᆞᆯ북지ᄅᆞᆯᄯᅩ엇고이튼날진쥬ᄅᆞᆯ엇고ᄯᅩ잇튼날건쥬ᄅᆞᆯ쳐엇고하북의다〃르니졀도ᄉᆞ니동식이군을거ᄂᆞ려ᄃᆡ진ᄒᆞ다가ᄑᆡᄒᆞ여다라나거ᄂᆞᆯ하북을엇고군ᄉᆞᄅᆞᆯᄌᆡ촉ᄒᆞ여여러날만의긔쥬의니르니ᄌᆞᄉᆡᄃᆡ진ᄒᆞ다가도망ᄒᆞ거ᄂᆞᆯ흉노의장졸이긔쥬셩즁의드러가ᄌᆞ칭텬ᄌᆡ라ᄒᆞ고군ᄉᆞ로ᄒᆞ여금인민의미곡을노략ᄒᆞ니그ᄯᆡᄇᆡᆨ셩이다견ᄃᆡ지못ᄒᆞ여도망ᄒᆞ더라이젹의양부인이ᄯᅩ한흉노의난을피ᄒᆞ여모란동을바리고촌〃젼진ᄒᆞ여〃러날만의셔쥬지경의니르니엇던녀ᄌᆡ앏히와반기며졀ᄒᆞ고슬피쳬읍왈

20

부인이쇼비ᄅᆞᆯ몰나보시나닛고부인이경문왈그ᄃᆡᄂᆞᆫ엇던녀ᄌᆡ완ᄃᆡ날갓흔궁도ᄒᆡᆼ인을보고이다지ᄒᆞᄂᆞᆫ다그녀ᄌᆡ다시고왈쇼비ᄂᆞᆫ장미동장쇼져의시비난향이옵더니난을피ᄒᆞ와이리지ᄂᆡ다가부인을뵈오니마음의우리쇼져ᄅᆞᆯᄃᆡᄒᆞᆫ듯일변반갑ᄉᆞᆸ고일변비감ᄒᆞ여이다부인왈나도ᄯᅩ한난을피ᄒᆞ여고향을바리고쳔니타향의와너ᄅᆞᆯ보니쇼져ᄅᆞᆯ본듯비회일반이라나ᄂᆞᆫ노야와공ᄌᆞᄅᆞᆯ니별ᄒᆞ고비회골슈의박히니엇지다말ᄒᆞ리오너의쇼져ᄂᆞᆫ왕희의아들셕연의욕을피ᄒᆞ여어ᄃᆡ로갓다ᄒᆞ더니네그ᄉᆞ이혹소식을드러나냐난향이녓ᄌᆞ오ᄃᆡ너년의의쇼졔남복을ᄀᆡ착ᄒᆞ고잠간단녀가시더니그후의다시쇼식이묘연ᄒᆞ여이다ᄒᆞ고이날동ᄒᆡᆼᄒᆞ여정쳐업시가더니삼일만의쳥쥬디경의니르러한늘근녀

승을만나밧비무러왈노ᄉᆞ는어ᄃᆡ게시며졀이예셔닐마나되ᄂᆞ닛가노승이답왈쇼승은봉명암의잇

21

삽고그암ᄌᆞ는녜셔삼십니로쇼이다부인니문왈존ᄉᆡ지금졀노가시ᄂᆞ잇가노승왈마을의나려갓다가졀노올나가나이다그러나부인과낭ᄌᆡ어ᄃᆡ로가시며무삼일노이곳의와계시니잇고부인왈우리는ᄀᆡ쥐의셔ᄉᆞ더니흉노의난을맛나몸을피ᄒᆞ여졍쳐업시단니다가어ᄃᆡ로갈바를아지못ᄒᆞ나이다노승왈부인이만닐갈곳이업삽거든쇼승을ᄯᆞ라졀노가오면ᄌᆞ연이안신이되오리이다부인니거슈칭사왈나의몸이험노의길을닐코갈바를아지못ᄒᆞ더니존ᄉᆞ의덕턱으로ᄌᆞ비지심을발ᄒᆞᄉᆞ극낙지향을지시ᄒᆞ시니감격ᄒᆞ여이다ᄒᆞ고녀승을ᄯᆞ라봉명암으로갈ᄉᆡ난향다려왈너는이팔쳥츈이라용뫼션연ᄒᆞ고ᄀᆡ질이온화ᄒᆞ니뉘아니ᄉᆞ랑ᄒᆞ리오너는여념의나려가어진ᄶᅡᆨ을만나인간고락과ᄇᆡᆨ년평싱을바리지말나〃는일작이가군과독ᄌᆞ를니별ᄒᆞ고모진목슘이쥭지못ᄒᆞ고지금보젼ᄒᆞ여시나사라쓸ᄃᆡ업고쥭어무

22

방ᄒᆞᆫ지라맛당이산즁의드러가셰월을보ᄂᆡ다가텬명이진ᄒᆞ건든쵸목과한가지로ᄡᅧ어지미올흔지라타향의ᄉᆞ고무친ᄒᆞ고일신니고단ᄒᆞ여어ᄃᆡ로갈쥴을모로다가너를만나니ᄌᆞ식갓ᄒᆞ여몸을의탁고ᄌᆞᄒᆞ여더니오날〃갈니게되니엇지슬푸지아니리오ᄒᆞ고슬피낙누ᄒᆞ니난향이울며ᄃᆡ왈쇼비의몸이비록쳔ᄒᆞ나엇지부인의마음과다르리잇가ᄒᆞ더라쳔니외방의외로이다니다가쳔힝으로부인을만나ᄉᆞ오니부모갓흐여슬하의뫼시고ᄌᆞ바라옵더니갈니기를말숨ᄒᆞ시니어ᄃᆡ가의탁ᄒᆞ오리잇가텬지비록광ᄃᆡᄒᆞ오나한몸을감쵸기를아지못ᄒᆞ옵나니바라건ᄃᆡ부인을뫼셔산즁의드러가기리밧드러뫼시고져ᄒᆞ나이다ᄒᆞ니부인이마지못ᄒᆞ여난향을다리고봉명암으로드러갈ᄉᆡ좌우를둘너보니창송은울〃ᄒᆞ고슈목이참천ᄒᆞᆫᄃᆡ칭암졀벽은반공의쇼ᄉᆞ잇고ᄀᆡ화요쵸는난만이븕엇고난봉공작이ᄶᅡᆨ을지어왕ᄂᆡᄒᆞ니별

23

유건곤이여긔롤두고니르미러라죽장을의지ᄒᆞ여셕경을올나가니만화방쵸와산용슈식이도로혀ᄉᆞ람의슬푸믈돕ᄂᆞᆫ지라ᄎᆞᄎᆞ드러가니종경쇠리구름밧게은〃이들니거놀동구의다〃르니황금디ᄌᆞ로크게봉명암이라두렷시삭여더라산문의드러가니모든녀승이운납을갓쵸고나와영졉ᄒᆞ여긱당으로뫼시거놀잇트날부인니노승다려삭발ᄒᆞ믈청ᄒᆞᆫ디노승이급거이마시물권ᄒᆞ나부인니지삼청ᄒᆞ니마지못ᄒᆞ여계도롤가져가지고부인의머리롤싹글식옥갓흔두귀밋흐로눈물흐르믈금치못ᄒᆞ더라부인의머리롤님의다싹그미다시난향의머리롤싹근후부인의법명은강직라ᄒᆞ고난향의승명은익원이라ᄒᆞ니강직ᄂᆞᆫ시랑과공ᄌᆞ롤싱각ᄒᆞ고익원은쇼져롤싱각ᄒᆞ여쥬야불젼의츅슈ᄒᆞ며눈믈노세월을보닉니그참혹ᄒᆞᆫ형상을참불인견이러라각설이ᄶᅢ니공직힝장을차려여러날

24

만의농셔의니르니히님의셔산의걸너잇고거문구름이하놀의가리워지척을분변치못ᄒᆞ고ᄯᅩ피곤ᄒᆞ미심ᄒᆞᆫ지라바회롤의지ᄒᆞ여밤시기롤기다리더니이경ᄶᅢ의니르리ᄂᆞᆫ거믄구름이흣터지고달빗치명낭ᄒᆞ여빅쥬와다르미업ᄂᆞᆫ지라경히심회롤참지못ᄒᆞ더니호련한녀직압히와뵈이거놀눈드러보니녹의홍상은달빗치영농ᄒᆞ고셜부화용은빅옥이비최ᄂᆞᆫ듯션연ᄒᆞᆫ틱되와화려ᄒᆞᆫ긔질이월지셔시와한시비연이라공직경의ᄒᆞ여디최왈유현니노슈ᄒᆞ고남녀유별커놀네엇던요괴완디군ᄌᆞ안젼의뵈니ᄂᆞᆫ다그녀직인홀불견이러니이윽고월식이음〃ᄒᆞ고급헌비디작ᄒᆞ며뇌셩이진동ᄒᆞ고엇더ᄒᆞᆫ션빅겻히와안거놀살펴보니청포흑디의숀의셔칙을들고경〃ᄒᆞᆫ긔상과표〃ᄒᆞᆫ모양이실노양무의진유ᄌᆞ오이십팔장거슈등위라도더홀비업ᄂᆞᆫ지라공직녀셩왈이미의무

25

리디인군ᄌᆞ의안젼의감히현영ᄒᆞ나뇨그션비호련간디업더니ᄯᅩ이윽고취위모라오고디풍이〃러나며호련일위장쉬압히와셔니월각건을쓰고농닌갑을

닙고장창을빗기고우릐갓흔쇼릐롤벽녁갓치지르며사면으로횡힝ᄒᆞ다가공ᄌᆞ롤헉코ᄌᆞᄒᆞ거ᄂᆞᆯ공직졍신을가다듬고낫빗출변치아니코단졍이안ᄌᆞ호령왈녕웅군ᄌᆞ의알픽ᄂᆞᆫᄉᆞ불범뎡이어ᄂᆞᆯ그ᄃᆡᄂᆞᆫ무삼쇼회잇관ᄃᆡ요마ᄒᆞᆫ힝실노뼈졍ᄃᆡᄒᆞᆫᄃᆡ장부의알픽희롱코ᄌᆞᄒᆞᄂᆞᆫ다그장쉬공ᄌᆞ의호령을한번듯더니한츌첨비ᄒᆞ고복지ᄒᆞ여갈오ᄃᆡ쇼장은곳한무졔시졀니릉이옵더니당년의황뎨긔ᄌᆞ원ᄒᆞ고군ᄉᆞ오쳔을거나리고흉노롤치옵다가시운니불니ᄒᆞ여젹병은산상의진을치고쇼장은산하의진을친치고잇다가길이막

26

희고활과살이진ᄒᆞ여능히지조롤쓰지못ᄒᆞ고쇽졀업시흉노의게잡힌비되여더니엇지살마음이잇ᄉᆞ올잇가마ᄂᆞᆫ잠시목숨을도모ᄒᆞ여갑쥬롤이곳의간슈ᄒᆞ고흉노롤따라젹국의드러가옵기ᄂᆞᆫ다시흉노롤버혀텬ᄌᆞ의은덕을갑고〃국의도라가기롤바라옵더니마참ᄂᆡ뜻을일우지못ᄒᆞ고몸이죽어져음산의부쳐ᄉᆞ오니픽국지신이오망국지직되엿ᄂᆞᆫ지라엇지원통치아니리오비록귀신인들고국의도라가황상과부모의신녕을뵈옵고흉노의따히잇셔오렁키나라혼니되지말고ᄌᆞᄒᆞ여춤아호국의도잇지못ᄒᆞ고즁원의도〃라가지못ᄒᆞ와칭암졀벽의원혼이되여슈텬년을의탁업시지ᄂᆡ옵더니오날밤의공ᄌᆞ롤뵈와원통ᄒᆞᆫ말롤셜코져ᄒᆞ와혹녀인의모양도되고션비의힝식을비와졍심을시험ᄒᆞ오니공ᄌᆞᄂᆞᆫ만고의영웅이

27

라복원공ᄌᆞᄂᆞᆫ쇼장의투고와갑쥬롤가져다가흉노롤버혀ᄃᆡ공을세우고쇼장의원슈롤갑하슈텬년된원혼을위로ᄒᆞ여쥬쇼셔ᄒᆞ고월각투고와갑옷살쥬고간ᄃᆡ업ᄂᆞᆫ지라ᄃᆡ봉공직그갑쥬롤힝장의간슈ᄒᆞ고즉시농셔롤써나삼일만의ᄉᆞ평의다〃르니망〃평사가〃히업고인젹이고요ᄒᆞ거ᄂᆞᆯ공직더옥심회비창ᄒᆞ여압길을바라고나아가더니호련한낫밍호갓ᄒᆞᆫ오쵸미쇼릐롤벽녁갓치지르고네굽을놉히드러공ᄌᆞ롤보고다라들거ᄂᆞᆯ공직무망즁당ᄒᆞ여슈각이황난ᄒᆞ나졍신을가다듬어숀을드러말갈기롤잡아업지르고ᄊᆞ지져왈업축이엇지

감히ᄉᆞ롬을ᄒᆡ코져ᄒᆞᄂᆞᆫ다그말이공ᄌᆞ의용녁이졀뉸ᄒᆞ믈보고감히흉ᄆᆡᆼᄒᆞᆫ긔운을부리지못ᄒᆞ고〃기ᄅᆞᆯ슈구려말을듯ᄂᆞᆫ듯ᄒᆞ고움작이지아니ᄒᆞ거ᄂᆞᆯ공지그졔야경계왈네비

28

록즘싱이나날과년분니잇셔무인산즁의만나시니나ᄅᆞᆯᄐᆡ와젼장의나아가ᄃᆡ공을닐우게ᄒᆞ라ᄒᆞ고머리ᄅᆞᆯ쓰다듬어경계ᄒᆞ니그말이공ᄌᆞᄅᆞᆯ보며고기ᄅᆞᆯ슉이고굽을헤우며쇼ᄅᆡᄅᆞᆯ응ᄒᆞ여반기ᄂᆞᆫ듯ᄒᆞ거ᄂᆞᆯ공지말을잇글고노샹의나와안장과구레업시힝장을싯고몸을날녀말긔올나안지며싱각ᄒᆞᄃᆡ하날이반다시용마ᄅᆞᆯᄂᆡ여날을쥬ᄉᆞ공을닐우게ᄒᆞ시미로다ᄒᆞ고심즁의깃거말을치쳐ᄉᆞ평관을ᄯᅥ나즁원으로향ᄒᆞᆯ식한번치ᄅᆞᆯ더지ᄆᆡᄲᆞᆯ으미살갓흐여말아ᄅᆡ풍운니이러나고쳔산만쉬눈앏희얼은〃〃지나ᄂᆞᆫ지라하로의능히쳐여리식힝ᄒᆞ여십여일의즁원의득달ᄒᆞ니라ᄎᆞ셜이ᄯᆡ흉뇌ᄃᆡ병을거나리고황셩의다〃르니텬지ᄃᆡ경실식ᄒᆞᄉᆞ병부상셔진탁으로ᄃᆡ도독을삼아동돌슈로졉젼ᄒᆞ다여러번ᄑᆡᄒᆞᄆᆡ적셰ᄅᆞᆯ당치못ᄒᆞᆯ

29

쥴알고황졔ᄅᆞᆯ뫼시고슈만군을거나려가마니남셩문을열고나아가금능으로향ᄒᆞ시니흉뇌쳘긔ᄅᆞᆯ모라황셩의드러와종묘의블을지르가다시경긔ᄅᆞᆯ거나리고텬ᄌᆞᄅᆞᆯ쏘ᄎᆞ금능으로향ᄒᆞ더라슬푸다ᄃᆡ명시운이쇠ᄒᆞ여누ᄇᆡᆨ연을치국ᄒᆞ다가일조의기갓흔오랑ᄏᆡ황셩을함몰ᄒᆞ여ᄇᆡᆫ터ᄅᆞᆯᄆᆡᆫ드니ᄃᆡ명ᄉᆞ즉이조셕의망케되여더라ᄎᆞ쳥하회ᄒᆞ라

셰을사즁츄의향목동셔

권지삼

1

니ᄃᆡ봉젼권지삼

화셜뎐ᄌᆡ흉노의난을피ᄒᆞᄉᆞ금능으로힝ᄒᆞ시니흉뇌인ᄒᆞ여황셩을함몰ᄒᆞ고다시쳘긔ᄅᆞᆯ거나려금능으로짜로니슬푸다ᄃᆡ명사즉이위ᄐᆡᄒᆞ미조셕의잇시나뉘능히강젹을쇼멸ᄒᆞ고즁원을회복ᄒᆞ리오ᄎᆞ시니공ᄌᆞᄃᆡ봉이오쵸마ᄅᆞᆯᄌᆡ쵹ᄒᆞ여〃러날만의화룡도의니르니밤이님의삼경이라뎐지아득ᄒᆞ며풍위ᄃᆡ작ᄒᆞ여지쳑을능히분변치못ᄒᆞᆯ지라졍히유슉ᄒᆞᆯ곳을찻고져ᄒᆞ더니호련보니길가의빈집이잇거ᄂᆞᆯ그집의드러가잠간쉬더니믄득쳔병만ᄆᆡ어ᄃᆡ로좃ᄎᆞ빈집을에워진을치거ᄂᆞᆯ마음의놀나살펴보니진법이졔갈무후의팔진되라그즁일원ᄃᆡ장이얼골은무른ᄃᆡ조빗갓고단봉안와잠미라쌍봉투구ᄅᆞᆯ졋겨쓰시고금갑을닙고쳥농도ᄅᆞᆯ빗기들고젹

2

토마ᄅᆞᆯᄲᆞᆯ니모라그집으로드러오니공ᄌᆡ졍신을슈습ᄒᆞ여쥬역팔괘ᄅᆞᆯ버리고단졍이안졋더니그장쉬압히와웨여왈ᄃᆡ봉아네난셰ᄅᆞᆯ평졍ᄒᆞ고ᄃᆡ공을셰울진ᄃᆡ네ᄌᆡ조ᄅᆞᆯ베펴지혜와모략을쓸거시어ᄂᆞᆯ한갓담ᄃᆡᄒᆞ므로남의집의드러와쥬인을아지못ᄒᆞ고언년니안ᄌᆞ시니네엇지이ᄃᆡ지무례ᄒᆞᆫ다공ᄌᆡ니말을듯고급히몸을니러복지ᄉᆞ비왈장군은누고신지아옵지못ᄒᆞ거니와쇼ᄌᆡ년쇼미거ᄒᆞ와빈집의쥬인니업ᄉᆞ믈ᄉᆡᆼ각지못ᄒᆞ옵고무례ᄒᆞᆫ죄ᄅᆞᆯ지어ᄉᆞ오니복망장군은허물을용ᄉᆞᄒᆞ시고ᄌᆡ조ᄅᆞᆯ가라치ᄉᆞ뜻을닐우게ᄒᆞ옵쇼셔그장쉬왈나ᄂᆞᆫ녯날한슈졍후관운장이라삼국시졀의위왕조〃와숀권을버혀우리쥬공과공명션ᄉᆡᆼ의은덕을갑고져ᄒᆞ더니시운이불힝ᄒᆞ여텬ᄒᆞᄅᆞᆯ평졍치못ᄒᆞ고그릇녀몽의간계

3

의빠져영웅의몸에쇽절업시세상을바리니앗갑다원통ᄒᆞᆫ청농도ᄂᆞᆫ쓸곳지젼혀업고님ᄌᆞ일흔젹토마ᄂᆞᆫ길가의바ᄌᆞ니〃엇지슬푸지아니리오몸은님의쥭어시나바람이쇼슬ᄒᆞ고텬긔음〃ᄒᆞᆫᄯᆡᄅᆞᆯ당ᄒᆞ면군ᄉᆞᄅᆞᆯ거ᄂᆞ려팔진도ᄅᆞᆯᄇᆡ셜ᄒᆞ고젼장의나아가니ᄇᆡᆨ골이여산이라이곳은당시의졔갈공명과ᄆᆡᆼ세ᄒᆞ고조〃ᄅᆞᆯ잡으랴ᄒᆞ고복병ᄒᆞ여직희다가과연조〃ᄅᆞᆯ잡아쥭이려ᄒᆞ더니조〃의잔잉이빌물인ᄒᆞ여그젼후은을ᄉᆡᆼ각ᄒᆞ고노하보ᄂᆡ든화룡도라ᄒᆞᄂᆞᆫᄯᅡ히라쳔츄의ᄭᅵᆺ친혼이〃집을의지ᄒᆞ여녯젼장을직희더니오날밤의공ᄌᆞᄅᆞᆯ보니ᄯᅩ한영웅이라나의청농도로뼈쥬너니급히ᄯᅥ나황셩으로가지말고바로금능으로나아가흉노의피로뼈이칼을씨셔영웅의원혼을위로ᄒᆞ라금능이녜셔이쳔여리오ᄯᅩ명뎨의ᄉᆞᄉᆡᆼ이명일오젼의격ᄒᆞ여시니ᄲᆞᆯ니이쳔리을명일

4

사시의득달ᄒᆞ여야ᄉᆞ직을보존ᄒᆞ리라ᄒᆞ고믄득간ᄃᆡ업고청농도만노혀ᄂᆞᆫ지라공ᄌᆡ신긔히넉여공즁을향ᄒᆞ여무슈ᄉᆞ례ᄒᆞ고청용도ᄅᆞᆯ빗기들고오쵸마ᄅᆞᆯ급히모라길을ᄯᅥ나려ᄒᆞᆯᄉᆡ동방이님의밝앗ᄂᆞᆫ지라그집을살펴보니단청이황홀ᄒᆞᆫᄃᆡ집가온ᄃᆡ돌비ᄅᆞᆯ세우고한슈졍후관공블망지비라ᄒᆞ여더라즉시글을지어그비각의부치니그글의ᄒᆞ여시되쳔츄의셕불휴ᄒᆞ니유한니미참죠라ᄎᆞ야ᄃᆡ봉슈ᄒᆞ여ᄀᆡᆼ파청농도라이글뜻은쳔츄의돌이썩지아니ᄒᆞ니ᄭᅵ친한니조〃ᄅᆞᆯ못버힌ᄃᆡ잇도다ᄂᆡ이제ᄃᆡ봉의숀을비러청농도ᄅᆞᆯ다시잡아도다ᄒᆞ여더라쓰기ᄅᆞᆯ다ᄒᆞ고말긔올나ᄎᆡᄅᆞᆯ한번치니그말이빠르기나ᄂᆞᆫ졔비갓흐여금능으로향ᄒᆞᆯᄉᆡ공ᄌᆡ다시오쵸마다려경계왈네비록즘ᄉᆡᆼ이나ᄯᅩ한농죵이라텬

5

시가급박ᄒᆞ니네ᄃᆡ봉의뜻을알거든금능쳔니ᄅᆞᆯ오날사시의득달ᄒᆞ게ᄒᆞ라그러치아니ᄒᆞ면나ᄂᆞᆫ나라히츙신니되지못ᄒᆞ고너ᄂᆞᆫ임ᄌᆞᄅᆞᆯ모로ᄂᆞᆫ즘ᄉᆡᆼ이라ᄉᆞ라쓸곳이업ᄂᆞᆫ지라이청농도로참ᄒᆞ여쥭이리라ᄒᆞ니그말이두귀ᄅᆞᆯ기우리고이윽이듯ᄂᆞᆫ듯ᄒᆞ더니쥬홍갓흔닙을버리고쇼ᄅᆡᄅᆞᆯ벽녁갓치지르고ᄉᆞ족을모

흐더니살갓치닷ᄂᆞᆫ지라ᄃᆡ봉이ᄎᆡᆨᄅᆞᆯᄌᆞ로쳐모라ᄃᆡ운산을너머양쳔을지ᄂᆡ고셔평관을지ᄂᆡ여운쥬ᄅᆞᆯ지나황능묘ᄅᆞᆯ도라한양을지나잉무쥬의다〃ᄅᆞ니일긔거의오시쵸나되여ᄂᆞᆫ지라금능의다〃라바라보니젹병셩을에워ᄊᆞ고긔치검극과뇌고함셩이텬지뒤놉더라각셜이ᄯᆡᄂᆞᆫ긔축졍월쵸순이라텬ᄌᆡ금능으로파쳔ᄒᆞ여다가젹셰급ᄒᆞ믈당치못ᄒᆞᆯ쥴알고셩문을구지닷고종시졉젼치아니ᄒᆞ더니젹장묵특남이군

6

ᄉᆞᄅᆞᆯ모라ᄉᆞ면으로졈〃ᄊᆞ고철긔오쳔을거나려셩문을ᄭᆡ치고셩즁의드리다라좌우츙돌ᄒᆞ며명진장졸을엄살ᄒᆞ니명진의군량진ᄒᆞ고긔운피곤ᄒᆞ여능히졉젼치못ᄒᆞᄂᆞᆫ지라우승상왕희와병부상셔진ᄐᆡᆨ이황졔긔쥬ᄒᆞᄃᆡᄉᆞ셰가장위급ᄒᆞ오니복원환상은항복ᄒᆞ옵쇼셔텬ᄌᆡ마지못ᄒᆞ여옥ᄉᆡᄅᆞᆯ글너목의걸고진문밧긔나아가용포ᄉᆞᄆᆡᄅᆞᆯ드러옥누ᄅᆞᆯ씨ᄉᆞ시며앙텬통곡왈구쥬강산니흉노의ᄯᅡ이되고종묘ᄉᆞ직이오날〃망케되니엇지통분치아니ᄒᆞ리오당원슈계운이만닐잇드면엇지이욕을당ᄒᆞ리오ᄒᆞ시니좌우졔장과만조ᄇᆡᆨ관이뉘아니통곡ᄒᆞ리오흉노ᄂᆞᆫ장ᄃᆡ의놉히안ᄌᆞ승젼고ᄅᆞᆯ울니며항복ᄒᆞ믈지쵹ᄒᆞᄂᆞᆫ호령이상셜갓흔지라이ᄯᆡᄃᆡ봉이졈〃오며바라보니텬ᄌᆡᄇᆡᆨ의쇼ᄃᆡ로진문밧긔나와통곡ᄒᆞ시고졔장군졸다우ᄂᆞᆫ지라이경상

7

보ᄆᆡ분긔츙쳔ᄒᆞ여봉안을부릅ᄯᅳ고쇼ᄅᆡᄅᆞᆯ벽녁갓치지르며쳥용언월도ᄅᆞᆯ빗기고젹진의달녀드러ᄃᆡ즐왈반젹흉노야네즁원을침범ᄒᆞ기도쥬륙을면치못ᄒᆞ거든감히텬ᄌᆞᄅᆞᆯ핍박ᄒᆞ니하ᄂᆞᆯ이두렵지아니ᄒᆞ랴나ᄂᆞᆫᄃᆡ국츙의장군니ᄃᆡ봉이라나의쳥용도로ᄲᅧ반젹의머리ᄅᆞᆯ버혀우리황상의봉욕ᄒᆞ신분을풀이라ᄒᆞ고쳥용도ᄅᆞᆯ드러젹장의머리ᄅᆞᆯ풀버히듯ᄒᆞ니묵특남이졍신을슈습지못ᄒᆞ여피코ᄌᆞᄒᆞ거ᄂᆞᆯ다시칼을드러묵특남의머리ᄅᆞᆯ버혀칼끗히ᄢᅦ여들고좌츙우돌ᄒᆞ니군즁이ᄃᆡ란ᄒᆞ여쥭ᄂᆞᆫ지ᄐᆡ반이라흉뇌장ᄃᆡ의놉히안ᄌᆞ황뎨의항복ᄒᆞ려나오믈보고ᄃᆡ희ᄒᆞ여진을굿계ᄒᆞ지아냣더니ᄯᅳᆺ밧긔진즁이ᄃᆡ란ᄒᆞ며일원

쇼년디장니번긔갓치다라들며한칼노묵특남을버혀들고진즁의횡힝ᄒᆞ믈보고디경ᄒᆞ여즁군

8

장동돌슈로졉젼ᄒᆞ라ᄒᆞ니동돌쉬응셩츙마홀식좌슈의픠용검을들고우슈의쳘퇴롤쥐고능운마롤칙쳐진즁의다라드니목지진녈ᄒᆞ고두발이상지ᄒᆞ여쇼릐롤벽녁갓치질너왈네쳔하장군동돌슈롤모로ᄂᆞᆫ다하날이날갓흔영웅을너시믄너롤ᄉᆞ로잡아우리황뎨통일지공을닐우게ᄒᆞ시미어놀너ᄂᆞᆫ무삼지조잇관디텬의롤거시려필마단신으로진즁의드러와감히츙돌ᄒᆞᄂᆞᆫ다너의머리롤버혀우리션봉의원슈롤갑흐리니쌜니나와나의칼을바드라말이맛치지못ᄒᆞ여셔디봉이쳥농도롤드러동돌슈의픠룡검을두조각의너여진밧긔더지니동돌쉬더옥분노ᄒᆞ여쳘퇴롤드러디봉을바라고더지니디봉이눈이밝은지라몸을기우려피ᄒᆞ고다시싸화십여합의승부롤결치못ᄒᆞ더니동돌쉬군ᄉᆞ롤지촉ᄒᆞ여홀

9

긔롤두루니진니호련변ᄒᆞ여팔문금쇄진니되니디봉이진즁의ᄊᆞ혀버셔나지못홀지라디봉이넝쇼ᄒᆞ고진언을념ᄒᆞ여후토신장과긔빅뇌공을부르니문득음운니ᄌᆞ옥ᄒᆞ며텬지혼흑ᄒᆞ고디풍이니러나며급ᄒᆞᆫ비크게오며뇌셩이진동ᄒᆞ여산쳔니문허지ᄂᆞᆫ듯ᄒᆞ니젹진장졸이황겁ᄒᆞ여능히항오롤ᄎᆞ리지못ᄒᆞ고졍신을진졍치못ᄒᆞ여금ᄉᆞ진이변ᄒᆞ여츄풍낙엽갓치ᄉᆞ방으로흣터지거놀디봉이졍신을가다듬어오쵸마롤치롤치며쳥농도롤놉히들고남으로향ᄒᆞ야쥬작장군을파ᄒᆞ고말을도로혀북으로향ᄒᆞ여현무장군을버히니압희군ᄉᆞᄂᆞᆫ뒤의군ᄉᆞ쥬ᄂᆞᆫ쥴모로고셔편장슈ᄂᆞᆫ동편장슈죽ᄂᆞᆫ쥴모로더라디봉의칼이번듯ᄒᆞ며동돌슈의머리롤버혀칼긋히께여들고장디의다〃라크게워여왈반젹흉노ᄂᆞᆫ쌜니나와항복ᄒᆞ

10

라만닐더ᄃᆡ면동돌슈와갓치머리ᄅᆞᆯ버히리라ᄒᆞ고진문밧긔나와의긔양〃ᄒᆞ더라이윽고운뮈훗허지며텬지명낭ᄒᆞ거ᄂᆞᆯ흉뇌군ᄉᆞᄅᆞᆯ살펴보니ᄇᆡᆨ만지즁의죽엄이구산갓ᄒᆞ여나문군ᄉᆡ블과오쳔여명이라ᄉᆞ방으로다도망ᄒᆞᄂᆞᆫ지라흉뇌ᄃᆡ겁ᄒᆞ여다라나거ᄂᆞᆯᄃᆡ봉공ᄌᆡ말을ᄎᆡ쳐흉노ᄅᆞᆯᄯᆞ라잉무쥬의다〃르니즁텬의잇든ᄒᆡ가거의셔산의걸니더라ᄎᆞ시텬ᄌᆡ적세ᄅᆞᆯ당치못ᄒᆞᆯ쥴아르시고항복ᄒᆞ려흉노의진으로가시더니호련일원쇼년ᄃᆡ장이필마단창으로적진즁의돌입ᄒᆞ여풍운을부르며묵특남을버히고동돌슈ᄅᆞᆯ죽이고ᄇᆡᆨ만적군을일시의혜치며다시흉노ᄅᆞᆯᄯᅩᄎᆞ가믈보시고크게칭찬ᄒᆞ시며좌우졔신을도라보아왈져장슈가ᄌᆞ층츙의장군ᄃᆡ봉이라ᄒᆞ니졔신즁의져장슈ᄅᆞᆯ뉘아ᄂᆞᆫᄉᆞ람이잇ᄂᆞᆫ뇨모다ᄃᆡ쥬왈아지못ᄒᆞ

11

옵거니와텬상의뇌공장군이나려왓ᄂᆞᆫ가ᄒᆞ나이다ᄒᆞ더라각설이ᄯᆡ장원슈계운니군ᄉᆞᄅᆞᆯ거나리고여러날만의교지국의다〃르니남션위ᄃᆡ경ᄒᆞ여약간나믄군ᄉᆞ로ᄒᆞ여금오ᄂᆞᆫ길을막다가ᄃᆡ세ᄅᆞᆯ당치못ᄒᆞ여나와항복ᄒᆞ거ᄂᆞᆯ원쉬마상의놉히안져크게ᄭᅮ지져왈ᄀᆡ갓ᄒᆞᆫ션우ᄂᆞᆫ한갓강포만밋고ᄃᆡ국을범ᄒᆞ여시니너의죄ᄅᆞᆯ의논ᄒᆞᆯ진ᄃᆡ머리ᄅᆞᆯ버혀분ᄒᆞ물씨살거시로ᄃᆡ항ᄌᆞᄅᆞᆯ죽이지못ᄒᆞ여잔명을살녀보ᄂᆡ너니일후의ᄯᅩ범남ᄒᆞᆫ뜻을먹지말고년〃이조공ᄒᆞ여텬ᄌᆞᄅᆞᆯ셤기라션위복지ᄃᆡ왈맛당이죽을목숨을원슈의하ᄒᆡ갓ᄒᆞᆫ덕ᄐᆡᆨ으로잔명을ᄉᆞ라쥬시니은혜망극ᄒᆞᆫ지라엇지다시범남ᄒᆞᆫ뜻을두리잇가ᄒᆞ며항셔와녜단을올니거ᄂᆞᆯ원쉬급히항셔와녜단을봉ᄒᆞ여ᄎᆡ관을졍ᄒᆞ여경ᄉᆞ로올녀보ᄂᆡ고션우ᄅᆞᆯ

12

방송ᄒᆞ고군ᄉᆞᄅᆞᆯ쉬여일삭이지나ᄆᆡ회군ᄒᆞ여경ᄉᆞ로향ᄒᆞ니라ᄎᆞ시텬ᄌᆡ츙의장군의공을못ᄂᆡ칭찬ᄒᆞ시고금능을ᄯᅥ나경ᄉᆞ로오실ᄉᆡ당원슈의쇼식을몰나쥬야근심ᄒᆞ시더니장원슈의쳡세올나오고션우의항셔와녜단을올니거ᄂᆞᆯ상이디렬ᄒᆞᄉᆞ기탁ᄒᆞ시니그쇼의왈졍남디원슈겸도춍독댱계운은돈슈빅비ᄒᆞ옵고일장표문을황상탑하의올니나이다신니한번셩쥬의나아가젹장호한야션우와거날퇴등을버히고다시교지국의드러가션우롤항복바다ᄉᆞ오나이ᄂᆞᆫ다폐하의홍복을힘닙음미니복망폐하ᄂᆞᆫ물녀ᄒᆞ옵쇼셔ᄒᆞ여더라상이남필의디희ᄒᆞᄉᆞ다시션우의항셔롤보시니왈남션우신홀방디ᄂᆞᆫᄂᆞᆫ돈슈빅비ᄒᆞ옵고항셔롤황뎨탑하의올니ᄂᆞ이다신니텬셩이우둔ᄒᆞ와텬시롤아지못ᄒᆞ옵고텬의롤항거ᄒᆞ와텬병과승부롤결우니신

13

의죄티산갓ᄉᆞ와쥬륙을면치못ᄒᆞ홀거시로디장원슈의하히지덕을닙ᄉᆞ와쥭기롤면ᄒᆞ여ᄉᆞ오니이ᄂᆞᆫ다황상의막디지은이로쇼이다ᄒᆞ여더라황졔보시기롤다ᄒᆞ미디열ᄒᆞᄉᆞ원슈의벼살을도〃와디사마디장군니부상셔롤ᄒᆞ이시고쇽히반ᄉᆞᄒᆞ라ᄒᆞ시니라각셜북흉뇌도망ᄒᆞ여셔히의다〃르니ᄶᅡ로ᄂᆞᆫ군식쳔여명이오ᄯᅩ뒤히디봉이ᄶᅩᄎᆞ옴미급ᄒᆞ물보고디경실식ᄒᆞ여비롤타고셔릉디도로다라나거ᄂᆞᆯ디봉이ᄯᅩ한비롤타고흉노롤ᄶᅡ라칠일만의셔릉도의다〃르니흉뇌황〃급〃ᄒᆞ여군ᄉᆞ롤바리고다라나거ᄂᆞᆯ디봉이쳥농도롤빗기고오쵸마롤ᄲᆞᆯ니모라흉노의뒤흘ᄶᅡ르니흉뇌졍신니아득ᄒᆞ여아모리홀쥴모로더니ᄯᅩ한길이막혀물의ᄲᅡ지거ᄂᆞᆯ디봉이칼이번듯ᄒᆞ며흉노의머리마하의ᄶᅥ러지ᄂᆞᆫ지라이

14

의칼솟히ᄢᅦ여들고크게웨여왈흉노의군졸등은드르라너희롤다쥭일거시로디참아못ᄒᆞ여살녀보닉나니너희나라의드러가흉노의쥭은쇼식을젼ᄒᆞ라군졸이다울며원슈의은덕을못닉칭숑ᄒᆞ더라디봉이〃날비롤ᄐᆞ고즁원으로나오더니호련디풍이니러나며슈셰흉용ᄒᆞ여비롤것잡지못ᄒᆞ고바람의불니여무변디히로졍쳐업시ᄶᅥ가ᄂᆞᆫ지라디봉공지혼빅이비월ᄒᆞ여하날을우러〃슬피통곡ᄒᆞ여왈닉젼싱의무삼죄악이심즁ᄒᆞ므로금셰의탄싱ᄒᆞ여어려셔브터만상고쵸롤다지닉고슈즁쥭어〃복의장홀몸으로쳔만뜻밧긔텬우신조ᄒᆞ여

셔ᄒᆡ용왕의구ᄒᆞ믈힘닙어살아나〃부친의ᄯᅩ한슈즁고혼니되시고ᄉᆞ람의ᄌᆞ식이되여부친신체ᄅᆞᆯ찻지못ᄒᆞ고

15

모친이나ᄎᆞᄌᆞ만나뵈올가바라더니나의죄악오히려극심ᄒᆞ여아즉도쇽죄치못ᄒᆞ고오날〃ᄯᅩ다시이럿틋ᄒᆞᆫ텬앙으로ᄃᆡ풍을무변ᄃᆡᄒᆡ즁의만나쥭을지경의이르러시니ᄂᆡ쥭ᄂᆞᆫ거산셜지아니나이ᄂᆡ한몸업셔지면부친의시체ᄅᆞᆯ뉘ᄎᆞ져나보며모친을뉘가ᄎᆞ져뵈오리오ᄂᆡᄯᅩ한흉노갓흔강젹을버허님군의급화ᄅᆞᆯ구ᄒᆞᆫᄃᆡ공을세워시나슈즁의표풍ᄒᆞ여슈즁고혼이되면세상ᄉᆞ람이뉘니ᄃᆡ봉ᄎᆞ세의나와ᄃᆡ공을닐운쥴알니오쥭기ᄂᆞᆫ원통치아니ᄒᆞ거니와십년을심즁의굿은뜻이일조의헤곳의도라가고ᄇᆡᆨ세의빗난닐이모도다허식로다ᄒᆞ며슬피통곡ᄒᆞ믈마지아니〃산쳔쵸목이위ᄒᆞ여실음ᄒᆞ난듯ᄒᆞ고ᄒᆡ슈가위ᄒᆞ여흐르지

16

아니ᄂᆞᆫ듯ᄒᆞ더라만경창파일엽션니풍파의쫏치여정쳐업시어ᄃᆡ로향ᄒᆞᄂᆞᆫ쥴모로고ᄯᅥ가더가더니쥬야사일만의바람이비로쇼긋치고물결이잔완ᄒᆞ거늘한곳의ᄇᆡᄅᆞᆯ다히고눈을드러ᄉᆞ면을살펴보니ᄃᆡᄒᆡ즁한셤이잇시ᄃᆡ창숑취쥭과무슈헌과실남기즁〃쳡〃히잇ᄂᆞᆫᄃᆡ여러과목열ᄆᆡ녹닉어졀노ᄯᅡᄒᆡᄯᅥ러져ᄊᆞ혓거늘ᄃᆡ봉이여러날쥬리물견ᄃᆡ지못ᄒᆞ여ᄯᅥ러진실과ᄅᆞᆯ쥬어먹어요긔ᄒᆞ니젹이ᄇᆡ골픈거살면홀너니문득슈풀쇽으로셔무삼ᄉᆞ람의ᄌᆞ최쇼릐나ᄂᆞᆫ듯ᄒᆞ거늘마음의〃심ᄒᆞ고이상이넉여ᄌᆞ셔이살펴보니ᄉᆞ람과갓치ᄉᆞ지와형체ᄂᆞᆫ즘싱과다르되왼몸의털이가득이나셔즘싱

17

갓흐되무삼즘싱인쥴모ᄅᆞᆯ너라졈〃갓가이공ᄌᆞ겻ᄒᆡ나아와안지며문왈상공은어ᄃᆡ계시며무삼일노이련졀도의드러오시니잇가공ᄌᆡ그음셩을듯고모양을살펴보니즘싱은아니오ᄉᆞ람이분명이어늘공ᄌᆡ왈나ᄂᆞᆫ즁원ᄉᆞ람으로흉노

ᄅᆞᆯᄯᅡ라셔릉도ᄅᆞᆯᄯᅩᄎᆞ드러가흉노ᄅᆞᆯ버히고도라오ᄂᆞᆫ길의표풍ᄒᆞ여이곳의왓삽거니이와노인은무삼닐노이무인졀도의게신니잇고기인니ᄃᆡ봉의음셩을듯고ᄌᆞ연이비감ᄒᆞᆫ마음이ᄆᆡᆼ동ᄒᆞ여ᄇᆡᆨ슈의눈물이비오듯ᄒᆞ압흘가리ᄂᆞᆫ지라이윽고눈물ᄅᆞᆯ거두고왈나도ᄯᅩ한즁원ᄉᆞ람으로젹화ᄅᆞᆯ만나이셤의드러와젹년고ᄒᆡᆼ을격다가오날〃을당ᄒᆞ여그ᄃᆡᄅᆞᆯ만나고국음셩을드르니동긔ᄅᆞᆯ맛남과다르미업ᄂᆞᆫ지라비회일층더ᄒᆞ도쇼이다언파의슬피쳬읍ᄒᆞ거ᄂᆞᆯ

18

공ᄌᆡᄯᅩ한마음이비창ᄒᆞ여눈물을먹음고다시무러왈노인니즁원의ᄉᆞ라계시다ᄒᆞ오니어ᄂᆡᄯᅡᄒᆡ셔사라계시며무삼일노이런졀도의계시며ᄌᆞ숀이나잇나니잇고노인니답왈나ᄂᆞᆫ본ᄃᆡ긔쥬ᄯᅡᄒᆡ셔살며늣게야독ᄌᆞᄅᆞᆯ두어더니시운이불ᄒᆡᆼᄒᆞ여젹쇼ᄅᆞᆯ로가다가젹화ᄅᆞᆯ만나슈즁의셔부ᄌᆡ다각〃슈즁익ᄉᆞᄒᆞ여다가나ᄂᆞᆫ하ᄂᆞᆯ이도으ᄉᆞ〃라나이곳의잇셔화식을못어더먹고산과로년명ᄒᆞ여잔명을보존ᄒᆞ나인귀상반이오금슈의모양이되야신나ᄌᆞ식은엇지되야ᄂᆞᆫ지날과갓치하ᄂᆞᆯ이도아ᄉᆞ혹ᄌᆞᄉᆞ라ᄂᆞᆫ지ᄉᆞᄉᆡᆼ을아지못ᄒᆞ니어ᄂᆡᄯᆡ의나이ᄒᆡ도ᄅᆞᆯ버셔나고국의도라쳐ᄌᆞᄅᆞᆯ다시상면ᄒᆞᆯᄂᆞᆫ지아지못ᄒᆞ니이런궁박ᄒᆞᆫ인ᄉᆡᆼ이셰상의ᄯᅩ어ᄃᆡ잇시리오ᄒᆞ거ᄂᆞᆯᄃᆡ봉공ᄌᆡ쳥파의마음이셔날ᄒᆞ고졍신니아득ᄒᆞ여다시문왈

19

ᄃᆡ인니독ᄌᆞᄅᆞᆯ두셧다가슈즁의셔니별ᄒᆞ셧다ᄒᆞ오니노인의존셩ᄃᆡ명은뉘시며츈취얼마나되시며무삼닐노원찬을당ᄒᆞᄉᆞ젹쇼로가시더니잇가노인니답왈나의쳔헌셩명은니익이오ᄌᆞ식의일홈은ᄃᆡ봉이라ᄒᆞ며ᄂᆡ일즉용문의올나벼살이니부시랑의잇더니우승상왕희상총을가리워국권을쳔ᄌᆞᄒᆞ고현량을살히ᄒᆞ미ᄂᆡ강ᄀᆡ지심과격분ᄒᆞ믈니긔지못ᄒᆞ여왕희의죄상을논ᄒᆡᆨ상쇼ᄒᆞ여더니왕희셩상긔무함ᄒᆞᆯ쁜더러셩상이간신의말ᄅᆞᆯ신쳥ᄒᆞᄉᆞ삭즉원찬ᄒᆞ시니ᄂᆡ아ᄌᆞᄅᆞᆯ다리고젹쇼로갈식ᄉᆞ공놈드리젹ᄌᆞ의쳥촉을드러든지불칙지심을가져우리부ᄌᆞᄅᆞᆯ함게투강익ᄉᆞ케ᄒᆞ니기시ᄌᆞ식의나히겨유십삼셰라그후

팔년을지ᄂᆡ여시니이졔혜아리건ᄃᆡ이십일셰요그ᄉᆡᆼᄉᆞ와그모친의존망을

20

모르니이런지원극통은셰상의나ᄲᅮᆫ인가ᄒᆞ노라공ᄌᆡ그허다셜화ᄅᆞᆯ드르ᄆᆡ이
적실ᄒᆞᆫ부친이라슬픈마음이오ᄂᆡ붕녈ᄒᆞ여앏히업더져통곡왈야애불쵸ᄌᆞᄃᆡ
봉을몰나보시나닛가ᄒᆞ며거의긔절ᄒᆞᆯ듯ᄒᆞ니시랑이쳔만몽ᄆᆡ밧ᄃᆡ봉이란말
을듯고진가ᄅᆞᆯᄭᆡ닷지못ᄒᆞ며ᄃᆡ봉의목을안고실셩통곡왈ᄃᆡ봉아네ᄉᆞ라육신
니왓나냐죽은혼ᄇᆡᆨ이와셔날ᄅᆞᆯ쇽이나냐언파의긔식ᄒᆞ거ᄂᆞᆯ공ᄌᆡ우름을그치
고붓드러구호ᄒᆞ며위로왈야〃ᄂᆞᆫ너모슬허마르쇼셔쇼ᄌᆡ진실노죽지아니ᄒᆞ
엿나이다시랑이그제야정신을ᄎᆞ려이러안져ᄃᆡ봉다려왈당쵸의너ᄅᆞᆯ슈즁의
무쥬고혼니된가ᄒᆞ여더니오날〃이곳의셔산낫츠로셔로만나믄진실노명쳔
니도으시미라나ᄂᆞᆫ기시슈즁의드러가거의죽게되여더니하날이불상이넉기
ᄉᆞ농왕의동ᄌᆞᄅᆞᆯ보ᄂᆡ여

21

구ᄒᆞ믈닙어이곳의와나려놉코가니아모리셰상의나가고져ᄒᆞ나무가ᄂᆡ히라
하릴업셔이곳의머무르나ᄉᆞ라날도리잇시리오다ᄒᆡᆼ이실과남기만나ᄶᅥ러진
실과ᄅᆞᆯ먹어연명ᄒᆞ고셰월을보ᄂᆡ나일신이〃모양이오하일하시의너의시쳬
와너의모친을만나보리오니ᄅᆞᆯᄉᆡᆼ각ᄒᆞ면즉시죽어셰ᄉᆞᄅᆞᆯ니즐거시로모진목
ᄉᆞᆷ을님의로못ᄒᆞ여잔명을부지ᄒᆞ여다가쳔ᄒᆡᆼ으로금일부ᄌᆡ상봉ᄒᆞ니이ᄂᆞᆫ하
ᄂᆞᆯ이우리부ᄌᆞ로ᄒᆞ여금다시텬일을보게ᄒᆞ시미니엇지깃부지아니리오공ᄌᆡ
ᄯᅩ한눈물을먹음고왈쇼ᄌᆡ당쵸의슈즁의ᄲᅡ졋더니셔ᄒᆡ농왕의구ᄒᆞ믈닙어금
화산을ᄎᆞ져가ᄇᆡᆨ운암의〃탁ᄒᆞ여다가팔년만의부모종적을찻고져ᄒᆞ여절을
ᄯᅥ나농셔의니르러니릉의영혼을맛나갑쥬ᄅᆞᆯ엇ᄉᆞᆸ고화룡도의니르러관공의

22

존령을맛나청농도ᄅᆞᆯ어드며ᄉᆞ평의셔오쵸마ᄅᆞᆯ어더타고필마단창으로쥬야
비도ᄒᆞ여금능의니르러적진을헷치고드러가적장묵특남과동돌슈ᄅᆞᆯ버히고

텬ᄌᆞ의급ᄒᆞ시믈구ᄒᆞᆫ후다시셔릉도의드러가흉노ᄅᆞᆯ죽이고군ᄉᆞᄅᆞᆯ도로혀반ᄉᆞᄒᆞ다가쇼ᄌᆞ의탄ᄇᆡ표픙ᄒᆞ여ᄉᆞ쥬야ᄅᆞᆯ표류ᄒᆞ여거의쥬게되여더니텬우신조ᄒᆞ여풍정낭식ᄒᆞ여이곳의와ᄇᆡ가ᄃᆡ여육지의나려야〃ᄅᆞᆯ만나뵈올쥴엇지뜻ᄒᆞ여시리잇고시랑이희츌망외ᄒᆞ여다시문왈너의모친의ᄉᆡᆼᄉᆞ와장쇼져의하락을알지못ᄒᆞ니엇지ᄉᆞ라잇시믈바라리오ᄒᆞ며비척ᄒᆞ믈마지아니ᄒᆞ며이날시랑부ᄌᆡ한가지로ᄇᆡ의올나슌풍을만나즁원을향ᄒᆞ여나오더니호련뜻밧게청의동ᄌᆞ이닌니일엽편쥬ᄅᆞᆯ타고상뉴로조ᄎᆞ나려오거ᄂᆞᆯ부

23

자냥인니눈을드러ᄌᆞ시보니하나흔젼일시랑을구ᄒᆞ든동ᄌᆡ오ᄯᅩ하나흔공ᄌᆞᄅᆞᆯ구ᄒᆞ든동ᄌᆡ라반갑기칭냥업셔동ᄌᆞᄅᆞᆯ청ᄒᆞ여젼일구활ᄒᆞ여쥬든은혜ᄅᆞᆯᄉᆡ로이ᄉᆞ례ᄒᆞᆫᄃᆡ두동ᄌᆡ고왈우리ᄃᆡ왕이장군을뫼셔오라ᄒᆞ시ᄆᆡ쇼동등이왕명을밧ᄌᆞ와뫼시려왓ᄉᆞ오니복망장군은슈고ᄅᆞᆯ앗기지마르시고한가지로가ᄉᆞ이다공ᄌᆡ왈우리부ᄌᆡᄉᆞ경을당ᄒᆞ엿다가용왕의덕턱으로사라ᄉᆞ오니그은혜호텬망극이오ᄇᆡᆨ골난망이라ᄉᆡᆼ간엇지ᄉᆞ양ᄒᆞ리오마ᄂᆞᆫ용왕은슈부의영신이오우리ᄂᆞᆫ진셰ᄉᆞ람이라엇지드러가리오동ᄌᆡ왈쇼동을ᄯᅡ라가시면무ᄉᆞ이득달ᄒᆞ시리이다공ᄌᆡ부친긔고왈용왕이청ᄒᆞ니야〃ᄂᆞᆫ엇지코ᄌᆞᄒᆞ시나니잇고시랑왈슈부용왕이우리부ᄌᆞᄅᆞᆯ보고ᄌᆞᄒᆞ시니엇지명을거역ᄒᆞ리오공ᄌᆡ이의부친을뫼시고동자ᄅᆞᆯᄯᅡ라ᄂᆞᆫ일월이조림ᄒᆞ고

24

텬지명낭ᄒᆞ여별유셰계ᄅᆞᆯ일워시니황금ᄃᆡᄌᆞ로와룡국이라두렷시써거ᄂᆞᆯ궐문밧긔다〃르니농왕이유리관을쓰고농포ᄅᆞᆯ닙고네단을들고마조나와마즐ᄉᆡ원참군별쥬부ᄂᆞᆫ젼후의옹위ᄒᆞ고쥬궁ᄑᆡ궐의만조ᄇᆡᆨ관니반녈을차려시위ᄒᆞ여더라시랑과공ᄌᆞᄅᆞᆯ마져셔로네필의셔벽ᄀᆡᆨ좌의놉히안치고농왕이말ᄅᆞᆯ펴갈오ᄃᆡ과인이감히안져셔상공과장군을청ᄒᆞ여ᄉᆞ오니허믈을용셔ᄒᆞ쇼셔공ᄌᆡᄃᆡ왈쇼ᄉᆡᆼ부ᄌᆞ와잔명을ᄃᆡ왕의덕턱을닙ᄉᆞ와보젼ᄒᆞ여ᄉᆞ오니은혜호텬망극이라엇지만분지일이나갑ᄉᆞ오며ᄯᅩ이러틋후ᄃᆡᄒᆞ시니황공감ᄉᆞᄒᆞ여이

다용왕이디왈장군은너무겸양치마르쇼셔쇼룡이졀민ᄒᆞᆫ쇼회잇ᄉᆞ와장군을
쳥ᄒᆞ엿나이다〃큰닐이안니라남히용왕이강셩ᄒᆞ여삼군을거나

25

려지경을범ᄒᆞ오니그형셰산악갓ᄒᆞ여과인의힘으로능히당치못ᄒᆞᆯ지라장군
을쳥ᄒᆞ여ᄉᆞ오니복원장군은슈고롤앗기지마르쇼셔디봉이디왈쇼장은진세
의우용ᄒᆞᆫ인물이라엇지병쾌무량ᄒᆞᆫ농왕을당ᄒᆞ리잇고마ᄂᆞᆫ한번나아가힘을
다ᄒᆞ여디왕의우리부ᄌᆞ구활지은만분지일이나갑흘가ᄒᆞ나이다용왕이디희
ᄒᆞ여디원슈인검과상장군졀월을쥬고정병삼십만을거나려가게ᄒᆞ거ᄂᆞᆯ공지
월각각투고롤쓰고농닌갑을닙고청용도롤빗기들고오쵸마롤밧비모라남히
로나아갈싀긔치창검은일월을희롱ᄒᆞ고〃각함셩은슈부롤흔드ᄂᆞᆫ지라슈ᄌᆞ
긔의크게뼈시디디명츙의장군셔히슈궁디원슈니디봉이라ᄒᆞ여더라군ᄉᆞ롤
휘동ᄒᆞ여셔히지경을써나남히로향ᄒᆞ니라각셜이씨장원쉬

26

교지국을써나슈일만의남히의이르니경ᄉᆞ로셔녜부시랑이황칙을밧드러니
르거ᄂᆞᆯ원쉬향안을비셜ᄒᆞ고써혀보니이곳디원슈로계운으로니부상셔롤승
직ᄒᆞᆫ교지여ᄂᆞᆯ군을나와회음셩즁의드러가텬ᄉᆞ롤관디ᄒᆞᆫ후교지와이슈롤봉
ᄒᆞ여텬ᄌᆞ긔올니고상표ᄒᆞ니라녜부관니도라와직쳡과표문을올니거ᄂᆞᆯ상이
의아ᄒᆞᄉᆞ급히써혀보시니그표문의왈졍남디원죄쳡신의당익황은셩왕셩공
돈슈빅비ᄒᆞ옵고일장표롤만세황상탑하의올니나이다신쳡은본디젼님한님
학ᄉᆞ장희의일녀라신쳡의뷔다만쳡신일인을두옵고젼님니부시랑니익의아
들디봉과강보시정혼밍약ᄒᆞ여습더니〃익의부지우승상왕희의모함을닙어
극변원찬ᄒᆞ오미신쳡의아비쥬야우민ᄒᆞ다가셩병치ᄉᆞᄒᆞ오니신쳡

27

의뫼쏘한아비롤짜라졀ᄉᆞᄒᆞ오미신쳡의일신니의지ᄒᆞᆯ곳이업ᄉᆞ와빈집을노
복으로더부러집을직희고잇습더니왕희간젹이쳡의고독ᄒᆞ믈업슈이녁여미

파롤보닉여결혼코져ᄒᆞ거늘신쳡이미〃거졀ᄒᆞ여삽더니필경은모야간의긔계롤가지고셩군작당ᄒᆞ여닉졍의돌닙ᄒᆞ여위세로겁박ᄒᆞ오미누욕을피코져ᄒᆞ와남의롤ᄀᆡ착ᄒᆞ고후원을너머피신ᄒᆞ옵고쳡의시비난향으로신쳡을딕신ᄒᆞ여쇽고거칙ᄒᆞ여다려갓다가닐이발각ᄒᆞ오미난향을쥭이려ᄒᆞ옵다가져의친쳑이말녀굿치옵고노화보닉여ᄉᆞ오니신위삼텩지직ᄒᆞ여니런간악쇼인니고금의잇ᄉᆞ올잇가신쳡은기시급화롤버셔나도망ᄒᆞ오나어딕가의탁ᄒᆞ오리잇가마ᄂᆞᆫ쳔힝으로여람동촌의니르러쵀어ᄉᆞ부즁의걸식ᄒᆞ옵다가그부인회

28

시의익흌지덕으로칠년을안신ᄒᆞ오나어린쇼견의녀ᄌᆞ로힝세ᄒᆞ오면간인의히롤당홀거시오니익부ᄌᆞ의원굴ᄒᆞ믈신셜홀길이업삽기로홀일업ᄉᆞ와남ᄌᆞ로힝세ᄒᆞ옵고좀지조롤비화삽더니셩상의일월지총을긔망ᄒᆞ옵고외람이용문의득지ᄒᆞ와텬은니늉즁ᄒᆞᄉᆞ한원명ᄉᆞ의참네ᄒᆞ고다시남졍딕원슈즁님을바다폐하의홍복과졔장군졸의힘을닙ᄉᆞ와광구롤쇼탕ᄒᆞ여ᄉᆞ오나신쳡의지죄□□미아니어늘엇지즁작을밧ᄌᆞ오며ᄒᆞ물며니부총지즁임은영걸남ᄌᆞ도감당키어려올비여늘암미ᄒᆞᆫ일ᄀᆡ아녀지엇지외람이당ᄒᆞ올잇가이런고로비루ᄒᆞᆫ본젹을용탑하의쥬달ᄒᆞ옵고사실의물너업딕여긔군망상ᄒᆞᆫ딕죄롤다사리시믈바라나이다ᄒᆞ여더라상이남필의격졀탄상ᄒᆞᄉᆞ왈긔지

29

며딕지라장익황이여졔일ᄀᆡ녀ᄌᆞ로도량이굉원ᄒᆞ여문호롤빗닉고다시남젹을쇼멸ᄒᆞ여짐으로ᄒᆞ여안침케ᄒᆞ고종ᄉᆞ롤평안니ᄒᆞ니엇지긔특지아니리오ᄒᆞ시고년ᄒᆞ여칭찬ᄒᆞ시믈마지아니ᄒᆞ시니만조빅관니뉘아니칭복ᄒᆞ리오ᄎᆞ시왕희반열의슈반으로잇다가황공송늁ᄒᆞ여젼폐의복지딕죄ᄒᆞ니상이딕로ᄒᆞᄉᆞ녀성엄문왈네몸이딕신지위의잇셔위세롤□□ᄒᆞ고ᄉᆞ□□□의고독ᄒᆞ믈업슈이녁여불의딕악을몸쇼힝ᄒᆞ여ᄌᆞ식의혼ᄉᆞ롤억탈코져ᄒᆞ니이ᄂᆞᆫ풍화롤어지러니ᄂᆞᆫ녁신이라엇지통한치아니리오ᄒᆞ시고이의삭직ᄒᆞᄉᆞ딕리시의가도시고급히ᄉᆞᄌᆞ롤ᄉᆞᄌᆞ롤발ᄒᆞᄉᆞ빅졀도의쌜니달녀가니익의부ᄌᆞ롤방셕

ᄒᆞ여승일상니ᄒᆞ여닙시ᄒᆞ라ᄒᆞ시고장희로좌승상을츄증ᄒᆞ시고니익의족쇽을다셔용ᄒᆞ라ᄒᆞ시고긔쥬ᄌᆞᄉᆞ의게젼지

30

ᄒᆞᄉᆞ효열각과열녀뎡문을장원슈의집의놉히지어그효열을표장ᄒᆞ시고이황의상표롤등셔ᄒᆞ여텬하각도각읍의반포ᄒᆞ여다알게ᄒᆞ시니만조이하로지어만민ᄒᆞ여뉘아니탄복ᄒᆞ며뉘아니칭찬ᄒᆞ리오ᄎᆞ시회음의머무러잇ᄂᆞᆫ졔장군졸이그졔야장원쉬녀화위남ᄒᆞ여블셰지공을세우믈알고그지략과용밍을못닉흠□ᄒᆞ더라ᄎᆞ시의최관니칙지롤□□쥬야비도ᄒᆞ여빅셜도의드러가니〃익의부지형용도업ᄂᆞᆫ지라즉시도라와그ᄉᆞ연을쥬달ᄒᆞ온ᄃᆡ상이고이히넉이시고앗기ᄉᆞ텬하의힝관ᄒᆞ여니익의부ᄌᆞ롤심방ᄒᆞ라ᄒᆞ시니라ᄎᆞ셜장쇼졔군ᄉᆞ롤회음셩의머무르고빅셜도의간ᄉᆞᄌᆞ롤기다려니시랑부ᄌᆞ의쇼식을기다리더니허힝ᄒᆞ고오믈보고즉시ᄯᅩ상표ᄒᆞ니기셔의왈신쳡이황은돈슈빅비ᄒᆞ옵고상표

31

우용탑ᄒᆞ옵ᄂᆞ니녀ᄌᆞ의힝싀규즁의쳐ᄒᆞ오미맛당ᄒᆞ옵거ᄂᆞᆯ부득이녀힝을바려간인의화롤피ᄒᆞ려녀화위남ᄒᆞ여칠년을고힝ᄒᆞ옵다가다시군상을긔망ᄒᆞ고젼장의츌졍ᄒᆞ옵기ᄂᆞᆫ아비셜원도ᄒᆞ옵고구고와가부롤단취코ᄌᆞᄒᆞ여ᄉᆞᆸ더니이졔듯ᄌᆞ오니빅셜도의갓든ᄉᆞ직공힝ᄒᆞ여니익의부지형적이업다ᄒᆞ오니만닐무ᄉᆞ이젹쇼로갓ᄉᆞ오면그부지□□의셔□□□리잇가□□□□졍녕무의ᄒᆞ온지라일졍히즁의셔슈즁원혼이되여실지라엇지원통치아니리잇고그러ᄒᆞ오나신쳡의몸은니익의집ᄉᆞ람이라맛당이히변의나아가일장졔문을지어치졔ᄒᆞ여슈즁원혼을위로코져ᄒᆞ나이다ᄒᆞ여더라상이남파의격졀탄상ᄒᆞ시고빅미오빅셕과지촉을후히쥬어치졔케ᄒᆞ시니라ᄎᆞ하셕남ᄒᆞ라
셰을ᄉᆞ칠월일향목동셔

권지사 종

1

니ᄃᆡ봉젼권지사죵

화셜텬ᄌᆡ장워슈의표롤보시고격졀탄상ᄒᆞᄉᆞ젼지롤나리오ᄉᆞᄇᆡᆨ미오ᄇᆡᆨ셕과
지촉을후히쥬어슈륙졔롤지ᄂᆡ게ᄒᆞ시니라각셜ᄎᆞ시의니공ᄌᆞᄃᆡ봉이셔ᄒᆡ농
궁슈졸을거나려남ᄒᆡ지경의다〃르니남ᄒᆡ농왕이군셰롤엄졍이ᄒᆞ여진셰롤
닐우고셔ᄒᆡ쇼식을기다려탐지ᄒᆞ더니믄득니공ᄌᆞᄃᆡ봉이ᄃᆡ병을거나려오믈
듯고즉시격셔롤보ᄂᆡ여빠홈을청ᄒᆞ여거늘ᄃᆡ봉공ᄌᆡ남ᄒᆡ병진셰롤살펴보니
팔문금쇄진을쳣거늘공ᄌᆡ이의군ᄉᆞ롤ᄂᆡ여어관진을치고승부롤결울ᄉᆡ농왕
이빵봉투고롤쓰고운무갑을닙고농총마을타고진밧긔나와크게워여왈명장
ᄃᆡ봉아네무삼ᄌᆡ죄잇관ᄃᆡ감희나의지경을범ᄒᆞᄂᆞᆫ다ᄒᆞ며풍운을지어ᄂᆡ거늘
ᄃᆡ봉이진언을념ᄒᆞ여풍운을쓰러바리니금ᄉᆞ진니졈〃흣터지고

2

여관진니승〃ᄒᆞ여십여합의남ᄒᆡ군니금쇄진의드러가좌츙우돌ᄒᆞ니남ᄒᆡ농
왕이풍운조화롤힝치못ᄒᆞ고아모리홀쥴모로ᄂᆞᆫ지라여러번ᄑᆡᄒᆞ여셔ᄒᆡ병을
당치못ᄒᆞ여진문밧게나와항복ᄒᆞ거늘공ᄌᆡ항셔롤밧고승젼고롤울니며셔ᄒᆡ
로도라오니용왕이ᄃᆡ희ᄒᆞ여나와마ᄌᆞ공ᄌᆞ의숀을잡고칭ᄉᆞᄒᆞ며졔신니즐겨
ᄒᆞ며시랑도깃거ᄒᆞ믈마지아니터라잇튼날ᄐᆡ평연을ᄇᆡ셜ᄒᆞ고ᄉᆞ자롤발ᄒᆞ여
텬상션녀션관과세상의명장츙신문장녈녀롤다청ᄒᆞ여더니이윽고다모도이
거늘용왕이네필의공ᄌᆞ의숀을잡고시랑을도라보아긔자두믈치하ᄒᆞ니시랑
이거슈사〃ᄒᆞ고공ᄌᆡ용왕게고왈쇼장이진셰쇽ᄀᆡᆨ으로존셕의참네ᄒᆞ오니황
공ᄒᆞ거니와금일좌상의모히신녈위존션을아지못ᄒᆞ오니진세의나아가면금
의

3

야ᄒᆡᆼ갓ᄉᆞ오니뭇잡너니존셕의취회ᄒᆞ신녈션의존호ᄅᆞᆯ다아라지이다용왕왈그ᄃᆡ의말이올토다ᄒᆞ고갈오ᄃᆡ셔편모드신니ᄂᆞᆫ텬상션관이라젹숑ᄌᆞ진악젼이오동편의모든션녀ᄂᆞᆫ월궁항아직녀셔왕모오남편의모든빈ᄀᆡᆨ은진셰ᄉᆞ람이니명장츙신오ᄌᆞ셔굴원이며쳔츄문장니ᄐᆡᄇᆡᆨ과왕ᄌᆞ안아황녀영이로쇼이다ᄒᆞ고유리잔의ᄇᆡᆨ옥호ᄅᆞᆯ기우려셔로권ᄒᆞ며풍악을진쥬ᄒᆞᆯᄉᆡ왕ᄌᆞ진과농옥은옥져ᄅᆞᆯ부러봉황곡을쥬ᄒᆞ며젹숑ᄌᆞᄂᆞᆫ츔을츄고셔왕모ᄂᆞᆫᄇᆡᆨ운가노ᄅᆡᄒᆞ고굴삼녀ᄂᆞᆫ니쇼경을읇푸며오ᄌᆞ셔ᄂᆞᆫ쵹누검을고국ᄉᆞᄅᆞᆯ의논ᄒᆞ니좌즁이다고금을조롱ᄒᆞ며앙ᄌᆞ안은시ᄅᆞᆯ짓고니ᄐᆡᄇᆡᆨ은슐이ᄃᆡ취ᄒᆞ여접니건을둘너쓰고좌즁구러져ᄌᆞ층왈쥬즁션이라ᄒᆞ니모다ᄃᆡ쇼ᄒᆞ며아황녀영은비파ᄅᆞᆯ타고

4

원한을알외니슬프다이곡조ᄂᆞᆫ이른바쇼상야월의낙안셩이오우산무우의ᄋᆡ원셩이로다이윽고잔치ᄅᆞᆯ파ᄒᆞ고각〃도라갈ᄉᆡ모든션관과빈ᄀᆡᆨ이다공ᄌᆞᄅᆞᆯ졍표ᄒᆞ리라ᄒᆞ고젹송ᄌᆞᄂᆞᆫ상의ᄅᆞᆯ버셔쥬며왈이옷시비록쵸슬ᄒᆞ나닙으면삼복셩셔와엄동셜한이라도한렬ᄅᆞᆯ모로나니가져다닙으라ᄒᆞ고안긔ᄉᆡᆼ은화쵸한ᄀᆡᄅᆞᆯ쥬며왈이과실이비록젹으나먹으면ᄇᆡᆨ발이환흑ᄒᆞ고낙치부ᄉᆡᆼᄒᆞ여누ᄇᆡᆨ년을ᄉᆞ라도늙지아니ᄒᆞ나니라왕ᄌᆞ진은퉁쇼ᄅᆞᆯ쥬며악진은옥ᄑᆡᄅᆞᆯ쥬고오ᄌᆞ셔ᄂᆞᆫ병을쥬어왈이병이비록젹으나ᄒᆞ로삼ᄇᆡᆨ잔슐을마셔도진치아니ᄒᆞᄂᆞ니가져가라ᄒᆞ거ᄂᆞᆯ모든션녜왈녈위션관은다졍을표ᄒᆞ고우리ᄂᆞᆫ엇지졍표ᄒᆞ미업ᄉᆞ리오ᄒᆞ고항아ᄂᆞᆫ계화한가지ᄅᆞᆯ쥬고왈이ᄭᅩᆺ출방안의ᄭᅩᆺᄌᆞ두면누ᄇᆡᆨ년이지나

5

도록빗치변치아니ᄒᆞ고혹월식ᄒᆞᆯᄯᆡ의ᄯᅥ러젓다가도〃로픠여츈풍이난만ᄒᆞ니가져가라ᄒᆞ고즉녀ᄂᆞᆫ슈건을쥬며왈이슈건은죽은ᄉᆞᄅᆞᆷ의게덥흐면다시ᄉᆞ라나ᄂᆞᆫ환ᄉᆡᆼ건이니가져가라아황녀영은반쥭한가지ᄅᆞᆯ쥬며왈우리ᄂᆞᆫ표ᄒᆞᆯ거시업시니이ᄃᆡᄅᆞᆯ쥬나니가져가라ᄒᆞ고모든신션니믄득간ᄃᆡ업거ᄂᆞᆯ공ᄌᆡᄯᅩ한

뇽왕의게도라가믈청ᄒᆞ니뇽왕이말뉴치아니ᄒᆞ며공ᄌᆞᄅᆞᆯ전송ᄒᆞᆯᄉᆡ금은옥ᄇᆡᆨ을무슈이쥬거ᄂᆞᆯ모다ᄉᆞ양ᄒᆞ고밧지아니ᄒᆞ여다만야광쥬두낫츨ᄒᆡᆼ장의간슈ᄒᆞ고부친을뫼시고용궁을ᄯᅥ나궐문밧게나오니용왕이ᄇᆡᆨ관을거나려나와니별ᄒᆞᄂᆞᆫ정이비ᄒᆞᆯᄃᆡ업더라각셜장쇼졔장졸을거나리고슈변의다〃라망부각을놉히짓고슈륙졔ᄅᆞᆯᄇᆡ셜ᄒᆞᆯᄉᆡ졔장군졸을분부ᄒᆞ여희변의진셰ᄅᆞᆯ니루라ᄒᆞ고장막을놉히고

6

졔물을갓촌후당쇼졔남복을벗고담장쇼복으로녀복을ᄀᆡ착ᄒᆞ고금노의향을살오며시랑의녕위먼져ᄇᆡ셜ᄒᆞ고졔문을닑으니그글의ᄒᆞ여시ᄃᆡ유셰ᄎᆞ긔축삼월졍묘삭십오일의긔쥬당한림녀ᄋᆞ황은감쇼고우니부시랑니공영위지젼ᄒᆞ나이다오호ᄋᆡ지라쇼쳡의부친니ᄃᆡ인과교계심밀ᄒᆞ옵더니그후의ᄃᆡ인을긔ᄌᆞᄅᆞᆯ두시고가엄은쇼쳡을ᄉᆡᆼᄒᆞ시니피ᄎᆞ의동년동일ᄉᆡᆼ이라가엄니몽조의신긔ᄒᆞ믈인ᄒᆞ여가엄이ᄃᆡ인과진〃지연을깁히ᄆᆡᄌᆞ더니슬프다냥가시운니불니ᄒᆞ여ᄃᆡ인은간신의모ᄒᆡᄅᆞᆯ닙어졀도의원찬ᄒᆞ시고가엄은ᄃᆡ인의원굴홈과쇼쳡의젼졍이그릇되믈한ᄒᆞᄉᆞ우분셩질ᄒᆞ여즁도의기셰ᄒᆞ시니모부인니ᄯᅩ한부친의뒤흘ᄯᆞ라별셰ᄒᆞ시니혈〃약네의지ᄒᆞᆯ곳이업더니간젹왕희쳡의고독ᄒᆞ믈업슈이녁여겁탈코ᄌᆞᄒᆞ옵기로변복도쥬ᄒᆞ엿다가남ᄌᆞ로ᄒᆡᆼ셰ᄒᆞ여뇽문의올나남젹을멸ᄒᆞ고ᄃᆡ공

7

을닐우문왕희젹ᄌᆞᄅᆞᆯ업시ᄒᆞ여셜원ᄒᆞ고ᄃᆡ인과공ᄌᆞᄅᆞᆯᄎᆞᄌᆞ구약을셩젼코ᄌᆞᄒᆞ여더니텬ᄉᆞ의말을드르니ᄃᆡ인부ᄌᆡ형젹이업다ᄒᆞ오니반다시슈즁참ᄉᆞᄅᆞᆯ당ᄒᆞ신지라엇지참통치아니리잇고시고로일ᄇᆡ청작을헌ᄒᆞ옵너니복유존령은셔긔흠양ᄒᆞ옵쇼셔ᄒᆞ여더라독파의다시향을살오고ᄯᅩ졔문을닑으니그글의ᄒᆞ여시ᄃᆡ긔쥬당ᄃᆡ동당시ᄂᆞᆫ통곡ᄌᆡᄇᆡᄒᆞ고일장뎨문을니공ᄌᆞ영젼의헌ᄒᆞ나이다슬프다공ᄌᆞ와다못쳡신이각〃타문의ᄉᆡᆼ장ᄒᆞ여냥가ᄃᆡ인니피ᄎᆞ의ᄌᆞ녀ᄅᆞᆯ위ᄒᆞ여정혼뇌약ᄒᆞ여더니가운니불ᄒᆡᆼᄒᆞ여냥가의환란을당ᄒᆞ믄쳔고의

업ᄂᆞᆫ닐이라쳡이남ᄌᆞ로발신ᄒᆞ여ᄉᆞ군셩공ᄒᆞ문후일의구약을셩젼키롤바라더니지금드르미공ᄌᆞ의형젹이묘연ᄒᆞ다ᄒᆞ니필경익슈지화롤당ᄒᆞ신지라슬푸다쳡의여망이금일노조ᄎᆞ끗어진지라엇지참통치아니리잇고쳡의몸이금일은진셰의잇시나명일은

8

공ᄌᆞ의뒤롤ᄯᆞ롤고로일비청작으로영혼을위로ᄒᆞ나니셔긔흠양ᄒᆞ옵쇼셔낡기롤파ᄒᆞ미히즁을바라고슬피통곡ᄒᆞ니셩음이쳐졀ᄒᆞ여막힐듯ᄒᆞ니노상인민과빅만장졸이뉘아니낙누ᄒᆞ리오산쳔쵸목이빗치업고일월이무광ᄒᆞ여셰위비〃ᄒᆞ여눈물갓치ᄲᅮ리더라한무댱군한통이드러와고ᄒᆞ되히변의어인곡셩이슬피나니원슈ᄂᆞᆫ비회롤진졍ᄒᆞ시고군ᄉᆞ롤보니여탐지ᄒᆞ쇼셔쇼졔우름을긋치고졔물을흣허군졸을호궤ᄒᆞ더니과연드르니어ᄃᆡ셔곡셩이쳐졀ᄒᆞ여혹ᄃᆡ봉이라부르고혹쇼져라불너슬허〃미구곡이막힐듯ᄒᆞ거놀쇼졔마음이ᄌᆞ연비창ᄒᆞ여한통을불너문왈그우롬쇼릐롤드르니지원극통ᄒᆞᆫ모양이니그ᄃᆡᄂᆞᆫ급히나아가그힝식을아라오라한통이녕을듯고가더니이윽고도라와고ᄒᆞ되히변언덕의엇던녀승두리셔로븟들고우나이다쇼졔탄왈그녀승의신셰도나와갓흔지라그쇼회롤

9

뭇고져ᄒᆞ나니그ᄃᆡ난ᄲᆞᆯ니나아가그녀승을불너오라한통이ᄃᆡ왈만군진즁의녀승을불너드리미불가ᄒᆞ오니원슈ᄂᆞᆫ상찰지ᄒᆞ쇼셔원쉬불렬왈그ᄃᆡᄂᆞᆫ닉영ᄃᆡ로홀거시여놀엇지닉영을녁ᄒᆞ나뇨한통이ᄉᆞ죄ᄒᆞ고나아가그녀승을다리고진문의이르러고ᄒᆞᆫᄃᆡ원쉬명ᄒᆞ여드러오라ᄒᆞ니이윽고두낫녀승이드러와당젼의셔합장비례ᄒᆞ거놀원쉬쳥상의올으라ᄒᆞᆫᄃᆡ양인니구지ᄉᆞ양왈쳔승이엇지감이원슈좌상의올나가리잇고원쉬지삼쳥ᄒᆞ여올녀좌롤쥬고인ᄒᆞ여무러가로ᄃᆡ그ᄃᆡ등은어닉졀의잇시며셩명은무어시며무삼지통을픔어건ᄃᆡ그ᄃᆡ지슬허ᄒᆞᄂᆞᆫ다그노승이눈물을먹음고합댱ᄃᆡ왈산즁쳔승이비통ᄒᆞᆫ닐이잇셔스러ᄒᆞ미어놀원슈노애하문ᄒᆞ시니불승숑황이로쇼이다원쉬쳑연탄왈나

의회ᄯᅬ그ᄃᆡ등과ᄯᅩ한일반인고로

10

마음이ᄯᅩ한비감ᄒᆞ여그ᄃᆡ등을불너심즁쇼회ᄅᆞᆯ듯고져ᄒᆞ노라승니ᄃᆡ왈원슈ᄂᆞᆫᄇᆡᆨ만군즁의원늉상장이시고쇼승등은심산궁곡의일ᄀᆡ빈승이오니승속이다ᄅᆞᆯᄲᅮᆫ아니라존비귀쳔니현슈ᄒᆞ옵거ᄂᆞᆯ츄비ᄒᆞᆫ인ᄉᆡᆼ을무휼ᄒᆞᄉᆞ이쳐럼하문ᄒᆞ옵시니엇지진졍을고달치아니리잇고쇼승의볍명망지오상ᄌᆡ의승명은ᄋᆡ원이라ᄒᆞ오며쇽인ᄡᅥ거쥬ᄂᆞᆫᄀᆡ쥬ᄯᅡ이오며머무ᄂᆞᆫ졀은봉명암이오며쇼승의팔ᄌᆡᄀᆡ구ᄒᆞ와일작가군과아ᄌᆞᄅᆞᆯᄉᆡᆼ니ᄉᆞ별ᄒᆞ옵고ᄯᅩ흉노의난의모진목슘을살고져ᄒᆞ오믄혹ᄌᆞ가군과ᄌᆞ식을만나볼가ᄒᆞ와삭발위리ᄒᆞ여봉명암의닛삽더니오날〃우연니〃곳을지나옵다가원슈노야의치졔ᄒᆞ시믈보옵고ᄌᆞ연비회동ᄒᆞ와가군과ᄌᆞ식을ᄉᆡᆼ각ᄒᆞ오ᄆᆡᄯᅩ한슈즁원혼니된듯ᄒᆞ여마음을진졍치못ᄒᆞ와통곡ᄒᆞ여원슈노야로ᄒᆞ여금동심

11

케ᄒᆞ오니죄ᄉᆞ무셕이로쇼이다쇼졔청파의졍신니아득ᄒᆞ고슬프미간졀ᄒᆞ여목이메여말ᄉᆞᆷ을일우지못ᄒᆞ다가겨유진졍ᄒᆞ고다시문왈ᄀᆡ쥬의ᄉᆞ셧다ᄒᆞ시니동명이무어시며가군의셩명은무어시며아ᄌᆞ의일홈을무어시라ᄒᆞ며무ᄉᆞᆷ닐노니별ᄒᆞ여슈즁고혼이된듯ᄒᆞ뇨승이ᄃᆡ왈근본이ᄀᆡ쥬모란동의셔ᄉᆞ라ᄉᆞ오며가군은일즉벼슬의올나니부시랑을ᄒᆞ여ᄉᆞ오며쇼인의모히ᄅᆞᆯ닙어젹쇼의간지팔년이로ᄃᆡ쇼식을모로오니ᄉᆞ지의간ᄉᆞ롬을엇지살기ᄅᆞᆯ바라오며응당슈즁고혼니되기쉬울듯ᄒᆞ오며아ᄌᆞ의일홈은ᄃᆡ봉이오그부친과ᄒᆞᆫᄃᆡ젹쇼로갓ᄉᆞ오나ᄉᆡᆼ존망을모로나이다쇼졔허다셜화ᄅᆞᆯ드르니〃시랑부인니졍녕무의ᄒᆞᆫ지라이의노승을향ᄒᆞ여지비통곡왈부인의화안을모로옵더니이졔말ᄉᆞᆷ을듯ᄌᆞ오니엇지슬프지아니리잇고쇼첩은장ᄂᆡ동

12

댱한님의녀식ᄋᆡ황이로쇼이다ᄒᆞ며슬프미막혀능히셩언치못ᄒᆞ거ᄂᆞᆯ양부인

니ᄯᅩ한쇼져ᄅᆞᆯ븟들고혼도ᄒᆞ니ᄋᆡ원승이겻희잇셔쇼져의말을듯고ᄃᆡ경ᄎᆞ희ᄒᆞ여복지통곡왈우리쇼져야젼일시비난향을몰나보시나잇가쇼졔난향이란말을듯고더욱비창ᄒᆞ여겨유니러안ᄌᆞ살펴보니난향일시분명ᄒᆞᆫ지라반갑기칭냥업고슬프미가이업셔눈물이비오듯ᄒᆞ니모든ᄇᆡᆨ셩허다당졸뉘아니슬허〃며불의에만나물희한니넉이리오졔장드리모다원슈긔치하ᄒᆞ며위로ᄒᆞ고난향은부인을위로ᄒᆞ여슬프믈진졍ᄒᆞ고셔로븟들고댱ᄂᆡ로드러와좌졍후허다지ᄂᆡᆫ셜화ᄅᆞᆯ셔로닐너그반갑고깃부미무궁ᄒᆞ나시랑과아ᄌᆞ의쇼식을모로니슬푼마음이엇지업ᄉᆞ리오밤이맛도록회포ᄅᆞᆯ말ᄒᆞ다가부인을뫼셔ᄌᆞ고잇흔날텬졍의상표ᄒᆞ여니

13

시랑부인맛나믈게달ᄒᆞ니라각셜니공ᄌᆞᄃᆡ봉이부친을뫼시고용궁을ᄯᅥ나여러날만의황셩의올나와긔관의ᄉᆞ쳐ᄒᆞ고흉노의슈급을봉ᄒᆞ여쳔졍의올닐시상쇼ᄅᆞᆯ지어젼후ᄉᆞ연을쥬달ᄒᆞ여거놀이ᄯᅢ천지니시랑부ᄌᆞ의ᄉᆞ싱을아지못ᄒᆞ시고댱쇼져의젼졍을ᄋᆡ련히넉이ᄉᆞ마음의잇지못ᄒᆞ시더니ᄯᅩ댱쇼져의상쇠니르러거상이반기ᄉᆞ급히ᄀᆡ탁ᄒᆞ시니왈신쳡장ᄋᆡ황을일장표ᄅᆞᆯ용탑하의올니나이다신쳡이셩상홍은을밧ᄌᆞ와희슈의셜졔ᄒᆞ여고혼을위로ᄒᆞ오나뉴명이현슈ᄒᆞ와영혼니ᄌᆞ최ᄉᆞ오니비록압희와흠향ᄒᆞ온들엇지알니잇ᄉᆞ오리잇가아득ᄒᆞᆫ경상과슬픈마음을진졍치못ᄒᆞ와셜졔통곡ᄒᆞ옵더니텬우신조ᄒᆞ와삭발승니ᄅᆞᆯ맛나오니이곳니익의쳐양시라비록셩혼힝녜는아냐ᄉᆞ오나엇지고식

14

지간이아니리잇가일희일비ᄒᆞ여질겁기무궁ᄒᆞ오니이는다셩상의너부신덕턱으로말미이라년니나왕희의부ᄌᆞ는국가의간신난법지인이옵고신쳡의원슈라원폐하는왕희부ᄌᆞᄅᆞᆯ엄형국문ᄒᆞ사국법을밝히시고그부ᄌᆞᄅᆞᆯ신쳡을ᄂᆡ여쥬시면남션우버히든칼노난신을쥭여심간을ᄂᆡ여니익의부ᄌᆞ의게졔ᄒᆞ여영혼을위로ᄒᆞ나이다ᄒᆞ여더라상남필의졍히쳐결코져ᄒᆞ시더니황문시랑이

일장표문을올니거놀상이의괴ᄒᆞ여ᄀᆡ람ᄒᆞ시니기쇼의ᄒᆞ여시되죄신니ᄃᆡ봉은셩황셩공돈슈ᄇᆡᆨ비ᄒᆞ옵고일표롤황상농탑하의헌ᄒᆞ옵나니신의부ᄌᆡ간신왕희의모함을닙ᄉᆞ오나폐하의셩덕을닙ᄉᆞ와ᄒᆡ도의ᄂᆡ치시문일명을용ᄃᆡᄒᆞ시ᄂᆞᆫ덕턱으로젹쇼로가옵더니도즁을향ᄒᆞ와비롤타고ᄃᆡᄒᆡ즁의힝ᄒᆞ옵더니뜻밧긔션즁졔한니다라드러아

15

비롤결박ᄒᆞ여물의ᄯᅥ러치거놀신니아비죽ᄂᆞᆫ양을보고ᄯᅩ한뒤흘ᄯᆞ라슈즁의빠지오ᄆᆡ거의죽게되여습더니맛츰셔ᄒᆡ농왕의구ᄒᆞ믈닙어ᄉᆞ라나셔역쳔축국ᄇᆡᆨ운암의가와팔년을의탁ᄒᆞ옵더니ᄉᆡᆼ각ᄒᆞ옵건ᄃᆡ신의부ᄌᆡ국가의죄인이라타쳐의오ᄅᆡ잇ᄉᆞ오미가치아냐셰상의나와슈즁의빠진아뷔ᄒᆡ골이나찻고〃국의잇ᄂᆞᆫ어미롤ᄎᆞ져보고져ᄒᆞ와즁원으로도라옵다가농셔의한나라장슈니릉의영혼을맛나갑쥬롤엇숩고ᄉᆞ평의셔오쵸마롤어드며화룡도의셔관공의영혼을맛나칼롤어더황셩으로향코져ᄒᆞ옵다가반적북흉뇌텬위롤범ᄒᆞ여황셩을함몰ᄒᆞ고어ᄀᆡ금능으로힝ᄒᆞ셧다ᄒᆞ믈듯즙고분심을이긔지못ᄒᆞ와젼죄롤무릅쓰고일힝쳔니ᄒᆞ와금능의니르러ᄌᆞ칭츙장군이라ᄒᆞ옵고필마단창으로젹군을파ᄒᆞ고적장묵특남과동돌

16

슈롤버혀셩상이급ᄒᆞ시믈구ᄒᆞ옵고흉뇌도망ᄒᆞᄂᆞᆫ거살짜라가셔릉도의드러가흉노롤버히고도라오ᄂᆞᆫ길의ᄒᆡ즁의셔표풍ᄒᆞ와ᄉᆞ쥬야롤정쳐업시가옵다가텬우신조ᄒᆞ옵고셩상의하ᄒᆡ지덕으로무인졀도의다〃라바람이긋치오며그셤의올나가죽어든아비롤맛나ᄉᆞ오니황명을기다리지아니코감히함긔왓ᄃᆡ죄ᄒᆞ옵나니신의부ᄌᆞ의죄만ᄉᆞ무셕이로쇼이다그러ᄒᆞ오나왕희ᄂᆞᆫ국가의난신적ᄌᆞ오신의원쉬라ᄒᆡ쥬션인니ᄌᆡ물업시젹쇼로가ᄂᆞᆫ죄슈롤무단니살ᄒᆡᄒᆞ올닐은만무ᄒᆞ온즉이ᄂᆞᆫ반다시왕적의부촉을드르미졍녕무의ᄒᆞ온지라복원셩상은엄형국문ᄒᆞ옵신후왕적을ᄂᆡ여쥬시고신의죄롤다ᄉᆞ리옵쇼셔ᄒᆞ여더라상남필의일변반갑고일변무류ᄒᆞᆫ마음이업지아니ᄒᆞᄉᆞ좌우롤도라보사

왈짐이일작밝지못ᄒᆞ여

17

충녈지신을졀도의보니여죽을지경의니르게ᄒᆞ고흉노의블측ᄒᆞᆫ화롤맛나ᄉᆞ
즉과종묘롤경긱의위틱ᄒᆞ믈당ᄒᆞ여더니조종이묵우ᄒᆞᄉᆞ난디업ᄂᆞᆫ츙의장군
니짐의시급지화롤구ᄒᆞ고종ᄉᆞ롤보젼ᄒᆞ고반젹을쇼멸ᄒᆞ여짐으로ᄒᆞ여금녯
ᄌᆞ리롤평안니ᄒᆞ니이ᄂᆞᆫ불세지공이라갑고져ᄒᆞᄂᆞᆫ마음이쥬야불망ᄒᆞ되엇던
ᄉᆞ람인쥴알지못ᄒᆞ여더니이졔야니디봉인쥴아라시나짐은져의부ᄌᆞ롤무죄
이져바리미심ᄒᆞ거놀져의부ᄌᆞᄂᆞᆫ츙졀이더욱놉흐니〃닉의부ᄌᆞ롤보미엇지
붓그럽지아니리오그공을의논ᄒᆞᆯ진디이윤쥬공의지닌지라짐이져의셩명과
종젹을아지못ᄒᆞ여더니져의부지이런불셰지공을셰운쥴엇지뜻ᄒᆞ여시리오
짐이한왕희롤위ᄒᆞ여니당양인의디공을져바리이오ᄒᆞ시고졍히젼지코ᄌᆞᄒᆞ
시더니간의틱우죠인틱츌반쥬왈복원폐하ᄂᆞᆫ디

18

봉과익황을한곳의모흐시고왕희롤잡아보니ᄉᆞ져의마음디로셜분케ᄒᆞ쇼셔
상이올히넉이ᄉᆞ냥쳐의젼지ᄒᆞᄉᆞ디봉과장시로황셩의모드여왕희롤다사려
조졍을징게ᄒᆞ라ᄒᆞ시고니익의벼살을도〃와우승상을ᄒᆞ이시고디봉으로병
부상셔디사마디장군을ᄒᆞ이시고녜부관원을보닉시니라ᄎᆞ시녜부관원니한
양의나려가황칙을밧드러올니〃니공부지황망이향안을빅셜ᄒᆞ고녜관을마
ᄌᆞ북향ᄉᆞ비ᄒᆞᆫ후황칙을ᄯᅥ혀보니ᄌᆞ긔로우승상을봉ᄒᆞ시고디봉으로병부상
셔디ᄉᆞ마디장군을져슈ᄒᆞ신직쳡이어놀니공부지〃빅ᄉᆞ은ᄒᆞ고ᄯᅩ한댱칙지
롤ᄯᅥ혀보니급히황셩으로올나와왕희롤님의쳐단ᄒᆞ라ᄒᆞ셔거놀니공부지더
욱황은을감축ᄒᆞ여즉시힝거롤지촉ᄒᆞ여

19

발힝ᄒᆞ여〃러날만의황셩의득달ᄒᆞ여ᄉᆞ관을잡아머무르니상하닌민니도로
의며여관광ᄒᆞ며칭찬치아니리업고만소빅관니십니밧게나와영졉ᄒᆞ여승상

의누년고힝과긔ᄌᆞ롤두어딕공을세워국가딕환과성상의만분위급ᄒᆞ시믈구ᄒᆞ여불세지공을셰우믈치하ᄒᆞ니공이좌슈우응의결을치못ᄒᆞ더라상셰부공을뫼시고궐하의나아가면관돈슈ᄒᆞ고셕고딕죄ᄒᆞ온딕상이친니ᄉᆞ마의손을잡으시고비회미동ᄒᆞ시더니믄득승상을보시니만신니털이가득ᄒᆞ여거놀더욱무류ᄒᆞᄉᆞ그털을어로만져왈짐이불명ᄒᆞ여경의츙언을모로고쇼인의참언을신쳥ᄒᆞ여만니졀도의팔년고힝을ᄒᆞ게ᄒᆞ니경의긔ᄌᆞ딕봉이짐의불명ᄒᆞ믈허물치

20

아니코츙셩을다ᄒᆞ여빅만젹병을혜치고반젹을풀버히듯ᄒᆞ여짐의시급지화롤구ᄒᆞ여종ᄉᆞ롤반셕갓치보젼케ᄒᆞ니엇지긔특지아니리오녯젹한나라쇼즁낭은북힉상의딕절직히여다가십구년만의고국의도라와무뎨롤뵈와다ᄒᆞ더니이졔승상니공은무인졀도의가만상고쵸롤무한니격다가팔년만의그긔ᄌᆞ롤만나도라와만신의털이가득이난거살보니짐심이엇지슈괴치아니리오실노셰ᄉᆞ롤칭냥치못ᄒᆞ리노다왕ᄉᆞ롤싱각지말고다시츙셩을다ᄒᆞ여짐의다시과실이업기롤바라노라승상이돈슈쥬왈신의죄상이난면쥬륙이어놀도로혀용셔ᄒᆞ시고즁임을더으시니신니간뇌도지ᄒᆞ오나셩은을만분지일을갑습지못ᄒᆞ리로쇼이다연이나신니본질우미ᄒᆞ

21

落張

22

믈너승상부의좌졍ᄒᆞ고좌우롤호령ᄒᆞ여왕희와그힉상ᄉᆞ공등을잡아드려딕하의니르미원닉ᄉᆞ공등은상셰부치을뫼시고상경훌써장졸을보닉여몰슈이잡아함거의가도아두어더라이날먼져ᄉᆞ공등을올녀여셩문왈우리부지비록죄인이나조졍명관이오녀등과은원니업고ᄯᅩ힝즁의지물이업거놀무삼년고로우리부ᄌᆞ롤결박ᄒᆞ여슈즁의더진고실상을만닐직고치아니ᄒᆞ면녀등의삼

족을구멸ᄒᆞ리라ᄉᆞ공등이스ᄉᆞ로ᄉᆡᆼ각ᄒᆞᆫ즉왕승상도져지경이되여시니허물며긔망ᄒᆞ여무엇ᄒᆞ리오ᄒᆞ고일시의고왈쇼인등이죽을죄롤범ᄒᆞ여ᄉᆞ오니무삼말ᄉᆞᆷ을고ᄒᆞ오릿가만은쇼인등이슈상의션업으로ᄉᆡᆼᄋᆡᄒᆞᆯ ᄲᅮᆫ이오며본ᄂᆡ상공노야와원쉬잇관ᄃᆡ그런몹슬닐을ᄒᆡᆼᄒᆞ오리잇가마ᄂᆞᆫ왕승상의지휘로금은이

23

무지ᄒᆞᆫ악심을동ᄒᆞ여흉ᄉᆞ롤ᄒᆡᆼᄒᆞ여ᄉᆞ오니죽어맛당토쇼이다상셰ᄎᆞ언을드르미분긔츙관ᄒᆞ여ᄉᆞ공등을다져지의ᄂᆡ여참ᄒᆞ고그즁늘근ᄉᆞ공은죽이지아니코분부왈너롤용셔ᄒᆞ문기시네결박을노케ᄒᆞᆫ공이잇기로일명을용ᄃᆡᄒᆞ노라ᄒᆞ고상쥬어보ᄂᆡ니라이ᄯᆡ왕희업ᄃᆡ여보니혼불부쳬ᄒᆞ여면여토ᄉᆡᆨᄒᆞ고아모리ᄒᆞᆯ쥴모로더라상셰다시왕희롤ᄃᆡ하의ᄭᅮᆯ니고진목ᄃᆡ질왈네우리ᄃᆡ인으로무삼원쉬잇관ᄃᆡ음모비계로텬ᄌᆞ게모함ᄒᆞ여절도의원찬ᄒᆞ고그려도오히려부족ᄒᆞ여금빅으로ᄉᆞ람을고혹게ᄒᆞ여ᄃᆡ히즁의투ᄉᆞ케ᄒᆞ니네엇지텬일이두렵지아니랴우리부지하ᄂᆞᆯ이도으시믈닙어셔히용왕이구ᄒᆞ여우리부ᄌᆡ무ᄉᆞ이ᄉᆞ라나나ᄂᆞᆫ쳔축국의드러가팔년을슈도ᄒᆞ여셰상의다시나와북흉노롤죽여

24

셩상의급ᄒᆞ시믈구ᄒᆞ고우리부친을맛나뵈와텬륜을완젼이ᄒᆞ여시니너의극악ᄃᆡ죄롤텬되엇지무심ᄒᆞ시리오네오날죽으미오히려늣지아니ᄒᆞ랴언파의칼을드러버히고져ᄒᆞᆯ지음의호련일원쇼년ᄃᆡ장이육복을정제ᄒᆞ고절월을거ᄂᆞ려칠쳑장검을집고급히드러오며웨여왈상공은뉘신지모로거니와간적왕희ᄂᆞᆫ국가의녁신일아니라나의불공지쉬오니님의죽이고져ᄒᆞᆫ지오런지라원컨ᄃᆡ상공은잠간손을멈츄시고왕희적ᄌᆞ롤나롤맛지시면슈즁보검으로쾌히죽여적년분한을풀고져ᄒᆞᄂᆞ니능히허〃랴상셰청파의침음왈그ᄃᆡᄂᆞᆫ무삼닐노왕희롤죽이고져ᄒᆞ나뇨나도ᄯᅩᄒᆞᆫ져의게원한니쳘텬ᄒᆞ여왕희롤손슈죽여셜분코ᄌᆞᄒᆞ거ᄂᆞᆯ나의셜한은아니코엇지그ᄃᆡ의마음만쾌

25

케ᄒᆞ리오그장쉬호련함누ᄃᆡ왈비인의형적을님의텬졍의쥬달ᄒᆞ여만셩인민니즁쇼공지라엇지상공게은휘ᄒᆞ리오비인은본ᄃᆡ남ᄌᆡ아니오젼한님학ᄉᆞ장공의녀ᄋᆡ라우리가엄이일즉이니부시랑니공의아ᄌᆞᄃᆡ봉과강보젹의졍혼뇌약ᄒᆞ여더니니공부ᄌᆡ왕젹의춤쇼롤닙어졀도의찬비ᄒᆞ미가엄이왕젹을분히ᄒᆞ여일노닌병치사ᄒᆞ시니우리모친니뒤롤이어기셰ᄒᆞ신지라일조의텬지문허지미혈〃아녀ᄌᆡ빈집을직히여ᄯᅩ한ᄯᅡ라쥭고져ᄒᆞ나누ᄃᆡ향화와부모의ᄉᆞ후지시이신상의잇ᄂᆞᆫ고로부득이부지ᄒᆞ더니왕젹이나의고독ᄒᆞ믈업슈히녁여슈ᄎᆞ청혼ᄒᆞ미즐퇴각지러니오히려블측지심을그치지아냐모야간돌입겁박ᄒᆞ랴ᄂᆞᆫ긔미롤미리알고남의롤ᄀᆡ착ᄒᆞ고피신도쥬ᄒᆞ여은닌을만나녀힝

26

을바리고남아의ᄉᆞ업을힝ᄒᆞ여텽힝으로용문의올나벼살이니부시랑의잇다가남션우의창궐ᄒᆞ믈당ᄒᆞ미ᄌᆞ원츌젼ᄒᆞ여셩상의홍복과장졸의힘으로반젹을항복밧고도라오ᄂᆞᆫ길의황상긔상표ᄒᆞ여니공부롤신원ᄒᆞ고젹쇼의ᄉᆞᄌᆞ롤보ᄂᆡ여더니도라와형적이업ᄉᆞ믈고ᄒᆞ오니엇지통분치아니리잇고오날〃황셩의올나오기ᄂᆞᆫ왕젹을버혀니공부ᄌᆞ의원혼을위로코ᄌᆞᄒᆞ여더니듯ᄌᆞ오니상공이먼져왕젹을쳐치ᄒᆞ신다ᄒᆞ오ᄆᆡ녀ᄌᆞ의체면을불고ᄒᆞ고흉격의막힌한을풀고져ᄒᆞ여왓ᄂᆞ이다상셰청필이ᄃᆡ경ᄎᆞ희ᄒᆞ여공슈ᄉᆞ례왈쇼졔싱의집을위ᄒᆞ여여러번곡경을지ᄂᆡ시고왕젹을쥭여싱의부ᄌᆞ원슈롤갑고져ᄒᆞ시니엇지감ᄉᆞ치아니리오싱이과연니시랑의아ᄌᆞᄃᆡ봉이로쇼이다쇼졔쳥파의불승경희ᄒᆞ나녀ᄌᆞ

27

의슈치롤면치못ᄒᆞ여고ᄀᆡ롤슉이고념슬ᄃᆡ왈쳡의힝시비루ᄒᆞ여군ᄌᆞ안젼의무례티심ᄒᆞ오니욕ᄉᆞ무지로쇼이다상셰거슈칭ᄉᆞᄒᆞ고승상니ᄯᅩ한반기며댱공의별셰ᄒᆞ믈못ᄂᆡ치위ᄒᆞ더라이ᄯᅢ양부인니댱쇼져롤ᄯᅡ라왓ᄂᆞᆫ지라쇼져의아ᄌᆞ와시랑만낫단말을듯고비희교집ᄒᆞ더니이ᄯᅢ승상과상셰댱쇼졔의계모

친을뫼셔왓단말드르믹직시나아가뵈올식상셰먼져드러가모친을뵈옵고실셩통곡ᄒᆞ니부인니급히나와상셔의손을잡고통곡왈닉너롤슈즁익ᄉᆞᄒᆞᆫ쥴노알고쥬야죽고져ᄒᆞ기롤메번인쥴알니오금일싱면을상딕ᄒᆞ니이진야아몽야아이졔죽어도무한이로다ᄒᆞ며거의긔식홀듯ᄒᆞ다가겨우졍신을진졍ᄒᆞ여승상과셔로녜필의그반갑고슬프미일필난긔러라승상이문왈부인니복을니별ᄒᆞᆫ후팔년의허다고힝이엇더ᄒᆞ관딕의형니변ᄒᆞ여녀

28

승의모양의모양이되엿나뇨부인니쳬읍장탄왈쳡이상공과딕봉을니별ᄒᆞᆫ후흉노의난을맛나봉명암의드러가승이되엿더니비회롤이긔지못ᄒᆞ여히변의나왓다가댱쇼졔셜졔통곡ᄒᆞ믈듯고쳡이익통을참지못ᄒᆞ여히즁을바라고울더니댱쇼져의부르믈인ᄒᆞ여셔로만나근본을안즉댱한님의녀아오졍혼뇌약ᄒᆞᆫ댱쇼져라셔로의지ᄒᆞ여쥬야동쳐ᄒᆞ더니장쇼져의상경ᄒᆞ믈인ᄒᆞ여동힝ᄒᆞ여왓다가상공과아직싱존ᄒᆞ여만나니그셕슈시나무한이니이다공이쾌열ᄒᆞ물이긔지못ᄒᆞ고상셰모친의무릅히업딕여통곡왈불쵸지죄악이심즁ᄒᆞ여모친을니별ᄒᆞ고히즁의화롤만나더니셔히농왕의구ᄒᆞ믈닙어다시셰상의나와부친을만나고ᄯᅩ모친을뵈오니이졔는여한이업나이다ᄒᆞ고진〃이늣기니상하졔인니뉘아

29

니뉴체ᄒᆞ리오이윽고쇼져는부인을위로ᄒᆞ고상셔는승상을위로ᄒᆞ여마음을졍ᄒᆞᆫ후젼후고힝ᄒᆞ든닐을셰〃셜화ᄒᆞ여왕희롤죽이려ᄒᆞ여상셰좌긔롤엄졍히ᄒᆞ고왕희롤잡아업지르고팔십장을밍타ᄒᆞᆫ후녀셩슈죄왈너의간휼극악ᄒᆞᆫ죄상을싱각ᄒᆞ면죽으미맛당ᄒᆞ딕우리부직님의싱환고국ᄒᆞ여는고로일명을요딕ᄒᆞ거니와다시경ᄉᆞ의두지못ᄒᆞ리라ᄒᆞ고텬ᄌᆞ긔쥬달ᄒᆞ여왕희롤무인절도의안치ᄒᆞ여물간ᄉᆞ젼ᄒᆞ계ᄒᆞ고ᄯᅩ그ᄌᆞ식셕연은빅셜도의졍비ᄒᆞ믈쳥ᄒᆞ니상이더욱칭찬ᄒᆞ시고됴졍이다탄복ᄒᆞ더라ᄎᆞ시텬직딕봉과익황의공을싱각ᄒᆞᄉᆞ냥인을별젼으로부르ᄉᆞ면유ᄒᆞ시고ᄉᆞ텬감의젼지ᄒᆞᄉᆞ니딕봉의길일을

틱ᄒᆞ여댱쇼져ᄂᆞᆫ딕례를창호궁의셔힝ᄒᆞᆯ식허다혼구의셩비ᄒᆞ믄호부로거힝ᄒᆞ라ᄒᆞ시미러라

30

상셔와댱시황공감은ᄒᆞ여젼폐의고두ᄒᆞ여신ᄌᆞ의혼ᄉᆞ를궐즁의셔지닉미지극외람ᄒᆞ믈쥬ᄒᆞᆫ딕상이불륜ᄒᆞ시니상셰허릴업셔ᄉᆞ은퇴조ᄒᆞ고댱쇼져ᄂᆞᆫ인ᄒᆞ여창호궁의머므르니라세월이유믹ᄒᆞ여길일이다〃르니상셰위의를거ᄂᆞ려창호궁의나아가젼안지녜를지닉고ᄎᆞ일의창호궁만령당의신방을졍ᄒᆞ여부뷔셔로딕ᄒᆞ여피ᄎᆞ의고ᄉᆞ를싱각고말ᄉᆞᆷᄒᆞᆯ식일희일비ᄒᆞ여밤이깁흐믹촉을물니고금〃의나아가운우지락을닐우니이부〃ᄂᆞᆫ남과다른지라그은근이즁ᄒᆞᆫ졍의산비히박ᄒᆞ여이로긔록지못ᄒᆞᆯ네라이튼날쇼졔권귀ᄒᆞ여본부의도라와구고게팔딕례를힝ᄒᆞ고ᄉᆞ묘의올나폐빅을헌ᄒᆞ믹구고의익즁ᄒᆞ미아ᄌᆞ의더ᄒᆞ더라오릭지아니ᄒᆞ여텬ᄌᆡ딕봉의공을싱각ᄒᆞᄉᆞ쵸왕을봉ᄒᆞ시고장부인으로쵸국츙녈왕비를봉ᄒᆞ시고

31

승상으로연왕을봉ᄒᆞ시고양부인으로졍열왕비를ᄒᆞ시니쵸왕이여러번상표ᄒᆞ여ᄉᆞ양ᄒᆞ딕상이종불윤ᄒᆞ시니헐일업셔부득이일가를거ᄂᆞ려힝니를슈습ᄒᆞ여쵸국으로향ᄒᆞᆯ식쳔ᄌᆞ긔ᄉᆞ은ᄒᆞ즉ᄒᆞ고긔쥐고향의니르러모란동의드러가분묘의쇼분ᄒᆞ고장미동의드러가장한님냥위분묘의치졔ᄒᆞ고난향으로희쳡을삼고여러날만의여람의니르러ᄂᆞᆫ츙열왕비쵸왕긔고왈이곳동촌의최어ᄉᆞ부인희시게십년양휵지은니잇ᄉᆞ오니잠간드러가희부인을뵈옵고ᄌᆞᄒᆞ나이다왕이허〃거ᄂᆞᆯ왕과한가지로어ᄉᆞ부즁의드러가니희부인니나와영졉ᄒᆞ여닉당의좌졍ᄒᆞ고츙녈을딕ᄒᆞ여칭하왈왕비ᄂᆞᆫ젹년고힝을격다가〃군을만나영화이본국으로가거니와노신을박복ᄒᆞ여남ᄌᆞᄒᆞ나토업고다만녀식일기를두어늙은몸이의탁고져

32

ᄒᆞ여더니당공ᄌᆞ의몸이일조의변ᄒᆞ여쵸국왕비되여시니복원왕비ᄂᆞᆫ노신모녀의평싱을엇지쳐치코져ᄒᆞ시난닛고왕비묵〃반향의쵸왕을향ᄒᆞ여젼후ᄉᆞ연을셜파ᄒᆞ고쇄쇼져로지취ᄒᆞ믈권ᄒᆞᄒᆞ니왕이ᄉᆞ양ᄒᆞ다가마지못ᄒᆞ여즉시턱일ᄒᆞ여쇄쇼졔로더부러혼례ᄅᆞᆯ지ᄂᆡ니쇄쇼졔황용월틱ᄯᅩᄒᆞᆫᄡᅢ혀나츙열왕비의게나리지아니ᄒᆞ니쵸왕이만심환희ᄒᆞ여쵸왕부왕비ᄅᆞᆯ삼고쇄시모녀ᄅᆞᆯ홈긔옥윤을틱와삼삭만의쵸국의득달ᄒᆞ니쵸국빅관니빅니밧게나와마ᄌᆞ도셩의드러갈식만셩인민니쳔셰ᄅᆞᆯ불너왕의영걸지풍을하례ᄒᆞ더라쵸왕이관인후덕으로치국안민지도ᄅᆞᆯ극진이힝ᄒᆞ니쵸국이디치ᄒᆞ여도불습유ᄒᆞ고국틱민안ᄒᆞ여빅셩이낙업ᄒᆞ여격양가로셰월을보ᄂᆡ더라쵸왕이치

33

국을인의로ᄒᆞᆫ지슈십여년의츙녈왕비ᄂᆞᆫ삼ᄌᆞ이녀ᄅᆞᆯ싱ᄒᆞ고쇄비ᄂᆞᆫᄉᆞᄌᆞ일녀ᄅᆞᆯ싱ᄒᆞ고난향은칠ᄌᆞᄉᆞ녀ᄅᆞᆯ싱ᄒᆞ니젹셔남녀병ᄒᆞ면슈십여인이니ᄀᆡ〃히부풍모습ᄒᆞ여남ᄌᆞᄂᆞᆫ영웅호걸이오도학군ᄌᆞ니옥골션풍의문장지직일셰의ᄲᅢ혀나고녀ᄌᆞᄂᆞᆫ요조현숙ᄒᆞ고옥모화틱요〃졍〃ᄒᆞ여ᄀᆡ〃히기린옥슈갓흔니모다영웅호걸과문장직ᄉᆞᄅᆞᆯ갈히여남가녀혼ᄒᆞ니왕의부뷔우흐로냥위부모ᄅᆞᆯ뫼시고아리로허다ᄌᆞ녀ᄅᆞᆯ거나려무궁ᄒᆞᆫ복녹이일셰의졔일이러라
셰을ᄉᆞ즁츄일향목동셔